ULRIKE RENK

Die Seidenmagd

aufbau taschenbuch

ULRIKE RENK, Jahrgang 1967, studierte Literatur und Medienwissenschaften und lebt mit ihrer Familie in Krefeld. Familiengeschichten haben sie schon immer fasziniert, und so verwebt sie in ihren erfolgreichen Romanen Realität mit Fiktion. Im Aufbau Taschenbuch liegen ihre Australien-Saga, die Ostpreußen-Saga, die ersten drei Bände der Seidenstadt-Saga, »Jahre aus Seide«, »Zeit aus Glas« und »Tage des Lichts«, sowie zahlreiche historische Romane vor.

Mehr zur Autorin unter www.ulrikerenk.de

Catharina te Kamp musss sich 1757 als junges Mädchen bei der Familie von der Leyen als Magd verdingen. Ihre verwitwete Mutter kann die Familie nicht mehr ernähren, der Bruder hat sich den preußischen Truppen angeschlossen. Die Seidenbarone von der Leyen sind mennonitischer Konfession, aber eigentlich wären sie gerne Adelsleute. Frieder, der Sohn der Familie, wirbt um Catharina, obwohl sie nicht von seinem Stand ist. Er nimmt sie auf seinen Reisen mit, doch sie ist sich nie sicher, ob er sie wirklich liebt. Außerdem weiß sie nicht, ob sie das opulente Leben aus Prunk, Pracht und Verschwendung mit ihrem Glauben vereinbaren kann. Als ihre beste Freundin stirbt, muss sie sich entscheiden: ein Leben an Frieders Seite, aber ausgestoßen aus der Gemeinde, oder eine Rückbesinnung auf die alten Werte.

ULRIKE RENK

Die Seiden-magd

Historischer Roman

atb aufbau taschenbuch

MIX
Papier aus verantwortungsvollen Quellen
FSC® C083411

ISBN 978-3-7466-3681-8

Aufbau Taschenbuch ist eine Marke der
Aufbau Verlag GmbH & Co. KG

2. Auflage 2020

Die Originalausgabe erschien 2012 bei Aufbau Taschenbuch
Umschlaggestaltung Christin Wilhelm, www.grafic4u.de
unter Verwendung mehrerer Motive von © Helen Hotson,
Anna Movchan, Tatyana M /shutterstock
Gesetzt aus der Adobe Garamond LVD GmbH, Berlin
Druck und Binden CPI books GmbH, Leck, Germany
Printed in Germany

www.aufbau-verlag.de

Für Regina und Karl Hermbusche

Kapitel 1

»Käthe?« Der Ruf der Mutter schallte durch das kleine Haus am Quartelnmarkt, in dem die Familie te Kamp wohnte. »Wo bist du?«

Catharina wischte sich die Hände an dem Küchentuch ab und öffnete die Tür zur Diele. »Ich bereite den Brotteig für Morgen vor, Maman.«

»Das kann Henrike übernehmen. Du musst mit mir zu den von der Leyen gehen, um die Kostüme abzuliefern.« Die Mutter stand in der Tür zur Stube, unter ihren Augen waren tiefe Ringe der Müdigkeit.

»Hast du sie endlich fertig?« Catharina betrat die Stube. Auf dem Tisch, an dem sie früher die Mahlzeiten eingenommen hatten, lag ein sauber verschnürtes Paket.

»Ja, endlich.« Esther seufzte müde. Zwei Wochen hatte sie an den Kostümen genäht, die die Franzosen bei ihr in Auftrag gegeben hatten. Schon nächste Woche würden die Karnevalsfeierlichkeiten in der Stadt beginnen. Seit drei Jahren, seit der Schlacht an der Hückelsmay, war die Stadt von französischen Truppen besetzt, der Niederrhein war ihr bevorzugtes Winterquartier. Die Städter litten unter den Besatzern, versuchten aber das Beste aus der Situation zu machen. Schon im letzten Jahr hatte Esther te Kamp einige Kostüme für die Offiziere genäht, als Friedrich von der Leyen einen Ball für sie veranstaltet hatte.

»Hast du schon alle verpackt?« Catharina sah sich neugierig um.

»Nein, bei dreien muss ich die Säume noch nachnähen, die sind mir nicht sauber geglückt.«

»Aber Maman, es sind doch nur Kostüme. Die Franzosen werden sie einmal, höchstens zweimal tragen und dann wegwerfen. Keiner wird auf die Säume gucken.«

»Mein Ruf als Weißnäherin steht auf dem Spiel – und Arbeiten sollten immer sorgfältig ausgeführt werden.« Missbilligend sah Esther ihre älteste Tochter an. »Und nun spute dich, lass uns die Sachen zu den von der Leyen bringen.«

»Jetzt?« Catharina schaute entsetzt aus dem Fenster. Ein böser Wind fegte schon den ganzen Tag durch die Gassen, heulte in den Ecken und unter den Dachtraufen. Nun hatte sich der Wind etwas gelegt, doch es fing an zu schneien.

»Ja, jetzt sofort. Die drei letzten Kostüme können wir morgen nachliefern und dann auch das eine oder andere anpassen, aber das Gros der Kostüme möchte ich heute noch abliefern.« Sie nahm ihren Mantel vom Haken in der Diele, tauschte die dünne Haube, die sie im Haus trug, gegen eine dickere aus Wolle und schlang sich das Umschlagtuch um die Schultern. Während Catharina ihre Stiefel zuschnürte, wickelte Esther die Kostüme in Leinentücher und verstaute sie in zwei Körben.

»Henrike«, rief sie, »pass auf die Mädchen auf und öffne niemandem die Tür. Du kannst die Suppe für das Nachtmahl aufwärmen und Tee zubereiten. Käthe hat schon angefangen, den Brotteig anzusetzen.«

Die achtzehnjährige Henrike seufzte ergeben. Sie war eben erst nach Hause gekommen. Seit einiger Zeit half sie im Haushalt des Bürgermeisters Floh.

Früher war die Familie einigermaßen wohlhabend gewesen. Der Vater Heinrich betrieb eine Leinen- und Bandweberei, und die Geschäfte liefen gut. Doch dann war er nach kurzer, schwerer Krankheit gestorben und hatte Esther mit den fünf Kindern zurückgelassen. Nach der großen Schlacht an der Hückelsmay vor knapp drei Jahren hatte sich der einzige Sohn Michel te Kamp freiwillig zum Dienst an der Waffe gemeldet. Er war mit den Hannoveraner Truppen in die Fremde gezogen, und die Familie hatte bis heute nichts mehr von ihm gehört.

Seitdem stand Esther mit den vier Mädchen alleine da. Schon der Tod des Vaters hatte ihre Mutter tief getroffen. Nachdem Michel weg war, zog sie sich ganz zurück. Wohl beteiligte Esther sich noch am Gemeindeleben, sie betete viel und kümmerte sich auch um die Familien, die noch ärmer waren als die te Kamps. Nur selten zeigte sich jedoch ein Lächeln auf ihrem Gesicht. Tiefe Falten hatten sich um ihren Mund eingegraben.

Das Kopfsteinpflaster war rutschig, so dass die beiden Frauen ihre Füße mit Bedacht setzen mussten.

»Das Geld, das ich für die Kostüme bekomme, brauchen wir dringend.« Wieder seufzte Esther.

Catharina nickte. Sie wusste, dass es nicht einfach für ihre Mutter war. Auch dieses Jahr war der Winter früh gekommen. Viele Familien hungerten, Brennmaterial war knapp und teuer. Genau wie Henrike übernahm auch Catharina hin und wieder Tätigkeiten bei anderen Familien und verdiente so ein wenig zum Unterhalt der Familie dazu. Doch im letzten Sommer hatten sie die Magd entlassen müssen, nachdem diese ein Techtelmechtel mit einem französischen Soldaten gehabt hatte, das nicht ohne Folgen geblieben war.

Um Geld zu sparen, hatte die Mutter keine neue Magd eingestellt, und nun mussten die Mädchen die Aufgaben im Haushalt erfüllen.

Mette war zehn Jahre alt und die jüngste der vier Schwestern, sie und auch die vierzehnjährige Elisabeth besuchten noch die Schule. Trotzdem hielt die Mutter sie bereits an, kleinere Flick- und Näharbeiten zu übernehmen. Als Weißnäherin konnte Esther ein wenig Geld verdienen, aber wohlhabend waren sie nicht mehr. In manchen Monaten lag die monetäre Last schwer auf Esthers Schultern. Erst seit Catharina einen Teil der Haushaltsführung mit übernommen hatte, verstand sie, was das bedeutete. Mit ihren knapp zwanzig Jahren musste sie mehr machen und tragen als andere Mädchen ihres Standes.

Mein Stand, dachte Catharina und schnaubte auf. Unserer Familie ging es früher gut, aber die Zeiten sind vorbei, und mit vier Mädels hat Mutter wenig Hoffnung, dass wir in absehbarer Zeit besser gestellt sein werden. Wir könnten reich heiraten, doch das ist unwahrscheinlich. Außerdem, sie kaute an ihrer Lippe, während sie ihren Gedanken nachhing und dem schnellen Schritt der Mutter zu folgen versuchte, sind wir alle noch viel zu jung, um zu heiraten.

Die Mägde und Arbeiterinnen heirateten früh, die Töchter der Mittelschicht meist erst hoch in den Zwanzigern. Es gab noch eine Oberschicht, zu der die Familie Floh und natürlich die von der Leyen gehörten. Doch diese Familien hatten mannigfaltige Kontakte in andere Städte zu Familien ihres Standes.

»Trödel nicht so«, herrschte Esther ihre Tochter an. Catharina fuhr erschrocken aus ihren Gedanken und versuchte mit der Mutter Schritt zu halten.

Sie mussten quer durch die Stadt, vorbei an der neuen Kirche, am Schwanenmarkt mit dem öffentlichen Brunnen, an der protestantischen Kirche und dann am Viehmarkt vorbei zur Niederstraße. Am Ende dieser Straße lagen das Niedertor und das Haus von Frederik von der Leyen.

»Maman, warte!« Catharina rutschte auf dem glatten Kopfsteinpflaster aus, beinahe hätte sie den Korb fallen gelassen.

»Dass du bloß nicht die Ware beschmutzt«, schalt ihre Mutter, blieb aber dann doch stehen, um zu warten. »Nun komm, Kind, wir haben nicht ewig Zeit.«

Inzwischen war es dunkel geworden, der Wind heulte durch die Gassen, fing sich unter den Dachtraufen. Immer wieder begegneten ihnen französische Soldaten. Im Winterlager konnten sie außer ihrem täglichen Exerzieren wenig tun. Unruhe lag über der Stadt, die zum Bersten gefüllt war mit Menschen, die unterschiedlicher nicht sein konnten. Von einfachen Marketendern bis hin zu Offizieren aus adeligen Familien drängte sich alles in der kleinen Stadt. Die einfachen Soldaten erhielten an den kalten Tagen eine Ration Branntwein, da viele Unterkünfte nur schlecht zu beheizen waren.

Die Stimmung war so schlecht wie das Essen. Wie eine Glocke hing der Geruch von Kohl über der Stadt, vermischt mit dem Qualm der Kamine. Die Kohle war teuer und schlecht. Manche Familie heizte inzwischen mit Torf oder feuchtem Holz aus dem Bruch.

»Die Franzosen fiebern den Feierlichkeiten entgegen«, sagte Esther und wich zwei Betrunkenen aus, die vor einem Ausschank standen. Sie griff nach Catharinas Hand und zog ihre Tochter mit sich. »Hoffentlich steigt dann auch die Stimmung in der Stadt.«

»Letztes Jahr waren die Feiern doch recht fröhlich«, erinnerte Catharina sich.

»Ja, aber je länger dieser unselige Krieg andauert, umso schlechter wird die allgemeine Stimmung. Viele Bürger murren über die Besatzung. Ich bin froh, dass wir niemanden in Quartier nehmen müssen.«

Sie kamen zur Klostergasse. Ein kleines Stück weiter war das Haus der von der Leyen. Es war ein großes und prachtvolles Gebäude, mit einer prunkvollen Eingangstür. Esther zögerte einen Moment, dann ging sie am Haus vorbei und durch die Hofeinfahrt.

»Wo willst du hin, Maman?« Catharina war einen Moment stehen geblieben. Natürlich war sie schon des Öfteren an dem Haus vorbeigekommen, betreten indes hatte sie es noch nie. Aus den Fenstern strahlte warmer Glanz, das Licht vieler Kerzen und Lampen erhellte die hohen Räume, und durch die Fenster schien das Licht Pfützen auf die Straße zu gießen.

Alle acht Fenster sind beleuchtet, dachte Catharina verwundert. Ob in jedem Raum Leute sind? Das Haus hatte zwei volle Stockwerke, die Gauben im Dach zeigten, dass auch dort Zimmer waren. Doch die Dachfenster waren, im Gegensatz zu den anderen, dunkel. Dort oben wohnen gewiss die Dienstboten, sagte Catharina sich.

»Käthe!«, rief Esther. Ihre Stimme klang dumpf aus der Toreinfahrt.

Schnell folgte Catharina der Mutter. Esther klopfte an eine Tür auf der Rückseite des Hauses. Auch der Hof wurde von dem Licht aus den vielen Fenstern erhellt. Ein niedriger Anbau grenzte den Hof vom Nachbargrundstück ab. Catharina sah sich neugierig um. An den Hof grenzte ein Garten, der nun schneebedeckt war. Sie konnte nirgendwo einen Schuppen für Hühner oder Schweine entdecken, hörte aber das Schnauben von Pferden.

»Madame te Kamp! Parbleu, was führt Euch denn um diese Zeit und bei diesem Wetter hierher?« Eine korpulente Frau öffnete die Tür. Sie schien von ihrer weißen Schürze zusammengehalten zu werden, kleine graue Löckchen hatten sich vorwitzig unter ihrer Haube hindurchgeschlängelt, ihre Wangen waren rot gefärbt, und Lachfältchen hatten sich tief um ihre Augen eingegraben.

Sie sieht nett aus, dachte Catharina, freundlich.

»Mamsell Luise, ich wollte die bestellten Kostüme für die Karnevalsfeiern abliefern.« Esther lächelte.

»Kommt rein, kommt rein!«

Mamsell Luise sprach mit einem deutlichen französischen Akzent, es klang sehr lustig, fand Catharina.

»Ist das etwa Eure Tochter? Bon sang, das kann gar nicht sein – sie ist ja fast erwachsen. Ihr könnt nicht eine so große Tochter haben!« Mamsell Luise schlug die Hände zusammen.

»Catharina ist zwanzig. Sie ist mir eine große Hilfe«, sagte Esther spröde.

Catharina folgte den beiden Frauen durch die Tür in einen kleinen Vorraum. Links war eine Tür, die wohl zum Anbau führte, geradeaus ging es zur Küche. Für einen Moment schloss Catharina verzückt die Augen. Es duftete köstlich nach frischem Brot, Braten und Gewürzen. Dann schaute sie sich neugierig um. So eine Küche hatte sie noch nie gesehen. Es gab einen großen Kamin, zwei Öfen und einen riesigen Tisch, der in der Mitte des Raumes stand. Schimmernde Kupfertöpfe hingen an schmiedeeisernen Halterungen von der Decke, große Schüsseln und irdene Gefäße standen auf dem Tisch. Auf den Öfen simmerten und kochten verschiedene Gerichte in Töpfen und Pfannen. Eine Magd drückte Verzierungen aus einer Tülle auf die Küchlein, die sie gerade dampfend aus dem Ofen gezogen hatte.

»Der junge Herr ist heute überraschend angekommen.« Mamsell Luise strich sich mit dem Unterarm über die Stirn. »Monsieur von der Leyen, er ist immer sehr speziell.« Sie verdrehte die Augen. »Und wir müssen ein Festmahl aus dem Ärmel schütteln. Außerdem hat er seltsame Knollen aus Potsdam mitgebracht, die ich zubereiten soll – aber er konnte mir nicht sagen, wie. Sie sollen wohl eine neue Leibspeise des Königs sein.« Mamsell Luise zeigte auf einen Korb, der neben dem Küchentisch stand.

»Knollen?«, fragte Catharina verwundert und hockte sich neben den Korb. Es roch nach Erde, aber nicht muffig. Vorsichtig berührte sie eine der Knollen mit dem Zeigefinger.

»Pommes de terre, so hat er sie genannt. Erdäpfel. Ich hoffe, sie schmecken nicht so, wie sie aussehen.« Die Mamsell seufzte. »Aber das soll Eure Sorge nicht sein. Nele, lauf zu Madame und sag, dass Madame te Kamp da ist!«

Die Magd wischte sich die Hände ab, richtete die Haube und krempelte die Ärmel herunter. Catharina sah ihr nach. Wie mochte es sein, in diesem Haus zu dienen? Sie kannte die von der Leyen nur von ihren Besuchen bei den Gottesdiensten, manchmal sah man Madame und Monsieur durch die Stadt reiten oder fahren. Sie besaßen mehrere Kutschen, hatten vor der Stadt einen ganzen Stall voller Pferde und offenbar auch welche auf dem Grundstück.

Der alte Kommerzienrat Friedrich von der Leyen, der sich Frederik nannte, war seit vierunddreißig Jahren mit Margaretha, gebürtige van Aken, verheiratet. Die Ehe war harmonisch, leider jedoch kinderlos. Mit seinem Bruder Heinrich hatte der Kommerzienrat vor etlichen Jahren die Seidenweber Firma »Friedrich und Heinrich von der Leyen« gegründet. Viele Krefelder waren bei ihnen beschäftigt, der Verkauf der Seidenbänder lief trotz des Krieges gut.

Doch auch Heinrich, dessen Ehe mit Maria Schorn nicht ganz so friedlich verlief wie die seines Bruders, war ohne Erben geblieben. Als beiden klar wurde, dass ihre Ehen keine Kinder hervorbringen würden, nahmen sie die Söhne Conrad, Friedrich und Johan ihres früh verstorbenen Bruders Peter in die Firma und Familien auf. Frederik kümmerte sich besonders um seinen Paten Friedrich, den er liebevoll Frieder nannte.

All das wusste Catharina, weil die Familie immer wieder Thema bei Treffen war und über sie gesprochen wurde. Catharinas Familie gehörte genau wie die von der Leyen der mennonitischen Glaubensgemeinschaft an, sie lehnten Nachrede und Tratsch ab, trotzdem wurden Informationen unter der Hand weitergegeben und so manche Anekdote hinzugefügt.

Die von der Leyen waren außerordentlich erfolgreich mit ihren Geschäften, und das spiegelte sich auch in ihrer Lebensweise, die sich deutlich von den meisten anderen Gemeindemitgliedern abhob.

Selbst die Küche, dachte Catharina voller Staunen, sieht formidabel aus. So viel Prunk in einem Raum, der eigentlich nur nützlich sein soll. Doch die Töpfe und Gerätschaften waren edel und sahen teuer aus, die Gläser und Gefäße mit Gewürzen waren reichhaltig und prachtvoll. Welche kostbaren Gewürze es wohl sein mögen, fragte Catharina sich und ging an dem Regal entlang, das zwischen dem Ofen und dem Kamin platziert war.

Ihre Mutter unterhielt sich währenddessen mit Mamsell über die beste Zubereitung von Kaninchen.

»Zwei davon hat der Knecht heute Morgen im Wallgarten erwischt. Sie haben die letzten Wurzeln angeknabbert, und jetzt werden sie selbst vertilgt.« Mamsell lachte leise. »Ich bereite sie mit viel Knoblauch und Zwiebeln zu.«

»Majoran und ein wenig Kümmel machen sie bekömmlicher«, riet Esther.

»Das ist eine gute Idee.« Mamsell Luise ging an Catharina vorbei zu dem Regal und öffnete eine Dose, nahm ein wenig Gewürz heraus, griff nach einem Glas und nahm es mit zum Ofen. Sie gab die Gewürze in den Topf, rührte kräftig um. Köstlicher Duft stieg auf, Catharinas Magen knurrte hörbar.

»Parbleu, habt Ihr Hunger, ma Petite?« Mit einem großen Messer schnitt sie das noch dampfende Weißbrot an, das die Beiköchin aus dem Ofen geholt hatte. »Dort steht eine Schale mit Butter. Nehmt Euch reichlich.« Sie nickte Catharina aufmunternd zu. »Was bin ich doch für eine Dumme! Kommt, kommt, Madame te Kamp, nehmt einen Becher Würzwein! S'il vous plaît, nehmt!« Sie ließ keine Widerrede zu, drückte Esther den Becher in die Hand. »Und wenn Ihr mögt, nehmt auch ein Stück Brot. Haben wir nicht noch kalten Braten, Lieke?«

»Macht Euch keine Umstände, Mamsell Luise«, sagte Esther und nippte an dem heißen Wein. »Zuhause wartet das Essen auf uns.«

Ja, dachte Catharina und zog einen Flunsch. Schon den dritten Tag gab es Kohlsuppe. Inzwischen roch der Kohl säuerlich, und bei dem Gedanken daran drehte sich ihr der

Magen um. Sie nahm sich noch eine Scheibe Brot, bestrich sie dick mit der salzigen Butter.

In diesem Moment öffnete sich die Küchentür. »Folgt mir«, sagte Nele, die Magd. »Madame erwartet Euch im Salon.«

Im Salon. Catharina bekam vor lauter Aufregung einen Schluckauf, griff hastig nach dem Korb mit dem Nähwerk und folgte ihrer Mutter in die Diele. Zielsicher ging Esther den dusteren Gang entlang. Rechts und links waren verschlossene Türen, an denen sie vorbeigingen. Dann wandte sie sich abrupt nach links und klopfte. Catharina stolperte und wäre beinahe auf ihre Mutter gefallen, im letzten Moment konnte sie sich fangen.

»Tretet ein!«

Esther öffnete die Tür, betrat den Raum. Hell erstrahlte das Licht der zahlreichen Lampen und Lüster. Geblendet musste Catharina die Augen zusammenkneifen. Sie folgte der Mutter nur zögernd. Den Boden bedeckte kein Stroh, da lagen dicke Teppiche, einige hingen auch an den Wänden. Der Raum erschien ihr gar prachtvoll, und sie wusste gar nicht, was sie als Erstes bewundern sollte.

»Madame te Kamp, wie freundlich von Euch.« Eine ältere Dame kam auf sie zu, die Hände ausgebreitet. Ihr Gesicht war von Falten durchzogen, doch ihr Lächeln strahlte im Wettstreit mit den Kerzen. »Kommt doch zu mir. Ist das etwa Eure Tochter?«

Margaretha van Aken trug eine feine Organza-Haube über dem straff zurückgekämmten Haar, ihr Kleid entsprach der gängigen Mode und war ausgeschnitten, doch sie hatte den Hals und das Dekolletee mit einem Spitzentuch bedeckt. Die Ärmel des Kleides waren weit und auch mit mehreren Reihen

Spitze bedeckt, doch die Farbe des Kleides war dunkel, und weder Schnallen, Schleifen noch aufwendige Knöpfe zierten das Kleidungsstück.

Catharina sah an sich herab. Sie trug wie immer ein hochgeschlossenes Kleid aus Wollstoff in einer gedeckten Farbe, mit langen, eng anliegenden Ärmeln. Das Kleid war im Rücken geschnürt und hatte Haken und Ösen statt Knöpfe. So war auch ihre Mutter gekleidet und die Schwestern ebenso. Fast alle Frauen der Gemeinde kleideten sich schlicht und gottesfürchtig. Knöpfe, Schleifen, Zierrat aller Art war nicht gefällig, sondern eitel. Aber dennoch änderte sich allmählich die Mode, und so manche Frau sah die Sitten nicht mehr so streng.

Margaretha van Akens Familie kam aus dem Bergischen Land, sie hatte sich noch nie um den Despotismus der Gemeinde geschert, auch wenn sie fast jeden Sonntag am Gottesdienst teilnahm.

»Madame von der Leyen, ich grüße Euch!« Esther ging auf sie zu, sie lächelte, doch das Lächeln erreichte nicht ihre Augen. Catharina folgte ihr, ein wenig scheu, aber auch neugierig. Die dicken Teppiche dämpften den Schritt, und es war angenehm, darauf zu gehen, auch wenn Catharina erst zögerte, sie mit ihren Straßenschuhen zu betreten. Niemand sagte jedoch etwas, es schien keinem aufzufallen.

Alles glitzerte und funkelte. Ein Feuer prasselte in dem großen Kamin, dessen Sims aufwendig verziert war. Das Feuer spiegelte sich in den blank polierten Tischen aus dunklem Holz, in den silbernen Kerzenständern und Pokalen. Vor dem Kamin standen zwei Sessel, deren Polster aufwendig bestickt waren. Die Farben der Seide leuchteten und sahen so kostbar aus, dass Catharina für einen Moment die Luft anhielt, als sich Madame von der Leyen, ohne zu zögern, auf dem Sessel niederließ.

»Nele!«, rief sie. »Nimm Madame te Kamp und ihrer Tochter die Mäntel ab. Nicht zu glauben, dass du das noch nicht gemacht hast. Mögt Ihr etwas trinken, Madame? Ach, was für eine Frage! Aletta, hole Wein und zwei Gläser. Vielleicht auch etwas Käse?« Sie zog fragend die Augenbrauen hoch.

»Nein, nein.« Esther winkte zu Catharinas Bedauern ab. »Das sind zu viele Umstände. Hier sind die Kostüme, die die Franzosen bestellt hatten.« Sie nahm das Paket aus dem Korb, wickelte es aus den Leinentüchern. »Fünf Kostüme habe ich genäht, drei weitere bringe ich Euch morgen, da fehlen noch Kleinigkeiten. Ich hoffe, sie sind zu Eurer Zufriedenheit.« Sie faltete eins der Kostüme auseinander, schlug es vorsichtig aus und hielt es hoch. »Ich habe vier Kleider für Schäferinnen genäht und vier Anzüge für Schäfer – Jacke und Bundhose.«

»Oh!« Madame von der Leyen schlug die Hände vor den Mund. »Magnifique! Tres bien!« Sie wandte sich um. »Frederik, komm und schau!«

Erst jetzt bemerkte Catharina die zweiflügelige Schiebetür, die zu einem weiteren Raum führte. Sie war einen Spalt geöffnet. Man konnte einen Tisch und Stühle erkennen, weitere Teppiche und Kaminfeuer.

Frederik von der Leyen schob die beiden Teile der weißlackierten Tür auseinander und betrat den Salon.

»Bonsoir, Madame te Kamp. Mademoiselle.« Er nickte beiden zu. Gegenüber seiner Frau wirkte er reservierter, aber nicht unfreundlich, fand Catharina. Sie blickte durch die nun weit geöffnete Flügeltür in den weiteren Raum. Am Tisch saß ein junger Mann, die Haare gepudert und über den Ohren, der Mode entsprechend, in Rollen gelegt. Den Zopf in seinem Nacken zierte eine schwarze Samtschleife. Es musste Friedrich von der Leyen sein. Ihre Blicke trafen sich, und Catharina senkte verschämt den Kopf, um ihn dann schnell, aber verstohlen, wieder zu heben. Prächtig sah der Mann aus, er lächelte gelassen. Als er ihren Blick bemerkte, stand er auf und verbeugte sich leicht.

O nein, dachte Catharina, ich war wohl zu forsch. Das Blut schoss ihr in die Wangen.

»Das sind die Kostüme?«, fragte Frederik von der Leyen. Er nahm eins der Kleider von dem Packen, den Esther auf den Tisch gelegt hatte. »Sehr neckisch.« Er lächelte. »Das wird unseren Gästen gefallen.«

»Ich habe es wieder so gemacht wie im letzten Jahr. Die Kleider sind großzügig geschnitten und können im Rücken entsprechend geschnürt werden.« Esther drehte das Kleid um und zeigte es.

»Tres bien! Das wird wieder genauso passen wie im letzten Jahr. Was waren das noch für Kostüme?« Auch Margaretha von der Leyen war wieder aufgestanden und hatte eine der Jacken zur Hand genommen.

»Sie sind als Marketenderinnen und Ausrufer gegangen.« Esther verzog das Gesicht, lächelte dann aber wieder höflich.

»Ach, ich erinnere mich. War das ein Spaß.« Frederik ließ das Kleid achtlos in den Korb fallen. Esther hob es auf und faltete es zusammen.

»Sind Eure Gäste schon da?«, fragte sie.

»Nur ein Teil, doch im Laufe der nächsten Tage sollten alle eintreffen.« Margaretha ging zurück zu ihrem Sessel und setzte sich seufzend. »Frieder, sei so gut und schenke mir ein Glas von dem Burgunder ein.«

»Aber natürlich, Tante.« Frieder von der Leyen ging zu einem Tischchen, auf dem Karaffen und Gläser standen. »Mögt Ihr auch, meine Damen?« Er drehte sich fragend zu Esther und Catharina um.

»Nein, danke«, sagte Esther bestimmend, ihr Mundwinkel zuckte vor Empörung.

»Es ist ganz ausgezeichneter Wein«, versicherte Frieder.

»Das glaube ich gerne. Aber wenn die Kostüme zu Eurer Zufriedenheit sind, dann würden wir gerne wieder gehen. Meine Töchter warten zu Hause auf uns.« Wieder lächelte sie halbherzig.

»Naturellement! Das verstehen wir.« Frederik nickte. »Nicht wahr, Margaux?«

»Aber Ihr mögt vielleicht mal kosten, Mademoiselle?« Frieder reichte seiner Tante ein Glas mit dunkel schimmernden Wein, trat dann zu Catharina. »Seid Ihr neu hier in der Stadt? Ich kann mich nicht erinnern, Euch jemals gesehen zu haben.«

Catharina schluckte, das Blut schoss ihr in die Wangen. »Non, Monsieur. Wir wohnen schon immer hier.«

»Tatsächlich?« Er zog eine Augenbraue hoch und schaute sie an, er wirkte amüsiert. »Dass mir so ein Juwel entgehen konnte.«

Catharina senkte den Kopf, sah verstohlen zu ihrer Mutter.

»Käthe, leg die Kostüme auf den Stapel, wir müssen uns sputen«, sagte Esther streng.

Catharina tat, wie ihr geheißen worden war. Dann nahm sie ihren Korb und schloss die Schließen an ihrem Mantel.

»Morgen bringt meine Tochter die restlichen Kleidungsstücke. Wenn Eure Gäste eingetroffen sind, kommen wir gerne und passen sie an.« Esther lächelte ein letztes Mal, ging dann entschlossen zur Tür, die zur Diele führte. Catharina folgte ihr eilig, aber warf noch schnell einen Blick über die Schulter. Friedrich von der Leyen sah ihr schmunzelnd hinterher. Nein, nicht nur das, plötzlich setzte er sich in Bewegung und folgte ihnen. Lieber Himmel, dachte Catharina. Ihre Wangen schienen zu brennen.

»Ich bring Euch noch zur Tür, Mesdames.«

»Das ist nicht nötig«, sagte Esther barsch. Dennoch begleitete Frieder von der Leyen sie bis in den lang gezogenen Flur. Esther wandte sich nach rechts, hin zur Küche, die am Ende des Flurs lag.

»Aber …« Frieder von der Leyen zögerte kurz verblüfft. »Nein, nein, Mesdames, bitte hier entlang.« Energisch klang seine Stimme, aber dennoch freundlich. Catharina blieb stehen, Esther ging erst zwei Schritte weiter, wandte sich dann um.

»Hier ist der Ausgang, dort führt es zur Küche.«

Frieder stand nun vor ihr und lächelte Catharina an. Wie er duftete! Nach Zigarre und Pferd, ein wenig süßlich und nach Leder.

»Kommt«, sagte er und fasste sacht ihren Ellenbogen. »Dort ist die Tür.« Er zog sie nach links.

»Aber dort …«, sagte Catharina schüchtern.

»Ja, hier ist die Eingangstür«, unterbrach Frieder sie. Er öffnete die schwere Tür schwungvoll, und die eisige Luft schlug ihnen unerwartet heftig entgegen. Catharina zuckte fröstelnd zusammen. Es war inzwischen dunkel geworden. Vereinzelt flackerten Straßenlaternen auf – die französischen Besatzer hatten verordnet, dass Laternen von den Bürgern zu unterhalten wären, aber noch sträubten sich die meisten Krefelder dagegen.

»Oh. Es ist fast Nacht.« Frieder klang verwundert.

»Umso mehr wird es Zeit, dass wir nach Hause gelangen.« Esther drängte sich unwirsch an ihm vorbei. »Komm, Käthe, lass uns eilen.«

»Au revoir.« Catharina sah Frieder verschämt lächelnd an.

»Bonsoir, Mademoiselle!« Er zögerte kurz. »Wartet, wartet! Soll Euch nicht der Knecht begleiten, Madame te Kamp? Ihr solltet nicht alleine durch die Gassen gehen.«

Esther schnaubte. »Habt Dank, Monsieur, aber das ist nicht nötig.« Sie zog Catharina mit sich.

»Aber …«

Doch Esther hörte gar nicht weiter zu, mit energischen Schritten eilte sie über das gefrorene Pflaster.

Catharina hörte, wie die schwere Eichentür ins Schloss fiel. Nach einigen Schritten drehte sie sich um und sah zurück. Friedrich von der Leyen stand an einem der großen Fenster, die Hände hinter dem Rücken verschränkt, und schaute ihnen hinterher.

Sie wusste nicht, weshalb, aber der Anblick machte sie glücklich. Jedenfalls für einen kleinen Augenblick.

Kapitel 2

»Habt ihr die Hände gewaschen?«, fragte Esther und sah streng in die Runde. Die Mädchen nickten ergeben. »Wo ist die Suppe?«

»Ich habe die Suppe aufgekocht«, stammelte Henrike und senkte den Kopf. »Aber sie roch nicht mehr gut.«

»Bitte?« Esther sah sie entsetzt an.

»Sie roch faulig.«

»Nichts, was man nicht mit einer Handvoll Kümmel hätte beheben können.« Esther schnaufte. »Wo hast du sie hingetan? In den Hof?«

Henrike schluckte. »Ich habe sie weggeschüttet. Sie roch wirklich schlecht.«

»Was?« Esther schüttelte den Kopf. »Und was sollen wir jetzt essen?«

»Ich habe Speck ausgelassen und Buchweizen dazugetan. Die Grütze müsste gleich fertig sein«, sagte Henrike leise.

»Du dummes Ding, der Speck war für morgen.« Esther verzog wütend das Gesicht, dann atmete sie tief ein und ging zum Herd. Aus dem Topf stieg Dampf, sie rührte um, sog den Duft ein. »Hast du Zwiebeln zugefügt?«

»Nein, ein paar Wurzeln und den Rest vom Sellerie.«

Catharina deckte schnell den Tisch und schnitt das Brot an. Obwohl es frisch gebacken war, duftete es nicht so köstlich wie das der von der Leyen. Die hatten das feinste weiße Mehl, und das Brot war wunderbar locker und luftig gewesen. Noch nie zuvor hatte sie so delikates Brot gegessen.

Alle setzten sich um den Holztisch in der Küche, und die Mutter sprach ein Gebet, dann gab sie allen von der Grütze.

Das Essen verlief schweigend, anschließend nahm sich Esther eine Öllampe und zog sich in die Stube zurück, um die restlichen Kostüme zu säumen. Catharina räumte die Küche auf, wusch das Geschirr ab und setzte den Sauerteig für den nächsten Tag an. Schließlich ging sie in die Stube.

»Kann ich dir helfen oder noch etwas bringen, Maman?«

Esther schaute auf, zwischen ihren Augenbrauen hatte sich eine tiefe Falte eingegraben. Sie schüttelte den Kopf.

»Vielleicht noch einen Becher Würzwein?«

Die Mutter überlegte, nickte dann seufzend. »Ich werde noch eine Weile beschäftigt sein, fürchte ich, da kann ein Becher Würzwein nicht schaden.«

Der Würzwein bei den von der Leyen war süß und köstlich gewesen, hatte nach edlen Gewürzen geschmeckt, anders als der, den ihre Mutter aufkochte.

»Wie bekommen sie den Wein so süß?«, fragte Catharina Esther, als sie ihr den Becher reichte.

»Die von der Leyen? Nun ja, sie haben Geld, viel Geld – sie können sich schweren und süßen Wein leisten, Kassonade und vermutlich auch Zucker aus dem Süden. Sie betreiben Handel und werden Kontakte zu Gewürzhändlern haben.« Sie nippte an dem Becher, verzog das Gesicht. Der Wein war sauer, sie hatten nur wenig Zimt und Anis, Kardamom war unerschwinglich für sie und Muskatnuss und Kassonade ebenfalls. Aber der Wein war heiß und stärkte sie. »Geh zu Bett, Kind.«

»Soll ich dir nicht noch helfen?«, fragte Catharina zweifelnd.

»Nein, ist schon gut.«

Langsam stieg Catharina die steile Stiege in den oberen Stock hinauf. Sie teilte sich das Zimmer mit Henrike, während ihre Mutter und die beiden jüngeren Schwestern das andere Zimmer hatten. In der Wand zwischen den Räumen lag der Kaminzug und wärmte somit die Zimmer. Nur wenn der Wind von Norden pfiff, wurde es empfindlich kalt, da die Fenster nicht mehr dicht schlossen.

Henrike lag schon im Bett, war aber noch wach. Auch von nebenan war noch das leise Gemurmel von Stimmen zu hören, hin und wieder auch ein unterdrücktes Kichern.

»Gute Nacht!«, rief Catharina energisch. »Zeit zum Schlafen!«

»Nun lass sie doch. Immerhin scheinen sie Spaß zu haben.« Henrike zog die Bettdecke bis zum Kinn hoch.

»Ja, du hast ja recht. Aber Morgen kommen sie nicht aus den Federn, und du weißt doch, wie wütend das Mutter macht.«

»Mutter macht alles wütend«, sagte Henrike leise. »Man kann es ihr nie recht machen.«

»Sie hat es nicht leicht.« Catharina zog das Kleid aus, legte es ordentlich zusammen und zog das Nachthemd über und schlüpfte unter die Decke. Das Bett war groß genug für sie beide, und meist genossen sie die Gesellschaft und Wärme der anderen.

»Nein, wir aber auch nicht. Es ist weder ihre noch unsere Schuld. Der Kohl war verdorben, dafür konnte ich nichts.«

»Sie hätte ihn noch gegessen – Kümmel dazu und vielleicht Pfeffer.« Catharina verzog das Gesicht.

»Uns allen hätte der Magen gegrummelt am nächsten Tag, wenn nicht sogar noch schlimmer.«

»Du hast gut daran getan, Henrike, den Kohl wegzuschütten.« Catharina kuschelte sich tiefer in ihr Kissen und seufzte.

»Wie war es bei den von der Leyen?« Henrike drehte sich zu ihrer Schwester um und schaute sie aus großen Augen an. »Das Haus ist so imposant.«

»Du kannst dir nicht vorstellen, wie es innen aussieht – es ist alles …« Catharina runzelte die Stirn.

»Wie? Wie denn?«

»Edel ist es. Wir sind durch die Küche hineingegangen, Mutter mochte nicht an der Eingangstür klopfen.«

»Hätte sie denn gekonnt, ich meine …?«

»Ich weiß es nicht. Mamsell Luise hat uns herzlich begrüßt, es gab süßes Brot und würzigen Wein, der dem Gaumen schmeichelt. So etwas habe ich noch nie gekostet«, schwärmte Catharina.

»Ach, ihr wurdet beköstigt?« Ein wenig Neid klang in Henrikes Stimme mit.

Catharina nickte. »Wir haben einen Moment in der Küche gewartet – sie ist so groß wie unser Erdgeschoss.«

»Parbleu!«

»Ja, und alle Töpfe blinken und blitzen – sie haben Kupferpfannen und Glaskaraffen, Gläser und Schüsseln aus Porzellan.«

»Keine irdenen Schüsseln?«

»Bestimmt, aber die anderen sind mir einfach ins Auge gefallen.«

»Ward ihr nur in der Küche?«

»Nein, nein. Das Mädchen hat uns in den Salon geführt. Stell dir vor, die Böden sind über und über mit Teppichen bedeckt. Und an den Wänden hängen auch einige.«

»Wirklich? Was haben sie denn … ich meine … treten sie da …? Bei den Flohs gibt es im Chambre auch einen Teppich, aber niemand darf ihn mit Straßenschuhen betreten.«

»Oh, wir durften, auch wenn ich erst Skrupel hatte. Es ist ein wunderbares Gefühl, so muss es sich anfühlen, wenn man auf Wolken geht. Noch weicher als frisches Gras im Frühjahr.« Catharina seufzte auf und schloss in Erinnerung an den Nachmittag die Augen. Sofort hatte sie das Bild von Frieder von der Leyen im Kopf.

»Und dann?«, drängte ihre Schwester.

»Im Salon wartete Madame Margaretha auf uns. Sie begrüßte uns sehr herzlich. Mutter hat ihr die Kostüme gezeigt und den Wein abgelehnt.« Catharina zog einen Flunsch. »Dabei sah der so samtig aus, so weich und köstlich.«

»Das ist nicht schlicht und somit nicht gottgefällig, kein Wunder, dass Mutter abgelehnt hat. Dabei sind die von der Leyen auch Mennoniten. Wenn sie es dürfen, warum wir dann nicht?«

»Sie sind anders als wir.« Catharina zog die Stirn in Falten. »Sie machen sich bestimmt keine Gedanken darüber, bei ihnen gehört das einfach dazu. Madame Margaretha trug keinen Schmuck, doch ihr Gewand war aufwendig gewebt und verarbeitet, feinste Spitze und Samtbänder.«

»Das würde der Gemeindevorstand bei allen anprangern, bei ihnen tut er es nicht.«

»Nein, stimmt.« Catharina dachte wieder an Frieder. Er hatte ein nettes, ein offenes Gesicht. Sein Händedruck war warm, sein Lachen ehrlich gewesen. Röte stieg ihr den Hals hoch in die Wangen.

»Was war noch?«, fragte Henrike und grinste.

»Nichts.« Catharina zog sich die Decke bis zur Nasenspitze.

»Nun komm schon, erzähl es mir.« Henrike stupste ihre Schwester liebevoll in die Seite.

»Der Neffe war da.« Catharina biss sich auf die Lippe.

»Frieder von der Leyen? Oh. Und?«

»Er ist sehr nett.«

»Aha.« Henrike zog die Stirn kraus. »Nett? Ist das alles? Hast du etwa mit ihm gesprochen?«

»Ja doch. Er hat mir die Hand gereicht und wollte mir Wein anbieten, doch Mutter hat das nicht zugelassen. Er ist so stattlich und elegant.«

»So, so.«

»Ja, und er riecht so gut.« Catharina schloss die Augen.

»Nach was denn?«, fragte Henrike verwundert.

»Na, nach Seife und Leder und Parfüm. Er roch irgendwie wie eine Heuwiese.«

»Du hast doch von dem Wein getrunken, und er ist dir zu Kopf gestiegen.« Henrike kicherte.

Die beiden Mädchen hatten zwar die Familie von der Leyen regelmäßig in der Kirche gesehen, doch obwohl die Familie immer sehr freundlich war, blieb sie doch in gewisser Distanz zu den anderen Gemeindemitgliedern.

»Was hatte er an? Und was hat er gesagt? Ich will jedes Detail wissen.«

Catharina blies die Kerze aus. Die Mädchen kuschelten sich im Dunkeln aneinander und flüsterten.

Das liebe ich, dachte Catharina schließlich, glücklich und müde. Das ist zu Hause sein, auch wenn es manchmal schwierig ist. Mit diesem Gedanken schlief sie ein und träumte von Teppichen, seltsamen Knollen und edlen Weinen.

Am nächsten Tag war Esther noch wortkarger als sonst. Sie sah übernächtigt aus.

»Die Kostüme sind fertig«, sagte sie müde zu Catharina, als diese das Feuer schürte.

»Tres bien, Maman. Die von der Leyen schienen sehr zufrieden zu sein.«

»Das wird man sehen. Auch wie ihre Gäste die Kleider beurteilen.« Sie seufzte, nahm den Brotteig aus der Schüssel und begann ihn zu kneten.

»Lass mich das machen, Maman. Hast du geschlafen?«

»Ein wenig. Im Sessel.« Esther drückte ihre Hände ins Kreuz.

»Ich mache Frühstück und schicke die Mädchen zur Schule. Leg du dich hin.«

Esther schüttelte den Kopf. »Die Kostüme müssen noch zu den von der Leyen.«

»Ich kann sie doch hinbringen.« Catharina merkte, wie ihr das Blut in die Wangen stieg. Die Aussicht darauf, Frieder wieder zu treffen, ließ ihr Herz schneller pochen. Sie beugte sich über den Brotteig.

»Das würdest du machen?« Die Mutter sah sie zweifelnd an.

»Naturellement.«

»Es wäre eine große Erleichterung für mich. Auf dem Rückweg könntest du ein paar Dinge einkaufen. Es fehlt Mehl und Speck. Zum Glück habe ich schon einen Teil des Geldes bekommen, jetzt können wir die Vorräte wieder auffüllen.«

»Ich habe gestern nur drei Eier aus den Gelegen geholt. Ich fürchte, die Hühner werden zu alt und legen nicht mehr«, sagte Catharina leise. »Dabei werden die Tage jetzt doch wieder länger, und sie sollten mehr legen.«

»Da helfen auch keine längeren Tage. Den beiden alten Hennen kannst du ruhig den Hals umdrehen, für eine Suppe und ein wenig Frikassee sind sie noch gut genug. Wir werden uns Junghennen kaufen müssen.« Wieder seufzte sie.

Catharina schob den Brotlaib in den Ofen, rührte die Grütze um. »Wir haben noch einen halben Schinken, ein paar Kohlköpfe, zwei Lagen Wurzeln, ein halbes Fässchen Sauerkraut und drei Lagen Äpfel.«

Besorgt schaute Esther nach draußen. Der Winter schien kein Ende zu nehmen, eisige Winde drückten den Qualm der Kamine in die Gassen. »Es ist erst Anfang Februar, wir haben bestimmt noch zwei kalte Monate vor uns. Dieses Jahr war die Ernte schlecht, und durch die Besatzer sind die Preise allerorts gestiegen. Wäre doch schon das Frühjahr da, und wir könnten frische Kräuter und junges Gemüse ernten.«

»Bis dahin wird es noch dauern. Mal schauen, ob ich auf dem Markt noch etwas finde. Hast du die Kleider schon verpackt?«, fragte Catharina.

Esther nickte. »Du kannst sie gleich wegbringen. Und sag Mamsell Luise, dass wir gerne kommen, um die Kleider anzupassen.«

»Oui.«

Elisabeth und Mette hüpften die Treppe herunter. Die beiden Mädchen waren meist unbekümmert und schienen die Last, die auf der Familie lag, besser zu ertragen als ihre großen Schwestern.

Vielleicht, dachte Catharina, liegt das daran, dass sie es fast nur so kennen. Viele Erinnerungen an »früher« konnten die beiden nicht haben.

Als der Vater noch gelebt hatte, war das Leben der Familie unbeschwerter und sorgloser gewesen. Selbst Esther hatte damals öfter gelacht. Heute zwang sie sich hin und wieder zu einem Lächeln, laut lachen hatte Catharina sie seit der Schlacht an der Hückelsmay nicht mehr gehört.

Catharina füllte die Schalen der Mädchen mit Grütze, nahm das Brot aus dem Ofen und schnitt es auf. Sie hatten Gänse- und Schweineschmalz statt süßer Butter.

»Guten Morgen«, sagte Henrike und schob sich neben Mette auf die Bank. »Alle gut geschlafen?« Sie strich der einen Schwester über den Kopf, knuffte die andere liebevoll in die Seite.

»Lasst uns beten.« Esther klang tadelnd.

Alle senkten den Kopf, und Esther sprach ein kurzes Gebet, verteilte dann das Brot. »Schling nicht so«, ermahnte sie Henrike.

»Muss mich beeilen«, murmelte Henrike.

»Du könntest einfach früher aufstehen.«

Henrike warf Catharina einen Blick zu und verdrehte die Augen.

»Deine Schwester ist schon seit einer Stunde auf und hat das Frühstück bereitet.«

»Ja, Maman.«

Sie aßen schweigend. Nach dem Frühmahl stand Esther auf, wieder seufzte sie.

»Leg dich hin, Maman«, sagte Catharina leise. »Ich kümmere mich schon um alles.«

»Kind, das ist schön. Bring doch bitte dann die Bücher zurück zu den ter Meers.« Sie tätschelte die Schulter ihrer Tochter und stieg langsam die Treppe nach oben.

Abraham ter Meer, ein Gemeindemitglied, hatte vor einigen Monaten Anna te Kloot geheiratet. Sie war zwölf Jahre älter als Catharina und ihr zu einer mütterlichen Freundin geworden. Die größte Leidenschaft des jungen Ehepaars waren Bücher. Abraham hatte von seinem Bruder Claes eine Sammlung von dreitausend Büchern und Folianten geerbt. Die kostbaren Bücher hielt er in Ehren, verlieh sie jedoch für eine geringe Gebühr an Mitglieder der Gemeinde. Zu den te Kamps gab es freundschaftliche Verbindungen, und so kamen die Frauen unentgeltlich in den Genuss mannigfaltiger Lektüre.

Nachdem sie den Mädchen die Haare gekämmt und hochgesteckt, ihre Kleidung und die Fingernägel überprüft und sie zur Schule geschickt hatte, räumte Catharina die Küche auf, spülte das Geschirr und setzte eine Brühe für die Abendmahlzeit auf. Henrike hatte nach wenigen Bissen den Frühstückstisch verlassen und war zum Haus der Floh geeilt.

Dort bekommt sie sicher etwas Besseres, dachte Catharina ohne Neid.

Schließlich hatte sie den Haushalt so weit geregelt und zog sich Stiefel und Mantel an, setzte die Haube auf und nahm den Korb. In der Stube lagen die drei Kostüme, sauber in Leinentücher eingeschlagen.

Inzwischen schien die Sonne von einem strahlend blauen Himmel, alle Schneewolken waren verflogen, und es war eisig kalt. Doch Catharina ging mit zügigem Schritt und fror nicht.

Am Neumarkt hatten die Bäuerinnen ihre Stände aufgebaut und boten die wenigen Waren feil. Ihr begegneten einige Soldaten, doch nun gingen sie in Reih und Glied, belästigten niemand.

Soll ich an der Eingangspforte klopfen? fragte sich Catharina, als sie vor dem imposanten Haus der von der Leyen stand. Oder gehe ich wieder durch die Toreinfahrt und klopfe an der Tür zur Küche?

Dort würde Mamsell Luise oder eine der Mägde sie in Empfang nehmen. Friedrich von der Leyen würde sie nicht begegnen. Aber selbst wenn ich vorne klopfe, wird er die Tür nicht öffnen, wurde ihr klar.

Das Haus wirkte im grellen Tageslicht viel größer und abweisender als am vergangenen Abend. Die Fenster erschienen ihr wie große Spiegel, kein warmes Licht ergoss sich auf die Straße, stattdessen reflektierte sich das Sonnenlicht in den Scheiben. Sie konnte keinen Blick in die Räume werfen, wusste nicht, ob hinter den Fenstern jemand stand und sie beobachtete.

Nein, ich werde nicht am Portal klopfen, sagte sich Catharina. Sie ging am Haus vorbei durch die Toreinfahrt. Nun konnte sie auch einen Blick auf das Grundstück werfen. Der Garten war schneebedeckt, und doch konnte man die einzelnen Flächen unterscheiden, die Kieswege und die Buchshecken, welche die Beete umrandeten. Das war kein Nutzgarten.

Voller Staunen schaute Catharina auf die große Fläche und überlegte, was ihre Familie dort alles pflanzen könnte. Te Kamps hatten das Glück, einen Wallgarten vor den Toren der Stadt zu besitzen, und bewirtschafteten ihn redlich. Ohne den Nutzgarten hätten sie die letzten Jahre nicht überstehen können. Doch dieser Garten war zum Lustwandeln angelegt.

Im Sommer muss das eine Pracht sein, dachte Catharina und drehte sich um. Einen Moment zögerte sie, doch dann klopfte sie energisch an die Tür auf der Rückseite des Hauses.

»Bonjour, Mamsell Luise.«

»Ah, Ihr seid die Kleine te Kamp, nicht wahr? Kommt herein, kommt herein.« Eilig zog die Köchin Catharina in die Küche.

Catharina schloss kurz die Augen und sog den Duft ein.

»Meine Mutter schickt mich mit den letzten Kostümen«, sagte Catharina schüchtern. Die riesige Küche, die unbekannten Aromen, die Köchin und die Mägde in ihren gebügelten Schürzen und mit den Hauben auf den Köpfen – alles wirkte so imposant. Die Kupferkessel und Pfannen blitzten und blinkten, so dass man sich darin spiegeln konnte.

»Oui, superb! Das wird Madame und Monsieur bestimmt freuen.«

Unsicher griff Catharina in den Korb und zog das Paket hervor. Sie wusste nicht, ob sie es der Köchin geben sollte.

»Ich bring es gleich in den Salon«, sagte die Magd, die sie gestern nach vorne geführt hatte.

»Ja. Hmm.« Catharina reichte ihr den Stoß Kleider. Das Mädchen lächelte freundlich, drehte sich um und ging.

»Ich soll noch ausrichten, dass wir gerne kommen, um die Kostüme anzupassen«, sagte Catharina fast tonlos und biss sich auf die Lippe. Sie spähte der Magd hinterher, erhaschte aber nur einen Blick auf die Diele.

»Ich werde es ausrichten.« Mamsell Luise war zum Herd geeilt und rührte in einem Topf, setzte dann eine Pfanne auf und gab ein Stück fetten Speck hinein. Es zischte, Rauch stieg auf. Mamsell Luise griff nach einem Messer und zerteilte eine Zwiebel mit flinken Bewegungen. Fasziniert schaute Catharina ihr zu, das Wasser lief ihr im Mund zusammen.

Plötzlich wurde die Tür polternd aufgerissen, und Jakob, der Knecht, stapfte in die Küche. Er trug einen Käfig, in dem mindestens ein Dutzend Wachteln verängstigt piepsten.

Mamsell Luise schaute auf, nickte dann zufrieden. »Du kannst ihnen gleich den Hals umdrehen, Jakob. Nele soll sie rupfen, dann kann ich sie ausnehmen und fürs Frühstück braten.«

»Frühstück?«, entfuhr es Catharina. Der Tag hatte längst begonnen.

»Oui. Der junge Herr schläft gerne aus und speist dann ausgiebig.« Mamsell Luise wischte sich die Hände an der Schürze ab. »Mademoiselle te Kamp, ich bin mir sicher, dass die Kostüme Eurer Mutter zur vollen Zufriedenheit der Herrschaft sein werden. Falls Änderungen benötigt werden, schicken wir jemanden vorbei.«

Oh, dachte Catharina und spürte, wie ihr das Blut in die Wangen schoss. Du Esel hältst hier alles auf.

»Au revoir«, flüsterte sie und schlüpfte hinter dem Knecht vorbei und durch die Tür. Im Hof holte sie tief Luft und schlang das Tuch fester um die Schultern. Ihr Gesicht glühte nicht nur von der Wärme in der Küche.

Ich wüsste mich in so einem Haushalt überhaupt nicht zu benehmen, dachte sie. Frühstück am späten Vormittag, das Leben der Familie schien so ganz anders zu sein als ihres. Aber natürlich, sie mussten nicht kochen und putzen, nicht einkaufen oder ernten.

Der Einkauf, fiel ihr ein, ich muss noch schauen, ob ich etwas ergattere. Wie wohl Wachteln schmecken? Vermutlich schmeckten sie wie anderes Geflügel auch, nur waren sie kleiner. Die winzigen Vögel zu rupfen und zuzubereiten war bestimmt nicht einfach. Noch einmal ließ sie ihren Blick über die stattliche Fassade des Hauses und den prächtigen Garten gleiten, dann eilte Catharina durch die Toreinfahrt auf die Straße.

Sie lief in Richtung Schwanenmarkt, drehte sich aber am Ende der Gasse noch einmal um. Stand dort jemand hinter dem Fenster und beobachtete sie, oder gaukelte ihr das Licht etwas vor? Seufzend nahm sie den Korb in die andere Hand. Nein, der junge Herr schlief noch und träumte wahrscheinlich von all den Köstlichkeiten, die in der Küche für ihn zubereitet wurden. Zu gerne hätte sie ihn noch mal gesehen und gesprochen, er hatte etwas Besonderes an sich, etwas, das sie berührte, ohne dass sie es benennen konnte.

Kapitel 3

Nur wenige Bauern hatten ihre Stände aufgebaut. Der eisige Wind pfiff durch die Gassen, und schon wieder zogen dichte Wolken am Horizont auf. Catharina besah sich das magere Angebot. Außer Sauerkraut und Kohlköpfen, schrundigen Äpfeln, Porree, einigen Sellerieknollen und anderem Wintergemüse wurde nicht viel feilgeboten.

Die zwei letzten Sellerieknollen sind verfault, dachte Catharina, aber diese hier sind schrundig und haben schon weiche Stellen. Die nehme ich nicht, auch der Porree sieht kümmerlich aus.

Seufzend schaute sie sich um, konnte sich aber für nichts entscheiden. Düfte und Aromen wie in der von der Leyenschen Küche würde sie mit diesen Waren nicht zaubern können.

Schließlich ging sie, ohne etwas gekauft zu haben, zur Oberstraße. Dort wohnte ihre mütterliche Freundin Anna te Kloot. Auch hier ging Catharina am Haus vorbei durch die Toreinfahrt und zur Küchentür an der Rückseite des Hauses.

Sie schaute durch das Fenster und sah Anna am schrundigen Küchentisch sitzen und Bohnen verlesen.

Catharina klopfte, Anna stand auf und eilte zur Tür, um zu öffnen.

»Bonjour, mon amie. Störe ich?«, fragte Catharina und rieb sich die kalten Hände.

»Kommt herein, bevor Ihr Euch den Tod holt.« Anna zog sie in die mollig warme Küche. Die Wärme des Herds und der Duft von frischem Brot und heißer Grütze hüllten Catharina ein.

»Mögt Ihr einen Becher Würzwein?« Anna wartete nicht

auf die Antwort, nahm einen Becher vom Brett über dem Kamin und füllte ihn. »Hier nehmt und wärmt Euch auf.« Sie warf einen Blick in die Diele in Richtung Stube. »Wir haben wieder einen Quartiergast, den Docteur. Er ist schwierig.« Sie verdrehte die Augen und zog ein Gesicht. »Ich hoffe, er bleibt nicht all zu lange.«

»Wieso ist er schwierig?« Catharina wärmte sich die Hände an dem Becher.

»Ach, er mochte den Wein nicht, der sei nicht schwer genug. Das Zimmer ist ihm zu klein.« Anna seufzte. »Er wollte eine Kohlepfanne, und generell scheint er eher unleidlich zu sein.« Sie senkte den Kopf. »Er war schon einmal hier im letzten Monat, ist aber dann in ein größeres Quartier gezogen. Doch dort musste er jetzt weg und kam zurück zu uns. Ein Hin und Her.«

Catharina legte ihr die Hand auf den Arm. »Sicherlich wird er nicht lange bleiben. Verzagt nicht.« Sie trank hastig einen weiteren Schluck. »Ich will auch gar nicht stören.«

»Ihr stört doch nicht.« Anna lachte leise. »Geht es Euch gut?«

Catharina legte den Kopf schief und nahm das wollene Umschlagtuch von den Schultern. »Maman hatte einen großen Auftrag von den von der Leyen. Das hat einiges an Geld gebracht. Aber auf dem Markt gibt es kaum noch etwas zu kaufen.«

»Das ist wahr. Die Ernte war schlecht, weil es letzten Sommer so geregnet hat, und der Herbst kam zu früh. Dazu der strenge Winter.« Anna seufzte. »Zum Glück hat Abraham Verwandte draußen bei den Flöthhöfen. Von ihnen bekommen wir immer noch etwas.« Sie schaute auf, lächelte. »Wenn Ihr mögt, nehme ich Euch das nächste Mal mit, wenn wir dorthin fahren. Dann könnt Ihr Eure Vorräte auffrischen. Sie haben nicht mehr viel, aber alles ist von bester Qualität.«

»Das wäre wundervoll.«

»Aber natürlich. So machen wir das. Ich werde nachher Abraham fragen. Er wollte vor Karneval noch zum Scheutenhof fahren.«

»Die von der Leyen planen ein großes Fest. Sie wollen Karneval mit den Franzosen feiern, viele Narreteien sind geplant, Gäste werden erwartet.« Catharina trank noch einen Schluck vom Würzwein. »Aber ich will Euch nicht länger aufhalten, ich wollte nur die Bücher zurückgeben.«

»Catharina, Ihr seid immer herzlich willkommen, und wenn Ihr mögt, dann legt ab und nehmt teil an unserem Mahl. Es gibt Grütze mit Schweineschwarte und Brot.«

Vermutlich mehr, als es zu Hause geben wird, dachte Catharina mit leisem Bedauern und ging in Gedanken die Vorräte durch, dann schüttelte sie den Kopf. »Nein, ich muss noch für die Familie kochen. Gerade habe ich die letzten Kostüme bei den von der Leyen abgeliefert.« Sie nahm die Bücher aus dem Korb, legte sie vorsichtig auf den Tisch, schlang dann das Tuch wieder um ihre Schultern. »Beste Grüße an Euren Gemahl. Ich hoffe, dass es Euch so weit gut geht.« Sie hüstelte kurz, warf einen Blick Richtung Diele. »Abgesehen von dem schwierigen Gast«, sagte sie dann leise.

»Mir geht es gut.« Anna lächelte und legte die Hand auf ihren Bauch. »Ich glaube, ich bin guter Hoffnung«, flüsterte sie mit einem Zwinkern. »Ich würde es Abraham so wünschen.«

»Oh.« Catharina schlug die Hand vor den Mund. »Das wäre wundervoll.«

Zwei Jahre zuvor war Annas erster Ehemann unter unglücklichen Umständen ums Leben gekommen. Aus dieser

Ehe hatte sie eine Tochter. Anna hatte viel Leid erfahren, und Catharina, die mit ihren zwanzig Jahren nur erahnen konnte, was ihre Freundin durchgemacht hatte, wünschte ihr nun alles Glück auf Erden.

»Abraham weiß es noch nicht«, wisperte Anna. »Er sitzt in der Stube bei dem Docteur und liest die Zeitung. Ich will erst ganz sicher sein, bevor ich es ihm sage.«

»Oh, ich glaube daran.« Catharina stellte den Becher auf den Tisch, drückte der Freundin die Hand und zog dann wieder das Umschlagtuch über ihre Haube. »Nach Karneval habe ich sicher mehr Zeit, und wir können uns mal wieder in Ruhe treffen. Au revoir!«

Catharina verließ das heimelige Haus der ter Meers und eilte die Straße entlang zum Quartelnmarkt. Die Kirchturmuhr hatte schon zwölf Mal geschlagen, und noch hatte Catharina kein Essen vorbereitet. Hektisch ging sie in Gedanken die Vorräte durch. Viel Auswahl hatte sie nicht.

Seufzend schloss sie die Tür auf, schüttelte das Tuch aus, hängte den Mantel an den Haken und schnürte die Stiefel auf. Dann schlüpfte sie in die Holzpantinen und öffnete die Tür zur Küche. Das Feuer war fast heruntergebrannt. Sie legte Holz nach, schüttete ein paar Kohlen in den Herd und schürte das Feuer. Schließlich ging sie in die Vorratskammer, die neben der Küche lag. Aber die Regale und Schütten waren fast leer. Im Hof, in einem kleinen Raum neben dem Schuppen, in dem die Hühner untergebracht waren, gab es eine weitere Kammer. Dort war es deutlich kühler als in der Vorratskammer, und dort wurden im Winter das gepökelte oder geräucherte Fleisch, der getrocknete oder eingelegte Fisch und andere Lebensmittel gelagert.

Sie nahm ihr Umschlagtuch und ging über den Hof zum Schuppen. Immer noch hatte sie den Duft von frisch gebratenem Speck in der Nase. Speck war ein wichtiges Nahrungsmittel, das sie sparsam verwendeten.

Aber heute, dachte Catharina, gönnen wir uns etwas. Sie schnitt ein reichliches Stück aus der Bauchseite, die am Haken von der Decke hing. Dann suchte sie Möhren aus dem Sand der Lage im Regal, schnitt Zwiebeln und Knoblauch von den Zöpfen, die neben der Tür hingen. Buchweizen hatte sie noch in der Küche. Sie würden zwar nicht so köstlich und reichhaltig speisen wie die von der Leyen, aber heute würden sie auch nicht darben. Catharina legte die Sachen in den Korb, öffnete dann die Tür zum Hühnerstall. Sie fand nur zwei Eier. Seufzend wollte sie die Tür wieder schließen, doch dann fasste sie einen Entschluss, wozu die alte Henne weiterhin mit durchfüttern?

Sie holte eine Wanne aus der Kammer nebenan sowie das Beil. Dann packte sie mit einem raschen Griff die alte Henne, nahm sie bei den Läufen und ließ sie schwungvoll vier- oder fünfmal durch die Luft kreisen. Die anderen Hennen stoben erschrocken und laut gackernd davon. Schließlich war der alte Vogel bewusstlos. Catharina legte den Vogel auf den Hackklotz, nahm das Beil, enthauptete das Tier und legte es in den Bottich, wo es unter letztem Geflatter ausblutete.

Danach holte Catharina einen Eimer mit Wasser. Sie tauchte das Tier hinein und rupfte es mit flinken und routinierten Bewegungen, trug es dann in die Küche. Ihre Hände waren blau gefroren, und sie brauchte einen Moment, um sich wieder aufzuwärmen. Im Kessel war nur noch wenig Würzwein, doch die wenigen Schlucke taten ihr gut. Sie flämmte die Henne über dem Herdfeuer ab, trug sie in den

Hof, schnitt sie unterhalb des Brustbeines bis zur Kloake hin auf, ohne diese zu beschädigen. Herz, Magen und Leber sowie das Fett aus dem Bauchraum legte sie in eine Schüssel. Damit konnte sie der Mutter eine leckere Mahlzeit bereiten. Die Galle knipste sie mit spitzen Fingern von der Leber ab. Kaspar, der dicke Hauskater, schmiegte sich eng an Catharinas Beine und schnurrte vernehmlich.

»Ja, ja«, murmelte Catharina. »Hier hast du.« Sie wollte ihm ein Stück der restlichen Innereien abschneiden, doch mit einem raschen Tatzenschlag krallte er sich alles und sauste hinter den Schuppen.

»Du alter Räuber«, sagte Catharina lachend. »Wehe, du vergisst darüber das Mausen.«

In der Henne hatte sie ein reifes Ei gefunden und legte es in die Schüssel mit den Innereien.

Hab ich das Tier unnötig getötet? fragte sie sich und biss sich auf die Lippen. Zu früh und vor der Zeit? Oder war es doch noch nicht zu alt zum Eierlegen? Habe ich gar das falsche Tier gegriffen? Aber nein, sie kannte die Hühner. Dies war vermutlich ein letztes Ei gewesen.

Catharina löste den Hals aus der Karkasse, entfernte den Kropf und wusch das nun ausgenomme Tier noch einmal mit frischem Wasser ab. Sie band die Läufe zusammen und hängte den Vogel in den Vorratsraum. Gegen Abend wäre er ein wenig abgehangen und könnte zubereitet werden.

Sie trug die Schale mit dem Fett und den Innereien in die Küche, ließ das Fett aus und schmorte Herz, Magen und Leber darin, gab etwas Majoran, Zwiebeln und Knoblauch hinzu und salzte sparsam. Schon bald zog ein köstlicher Duft durch das Haus. Catharina lief das Wasser im Mund zusammen.

»Käthe?« Esther kam die Stiege hinunter, steckte sich die Haare hoch und setzte die Haube auf. »Was hast du denn Leckeres auf dem Markt erstanden?«

»Hast du dich etwas ausruhen können?«

»Ja, dank dir, mein Kind.« Esther hob den Deckel vom Topf und schnupperte.

»Ich habe die alte Henne geschlachtet.« Catharina biss sich auf die Lippe, denn sie wusste nicht, ob es ihrer Mutter recht war. »Auf dem Markt gab es kaum etwas und ich dachte ... wir müssen uns mal wieder ein ordentliches Essen gönnen. Denn noch ist der Winter lang und das Frühjahr fern.« Ihre Stimme war immer leiser geworden.

»Ist schon recht, Käthe.« Esther brach ein Stück Brot ab und tauchte es in die würzige Soße aus dem Hühnerfett. »Sehr gut. Eine Zwiebel könntest du noch würfeln und dazu fügen.« Sie tätschelte ihrer Tochter die Schulter, und Catharina atmete erleichtert auf.

Zwei Tage später – einige der französischen Soldaten hatten den Fastnachtsbetrieb schon begonnen – schickten die von der Leyen den Knecht zu te Kamps.

»Madame, die Gäste sind alle eingetroffen, und nun bräuchten die Herrschaften doch die eine oder andere Änderung, soll ich Euch ausrichten. Wäre es Euch morgen Nachmittag recht?«

»Naturellement.« Esther lächelte, und nur Catharina erkannte die Anspannung ihrer Mutter.

»Du kommst mit und hilfst mir«, sagte Esther zu ihr. »Und bürste dein gutes Kleid aus.«

»Werden die Herrschaften anwesend sein?« Catharina spürte, wie ihr das Blut in die Wangen stieg.

»Natürlich. Im letzten Jahr hat mir ihre Magd geholfen – aber sie war keine wirkliche Hilfe, kann mit Nadel und Faden kaum umgehen und ist lange nicht so flink wie du.«

Am Abend war Catharina sehr aufgeregt. Ihr gutes Kleid hatte sie zwei Mal ausgebürstet, es dann schließlich über kochendes Wasser gehängt. Nun lag es ordentlich zusammengefaltet auf dem Stuhl neben dem Bett. Kaspar, der Hauskater, schlich sich wie sooft in kalten Nächten in das Zimmer der Mädchen. Im letzten Moment konnte Catharina ihn davon abhalten, auf den Stuhl zu springen und sich auf dem Kleid zusammenzurollen.

»Nichts da«, sagte sie und nahm ihn hoch. Kaspar schnurrte laut. Seit sie einen Teil der Haushaltsführung übernommen hatte, hing er an ihr, was daran liegen mochte, dass immer wieder kleine Häppchen und Leckereien für ihn abfielen. Der Kater schmiegte sich an sie. Als Catharina unter die Decke schlüpfte, rollte er sich neben ihr zusammen. Immer wieder schüttelte sie ihr Kissen auf, rückte die Decke zurecht.

»Nun komm endlich zur Ruhe«, sagte Henrike lachend.

»Aber vielleicht sehe ich morgen Friedrich von der Leyen wieder«, wisperte Catharina.

»Ich bin mir ziemlich sicher, dass du ihn wiedersiehst.«

»Und das ist so aufregend.« Catharina bekam fast einen Schluckauf.

Ihre Schwester schüttelte es vor Lachen. »Was ist daran aufregend?«

»Du verstehst das nicht. Es ist alles so anders dort, so tres chic. Es riecht sogar anders.«

»Naturellement. Bei den Flohs ist auch alles viel vornehmer als bei uns.« Mit einem kleinen Lächeln lehnte sich Henrike zurück in die Kissen. »Viel besser ist es dort – angefangen beim Essen bis hin zu den dicken Decken in den Betten.«

Catharina riss die Augen auf. »Woher weißt du das?«

Wieder lachte Henrike. Sie sah aus wie der Kater, wenn er von der Sahne genascht hatte. »Ich helfe manchmal beim Bettenmachen, was hast du denn gedacht?«

»Oh.«

»Du solltest aber nun versuchen, etwas Schlaf zu bekommen. Sonst werden die von der Leyen ganz erschrocken sein ob deiner bleichen Gesichtsfarbe, und auch das Nähen wird dir nicht gelingen.«

Catharina blies die Kerze aus und kuschelte sich unter die Decke. Doch der Schlaf wollte nicht kommen. Ihr Herz pochte, und das Blut rauschte in ihren Ohren. Immer wieder sah sie Friedrich vor sich, wie er sie galant zur Tür geleitet hatte, mit einem freundlichen Lächeln auf den Lippen.

Oder war das Lächeln gar nicht freundlich gewesen? Hatte er sich insgeheim über sie lustig gemacht? War sie in seinen Augen vielleicht nur ein tumbes Mädchen, die Tochter der Näherin?

Nein, so war er nicht, dachte sie, und mit einem Lächeln auf den Lippen schlief sie endlich ein.

Kapitel 4

Am nächsten Morgen war Catharina schon früh wach. Sie überlegte, ob sie das Kleid ein weiteres Mal ausbürsten sollte, doch die Zeit drängte. Zwar sollten sie erst im Laufe des Tages zu den von der Leyen kommen, bis dahin aber musste sie den Haushalt erledigt haben.

Nach wenigen Bissen stand Henrike vom Frühmahl auf. Sie zwinkerte ihrer Schwester zu. »Möge es ein erfolgreicher Tag für dich werden«, wisperte sie, bevor sie sich zum Bürgermeisterhaus aufmachte.

»Was müsst ihr immer flüstern?«, tadelte Esther sie. »Henrike hat wieder kaum etwas gegessen.« Sie schüttelte den Kopf und sah ihrer Tochter hinterher, die eilig ihren Mantel und die Stiefel anzog und dann das Haus verließ. »Wo soll das noch hinführen?«

»Ich denke, sie bekommt bei den Flohs genügend zu essen«, murmelte Catharina.

»Diese Woche müssen wir waschen.« Esther warf einen Blick nach draußen. Es war immer noch kalt, aber klar, kein Wölkchen war am Himmel zu sehen. »Heute wäre es ideal …«

»Aber heute müssen wir doch …«

»Naturellement. Vielleicht haben wir ja Glück, und es bleibt so in den nächsten Tagen.«

Die Wäsche zu waschen war eine schwere Aufgabe. Schlimm war es dann, wenn es wochenlang regnete und sie kaum eine Chance hatten, die nassen Laken und Tücher zu trocknen.

Esther und Catharina beeilten sich, den Haushalt zu machen und das Essen vorzubereiten. Nachdem sie den Brotteig angesetzt und die Hühner gefüttert hatte, holte Catharina einen Eimer Wasser vom Brunnen im Hof. Sie setzte einen Kessel auf und erwärmte einen Teil des Wassers, füllte damit einen Krug. Ihre Mutter suchte die Nähsachen in der Stube zusammen, Catharina konnte sie kramen hören. Vorsichtig öffnete Catharina die Küchentür, warf einen Blick in die Diele, von ihrer Mutter war nichts zu sehen. Catharina streifte die Holzpantinen ab, schlich, so leise sie konnte, die steile Stiege hoch. Aus Erfahrung wusste sie, dass die Bretter der dritten und siebten Stufe knarrten, und deshalb vermied sie diese Stufen. Behutsam öffnete sie die Tür zu dem kleinen Zimmer, das sie sich mit ihrer Schwester teilte. Durch den Kaminzug war das Zimmer anheimelnd warm geworden. Catharina goss das Wasser aus dem Krug in die Schüssel, die auf der Kommode stand. Dann zog sie sich das schlichte Kleid aus, das sie am Morgen übergezogen hatte. Catharina besaß vier Kleider. Ein dünnes Sommerkleid, zwei einfache aus derbem Stoff für jeden Tag und das gute Wollkleid, das sie gestern ausgebürstet hatte. Das Wollkleid durfte sie gewöhnlich nur an Sonn- und Feiertagen anziehen, es war fein, aber schlicht gearbeitet.

Henrike hatte eine Spiegelscherbe an der Wand befestigt, sehr zum Missfallen der Mutter.

»Was braucht ihr einen Spiegel? Er verleitet nur zur Eitelkeit, und das ist nicht gottgefällig«, hatte sie gesagt, dennoch hatte sie den Mädchen die Scherbe gelassen.

Für Mennoniten war Eitelkeit eine Sünde und nicht gottgefällig.

Wir sind nicht wirklich eitel, dachte Catharina, während sie versuchte, einen Blick von sich zu erhaschen, es ist doch nur eine kleine Scherbe und kein prunkvoller Spiegel.

Ein Stück Seife lag neben der Waschschüssel. Catharina nahm es in die Hand. Vermutlich müssen wir erst wieder Seife sieden, bevor wir die große Wäsche angehen können. Sie seufzte. Es gab immer etwas im Haushalt zu tun, eine Tätigkeit zog die nächste nach sich.

Ihre Mutter mengte Kräuter unter die Lauge und verlieh der Seife dadurch einen wunderbaren Duft. Wir haben noch getrockneten Lavendel, fiel Catharina ein, und auch noch ein paar Zweige Rosmarin.

Sie schnupperte an dem Stück in ihrer Hand, die Seife roch leicht herb, aber nicht unangenehm, ein wenig nach Kamille vielleicht. Doch an die Düfte bei den von der Leyen kam sie nicht heran. Sie benutzen bestimmt sündhaft teures Parfüm, sagte Catharina sich, etwas, was ihre Mutter niemals erlauben und was auch in der Gemeinde auf Missfallen stoßen würde.

Sie tauchte die Seife in das inzwischen nur noch lauwarme Wasser, rieb, bis es schäumte, und wusch sich langsam und sorgfältig. Dabei war sie gar nicht schmutzig. Von klein auf hatte die Mutter ihnen beigebracht, sich jeden Abend zu waschen. Im Winter wurde daraus eher eine flüchtige Katzenwäsche, denn warmes Wasser durften sie nicht mit aus der Küche hochnehmen. Einmal in der Woche wurde die Leibwäsche gewaschen, meist samstags, und danach durften die Mädchen in das seifige Wasser im großen Zuber. Im Sommer war das sehr angenehm, aber jetzt im Winter kühlte das Wasser im Zuber schnell ab, auch wenn es zu Anfang kochend gewesen war.

Catharina trocknete sich sorgfältig ab, löste den Haarknoten. Wie ein Wasserfall ergoss sich ihr langes blondes Haar über die Schultern. Sie kämmte die Haare, flocht sie zu einem festen Zopf, dann zog sie das gute Kleid aus dunkler Wolle an, steckte die Haare im Nacken fest und bedeckte sie mit der Haube. Sie konnte nur wenig in der kleinen Spiegelscherbe erkennen, drehte und wendete sich, um möglichst viele Details auszumachen. Die Haube saß, ihre blauen Augen blickten klar, das Kleid war ordentlich geschlossen. Zu gerne hätte sie ein wenig Spitze an den Ärmeln gehabt oder einen etwas tieferen Ausschnitt, beides Dinge, die ihre Mutter nicht billigte.

»Schlicht sollst du dich kleiden, gottesfürchtig und mäßig. Eitelkeit ist nicht ehrerbietig«, sagte Esther tadelnd. Dabei wären ein paar Änderungen schnell gemacht und würden ausgezeichnet aussehen. Doch gegen ihre Mutter kam sie nicht an, und sie suchte auch keinen Streit.

»Käthe?«, scholl nun durch das kleine Haus. »Wo bist du?«

»Ich ... hier ...«, stammelte Catharina. Hatte es etwa an der Haustür geklopft, und sie hatte es nicht gehört? War der Knecht der von der Leyen schon da? Vorsichtig goss sie das nun seifige Waschwasser zurück in den Krug, um es später in den Hof zu schütten. Sie achtete darauf, dass kein Tropfen ihr gutes Kleid beschmutzte, ging dann die steile Stiege hinab. Der Kater hatte, auf dem Bett liegend, ihr Treiben verfolgt und kam ihr nun hinterher. Er rannte an ihr vorbei, um ja nur als Erster in der Küche zu sein, und hätte sie beinahe zu Fall gebracht.

»Mistvieh!«

»Käthe! Du sollst nicht fluchen!« Ihre Mutter stand am Fuß der Treppe und schaute ihr entsetzt entgegen. »Was hast du da oben überhaupt getrieben? Das Brot wäre fast verbrannt, und die Wurzeln haben angesetzt.«

»Ich ... ich ...«, stammelte Catharina und suchte verzweifelt nach einer guten Ausrede.

»Oh, du hast die Nachttöpfe entleert?« Ohne weiter nachzufragen, drehte Esther sich um.

»Ich habe mich umgezogen«, murmelte Catharina.

»Dann pass bloß auf, dass du das gute Kleid nicht beschmutzt.«

Als endlich der Knecht der von der Leyen kam, um sie abzuholen, war Catharina sehr nervös. Zweimal war sie in die Dachstube gestiegen und hatte sich in der Spiegelscherbe begutachtet. Es gab nichts zu bemängeln, sie sah aus wie immer, vielleicht ein wenig bleicher. Doch das würde vermutlich nur ihrer Mutter auffallen.

Das Haus der von der Leyen wirkte wie ein geschäftiger Bienenstock. In der Küche wurde Gemüse geputzt, Fleisch gebraten und gekocht, Geflügel zerlegt oder gefüllt, Früchte wurden kandiert, Brot und Küchlein gebacken.

Die Mägde liefen emsig vom Vorderhaus zu den Hauswirtschaftsräumen und zurück, trugen Wein, Bier, Speisen und Süßigkeiten auf und leeres Geschirr zurück.

In der Spülküche waren zusätzliche Hilfskräfte an der Arbeit, der Knecht schleppte Holz und Kohlen heran. Obwohl die Küche von Dampfschwaden durchzogen war, überwachte Mamsell Luise gelassen das Geschehen.

»Mon dieu.« Esther schüttelte den Kopf. »Wer soll sich denn hier noch zurechtfinden?«

»Ach!« Mamsell Luise winkte ab. »Das ist doch gar nichts. Am Wochenende, wenn es das große Fest gibt, wird es beschwerlich. Aber auch das ist nichts dagegen, wenn die Herrschaften hochgestellten Besuch haben. Dann ist es hier wie im Tollhaus.«

Auch im Salon, in den Nele die beiden Frauen führte, herrschte allgemeiner Trubel. Die Schiebetüren zu dem zweiten Raum waren aufgeschoben worden, im Erker spielte ein Musiker auf dem Cembalo, begleitet von einem Flötisten, lustige Weisen. Die Tische waren beiseite geräumt worden und standen nun an der Wand. Sie bogen sich unter Platten und Schüsseln, gefüllt mit allerlei Speisen. Ein Diener kredenzte Wein und Bier. Tabakqualm erfüllte die Luft.

Catharina sah sich verstohlen um, konnte aber Friedrich

von der Leyen auf den ersten Blick nicht entdecken. Und schon bald hatte sie keine Zeit mehr, sich umzuschauen.

Esther begann, die Kostüme zu inspizieren, steckte hier eine Naht ab, markierte dort etwas mit Schneiderkreide.

»Lass die Naht aus, es ist reichlich da«, wies sie Catharina an. »Danach kannst bei diesem Kostüm Abnäher machen, ich habe dir die Stellen gekennzeichnet.«

Ohne Unterlass nähten und änderten sie. Die Franzosen mussten immer wieder die Gewänder anprobieren, was unter großem Hallo und Gelächter geschah.

Nur kurz hatte sich Madame von der Leyen blicken lassen, hatte die Dienerschaft angewiesen, weitere Getränke und Essen zu servieren, und sich dann wieder zurückgezogen.

Die eine Hälfte der französischen Offiziere verkleidete sich als Schäferinnen. Mit viel Gejohle stopften sie die entsprechenden Partien der Kostüme mit Wolle aus. Manch unflätige Bemerkung tönte durch den Raum, und immer wieder musste Catharina verschämt den Kopf senken. Sie schaute zu ihrer Mutter, doch diese inspizierte stoisch die Kleider, ließ sich auf kein Gespräch ein, nickte nur manchmal und lächelte.

Zwei der Kostüme mussten sie mit nach Hause nehmen, weil die Änderungen größer ausfielen als gedacht.

Es war schon lange dunkel draußen, als Esther ihr Nähzeug zurück in den Korb packte.

»Komm, Kind«, sagte sie leise zu Catharina. »Der Alkohol steigt ihnen nun endgültig zu Kopf.«

So unauffällig wie möglich gingen die beiden Frauen zur Tür, doch im letzten Moment fasste einer der Offiziere Catharina am Arm und zog sie zurück in den Raum.

»Doucement, Mademoiselle.« Er lachte spitzbübisch. »Vous êtes une ravissante pigeonneau!«

Er zog sie enger zu sich, sein Atem roch streng nach Branntwein und Tabak.

Catharina zwang sich zu lächeln, versuchte dem Griff des Mannes zu entkommen. Entsetzt spürte sie seine Hand auf ihrem Hintern.

»Monsieur … s'il vous plaît … ich bin doch nur die Näherin …«

»Oh, bien, bien.« Er zog sie noch enger an sich. Hilfesuchend sah sich Catharina nach ihrer Mutter um, doch diese war schon in die Diele gegangen und hatte Catharinas Dilemma nicht mitbekommen.

»Pardon, Monsieur!« Frieder von der Leyen stand plötzlich neben ihnen und lächelte den Franzosen freundlich an. »Ich glaube, Ihr mögt noch einen Branntwein. Bitte nehmt Euch, der Diener hat gerade neue Flaschen aus dem Keller geholt.« Er legte seine Hand auf den Arm des Offiziers und schob ihn ein wenig zur Seite. »Dies ist die Näherin, sie schenkt keinen Alkohol aus.«

»Oh.« Der Offizier ließ Catharina los. »Naturellement. Excusez moi.«

»Das war knapp«, wisperte Catharina und strich ihr Kleid glatt. »Herzlichen Dank.«

»Ach was. Er hätte Euch nichts getan.« Friedrich lachte.

»Da wäre ich nicht so sicher«, murmelte Catharina und senkte verschämt ihren Kopf.

»Sei's drum, falls so etwas noch mal vorkommt, müsst Ihr einfach mit lauter Stimme und mit empörtem Ton Einhalt gebieten. Das mögen sie nicht, außer Ihr seid in einer dunklen Gasse und allein. Aber davor solltet Ihr Euch in den nächsten Tagen wirklich hüten.«

»Ich weiß.«

»Ihr wolltet gehen?«

Catharina nickte stumm. Sie traute sich nicht, Frieder anzuschauen. Wo war er so plötzlich hergekommen? Oder war er die ganze Zeit schon im Salon gewesen?

»Dann werde ich Euch zur Tür geleiten, Mademoiselle.« Friedrich fasste sie am Ellenbogen, viel sanfter und behutsamer, als es der Franzose getan hatte.

»Meine Mutter …« Catharina zuckte mit den Schultern und ließ sich von ihm führen. Die Anspannung fiel von ihr ab, und nun konnte sie auch wieder lächeln. »Was für ein Trubel!«

»Das ist erst der Anfang. Es wird noch viel schlimmer.« Von der Leyen seufzte. »Aber wenn wir sie so bei Laune halten können, soll es uns recht sein.«

»Die meisten Anderen der Gemeinde sehen das nicht so. Sie verdammen die Genusssucht der Franzosen.« Catharina biss sich auf die Lippen.

»Das Feld ist weit zwischen strenger Gottesfürchtigkeit, gutem Glauben und protzigem Leben«, murmelte Frieder, dann lächelte er wieder. »Aber das sind müßige Themen für eine junge Dame, wie Ihr es seid.«

»Ich bin nur die Näherin«, antwortete Catharina und wurde sich bewusst, wie kokett sie plötzlich klang.

Er führte sie in die Diele.

»Käthe! Wo bleibst du denn?«, rief Esther. »Es ist spät, wir müssen nach Hause.« Dann erst bemerkte sie Friedrich von der Leyen. »Pardon, Monsieur.« Sie knickste.

»Ich habe Eure Tochter aufgehalten, verzeiht mir.« Er schenkte Catharina ein wissendes Lächeln, nickte den beiden zu. »Au revoir, Mesdames.«

»Au revoir«, sagte Catharina leise.

Abends, als sie im Bett lagen, konnte sich Henrike vor Neugierde kaum halten.

»Nun erzähl schon, wie war es?«

»Anstrengend.« Catharina seufzte. Sie zog das Kleid aus, legte es ordentlich zusammen. »Es sind mindestens zwanzig französische Offiziere zu Gast.«

»Ja, aber nicht alle bei den von der Leyen. Die Flohs haben auch zwei Offiziere im Quartier. Der eine hat einen gezwirbelten Schnurrbart, der müsste dir eigentlich aufgefallen sein.«

»Stimmt, er fummelt immer daran herum.« Catharina lachte, streifte das Nachtgewand über und schlüpfte unter die Decke. Suchend sah sie sich um. »Wo ist denn Kasper?«

»Der Kater? Vermutlich draußen und jagt Mäuse.«

»Das glaube ich kaum.« Sie stieg wieder aus dem Bett und öffnete die Tür zum Flur. »Kasper?«, wisperte sie. »Wo bist du?«

Mit einem leisen Maunzen kam der Kater ins Zimmer gehuscht, strich einmal um Catharinas Beine und sprang dann aufs Bett, wo er sich zufrieden schnurrend zusammenrollte.

»War der junge Monsieur da?«, fragte Henrike.

»Ja, aber ich habe ihn erst ganz zum Schluss gesehen. Einer der Franzosen hat mich festgehalten und … und …«

»Und was?«

»Und mich gekniffen«, flüsterte sie. »Hinten …«

»In den Po?« Henrike lachte. »Ja, das machen sie ganz gerne.«

»Wirklich?« Catharina sah sie erstaunt an. »Bei dir auch?«

»Manchmal. Vor allem, wenn sie etwas getrunken haben.«

»Was machst du denn dann?«

»Ich gebe ihnen einen Klatsch auf die Hand und sage, dass sie es sein lassen sollen.« Henrike lächelte zufrieden und löschte die Kerze.

Catharina konnte nur schwer in den Schlaf finden. Schon längst atmete ihre Schwester ruhig und gleichmäßig, aber sie fand einfach keine Ruhe.

Ich könnte das nie, dachte sie. Einem Mann einfach so auf die Hand zu schlagen. Und überhaupt, Henrike hat viel mehr Erfahrung im Umgang mit den Franzosen und den hohen Herrschaften als ich. Ich wüsste nicht, wie ich mich zu verhalten hätte, und sie meistert solche Situationen sicher mit Leichtigkeit.

Dann dachte sie über Friedrich von der Leyen nach. Wie stattlich er war und wie gewandt! Nonchalant hatte er sich zwischen den Franzosen und sie gedrängt, hatte den Offizier abgelenkt, ohne dass es für diesen peinlich wurde.

Friedrich sagte zu ihrer Mutter, er hätte sie aufgehalten und ersparte ihr so die Erklärungen. Er hatte ihr zugezwinkert. Ihr Herz pochte, als sie daran dachte. Er hatte sie wiedererkannt.

Natürlich, sei keine Gans, du hast den ganzen Nachmittag dort genäht, abgesteckt und geschneidert.

Schließlich fiel sie in einen unruhigen Schlaf. In ihrem Kopf spielten die Melodien der beiden Musiker einen fröhlichen Reigen.

Kapitel 5

»Wir haben Glück gehabt«, sagte Engelbert vom Bruck und zog an seiner Pfeife.

»Ihr meint, weil die Preußen immer noch nicht geschlagen wurden?« Auch Johann von Beckerath stopfte seine Pfeife.

Seit einiger Zeit versammelten sich abends hin und wieder

einige Männer bei Abraham ter Meer, um über die politische Lage im Land und in der Stadt zu diskutieren. Es war nicht so einfach, diese Treffen durchzuführen, solange ter Meers und andere Bürger der Stadt Franzosen im Quartier hatten. Deshalb gaben sie an, aus der Bibel und anderen religiösen Texten zu lesen.

An diesem Abend konnten sie sich jedoch ohne Probleme treffen, denn die Franzosen feierten ausgelassen Karneval. Ein Jahrmarkt war auf dem vereisten Platz vor der katholischen Kirche aufgebaut worden, Gaukler und fahrendes Volk trieben allerlei Schabernack, mobile Garküchen waren aufgebaut worden und boten Fettgebäck und andere Schmausereien an.

»Es ist Sonntag«, sagte Johann von Beckerath, »der heilige Tag, an dem alles ruhen soll. Und dennoch wird gefeiert, gesungen und getrunken, und das in aller Öffentlichkeit.«

»Die Franzosen nehmen jede Gelegenheit wahr zu feiern.« Engelbert vom Bruck schmunzelte.

Er war erst vor einem Jahr nach Krefeld gekommen und versuchte hier geschäftlich Fuß zu fassen. Zwar war er kein Mennonit, doch mochte er die Gespräche und auch die offene Art seiner neuen Bekanntschaften. Er teilte Abrahams Interesse an Naturwissenschaften und Literatur, konnte mit Johann trefflich Schach spielen und mit Peter Lobach, der auch dem Freundeskreis angehörte, wunderbar über Politik streiten.

»Das mag sein. Ich wünschte mir nur«, sagte Lobach nun, »dass sie über das Feiern die Kämpfe vergessen würden. Hier am Niederrhein ist ein ständiges Auf und Ab, ein Kommen und Gehen. Sie halten Winterquartier, tauschen aber ihre Quartiere, als wären es Spielkarten, verlegen lustig Truppen, als wären es Marionetten. Und die Bevölkerung leidet darunter.«

»Der Herzog von Braunschweig hätte die Schlacht am Kloster Kamp gewinnen können«, meinte Johann von Beckerath. »Er hatte Pech. Dummerweise ist die Vorhut zu unvorsichtig gewesen und hat die französischen Truppen im Kloster aufgeschreckt. Hätten die Franzosen nicht geschossen, wäre der Herzog bis in das Lager der Hauptstreitmacht marschiert und hätte sie vernichtend geschlagen.«

»Hätte, wäre, könnte …« Abraham lächelte. »Es ist so, wie es ist. Die Frage ist nur, was wird aus der Stadt? Was wird aus Krefeld?«

»Das frage ich mich auch«, sagte Esther te Kamp. Sie stand auf und schloss die Tür, die von der Küche in die Stube führte. »Was wird aus Krefeld?« Sie seufzte und setzte sich wieder auf die Bank neben den Ofen.

Anna lud ihre Freundinnen ein, wenn Abraham seine Freunde zu sich bat. Während die Männer in der Stube um den Kamin saßen und Wein verkosteten, saßen die Frauen in der Küche am Ofen, tranken Würzwein oder Dünnbier, nähten und stopften.

»Ich kann das einfach nicht mehr hören«, entschuldigte sich Esther.

Manchmal ließen sie die Tür auf und lauschten den Gesprächen der Männer. Besonders wenn, wie im Herbst, Schlachten in der Nähe ausgetragen wurden. Politik war nicht ohne Interesse für die Frauen der Bürgerschaft, aber irgendwann kam der Punkt, da wollten sie über die Dinge reden, die sie beschäftigten.

In diesem Winter waren Brennstoffe ein wichtiges Thema. Die Franzosen hatten die Einfuhr von Kohlen von der rechtsrheinischen Seite verboten. Dort aber gab es gute Kohle, während linksrheinisch fast nur schlechte und feuchte Braunkohle im Handel war. Abgelagertes Holz war selten und auch teuer; Bäume zu schlagen war unter Strafe verboten. Auch die hohen Preise für Fleisch und Gemüse am Markt beschäftigten die Frauen sehr.

Esther hatte Catharina mitgenommen, während Henrike die Mädchen zu Hause hütete.

Noch zweimal waren Esther und Catharina bei den von der Leyen gewesen, um Kostüme abzuliefern und Änderungen vorzunehmen.

Der Luxus der von der Leyen raubte Catharina die Luft. Es fiel ihr schwer, in das normale Leben zurückzufinden. Zudem war sie todmüde, weil sie nachts nicht zur Ruhe kam. Zu viele Gedanken schossen ihr durch den Kopf. Trotzdem genoss sie die anheimelnde Wärme der ter Meerschen Küche, den Würzwein und die Gespräche. Es war ein wenig, als würde sie von einer Reise wieder nach Hause kommen, obwohl sie nur einige Stunden bei den von der Leyen gearbeitet hatte. Mit halbem Ohr lauschte sie den Gesprächen der Frauen, die sich über die Preise ausließen und mit leiserer Stimme über ihre Quartiergäste berichteten.

»De Lancet.« Anna kicherte. »So wird er von allen genannt. Er ist Arzt, Regimentsarzt im Lazarett. Sein Geburtsname ist aber del Banc.« Sie füllte die Becher der Frauen, wies die Magd an, das Brot aus dem Ofen zu holen, und stellte ein Brett mit Käse auf den Tisch. »Lancet – die kleine Klinge …« Wieder lachte Anna leise auf. »Aber klein ist er gar nicht. Ich bin froh, dass er in das Bett passt, und wie er mit seinen Fingern chirurgische Instrumente führen will, möchte ich gar nicht wissen.«

Catharina sah ihre mütterliche Freundin Anna an. Sie war meistens die friedlichste und freundlichste Seele der Gemeinde. Neid und Spott waren ihr immer fremd gewesen. Doch die Franzosen hatten ihr sehr zugesetzt, und sie hatte sich im Laufe der Jahre verändert. Zwei kleine und kaum sichtbare Furchen hatten sich in ihre Mundwinkel eingegraben, eine Falte stand zwischen ihren Augenbrauen.

»Zum Glück mussten wir niemanden in Quartier nehmen.« Esther seufzte. »Ich wüsste gar nicht, wie ich das bezahlen sollte. Oder bekommt Ihr dafür Geld, Madame ter Meer?«

Anna schüttelte den Kopf. »Nein. Wir sind verpflichtet, die höheren Ränge des Regiments unterzubringen. Samt ihrem Gefolge. Für die Pferde gilt das auch. Im Januar hatten wir den Docteur und seine beiden Burschen schon einmal im Quartier. Drei Pferde mussten wir unterstellen und durchfüttern. Aber es war ihm hier zu klein und zu beengt, er ist zu Scheutens gezogen – den Cousins meines Gatten.« Sie senkte den Kopf. »Doch die haben jetzt einen ranghöheren Quartiergast, und so ist Monsieur Lancet zu uns zurückgekehrt.«

»Er war doch nicht ganz einfach?«, fragte Geertie Lobach.

»Er ist immer noch nicht einfach.« Anna seufzte wieder. »Aber was sollen wir tun? Abraham bemüht sich, es Lancet so recht wie möglich zu machen, doch er findet unser Haus beengend.«

Esther schnaubte. »Sollen sie doch zurückgehen nach Frankreich in ihre eigenen Häuser.«

»Eh bien, sie sind ja nicht freiwillig hier, zumindest die meisten nicht und wären ganz sicher jetzt auch lieber zu Hause bei ihren Familien.« Anna nahm sich ein Stück Brot und etwas Käse. Mit einer Geste forderte sie die anderen auf, sich zu bedienen.

»Dieser Krieg muss doch bald zu Ende sein«, sagte Catharina leise.

»Habt Ihr bei den von der Leyen etwas gehört? Gibt es Fortschritte bei den Friedensverhandlungen?«

Catharina zuckte mit den Achseln. »Davon weiß ich nichts. Sie haben nur über die Feierlichkeiten geredet.«

»Die Franzosen und ihre Feiern. Ich bin so froh, dass ich die Kostüme rechtzeitig fertigbekommen habe.« Esther nahm ihren Becher und trank einen Schluck heißen Würzweines. Sie sah besser aus als in den letzten Tagen, hatte endlich einmal wieder eine Nacht durchgeschlafen und nicht immer nur über den Näharbeiten gesessen. Der Kommandant, der die Kostüme bei ihr bestellt hatte, war sehr zufrieden mit ihrer Arbeit gewesen. Er hatte sie gefragt, ob sie weitere Aufträge annehmen würde, und ihr, nachdem sie zugestimmt hatte, am nächsten Tag seine Flickwäsche geschickt. Er zahlte gut, und Esther erhoffte sich weitere Aufträge.

»Wie werden sie sich verkleiden?«, fragte Margit Kroes.

»Schäfer und Schäferinnen.« Esther lachte, aber es klang nicht belustigt. »Einige der Männer wollten Kleider haben – mit Hauben und Schürzen. Sie haben sich auch Stöcke anfertigen lassen und finden sich wahrscheinlich sehr lustig.« Esther verzog angewidert das Gesicht. »Die Männer verkleiden sich als Frauen. Ich kann nicht darüber lachen.«

»Dann können sie sich wenigstens gegenseitig nachstellen.« Margit seufzte, nahm ihren Becher und leerte ihn. »Unser Quartiergast stellt meiner Magd nach. Ich weiß gar nicht, wie ich sie schützen soll.«

»Ach?« Anna hob den Kopf. »Unsere Köchin kokettiert mit dem Docteur. Sie scheint Spaß daran zu haben. Ich habe es ihr untersagt, aber ich kann sie ja nicht bewachen. Jedenfalls nicht ständig.«

Sie tauschten ihre Sorgen aus, ihre Nöte, sprachen über die Lage der Stadt, die Lebensmittel, die immer knapper wurden und die schlechten Brennstoffe.

Als Esther und Catharina nach Hause gingen, fühlten sie sich satt – vom Essen, Wein, Gesprächen und Informationen. Esther wusste nun, wo sie noch Kohlen beziehen konnte und wo es günstig Rüben gab. Catharina hatte einige Küchengeheimnisse erfahren und würde gleich morgen einiges ausprobieren. Der Abend hatte ihnen gut getan, und als sie im Hausflur standen, küsste Esther ihre Tochter auf die Wange. »Schlaf gut, ma chéri.«

Überrascht sah Catharina auf. Ihre Mutter neigte nicht zu Herzlichkeit.

Einige Tage später kam Elisabeth zwei Stunden früher als gewöhnlich aus der Schule. Ohne ihren Mantel auszuziehen, setzte sie sich an den Küchentisch und legte den Kopf auf die Tischplatte.

»Was ist los, Mäuschen?«, fragte Catharina besorgt. Sie ging zur ihrer kleinen Schwester und legte ihr die Hand auf die Stirn. Das Mädchen glühte.

»Mir war so schwindelig. Deshalb habe ich den Schulmeister gebeten, mich eher gehen zu lassen«, flüsterte Elisabeth.

»Komm, leg den Mantel ab.« Behutsam zog Catharina der Schwester den Mantel aus. »Und jetzt legst du dich in dein Bett. Ich bringe dir gleich einen Tee und mache dir eine Brühe.« Sie half ihrer Schwester auf die Beine, doch das Mädchen schwankte so stark, dass es nicht alleine die Stiege hochkommen würde.

»Mutter!«, rief Catharina entsetzt. »Mutter, komm schnell.«

Esther saß in der Stube und flickte Wäsche der französischen Offiziere.

»Was ist denn?«, sagte sie ungehalten, als sie die Tür zur Diele öffnete.

»Elisabeth ...« Nur mit Mühe konnte Catharina ihre Schwester halten.

»Mon dieu! Was ist passiert?«

»Sie kam gerade aus der Schule. Ich glaube, sie fiebert.«

»Elisabeth?« Esther hob den Kopf des Kindes an, doch es reagierte nicht. »Lass sie uns nach oben schaffen. Mon dieu, mon dieu, sie wird doch nicht ernsthaft erkrankt sein?«

Gemeinsam schafften sie es, das Mädchen nach oben zu schleppen. Catharina zog ihre Schwester behutsam aus und legte sie in das Bett, während die Mutter wieder nach unten eilte, Wasser und Lappen holte.

»Wir müssen sie vorsichtig kühlen. Das Fieber scheint in ihr zu lodern.« Sie tauchte die Leinentücher in das lauwarme Wasser, wickelte sie dem Kind um die Waden und legte ihr ein Tuch auf die Stirn.

»Ich friere«, jammerte Elisabeth, ihre Zähne klapperten.

»Ja, Kind. Gleich wird es besser.« Esther deckte sie zu. »Geh zu Anna ter Meer. Mutter ter Meer weiß allerlei über Heilkräuter und hat Anna auch so einiges beigebracht. Vielleicht kann sie uns helfen. Danach kochst du eine kräftige Hühnerbrühe.«

Catharina nickte verängstigt. »Was, glaubst du, ist es?«

Esther schüttelte den Kopf. »Ich weiß es nicht.« Vorsichtig strich sie über den Hals des Mädchens. »Vielleicht nur ein Winterfieber, hoffentlich nicht die Bräune. In der neuen

Stadt sind wohl einige Fälle aufgetreten.« Die letzten Worte flüsterte sie nur noch.

»Mir ist so schlecht«, wisperte Elisabeth.

»Nun, nun«, versuchte Esther sie zu beruhigen. »Käthe, beeil dich!«

Geschwind lief Catharina nach unten, schlüpfte in Mantel und Stiefel, die dicke Haube zog sie nicht auf, dazu blieb keine Zeit. Ter Meers wohnten auf der Oberstraße, in der Nähe des Schwanenmarktes. Der Weg war nicht weit, doch es hatte Tauwetter eingesetzt, der Schnee schmolz, und das vereiste Pflaster war sehr rutschig. Sosehr sie sich beeilte, es dauerte einige Zeit, bis sie das Haus erreicht hatte. Atemlos klopfte sie an der Eingangstür.

»Mademoiselle te Kamp? Was führt Euch her?«, fragte Abraham ter Meer überrascht.

»Meine Schwester, Lisbeth … sie ist erkrankt. Meine Mutter schickt mich.«

»Was können wir tun?« Abraham zog sie am Ellbogen ins Haus.

»Mutter meinte, Eure Frau wüsste vielleicht Heilmittel oder Kräuter …« Nun stiegen Catharina Tränen in die Augen.

»Anna?«, rief Abraham. »Madame te Kamp braucht dich. Geht in die Küche, dort ist meine Frau«, sagte er zu Catharina.

Sie lief die Diele entlang und stürzte in die Küche. »Madame Anna«, rief sie verzweifelt. »Lisbeth ist krank.«

Anna ter Meer saß auf der Küchenbank und schnitt Brot für ihre Tochter Marijke, die neben ihr saß, und blickte erstaunt auf.

»Was hat sie denn? Nun beruhigt Euch, Catharina.« Anna

stand auf und wischte sich die Hände an einem Tuch ab. »Möchtet Ihr einen Tee?«

»Nein, mon dieu, meine Schwester ist erkrankt. Ich fürchte das Schlimmste.«

Anna war zum Herd gegangen und hatte den Wasserkessel über das Feuer gehängt. Sie drehte sich überrascht um und kniff die Augen zusammen. »Was hat sie denn?«

»Ihr ist wohl schwindelig und schlecht, sie fiebert. Bitte, könnt Ihr nicht mitkommen?«

Anna legte die Hand schützend auf ihren flachen Bauch. »Im Armenviertel hat es Fälle von Bräune gegeben«, flüsterte sie.

»Ja, das sagte Maman auch, und deshalb bittet sie Euch, zu kommen und nach Lisbeth zu schauen.«

Anna holte tief Luft, schaute zu ihrer kleinen Tochter und senkte dann den Kopf. »Gegen die Bräune könnte Propolis helfen. Ich habe noch ein wenig davon da. Außerdem ein Aufguss von Fichtennadeln. Sie fiebert?« Anna sah kurz zu ihrer jungen Freundin, Catharina nickte. »Wasserdost und Lindenrinde helfen. Auch davon habe ich noch Vorräte.« Anna wandte sich um und ging in den Vorratsraum neben der Küche. Kurze Zeit später kehrte sie mit einem kleinen Korb zurück.

»Propolis, ist das Bienenharz. Die Bienen verwenden es, um ihre Stöcke abzudichten. Man kann aus dem Harz auch Tinkturen und Pulver herstellen und es für Umschläge verwenden. Bei Bräune kann es eine gute Wirkung erzielen.« Sie zeigte auf ein kleines Fläschchen. »Ich habe ein wenig Tinktur. Davon müsst Ihr ein paar Tropfen in den Aufguss aus Lindenrinde geben und es ihr einflößen. Man kann den Aufguss mit Honig süßen, damit er nicht gar zu bitter ist.« Sie reichte Catharina den Korb.

»Ihr … Ihr kommt nicht mit?«, fragte Catharina verzagt.

Anna schüttelte den Kopf. »Ich kann nicht, ich trage ein Kind unter dem Herzen …« Sie schluckte. »Und ich mag auch Marijke nicht gefährden. Wenn es die Bräune ist … Eure Mutter weiß schon, was sie machen muss.«

Catharina spürte einen Kloß im Hals. Ihre Mutter hatte zwar auch Kräuter und Tinkturen für die üblichen Krankheiten und Wehwehchen, doch wenn eines der Kinder ernsthaft erkrankte, hatte sie bisher immer die Hebamme und Kräuterfrau aus der Nachbarschaft gerufen. Nun war diese aber in dem strengen Winter verstorben. Unschlüssig nahm Catharina den Korb, den Anna ihr reichte.

»Könnt Ihr nicht doch einen Blick auf meine Schwester werfen?«, fragte sie leise.

»Versucht es erst einmal mit den Dingen, die ich Euch gegeben habe. Madame Laer ist auch eine kundige Heilfrau und Hebamme, sie könnte Euch weiterhelfen, falls die Mittel nichts nutzen.« Anna drehte den Kopf zur Seite und vermied es, Catharina anzuschauen.

Verwirrt und enttäuscht nahm Catharina den Korb. »Merci«, wisperte sie und verließ das Haus.

Was mache ich jetzt? dachte sie.

Kapitel 6

»Wo ist Madame ter Meer?« Esther klang vorwurfsvoll. Sie saß in der Stube und nähte.

»Maman?« Catharina sah ihre Mutter verblüfft an. »Was ist mit Lisbeth?«

»Ich habe ihr einen Wickel gemacht, und dann ist sie eingeschlafen.« Esther runzelte die Stirn und konzentrierte sich wieder auf ihre Näharbeit. »Ich muss die Hemden bis Morgen fertigbekommen«, murmelte sie.

»Aber … aber …« Catharina schnappte nach Luft, am Liebsten hätte sie ihre Mutter geschüttelt.

»Wo ist denn nun Madame ter Meer?«

»Zu Hause. Sie hat mir ein Körbchen mit Tinkturen und Kräutern mitgegeben. Sie wollte nicht kommen.«

»So?« Esther hob den Kopf. »Nun ja.«

»Nun ja?« Catharina biss sich auf die Lippen. »Was meinst du mit ›nun ja‹?«

»Ich kann sie verstehen. Sie ist schwanger. Sie hat ein Kind aus ihrer ersten Ehe. Ein Mädchen. Ein weiteres Kind hat sie verloren. Wer weiß, ob sie noch einmal ohne Probleme ein Kind austragen und gebären kann. Aber das ist ihr größter Wunsch, um die Ehe mit ihrem zweiten Mann zu festigen.«

»Ha!« Catharina stieß den Laut erbost aus. »Ich glaube nicht, dass Monsieur sie nur als Mutter seiner zukünftigen Kinder sieht, Maman. Er liebt sie, egal, ob sie Kinder kriegen kann oder nicht.«

»Vertue dich nicht«, sagte Esther kaum hörbar. »Was weißt du schon von Männern und wie sie denken? Und außerdem erwartet sie jetzt ein Kind.«

»Ja«, murmelte Catharina. »Sie erwartet ein Kind. Aber Lisbeth lebt schon längst, und es wäre schön, wenn das so bleiben würde.«

Für einen Moment wartete sie noch, doch Esther machte keine Anstalten aufzustehen. Catharina nahm den Korb, legte den Mantel ab und ging in die Küche. Sie holte Wasser aus dem Brunnen, hängte den Topf über den Herd und lief dann die Stiege hinauf.

»Lisbeth? Lisbeth, wie geht es dir?«, wisperte sie.

Ihre Schwester schien zu schlafen, regungslos lag das Mädchen in ihrem Bett.

»Lisbeth?«, fragte Catharina eindringlich und trat zu der Schwester. »Schläfst du?«

Elisabeth stöhnte leise und bewegte unruhig den Kopf.

Gott sei Dank, dachte Catharina und stieß den Atem aus, den sie angehalten hatte, meine Schwester lebt. Vorsichtig legte sie dem Mädchen die Hand auf die Stirn, zog sie sogleich erschrocken zurück – Elisabeth glühte.

»Mon dieu! Was machen wir denn jetzt?« Catharina eilte nach unten. »Maman, Lisbeth fiebert ganz schrecklich.«

»Ja, ich habe ihr Wadenwickel gemacht, aber das scheint nicht zu nützen.« Esther seufzte.

»Was machen wir jetzt?«

»Madame ter Meer hat dir Kräuter mitgegeben?«

»Ja, Lindenblüten für einen Aufguss und eine Tinktur aus Bienenharz und …«

»Linde kann helfen, das Fieber zu senken. Mach einen Aufguss.«

Verwirrt sah Catharina zu ihrer Mutter, doch diese nähte weiter, so als wäre nicht das Leben ihrer Tochter in Gefahr.

»Maman?«

Da Esther immer noch nicht hoch schaute, gab Catharina auf. Sie lief in die Küche, legte die Sachen aus dem Korb vor sich auf den Tisch. Da waren ein kleines Säckchen mit Lindenblüten und das Fläschchen mit der Tinktur aus Bienenharz.

»Was hatte Madame ter Meer gesagt? In den Aufguss aus

Lindenrinde muss man die Tinktur träufeln. Aber wie viel gebe ich hinein? Und was mach ich dann damit? Mach ich Umschläge, oder soll Lisbeth den Aufguss trinken?« Catharina strich sich über die Stirn, krempelte dann die Ärmel hoch. Das Brot war noch nicht gebacken, das Essen nicht vorbereitet, und gleich würde Mette aus der Schule kommen. Doch Elisabeth war wichtiger. Über dem Herd hing ein gusseiserner Topf mit nun kochendem Wasser. Catharina nahm einen tönernen Krug und gab etwas von der getrockneten Lindenrinde hinein, schaute in den Krug und gab dann noch ein wenig mehr dazu. Unschlüssig hielt sie den Krug in den Händen, schließlich gab sie sich einen Ruck und schüttete das heiße Wasser hinzu. Sie rührte um, nahm dann das kleine Fläschchen mit der Tinktur.

»Ein paar Tropfen, hat sie gesagt«, murmelte Catharina. »Wie viel mag das wohl sein?« Unsicher gab sie ein paar Tropfen aus dem Fläschchen in den Krug, rührte dann um.

Und wenn ich das nun falsch dosiert habe? fragte sie sich. Es half aber alles nichts. Nichts zu tun würde Elisabeth nicht helfen, und die Zeit lief ihr davon. Beherzt nahm sie den Krug und einen Becher und stieg die Treppe in das Dachgeschoss hinauf.

Elisabeth schien sich nicht gerührt zu haben. Vorsichtig goss Catharina etwas aus dem Krug in den Becher, trat dann zum Bett.

»Mäuschen? Bist du wach?«

Elisabeths Augenlider zitterten, doch das Kind öffnete nicht die Augen.

»Lisbeth, du musst das trinken.« Catharina pustete in den dampfenden Becher.

Was mach ich jetzt nur? dachte sie verzweifelt. Schließlich

setzte sie sich auf die Bettkante und strich ihrer Schwester zärtlich über die Wange. »Lisbeth, aufwachen, komm, du musst etwas trinken, es wird dir helfen.« Sie spürte die ungesunde Hitze, die von dem Kind ausging.

Lieber Gott, dachte sie verzweifelt, ich kann das nicht alleine. Was mache ich denn jetzt nur?

Sie erinnerte sich daran, als sie einmal schrecklichen Auswurf und Fieber gehabt hatte. Die Heilfrau hatte bei ihr lauwarme Wadenwickel gemacht. Auch Esther hatte von Wickeln gesprochen. Catharina hob die Bettdecke an, und tatsächlich waren Elisabeths Waden mit Leinenstreifen umwickelt. Die Wickel waren warm und feucht. Catharina hob erst das eine, dann das andere Bein des Mädchens, nahm die Tuchstreifen ab. Auf der Kleidertruhe stand die gefüllte Waschschüssel. Catharina tauchte die Leinenstreifen in das Wasser, wrang sie aus und wickelte sie wieder um die Waden des Mädchens. Schnell, viel zu schnell wurde das Tuch wieder warm. Weil Catharina nicht wusste, was sie sonst tun sollte, wiederholte sie die Tätigkeit ein ums andere Mal. Zwischendurch eilte sie nach unten, um das Brot zu backen und die Grütze zu kochen. Ein weiteres Huhn musste sein Leben lassen, um ausgekocht zu werden. Bald schon zog köstlicher Duft durch das Haus, doch Catharina nahm ihn nicht wahr, die Sorge um ihre Schwester schnürte ihr die Kehle zu.

Nach einer Stunde schien ihre Mühe von Erfolg gekrönt zu sein. Endlich öffnete Elisabeth die Augen, und Catharina schaffte es, ihr ein paar Schlucke des Trankes einzuflößen.

»Das hast du gut gemacht.« Henrike zog sich die Bettdecke bis zur Nase.

»Noch ist Lisbeth nicht über den Berg.« Catharina schloss

die Augen. Sie fühlte sich wie zerschlagen, und dennoch blieb die Sorge um ihre Schwester.

»Nein, aber sie hat getrunken, ein wenig Brühe gegessen, und auch das Fieber ist gesunken.«

»Dennoch …«, murmelte Catharina.

»Käthe … was war mit Mutter?«

»Mutter!« Catharina schnaubte. »Sie hat Lisbeth die Wickel umgelegt und ist in die Stube gegangen, um zu nähen. Es ist nicht zu fassen. Es ist doch ihre Tochter. Ich wusste erst gar nicht, was ich tun sollte, habe mich aber dann daran erinnert, was die Kräuterfrau immer gemacht hat.«

»Mutter kann das wohl nicht.«

»Nein, aber ich verstehe es nicht.« Sie biss sich wütend auf die Lippen.

»Ich schon«, sagte Henrike leise.

»Ja?« Catharina setzte sich auf und sah ihre Schwester an. Sie hatten die Kerze schon gelöscht, doch der Mond warf sein Licht in den kleinen Raum.

»Sie hat Vater gepflegt. Vergebens. Und vermutlich hat sie nun nicht mehr die Kraft dazu.«

Catharina schluckte. »Möglicherweise hast du recht, trotzdem ist es ihre Pflicht, sich um die Mädchen zu kümmern. Sie sagte – wir sind alle in Gottes Hand, und das stimmt sicherlich auch. Aber dennoch kann man etwas tun, versuchen, Leid zu lindern und Krankheiten zu bekämpfen. Ich glaube nicht, dass Lisbeth die Bräune hat, dann wäre das Fieber nicht so schnell gesunken. Doch ohne den Aufguss wäre das wahrscheinlich nicht geschehen.« Catharina redete sich in Rage. Es tat ihr gut, ihrer Wut Ausdruck zu verleihen. »Mutter hat einfach weiter genäht und sich nicht gekümmert.«

»Durch ihre Näharbeiten ernährt sie uns, und sie hat dir

zugetraut, dass du dich kümmerst. Wahrscheinlich war ihr klar, dass es nicht die Bräune ist, ansonsten hätte sie die Kräuterfrau geholt und sich mehr gekümmert.«

»Das glaube ich nicht«, grummelte Catharina und kuschelte sich wieder in das Kissen. »Aber wir sollten leiser sein, sonst wecken wir Lisbeth noch.«

»Zum Glück schlafen Mutter und Mette in der Stube, so hat Lisbeth wenigstens Ruhe, und sie können sich nicht anstecken.«

»Ja.« Catharina dachte nach. Natürlich war es besser für Mette, nicht mit der Kranken in einem Raum zu schlafen, aber ganz wohl war ihr auch nicht dabei, dass ihre kranke Schwester nun alleine schlief. Was, wenn sie aufwacht und etwas trinken möchte? Was, wenn das Fieber wieder steigt?

Catharina seufzte, dann schlüpfte sie aus dem Bett, zog die dicken Strümpfe wieder an und nahm ihr Kissen.

»Was machst du?«, fragte Henrike verwirrt.

»Ich schlafe bei Lisbeth.«

»Was?«

»Ich möchte sie nicht alleine lassen.«

Catharina tat gut daran, bei ihrer Schwester zu schlafen. Lisbeth war unruhig, und das Fieber stieg nach ein paar Stunden wieder. Leise schlich die große Schwester nach unten, bereitete aus der restlichen Lindenrinde einen weiteren Aufguss und holte saubere Leinentücher und Wasser. Wieder machte sie Wadenwickel, flößte Elisabeth ein wenig von dem Aufguss ein, gab ihr Wasser und kühlte ihre Stirn. Als das Mädchen Schüttelfrost bekam, deckte sie es mit einer weiteren Decke zu.

Am frühen Morgen – der Hahn krähte zaghaft – sank

Elisabeth endlich in einen tiefen Schlaf. Erschöpft lehnte Catharina sich zurück. Sie zog sich die Decke bis zum Kinn, versuchte sich noch ein wenig auszuruhen, doch viel Zeit blieb ihr nicht mehr, gleich musste das Frühmahl bereitet, das Brot gebacken werden.

Immer wieder schreckte sie hoch, versank in einen leichten Schlummer. Der Ruf ihrer Mutter weckte sie schließlich.

»Käthe!«, schallte es durchs Haus.

Erschrocken fuhr Catharina hoch und stellte entsetzt fest, dass es schon hell war. Sie musste doch fest eingeschlafen sein. Besorgt schaute sie zu Lisbeth, doch das Mädchen atmete tief und gleichmäßig, die Wangen hatten die unnatürliche Rötung verloren.

Dieu merci, dachte Catharina, es geht ihr besser. Dann eilte sie ins Nachbarzimmer. Auch Henrike schlief noch tief und fest.

»Rike! Wach auf! Wir haben verschlafen!«

»Hmm?«, murmelte Henrike und rieb sich die Augen. »Sacrèment, es ist ja schon hell!« Sie sprang aus dem Bett und griff nach ihrer Kleidung. »Ich komme zu spät zur Arbeit!«

Auch Catharina hatte sich hastig angezogen und eilte nun die Treppe hinab. Es war kühl im Haus.

»Das Feuer ist heruntergebrannt. Weder Brotteig noch Grütze sind bereit«, schimpfte Esther.

»Es tut mir leid«, murmelte Catharina und kniete sich vor den Kamin, um das Feuer wieder zu entfachen. »Ich habe verschlafen.«

»Nicht nur du, sondern wir alle.«

Die Haustür fiel krachend ins Schloss.

»Nanu?«, wunderte sich Esther. »Geht Rike, ohne etwas gegessen zu haben?«

»Sie ist eh schon spät dran und wird wohl bei Flohs etwas bekommen.« Endlich flackerte das Feuer auf. Catharina wischte sich die Hände ab, nahm den Sauerteig, den sie am Abend vorbereitet hatte, und knetete mit flinken Bewegungen Mehl hinein. »Mette, hol mir Speck und Zwiebeln aus dem Vorratsraum.«

»Manchmal habe ich das Gefühl, Rike fühlt sich dort wohler als hier«, sagte Esther und nahm den Kessel, um ihn am Brunnen mit frischem Wasser zu füllen.

Da kannst du durchaus recht haben, dachte Catharina, sprach es aber nicht aus. Noch kein einziges Mal hatte sich Esther nach Elisabeth erkundig, geschweige denn war sie nach oben gegangen, um nach dem Mädchen zu sehen. Wieder machte das Verhalten der Mutter Catharina wütend. Bin ich ungerecht? fragte sie sich. Vielleicht denkt sie ja, dass Lisbeth friedlich schlummert und sich gesund schläft, aber sollte sie nicht trotzdem nachschauen? Es ist, als gäbe es das Kind gar nicht. Vielleicht sind wir alle für sie eine Last. Der Gedanke wog schwer, zu schwer, als dass sie ihn weiter verfolgen mochte. Jetzt stand erstmal der Haushalt an und musste erledigt werden. Gerne hätte sie sich mit jemandem darüber ausgetauscht, aber außer mit Henrike konnte sie mit niemandem frei reden. Anna ter Meer hatte ihr bisher immer bei Fragen zu Seite gestanden, ihr zugehört und gute Ratschläge erteilt, doch auch Anna hatte sich verändert. Catharina nahm es ihr übel, dass sie noch nicht einmal nach Elisabeth hatte schauen wollen, auch wenn sie tief in sich verstand, warum Anna so entschieden hatte.

Für Mette war es eine willkommene Abwechslung, in der Woche zu Hause zu bleiben. Sie buk das Brot mit Catharina, versorgte die Hühner, half runzelige Wurzeln zu schälen und klein zu schneiden.

Als das Brot im Ofen war, ging Catharina nach oben, um nach ihrer Schwester zu schauen. Lisbeth war wach, fühlte sich aber noch schwach. Das Fieber war zurückgegangen, doch ein übler Husten quälte das Mädchen nun.

»Wir haben noch getrockneten Spitzwegerich und einige Fichtennadeln«, sagte Catharina nachdenklich. »Daraus koche ich dir Tee, der dir helfen wird. Es ist auch noch Hühnerbrühe da. Mette bringt dir gleich eine Schale, Lisbeth.«

»Ich habe aber keinen Hunger«, krächzte das Mädchen.

»Du musst trotzdem etwas essen, damit du bei Kräften bleibst.«

Lisbeth nickte ergeben.

Bisher hatte die Familie Glück gehabt, selten waren die Kinder schwer erkrankt. Doch im Winter husteten alle hin und wieder, Erkältungen waren an der Tagesordnung, und auch Durchfall und Erbrechen suchten sie manchmal heim. Für diese Erkrankungen hatte Esther einen kleinen Kräutervorrat angelegt.

»Wir müssen Tee für Lisbeth kochen«, erklärte Catharina Mette. »Sie hat Husten.«

»Dagegen hilft Tee?«

Catharina lächelte und strich der Schwester über das blonde, lockige Haar, das alle Frauen der Familie zierte.

»Nicht der Tee, der aus Amsterdam und Rotterdam geliefert wird. Wir machen aus diesen getrockneten Kräutern und Wurzeln einen Aufguss und seihen ihn dann ab.«

Mette schnupperte an dem irdenen Gefäß und zog dann die Nase kraus. »Das riecht bitter.«

»Es schmeckt auch so. Wir geben ein wenig Honig dazu, dann kann man es trinken.«

»Woher weißt du das alles? Hast du das in der Schule gelernt?«

»Nein.« Lachend schüttelte Catharina den Kopf.

Die meisten Kinder der Bürger Krefelds besuchten die Schule, die der Magistrat eingerichtet hatte. Sie lernten lesen, schreiben und rechnen. Da in Krefeld Deutsch gesprochen wurde, Frankreich aber die Handelsmacht hatte, wurde auch Französisch unterrichtet. Die meisten Familien sprachen auch Niederländisch, viele konnten es lesen und schreiben und gaben dies an ihre Kinder weiter.

Selbst die Kinder der meist katholischen Arbeiter hatten eine Schule im Kloster. Sie erhielten jedoch oft nur drei oder vier Jahre Unterricht, während die Söhne und Töchter der bürgerlichen Schicht deutlich länger die Schule besuchen konnten.

»Viele Dinge hat mir Mutter beigebracht, andere Sachen habe ich von anderen gelernt. Erinnerst du dich noch an Trine?«

»Unsere Magd?« Mette zog einen Flunsch. »Ich war traurig, als sie gegangen ist. Manchmal bin ich es heute noch. Sie hat die besten Küchlein gebacken und mir immer etwas Süßes zugesteckt.«

Catharina biss sich auf die Lippe. Auch ihr hatte die Magd früher süße Sachen gegeben und sie heimlich verwöhnt. Sie hatte immer ein freundliches Wort für die Mädchen auf den Lippen, verband nicht nur Schürfwunden, sondern schlichtete auch Streit und hörte sich kummervolle Worte und Sorgen der Kinder an.

Das alles leiste ich nicht, das kann ich gar nicht, dachte

Catharina entsetzt. Sie hatte die Rolle der Magd und somit den Haushalt übernehmen müssen. Zu Anfang hatte die Mutter ihr viel gezeigt und sie hatten zusammengearbeitet, doch dann hatte sich Esther mehr und mehr zurückgezogen, so dass die ganze Arbeit an Catharina hängen blieb. Natürlich versuchte sie für ihre kleinen Schwestern da zu sein, aber allein der Haushalt kostete sie schon viel Kraft.

»Ja, Trine war großartig.« Catharina seufzte. »Sie hat mir viel gezeigt.«

»Mutter bringt mir das Nähen bei.« Wieder verzog das kleine Mädchen das Gesicht. »Ich bin aber nicht besonders geschickt. Meistens müssen wir die Nähte wieder lösen.«

»Mach dir nichts draus, das ist eine Sache der Übung.«

Inzwischen kochte die Hühnerbrühe. Catharina füllte eine kleine Schale und schnitt etwas frisches Brot ab. »Bring dies zu Lisbeth und frag, ob sie noch etwas braucht, ja?«

Kapitel 7

Die Tage vergingen, und Elisabeths Zustand besserte sich. Dennoch war sie schwach und konnte nur stundenweise das Bett verlassen. Nach einiger Zeit war es Esther leid, mit Mette in der Stube zu schlafen. Sie ließ Catharina die Kammer der Magd säubern und eine neue Lage Stroh in die Bettstatt legen. Die Kammer war über ein Jahr nur als Abstellraum benutzt worden, so dass sich Spinnen und Mäuse dort eingenistet hatten. Das Stroh auf dem Boden war vermodert, da die Kammer keinen Kaminzug hatte. Es war klamm und roch muffig. Catharina schauderte. Doch es half nichts,

Elisabeth brauchte einen Raum, in dem sie in Ruhe gesunden konnte.

Es war Ende Februar, und obwohl Tauwetter eingesetzt hatte, war es immer noch kalt. Catharina band sich ihr Umschlagtuch fest um den Oberkörper, fegte dann das alte Stroh in den Hof und räumte die Bettstatt aus. Mit spitzen Fingern schob sie mehrere Mäusenester in einen Eimer und brachte diesen dem alten Kater. Dann erwärmte sie Wasser und nahm den letzten Rest Seife. Es dampfte, als sie das Wasser auskippte und mit viel Kraft den Boden schrubbte. Schon bald war ihr auch warm. Sie wischte die Ecken aus, putzte die Fenster. Als der Boden getrocknet war, streute sie frisches Stroh darauf und vermischte es mit Farnwedeln und Kräutern, um das Ungeziefer abzuhalten. Schließlich presste sie eine Lage Stroh in das Bettgestell und bedeckte sie mit zwei festen Leinenlaken. Nun fehlte nur noch die kleine Truhe mit Elisabeths Sachen, zwei Kerzen, die Waschschüssel, der Krug und ein Nachtgeschirr. Zufrieden sah sie sich um. Im Kohlebecken glühten die Kohlen und verbreiteten eine wohlige Wärme, es roch nach Kräutern und Seife.

Esther betrat die Kammer und nickte. »Dann kann Lisbeth ja hier schlafen und stört uns nicht mehr mit ihrem Husten.«

»Maman!« Entsetzt drehte sich Catharina zu ihr um. »Wie kannst du so etwas sagen?«

Fragend schaute die Mutter sie an. »Was?«

»Es klingt, als sei Lisbeth absichtlich krank geworden.«

»Sei nicht albern, Käthe. Natürlich habe ich das nicht so gemeint.« Esther drehte sich um und ging zurück in die Küche. »Hast du schon Essen gekocht? Außerdem musst du dringend in den Wallgarten und dort nach dem Rechten schauen. Der Giersch treibt zum Glück schon aus, und auch die ersten Winterheckenzwiebeln zeigen sich. Im Wallgarten gibt es bestimmt eine Menge zu tun.«

»Bestimmt«, seufzte Catharina leise, verdrehte die Augen und wischte sich mit dem Unterarm über die Stirn. Müde folgte sie ihrer Mutter, ihr Kreuz schmerzte, und ihre Arme fühlten sich schwer an. Sie hatte etliche Eimer Wasser aus dem Brunnen geholt, über dem Ofen erhitzt und schließlich geschrubbt und gescheuert.

»Was gibt es heute zu essen?« Esther hob die Deckel von den Töpfen. »Ich muss in den nächsten Tagen einiges an Wäsche für die französischen Offiziere waschen.«

»Bist du jetzt auch unter die Waschfrauen gegangen?«, fragte Catharina und biss sich dann ob ihrer frechen Worte auf die Lippen.

»Nein, aber angeblich werden die Truppen abgezogen. Und deshalb haben mich die zwei Offiziere, die bei den von der Leyen einquartiert sind, gebeten, noch schnell ihre Wäsche zu waschen und zu flicken. Sie bezahlen den doppelten Lohn.« Esther lächelte.

»Immerhin.« Catharina ging in die Vorratskammer und kehrte mit einem kleinen Stück Räucherware zurück. »Dann können wir ja vielleicht frisches Fleisch kaufen oder etwas Fisch. Dies ist nämlich der letzte Speck, den wir haben.«

»Und dies ist die letzte Seife, die wir haben?« Esther zeigte auf den nun leeren Topf mit Schmierseife.

»Wir haben noch zwei oder drei Stücke in der Vorratskammer.« Catharina seufzte. Sie war sehr sparsam mit der Seife umgegangen, doch nun neigte sich der Vorrat endgültig dem Ende zu.

»Du sagtest schon vor Wochen, dass wir kaum noch Seife haben.« Wieder klang Esther vorwurfsvoll.

»Ich hatte einen Korb übersehen, der hinter das Fass mit den Äpfeln gerutscht war. Die zwei Stücke sind aber nun die Letzten, die wir haben.«

Esther warf ihr einen Blick zu, und Catharina wusste genau, was er bedeutete.

»Ich werde morgen Fett und Pottasche besorgen und dann Seife sieden.« Catharina kniff die Augen zusammen. Seife zu sieden war anstrengend und gefährlich. Schon so mancher hatte sich die Hände oder Augen verätzt.

»Gut.« Die Mutter wandte sich ab und ging zurück in die Stube.

»Mon dieu«, seufzte Catharina, begann dann aber gleich, die Mahlzeit zuzubereiten.

Am Abend, nachdem Elisabeth ihre neue Kammer bezogen hatte, legte Catharina einige Dinge heraus, die sie für das Seifensieden brauchen würde. Sie hatte vom Schlachter Fettabfälle bekommen, die sie nun über Nacht auskochte. Der hohe Emailletopf, den sie nur selten gebrauchten, musste geschrubbt werden. Sie kontrollierte die Beschichtung genau, denn Lauge griff Metall an. Zufrieden mit dem Ergebnis stellte sie den Topf bereit. Dann zerrieb sie einige getrocknete Kräuter im Mörser. Der Duft von Kamille und Rosmarin durchzog schon bald die Küche.

Schließlich räumte sie auf, setzte den Sauerteig für das Brot an und streckte sich. Ihr ganzer Leib schmerzte, und sie sehnte sich danach, sich ins Bett zu legen. Doch zuvor musste sie noch einmal nach der jüngeren Schwester schauen.

»Lisbeth?«, wisperte sie durch den Türspalt. »Schläfst du schon?«

»Nein, Käthe.« Die Stimme des Kindes klang unglücklich.

»Was ist los?« Catharina schlüpfte in die Kammer. Die Kohle in dem Gefäß aus Kupfer glomm anheimelnd und verbreitete einen warmen Schein. Catharina trat an das Bett und setzte sich zu ihrer Schwester. »Fehlt dir irgendetwas? Hab ich etwas vergessen?«

»Es ist so ungewohnt«, sagte Elisabeth mit dünner Stimme. »Hier unten … und ganz alleine zu schlafen. Außerdem war es oben immer dunkel bis auf den Mondschein.«

»Und hier unten ist das Kohlebecken, verstehe.« Catharina legte den Arm um die Schultern ihrer Schwester und zog sie an sich. »Aber das sanfte Licht der glühenden Kohlen ist doch schön, nicht?«

»Ja, das schon. Aber dennoch ist es ungewohnt. Sonst lag immer Mette neben mir und Mutter in dem anderen Bett. Und jetzt bin ich hier ganz alleine.«

Catharina strich ihr über die Haare. »Soll ich bei dir bleiben? Wenigstens für die erste Nacht.«

»Nein, das brauchst du nicht«, sagte Elisabeth nicht wirklich überzeugend. Nach kurzem Zögern fügte sie an: »Oder würdest du …?«

Catharina lachte leise. Dann stand sie auf, schlüpfte aus ihrem Kleid. »Rück mal. Hach, wie wundervoll, frisches Stroh und ein ganz sauberes Bett.«

»Danke«, murmelte Elisabeth. Schon bald schlief sie tief und fest, nur hin und wieder hustete sie, ohne jedoch aufzuwachen.

Obwohl Catharina sich ganz zerschlagen und erschöpft fühlte, kam sie nicht zur Ruhe. Plötzlich verstand sie, was Elisabeth gemeint hatte. Dadurch, dass die Kammer im Erdgeschoss lag und zum Hof wies, war das Mondlicht kaum zu sehen. Auch die Geräusche des Hauses waren eigenartig.

Hier gab es kein Gebälk, das ächzte, stattdessen fing sich der Wind in den Winkeln des Hofes. Die Sträucher raschelten, und Catharina konnte das Trapsen kleiner Pfoten auf dem Pflaster hören. Ob sich Elisabeth daran gewöhnen wird? fragte sie sich zweifelnd und schlief dann doch ein.

Ihr Nacken und ihre Gelenke waren steif, als Catharina am nächsten Morgen erwachte. Sie lag auf der Bettkante, die Decke hatte Elisabeth um sich gewickelt.

Fröstelnd stand Catharina auf und zog sich eilends an, legte Holz nach und knetete den Brotteig. Die Fettabfälle waren ausgekocht, und sie konnte die saubere Schicht abschöpfen. Das Fett würde nicht reichen, aber sie hatte noch einige Schwarten gekauft, die sie in den Topf tat, nachdem sie die Abfälle in den Hof gekippt hatte. Sie ließ die Schwarten bei kleiner Hitze aus, schob das Brot in den Ofen und bereitete das Frühstück zu.

»Wo hast du geschlafen, Käthe?«, fragte Henrike sie leise, als sie zum Frühmahl kam. Sie sah sich zur Mutter um, doch diese holte gerade Schmalz aus der Vorratskammer.

»Bei Lisbeth«, erwiderte Catharina. »Sie hatte Angst so ganz alleine hier unten.«

»Kann ich verstehen. Was meinst du? Geht es ihr besser?«

»Sie hustet immer noch, aber langsam wird es besser. Allerdings strengen sie schon die kleinsten Tätigkeiten an.«

»Hoffentlich wird sie wieder ganz gesund.« Henrike schnitt das dampfende Brot auf, sah sich dann um. »Musst du Seife sieden?«

Catharina nickte, da aber die Mutter zurückkam, verkniff sie sich eine Antwort.

»Das Fett stinkt.« Esther rümpfte die Nase.

»Ich muss es aber auslassen«, sagte Catharina tonlos.

»Nun ja, du wirst einige Stunden beschäftigt sein. Ich kann dir leider nicht helfen. Ich soll zu den von der Leyen kommen und bei den Offizieren Hemden abstecken und ausmessen.«

Ach, dachte Catharina und spürte einen Knoten der Wut im Magen, da hast du dir aber einen feinen Termin ausgesucht.

Eine Stunde später hatten alle bis auf Elisabeth und Catharina das Haus verlassen. Catharina hatte die kleine Schwester dazu gebracht, etwas Brot und Suppe zu essen. Sie stellte ihr einen kleinen Krug lauwarmes Bier hin und wies sie an, zu rufen, falls sie etwas brauche. Dann zog sich Catharina ihr ältestes Kleid und die Schürze der Magd an und krempelte die Ärmel hoch. Sie hatte aus dem Fass im Hof Regenwasser geholt und löste nun unter vorsichtigem Rühren Pottasche darin auf. Es brodelte und spritzte etwas. Catharina wusste, dass die Lauge böse Wunden verursachen konnte, und ging so vorsichtig wie möglich vor.

Sie klärte das Fett, indem sie es durch ein grobes Tuch goss, und gab alles in den emaillierten Topf. Unter langsamem Rühren erhitzte sie die Flüssigkeit, dann goss sie ein wenig Lauge hinzu, rührte weiterhin. Immer wieder tauchte sie einen Holzspatel in das Gemisch. Sobald die Probe nicht mehr vom Spatel tropfte, sondern gleichmäßig ablief, gab sie wieder ein wenig Lauge hinzu. Der scharfe Geruch der Lauge vermischte sich mit dem fettigen des ausgelassenen Specks. Catharina atmete mit offenem Mund, dennoch spürte sie Übelkeit.

Es war anstrengend, das zähflüssige Gemisch umzurühren, aber notwendig, damit es zur Verseifung kam. Immer wieder brodelte die Flüssigkeit auf, und Catharina musste achtgeben, dass sie sich nicht daran verätzte.

Nach etwa zwei Stunden goss sie einen kleinen Tropfen auf eine Glasplatte, die sie auf dem Küchentisch bereit gelegt hatte. Ein kleiner Ring entstand am Rande des Tropfens, es befand sich also ein Rest unverseiftes Fett im Topf, und Lauge fehlte. Wieder gab sie Lauge hinzu und rührte. Schließlich kochte die Masse ruhig und gleichmäßig, schäumte nicht mehr auf und brodelte auch nicht mehr. Nun konnte Catharina mit einem Holzstab lange Fäden ziehen, und auch der Tropfen auf der Glasplatte blieb klar stehen, bevor er erstarrte.

Langsam ließ Catharina feines Salz in das Gemisch rieseln und rührte, bis es sich aufgelöst hatte. Endlich trennte sich die Seife von der Lauge, die Seife schwamm oben, und Catharina konnte sie abschöpfen und in die Formen füllen. Noch war die Seife flüssig, und so konnte sie die zerstampften Kräuter hineinstreuen. Bis zum nächsten Tag würden die Blöcke erstarren und konnten dann in handliche Stücke geschnitten werden.

Zufrieden besah Catharina ihr Werk. Die Tür zum Hof stand offen, und nachdem sie die Abfälle und Reste weggeschüttet und den Topf ausgescheuert hatte, vermischte sich die frische, kalte Luft mit dem feinen Duft der Seife.

Zwei Tage später sammelten Esther und Catharina die Weißwäsche der Familie zusammen. Dazu kam ein ganzes Bündel Hemden und andere Wäsche von den französischen Offizieren.

»Waschen die von der Leyen nicht?«, fragte Catharina und betrachtete seufzend den Haufen Kleidungsstücke.

»Doch, aber ich soll direkt die Knöpfe und Kragen überprüfen, die Nähte kontrollieren und ausbessern. Sie zahlen gut.«

»Immerhin«, murmelte Catharina. Wieder hatte sie Holzasche eingeweicht, um Lauge zu gewinnen. Die Wäsche taten sie in große Holzbütten und weichten sie über Nacht mit der Lauge in kaltem Wasser ein. Ein um den anderen Eimer holte Catharina vom Brunnen.

Am nächsten Morgen – es war klar und sonnig, aber eisig kalt – wuschen sie gemeinsam die Wäsche in kaltem Wasser durch, taten sie dann zurück in die Tröge. Während Esther die Stücke einzeln hochnahm und besonders verschmutzte Stücke beiseitelegte, erwärmte Catharina Wasser in dem großen Kessel auf dem Herd. Zu zweit trugen sie das kochende Wasser in den Hof und schütteten es vorsichtig in den Holzschaff.

Mit einem Paddel rührte Catharina die Wäsche um, während die Mutter Seifenflocken von einem Stück abschabte und in das Wasser rieseln ließ.

»Pass auf, dass du nichts zerreißt, Käthe«, ermahnte die Mutter sie.

Die dreckigen Sachen seiften sie mehrfach ein, rieben die Stücke aneinander. Schließlich war die Mutter zufrieden. Nun wurde der große Kessel erneut gefüllt und über das Feuer gehängt. Dort kochten sie die Weißwäsche durch.

Währenddessen schwemmte Catharina die anderen Kleidungsstücke gründlich in klarem Wasser aus und hängte sie dann über die Leinen, die sie im Hof gezogen hatten.

»Nein, Käthe, häng sie dichter und lass die Teile überlappen, sonst verbläst der Wind sie, und wir können von vorne beginnen.« Esther ging an den Leinen entlang und half ihrer Tochter.

»Nimm drei Tassen Reis aus dem Sack in der Vorratskammer und koche ihn kurz in dem kleinen Topf auf. Das Wasser seihst du ab und gießt es zur Weißwäsche.«

»Warum macht man das eigentlich?«, fragte Catharina. »Das Reiswasser ist doch gar nicht klar, sondern milchig.«

»Die Stärke färbt das Wasser und macht die Wäsche schön glatt und fest, wenn wir sie plätten. Und nun steh nicht rum, wir haben noch genug zu tun.«

Eine um die andere Ladung Wäsche wuschen sie, kochten sie, wrangen sie aus und hängte sie auf die Leinen. Der Hof füllte sich zunehmend, die Wäsche dampfte, und es roch nach dem frischen Duft der Seife. Ein leichter Wind kam auf. Esther schaute besorgt zum Himmel.

»Wenn es zuzieht, müssen wir die Leinen in der Stube spannen.« Sie seufzte.

Gegen Abend mussten sie tatsächlich Leinen in der Stube ziehen. Ihre eigene Wäsche, die noch nicht trocken war, hängte sie auf den Dachboden, aber die Kleidungsstücke der Franzosen kamen in die Stube.

»Catharina, leg die Platte in die Glut«, wies Esther ihre Tochter an.

»Willst du jetzt schon plätten? Es ist doch kaum etwas richtig trocken.«

»Doch, die Schürzen und Hauben sind trocken. Damit kannst du schon mal anfangen. Ich werde die Hemden jetzt durchsehen und ausbessern.«

Esther setzte sich in die Stube. Im Kamin prasselte ein großes Feuer, damit die Hemden und Gamaschen der Herren auch ordentlich trockneten, neben ihr auf dem Tisch stand ein Krug mit Würzwein.

Catharina bereitete das Essen zu, brachte die kleinen

Schwestern zu Bett, während Henrike das noch warme Wasser des letzten Spülgangs nutzte, um ein Bad im Zuber zu nehmen.

»Herrlich ist das«, seufzte sie wohlig.

»Kann ich mir vorstellen«, antwortete Catharina mürrisch. Sie schob die eiserne Platte in die Glut, wartete, bis sie heiß war, und holte sie dann vorsichtig mit einer langen Zange wieder hervor. Das Plätteisen aus Messing hatte einen hohlen Boden, in den sie nun die fast glühend heiße Platte schob. Nun konnte sie die Kleidungstücke vorsichtig plätten. Immer wieder bespritzte sie die Sachen mit dem Reiswasser. Ihre Schultern schmerzten, und die Hände hatten tiefe Risse und rote Schrunden durch das kalte Waschwasser bekommen.

»Die Flohs haben mir eine feste Stelle als Beiköchin angeboten«, gestand Henrike ihr, während sie sich abtrocknete und in saubere Wäsche schlüpfte.

»Ist das gut oder schlecht?«, fragte Catharina müde.

»Das ist gut.« Henrike lachte. »Ich habe eine feste Anstellung, selbst wenn es mal nicht viel zu tun gibt. Auch ein sicheres Einkommen werde ich haben.« Sie räusperte sich. »Allerdings wollen sie, dass ich in das Gesindehaus ziehe.«

»Was?« Catharina sah von ihrer Arbeit auf. »Warum? Es sind doch nur ein paar Straßen bis zum Haus des Bürgermeisters.«

»Das ist richtig. Aber oft haben sie Gäste oder nehmen an Veranstaltungen teil, die bis tief in die Nacht gehen, und dann möchten sie frische Kost aus der Küche haben. Die Köchin und auch die Beiköchin müssen jederzeit, Tag und Nacht zur Verfügung stehen.«

Catharina stieg der Geruch von angesengtem Stoff in die Nase, erschrocken hob sie das schwere Plätteisen an. Zum

Glück war der Schaden gering. Sie stellte das Eisen auf den Herd, wischte sich nachdenklich die Hände an der Schürze ab und nahm einen Schluck Würzwein. »Das verstehe ich«, sagte sie schließlich leise. »Und du möchtest das?«

Henrike nickte eifrig. »O ja.«

»Was sagt Mutter dazu?«

Henrike senkte den Kopf, dann nahm sie sich einen Becher und schenkte sich auch Würzwein ein. »Sie weiß es noch nicht.«

»Sie sitzt nebenan, sag es ihr.«

»Ich traue mich nicht.« Henrike zog die Strümpfe an, schlüpfte in die Pantinen und verließ die Küche.

Was ist mit dem Badezuber? dachte Catharina und stöhnte auf, als sie die Tritte der Schwester auf der Stiege hörte. Das Eisen war erkaltet, und sie legte es wieder in die Glut, schleifte den Badezuber in den Hof und kippt das Wasser aus.

Der Mond stand schon hoch am Himmel, als sie endlich ins Bett fiel. Auch in dieser Nacht schlief sie bei Elisabeth in der kleinen Kammer. Sie war wütend. Wütend auf ihre Mutter ebenso wie auf Henrike. Obwohl sie ihrer Schwester alles nur Gute wünschte, fühlte sie sich mehr denn je im Stich gelassen.

Kapitel 8

Der erste März war ein Sonntag. In den vergangen Wochen hatte es immer mal wieder stark geregnet, und der Rhein, der nach der Schneeschmelze schon viel Wasser geführt hatte, war über die Ufer getreten. Die Gemeinde traf sich im Hof der Mennonitenkirche.

»Es ist viel Bewegung bei den Truppen«, sagte Abraham ter Meer. »Erst die Dragoner, die letzte Woche bei den Bauern einquartiert wurden, dann das Infanterie-Regiment.«

»Ein Kommen und Gehen.« Christoph Taschner schüttelte den Kopf. »Wo soll das noch hinführen?«

»Bonjour, Messieurs.« Frieder von der Leyen nickte ihnen zu. »In der Zeitung stand, dass die Preußen einen Erfolg über ein sächsisches Korps zwischen Eisenach und Gotha zu verzeichnen hatten.«

»Bonjour, Monsieur von der Leyen. Das habe ich auch gelesen. Die Preußen haben Fritzlar genommen und einen vergeblichen Anschlag auf die Marburg gemacht.« Abraham strich sich nachdenklich übers Kinn.

»Die französische Zeitung aus Köln schreibt von Friedensverhandlungen.«

»Ja, aber verhandelt wird seit Jahren.« Abraham seufzte. »Im Moment empfinde ich die Last unserer Quartiernehmer bedrückend. Ich wünschte, sie würden endlich abziehen.«

»Das kann ich verstehen. Mein Oheim und meine Muhme denken ähnlich«, sagte von der Leyen.

»Tatsächlich? Es schien mir so, als hätte Eure Familie Gefallen an dem Trubel«, rutschte es Catharina heraus, die neben Anna ter Meer stand.

»Da täuscht Ihr Euch, Mademoiselle …« Er stockte kurz. »Wir sind uns schon einmal begegnet, nicht wahr?«

»Darf ich vorstellen?« Anna ter Meer lächelte Frieder von der Leyen zu. »Mademoiselle Catharina te Kamp – Monsieur Frieder von der Leyen.«

»Ah, bon! Ich erinnere mich. Ihr seid die Tochter der hervorragenden Weißnäherin.«

»Correctement.« Catharina senkte den Kopf, ihre Wangen glühten.

»Ihr habt mitgeholfen, die Kostüme anzupassen.«

»Das ist richtig«, hauchte sie verlegen.

»Eure Mutter ist eine Künstlerin mit Nadel und Faden.«

Catharina fiel nichts ein, was sie hätte erwidern können, daher war sie froh, als der Pastor die Gemeinde in die Kirche rief.

Die von der Leyen saßen auf der ersten Bank, während die Familie te Kamp weiter hinten Platz nahm. Elisabeth hütete noch immer das Bett, doch die drei anderen Schwestern setzten sich mit gesenkten Köpfen neben Esther.

Dieses Mal fiel es Catharina nicht leicht, sich auf den Gottesdienst zu besinnen. Zwar sang sie die langsamen Psalmen mit, versuchte den Worten des Pastors Aufmerksamkeit zu schenken, immer wieder jedoch schweiften ihre Gedanken und Blicke ab. Sie konnte von ihrem Platz aus das Profil von Frieder von der Leyen sehen. Er schien ganz vertieft in die Predigt zu sein, folgte dem Gottesdienst mit aller Aufmerksamkeit. Sie beneidete ihn, senkte den Kopf und faltete die Hände, kniff die Augen zusammen und versuchte mit aller Macht, ihre Gedanken auf die Worte des Predigers zu lenken.

Nach dem Gottesdienst standen die meisten Gemeindemitglieder noch ein Weilchen auf dem Kirchhof unter dem Maulbeerbaum, den die von der Leyen dort gepflanzt hatten.

»Wie geht es Eurer Schwester?«, fragte Anna ter Meer und wagte es nicht, Catharina anzuschauen. »Es tut mir leid, dass ich Euch nicht zur Seite gestanden habe. Das war nicht gottgefällig, und ich bereue es sehr.«

»Elisabeth muss noch das Bett hüten, aber es geht ihr von

Tag zu Tag besser. Grämt Euch nicht, Eure Mittel haben geholfen.« Catharina knetete ihre Hände. »Ich ... ich würde so gerne mehr über die Heilkunst und Kräuterkunde erfahren«, fügte sie leise hinzu.

»Oh, das ist eine gute Idee. Eines Tages werdet Ihr eine eigene Familie haben, und dieses Wissen ist immer hilfreich. Warum kommt Ihr nicht auf einen Becher Tee vorbei? Dann kann ich Euch einiges erzählen und zeigen. Mein Gemahl hat in seiner Sammlung auch ein paar Bücher über Kräuterkunde. Eines davon beschäftigt sich mit der Lehre der Hildegard von Bingen. Ich habe es gelesen und kann es Euch sehr empfehlen. Ich bin mir sicher, dass mein Gemahl es Euch ausleihen würde.«

»Oh, wirklich?«

»Ganz bestimmt.« Anna lächelte. »Also? Mögt Ihr demnächst kommen?«

»Natürlich, es wäre mir eine Freude.«

»Käthe!« Esthers Ruf scholl über den Kirchhof.

Catharina zuckte zusammen und schaute sich um. Eine hohe Mauer umgab den Kirchhof, auf den man Zugang durch ein kleines Tor hatte. Dort stand ihre Mutter und blickte suchend umher.

»Ich komme, Maman«, rief Catharina, nickte Anna zu und eilte davon. Sie kam an einer Gruppe Männer vorbei, die lautstark diskutierten, als einer der Männer sich umdrehte und sie ansprach: »Mademoiselle te Kamp.« Es war Frieder von der Leyen.

»Monsieur?«

»Ich wünsche Euch einen wunderbaren Sonntag.« Er lächelte freundlich.

»Oh, Euch auch«, hauchte Catharina.

»Ich …« Frieder von der Leyen hüstelte und tat plötzlich verlegen. »Könnte ich in den nächsten Tagen einmal bei Euch vorsprechen?«

»Pardon?«

»Nun, es geht um Eure Nähkunst …«

»Oh. Naturellement.« Catharina biss sich auf die Lippen und räusperte sich. »Au revoir.«

Sie lief eher, als dass sie ging, zum Tor, folgte der Mutter, die mit klappernden Schritten über das Kopfsteinpflaster eilte.

Du dumme Gans! schalt sich Catharina und versuchte ihre Familie einzuholen. Du dumme, dumme Gans, natürlich ist er nicht an dir als Person interessiert. Sie wischte sich eine Träne aus dem Augenwinkel. Du bist für ihn eine Näherin, eine Magd, ein Mädchen aus einfachen Verhältnissen. Er sieht dich gar nicht als Mensch, als ebenbürtige Person, er sieht dich als Hilfskraft, jemand, der für ihn Dienstleistungen erbringt. Hochmut kommt vor dem Fall – das war Thema der Predigt gewesen, fiel ihr plötzlich ein. Dein Leben ist dazu bestimmt, andere zu unterstützen, Dinge zu erledigen. Nicht mehr und nicht weniger. Nun rannen die Tränen über ihre Wangen.

Catharina verhielt den Schritt, folgte Mutter und Schwestern nur noch langsam. Die Erkenntnis war bitter, aber wahr.

»Der Graf von Pollignac hat Quartier bei den von der Leyen genommen«, sagte Johann von Beckerath. Sie hatten sich wieder in der Stube der ter Meers versammelt.

»Ja, und er hat den morgigen Bettag verboten.« Engelbert vom Bruck schüttelte den Kopf und stopfte seine Pfeife. »Die Gemeinde ist aufgebracht.«

»Ich habe gehört, dass Eure Gemeinde schon einen Boten zum Baron von Kinkel nach Moers geschickt hat?«, fragte Abraham ter Meer.

»Das ist richtig. Und nach meinem Kenntnisstand gibt er an, dass wir Protestanten Genugtuung erhalten werden.« Engelbert verzog das Gesicht. »Wie auch immer das aussehen mag.«

»Ich verstehe es nicht«, meinte Abraham ter Meer. »Was hat der Graf von dem Verbot?«

»Machtausübung. Er zeigt den Krefeldern, wer hier das Sagen hat«, meinte Peter Lobach.

»Vielleicht. Vielleicht spüren sie aber auch die Verstimmung der Bevölkerung ob der langen Besatzung. Auch in anderen Städten gab es schon Aufstände gegen die Quartiernahme.«

»Ein Grund mehr, der Bevölkerung doch ihre Sitten und Bräuche zu lassen. Das wussten schon die Römer«, sagte Abraham und schenkte Wein aus.

»Ja, aber sie wollen ihre Macht zeigen, und wenn es auch nur bedeutet, dass sie einen Bettag verbieten. Immerhin eine Möglichkeit, sich zu versammeln.« Wieder zog Engelbert an seiner Pfeife, nahm dankend das Glas in Empfang. »Wo ist überhaupt Euer Docteur?«

»De Lancet?« Anna lächelte. Die Frauen saßen bei den Männern in der Stube und hatten ihr Flickwerk zur Hand. Nur Catharina saß etwas abseits und las in den Büchern über Heilpflanzen, welche Abraham ihr gegeben hatte. »Er ist unterwegs. Vermutlich draußen in der Heide.«

»An der Flöth? Was macht er dort«, fragte Peter Lobach.

»Er ist auf der Suche nach einem fetten Schwein. Ihm schmeckt unser Essen nicht.« Anna verzog das Gesicht.

»Da wird er wohl lange suchen müssen.« Esther schnaubte auf. »Hätten wir nicht alle gerne jetzt ein fettes Schwein?«

»Mir würde frisches Gemüse schon reichen«, sagte Catharina leise. »Mir hängen der ewige Kohl und das Kraut zum Halse raus.«

»Ja, das geht mir auch so.« Anna stand auf und füllte die Gläser erneut. »Mir wird schon vom Geruch schlecht.«

»Bald müsste der Mangold wieder austreiben, auch die Melde sollte die ersten Triebe bekommen. Es muss nur ein wenig milder werden.« Esther schaute zu Catharina. »Wir müssen dringend in den Garten und den Boden vorbereiten.«

Wir, dachte Catharina und verzog das Gesicht, allerdings hielt sie den Kopf gesenkt, so dass sie den Blicken der Mutter entkam.

»Wie geht es Euch denn?«, fragte Esther nun und beugte sich interessiert zu Anna vor.

Anna lächelte. »Bis auf die morgendliche Übelkeit geht es mir gut. Das Kind kommt im Sommer, darüber bin ich froh.«

»Sommerkinder haben eine bessere Chance als Winterkinder.« Esther nippte an dem Wein.

»Wie lange wird der Graf wohl bleiben?«, fragte Peter Lobach. Catharina neigte den Kopf, sie fand die Gespräche der Männer interessanter als die der Frauen. Vielleicht, so hoffte sie, würden sie etwas über die von der Leyen berichten.

»Ich weiß es nicht, einige Tage zumindest. Die meisten Truppen sind ja schon wieder aufgebrochen. Nur noch das Regiment Engien ist geblieben.« Abraham strich sich über das Kinn. »Und unser Docteur.« Er seufzte.

»Falls der Graf sein Verbot nicht aufhebt, werden keine

Gottesdienste stattfinden, aber die Protestanten werden auch nicht arbeiten, das habe ich zumindest gehört«, sagte Engelbert vom Bruck.

»Vielleicht redet Frederik von der Leyen dem Grafen ja gut zu.«

»Warum sollte er das tun?« Peter verzog angewidert das Gesicht. »Sie buckeln doch vor den Franzosen.«

»Das stimmt nicht. Sie setzen sich schon für Krefeld und uns ein, haben guten Kontakt zum König.«

»Aber warum beziehen sie dann nicht deutlicher Stellung? Sie hofieren die Franzosen, richten Feste für sie aus, unterstützen sogar ihre gotteslästerlichen Sitten.« Peter spie fast aus.

»Sie werden ihre Gründe haben.«

Was für Gründe könnten das sein, fragte sich Catharina, als sie später in ihrem Bett lag. Wind war aufgekommen und pfiff durch die Gassen, er brachte Regen mit sich.

»Schon wieder.« Henrike seufzte. »Ich hasse es, durch den Schlamm zu gehen.«

»Hast du schon mit Mutter gesprochen? Wegen deiner Anstellung beim Bürgermeister?«

»Nein.«

»Warum nicht, Rike?« Catharina drehte sich zu ihrer Schwester um.

»Ich traue mich nicht.«

»Das verstehe ich nicht.«

»Na ja, alleine die Vorstellung ist so – so magnifique, so wunderbar – dort im Haus zu wohnen, immer das gute Essen genießen zu dürfen. Weißes Brot und fetten Speck. Keine Mäuse in der Kammer zu haben und immer ein Feuer im Kamin. Hach«, seufzte sie.

»Ja, aber wenn dich das so sehr lockt, warum machst du es dann nicht wahr? Sie haben es dir doch angeboten?«

»Wenn ich Mutter frage und sie sagt nein, zerplatzt dieser Traum für immer. So kann ich mich in dunklen Nächten wenigstens noch einen Moment daran festhalten.«

»Wenn du zu lange nur träumst, werden sie bald ein anderes Mädchen nehmen.«

»Ja, ich weiß.« Henrike stöhnte leise auf. »Wenn ich dort wohnen würde, hätte ich morgen früh keine nassen Füße.«

»Nein, hättest du nicht. Also fass dir ein Herz und frag Mutter. Warum meinst du, dass sie es nicht erlaubt?«

»Nun, weil sie ja doch auf meine Mithilfe angewiesen ist.« Henrike zog die Decke bis zum Kinn. »Manchmal zumindest.«

Mithilfe? Catharina biss sich auf die Lippen. Wo bitte hilfst du mit? wollte sie fragen. Du stehst nach mir auf, setzt dich an den gedeckten Tisch, und das Gleiche gilt für abends – du kommst zurück und isst. Weder bei der großen Wäsche noch beim Hausputz hilfst du. Sie versuchte ihren Ärger hinunterzuschlucken, aber es wollte ihr nicht so recht gelingen.

In dieser Nacht träumte sie schlecht. Immer wieder wurde sie wach, hatte das verzweifelte Geschrei der verwundeten Soldaten und das Dröhnen der Kanonen von der Schlacht, die vor drei Jahren vor den Toren Krefelds stattgefunden hatte, in den Ohren. Doch dann lauschte sie, hörte nur das gleichmäßige Rauschen des Regen und schlief wieder ein. Im nächsten Traum suchten sie französische Soldaten heim, die verkleidet durch die Straßen der Stadt liefen und schrill lachten. Als der Hahn krähte, war sie schon wach. Sie fühlte sich schlapp, aber aufstehen und tätig werden war besser als Träume dieser Art.

Elisabeth hatte sich inzwischen an die Kammer im Erdgeschoss gewöhnt. Immer noch lag ein leichter Husten auf ihrer Brust, und sie war schnell erschöpft. Dennoch stand sie so manchen Morgen mit auf und half Catharina ein wenig beim Bereiten des Frühmahls. So auch an diesem Morgen Ende März.

»Mach ich das so richtig?«, fragte Elisabeth ihre große Schwester.

»Lass mich mal schauen.« Catharina begutachtete den Brotteig. »Das sieht sehr gut aus. Bestäube den Teig mit ein wenig Mehl, dann lass ihn noch für eine Weile ruhen, bevor du ihn in den Ofen schiebst.«

»Gehst du heute wieder in den Garten?«, wollte Elisabeth wissen.

Catharina schaute aus dem Fenster in den Hof. In den letzten Tagen hatte es viel geregnet, doch jetzt schien es aufzuklaren. Anfang des Monats hatte sie schon die Beete umgegraben, Hühnerdung und Pferdemist in die Erde eingearbeitet, die Sträucher beschnitten und den neuen Kompost angelegt. Bald würde es Zeit für die Aussaat sein. Die ersten Pflanzen trieben schon aus, vielleicht könnte sie heute genügend Guter Heinrich für eine Mahlzeit ernten oder wenigstens jungen Giersch mitbringen.

»Ja, ich denke schon«, sagte Catharina.

»Ich würde gerne mitkommen«, seufzte Elisabeth.

Catharina sah sie nachdenklich an. Ihre Schwester war blass und dünn geworden, ein wenig frische Luft würde ihr sicherlich gut tun. Jedoch war sie immer noch nicht wirklich auf der Höhe, die kleinste Anstrengung trieb ihr den Schweiß auf die Stirn und machte sie atemlos.

»Ich glaube, das ist noch zu früh, Mäuschen. Aber du

könntest die Hühner in den Hof lassen. Vielleicht setzt du dich auch nachher ein wenig in die Sonne und verliest die Bohnen.«

Elisabeth senkte traurig den Kopf, nickte dann aber.

Nachdem Catharina den Haushalt erledigt hatte, nahm sie sich den Korb. Sie zog ihren Mantel und die Stiefel an. Auch wenn der Frühling voranschritt und die Temperaturen stiegen, so war es doch vor den Stadtmauern windig und frisch. Sie hatte Saatgut für Wurzelgemüse mitgenommen, um dies auszusäen. Der Garten der Familie lag am Viehgath hinter dem Niedertor. Catharina musste einmal quer durch die Stadt, die Oberstraße und Niederstraße entlang. Die Hohestraße führte durch das Bruch bis nach Geldern. Jenseits der Stadtmauern und hinter dem Wall waren Parzellen in Gärten unterteilt und an die Bürger verkauft worden. Die großen Gärten mit ihren Obstbäumen und Gemüsebeeten stellten eine zusätzliche Nahrungsquelle für die Besitzer dar.

Nicht nur Catharina hatte sich auf den Weg zu den Wallgärten, die die Stadt umgaben, gemacht. Viele Knechte und Mägde und so manche Hausfrau waren unterwegs.

»Bonjour!« Erfreut grüßte sie Anna ter Meer, die mit ihrer Tochter an der Hand dem Knecht Richtung Niedertor folgte.

»Bonjour, Catharina. Seid Ihr auch unterwegs in den Garten?«

»Ja, es gibt viel zu tun. Nach dem Regen wird sicher schon das Unkraut sprießen.«

»Ich will sehen, ob wir ein wenig Geißbart finden. Die Sprossen schmecken herrlich in einer kräftigen Brühe«, sagte Anna.

»Es tut gut, endlich mal wieder frisches Gemüse zu essen,

auch wenn es nur die jungen Triebe des Giersch sind«, meinte Catharina.

Anna nickte, schaute dann ihre junge Freundin bedauernd an. »Müsst Ihr den Garten alleine bewirtschaften?«

Catharina biss sich auf die Lippe. »Wir haben keinen Knecht und keine Magd mehr.«

»Ich weiß«, sagte Anna leise. »Aber die Arbeit ist doch viel zu schwer für Euch alleine.«

Catharina zuckte mit den Schultern. »Was bleibt mir anderes übrig? Wir brauchen das Gemüse und Obst. Ich habe mich inzwischen daran gewöhnt. Ich scheue harte Arbeit nicht«, sagte sie fast ein wenig trotzig.

»Das weiß ich.« Anna berührte sie sacht am Arm. Catharina verspürte den Impuls zurückzuweichen, widerstand ihm jedoch. »Aber die Arbeit im Garten ist so hart und anstrengend – wie wollt Ihr das alleine bewältigen?«

»Nun, ich habe im letzten Monat schon die Beete umgegraben und Dung eingearbeitet. Heute werde ich Wurzelgemüse aussäen. Die Beerensträucher und Obstbäume sind beschnitten, da hat mir der Knecht der Lobachs geholfen.«

»Zum Glück.« Anna seufzte. »Wenn Ihr Hilfe braucht, scheut Euch nicht zu fragen. Unser Knecht kann Euch auch helfen.«

»Merci«, murmelte Catharina verlegen. Sie mochte keine mildtätigen Gaben annehmen.

»Eure Mutter näht doch für die Franzosen, nicht wahr?«, fragte Anna nachdenklich.

»Ja.«

»Die zahlen gut, könnt Ihr Euch denn nicht inzwischen wieder eine Magd leisten?«

Catharina senkte den Kopf. »Ich weiß es nicht.«

Tatsächlich hatte sie sich diese Frage auch schon gestellt, aber ihre Mutter gab ihr keine Einsicht in die Finanzen. Esther konnte sich vor Aufträgen kaum retten, dazu kam das Geld, was Henrike verdiente und der Mutter gab.

Der Familie ging es weitaus besser als vor einem Jahr, und nun kamen die Erträge des Gartens wieder hinzu. Sie hatten einige alte Gemüsesorten gepflanzt, die mehrjährig waren und schon austrieben wie Guter Heinrich oder Meerkohl. Wilde Rüben wuchsen unter den Beerensträuchern, und Giersch verbreitete sich in Windeseile überall.

»Wie geht es Eurer Schwester?«, unterbrach Anna Catharinas Gedanken.

»Lisbeth? Ich weiß nicht. Ihr Husten hat nachgelassen, aber sie ist so kraftlos.«

»Das hört sich an, als hätte ihr Herz Schaden genommen«, sagte Anna leise, sie klang betroffen. »Wie bedauerlich, dass unser Docteur uns vor ein paar Tagen verlassen hat. Er hätte die Kleine untersuchen können.«

»Das Herz?«, fragte Catharina erschrocken. »Was macht man denn da?«

»Ich meine, dass Knoblauch und Aufgüsse von Traubensilberkerze helfen, ich schaue aber lieber nachher noch mal in die Bücher.«

»Danke. Ja, das mache ich auch. Das Buch, das Euer Gemahl mir ausgeliehen hat, ist ein wahrer Schatz. Ich lese jeden Abend darin und habe mir schon viele Notizen gemacht.«

Sie plauderten noch ein wenig, doch am Niedertor trennten sich ihre Wege.

Kapitel 9

Der Pfad, der zum Wallgarten der te Kamps führte, war uneben und matschig, die Erde der Beete nass und schwer. Als Catharina nachmittags nach Hause kam, war sie erschöpft und bis auf die Knochen durchgefroren.

»Mutter ist zu den von der Leyen gerufen worden«, sagte Elisabeth und nahm Catharina den Korb ab. »Oh, Giersch und Spinat, wie lecker. Die Hennen haben auch wieder mehr Eier gelegt, ich habe sie schon reingeholt. Auch die Bohnen habe ich verlesen und in Wasser gelegt.«

»Du bist wundervoll.« Catharina strich der kleinen Schwester sacht über die Haare.

Am liebsten hätte sie die verschmutzten Sachen ausgezogen und wäre ins Bett gekrochen, aber vorher musste sie die Mahlzeit bereiten. Mette war schon aus der Schule gekommen und kaute an einem Kanten Brot, der vom Frühmahl übrig geblieben war.

Ein Bad, dachte Catharina, das wäre toll. Warum eigentlich nicht? Mutter ist unterwegs, die Mädchen können das Brot kneten und backen, Grütze ist noch da, und das frische Gemüse kann ich gleich schnell zubereiten.

Flugs holte sie drei Eimer Wasser vom Brunnen und gab es in den großen Kessel. Dann zog sie den hölzernen Zuber aus der Abstellkammer neben dem Stall in die Küche.

»Willst du baden?«, fragte Elisabeth verwundert.

»Ja!« Catharina klang entschlossener, als sie sich fühlte. Für gewöhnlich badete die Familie am Montag, nachdem die wöchentliche Wäsche gewaschen war.

»Heute?«

»Ja!« Catharina musste lachen. Sie holte frische Leinentücher aus der Kammer, schüttete dann das heiße Wasser in den Zuber. »Ihr könnt den Brotteig ansetzen. Mette, du kannst den Rest Grütze auf den Herd stellen und etwas Wasser hinzu gießen. Dann musst du rühren, damit es nicht anbrennt.«

Sie zog das dreckige Kleid aus, begutachtete es. Der Saum war von Schlamm verkrustet, auf Kniehöhe waren Flecken, und auch die Ärmel waren in Mitleidenschaft gezogen worden. Für einen Augenblick überlegte sie, ob es reichen würde, das Kleid auszubürsten, nachdem der Schlamm getrocknet war, aber dann entschied sie sich dagegen.

»Ich werde es waschen müssen«, murmelte sie und stieg vorsichtig in den Holzzuber. Im ersten Moment biss sie die Zähne zusammen, das Wasser war so heiß, dass die Haut brannte. Doch schon nach wenigen Augenblicken hatte sie sich daran gewöhnt und ließ sich zurücksinken. Ihre Muskeln entspannten sich, und das wohlige Gefühl der Wärme breitete sich in ihr aus.

»Reich mir doch mal die Seife«, bat sie Elisabeth.

»Hmm, wie das duftet.« Die kleine Schwester gab ihr das gewünschte Stück.

»Das ist Kamille. Riecht ein wenig wie Honig, findest du nicht?«

»Wie Sommer«, antwortete Elisabeth verträumt.

»Ja, auch wie Sommer.«

Lange konnte Catharina das heiße Bad nicht genießen.

»Ich glaube, die Grütze setzt an«, sagte Mette erschrocken.

»Nimm sie vom Herd.«

»Der Topf ist zu heiß.« Mette drehte sich zu ihr um, die Augen vor Schreck weit aufgerissen.

»Nimm den Lappen!« Catharina sprang auf, das Wasser spritzte auf den Küchenboden, beinahe wäre sie ausgerutscht und gestürzt, im letzten Moment konnte sie sich am Tisch abfangen. Sie schlang das Leinentuch um sich, eilte zum Herd und zog den Topf vom Feuer.

»Es ist angebrannt«, murmelte sie leise.

»Was stinkt hier so?« Die Haustür fiel ins Schloss, und die drei Schwestern konnten den energischen Schritt der Mutter in der Diele hören.

»Maman …« Mette schlug die Hände vor den Mund.

»Keine Sorge …« Catharina sah sich um, der Tisch war mit Mehl bestäubt, um den Zuber herum hatte sich eine große Lache Wasser gesammelt, aus dem Topf quoll Qualm. Es sah verheerend aus, und auf die Schnelle würde sie das auch nicht ändern können, also zog sie das Handtuch fester um sich, straffte die Schultern und sah ihrer Mutter mutig entgegen.

Esther stieß die Tür zur Küche auf, blieb erschrocken stehen. »Mon dieu! Was ist denn hier los?« Sie schüttelte entsetzt den Kopf. »Käthe?«

»Maman, ich kann das alles erklären …«

»Du hast … du bist ja …« Esther schnappte nach Luft, trat in die Küche und schloss die Tür hinter sich, lehnte sich mit dem Rücken dagegen. »In der Diele steht Frieder von der Leyen, er will mit dir sprechen«, zischte sie. »Sieh zu, dass du dich anziehst.«

»Was?« Catharina kniff die Augen zusammen, riss sie dann wieder auf. »W … wer? Wieso?«

»Er will mit dir reden. Und jetzt sieh zu, dass du dich anziehst!« Esther schnaubte auf, drehte sich um und ging zurück in den Flur. »Monsieur … meiner Tochter ist ein kleines Missgeschick passiert. Kommt doch mit in die Stube und trinkt ein Glas Würzwein mit mir.«

»Ich will Euch keine Umstände machen, Madame.«

»Aber ich bitte Euch, das sind doch keine Umstände.«

Wie vom Donner gerührt stand Catharina in der Küche, dann schüttelte sie den Kopf, sah sich wieder um.

»Mette, wisch auf. Lisbeth, bring Maman und Monsieur einen Krug mit Würzwein, nimm die guten Gläser.« Sie schluckte hart. Was konnte Monsieur von der Leyen bloß von ihr wollen? »Stell den Topf mit der Grütze in den Hof und lüfte einmal durch.« Sie griff nach ihrem Unterkleid, presste es an sich, dann öffnete sie vorsichtig die Tür zur Diele. Aus der Stube klang leises Stimmengemurmel, aber niemand war zu sehen. Schnell huschte sie die Stiege empor, stürmte in ihre Kammer. Dort riss sie den Deckel der Truhe auf. Am liebsten hätte sie das Kleid aus dunkelblauem Wollstoff über Wasserdampf gehängt oder doch wenigstens ausgebürstet, doch dazu blieb keine Zeit mehr. Sie schlüpfte in das Unterkleid, zog die langen Strümpfe an, zog sich das wollene Gewand über den Kopf und verschloss die Haken und Ösen. Zum Glück lag eine saubere und geplättete Schürze in ihrer Truhe, die sie sich flugs umband.

Ihre Holzpantinen standen am Fuße der Treppe, sie zog sie an, straffte die Schultern, prüfte mit beiden Händen den Sitz der Haube. Dann holte sie tief Luft und ging zur Tür der Stube. Erst zögerte sie, doch dann öffnete sie die Tür und trat ein.

»Bonsoir, Monsieur von der Leyen.«

»Bonsoir, Mademoiselle. Wie geht es Euch?«

Catharina wusste nicht, was sie darauf antworten sollte, also lächelte sie einfach nur freundlich. »Hat Lisbeth Wein gebracht?«, fragte sie, obwohl sie die Gläser sah.

Ihre Mutter und Monsieur von der Leyen hatten auf den beiden Sesseln am Kamin Platz genommen.

Soll ich mir einen Sessel dazu holen, oder bleibe ich lieber stehen? fragte sich Catharina unschlüssig. Und was will er überhaupt von mir?

»Ich freue mich, Euch zu sehen.« Frieder von der Leyen lächelte sie an. Er erhob sich und reichte ihr die Hand. Wieder wusste Catharina nicht, was sie sagen oder wie sie sich verhalten sollte.

»Nun … ich …«, stotterte Catharina verlegen.

»Ich will Euch um einen kleinen Gefallen bitten«, sagte er. »Keine Sorge, es ist wirklich nur ein kleiner Gefallen.« Er wandte sich zu Esther, sie erwiderte sein Lächeln.

Catharinas Blick wanderte verwirrt von ihm zu ihrer Mutter und wieder zurück. Offensichtlich hatten die beiden sich abgesprochen, nur Catharina selbst hatte keine Ahnung, was hier vor sich ging.

»Käthe, hol bitte mal deinen Nähkorb«, wies die Mutter sie an.

»Meinen …?« Catharina schüttelte den Kopf, befolgte aber die Weisung. Ihren Korb hatte sie ordentlich in das Regal neben dem Tisch eingeräumt. Nun nahm sie ihn zur Hand, ging zurück zum Kamin.

»Nimm dieses Hemd und näh den Kragen um.« Esther griff in den Korb, der neben ihr stand, und gab Catharina ein Männerhemd.

»Jetzt?«

»Ja. Du kannst dich da vorne an den Tisch setzen.«

Verwirrt setzte sich Catharina an den Tisch und nahm das Hemd zur Hand. Der Kragen war ausgefranst und abgestoßen. Vorsichtig trennte sie den Kragen vom Hemd, öffnete die Naht. Der Steg war an das Stoffstück mit wenigen Stichen fest gesteppt worden. Mit geschickten Bewegungen löste sie die Fäden.

Warum soll ich das hier machen? fragte sie sich und warf einen verstohlenen Blick zum Kamin. Frieder von der Leyen lehnte sich entspannt in dem Polstersessel zurück und spielte mit dem Glas, das Esther ihm gereicht hatte. Sie unterhielten sich leise, aber durchaus lebhaft. Wie seltsam, dachte Catharina, Mutter macht einen ausgeglichenen, einen fast schon heiteren Eindruck. Worüber reden sie denn? Catharina versuchte zu lauschen und gleichzeitig die ihr aufgetragene Arbeit zu verrichten.

»Doch, doch, Madame, ich habe durchaus Hoffnung, dass dieser Krieg bald friedlich beendet werden kann«, sagte Frieder freundlich.

»Aber worauf stützt sich die Hoffnung? In der letzten Zeit waren die preußischen Truppen nicht besonders erfolgreich.«

»Das ist richtig. Es gibt wieder Niederlagen, aber auch durchaus einige Erfolge. Die französische Zeitung aus Köln berichtete letzte Woche, dass wieder Verhandlungen aufgenommen wurden. Und auch die Offiziere, die bei uns im Quartier sind, glauben daran, dass der Frieden bevorsteht.«

Sie reden über den Krieg, immer nur über den Krieg, Catharina seufzte leise. Was hat der Krieg damit zu tun, dass ich einen Kragen umnähen soll? Sie nahm einen weiteren Faden und fädelte ihn in das winzige Nadelöhr. Ihre Finger zitterten, und sie holte einmal tief Luft.

Die Grütze ist angebrannt, und auch sonst habe ich noch nichts zu Essen vorbereitet. Mutter wird erbost sein. Und wie erkläre ich ihr, dass ich mitten in der Woche gebadet habe? Hoffentlich räumen die Mädchen ein bisschen auf und machen sauber. Vielleicht sollte ich eben in die Küche gehen und sie bitten, wenigstens das Brot zu backen.

Wieder schaute Catharina zu ihrer Mutter und den Gast. Immer noch unterhielten die beiden sich angeregt.

Wenn ich einfach aufstehe, dachte Catharina, und schnell in die Küche schlüpfe? Aber nein, Mutter hat mir einen Auftrag gegeben, den ich zu erfüllen habe.

Die Dämmerung setzte ein. Esther zündete die Kerzen an, stellte eine neben Catharina auf den Tisch. Sie sah über die Schulter ihrer Tochter auf den Kragen. Mit feinen Stichen nähte Catharina die drei Stoffstücke wieder aneinander. Die linke Stoffseite war weder ausgefranst noch abgestoßen – nur ein wenig vergilbt, aber das konnte man ausbleichen. Es war ein kleiner Trick, um einem ansonsten noch guten Hemd zu neuem Ansehen zu verhelfen. Allerdings musste man sehr sorgfältig arbeiten und zierliche, fast unsichtbare Stiche setzen.

Esther nickte kurz, setzte sich wieder an den Kamin und schenkte Monsieur und sich noch einmal nach. Der Wein funkelte in den Gläsern, als wäre es flüssiger Rubin.

Catharina biss sich auf die Lippe, als sie die Haustüre zufallen und danach Schritte im Flur hörte.

»Bonsoir!«, rief Henrike fröhlich.

»Das ist Rike, meine Zweitälteste«, sagte Esther und stand auf. Sie klang, als wäre es ihr peinlich. »Wie weit bist du denn, Käthe?«

»Fast fertig.« Catharina verzog das Gesicht. Ihr war immer noch nicht klar, wozu diese Vorstellung dienen sollte, und so langsam verlor sie die Geduld. Henrike war bestimmt hungrig, und noch hatte Catharina keine Zeit gefunden, das Essen zu bereiten.

»Nun, ich werde mal meine Tochter begrüßen«, sagte Esther und verließ die Stube.

Für einen Moment füllte Schweigen, so dicht wie schwerer Nebel, den Raum. Es war ein unbehagliches Schweigen, eine seltsame Stille, die nur vom Knistern des Feuers unterbrochen wurde. Dann stand Frieder von der Leyen auf.

»Darf ich mal sehen?«, fragte er und trat zu Catharina.

Es fehlte nicht mehr viel – der Kragen war auf links gedreht, der Steg angesteppt und die Nähte neu gesetzt, den größten Teil des Stückes hatte sie auch schon wieder an das Hemd genäht – nur ein kleiner Saum fehlte noch.

»Hier bitte, aber stecht Euch nicht an der Nadel, sie steckt im Stoff.«

»Das sieht wunderbar aus, viel besser als vorher.«

»Merci.« Catharina zögerte. Sollte sie ihn fragen, wozu dies alles diente, oder war das unschicklich? Zwei Strömungen schienen durch ihren Körper zu fließen – zum einen genoss sie seine Gegenwart, seine freundliche und weltmännische Art. Sie mochte sein Lächeln und den Klang seiner Stimme. Aber dann fühlte sie sich wiederum unbehaglich, einfältig und unsicher. Was gab es, worüber sie sich mit ihm hätte, unterhalten können? Der Krieg war zwar allgegenwärtig, doch die Politik hatte sie nicht verfolgt.

Sie war nicht dumm, las auch die Zeitung, wann immer es ihre Zeit und Muße zuließen – aber das war nicht oft der Fall. Meist war sie froh, wenn sie ein paar Seiten aus den Büchern lesen konnte, die ihnen Abraham ter Meer lieh.

»Könnt Ihr auch Knöpfe annähen?«, fragte Frieder.

»Naturellement!« Catharina sah ihn belustigt an.

»Und stopfen? Risse vernähen? Kleidung dämpfen und bügeln?«

»Aber natürlich.«

»Das habe ich mir gedacht«, sagte er, reichte ihr das Hemd und ging zurück zu dem Sessel am Kamin.

Verwundert schaute Catharina ihm hinterher. Was hatte das alles zu bedeuten?

Sie hörte Stimmengemurmel aus der Küche, das Blut stieg ihr in die Wangen, als sie an die Unordnung dachte, die dort vermutlich noch herrschte. Sie nahm das Hemd wieder zur Hand und setzte die letzten feinen Stiche. Würde ihre Mutter sehr erbost sein?

Doch als Esther wieder in die Stube kam, lächelte sie.

»Bist du fertig?«, fragte sie Catharina und nahm ihr das Hemd ab. Sie inspizierte die Nähte und den Sitz des Stegs genau, nickte dann zufrieden. »Das hast du gut gemacht.« Sie hielt von der Leyen das Kleidungsstück hin. »Seht selbst, ich habe nicht zuviel versprochen.«

»Ich habe es mir schon angesehen. Es entspricht meiner Erwartung.« Er stand auf und nahm seinen Mantel, der über der Sessellehne hing. »Habt Dank für den vorzüglichen Wein, Madame te Kamp.«

Sie tauschten noch einige höfliche Floskeln, dann verabschiedete sich Monsieur von der Leyen. Auch Catharina reichte er die Hand, lächelte sie an. »Bis bald, Mademoiselle.«

»Au revoir«, sagte sie leise. Was mochte er mit »bis bald« nur meinen?

»So, jetzt aber in die Küche!«, sagte Esther, sobald sich die Tür hinter von der Leyen geschlossen hatte. »Du hast ja einen schönen Schweinestall veranstaltet.« Ihr Tonfall war nicht mehr freundlich und verständnisvoll.

»Was sollte das Ganze denn?«, wollte Catharina wissen, doch ihre Mutter antwortete nicht.

Esther ging zurück in die Stube, schloss die Tür hinter sich.

Na gut, dachte Catharina, seufzte und wandte sich zur Küche. Ein köstlicher Duft schlug ihr entgegen. Henrike hatte sich die Schürze umgebunden und die Ärmel hochgekrempelt. Mit dem Quirl schlug sie emsig einen Teig in einer flachen Schale. Auf dem Herd stand die große Eisenpfanne, in der Schmalz brutzelte. Pikante Aromen durchzogen die Küche, als Elisabeth den großen Topf umrührte.

»Mach ich das richtig so?«, fragte sie. Ihre Augen strahlten, und ihre Wangen glühten vor Aufregung.

Mette saß auf der Bank und schnitt den Spinat klein. Sie schien völlig in die Tätigkeit aufzugehen.

Verwundert ließ Catharina den Blick durch den Raum wandern – so eifrig und gelöst hatte sie die Kinder lange nicht mehr erlebt. Allerdings herrschte immer noch arge Unordnung in der Küche – der Tisch war nicht abgewischt, der Badezuber nicht weggeräumt worden.

Sie zog den Zuber in die Abstellkammer, das Wasser war noch lauwarm, also weichte sie ihr Kleid darin ein. Später würde sie es auswaschen müssen. Dann wischte sie die Mehlreste vom Tisch, putzte den immer noch feuchten Boden.

»Du kochst?«, fragte sie Henrike.

»Da du es nicht getan hast«, antwortete ihre Schwester.

»Ich … ich konnte nicht.« Catharina fuhr das Blut in die Wangen.

»Ist schon gut. Wunderbar, dass du Guten Heinrich und Giersch mitgebracht hast. Der Lauch – ist der noch vom letzten Jahr?«

»Ja, er wuchs unter der Johannisbeere, Laub und Schnee scheinen ihn geschützt zu haben.«

»Damit können wir ein formidables Mahl bereiten.« Henrike lachte. »Auch wenn wir nicht so viele Gewürze haben wie die Flohs.«

»Was machst du denn da genau?« Catharina schaute der Schwester neugierig über die Schulter.

»Ich mache ein Omelett mit frischen Kräutern und jungem Gemüse. Dazu gibt es eine Buchweizengrütze mit Schweinebauch, Lauch, Zwiebeln und Knoblauch.«

»Es riecht wunderbar.«

»Ja, man muss aufpassen, dass das Gemüse und die Kräuter nicht zu lange kochen, sonst verlieren sie ihren feinen Geschmack.« Sie streute die fein geschnittenen Zwiebeln und etwas Lauch in das heiße Schmalz, rührte kräftig um, goss dann den Eierteig darüber. »Jetzt kann man es schon von der Glut nehmen. Die Pfanne ist heiß genug, damit das Ei stockt.«

»Woher kannst du so was?« Catharina wischte den Tisch noch mal ab, legte dann Besteck und Geschirr auf. Das Brot hatte Mette aus dem Ofen gezogen, es dampfte herrlich duftend.

»Das habe ich bei den Flohs gelernt. Die Köchin ist grandios. Deshalb möchte ich da ja auch weiterhin arbeiten.«

»Hast du schon mit Mutter gesprochen?«

Henrike schüttelte den Kopf. »Das mache ich jetzt gleich.«

Catharina schickte Mette, um die Mutter zu holen, während Henrike das köstliche Essen auftrug.

»Deine Zeit bei den Flohs war nicht vergebens«, meinte die Mutter anerkennend, nachdem sie gekostet hatte.

»Ich hoffe, meine Zeit bei den Flohs wird noch lange andauern.« Henrike holte tief Luft. »Sie haben mir eine Stelle als Beiköchin angeboten. Eine feste Stelle. Ich würde einige Taler mehr verdienen, würde dort ein Zimmer bekommen und auch dort immer mitessen können – am Gesindetisch.«

»Wirklich?« Esther schaute auf, sie lächelte.

»Ja.« Henrike atmete erleichtert auf.

»Das finde ich wunderbar. Welch eine Ehre für dich, Rike.« Esther nickte, nahm das Glas und prostete ihrer Tochter zu.

»Ja, das finde ich auch.«

»Indes, du wirst die Stelle leider nicht annehmen können, mein Kind.«

»Was?«

»Nun.« Esther wandte sich zu Catharina. »Das war kein Spiel heute Nachmittag, Käthe. Frieder von der Leyen sucht ein Kammermädchen. Und er möchte dich. Er zieht nun endgültig zu seinem Oheim und braucht deshalb auch Personal. Du schienst ihm geeignet. Und ich habe zugesagt.«

»Pardon?« Ungläubig schaute Catharina ihre Mutter an.

»Er möchte jemanden, der sich um seine Sachen kümmert – seine Wäsche und seine persönlichen Dinge.«

»Aber die von der Leyen haben doch einige Mägde.«

»Das stimmt, aber er möchte Personal für sich alleine. Einen Kammerdiener hat er natürlich schon. Er reist viel – nach Köln oder Potsdam, Berlin, Frankfurt, ja sogar Paris und London hat er schon besucht. Und auf seinen Reisen möchte er unabhängig von den Dienstleuten anderer sein.«

»Bedeutet das etwa, dass ich ihn auf seinen Reisen begleiten soll?« Catharina wurde schwindelig.

»Naturellement.«

»Aber Maman …« Catharina sah sich hilfesuchend um. Henrike hatte jedoch den Kopf gesenkt und schaute sie nicht an. »Ich kann doch nicht … das geht doch nicht. Was wird aus den Kindern und dem Haushalt?«

»Darüber mach dir mal keine Gedanken. Rike kann den Haushalt führen.«

»Was?« Henrike starrte ihre Mutter an. »Und was wird aus meiner Stelle beim Bürgermeister?«

»Die wirst du nicht annehmen können.« Esther lächelte. »Jedenfalls im Moment nicht.«

»Wenn ich die Stelle jetzt nicht annehme, dann stellen sie ein anderes Mädchen ein.«

»Möglicherweise. Dann wird das Gottes Wille sein.«

»Aber warum darf Käthe eine Stelle annehmen und ich nicht? Sie macht doch schon lange den Haushalt hier!«, schrie Henrike. »Und ich bin schon eine ganze Weile bei den Flohs. Ich bin mit der Arbeit dort vertraut.«

»Ich habe das so entschieden, Rike. Und daran gibt es nichts zu rütteln. Käthe wird Kammermädchen bei den von der Leyen. Mit ihren Kontakten kann sie mir weitere Aufträge verschaffen, nicht wahr, mein Kind?« Esther lächelte Catharina zu.

»Aber Mutter …« Catharina schnappte nach Luft.

»Das ist nicht gerecht!« Henrike sprang auf, ihr Stuhl fiel polternd zu Boden. Sie stürmte aus der Küche, knallte die Tür hinter sich zu.

»Ein wenig mehr Contenance«, sagte Esther und schüttelte den Kopf, dann schenkte sie sich ein weiteres Glas Wein ein und nahm sich einen Kanten Brot. »Das Omelette ist vorzüglich. In der nächsten Zeit werden wir dank Rike bestimmt wunderbar schmausen, meine Lieben.«

Kapitel 10

»Das ist gemein.« Henrike schluchzte in ihr Kissen. »Das ist einfach nicht gerecht!«

Catharina biss sich auf die Lippe. »Rike …«

»Geh du weg. Lass mich bloß in Ruhe.«

»Das ist nicht auf meinem Mist gewachsen«, sagte Catharina leise. »Ich wusste bis vorhin nichts davon und bin auch nicht begeistert.«

»Ich glaube dir kein Wort!«, schrie Henrike. »Das war doch dein Traum – zu dem feinen Monsieur von der Leyen, der so gut riecht und so freundlich ist. Hast du dich von ihm begrabschen lassen?«

»Rike!« Catharina war entsetzt. »Wie kannst du so etwas sagen?«

»Mach mir doch nichts vor. Du bist doch verliebt in ihn.« Henrike hatte sich umgedreht, wischte sich die Tränen von den Wangen und starrte ihre Schwester böse an.

»N … nein. Ich bewundere ihn vielleicht … aber ich kann nichts dafür.« Catharina setzte sich auf die Bettkante, senkte den Kopf. »Es ist wirklich nicht meine Schuld, und ich wollte das auch nicht. Ich will es immer noch nicht. Ich werde gleich versuchen, noch einmal mit Mutter zu sprechen.« Sie schluckte.

»Ich glaube nicht, dass Mutter ihre Meinung ändert. Du hast doch gehört, was sie gesagt hat.«

»Ich möchte die Stelle gar nicht. Aber du möchtest Beiköchin bei den Flohs werden. Das ist eine großartige Chance für dich. Auch die Flohs haben viele Kontakte, schließlich ist er Bürgermeister. Du kannst doch auch Aufträge für Mutter vermitteln.«

Henrike ließ sich in das Kissen zurückfallen und schloss die Augen. »Das interessiert Mutter aber nicht. Sie möchte engeren Kontakt zu den von der Leyen«, sagte sie leise.

»Auf meine Kosten.« Catharina vergrub das Gesicht in den Händen. »Ich kann das nicht. Und das werde ich ihr auch sagen.«

»Was kannst du nicht?«

»Zu den von der Leyen ziehen und dort wohnen. Und reisen. Ich will nicht reisen. Potsdam, Berlin, London – das macht mir Angst.«

»Ich könnte grün vor Neid werden«, flüsterte Henrike und schlug die Hand vor den Mund. »Du darfst reisen, wahrscheinlich an tollen Festen teilnehmen, Dinge essen, die wir noch nicht mal mit Namen kennen.«

»Wir können gerne tauschen.« Catharina schnaubte. »Ich würde liebend gerne hierbleiben und weiterhin Mutter den Haushalt führen.«

»O Käthe!« Wieder füllten sich Henrikes Augen mit Tränen. »Wieso nur? Wieso ist sie so ungerecht? Das ist gemein.«

»Ich weiß nicht, ob ihr klar ist, wie gerne du Beiköchin werden willst.« Catharina stand auf, strich ihr Kleid glatt und kontrollierte den Sitz ihrer Haube. »Ich werde mit ihr sprechen.«

Sie nahm allen Mut zusammen und ging die Stiege hinab. Ihre Mutter saß in der Stube am Kamin. Ausnahmsweise hatte sie kein Flickzeug oder Nähwerk zur Hand.

»Maman?«

»Mein Kind.« Esther lächelte, sie sah aus, wie eine Katze, die Sahne genascht hatte. »Komm, setzt dich zu mir und nimm dir auch ein Glas Wein.«

Unschlüssig verharrte Catharina einen Moment, dann gab

sie sich einen Ruck, nahm ein Glas aus dem Regal und schenkte sich ein. Es war nur noch ein kleiner Rest Rotwein in dem Krug. Sie setzte sich ihrer Mutter gegenüber in den Sessel, in dem vorhin Frieder von der Leyen gesessen hatte.

»Ich möchte mit dir reden«, begann sie leise.

»Das kann ich mir denken. Ich habe mir eine Woche ausgebeten, bevor du deinen Dienst antrittst. Das gibt uns Zeit, deine Garderobe in Ordnung zu bringen, dir eine Reisetruhe anfertigen zu lassen und einiges mehr.«

»Maman ...« Catharina kaute auf ihrer Lippe. »Ich möchte nicht ...«

»Mach dir keine Sorgen. Monsieur hat mir einen Vorschuss auf dein Gehalt gegeben, davon können wir alles bezahlen, und wenn wir gut haushalten, bleibt sogar noch etwas übrig. Er zahlt mir dein Gehalt, und ich werde dir in Zukunft ein kleines Handgeld geben, falls du Auslagen hast.«

»Bitte?« Catharina sah ihre Mutter entgeistert an. »Das hört sich so an, als hättest du mich feilgeboten.« Zuvor war sie schockiert und wie gelähmt gewesen, doch nun machte sich Wut in ihr breit. Wie glühende Kohlen schien es in ihrem Magen zu lodern.

»Du bist unmündig, was hast du erwartet?« Ihre Mutter nippte am Wein. »Aber die Bedingungen für dich sind hervorragend, du hast keinen Grund dich zu beschweren.«

»Ich möchte nicht Kammermädchen bei Monsieur werden!«

»Pardon?«

»Ich möchte das alles nicht. Ich will hierbleiben, hier leben und dir den Haushalt führen. Ich möchte Bücher über Heilkräuter und Heilkunst lesen, wollte die Hebamme fragen, ob sie mir einiges beibringen kann. Das sind Dinge, die ich machen möchte. Ich möchte nicht reisen und … und … dienen.« Sie senkte den Kopf.

»Pardon? Du bist eine Frau und kannst geschickt mit Nadel und Faden umgehen. Das ist eine großartige Gelegenheit für dich, um deinem Schicksal zu entgehen.«

»Meinem Schicksal, Maman?«

»Nun, heiraten, Kinder bekommen, Kinder begraben, vielleicht bei den Geburten zu sterben oder den Mann zu Grabe zu tragen.«

»Aber das ist das Schicksal fast aller Frauen. Und nur Gott weiß, welchen schweren Weg man gehen muss.«

»Gott hat für dich offensichtlich einen anderen Weg bestimmt.«

Nein, dachte Catharina entrüstet, du hast für mich einen anderen Weg bestimmt, nicht Gott. Und du hast diesen Weg für mich ausgesucht, weil er dir zugutekommt.

»Rike möchte Beiköchin werden. Für sie wäre es eine ebensolche Chance wie für mich.«

»Ich kann den Haushalt nicht alleine führen, mich um Wäsche und Küche, den Garten und alles kümmern und gleichzeitig noch nähen und somit unseren Lebensunterhalt verdienen.«

»Dann lass mich das weiterhin machen, und Rike darf die Stellung bei den Flohs annehmen.«

»Nein.« Esthers Ton war kategorisch und entschlossen.

»Aber warum denn nicht?«, fragte Catharina verzweifelt. »Warum kann es nicht wenigstens ein bisschen nach unseren Wünschen gehen?«

»Ich habe es jetzt nun so mit Monsieur von der Leyen abgemacht und werde nicht weiter darüber diskutieren.« Sie stand auf, nickte ihrer Tochter zu und ging.

Catharina lauschte den leiser werdenden Schritten auf der Treppe, lehnte sich dann zurück und stieß wütend die Luft aus. Sie war verkauft, und Henrikes Träume waren zerschlagen worden. Mit einem Streich. Es gab nichts, was sie tun konnte, um das zu ändern.

Sie überlegte. Wenn ich zu den von der Leyen gehe und es Monsieur erkläre, vielleicht hat er ja Erbarmen und zieht sein Angebot zurück? Dann könnte Henrike Beiköchin werden.

Was aber, wenn er sich nicht darauf einließ? Er wüsste dann, dass ich nur widerwillig die Stellung annehmen würde. Ich könnte es nicht ertragen, wenn er schlecht über mich denkt. Und wie wird das werden? Furcht kroch in ihr hoch. Noch eine Weile saß sie vor dem Kamin, dann ging sie zu Bett. Henrike hatte sich in den Schlaf geweint, das nasse Schnupftuch lag zusammengeknüllt auf dem Kissen. Hin und wieder seufzte sie im Traum herzzerreißend auf. Catharina zog sich langsam aus und legte sich neben ihre Schwester. Nur noch wenige Nächte blieben ihr in diesem Bett, in diesem Haus, im Schutz der Familie. Sie hatte noch nie woanders geschlafen als hier und konnte es sich nicht vorstellen. Ihr Herz hämmerte, und der Magen schmerzte. Als sie endlich einschlief, träumte sie von bedrohlichen Dingen, seltsamen Räumen und großen Kutschen.

Am nächsten Morgen ging Henrike mit rot verweinten Augen und verquollenem Gesicht zu den Flohs. Gegen Mittag kehrte sie zurück, zog den Mantel und die Stiefel aus, stieg die Treppe hoch und verschwand in der Schlafkammer der Mädchen.

»Ist da jemand gekommen?«, fragte Esther.

Während ihre Mutter sich nach dem morgendlichen Mahl in die Stube zurückgezogen hatte, verrichtete Catharina wie jeden Tag den Haushalt. Sie musste ihr Kleid, das sie gestern nur eingeweicht hatte, auswaschen und außerdem die jungen Zwiebeln und den Spinat, den sie gestern nicht gebraucht hatten, verarbeiten. Auch die ersten Kräuter im Hofgarten konnten geerntet werden. Der Frühjahrsputz stand an, und eigentlich mussten sie die Garderoben der Kinder prüfen und sortieren. Manches würde nicht mehr passen, und einige Kleidungsstücke hatten alle vier Schwestern nacheinander aufgetragen – da half auch ein Wenden oder Nahtauslassen nichts mehr.

Das ist alles nicht mehr meine Sache, dachte Catharina und seufzte.

»Die Tür ist doch gegangen, wer ist denn da gekommen?«, rief ihre Mutter wieder aus der Stube.

»Ja, Rike ist gekommen.«

»Was?« Esther stand plötzlich in der Tür zur Küche. »Was macht sie denn hier?«

»Ich nehme an, sie hat die Stelle bei den Flohs abgesagt.« Catharina biss sich auf die Lippe, um nicht noch mehr zu sagen.

»Aber du gehst doch erst in einer Woche zu den von der Leyen, solange hätte sie doch noch arbeiten können. Jetzt fehlt uns das Geld für diese Woche.« Esther klang erbost.

Catharina verschlug es die Sprache.

»Nun gut, es ist vermutlich nicht mehr zu ändern. Dann kann sie die Zeit ja nutzen, sich hier ordentlich einzuarbeiten.« Esther verließ die Küche wieder, im Flur drehte sie sich noch einmal um. »Wann ist das Essen bereit? Du müsstest einen weiteren Kessel Wasser aufsetzen, schließlich müssen wir deine Wäsche gründlich durchwaschen, bevor du packst.«

»Ich dachte, ich mache heute nur die angefallene Wäsche und meine Sachen im Laufe der Woche.«

»Käthe, wenn du einmal dabei bist, kannst du ruhig alles waschen. Es ist mild und sonnig, dazu bläst ein frisches Lüftchen – wunderbares Wetter, um Wäsche zu trocknen.«

»Ja, Maman.« Catharina seufzte ergeben.

Auch in den nächsten Tagen gab es einiges zu tun, daher hatte Catharina kaum Zeit, um nachzudenken.

Henrike weigerte sich, die Schlafkammer zu verlassen, jeden Abend weinte sie sich in den Schlaf. Von ihrer Schwester ließ sie sich nicht trösten, sie wollte weder mit ihr sprechen, noch sich in den Arm nehmen lassen.

»Es ist nicht meine Schuld«, sagte Catharina schließlich. »Ich will das genauso wenig wie du.«

»Das kann ich kaum glauben«, meinte Henrike verstockt.

»Nun, das bleibt dir überlassen. Ich kann dir nur versichern, dass ich alles dafür geben würde, um die Stelle nicht annehmen zu müssen.« Catharina drehte sich um und zog die Decke bis zum Kinn. Ihr fiel es schwer, zur Ruhe zu kommen. Wie sollte sie sich das Leben als Kammerzofe vorstellen? Wie würde der Tagesablauf sein und wie hatte sie sich zu verhalten? Alles Fragen, die sie gerne ihrer Schwester gestellt hätte. Henrike hatte deutlich mehr Erfahrung im Umgang mit den hochgestellten Persönlichkeiten und den herrschaftlichen Haushalten, doch sie war zu verletzt, um die Sorgen und Nöte ihrer Schwester zu verstehen.

Esther ließ vom Schreiner eine kleine Reisetruhe für Catharina anfertigen. Sie prüfte die frisch gewaschene Wäsche ihrer Tochter, wies sie an, einige schadhafte Stellen zu flicken, und nahm Maß. Zwei Kleider sollte Catharina zusätzlich bekommen, drei Hauben und ein neues Umschlagtuch.

»Der Mantel tut es noch«, meinte Esther, nachdem sie ihn kritisch untersucht hatte. »Nächsten Winter brauchst du einen neuen Kragen, aber bis dahin wird es so gehen.«

Die Wäsche lag ordentlich gefaltet und gestapelt in der Stube. Mir jedem weiteren Stück wuchs Catharinas Angst. Jeder weitere Tag brachte sie näher an die ungewisse Zukunft und weiter weg von ihrer Familie und ihrem Zuhause.

»Muss ich wirklich dort wohnen?«, fragte sie die Mutter. »Ich könnte doch morgens hin und abends zurück.«

»Nein, Monsieur von der Leyen besteht darauf, dass sein Personal bei ihm im Haus wohnt. Und da er nun zu seinem Oheim und der Tante gezogen ist, wirst du dort wohnen müssen. Am Sonntag darfst du den Gottesdienst besuchen und anschließend für ein paar Stunden zu uns kommen, sofern ihr nicht auf Reisen seid.«

Ich will das alles nicht, dachte Catharina verzweifelt. Doch es gab keinen Ausweg. Nach der vorletzten Nacht in ihrer Kammer folgte die letzte Nacht. An dem Morgen stand Henrike mit ihr auf und bereitete das Frühstück, während Catharina einige wenige persönliche Sachen in einen Korb packte. Die Truhe mit ihrer Kleidung stand im Flur. Einer der Knechte der von der Leyen würde sie im Laufe des Tages abholen.

Noch einmal ging Catharina in den kleinen Hof, fütterte die Hennen. Für einen Moment blieb sie stehen, sog die Luft tief ein, den vertrauten Duft des Kräutergartens und des Heus, das im Stall lagerte. Sie hatten vor wenigen Wochen ein Ferkel gekauft, das in den nächsten Wochen und Monaten die Küchenabfälle bekommen und im Herbst geschlachtet werden würde.

Wie ist das bei den von der Leyen? fragte sich Catharina. Ziehen sie auch eigene Schweine heran und schlachten selbst? Sie konnte es sich nicht vorstellen, aber bald schon würde sie es wissen.

»Es tut mir leid«, sagte Henrike leise. Unbemerkt war sie der Schwester in den Hof gefolgt.

Überrascht drehte sich Catharina herum. »Oh.«

Henrike schlang ihr die Arme um den Hals und drückte sich an sie. »Es tut mir so, so leid. Ich bin eine dumme Gans«, schluchzte sie. »Mutter gegenüber sollte ich Zorn empfinden, statt dich zu strafen. Ich bin ebenso ungerecht wie Mutter.«

»Nein, das bist du nicht.« Catharina drückte ihre Schwester an sich. »Überhaupt nicht. Ich weiß, dass Mutters Entscheidung dich zutiefst verletzt hat, sie hat deine ganze Lebensplanung auf den Kopf gestellt.«

»Deine doch auch.«

»Ja.« Catharina stöhnte auf. »Und ich habe Angst vor der Zukunft.«

»Warum?« Henrike drückte sie ein Stück weg und sah sie an. »Und wovor?«

»Wie … alles dort ist. Wie ich mich zu verhalten habe. Was ich machen muss. Einfach alles. Bis auf die wenigen Male im Februar war ich noch nie in einem hochherrschaftlichen Haus. Ich weiß überhaupt nichts …«

»Ach, mach dir keine Gedanken. Sie sind bestimmt ebenso nett wie die Flohs, auch wenn der Haushalt der von der Leyen noch größer ist.«

»Aber ich soll das Kammermädchen für Frieder sein – bedeutet das, dass ich den ganzen Tag flicken und nähen soll? So viele Sachen kann er doch gar nicht haben, dass ich von früh bis spät beschäftigt bin.«

»Das wird sich finden. Bei Flohs …«

»Käthe? Wo bist du?«, rief Esther laut und ungehalten. »Wir müssen los!«

»O nein.« Catharina war es, als würde sich ein Ring um ihr Herz schließen.

»Alles wird sich fügen«, versuchte Henrike sie aufzumuntern und schob sie in Richtung Küche.

Zögernd erst schritt Catharina vorwärts, dann holte sie tief Luft und straffte die Schultern. Es ließ sich weder ändern noch aufhalten, also wollte sie mit erhobenem Kopf und ohne sichtbare Furcht der Zukunft entgegen treten.

Kapitel 11

»Wie geht es dir?«, fragte Abraham ter Meer seine Frau besorgt.

»Ganz gut, die morgendliche Übelkeit lässt nach.« Anna lächelte und legte die Hand auf ihren sich allmählich wölbenden Bauch. Insgeheim sorgte sie sich sehr, die Geburt ihrer Tochter war schwer gewesen, ein zweites Kind hatte sie verloren. Doch diesmal, so hoffte sie, würde alles gut gehen.

»Katrina war heute Morgen hier.« Anna verzog das Gesicht. Obwohl sich ihr Verhältnis zu ihrer Cousine, die mit Abrahams Bruder Adam verheiratet war, in den letzten Jahren verbessert hatte, herrschte doch keine wirkliche Herzlichkeit zwischen ihnen.

»Wie geht es ihr?«

»Gut, aber sie macht sich Sorgen um Mutter.«

Änne ter Meer war den Winter über mehrfach krank gewesen und noch nicht wieder zu Kräften gekommen.

Abraham nickte. »Ja, ich mache mir auch Sorgen um sie. Sie will die Mühle nicht aufgeben.« Er seufzte.

»Sie führt die Rossmühle seit dem Tod eures Vaters. Es ist ihre Lebensaufgabe.«

»Sicher. Außerdem führt sie ihren Haushalt, kümmert sich um die Weber und betreut die Webersfrauen im Kindbett. Mutter wird nicht jünger, bürdet sich aber immer mehr auf.«

»Wir könnten sie zu uns holen«, sagte Anna zögerlich.

Abraham schüttelte den Kopf. »Das hatte ich auch überlegt und ihr angeboten, doch sie lehnt das ab.«

»Warum?«

»Ich weiß es nicht. Möglicherweise möchte sie uns nicht zur Last fallen.«

»Aber das würde sie nicht tun. Und das Haus ist groß genug. Wir könnten sogar noch anbauen, im Hof neben der Scheune ist genügend Platz.«

»Ich weiß, mein Herz.« Er nahm ihre Hand, drückte sie zärtlich. »Doch sie will das Haus in der Mühlenstraße nicht verlassen. Dort hat sie mit meinem Vater gelebt, uns Kinder bekommen, und dort ist Claes gestorben. Zu viele Erinnerungen, gute wie schlechte, hängen an dem Haus.«

Anna überlegte. »Auch das Haus deiner Mutter ist groß. Adam führt die Rossmühle mit ihr zusammen. Katrina und Adam wohnen im Haus meines Onkels direkt nebenan. Katrina sollte Änne mehr beistehen. Ich rede noch einmal mit ihr.« Annas Augen blitzten auf, wie immer, wenn sie eine Idee hatte.

»Hast du etwas von Fritz und Aaron gehört?«, fragte Abraham leise.

»Nein.« Anna senkte den Kopf. Sie hatte vor Jahren den Waisenknaben an Kindesstatt angenommen. Inzwischen war er fast erwachsen und zusammen mit ihrem Cousin Aaron nach Moers in die Lehre gegangen. »Die Post kommt nur unregelmäßig dieser Tage. Ich mache mir Sorgen.«

»Der Junge wird schon keine Dummheiten machen. Er hat aus seinen Fehlern gelernt. Ich habe Weihnachten lange mit ihm gesprochen. Er bereut sehr, welchen Kummer er dir bereitet hat.«

Im Herbst, als Fritz von Annas und Abrahams Vermählung erfahren hatte, hatte er sich freiwillig zu den preußischen Truppen gemeldet. Er ertrug den Gedanken nicht, dass seine Ziehmutter ein weiteres Mal heiraten würde, hatte er doch die Schwierigkeiten ihrer ersten Ehe hautnah miterlebt. Anna und Abraham fanden ihn, bevor er in den Dienst des Königs treten konnte, und holten ihn nach Hause.

»Was wird aus Fritz werden?«, fragte Anna sorgenvoll.

»Die Zeit wird es zeigen. Ich habe einen Brief von seinem Lehrherrn bekommen, die Jungs stellen sich gelehrig an, sind fleißig und achtsam. Nach seiner Ausbildung werden wir schon etwas für ihn finden.«

»Es sieht nicht gut aus mit der Weberei?« Obwohl sie es als Frage formulierte, kannte Anna die Antwort schon.

Wieder schüttelte Abraham den Kopf. »Ich fürchte, wir werden langfristig umplanen müssen. Die von der Leyen beherrschen das Geschäft mehr und mehr. Uns kleinen Verlegern bleibt kaum Handlungsraum. Christoph wird nach Frankfurt reisen und sich auf der Messe umhören. Vielleicht finden wir Mittel und Wege, unser Geschäft auf andere Art zu führen.«

Anna drang nicht weiter in ihn. Sie hatte von ihrem ersten

Mann einiges an Geld geerbt, so dass sie sich vorläufig keine Sorgen machen mussten, doch sie wusste, dass Abraham auf keinen Fall von ihrem Geld leben wollte. Zusammen mit seinem Freund Christoph Taschner betrieb er einige Wollwebstühle und drei Posamentenbandwebereien. Die Leinenbleiche, die sein verstorbener Bruder Claes betrieben hatte, hatte die Familie aufgegeben. Zu groß war der Druck der von der Leyen geworden.

»Wenn dieser elendige Krieg sich noch lange hinzieht, wird die ganze Stadt in Schwierigkeiten geraten. Und nicht nur Krefeld, auch das ganze Umland. Schon wieder sind einige Höfe geplündert worden. Die Bauern haben Angst um ihre Ernte und um ihr Vieh. Und die Abgaben, die wir zu leisten haben, steigen immer weiter.«

»Bisher sind die Truppen im Frühjahr immer weitergezogen. Meinst du, das wird nun nicht mehr so sein?«, fragte Anna besorgt.

Abraham zuckte mit den Schultern. »Man hört dies und das, aber es gibt wenig verlässliche Nachrichten. Die Kämpfe scheinen zu stocken. Es soll Friedensverhandlungen geben. Darauf hoffe ich sehr.«

»Vielleicht hat Monsieur vom Bruck neue Nachrichten. Er kommt doch wie vereinbart heute Abend zum Essen, nicht wahr? Ich habe Elise aufgetragen, frische Hühnerleber zu besorgen.« Anna stockte. »Elise …« Dann seufzte sie.

»Macht die Magd dir Kummer, mein Herz?«

»Nein, keinen Kummer. Ich fürchte, sie wird krank. Ihre Mutter und auch ihre Brüder sind an der Schwindsucht gestorben.«

»Schwindsucht?« Abraham sah sie erschrocken an.

»Ja, aber das ist schon zwei Jahre her.«

»Möglicherweise ist sie aber anfällig für die Krankheit.«

»Es ist nicht sicher, wie sich die Krankheit verbreitet und ob es einen familiären Bezug gibt, Abraham. Wir wussten, dass ihre Familie daran starb, als wir sie einstellten.«

»Hustet sie?«

»Nein, aber sie ist müde und schwach, isst kaum noch. Vor einigen Wochen war sie fröhlich und vergnügt.«

»Ich glaube, sie hatte ein Auge auf den Burschen des Docteurs geworfen.« Abraham grinste. »Sie wird an Herzschmerz leiden. Nun gut, wir behalten sie im Auge. Wenn du weitere Anzeichen für eine Erkrankung feststellst, müssen wir tätig werden.« Er stand auf und beugte sich zu Marijke, die auf dem Boden saß und mit ihrer Stoffpuppe spielte, und strich dem Mädchen über den Kopf.

Anna beobachtete die beiden. Sie wusste, Abraham liebte das Kind, als wäre es sein eigenes. Doch hatte er auch noch keine leiblichen Kinder. Sie hoffte, dass das gute Verhältnis der beiden anhalten würde, wenn ihr gemeinsames Kind auf der Welt war. Nachdenklich legte sie die Hand auf ihren Bauch.

Am Abend kam Engelbert vom Bruck und brachte einen Korb mit Weinflaschen mit. »Ich war in Düsseldorf und habe versucht herauszufinden, was man dem Ehepaar Hagemann vorwirft«, sagte er und zog seinen Mantel aus. Es war Mitte April. Inzwischen wärmte die Sonne wieder, doch gegen Abend kam oft kühler Wind auf.

»Habt Ihr zufriedenstellende Nachricht bekommen?«, wollte Anna wissen.

Albrecht Hagemann, der Schreiber am Obertor war, war vor ein paar Tagen verhaftet und zum Militärgericht nach

Düsseldorf gebracht worden, ohne das kundgetan wurde, was ihm vorgeworfen wurde. Zwei Tage später hatte man auch seine Frau gefangengesetzt und nach Düsseldorf gebracht.

Vom Bruck schüttelte bedauernd den Kopf. »Ich habe nachgefragt und war sogar beim Bürgermeister, aber niemand wusste etwas Genaues. Es ist wohl eine militärische Angelegenheit.«

»Militärisch?« Abraham zog die Augenbrauen hoch. »Was sollen Hagemanns mit dem Militär zu tun haben? Sie sind gottesfürchtige Mitglieder unserer Gemeinde.«

Anna sah vom Bruck erschrocken an. »Das muss doch ein Missverständnis sein, sie können unmöglich etwas verbrochen haben.« Sie schluckte. »Aber wir sind unhöflich. Bitte kommt doch herein und setzt Euch. Das Mädchen wird gleich Essen auftragen.«

Engelbert vom Bruck lächelte ihr freundlich zu. »Wunderbar, darauf habe ich mich schon die ganze Woche gefreut. Scheut Euch bitte nicht, eine Flasche von dem Wein zu öffnen.« Er wies auf den Korb, der zu seinen Füßen stand. »Es ist wohl kein edles Gesöff, aber trinkbar.«

»Guter Freund, das war doch nicht notwendig.« Abraham nahm den Korb und trug ihn in die Küche, während Anna Engelbert in die Stube begleitete.

In den zwei Jahren seit dem Tod ihres Mannes hatte Anna einiges im Haus verändert. Als Abraham im Herbst bei ihr einzog, brachte er Regale und die meisten der Bücher mit, die sein Bruder Claes ihm vermacht hatte. Die Stube strahlte nun eine warme Behaglichkeit aus, im Kamin brannte ein Feuer.

Engelbert setzte sich in den Sessel rechts vom Kamin, es

war sein Stammplatz bei den Besuchen im Hause ter Meer. Er streckte die Beine aus und seufzte wohlig.

»Es ist immer eine Wohltat bei Euch zu Gast zu sein, Madame ter Meer.«

»Ihr schmeichelt mir über Gebühr, Monsieur vom Bruck. Als Freund meines Gatten seid Ihr hier immer willkommen.«

Abraham brachte Gläser und einen Krug, in den er Wein gefüllt hatte. Er schenkte ein und reichte ihnen die Gläser.

»Auf Euer Wohl, mein Lieber!« Er nahm auf dem Sessel links vom Kamin Platz.

Anna trank einen kleinen Schluck, hob anerkennend die Augenbrauen. »Ein vorzüglicher Tropfen.« Dann stellte sie ihr Glas auf das Tischchen. »Ich werde mal sehen, wie weit Elise mit dem Essen ist.«

Die Magd stand am Küchentisch und schnitt Gemüse. Tränen liefen ihr über das Gesicht, in kurzen Abständen zog sie die Nase hoch.

»Ist etwas passiert?«, fragte Anna besorgt.

»Sind nur die Zwiebeln«, schniefte das Mädchen und wischte sich mit dem Ärmel über die Augen.

»Wie weit ist das Essen?«

»Oh, Madame – ich habe mich in der Zeit vertan.«

Anna sah sie fragend an, doch Elise erwiderte ihren Blick nicht. Seufzend ging Anna zum Herd. Marijke saß auf der Küchenbank und spielte mit kleinen Holztieren. Sie strahlte ihre Mutter an.

»Ich durfte alles dem Ferkel geben«, sagte sie fröhlich.

»Die Küchenabfälle?« Anna beugte sich zu ihr und strich ihr über die Haare. »Die machen das Schwein schön fett.«

»Nein, das schwarze Brot und das Fleisch. Es hat im Trog

gedampft, aber das hat dem Ferkel nichts ausgemacht, es hat alles aufgefressen.« Ihre Augen leuchteten.

Verwirrt sah Anna die Magd an. »Was meint das Kind?«, fragte sie leise.

»Madame, bitte zürnt mir nicht. Mir ist das Brot verbrannt und das Fleisch verdorben.« Elise zog die Schultern ein. »Ich habe schon neuen Teig angesetzt.«

»Das Fleisch ist dir verdorben?«

»Aber wir haben noch einen Rest Schinken«, flüsterte Elise verschämt. »Den wollte ich zubereiten.«

»Ich hatte frische Hühnerleber gekauft, das Lieblingsessen von Monsieur vom Bruck.«

»Das Schmalz war wohl verdorben«, sagte die Magd fast tonlos.

»Das Schmalz war verdorben? Das glaube ich nicht.« Erbost ging Anna zum Vorratsraum und roch an dem irdenen Gefäß, in dem sie das Bratfett aufbewahrten. »Mit dem Fett ist alles in Ordnung, Elise.«

»Es war mein Fehler«, schluchzte das Mädchen. »Es tut mir leid.«

»In der letzten Zeit machst du viele Fehler.« Anna schüttelte den Kopf. »Was ist bloß mit dir los? Und bist zerstreut und fahrig.« Ärgerlich zog Anna die Stirn kraus. »Wo bist du nur mit deinen Gedanken?«

»Ich weiß es nicht, Madame.« Elise war puterrot geworden und knetete die Hände. »Ich will mich wieder bessern, ich verspreche es«, sagte sie flehentlich.

»Nun gut, wir müssen schauen, wie wir die Situation retten können.« Anna stemmte die Hände in die Hüften und schaute sich um. »Der Schinken ist nur noch für die Grütze zu gebrauchen.« Sie ging in die Vorratskammer. »Wir haben noch ein wenig Hering, Würste, eine gepökelte Bauchseite.« Sie seufzte. »Nichts davon passt.«

»Soll ich schnell noch einmal los?«, fragte Elise leise.

»Um diese Zeit haben die Bauern längst die Stadt verlassen, gleich schließen die Tore.« Wieder sah Anna nach draußen. »Ist Hans noch nicht zurück?«

»Doch. Er ist hinten im Stall und versorgt die Pferde.«

Anna öffnete die Tür zum Hof. Eilig ging sie zum Stall, immer noch wütend über die unaufmerksame Magd.

»Hans?«, rief sie den Knecht.

»Madame.« Hans schaute aus der Luke der Futterkammer hinab. »Hier oben bin ich.«

»Hast du alles bekommen?«

»Grüßen soll ich Euch von den Scheutens.«

»Danke. Hatten sie Stubenküken?«

Anna hatte den Knecht am Morgen zu dem großen Gehöft vor den Toren der Stadt geschickt.

»Ja, sie sind da unten in einem der Körbe. Ich habe sie noch nicht in den Stall gebracht. Außerdem bringe ich zwei frisch geschlachtete Lämmer.«

»Das ist vorzüglich und kommt gerade recht. Hast du Äpfel oder anderes Gemüse bekommen können?«

»Ein Fass Äpfel der letzten Ernte. Sie sind schon etwas schrumpelig, aber dafür sehr süß. Und den ersten Honig habe ich auch erhalten.«

»Wunderbar!«

Wenig später schmorte das Essen in der Küche, und ein köstlicher Duft verbreitete sich im Haus. Obwohl Anna begierig darauf war zu erfahren, was es Neues aus Düsseldorf gab, blieb sie in der Küche und überwachte die Zubereitung der Speisen. Noch einmal sollte Elise das Essen nicht verderben.

Normalerweise aß die Familie zusammen mit dem Knecht und der Magd in der Küche, doch wenn Besuch kam, deckte Anna den Tisch in der Stube. Sie nahm ein gutes Leinentuch und die feinen Teller, nicht das irdene Geschirr. Das Licht der Kerzen brach sich im Glas der Weinpokale, das Feuer im Kamin knisterte lustig.

Auch Hans und Elise durften an dem fein gedeckten Tisch Platz nehmen. Oft speisten sie schweigend, um Gott ihre Dankbarkeit zu zeigen und ihn zu ehren. Doch heute sah Abraham den Knecht gespannt an.

»Gibt es Neuigkeiten von den Höfen an der Flöth?«

»Die Schafe haben viel geworfen in diesem Jahr«, sagte Hans. »Viele von ihnen zwei Junge sogar. Monsieur Scheuten fürchtet, dass er die vielen Lämmer nicht durchbekommt, und hat deshalb einige geschlachtet.« Hans zeigte auf den Topf, der in der Mitte des Tisches stand. »Und so kommen wir zu dem heutigen Mahl.« Grinsend wischte er sich über den Mund, stippte mit dem Brot in die Soße.

»Zu viele Lämmer?« Vom Bruck sah erstaunt hoch.

»Nun ja, die Heide hat sich kaum erholt seit der Schlacht. Der letzte Sommer war zu feucht, der Winter streng. Sie können nicht dazu füttern.«

»Was sagt Scheuten noch?«

Hans überlegte. »Das Kavallerieregiment Aquitanien ist zurückgekommen. Sie sind in ihre alten Quartiere in der Grafschaft eingerückt. Auch auf den Höfen sind Soldaten, und die Bauern leiden sehr.«

»Wenn sie jetzt die letzten Vorräte plündern, werden alle hungern«, sagte Anna duster. »Die Armen der Stadt werden immer ärmer. Krankheiten breiten sich aus, weil es kaum etwas zu essen gibt.«

»Manche wollten an das Saatgut«, bestätigte Hans ihre Befürchtungen. »Scheuten hat Wachen vor den Scheunen aufstellen müssen, und Lobachs geht es nicht anders.«

»Das ist ein wahres Elend.« Engelbert vom Bruck schüttelte den Kopf und trank nachdenklich von seinem Wein. »Wie kann man das nur ändern?«

»Das ist doch ganz einfach«, sagte Anna fast tonlos. »Der Krieg muss enden, und alle Soldaten müssen heimkehren. Selbst wenn das sofort passierte, wird es noch lange dauern, bis alles wieder seine Ordnung hätte.«

»Der Winter war streng, und die Natur erwacht nur sehr langsam in diesem Jahr, will es mir scheinen«, fügte Abraham hinzu. »Ich hoffe sehr auf einen baldigen Frieden. Indes – davon ist noch nichts zu sehen.«

»In Düsseldorf sprach man von Verhandlungen. Der König soll einen Gesandten zum Kongress nach Augsburg schicken.«

»Hört man sonst noch etwas vom König?«, fragte Abraham seinen Freund.

Engelbert vom Bruck schüttelte den Kopf. »Wenig, fast nichts. Die letzten Niederlagen sollen ihm aufs Gemüt geschlagen sein. Im Moment hat er seinem Bruder die Befehlsgewalt übertragen, so sagt man. Das können aber auch Gerüchte sein.«

»Wenn das Jahr so wird wie das letzte, werden wir arge Schwierigkeiten bekommen. Aber wenigstens bessert sich das Wetter. Schon bald können wir die ersten Gemüse im Wallgarten ernten.« Anna erhob sich und holte den nächsten Gang aus der Küche. Nach dem Lammragout gab es nun die Zunge. Elise trug den leeren Topf zurück. Auf der Schwelle wäre sie beinahe gestolpert.

»Nun gib doch auf deine Füße acht!« Anna runzelte missbilligend die Stirn. Sie nahm sich vor, am Abend noch mit Abraham über die Magd zu sprechen.

Kapitel 12

»Die Eheleute Hagemann sind für unschuldig befunden worden.« Abraham hängte den Hut an den Garderobenhaken und zog den Mantel aus. »Sie sind justament aus Düsseldorf zurückgekehrt.«

»Was wurde ihnen denn vorgeworfen?« Anna goss Tee auf.

»Sie sollen Informationen aus der Stadt geschafft haben. Der Vorwurf war jedoch nicht zu halten.« Abraham setzte sich neben den Kamin, streckte die Beine aus und seufzte.

»Wer kommt denn auf so etwas?«

»Ein Neider? Man weiß es nicht. Es könnte jeder gewesen sein.« Wieder seufzte er. »Dieser Krieg zerstört so viel. Er zerstört selbst den Frieden zwischen uns Bürgern, schürt Missgunst und Neid, macht Nachbarn zu Feinden.«

»Es ist ein wahres Elend«, stimmte Anna ihm zu. »Der Prediger hat am Sonntag gut darüber gesprochen, aber ob sich das alle zu Herzen nehmen werden?«

»Der Marquis von Voyer d' Argenson war zu Gast bei den von der Leyen.«

»Tatsächlich? Was hat er hier gewollt?«

»Er hat bei einem Kavallerieregiment Truppenschau gehalten und wohl dessen Eskadronen inspiziert. Angeblich soll er versichert haben, dass in der Stadt Augsburg der Friedenskongress abgehalten wird. Vermutlich aber erst Anfang Juni.«

»Wir haben Ende April. Bis dahin sind es noch anderthalb Monate.«

Abraham nickte. »Es ist aber ein Hoffnungsschimmer, mein Herz.«

»Bei den von der Leyen war der Marquis?«

»Ja, aber nur für einen Nachmittag. Er habe etwas Suppe zu sich genommen und einen Tee getrunken, wird berichtet.«

»Catharina wird uns vielleicht am Sonntag davon erzählen können.«

»Catharina?« Abraham sah sie verständnislos an.

»Catharina, die kleine Tochter von Madame te Kamp. Sie arbeitet als Kammermädchen bei Frieder von der Leyen.«

»Ach? Die kleine Käthe?«

»Sie muss zwanzig sein, Abraham. Oft ist sie hierher gekommen und hat sich Bücher ausgeliehen.« Anna lächelte. »Sie ist wissenshungrig und gelehrig, aber furchtbar schüchtern.«

»Ja, ich weiß nun, wen du meinst. Madame te Kamp ist eine entfernte Cousine meiner Mutter. Sie hat ein hartes Schicksal zu tragen.«

»Das ist wahr.« Anna senkte den Kopf.

Abraham sah sie nachdenklich an. »Stimmt es nicht, was ich sagte?«

»Doch, schon. Das Schicksal hat es nicht gut mit ihr gemeint. Wenn es denn so was wie Schicksal gibt.«

Abraham lächelte. »Meinst du, alles ist gottgewollt?«

»Wenn ich das nur wüsste. Oft mache ich mir Gedanken darüber. Warum haben manche Menschen ein schweres Leben, andere aber nicht? Liegt es daran, wie sehr man glaubt?«

»Meinst du? Ich habe dich immer als sehr gottesfürchtig empfunden, auch früher schon. Du suchst den Dialog mit

Gott, fügst dich – und dennoch war dein Leben nicht einfach.«

»Aber ich habe es getragen und mich gebeugt. Meistens. Und jetzt werde ich belohnt dafür.« Sie schenkte ihm ein warmes Lächeln. Dann wurde ihr Gesicht wieder ernst. »Aber auch Madame te Kamp hat sich gefügt. Sie geht eifrig zur Kirche, betet und tut gute Taten. Sie kümmert sich um die, die noch ärmer sind als sie, arbeitet hart – Tag und Nacht.«

»Hmm.« Abraham nahm seine Pfeife und stopfte sie nachdenklich.

Anna zog die Augenbrauen hoch und sah ihn fragend an. »Siehst du das anders?«

»Anna, du bist der herzlichste Mensch, den ich kenne. Du hast dein Leben bisher trefflich gemeistert, allen Widrigkeiten zum Trotz. Du hast Klippen umschifft, bist durch Täler gegangen und hast Berge erklommen – metaphorisch gesehen. Du bist du geblieben in all der Zeit.« Sein Blick war voller Liebe.

Anna biss sich auf die Lippen und senkte den Kopf. »Ich hatte Glück. Hätte ich Claes und dich nicht kennengelernt, eure Mutter, meinen Onkel – ich weiß nicht, was dann aus mir geworden wäre.« Anna schwieg, wich dem Blick ihres Mannes aus.

»Meine Liebe, wir haben dich alle in unser Herz geschlossen. Aber deinen Weg bist du gegangen. So wie ihn Madame te Kamp geht.« Den letzten Satz sagte er mit einem zynischen Tonfall.

»Abraham?«

»Was?«

»Irgendetwas missfällt dir an Madame te Kamp, ich höre es genau.«

»Missfällt?« Er runzelte die Stirn. »Nein, so würde ich das nicht nennen. Ich … nun, ihre Härte, ihre Art mit anderen umzugehen – es erscheint mir seltsam.«

»Seltsam?« Anna schenkte beiden Tee ein. »Ihre Härte?«

»Du weißt doch, was ich meine. Wie sie mit ihren Kindern umgeht. Das andere Mädchen – wie heißt sie noch gleich? Henrike? Sie hatte eine gute Anstellung bei den Flohs. Und sie musste sie aufgeben, um der Mutter den Haushalt zu führen. Gottfried Floh war nicht entzückt darüber.«

»Alleine kann Esther den Haushalt nun mal nicht bewältigen. Sie arbeitet hart als Fein- und Weißnäherin.«

»Das weiß ich. Und sie verdient nicht schlecht an den Franzosen. Sie könnte sich eine Magd und einen Knecht leisten, statt ihre Kinder zur Arbeit zu zwingen.«

»Ob Henrike nun bei den Flohs arbeitet oder zu Hause, spielt doch keine Rolle.«

Abraham warf ihr einen abwägenden Blick zu. »Meinst du wirklich?«

Anna dachte nach. »Ich weiß nicht. Vermutlich nicht. Für andere zu arbeiten kann beides sein – leichter oder schwerer, je nachdem, wie man mit seinem Herrn auskommt. Immerhin bekommt man Lohn für seine Arbeit. Henrike macht jetzt den Haushalt für ihre Mutter und ihre Familie – aber sie verdient kein Geld.«

»Du hast jahrelang den Haushalt deines Onkels geführt und auch keinen Taler dafür erhalten.« Abraham zog die Augenbrauen hoch.

»Das ist richtig. Aber das habe ich gemacht, weil ich es wollte. Für mich war das eine richtige und wichtige Entscheidung, auch wenn ich nicht gewusst habe, wie das Leben in Krefeld und bei meinem Onkel sein würde.«

»Also eine mutige Entscheidung.«

»Vielleicht war ich damals auch nur sehr naiv, Abraham. Und alles war erstmal besser, als weiterhin bei meinem Bruder und seiner Frau zu wohnen.« Anna senkte die Hände mit dem Flickwerk. »Aber es hätte mich auch viel schlechter treffen können als bei meinem Onkel.«

»Ja, dein Onkel war ein herzensguter Mensch, Gott habe ihn selig. Doch zurück zu Henrike – meinst du nicht, sie ist zufrieden mit dem, was sie hat?«

»Das glaube ich eben nicht. Sie ging ganz in ihrer Stellung beim Bürgermeister auf. Aber der Haushalt von Gottfried Floh ist auch nicht mit dem von Esther te Kamp zu vergleichen.«

»Wahrlich nicht. Die Flohs und die von der Leyen prunken und protzen immer mehr, und das in einer Zeit, wo die meisten Menschen Hunger darben.« Abraham verzog missbilligend das Gesicht.

»Aber sie unterstützen die Armen auch. Beide Familien haben einen großen Betrag und auch Lebensmittel für die Suppenküche gespendet.«

»Das liebe ich so an dir«, sagte Abraham lächelnd. »Du siehst immer auch das Gute.«

Nicht immer, dachte Anna und ärgerte sich über sich selbst. Die Magd hatte heute Morgen die Grütze versalzen.

»Was ist nur mit Elise los?«, fragte Abraham, als hätte er ihre Gedanken gelesen. »Kränkelt sie immer noch?«

»Sie ist fahrig«, murmelte Anna. »Sie isst wie ein Spatz, aber krank scheint sie mir nicht zu sein.«

»Nun denn, lass uns hoffen, dass sie sich bald wieder im Griff hat.«

Der Gedanke an die Familie te Kamp ließ Anna nicht los. Abends, als sie neben Abraham im Bett lag, dachte sie über die Töchter nach. Henrike war bislang ein herzerfrischendes, fröhliches Mädchen gewesen. In der letzten Zeit aber war sie blass und still geworden.

Nein, dachte Anna, ihr schmeckt es sicher nicht, den Haushalt der Familie zu führen. Catharina hatte die Aufgabe hingebungsvoll erfüllt, ihr schien dabei nichts gefehlt zu haben. Nur zuviel war es für das zarte Mädchen gewesen – ohne die Unterstützung einer Magd oder eines Knechtes.

Ob es etwas bringt, wenn ich mit Madame te Kamp spreche? Sieht sie nicht, dass Henrike unglücklich ist? Oder ist es ihr egal? Das konnte sich Anna nicht vorstellen. Wenn sie an Marijke dachte, dann war es ihr höchstes Streben, das Kind glücklich zu sehen. Sie legte die Hand auf den sich wölbenden Bauch. Auch dieses Kind liebte sie schon sehr.

Hoffentlich, dachte sie, geht alles gut. Vor der Geburt fürchtete sie sich. Vielen anderen Frauen, wie ihrer Cousine Katrina, hatte sie in den letzten Jahren bei den Geburten und im Kindbett beigestanden. Damals war sie sich sicher gewesen, dass sie nie wieder ein Kind unter dem Herzen tragen würde.

Umso mehr freute es sie, dass die Ehe mit Abraham direkt so fruchtbar begann. Doch Geburt und Kindbett waren immer ein Risiko – sowohl für die Mutter als auch für das Kind.

Was, wenn ich sterbe? Was wird mit Marijke und Fritz? Sie drehte sich um, betrachtete ihren Mann. Abraham war ein liebevoller Ziehvater, er kümmerte sich rührend um Marijke.

Das wird er auch tun, falls mir etwas zustößt, meinte

Anna. Vorsichtig strich sie über seine Wange. Seit der Hochzeit im Oktober rasierte er sich nicht mehr, sondern trug stolz den Bart, nach alter mennonitischer Tradition.

Viele der Männer folgten den Regeln nicht mehr. Es galt als modisch, glatt rasiert zu sein oder sich nur einen Backenbart stehen zu lassen. Auch manche Frauen trugen nicht mehr die alte Tracht mit Haube und Schürze, hochgeschlossen und ohne unmanierliche Knöpfe. Florale Muster tauchten auf den Kleidern auf, die Ausschnitte wurden größer, die Ärmel kürzer und weiter.

Anna erinnerte sich noch an eine Unterhaltung mit ihrem Onkel. Er hatte ihr vor Jahren schon gesagt, dass sich die Sitten und Gebräuche und auch die Art, sich zu kleiden, verändern würde.

Trotzdem konnte Anna den Prunk und Protz der Familien von der Leyen und Floh nicht nachvollziehen.

Am Sonntag, dem 29. April, gab es ein großes Spektakel in der Stadt Krefeld. Der Prinz von Soubise machte den Truppen seine Aufwartung.

Schon zwei Tage vorher glich die Stadt einem Bienenstock. Die Straßen wurden gekehrt, die Häuser herausgeputzt. Nur widerwillig folgten die Bürger den Anweisungen der Besatzer, doch sie wussten, sie hatten sich zu fügen.

»Wird der Prinz länger in der Stadt weilen?«, fragte Anna ihren Mann und seinen Freund Engelbert vom Bruck, die sich am Abend auf eine Pfeife und ein Glas Wein getroffen hatten.

Engelbert zuckte mit den Schultern. »Das wurde nicht bekannt gegeben. Vermutlich wissen das die Offiziere und auch die von der Leyen. Aber aus Sorge vor Feindseligkeiten wird geheim gehalten, wo und wie lange er sich irgendwo aufhält.«

»Feindseligkeiten?« Anna schüttelte den Kopf.

»Ja, Madame ter Meer. Erinnert ihr Euch an den Mörder, der vor zwei Wochen im Bruch hingerichtet worden ist? Auch hier gibt es gewalttätige Menschen. Und die Last der Besatzung wiegt schwer auf den Schultern der Bevölkerung.«

»Da habt Ihr sicher Recht, Monsieur vom Bruck.«

»Es ist ein Akt der Provokation, dass der Prinz an einem Sonntag kommt.« Abraham stopfte ärgerlich die Pfeife. »Die Gottesdienste sollen entweder ausfallen oder verkürzt abgehalten werden.«

»Aber er wird das doch nicht absichtlich machen?«, fragte Anna überrascht.

»Da wäre ich mir nicht so sicher«, meinte Engelbert vom Bruck. »Die Franzosen verhöhnen sowohl die Katholiken als auch die Mennoniten. Es ist durchaus möglich, dass der Prinz dies bedacht hat.«

»Trotzdem wird er wohl einen kurzen Halt bei den von der Leyen einlegen.« Abraham schüttelte den Kopf und rieb sich den Bart.

»Nun ja, er soll kein Kostverächter sein. Und dort bekommt er bestimmt exquisite Speisen vorgesetzt.«

»Habt Ihr die französische Zeitung von Köln gelesen?«, wollte Abraham von seinem Freund wissen.

»Ja. Meint Ihr den Artikel über die Friedensverhandlungen? Darum gebe ich nicht viel. Mal sollen sie stattfinden, dann wieder nicht. Aber in der Zeitung stand auch, dass die Engländer ohne großen Widerstand Bellisle genommen hätten.«

»Das war ein Artikel, der aus London kam. In einem weiteren Artikel aus Paris in derselben Zeitung stand, dass sie unter Verlusten zurückgeschlagen seien.«

Vom Bruck lachte. »Dann müssen wir einfach abwarten, welche weiteren Neuigkeiten es geben wird. Auf die Presse ist kein Verlass.«

Am Sonntag hielten die Mennoniten nur einen verkürzten Gottesdienst ab. Während die Katholiken schon in der Früh die erste Messe feierten, folgten um halb zehn die Protestanten mit dem Gottesdienst. Den Mennoniten waren Glaubensfreiheit und Ausübung ihrer Liturgien eingeräumt worden, doch ihr Gottesdienst durfte erst um halb elf beginnen. Und da der Prinz im Laufe des Nachmittags erwartet wurde, mussten alle kirchlichen Feiern um zwölf beendet sein.

Ein normaler Gottesdienst dauerte für gewöhnlich drei Stunden. Manchmal, wenn Gastprediger die Stadt besuchten, sogar noch länger. Psalme wurden gesungen, nach den alten Traditionen – langsam und getragen. Eine musikalische Begleitung gab es nicht, Instrumente galten als nicht gottesfürchtig, sondern als eitel.

Die protestantische Kirche hatte seit einigen Jahren eine kleine Orgel. Einen größeren Betrag zur Beschaffung des Instruments hatten die von der Leyen gespendet, sehr zum Entsetzen der mennonitischen Gemeinde.

Abraham hatte Anna einmal zu einem Konzert mitgenommen. Zuerst fand sie die Musik befremdlich, aber dann drangen die Töne in sie ein, die Musik schien sie zu durchfluten. Es war wie eine Offenbarung, und auch die Psalmen und Lieder, die von der Orgel begleitet wurden, hatten eine viel größere Intensität als in ihren Gottesdiensten.

»Ich habe das Gefühl, dass Gott durch die Musik mehr

gepriesen wird, als wenn wir die Psalmen nur sehr langsam und laut vortragen«, sagte sie.

»Da magst du recht haben. Indes sehen das unser Prediger und die Gemeindeältesten anders. Sie meinen, instrumentale Musik sei eitler Tand und stehe der Anpreisung Gottes entgegen.«

»Das verstehe ich nicht.«

»Die Musik übertönt das Wort. Man kann sich in ihr verlieren, und sie wird zum Selbstzweck, zur Unterhaltung.«

»Ja, und nichts Schönes und Wohlgefälliges kann gottesfürchtig sein.« Anna verzog das Gesicht. »Die von der Leyen sehen das jedoch anders. Ich habe gehört, dass sie auch unserer Gemeinde eine kleine Orgel stiften wollen.«

»Das wird diskutiert, doch noch ist die Mehrheit dagegen. Sie fürchten sich vor dem Wandel, sind selbst den moderneren Psalmen abgeneigt, die schneller vorgetragen werden.«

Abraham hatte recht, die Gemeinde drohte an diesen Dingen auseinanderzubrechen. Die jüngeren Mitglieder hatten dem Gemeinderat eine Eingabe vorgelegt, nach der die alte Art zu singen geändert werden sollte.

»Prediger Windges ist sogar ganz gegen Gesang in der Kirche. Er meint, den Glauben an Gott solle man still und ehrfürchtig leben.«

Weder still noch besonders ehrfürchtig begingen die Krefelder den restlichen Sonntag. Ein doppeltes Spalier an Soldaten hatte sich rechts und links der Oberstraße aufgestellt. Der Prinz ging zu Fuß durch sie hindurch bis zum Marktplatz, dann ließ er das Bataillon an sich vorbei marschieren. Anschließend stieg er in seinen Wagen, fuhr zum Haus der von der Leyen, nahm einen kleinen Imbiss und ließ sich dann nach Düsseldorf bringen.

Am Marktplatz hatte man Buden aufgebaut, Kuchen, Brot und Würste wurden feilgeboten, auch Bier und Wein wurden ausgeschenkt. Bis spät in die Nacht feierten die Leute.

Ter Meers hatten einige Freunde zum Essen gebeten. Neugierig erwartete man den Bericht von Catharina te Kamp, die für den Rest des Tages frei bekommen hatte.

Schüchtern saß sie auf der Bank in der Stube, hielt den Kopf gesenkt.

»Nun ziert Euch nicht, Mademoiselle«, bat Engelbert vom Bruck sie. »Wir sind ganz gespannt ob der Neuigkeiten, die Ihr berichten mögt.«

Catharina schüttelte den Kopf. »Ich weiß nichts zu berichten.«

»Was erzählt man sich im Haus von der Leyen über die Friedensverhandlungen? Werden sie in Augsburg stattfinden?«

»Das kann ich nicht sagen.«

»Nun bitte, es bleibt doch unter uns.« Abraham lächelte ihr zu.

Catharina errötete. »Nein, es geht nicht darum, dass ich nichts sagen dürfte. Ich habe keine Ahnung von Politik, und ich habe auch nichts dergleichen gehört.« Ihre Stimme wurde fast tonlos.

Anna bemerkte die Pein der jungen Frau und lenkte das Gespräch geschickt auf andere Themen.

»Der Prinz war nach der neuesten Mode gekleidet, so schien mir«, sagte sie und beeilte sich, Wein auszuschenken.

»O ja. Spitzenbesatz an den Ärmeln und einen Kragen, so üppig, dass ein Vogel dort nisten könnte.«

Sie ließen sich über die Kleidung und das Gebaren des

Prinzen aus, diskutierten die Artikel der verschiedenen Zeitungen.

Als Anna in die Küche ging, gab sie Catharina ein Zeichen, ihr zu folgen.

»Es tut mir leid«, sagte sie und drückte Catharinas Arm. »Sie wollten Euch nicht in Verlegenheit bringen.«

»Das weiß ich doch«, sagte Catharina leise. »Aber ich schäme mich so sehr. Ich verstehe so wenig von Politik und dem Weltgeschehen, ich habe niemanden, mit dem ich darüber reden, der es mir erklären könnte, und die Dienstboten bei den von der Leyen sprechen meist über andere Dinge.«

Anna musterte die junge Frau. In den wenigen Wochen, die sie jetzt bei der Familie von der Leyen arbeitete, schien sie dünner geworden zu sein. Sie war blass, und Ringe zeigten sich unter ihren Augen.

»Wie geht es Euch dort?«, fragte Anna besorgt. »Behandelt man Euch gut?«

»Ja, schon.«

»Aber?«

Catharina schüttelte den Kopf. »Ich kann mich nicht beklagen. Die Arbeit ist nicht zu hart, bisweilen gibt es wenig zu tun, dann muss ich in der Küche aushelfen. Aber auch das ist nicht schwer, sondern eher interessant.« Auf einmal klang sie etwas lebhafter. »Die verwenden Dinge, von denen ich noch nie etwas gehört, geschweige denn geschmeckt habe.«

»Das kann ich mir gut vorstellen. Trotzdem wirkt Ihr nicht glücklich.«

»Mich plagt mein schlechtes Gewissen.«

»Wem gegenüber?«

»Henrike.«

Anna nickte, sie hatte sich so etwas fast gedacht. »Aber Eure Arbeit macht Euch auch ein wenig Freude?«

Catharina hob den Kopf, und auf einmal sprühten ihre Augen, wie Sonnenlicht, das sich in einer Pfütze bricht. »O ja! Ich lerne Dinge kennen, die mir völlig unbekannt waren, ganze Welten scheinen sich vor mir aufzutun.« Dann biss sie sich auf die Lippe. »Davon hat Rike immer geträumt, während ich es mir nie vorstellen konnte. Und nun lebe ich ihren Traum, und das ist ungerecht.«

Kapitel 13

Wie in Trance folgte Catharina dem Knecht, der ihre Truhe auf einen Karren geladen hatte. Sie stolperte mehr, als sie ging, ihrer Zukunft entgegen.

Vor dem imposanten Haus der von der Leyen blieb sie stehen, holte tief Luft. Hier würde sie nun wohnen. Dies würde ihr Zuhause sein. Würde sie sich jemals wirklich heimisch fühlen?

Der Knecht hatte ihr Zögern nicht bemerkt. Er war eilig durch die Toreinfahrt neben dem Haus hindurchgegangen und aus ihrem Blick verschwunden. Catharina hastete ihm hinterher. Im Hof blieb sie wieder stehen. Alles war so anders, so groß hier. Alle Türen waren verschlossen und der Knecht verschwunden. Obwohl sie schon einmal hier gewesen war, konnte sie sich nicht mehr daran erinnern, an welcher Tür sie geklopft hatten.

»Mon Dieu, was mache ich nun?« Sie biss sich auf die Lippe. »Soll ich es einfach irgendwo probieren?«

Das Haus schien noch zu schlafen. In den oberen Stockwerken waren die Fenster allesamt geschlossen, viele mit Vorhängen verhängt.

Panisch sah Catharina zu den drei Türen, die ins Haus führten. Welche sollte sie wählen? Sie wollte nicht gleich am ersten Tag einen Fehler begehen. Bevor sie sich entscheiden konnte, öffnete sich die mittlere Tür, und der Knecht lächelte ihr zu.

»Pardon, ich war wohl zu schnell. Hierher geht es.«

»Bon, merci.« Catharina folgte ihm, wischte sich die schweißnassen Hände am Mantel ab.

In der Küche waberte der Dampf, der aus vielen Töpfen quoll, fremde Aromen mischten sich mit bekannten. Es roch nach Brot und Holzkohle, Grütze, Würzwein und lauwarmen Bier. Aber auch nach anderen, fremden Dingen.

Unschlüssig blieb Catharina stehen.

»Bonjour, Mademoiselle. Du warst schon einmal hier, wenn ich mich recht erinnere.« Die Köchin wusch sich die Hände in einem Trog, trocknete sie sorgfältig mit einem Leinentuch, das an ihrer Schürze hing, und kam dann auf Catharina zu. »Du bist Catharina te Kamp, nicht wahr?«

»Oui.«

»Nun habe doch keine Angst vor uns. Ich bin Mamsell Luise, die Köchin.« Sie nahm Catharinas Hände. »Wir sind hier wie eine Familie, auch wenn dir das im Moment noch fremd vorkommt. Hast du Hunger?«

Catharina schüttelte den Kopf. Obwohl es köstlich roch, schnürte ihr die Angst den Magen zu.

»Du kannst mich Luise nennen. Jakob, Lieke und Nele.« Sie zeigte jeweils auf die Person. »Habe keine Angst vor uns, Catharina.«

»Käthe«, sagte sie leise. »Meine Familie nennt mich Käthe. Und ihr seid nun so was wie meine Familie.« Verlegen senkte sie den Kopf. War sie zu weit gegangen?

»Käthe.« Mamsell Luise lächelte. »Das gefällt mir. Lieke wird dir die Kammer zeigen. Du teilst sie mit Trude.«

Scheu sah Catharina sich um. Wer war Trude?

»Komm«, sagte Lieke. »Hier geht es lang.«

Zu Catharinas Überraschung begaben sie sich nicht in den Flur, der zum Salon und zur Bibliothek führte, sondern gingen durch eine Tür am anderen Ende der Küche. Dort waren zwei große Spülbecken, eine weitere Herdstelle, über der ein großer Kessel hing. Die Tür führte zu einem kleinen, dunklen Gang. Es roch muffig und erdig hier, stellte Catharina erstaunt fest.

»Dort hinten geht es zum Keller. Wir haben noch einen weiteren Keller unter dem Schuppen, den Eiskeller. Hier werden die Weine gelagert«, erklärte Lieke ihr. Sie hielt die Kerze hoch, die sie vom Küchentisch genommen hatte. »Du musst hier aufpassen, hier ist es eng.«

Eine schmale Holzstiege führte nach oben. Catharina folgte der Magd, ihr Herz pochte heftig.

Hier wird also nun mein neues Heim sein, dachte sie.

Von dem lang gestreckten Flur gingen mehrere Türen ab. Lieke öffnete die Dritte.

»Voila! Hier ist deine Kammer.«

Ein kleines Fenster zeigte zum Hof, rechts und links davon war jeweils eine schmale Bettstatt. Am Fußende des linken Bettes stand eine Kleidertruhe, darüber lag ein Umschlagtuch aus dunkler Wolle. Ein Paar Schuhe und ein Paar Stiefel standen ordentlich aufgereiht hinter der Tür. Auf einer Kommode befanden sich Waschkrug und Schüssel, auf dem Boden stand der Nachttopf. Ein kleiner Tisch und ein Stuhl vor dem Fenster vervollständigten die Möblierung.

»Jakob wird dir gleich deine Truhe bringen.«

»Ich teile mir das Zimmer mit Trude?«

»Ja, sie hat auch erst vor ein paar Wochen hier angefangen. Der junge Monsieur zieht nun ganz hier ein. Seine Gemächer sind im Flügelanbau. Aber die Herrschaften planen ein neues Haus, großzügiger und komfortabler.«

»Noch größer?« Zum ersten Mal stahl sich ein Lächeln auf Catharinas Gesicht. Etwas von der Anspannung fiel von ihr ab.

»Ja. Der junge Monsieur möchte irgendwann seinen eigenen Haushalt führen und trotzdem mit Madame und Monsieur verbunden bleiben.«

»Die Trude …«, fragte Catharina vorsichtig. »Wie ist sie?«

»Du wirst sie sicher gleich kennenlernen. Sie ist sehr still. Sie kommt von einem der Höfe an der Flöth, ist für die Reinigung der Böden zuständig. Sie macht ihre Arbeit gewissenhaft und ordentlich.«

»Und du?«

»Ich bin die Beiköchin und für das Porzellan verantwortlich. Alles muss sauber gehalten werden. Nele wischt Staub und kümmert sich um die Wäsche – Bettwäsche, Tischware und die Vorhänge. Jeder hat seinen eigenen Bereich, aber wir helfen uns untereinander aus. Du bist Kammermädchen beim jungen Monsieur. Der alte Monsieur und Madame haben kein Kammermädchen. Jakob hilft Monsieur und Nele Madame. Madame näht aber auch noch selbst und flickt.«

»Wirklich?« Catharina sah sie erstaunt an.

»O ja, und sie ist sehr geschickt, auch wenn sie nicht mehr so fingerfertig ist wie früher.« Lieke lächelte. »Uns hat es erst erstaunt, dass noch mehr Personal eingestellt wurde, aber die Herrschaften werden schon wissen, was sie tun.« Sie nickte Catharina zu. »Deinen Mantel kannst du unten aufhängen und auch die Stiefel dort hinstellen, dann brauchst du nicht immer nach oben zu laufen. Im Haus tragen wir Pantinen. Hast du welche?«

Catharina nickte.

»Handtücher und Bettwäsche bekommst du von Mamsell, sie verwaltet den Haushalt – auch die Wäsche. Manchmal ist sie streng, aber immer gerecht. Sie hat ein gutes Herz, doch anlegen sollte man sich nicht mit ihr.«

»Nein, das werde ich beherzigen.«

Was muss ich noch wissen? fragte sich Catharina. In ihrem Kopf wirbelten die Fragen umher, wie Laub im Herbstwind. Sie konnte keinen klaren Gedanken fassen.

»Lass uns wieder nach unten gehen, gleich werden die Herrschaften frühstücken wollen.« Lieke drehte sich um. »Du hast sicher noch viele Fragen, aber glaub mir, so ging es mir auch, als ich vor fünf Jahren hier angefangen habe. Es wird sich alles fügen mit der Zeit.«

Das hoffe ich, dachte Catharina. Sie folgte der Magd nach unten. In der Küche herrschte Betriebsamkeit. Aus dem großen Kessel in der Spülküche stieg Dampf, Pfannen und Töpfe standen auf dem Herd, es brutzelte und köchelte überall.

»Da«, sagte Lieke eilig, »kannst du deinen Mantel aufhängen.« Sie zeigte auf einige Haken in der Spülküche. Darunter standen aufgereiht die Schuhe oder Stiefel des Personals.

Jakob trug Catharinas Truhe an ihnen vorbei in das Hinterhaus.

Zum Glück hatte Catharina die Pantinen in dem Korb,

den sie immer noch mit sich trug. Nach kurzem Überlegen stellte sie den Korb neben die Stiefel, sie würde ihn später nach oben bringen, und schlüpfte in die Holzschuhe.

Sie traute sich kaum in die Küche, fühlte sich überflüssig und im Weg. Mamsell Luise bemerkte ihre Unsicherheit.

»Käthe«, sagte sie und lachte, »hab keine Angst. Du wirst dich schon daran gewöhnen, wie es hier ist. Setz dich dort vorne an den Tisch.«

»Soll ich nicht irgendetwas tun?«

Mamsell Luise schüttelte den Kopf. »Es würde jetzt zu lange dauern, es dir zu erklären. Also schau einfach zu. Ach ja.« Sie griff hinter sich, nahm einen riesigen, noch dampfenden Laib Brot und schnitt zwei dicke Scheiben davon ab. Zusammen mit einem Töpfchen süßer Butter legte sie beides auf den Tisch vor Catharina. »Iss, Kind.«

Zuerst traute sich Catharina nicht, doch der Duft des Brotes war zu verlockend, und schließlich konnte sie nicht mehr widerstehen. Sie brach eine Ecke ab, stippte sie in die weiche Butter und kostete.

Noch nie im Leben habe ich so etwas Köstliches gegessen, dachte sie dann.

Dieser Gedanke kam ihr noch öfter in den nächsten Tagen. Allmählich gewöhnte sie sich an das Leben in dem großen Herrenhaus. Trude erwies sich als schweigsame, aber angenehme Zimmergenossin. Auch wenn sie nur zwei Wochen früher als Catharina in den Haushalt gekommen war, hatte sie sich schon gut eingefügt. Mit wenigen Worten und knappen Gesten zeigte sie Catharina viele Dinge.

Monsieur Frieder von der Leyen hielt sich momentan nicht in Krefeld auf, er war nach Düsseldorf gereist. Madame von der Leyen wusste deshalb nicht so recht, wie Catharina beschäftigt werden sollte. Sie hatte ihr einen Korb mit Flickwäsche gegeben, doch die Arbeiten waren anspruchslos und schnell erledigt. Sie blieb meistens in der Küche und half Mamsell bei den anfallenden Arbeiten. Es überraschte sie, in welcher Vielfalt gespeist wurde. In der armen Schicht gab es fast nur einfache Speisen wie Grütze und Brot. Frische Eier oder hin und wieder ein paar Knochen zum Auskochen, Schweineohren oder Füße, etwas Speck waren schon selten. Fleisch war die Ausnahme. In der Bürgerschicht sah das anders aus. Auch dort gab es meist deftigen Getreidebrei zum Frühmahl, dazu Brot, Schmalz, manchmal Butter. Abends gab es meist ein Gericht mit Speck oder Würsten, geräuchertem oder gepökeltem Fleisch. Im Winter waren Kohlgerichte an der Tagesordnung. Kohl ließ sich gut und lange lagern, er ließ sich sauer einlegen und salzen. Wurzeln und Rüben gab es auch lange nach der Ernte, sie wurden in Sandlagen gelegt. Doch zum Ende des Winters waren diese Vorräte meist aufgebraucht. Frisches Fleisch oder Geflügel brachte man an Sonn- oder zu Feiertagen auf den Tisch.

In diesem Haushalt jedoch war alles anders. Es schien Lebensmittel und Vorräte im Überfluss zu geben. Jeden Tag wurde Brot aus weißem Mehl gebacken. Statt Sauerteig nahm man Hefe. Süße und auch salzige Butter lagerten im Eiskeller unter dem Stall. Frisches Geflügel und Eier wurden täglich geliefert. Wachteln, Ente, Fasan und Tauben kamen regelmäßig auf den Tisch. Frisches Fleisch gehörte auch zur täglichen Küche. Dinge wie geschmorte Kalbsbäckchen oder Lammkeulen waren keine Seltenheit. Vielfältig war auch die Art der Zubereitung. Mamsell schien eine wahre Künstlerin zu sein, niemals wiederholte sich eine Speise in der Woche, obwohl morgens und abends mehrere Gänge serviert wurden.

Die Gewürze, die in der Küche zur Anwendung kamen, gingen weit über das hinaus, was Catharina kannte. Immer wieder saß sie am Tisch, schnupperte verzückt. Oft durfte sie kosten, manche Geschmacksexplosion erlebte sie dabei. Die Offiziere, die bei den von der Leyen im Quartier waren, lobten die Küche über alle Maße, und Catharina konnte sich gut vorstellen, dass sie lieber hier blieben, als wieder in die Schlacht zu ziehen.

Auch die Dienerschaft speiste gut. Zwar mussten sie bei Tagesanbruch aufstehen, lange vor der Herrschaft, aber auch sie hatten eine reichliche Auswahl in der Früh wie auch des Abends.

Die Mahlzeiten nahmen sie gemeinsam ein, alle um den langen Holztisch versammelt, der in der Hauptküche stand. Nur bei großen Feierlichkeiten oder Festen kam ihre Abendmahlzeit etwas zu kurz. Oft durften sie aber die Reste essen, wenn alle Gäste gegangen waren.

»Im Herbst herrscht hier ein wahres Wirrnis, wenn geschlachtet wird«, sagte Mamsell.

»Hier wird geschlachtet?«, staunte Catharina.

»Natürlich. Nicht Monsieur, aber wir schlachten. Vier bis fünf Schweine lassen die Herrschaften jedes Jahr mästen. Daraus machen wir unsere eigene Wurst und Räucherware. Was glaubst du denn, wo wir die Würste herzaubern? Im Garten wachsen die nicht.« Mamsell lachte.

Jakob zwinkerte ihr zu. »Hast du die Keller und das Eishaus noch nicht gesehen? Zum Teil ist es unter den Pferdeställen, zum Teil unter der Remise. Ich zeige es dir, wenn du willst.«

Catharina nickte. Sie hatte ihre anfängliche Scheu verloren, fühlte sich wohl in der Gesellschaft der anderen. Es gab immer etwas zu tun, und sie half gerne aus.

Inzwischen hatte Madame von der Leyen festgestellt, wie gut das Kammermädchen ihres Neffen nähen konnte.

Eines Mittags ließ sie Catharina zu sich rufen. Seit sie mit ihrer Mutter im Februar hier gewesen war, hatte Catharina die Wohnräume der Familie nicht mehr betreten. Voller Scheu folgte sie Lieke in den Salon.

»Du bist Catharina te Kamp, nicht wahr?« Margaretha von der Leyen saß in einem Sessel am Kamin. Auf dem Tisch lagen Musterbücher und ein Journal aufgeschlagen.

Catharina nickte. Obwohl inzwischen Frühsommer war, knisterte ein Feuer im Kamin.

»Du bist Weißnäherin wie deine Mutter?«

Wieder nickte Catharina, sie wusste weder, wie sie sich zu verhalten hatte, noch was sie sagen sollte.

»Ich habe festgestellt, dass deine Nähte fein sind, sehr fein. Und dein Flickwerk ist kaum zu erkennen. Manchen Stellen sieht man es wahrlich nicht an, dass sie geflickt oder verbessert wurden.«

»Merci«, sagte Catharina leise.

»Aber kannst du auch wirklich nähen?«

»Pardon, Madame?«

»Nun, kannst du Kleider zuschneiden und nähen?«

»Naturellement, Madame.«

»Wirklich?« Margaretha stand auf und ging zu dem Tisch aus poliertem Kirschholz, der unter dem Fenster stand. »So etwas auch?« Sie deutete auf zwei Blätter, die dort lagen. Es waren Zeichnungen.

Catharina beugte sich über die Zeichnungen.

»Nimm es ruhig in die Hand«, sagte Margaretha.

»Nun, ihr meint die Kleider dieser Dame?«

»Ja.« Margaretha sah sie erwartungsvoll an.

»Ich denke schon, auch wenn ich noch nie solche Volants genäht habe. Aber ich weiß, wie es geht. Geflickt habe ich sie schon. Die Franzosen haben ja viele Volants an ihren Hemden.«

»Ich möchte, dass du mir ein solches Kleid nähst.«

Catharina sah sie erstaunt an. »Es ist prunkvoll.«

»Es ist prachtvoll.« Margaretha strahlte. »Morgen gehen wir in die Lager und suchen uns passenden Stoff aus. Du musst nur sagen, was du brauchst.«

In dieser Nacht fand Catharina kaum in den Schlaf. Was, wenn sie zuviel versprochen hatte? Was, wenn sie Madame nicht zufriedenstellte? Du bist hier als Näherin angestellt, schalt sie sich selbst. Du weißt, dass du das kannst. Seit Jahren nähst du deine und die Kleider deiner Schwestern. Und zur Not würde sicher Maman helfen, beruhigte sie sich. Trotzdem blieb die Nacht unruhig, und am nächsten Morgen konnte sie kaum einen Bissen herunterbringen.

Unruhig wartete sie darauf, dass die Familie das Frühstück beendete. Danach, das wusste sie inzwischen, kehrte Madame in ihr Schlafgemach zurück. Was sie dort tat, wusste Catharina nicht, nur dass sie jeden Tag einige Eimer heißes Wasser brauchte.

Es ging schon auf Mittag, als Lieke Catharina schließlich rief. Sie führte sie wiederum in den Salon.

»Das Wetter ist herrlich«, sagte Madame und ließ sich von Lieke einen leichten Mantel reichen. »Wir werden laufen und nicht die Kutsche bemühen.«

Catharina nickte und eilte zurück in die Küche. Fast hätte sie die Schlaufen der Stiefel nicht binden können, so aufgeregt war sie.

»Sollen wir die Zeichnung mitnehmen?«, fragte Madame Catharina.

»Das ist nicht notwenig, Madame. Ich werde das Kleid ja nicht direkt im Lager nähen, nehme ich an.«

Margaretha von der Leyen lachte laut, sie konnte sich kaum beruhigen vor Heiterkeit. »Du bist gut, Mädchen. Du gefällst mir. Nein, natürlich musst du es nicht im Lager nähen. Im Gegenteil, ich habe Jakob und Nele angewiesen, eine Stube für dich einzurichten. Was wirst du brauchen?«

»Eine Stube?« Verwirrt sah Catharina sie an.

»Ein Zimmer, eine Kammer. Nur für dich, damit du dort nähen kannst. Sie ist unter dem Dach, aber sie wird ein Kohlebecken bekommen, und da sie nach vorne hinausgeht, hat die Kammer auch ein großes Gaubenfenster. Und des Weiteren erhältst du natürlich eine Öllampe. Was brauchst du noch?«

»Oh.« Sprachlos sah Catharina sie an.

»Überlege es dir in Ruhe. Du bekommst alles, was du brauchst. Nach Düsseldorf, Köln oder gar noch weiter zu fahren, um mir Kleidung nähen zu lassen, ist sehr lästig. Aber nun scheint das ja ein Ende zu haben.« Sie fasste Catharina am Ellbogen und zog sie mit sich.

Auf dem Weg zum Stoff-, Seiden- und Samtlager plapperte Madame glücklich. Das Lager hatte Catharina bisher immer nur von außen gesehen. Sie wusste nicht, was sie dort erwartete. Nicht in ihren kühnsten Träumen hätte sie sich jedoch die Fülle an Stoffballen vorstellen können, die dort, sorgfältig eingeschlagen, in Regalen lagerten.

»Wir brauchen feinste Seide, Spitze und natürlich einen

Brokatstoff.« Langsam ließ sich Madam durch die Regalreihen führen, prüfte hier, strich dort über einen Stoff. Manchen Ballen ließ sie nach vorne tragen und auf dem großen Tisch einen Meter abwickeln, um den Stoff bei Licht betrachten zu können. Mehr als zwei Stunden verbrachten die beiden Frauen im Lager, bis alles zur Zufriedenheit ausgewählt und beschlossen war. Diese zwei Stunden erschöpften Catharina mehr, als es ein ganzer Tag in der Küche tat. Voller Aufmerksamkeit versuchte sie, jedes Wort von Madame zu verstehen. Manchmal fiel ihr keine passende Antwort ein, doch nach einer Weile wurde ihr klar, dass Margaretha das auch gar nicht erwartete.

»Ich werde Euch die Stoffe noch heute liefern lassen«, sagte der Lagerhalter und verbeugte sich beflissen.

»Bon!« Margaretha drehte sich zu Catharina um. »Und nun bin ich hungrig. Mal sehen, ob Mamsell Luise eine Kleinigkeit für uns hat.«

Trotz ihrer Leibesfülle, in der Margaretha der der Köchin in nichts nachstand, war sie erstaunlich flink. Mit kleinen, aber schnellen Schritten eilte sie über das Kopfsteinpflaster nach Hause. Erst als sie sich der Niederstraße näherten, verlangsamte sie ihren Schritt.

»Und?«, fragte sie Catharina. Diesmal sah die Madame sie an, nachdrücklich und durchdringend. »Hast du dich bei uns eingelebt?«

»Oui, Madame«, sagte Catharina und spürte das heiße Feuer des Bluts in ihre Wangen steigen.

»Nun, du kannst ruhig aufrichtig zu mir sein.«

»Aber das bin ich doch«, antwortete Catharina schüchtern. »Ich habe mich gut eingelebt, verstehe mich gut mit allen anderen. Aber …« Sie stockte.

»Aber was?«

»Nun. Ich wurde von Eurem Neffen eingestellt, um sein Kammermädchen zu sein. Doch er ist seit Wochen auf Reisen, und somit habe ich meine wirkliche Stellung noch gar nicht angetreten. Ich mache Flickwerk, nähe ein wenig und helfe in der Küche. Das mache ich wirklich gerne, und es geht mir leicht von der Hand. Dennoch weiß ich nicht, was letztendlich auf mich zukommt und ob mir das gefallen wird.«

Madame von der Leyen sah sie an, ihre Augen funkelten. »Weißt du, ich habe dich beobachtet in den letzten Tagen.« Sie lachte. »Auch wenn dir das nicht aufgefallen ist, ich habe ein Auge auf meine Dienerschaft. Es mag so scheinen, als ob Mamsell Luise das Zepter und den Haushalt führt. Ich lasse sie auch in dem Glauben, weil sie dann zufriedener ist, aber ich weiß sehr genau, was jeden Tag auf dem Tisch steht, woher es kommt und was es kostet. Ich weiß genau, was wir an Vorräten haben und was schlecht geworden ist, weil es falsch gelagert wurde.« Sie holte Luft.

Catharina sah sie überrascht an.

»Ja, ja, das mag dich überraschen.« Wieder lachte Madame, dann zwinkerte sie Catharina zu. »Aber verrate es Mamsell nicht. Also, ich habe dich beobachtet. Du bist nicht faul, keineswegs. Du hältst dich im Hintergrund, versuchst herauszufinden, was getan werden muss, und machst es dann. Das gefällt mir an dir. Aber noch mehr gefällt mir deine ehrliche Antwort. Und um aufrichtig zu sein, ich weiß auch nicht, weshalb mein Neffe dich in den Dienst genommen hat. Aber du kannst hervorragend nähen, und falls du dieses Kleid tatsächlich hinbekommen solltest, wird es dein Schaden nicht sein.«

Kapitel 14

Madame von der Leyen hielt ihr Versprechen. Catharina bekam ein eigenes Nähzimmer, mit einem bequemen Stuhl, einem großen Tisch und zwei Lampen. Auch alle Utensilien, Nähseide, Nadeln und sonstiges Zubehör wurden ihr bereitgestellt.

Die Stoffe wurden ihr am Abend schon geliefert. Vorsichtig fuhr sie mit den Fingerspitzen über das Gewebe. Der Zuschnitt machte ihr Bauchschmerzen. Natürlich hatte sie schon Stoff für Kleider zugeschnitten, aber es war immer Leinen- oder Wollstoff gewesen, nie so teures Tuch.

Was, wenn ich einen Fehler mache, dachte sie verzagt und legte die Schere zurück in den Korb.

Doch der Zuschnitt gelang, und auch die Näharbeiten gingen ihr zügig von der Hand. Nur eine Woche brauchte Catharina, um das Kleid zu nähen. Die Ärmel allerdings bereiteten ihr größere Schwierigkeiten, da sie weit fallend und aus drei Volants bestehen sollten.

Am Pfingstsonntag ging Catharina zusammen mit den von der Leyen zum Gottesdienst, anschließend durfte sie den Tag mit ihrer Familie verbringen.

»Und?«, fragte Henrike sie. »Wie ist es? Ist Monsieur inzwischen zurückgekehrt?«

»Nein.« Catharina schüttelte den Kopf. Fast jeden Sonntag durfte sie ihre Familie besuchen, aber jedes Mal schien ihr das Elternhaus geschrumpft zu sein. Die Größe der Räume im Herrenhaus, die sie vor einigen Monaten noch so beeindruckt hatte, erschien ihr nun normal. Was sie für Prunk und Überfluss gehalten hatte, war nun Alltag. Der Haushalt ihrer Mutter hingegen kam ihr klein und dürftig vor. Meist packte ihr Mamsell Luise einen Korb mit Lebensmitteln, die sie mitnehmen durfte.

Diesmal waren Mangold sowie frisches, helles Brot, zwei Kaninchen und ein Fasan in ihrem Korb.

»Wie weich es ist«, sagte Mette. Ihre Augen leuchteten, als sie eine Scheibe Brot entgegennahm.

Esther rümpfte die Nase. »Wir brauchen keine Almosen.«

»Maman, es sind keine Almosen. Der Knecht hat die Kaninchen im Wallgarten gefangen, und von dort ist auch der Fasan. Das Brot ist von Freitag, es ist übrig geblieben. Die von der Leyen lassen täglich backen.«

»Nun, das tun wir auch. Und unser Sauerteig hat mehr Geschmack als dieses Brot.«

Doch Esther nahm die Lebensmittel an.

»Wenigstens ausnehmen hätte er sie können«, sagte sie und packte die Kaninchen bei den Hinterläufen. »Wir werden sie schmoren. Nachher kommen ter Meers und Lobachs zum Essen.«

Seufzend sah Catharina ihre Schwester an. »Wie geht es dir?«

Henrike zuckte mit den Schultern. »Wie soll es mir gehen? Du kennst doch den Alltag hier. Tagein, tagaus derselbe Trott. Nur die Franzosen, die ihre Wäsche bringen, wechseln.«

»Mutter ist gut im Geschäft, hab ich gehört.«

»Seit sie auch das Waschen der Hemden übernommen hat, kann sie sich vor Aufträgen kaum retten.« Henrike verzog das Gesicht. »Es schmeckt mir nicht, wie sie mit ihnen umgeht.«

»Wie meinst du das?«, wollte Catharina verwundert wissen.

»Nun, du solltest erleben, wie es ist, wenn sie die Sachen

bringen oder abholen. Immer hat sie ein Lächeln und einen freundlichen Spruch auf den Lippen. Doch hintenrum schimpft sie über die Soldaten, lässt kein gutes Haar an ihnen. Dabei sollte sie froh sein, denn sie verdient gut.«

»Das eine hat mit dem anderen vermutlich nichts zu tun«, sagte Catharina nachdenklich. »Mutter macht das, um die Familie über die Runden zu bringen.«

»Sie bekommt ja auch noch deinen Lohn. Und trotzdem feilscht sie auf dem Markt um jeden Taler.«

»So viele Jahre hat sie sparen müssen, das vergisst man nicht, Rike.«

»Ter Meers Knecht war hier, er hat das Dach des Schuppens repariert und im Hinterhaus eine Waschküche gebaut. Zwei große Kessel hat Mutter dort. Ein Spülbecken soll noch gemauert werden.«

»Und im Haus?«

Henrike wendete sich ab, ohne zu antworten.

Gemeinsam bereiteten sie das Essen zu. Da Gäste erwartet wurden, deckten sie die Tafel in der Stube.

Früher erschien mir der Tisch und das gute Geschirr als nobel, dachte Catharina verwundert. Aber nun weiß ich, dass der Glanz fleckig ist. Ich sollte mich ob meiner Gedanken schämen.

»Meine Frau lässt sich entschuldigen«, sagte Abraham ter Meer und legte den Mantel ab.

»Oh?« Esther reichte ihm ein Glas Wein. Das Teilen einer Mahlzeit gehörte zu den Gebräuchen der Gemeinde. Früher hatten sie Gottesdienste bei einem der Gemeindemitglieder im Verborgenen feiern müssen. Erst nach und nach wurde die Gemeinde akzeptiert, und schließlich wurde den Mennoniten gestattet, eine eigene Kirche zu bauen, die sie allerdings hinter einer hohen Mauer verstecken mussten.

Doch an den gemeinsamen Mahlzeiten hielten viele Familien fest. Es wurde reihum eingeladen, und jeder brachte etwas mit.

»Leider kränkelt auch unsere Magd«, sagte Abraham verlegen. »Deshalb bringe ich Euch ein kleines Fässchen Heringe mit. Ich habe sie gestern in Uerdingen erworben.«

»Das wäre doch nicht notwendig gewesen. Wie geht es Eurer Gattin, und was fehlt der Magd?«

»Anna leidet diesmal sehr unter den Beschwerden der Schwangerschaft. Zu Anfang war ihr ständig übel, dann ging es eine Weile gut, doch jetzt macht ihr das Wetter zu schaffen. Sie ist schlapp und gleichzeitig unruhig. Dabei hat sie noch drei Monate vor sich. So Gott will, wird sie diese Schwangerschaft trotzdem gut überstehen.«

»Es ist sehr schnell sehr warm geworden«, sagte Geertie Lobach. »Kein Wunder, dass Eure Anna darunter leidet.« Sie legte einen Laib Brot und einen Käse auf den Tisch.

»Das Frühjahr war zu kalt und zu nass, doch jetzt schimpfen die Bauern über die Hitze und Trockenheit.« Peter Lobach nahm dankend das Glas Wein entgegen.

»Es gibt immer etwas auszusetzen«, sagte Abraham lächelnd. »Dabei sollten wir alles so annehmen, wie es kommt.«

»Das hat der Prediger heute gut gesagt.« Esther trug das Essen auf und wies alle an, Platz zu nehmen. »Ich denke, er meinte auch die Last, die wir durch die Besatzung haben.«

»Die Friedensgespräche rücken immer näher. Ich setze große Hoffnung darauf«, sagte Abraham.

»Habt Ihr die französische Zeitung von Köln gelesen?« Peter Lobach sah ihn fragend an. »Am 15. Juni sollen sich die

Bevollmächtigten der kriegsführenden Parteien in Augsburg treffen. Doch sollte es dort zu einem Friedensschluss kommen, droht ein neuer Krieg.«

»Nein!« Esther sah entsetzt auf.

»Der Sultan habe wohl, so sagt die Zeitung, ein Manifest veröffentlichen lassen, dass er den Maltesern den Krieg erklären werde.« Abraham strich sich nachdenklich über den Bart. »Doch möglicherweise sind das nur leere Drohungen. Es geht wohl um ein Schiff, das die Malteser geraubt haben sollen.«

»Ein Krieg? Wegen eines Schiffes?«, fragte Catharina ungläubig.

»Es sind schon Kriege für weniger erklärt worden.« Peter Lobach senkte den Kopf. »Doch nun lasst uns beten und Gott für Speis und Trank danken.«

Die Kaninchen in einem Rotweinsud mit frischen Zwiebeln und dem gerösteten Weißbrot fand allgemeinen Anklang. Schweigend genoss man das Essen. Erst als abgeräumt war, zogen die beiden Männer ihre Pfeifen hervor.

»Es gab ein Erdbeben auf der Insel Terceira, berichtet die Zeitung aus Amsterdam. Das ist jetzt schon das zweite schwere Erdbeben in diesem Jahr.«

»Die Erde soll sechs Minuten in Lissabon gebebt haben.« Peter Lobach trank einen Schluck Wein, hielt dann Catharina sein Glas hin, so dass sie ihm nachschenken konnte.

»Immerhin soll es weniger Schäden gegeben haben als beim Beben vor sechs Jahren.«

»Manche sehen die Beben als ein Zeichen an«, sagte Esther. »Auch einige der Franzosen.«

»Ich glaube nicht an einen bestrafenden Gott, das widerspricht unserem Glauben, doch die Franzosen sehen das wohl anders«, meinte Abraham leise.

»Ich bezweifle, dass die meisten Franzosen überhaupt einen Glauben haben. Schon wieder sind Höfe geplündert worden. Auch nimmt der Diebstahl innerhalb der Stadt zu.« Geertie Lobach lehnte sich zurück und seufzte.

»Das wird aber hart geahndet«, sagte Catharina leise. »Erst gestern musste ein Soldat, den sie des Diebstahls überführen konnten, Spießruten laufen.«

»Was sagen denn die von der Leyen zum Friedenskongress? Ist der junge Monsieur wieder in Krefeld?«

»Er soll in der nächsten Woche kommen.« Catharinas Herz klopfte. Sie hatte Angst vor den Veränderungen. »Er war wohl in Braunschweig und Potsdam, wurde erzählt.«

»Ihr seid aber doch bei ihm angestellt?«, fragte Geertie.

»Ja, schon. Doch er ist abgereist, bevor ich in den Haushalt kam. Eigentlich wollte er nur wenige Tage in Düsseldorf verbringen, dann aber gab es wohl Gründe, weshalb er weiter gereist ist.«

»Welche?« Abraham beugte sich interessiert vor.

»Das kann ich nicht sagen, darüber wird nicht gesprochen. Und wenn, dann nur hinter verschlossenen Türen.«

»Es ist doch seltsam. Heute Morgen kam eine Abteilung Milizsoldaten vom Nieder- zum Obertor durch. Und zwei Stunden später ging eine Kompanie den umgekehrten Weg. Als ob die eine Hand wieder nicht weiß, was die andere tut.«

Noch eine Weile sprachen sie über die Zustände in der Stadt. Durch das milde und trockene Wetter hatte sich die Lage der Armen gebessert, und es gab weniger Krankmeldungen.

Es dämmerte schon, als sich Catharina auf den Weg machte. Sie hatte einen Moment gefunden, um ihre Mutter wegen der Volants um Rat zu fragen. Zu ihrem Erstaunen hatte Esther ihr ausführlich und geduldig alle Fragen beantwortet und ihr den einen oder anderen Trick verraten.

Voller Zuversicht begab sich Catharina auf den Heimweg.

»Darf ich dich ein Stück begleiten?«, fragte Henrike sie.

Catharina merkte, dass ihre Schwester etwas auf dem Herzen hatte. Eine Weile gingen sie schweigend nebeneinander.

»Gefällt es dir wirklich bei den von der Leyen?«, fragte Henrike schließlich.

»Doch, schon. Ich habe mich inzwischen an das Leben dort gewöhnt. Vermutlich wird es sich noch ändern, sobald Monsieur zurück ist.«

»Er reist viel.«

»Nun, er repräsentiert die Firma seiner Onkel, knüpft Kontakte und sorgt für den Vertrieb.«

»Das klingt alles so aufregend.«

»Es klingt nur so, Rike. Im Grunde findet dort auch Alltag statt. Es scheint nur so, als wäre das Leben dort so viel anders, aber auch da wird Brot gebacken, Böden werden gewischt, Wäsche wird gekocht und ausgeschlagen. Hinter der Remise gibt es einen Hühnerstall und einen Taubenschlag. Sie haben einen Wallgarten und noch einen Gemüsegarten hinter dem Haus bei der Bleiche. Dort werden auch Schweine gemästet und im Herbst geschlachtet. Mamsell macht die Wurst selbst und pökelt das Fleisch.«

»Und dennoch erinnert mich das, was du erzählst, an das Leben bei den Flohs. Voller Eleganz und Pracht«, murmelte Henrike.

»Du trauerst dem immer noch hinterher?« Catharina war verblüfft. Sie hatte den Eindruck gewonnen, dass ihre Schwester sich mit ihrem Schicksal versöhnt hatte.

»Die Beiköchin der Flohs hat sich mit heißem Öl verbrüht. Sie kann die Hände kaum noch nutzen, und niemand weiß, ob sie das überleben wird. Heute nach der Kirche hat mich Madame gefragt, ob ich nicht doch zurückkommen wolle. Sie würden mich sofort nehmen.«

»Und? Würdest du?«

»Maman wird es nicht erlauben.« Henrikes Stimme klang erstickt.

»Madame Floh soll mit Mutter sprechen.« Catharina war stehen geblieben und nahm ihre Schwester in den Arm. »Ich bin mir sicher, es wird eine Lösung geben.«

»Ich habe sogar schon überlegt, davonzulaufen und mich in einer anderen Stadt als Köchin zu verdingen.«

Entsetzt schob Catharina ihre Schwester von sich. »Nein, das kannst du nicht tun. Ohne Referenzen wirst du keine Stellung bekommen, und allein in einer fremden Stadt, du weißt doch, welches Schicksal dir dann droht.«

Henrike seufzte und putzte sich die Nase.

»Versprich mir, dass du keine Dummheiten machst. Du musst es mir versprechen«, sagte Catharina eindringlich. »Ich werde mich an Madame wenden, vielleicht kann sie ein gutes Wort für dich einlegen.«

»Merci.« Henrike küsste ihre Schwester auf die Wange, drehte sich um und lief nach Hause.

Catharina wurde bewusst, dass ihre Schwester kein Versprechen gegeben hatte.

Noch saßen die Lobach und Monsieur ter Meer bei Esther in der Stube und ließen den Tag bei einer Pfeife und einem Krug Wein ausklingen. Als Catharina am Haus der ter Meers vorbeikam, beschloss sie, kurz nach ihrer Freundin zu sehen.

Eine mürrische Magd öffnete ihr die Tür. »Madame fühlt sich nicht«, sagte sie knapp.

»Liegt sie danieder?« Catharina hatte gedacht, dass Anna sich nur schonen wollte.

»Nein, sie sitzt in der Stube.«

Bevor Elise die Tür vor Catharinas Nase schließen konnte, schlängelte sich Catharina an ihr vorbei in den Flur. Ohne zu zögern, klopfte sie an der Tür zum Wohnzimmer.

»Ja?«

»Bonsoir, Madame. Störe ich?«

»Catharina, welche willkommene Überraschung! Kommt nur herein!« Anna saß, trotz der Wärme, in eine Decke gehüllt am Kamin, in dem ein kleines Feuer knisterte.

»Monsieur sagte, dass Ihr Euch nicht wohlfühlt.«

»Ich bin schwach. Dies Kind kostet mich viel Kraft.« Anna legte die Hand auf ihren Bauch. »Doch es bewegt sich lebhaft, und ihm scheint es gut zu gehen.« Sie lächelte. »Und wie ergeht es Euch?«

Catharina berichtete ein wenig von den letzten Tagen.

»Aber das ist es nicht, was Euch zu mir führt?« Anna lächelte wissend.

»Nein. Ich sorge mich um meine Schwester.« Sie schüttete ihrer Freundin das Herz aus.

»Ich kann mir nicht vorstellen, dass Henrike so unvernünftig sein würde wegzulaufen.« Anna teilte jedoch Catharinas Entsetzen. »Ich werde mit ihr reden.«

»Nein, das dürft Ihr nicht tun«, flehte Catharina sie an. »Dann wäre offenbar, dass ich ihr Vertrauen missbraucht habe. Sie hat es mir anvertraut, und nur in meiner Not bin ich zu Euch gegangen.«

»Ihr habt recht.« Nachdenklich schaute Anna aus dem

Fenster. »Aber vielleicht«, sagte sie nach einer Weile des Schweigens, »können Madame Floh und Madame von der Leyen Einfluss auf Eure Mutter nehmen?«

»Ich hoffe es sehr«, sagte Catharina leise.

»Mein Mann und ich sind schon länger der Ansicht, dass Eure Mutter eine Magd einstellen sollte. Die Hausarbeit ist zu viel für einen alleine. Deine Schwester krankt auch an der vielen Arbeit.«

»Mutter scheint das anders zu sehen.«

»Ich weiß, deshalb werde ich versuchen, zumindest darüber mit ihr zu sprechen. Eine entfernte Cousine von Abraham sucht eine Stellung. Es ist ein schlichtes, aber fleißiges Mädchen.«

Ein wenig beruhigt verließ Catharina das Haus der ter Meers und machte sich auf den Heimweg zu ihrer Arbeitsstätte.

Kapitel 15

Am nächsten Tag war es hektischer als gewöhnlich. Monsieur Frieder von der Leyen hatte seine Rückkehr angekündigt. Seine Gemächer im Seitenflügel des Hauses wurden gelüftet, die Teppiche ausgeschlagen und die Böden geschrubbt. Frisches Leinen wurde aufgezogen, und die Fenster wurden geputzt.

Auch in der Küche bereitete man sich vor. Mamsell Luise schickte Nele auf den Markt und zum Schlachter.

»Besorg Nierchen. Die mag er besonders sauer eingelegt. Und Kalbsbäckchen.«

Mamsell besah ihre Vorräte, murmelte vor sich hin. Die

Unruhe übertrug sich auch auf Catharina. Voller Erwartung blickte sie der Ankunft ihres Herrn entgegen. Was würde sich für sie ändern? Und würde er sie auf seine nächste Reise auch mitnehmen? Welche Aufgaben hatte er ihr zugedacht? Sie konnte sich nicht vorstellen, dass es genügend Flickwerk gab, um sie den ganzen Tag zu beschäftigen.

Mamsell trug ihr auf, Eier zu trennen, doch schon das erste Ei fiel ihr zu Boden und zerplatzte.

»Mon dieu! Was ist denn mit dir los, Käthe?«, fragte Luise sie verwundert. »So kenne ich dich gar nicht.«

»Pardon.« Catharina senkte den Kopf. »Ich bin ein wenig … aufgeregt …«

»Weil Monsieur zurückkommt?« Luise lachte. »Mach dir keinen Kopf. Er ist ein angenehmer Herr, wenn er das kriegt, was er will.«

Doch gerade das machte ihr zu schaffen, da sie nicht wusste, was er wollte.

Er wird es dir schon sagen, dachte sie. Er wird wissen, dass du keine Gedanken lesen kannst.

Erst am späten Abend traf die Kutsche ein. Das Niedertor musste für sie geöffnet werden, was zu einigen Diskussionen führte. Doch von der Leyen hatte einen Passierschein, ausgestellt vom Prinzen von Soubise, bei sich und durfte passieren. Laut klapperten die Hufe in der nächtlichen Stille auf dem Kopfsteinpflaster.

Jakob hatte Fackeln entzündet, die den Hof beleuchteten.

Catharina und Trude standen an dem Mansardenfenster ihres Zimmers und beobachteten das Treiben.

»Kennst du ihn?«, wollte Trude wissen.

»Ich habe ihn ein paar Mal gesprochen.« Catharina beugte sich weiter vor.

»Oh, wirklich? Er hat das Wort an dich gerichtet?«

»Ja, warum auch nicht?«

»Weil … nun, ich glaube nicht, dass er mit mir sprechen würde. Auch Madame spricht nicht mit mir. Ob das daran liegt, dass ich nicht euren Glaubens bin?«

Catharina drehte zu ihr um, betrachtete sie nachdenklich. »Meinst du wirklich, sie unterscheiden da? Das kann ich mir nicht vorstellen.«

»Aber wenn ich es dir doch sage, an mich hat bisher noch niemand von der Herrschaft ein Wort gerichtet.«

»Vielleicht, weil es einfach nichts zu sagen gab? Madame hätte sicher auch nicht mit mir gesprochen, wenn ich ihr nicht das Kleid nähen sollte.«

Trude senkte den Kopf. »Nein, ich glaube, es liegt daran, dass ich aus einer armen Familie komme.«

Catharina nahm sie in den Arm. »Wir sind auch arm, Trude. Macht dir nichts draus.«

In diesem Moment wurde der Lärm auf der Straße größer, und dann fuhr die Kutsche mit Getöse durch die Toreinfahrt in den Hof. Die beiden Mädchen eilten zurück an das Fenster.

»Da, das muss er sein«, sagte Trude und zeigte auf den Mann, der der Kutsche entstieg. »Ich habe ihn aber nur einmal gesehen.«

»Das ist er nicht.« Catharinas Herz klopfte. »Aber jetzt steigt er aus.«

Frieder von der Leyen streckte sich und schaute sich um. Catharina zog sich vom Fenster zurück. Was würde er von ihr denken, wenn er seinen Blick nach oben richtete und sie dort neugierig am Fenster stehen sah?

Sie strich die Schürze glatt, fuhr mit den Händen über ihre

Haube, warf einen kurzen Blick in den kleinen Spiegel, der über der Kommode hing.

»Meinst du, er ruft dich heute Abend noch zu sich?« Trude musterte sie.

»Ich weiß es nicht. Mamsell hat uns entlassen und zu Bett geschickt.«

Obwohl sie noch zwei Stunden wartete, kam niemand die Treppe zum Hinterhaus hinauf, um sie zu rufen. Schließlich, als sich der Lärm und die Aufregung in der unteren Etage legte, nach und nach die anderen Bediensteten die Treppe hochkamen und in ihren Zimmern verschwanden, begab sich auch Catharina zu Bett. Trude schlief schon längst, atmete durch den geöffneten Mund und murmelte leise im Schlaf.

Am nächsten Morgen legte Catharina noch mehr Wert auf ihr Aussehen als sonst. Flink, aber gründlich wusch sie sich und zog sich sorgfältig an. Die Haare waren hochgesteckt, keine Strähne zeigte sich vorwitzig. Die Haube und die Schürze saßen und waren makellos rein.

Sie kam als eine der Ersten nach unten. Nur Jakob war schon auf und brachte Holz und Kohlen, während Nele den Brotteig knetete.

»Hast du schlecht geschlafen? Du bist so blass«, sagte sie zu Catharina. »Komm, nimm dir einen Becher Würzwein, das belebt die Lebensgeister.«

Zögerlich trank Catharina den Wein, doch sie musste feststellen, dass Nele recht hatte. Schon bald fühlte sie sich nicht mehr so zitterig.

»Was kann ich tun?« Catharina schaute sich um.

»Die Herrschaften haben gestern Abend lange zusammengesessen und getafelt. Sie werden sicher erst spät aufstehen. Wir können in aller Ruhe alles zubereiten.« Nele grinste. »Es ist auch ordentlich Wein geflossen.« Sie zeigte auf einen Korb mit leeren Flaschen, der an der Tür stand.

»Kann ich dir helfen?«

Nele fand schnell ein paar Aufgaben für Catharina, und so verging die Zeit wie im Fluge. Tatsächlich standen die Herrschaften erst auf, als die Sonne hoch am Himmel stand. Jakob füllte den großen Kessel in der Waschküche und erhitzte Wasser.

»Der junge Monsieur wünscht ein Bad«, erklärte Mamsell. »Er will sich den Reisestaub von der Haut waschen.«

»Monsieurs Wäsche muss auch gewaschen werden«, sagte ein Mann, den Catharina noch nie zuvor gesehen hatte. Er trug einen großen Korb in die Küche und stellte ihn auf den Tisch. »Ich bin Gerald«, stellte er sich Catharina vor. »Und Ihr müsst Catharina te Kamp sein.«

»Oui«, antwortete sie.

»Ich bin Monsieurs Kammerdiener.« Er grinste breit.

»Oh!« Catharina nickte. »Ihr habt ihn auf seinen Reisen begleitet.«

»Und das werdet Ihr demnächst auch, Mademoiselle.«

»Demnächst?«, fragte Mamsell erstaunt. »Plant er schon wieder eine Reise? Er ist doch gerade erst angekommen.«

»Monsieur hat einige geschäftliche Dinge zu regeln, aber es verändert sich viel im Land, und sein Oheim hat ihn beauftragt, sich um weitere Geschäfte zu kümmern. Mehr weiß ich auch nicht.«

»Das ist seine Wäsche?« Catharina zeigte auf den Korb. »Ich denke, dafür bin ich zuständig.«

Es war mild und freundlich, als sie den Waschbottich im

Hof aufstellte. Jakob brachte ihr heißes Wasser. Vorsichtig wusch sie die Hemden mit dem Spitzenbesatz und die edlen Hosen aus. Die Strümpfe hatten arg gelitten, auch einige Knöpfe fehlten, und hier und da war eine Naht aufgegangen. Froh, endlich eine Aufgabe zu haben, machte sich Catharina an die Arbeit. Es ging ihr einfach und schnell von der Hand, und schon bald schaukelten die Sachen an der Leine im Frühlingswind.

Am späten Nachmittag konnte sie schon die ersten Schäden beheben. Sie saß in ihrem Nähzimmer und stopfte mit feinen Stichen die zerrissen Strümpfe, als es klopfte.

»Mademoiselle Catharina?«

»Oui?« Überrascht hob sie den Kopf, als Gerald die Tür öffnete.

»Ihr mögt zu Monsieur kommen.«

»Jetzt?« Catharina sprang auf. Ihre Hände fuhren zu ihrem Kopf, einige Strähnen hatten sich aus dem Haarknoten gelöst und die Haube saß schief. Ihre Schürze war beim Klopfen und Wringen der Wäsche nass geworden, und sie hatte sie gegen die ältere, einfachere austauschen müssen. Doch es blieb nun keine Zeit, sich umzuziehen.

Sie folgte Gerald die Treppe hinunter, erwartete, dass er sie in die Küche oder das Gesindezimmer führen würde, doch er wandte sich nach rechts, zum Vorderhaus. Dort öffnete er eine Tür.

»Ihr sollt hier warten«, sagte er knapp.

Catharina ging in den kleinen Salon, in dem Madame ihre Bücher aufbewahrte und manchmal Freundinnen empfing. Der Raum lag zur Straße hin, war behaglich eingerichtet. Ein dicker Teppich bedeckte den Boden. Catharina traute sich nicht, ihn mit ihren Pantinen zu betreten. Statt eines Kamins gab es hier eine kunstvoll angefertigte Kohlenpfanne, in der aber nun, statt der Kohlen, eine Schale mit Malven stand.

Das Tischchen vor dem Fenster war aus poliertem Holz, rechts und links standen zwei bequem aussehende Polsterstühle.

Ein bis zur Decke reichendes Regal war mit Büchern gefüllt. Mindestens hundert mussten es sein, schätzte Catharina. Vorsichtig ging sie am Rande des Teppichs entlang bis zum Regal. Staunend betrachtete sie die Buchrücken. Vom Liebesroman und leichterer Literatur bis hin zu den Philosophen und Denkern der letzten Jahrzehnte schien alles vertreten zu sein.

Catharina lauschte, aber sie konnte weder Schritte noch Stimmen hören, nichts deutete darauf hin, dass Monsieur Frieder nahte. Sie zögerte, doch schließlich nahm sie ein Buch von Rousseau heraus, schlug es vorsichtig auf. Langsam blätterte sie die ersten Seiten um, begann die Verse zu lesen. Darüber vergaß sie alles um sich herum, hörte nicht, wie die Tür geöffnet wurde und jemand eintrat.

»Bonsoir, Mademoiselle.«

Catharina fuhr erschrocken herum, beinahe hätte sie das Buch fallen gelassen.

»Pa … Pardon.« Mit zitternden Händen stellte sie das Buch zurück ins Regal.

»Habt Ihr gelesen?« Frieder trat zu ihr, nahm das Buch wieder hervor. »Oh, Verse von Rousseau.« Er zog die linke Augenbraue hoch und musterte sie überrascht. »Ihr lest Verse?«

»Ich … ich lese alles, was ich in die Finger kriege«, sagte Catharina leise. »Mich fasziniert Sprache.«

»Auch Verse? Gedichte?«

»Nun ja, bisher habe ich kaum Verse gelesen.«

»Hmm.« Frieder von der Leyen ging zum Fenster, schaute hinaus, dann drehte er sich zu Catharina um. »Kommt, setzt Euch.« Er wies auf den Polstersessel.

Nur zögerlich betrat Catharina den Teppich. Vorsichtig setzte sie einen Fuß vor den anderen.

»Was ziert Ihr Euch so?«, wollte Frieder wissen.

»Ich … meine … die Pantinen«, stotterte sie fast tonlos.

»Eure Schuhe? Was ist damit? Nun setzt Euch doch. Was an Versen habt Ihr schon gelesen? Was interessiert Euch?«

Catharina wurde klar, dass er keinen Gedanken an den Teppich verschwendete und noch weniger an ihre Schuhe. Sie setzte sich auf die Sesselkante.

Es dauerte eine Weile, doch dann taute sie auf. Er wollte sich wirklich mit ihr über Literatur unterhalten, fragte sie nach den Büchern, die sie gelesen hatte.

»Kennt Ihr Shakespeare?«

»Ich verstehe nur wenig Englisch.« Catharina schüttelte den Kopf. »Lesen kann ich Latein, natürlich, das hat man uns in der Schule beigebracht.«

Die Mennoniten hatten einen Schulmeister für ihre Kinder angestellt, der Lesen und Schreiben, die Grundlagen der Mathematik und einige Dinge mehr unterrichtete. Auch Mädchen hatten die Schule zu besuchen. Viele religiöse Texte gab es nur in Latein, deshalb lernten sie die Sprache. Französisch hingegen war die Handelssprache, und deshalb wurde es auch gelehrt.

»Was ist mit Musik? Interessiert Ihr Euch auch für Musik? Ich habe in Braunschweig gerade ein Oratorium von Händel gehört. Es war fantastisch.« Frieder hob begeistert die Hände. »Diese Klänge – so wunderbar. Spielt Ihr ein Instrument?«

»Pardon?« Catharina sah ihn ungläubig an. »Nein, natürlich nicht.«

»Warum natürlich? Was hält Euch davon ab? Mögt Ihr keine Musik?«

»Ich habe zwei Kantaten in der Alten Kirche gehört vor einiger Zeit. Ich habe vor der Tür gestanden und gelauscht. Aber meine Mutter würde mir nie erlauben, solch prunkvolle Musik anzuhören. Schon gar kein Oratorium. Das ist nicht gottgefällig.«

»Warum sollte Gott diese wunderbare Musik nicht gefallen?«

»Der Prediger und die Gemeindeältesten sagen, dass Musik nur auf bestimmte Art und Weise der Verehrung Gottes dient. Oratorien sind nicht schlicht, im Gegenteil, sie dienen nicht der Anpreisung Gottes, sondern ihrem Selbstzweck und der Unterhaltung. Deshalb sind sie nicht angemessen.«

»Nun, mir scheint, Ihr habt noch keine wunderbare Musik erlebt, nichts, was die Seele berührt. Aber das wird sich ändern.«

»Verzeiht mir«, sagte Catharina leise. »Ich kann Euch nicht folgen.« Sie hob den Kopf und schaute nach draußen. Die Dämmerung hatte schon eingesetzt, und Jakob zündete die Laternen an, die vor dem Haus angebracht waren. Die Franzosen hatten darauf bestanden, dass die Bürger Laternen unterhielten, um Verbrechen entgegenzuwirken. Für viele Bürger bedeutete das enorme Kosten und zudem die Mühe, die Laternen zu unterhalten.

Auch Frieder wurde bewusst, wie spät es inzwischen war. »Verzeiht mir«, sagte er und klang plötzlich verzagt. »ich habe Euch unnötig aufgehalten.«

»Nun, Monsieur, Ihr habt mich aufgehalten?« Erstaunt schüttelte sie den Kopf. »Ich bin Eure Magd, Euer Kammermädchen. Ihr könnt über mich und meine Zeit verfügen. Ihr habt mich hierher bringen lassen, und ja, ich dachte, dass Ihr Anweisungen für mich habt und nicht, dass wir uns über Bücher und Musik unterhalten. Aber letztendlich entscheidet Ihr, womit ich meine Zeit verbringe.« Sie biss sich auf die Lippe. War sie wieder zu forsch gewesen?

Frieder von der Leyen riss die Augen auf, dann lachte er laut. »Aber natürlich. Ich vergaß. Mein Kammermädchen.«

Plötzlich stieg Wut in Catharina hoch, wie eine Welle, fast nicht zu bezwingen. Sie stand auf, strich die Schürze glatt. »Welche Aufgaben habt Ihr für mich, Monsieur? Eure Wäsche habe ich heute gewaschen. Sobald alles trocken ist, werde ich die Schäden beheben und die Wäsche plätten. Was kann ich noch für Euch tun?«

Er sah sie schweigend an. Sein Gesicht wurde ernst. »Setzt Euch«, sagte er schließlich. »Seid so gut, und nehmt wieder Platz.«

»Mein Name ist Catharina. Man nennt mich Käthe. Eure Tante duzt mich, ganz selbstverständlich, da ich zum Personal gehöre, Monsieur.«

»Käthe?« Er grinste amüsiert. »Käthe gefällt mir. Darf ich Euch so nennen?«

»Wie es Euch beliebt.« Catharina schmeckte das Blut, als sie sich auf die Innenseite der Wange biss.

»Ihr seid wütend. Ihr seid tatsächlich wütend auf mich. Nun seid doch nicht so, ich will Euch wirklich nichts Böses.«

»Monsieur, ich bin nicht wütend«, log sie und versuchte ihrer Stimme einen festen Klang zu geben. »Ich bin nur verunsichert. Ihr habt mich in den Dienst genommen, damit ich Eure Wäsche in Stand halte. Das werde ich tun. Ich kann das, das wisst Ihr, Ihr habt es überprüft.« Sie holte tief Luft und setzte sich wieder auf die Kante des Sessels.

»Nun denn. Ja, ich habe Euch«, er warf ihr einen nachdenklichen Blick zu, »in den Dienst genommen, weil ich jemanden brauche, der sich um meine Kleidung kümmert. Wie Ihr seht, hat sie in den letzten Wochen sehr gelitten. Zu reisen ist nicht immer angenehm in Kriegszeiten.« Er stand auf und ging zu einem Schränkchen in der Ecke des Raumes, öffnete die Türen, nahm eine Karaffe und zwei Gläser hervor, stellte sie auf den Tisch. Dann zündete er die Kerzen an, die auf dem Tisch standen. »Mögt Ihr einen Sherry?« Er wartete ihre Antwort nicht ab, sondern füllte beide Gläser.

»Ich brauche jemanden, der geschickt mit Nadel und Faden umgehen kann. Jemanden, der – ich gebe es zu – auch auf gewisse Weise auf die Stellung angewiesen ist. Ich weiß von der bedauerlichen Situation Eurer Mutter, aber keinesfalls wollte ich diese ausnutzen. Nein, im Gegenteil, ich redete mir ein, ich würde Euch damit einen Gefallen tun, und vielleicht ist das ja tatsächlich so.« Er nahm das Glas, hielt es gegen den Kerzenschein, schnupperte dann daran, nahm einen kleinen Schluck und seufzte wohlig auf. »Versucht ihn, er ist vorzüglich.«

Catharina hatte bisher noch nie Sherry gekostet. Vorsichtig nahm sie das Glas in die Hand, roch an dem Gefäß. Sie nippte, verzog dann das Gesicht, nippte noch einmal. Beim zweiten Versuch schmeckte es schon nicht mehr ganz so scharf.

»Das ist ein hervorragender Tropfen.« Frieder lächelte. »Nun. Ich wusste, als ich Euch in den Dienst nahm, wer Ihr seid. Dass Ihr eine feingeistige, eine gebildete Frau seid. Viel mehr, als eine Näherin oder Wäscherin. Das wusste ich nicht, aber gehofft habe ich es.«

Erstaunt sah Catharina auf.

»Ja, ich habe es gehofft. Denn …«, er stockte und seufzte, »denn ich brauche Personal, dem ich vertrauen kann. Mehr als vertrauen.«

»Wieso?«, fragte Catharina verwundert.

»Weil ich durch das Land reise und verhandeln muss. Es gibt Dinge, die dürfen nicht nach außen getragen werden.« Er leerte das Glas, schenkte sich noch mal nach. »Eigentlich wäre eine schlichte Person gut für diese Stellung. Aber Ihr seid eine gebildete Frau.«

»Ich bin loyal!«, sagte Catharina empört.

Er maß sie mit seinen Blicken. »Das wage ich gar nicht zu bezweifeln, Mademoiselle. Aber Ihr habt eine Meinung. Oder vielleicht habt Ihr sie noch nicht, bildet sie Euch aber. Was Musik angeht, zum Beispiel.«

»Das macht mich nicht illoyal.«

»Nein, vielleicht nicht. Aber möglicherweise parteiisch. Meine Familie hat einen gewissen Stand hier in der Gemeinde. Allerdings erfahren wir mehr und mehr Kritik.«

»Ich bitte Euch.« Catharina stand auf. »Immer noch habe ich nur die Stellung des Kammermädchens angenommen. Nicht mehr und nicht weniger. Was der Gemeinderat und der Prediger sagen, kann und werde ich doch nicht beeinflussen. Wie könnt Ihr so etwas von mir denken?«

»Catharina, Käthe – verzeiht mir. Ich habe mich falsch ausgedrückt. Ich unterstelle Euch keine Illoyalität. Im Gegenteil, ich mache mir Sorgen um Euren Ruf.«

»Warum?«

»Weil der Gemeinderat dazu neigt, viele Dinge in einen Hut zu werfen, die nichts miteinander zu tun haben.« Er seufzte. »Aber sei es drum. Es gibt noch einen anderen Grund, weswegen ich das Gespräch mit Euch gesucht habe.« Wieder hielt er inne.

»Ja?«

»Bisher habe ich bei Bekannten oder Freunden gewohnt, wenn ich auf Reisen war. Nun hat es sich ergeben, dass ich Räume in einem Zinshaus in Potsdam haben konnte. Das macht mich ein wenig freier und unabhängiger.«

»Einem Zinshaus?«

Es gab wenige Zinshäuser in Krefeld. In der neuen Stadt waren Häuser mit Wohnraum für mehrere Familien errichtet worden. Dort lebten diese auf engstem Raum beieinander, hatten zwar getrennte Etagen, mussten aber Küche und Abort teilen. Catharina wusste, dass in größeren Städten Mietshäuser durchaus üblich waren, vorstellen konnte sie es sich indes nicht.

»Oh, es ist durchaus komfortabel dort. Aber das werdet Ihr ja selbst sehen. Ich gehe davon aus, dass Ihr auch kochen könnt? Zumindest einfache Gerichte?«

Sie dachte daran, was den Herrschaften an diesem Tag serviert worden war, und musste schlucken.

»Ja, einfache Gerichte kann ich.«

»Das ist gut, denn noch mehr Personal wird mir mein Oheim nicht finanzieren.« Er lächelte. »Nächste Woche werden wir nach Potsdam fahren.«

»Ich auch?« Catharina brachte die Worte kaum heraus.

»Ja, natürlich. Wenn Ihr mögt, dürft Ihr einen halben Tag vorher frei haben, um Euch von Eurer Familie zu verabschieden.«

Frieder stand auf, nickte ihr zu und verließ den Raum. Wie vom Donner gerührt blieb sie einen Augenblick lang sitzen, bis sie schließlich in die Küche floh.

Kapitel 16

Die Zeit eilte nur so dahin. Wieder wurden die Reisekoffer gepackt, Körbe gefüllt. Bis spät in die Nacht saßen Onkel und Neffe zusammen. Oft kam auch Heinrich von der Leyen, um den Gesprächen beizuwohnen. An diesen Abenden beschäftigte Margaretha von der Leyen die französischen Offiziere, die sie im Quartier hatten, mit Brett- und Kartenspielen, ließ viele Speisen und noch mehr Wein auftragen.

Lautes Gelächter klang aus dem großen Salon, die Gäste schienen sich köstlich zu amüsieren.

Nur dumpfes Stimmengemurmel hörte man aus dem kleinen Salon, in dem die von der Leyen sich besprachen.

Catharina hatte ordentlich mit der Wäsche zu tun, staunte über die Vielfalt der Seiden- und Einstecktücher. Der Korb, den Gerald ihr gebracht hatte, war nur der erste von vielen gewesen. Sie wusch und flickte, plättete und nähte. Schließlich aber war die Arbeit zu ihrer Zufriedenheit getan. Niemand konnte oder wollte ihr genau sagen, wann die Reise losgehen würde, und so verharrte sie in gespannter Aufmerksamkeit. Auch ihre Sachen waren gepackt und reisefertig.

Das Kleid mit den Spitzenvolants für Madame hatte sie fast vollendet, nur noch wenige Nähte, Abnäher und Ziernähte, fehlten. Wenn sie in der Küche nicht gebraucht wurde, setzte

Catharina sich in das kleine Dachzimmer und arbeitete. Immer wieder lauschte sie den Geräuschen des Hauses, die so fremd und ungewohnt für sie waren. Das raue Männerlachen, das Klirren der Gläser, das Quietschen, wenn die Stühle über den Parkettboden geschoben wurden. Auch der Tabak, den die Franzosen rauchten, roch anders als der, den die Gemeindemitglieder benutzten.

Endlich kam der Tag, den Catharina einerseits fürchtete, andererseits voller Spannung erwartete. Den Sonntag hatte sie mit ihrer Familie verbracht. Die vielen Fragen, die ihr die Schwestern stellten, konnte sie nicht beantworten, im Gegenteil, sie stellte sie sich selbst.

»Wo wirst du wohnen?«

»Sieht es dort anders aus?«

»Wie lange werdet ihr reisen?«

Dieses und viele andere Dinge beschäftigten sie. Ihre Mutter verabschiedete sich von ihr, so als ob sie einander am nächsten Sonntag wieder in der Kirche treffen würden. Catharina hatte gehofft, dass Esther noch ein persönliches Wort an sie richten, ihr vielleicht einige gute Ratschläge erteilen oder doch zumindest etwas Wärme und Herzlichkeit zeigen würde. Doch ihre Hoffnung wurde enttäuscht.

Am Abend vor der Reise packte Mamsell einen Korb mit Proviant.

»Morgen in der Früh, noch bevor der Hahn kräht, werdet ihr aufbrechen. Frisches Brot packe ich dann noch ein und einige andere Dinge. Speck und Wurst, Wein und ein Krug dünnes Bier sind schon verstaut. Ebenso ein wenig Griebenschmalz, ein paar gebratene Hühnerschenkel und etwas geräucherte Entenbrust.« Sie stellte den Korb in den kühlen Keller. »Der junge Monsieur mochte einen ganzen Schinken mitnehmen, Nele hat ihn in Leinen eingenäht. Ebenso wurden zwei kleine Fässer mit Wein aufgeladen.«

Die Berline, die Reisekutsche der Familie, stand schon im Hof. Auch die Kleidertruhen hatte man schon aufgeladen und verschnürt. Catharina war noch nie in einer solchen geschlossenen Kutsche gefahren. Sie hatte überhaupt noch nie eine Reise gemacht. Zwei- oder dreimal war sie in Moers gewesen, zusammen mit ihrem Vater, aber das war schon Jahre her.

Manchmal hatten die ter Meers die Familie te Kamp zu einem Ausflug an den Rhein oder nach Linn mitgenommen. Sie besaßen, im Gegensatz zu te Kamps, eine offene Droschke und einen Leiterwagen. Te Kamps hatten noch nicht einmal Pferde.

Wo werde ich sitzen? fragte Catharina sich. Neben dem Kutscher auf dem Kutschbock? Aber dann verdrängte sie die Fragen.

Sie hatte erwartet, kaum in den Schlaf finden zu können, doch kaum lag sie im Bett, fielen ihr die Augen auch schon zu.

Trude stand gemeinsam mit ihr auf. Inzwischen hatten die beiden Mädchen sich angefreundet, so unterschiedlich sie auch waren. Eilig nahm Trude den Wasserkrug und lief in die Küche. Sie brachte warmes Wasser in die kleine Dachkammer.

»Du sollst dich noch einmal ordentlich waschen können«, sagte sie und senkte den Kopf. »Ich werde dich vermissen«, fügte sie dann fast tonlos an.

»Ich dich auch!« Catharina schloss das Mädchen in die Arme. »Aber ich komme ja wieder.«

»Bloß wann?«

Catharina seufzte. Sie hatte versucht, von Gerald zu erfahren, wie lange die Reise dauern würde, doch er konnte ihr keine zufriedenstellende Antwort geben.

»Wir können in zwei Wochen da sein oder auch erst in sechs. Es hängt von vielen Unabwägbarkeiten ab – der Zustand der Straßen, der wiederum vom Wetter abhängt. Wie die Truppenbewegungen sind, ob es zu Kämpfen kommt und andere Dinge mehr.«

»Kämpfe?« Catharina riss die Augen auf. Daran hatte sie überhaupt nicht gedacht. »Ihr meint, wir könnten in Schlachten verwickelt werden?«

Gerald zuckte mit den Schultern. »Ich glaube nicht. Monsieur ist immer gut informiert und wählt sichere Routen. Aber wir werden auf dem Weg auch in einigen Städten Halt machen und Nachrichten überbringen. Die Post ist heutzutage nicht immer zuverlässig. Erst letzte Woche wurde eine Postkutsche bei Düsseldorf ausgeraubt.« Er sah sie an, grinste dann. »Aber bei den vielen Reisen, die ich nun schon mit Monsieur gemacht habe, ist nie etwas Schlimmes passiert, also sorgt Euch nicht.«

Es war noch frisch, das erste Licht des Tages ließ sich kaum erahnen, als Catharina schließlich im Hof stand. Mamsell Luise hatte sie gezwungen, eine Schüssel heiße Grütze zu essen, und gab ihr ein Tuch in die Hand.

»Frisches Brot mit süßer Butter und Honig«, sagte sie und drückte Catharina gegen ihre Brust. »Pass auf dich auf und komme heil wieder.«

Gerald und der Kutscher Heinrich verstauten die letzten Dinge. Catharina wusste nicht, wohin sie sollte, und blieb deshalb einfach stehen. Die beiden Pferde schnaubten und schlugen unruhig mit dem Schweif.

Gleich, so sagte sie sich, werde ich Krefeld verlassen. Wer weiß, wie diese Reise wird. Ihr Herz pochte so heftig, dass sie meinte, jeder könne es hören.

»Bonjour!«, klang es fröhlich. Frieder von der Leyen kam durch die Küchentür in den Hof. »Können wir aufbrechen?««

»Oui, Monsieur.« Gerald sprang vom Dach der Kutsche herunter, öffnete die Tür des Gefährts.

Frieder stieg ein, setzte sich, dann beugte er sich vor und schaute durch die Tür zu Catharina.

»Mademoiselle, Ihr wollt doch sicher nicht laufen? Also steigt ein.«

Die Kutsche schwankte, und Catharina wäre beinahe gefallen, als sie einen Fuß in das Gefährt setzte. Lachend reichte Frieder ihr die Hand, zog sie hoch. Dann wies er auf den Platz sich gegenüber. Vorsichtig setzte sie sich hin, immer noch schwankte der Wagen. Dann gab es einen Ruck, und die Kutsche fuhr los.

Nun schaukelte der Wagen, schien sich zu heben und zu senken, während sie langsam durch die noch leeren Gassen der Stadt fuhren. Nur hier und da war jemand zu sehen, Mägde schütteten dreckiges Wasser auf die Straße, Bäuerinnen brachten ihre Karren zum Neumarkt, um dort ihre Stände aufzubauen.

Ein Hund kam aus einer Toreinfahrt gerannt und bellte wütend. Eins der Pferde wieherte aufgeregt, als ihnen ein Leiterwagen mit Holz entgegen rollte.

»Ihr schaut aus, als hättet Ihr einen Geist gesehen«, sagte Frieder von der Leyen amüsiert.

»Es ist so … aufregend und so neu für mich.«

»Neu?«

»Nun ja, ich bin noch nie zuvor in einer Kutsche gefahren.

Ich hätte nicht gedacht, dass es so schwankt und schaukelt. So stelle ich mir eine Schifffahrt vor.«

»Ihr seid noch nie in einer Kutsche gefahren?«

»Nur in einem Leiterwagen. Und auch nur bis Moers. Weiter bin ich noch nicht gekommen.«

»Parbleu! Jetzt verstehe ich, warum Ihr so verängstigt ausschaut. Aber Ihr werdet Euch an das Schaukeln gewöhnen. Die Kutsche ist in Zugfedern gehängt. Wäre das nicht so, würde Euch nach zwei Stunden das Rückgrat durchbrechen und der Steiß auch – auf jeden Fall würde es sich so anfühlen.« Wieder lachte er leise.

Sie unterhielten sich eine Weile, dann zog er ein Buch hervor und begann zu lesen. Catharina schaute durch das Fenster nach draußen. Die Stadt wurde kleiner. Dann fuhren sie durch den Bockumer Wald, und als sie nach Linn abbogen, war für einen Moment noch die Spitze der Kirche zu sehen. Sie fuhren an Gehöften vorbei durch die Heide und immer weiter. Catharina wurde es nicht satt, die Landschaft zu betrachten.

Gerald war mit Heinrich, dem Kutscher, auf den hohen Kutschbock gestiegen. Sie konnte das Gemurmel ihrer Stimmen hören, nicht jedoch verstehen, was sie sagten.

Die Stunden vergingen, und Catharina gewöhnte sich an die Bewegungen der Kutsche. Ihre Anspannung ließ nach, und irgendwann mussten ihr die Augen zugefallen sein. Sie erwachte erst, als die Kutsche anhielt. Verwundert sah sie sich um und rieb sich die Augen.

»Wo sind wir?«, fragte Catharina und schaute nach draußen.

»Bei Watereck. Am Rhein.« Frieder von der Leyen schmunzelte. »Hier wohnt Arnold Huyssen, ein wichtiger Mann, und seine Familie. Wir werden dort speisen.« Er stieg aus und streckte sich. Catharina war beeindruckt von dem großen Gut, das von einem Graben umgeben war. Kein Wasser befand sich in dem Graben, sondern hohes Schilfgras wuchs da. Eine gemauerte Brücke führte zum Tor des Hofes. Die beiden trutzigen Wehrtürme wirkten baufällig, die Fenster wie leere Augenhöhlen, und auch Dachpfannen fehlten.

Catharina blieb an der Kutsche stehen, sie wusste nicht, ob sie Frieder folgen sollte oder nicht. Unsicher sah sie sich zu Gerald und Heinrich um.

Der Kutscher hängte den Pferden Futtersäcke um, nahm dann einen Eimer und stapfte über die Brücke. Gerald ergriff eine Ledertasche aus der Kutsche und ging ihm hinterher. Als er schon beim Tor war, drehte er sich zu Catharina um.

»Seid Ihr festgewachsen?«, fragte er lachend. »Nun kommt schon.«

Aus dem Hof drang das Quietschen des Brunnenschlegels, Heinrich füllte den Eimer mit Wasser für die Pferde.

Der Hof des kastenförmigen Gebäudes war viel gepflegter, als die Mauern und Türme erwarten ließen.

In der Küche, die tatsächlich noch größer war als die im Haus von der Leyen, durfte Catharina sich an den Tisch setzen. Heinrich hatte die Pferde versorgt und nahm leise seufzend neben ihr Platz. Gerald war Monsieur in das Haupthaus gefolgt. Eine kleine, dralle Köchin eilte hin und her, rührte in Töpfen und schaute in den Ofen, während die Magd geschäftig Wein, Gläser, Brot und allerlei anderes forttrug.

»Wo ist Gerald?«, fragte Catharina den Kutscher leise.

»Er wird Monsieur aufwarten. Der Besitzer dieses Anwesens ist ein wichtiger Mann mit vielen Kontakten.« Heinrich dankte der Köchin, als sie ihnen einen Krug Dünnbier, Brot und Käse brachte.

»Warst du schon öfter hier, Heinrich?«

Er nickte. »Immer mal wieder, und ich weiß, dass wir vermutlich erst morgen früh weiterfahren werden. Die beiden Messieurs haben stets viel zu bereden.« Er gab Catharina einen Becher mit Bier und brach einen Kanten Brot ab. »Der Fährmann hier hat einen großen Kahn. Ich lasse die Kutsche lieber hier als in Kierst übersetzen.«

»Ich war schon mal am Rhein, aber noch nie auf der anderen Seite.«

»Du fürchtest dich, nicht wahr?« Heinrich strich sich durch den grauen Bart. »Das musst du aber nicht. Wir werden schon auf dich aufpassen. Ich bin ganz froh, dass du mitkommst.«

»Wieso?« Catharina sah ihn mit großen Augen an.

»Bisher hat in Potsdam ein Mädchen für uns gekocht, aber es hat einfach nicht geschmeckt. Und sauber war sie auch nicht. Um die Wäsche hätte sie sich kümmern sollen, doch sie hat mehr zerrissen als geflickt. Monsieur hatte schließlich genug davon.«

»Das wusste ich gar nicht.« Catharina kicherte leise. »Der Gerald«, fragte sie dann, »wie ist der so?«

»Er ist ernst. Gerald gehörte zu unserer Gemeinde, aber seine Frau ist bei der Geburt des zweiten Kindes gestorben und seitdem hadert er mit Gott.« Heinrich trank einen Schluck Bier, wischte sich mit dem Handrücken über den Mund. »Es muss ganz grauenvoll gewesen sein, die Geburt hat mehrere Tage gedauert, doch das Kind kam nicht heraus.«

Catharina senkte den Kopf. Solche Dinge passierten in fast jeder Familie.

»In manchen Nächten murmelt er vor sich hin, flucht und

schimpft, dann wieder weint er. Im Grunde seines Herzens ist er ein freundlicher Mann.«

»Vielleicht muss er nur zum Glauben zurückfinden«, meinte Catharina nachdenklich.

Sie aßen schweigend. Nach einer Weile gesellte sich Gerald zu ihnen, und auch die Köchin, die Magd und andere Bedienste setzten sich um den Tisch.

Es gab eine gut gewürzte Suppe, gebratenes Geflügel, frische, junge Erbsen und einiges mehr. Catharina langte ordentlich zu, ließ sich nachgeben. Obwohl ihr immer noch ein wenig flau war, hatte sie inzwischen doch Hunger.

»Das macht das Reisen«, sagte Heinrich lachend und tätschelte seinen Bauch. »Nehmt ruhig ordentlich. Wir werden auf dem Weg so manches Mal auch kargere Kost haben.«

Heinrich hatte recht, sie blieben über Nacht. Die Köchin wurde angewiesen, Würzwein zuzubereiten und noch ein spätes Mahl.

Catharina fand es seltsam, nur da zu sitzen und zuzuschauen, wie andere arbeiteten. Noch nicht einmal Flickzeug hatte sie griffbereit. Doch dann fiel ihr ein, dass sie zwei ungelesene Bücher in ihrem Korb in der Kutsche hatte. Schnell lief sie über den Hof und durch das Tor hindurch zu der Wiese, auf der die Kutsche stand. Die Pferde waren inzwischen ausgespannt worden und grasten. Heinrich lag im Gras und kaute auf einem Halm.

»Bleibt die Kutsche hier draußen stehen?«, fragte Catharina verwundert.

»Ja, hast es nicht gesehen? Am Tor ist ein großes Schlagloch. Ich würde mir die Achse brechen, wenn ich da durchfahren müsste.«

Catharina setzte sich neben ihn, pflückte ein Gänseblümchen. »Warum ist das Herrenhaus von außen so schäbig, aber von innen nicht?«

Heinrich setzte sich auf. »Es gab Kämpfe hier. Und auch das Haus wurde getroffen – Kanonenkugeln, Granatsplitter. Wenn du da vorne schauen gehst, siehst du überall die Spuren. Monsieur Huyssen hat beschlossen, mit den Reparaturen zu warten, bis der Krieg endgültig vorbei ist.«

»Eine kluge Entscheidung.« Sie schaute sich um. »Aber ist es nicht gefährlich, die Kutsche hier stehen zu lassen?«

»Gerald und ich werden hier draußen nächtigen.«

Kapitel 17

Aus dem einen Tag wurden zwei. Catharina musste nicht bei der Kutsche schlafen, sondern durfte bei den Mägden übernachten.

Von ihrem Herrn sah sie in der Zeit wenig. Sie hatte auch nichts zu tun und konnte die meiste Zeit lesend verbringen.

Doch schließlich wurde die Kutsche wieder beladen, und die Pferde wurden angespannt. Nach kurzer Zeit kamen sie an das Ufer des Rheins. Der Fährmann wartete schon. Mit Mühe brachten sie die Pferde dazu, das schwankende Floß zu betreten. Heinrich sprach beruhigend auf die Tiere ein, und schließlich folgten sie ihm.

Catharina hätte auch Zuspruch benötigt, aber niemand schien sie wahrzunehmen. Sie betrat die Ponte mit klopfendem Herzen.

»Aus dem Weg, Mädchen«, sagte einer der Fährmannsgehilfen. Mit langen Stangen stießen sie die Ponte vom Ufer ab.

Die Fähre schaukelte, Catharina schrie auf und hielt sich an der Kutsche fest.

»Das ist keine gute Idee«, sagte Gerald zu ihr. »Auch wenn die Bremsen angezogen sind, kann sich das Gefährt noch bewegen.« Er grinste, reichte ihr dann den Arm. »Kommt mit nach vorne, da könnt Ihr Euch festhalten.«

Sie ließ sich von ihm an den geraden Bug des Schiffes führen, das eigentlich nur eine schwimmende Plattform mit halbhohen Wänden war. Vorne und hinten konnten die Wände heruntergeklappt werden, so dass sie eine Rampe zum Ufer bildeten.

Heinrich stand zwischen den beiden Pferden, tätschelte ihre Hälse und murmelte ihnen zu. Er schaute über seine Schulter, als Gerald Catharina vorbeiführte. Frieder von der Leyen stand auf der anderen Seite des Pontes und starrte nachdenklich in die Ferne. Er hatte bis auf eine kurze Begrüßung kein weiteres Wort mit Catharina gewechselt.

»Wir haben Glück mit dem Wetter.« Gerald schaute zum Himmel, an dem kleine Schäfchenwolken trieben. »Wir hatten schon so manch unruhige Überfahrt, mit Regen, Sturm und Wellen.«

»Noch mehr Wellen?« Catharina hielt sich an einer splittrigen Holzbohle fest und schaute auf das Wasser. »Ich kann nicht schwimmen.«

»Wer kann schon schwimmen?«

»Habt Ihr eigentlich nie Angst, Gerald?«

Der Kammerdiener lachte rau auf, es klang nicht belustigt. »Nein. Jetzt nicht mehr. Früher war das anders.« Er verzog das Gesicht und wirkte auf einmal so verschlossen, dass Catharina keine weiteren Fragen stellen mochte.

Der Fährmann und seine Gehilfen standen da und beobachteten, wie die Fähre langsam flussabwärts schwamm. Hin und wieder stakte einer der Männer mit seinem langen Stab.

Catharina war leicht übel, aber das Geschehen faszinierte sie so sehr, dass sie Gerald doch wieder ansprach.

»Wie kommen wir auf die andere Seite?«, fragte sie. »Es gibt weder ein Segel noch Ruderer.«

»Natürlich nicht.« Gerald lächelte amüsiert. »Der Fluss bringt uns auf die andere Seite.«

»Durch die Strömung? Ich dachte, wir kommen damit nur weiter herunter.«

»Seht Ihr die Staken, die langen Holzstangen, die die Männer halten? Damit stoßen sie die Ponte immer ein wenig mehr in die Mitte und schließlich zum anderen Ufer. Das geht hier besonders gut, weil der Fluss hier sehr breit, aber nicht sehr tief ist.«

Catharina schaute über die Brüstung. »Nicht tief? Könnte ich stehen?« Sie schaute in das graubraune Wasser. »Es sieht nicht so aus.«

»Mademoiselle, habt Ihr die Staken angeschaut? Wie lang sie sind? Stehen könnt Ihr hier nicht, ertrinken würdet Ihr aber auch nicht, solange das Wetter mitspielt und wir Euch retten können.« Gerald lachte laut, drehte sich dann um und zog seine Pfeife aus der Tasche.

Auf der Mitte des Stromes war es deutlich kühler, ein frischer Wind blies, und Catharina zog ihr Umschlagtuch fester um die Schultern. Das Schaukeln der Ponte war so ganz anders als das Schwanken der Kutsche, doch sie hatte sich schnell daran gewöhnt. Schnuppernd zog sie die Luft ein, es war ein fremder Geruch, der vom Wasser ausging, ganz anders als am Ufer, wo es nach Binsen und Schlamm roch.

»Nun, wie findet Ihr die Überfahrt?« Frieder riss Catharina aus ihren Gedanken. Sie hatte gar nicht gemerkt, dass er neben sie getreten war.

»Ich hatte etwas Sorge, aber es ist nicht schlimm.«

»Wir haben Glück mit dem Wetter.« Auch er hatte sich seine Pfeife angezündet. Nachdenklich schaute er auf die Wellen. »Wir werden jetzt zügig weiterreisen bis nach Braunschweig. Dort werden wir vermutlich ein paar Tage verbringen.«

Catharina wusste nichts zu antworten, war sich auch nicht sicher, ob er überhaupt eine Antwort erwartete. Überhaupt war sie sich immer noch nicht klar darüber, was für eine Rolle sie einnahm. Wenn er mit ihr sprach, dann sehr höflich und fast wie zu seinesgleichen. Doch in den letzten zwei Tagen hatte sie die Stellung der Magd ausgefüllt, ohne beachtet zu werden. Diese Rolle war ihr lieber.

»Ist die Reise kurzweilig für Euch?«, fragte Frieder sie nun.

»Kurzweilig?« Erstaunt sah sie ihn an. »Nun ja, ich bin überwältigt von den Eindrücken. Auch bin ich gespannt auf das, was noch kommen mag.«

»Hoffen wir, dass nicht zu viel kommt«, murmelte Frieder. »Womit habt Ihr Euch in den letzten Tagen beschäftigt?«

Catharina zog das kleine Buch hervor, das Abraham ihr geliehen hatte. Von der Leyen nahm es in die Hand und schlug es auf.

»Kräuter- und Heilkunde?« Er zog die Augenbrauen hoch.

»Das interessiert mich. Aber eigentlich interessiere ich mich für viele Dinge.«

»Das sagtet Ihr schon. Nun denn, ich habe auch das eine

oder andere Buch und würde es Euch zur Verfügung stellen. Ihr müsst mir nur versprechen, dass Ihr mir anschließend Eure Meinung darüber sagt.«

Catharina biss sich auf die Lippen.

»Keine Sorge, ich möchte nicht, dass Ihr die Bücher analysiert, ich möchte nur wissen, was Ihr zu bestimmten Themen denkt.«

»Von vielen Dingen, mit denen Ihr Euch beschäftigt, habe ich jedoch wenig Ahnung«, sagte sie leise.

»Deshalb ja gerade. Ihr seid so herrlich erfrischend und unvoreingenommen.« Er nickte ihr zu und ging wieder zur anderen Seite der Ponte.

Schon bald legten sie an. Die Pferde schienen genauso erleichtert zu sein wie Catharina, als sie wieder festen Boden spürten.

Nur kurz machten sie am späten Mittag eine Rast und tränkten die Tiere. Erst gegen Abend erreichten sie einen Gasthof. Zwei weitere Kutschen standen vor dem zweistöckigen Haus. An der Seite lag ein großer Stall. Mit Wiehern begrüßten die Pferde ihre Artgenossen.

Obwohl sie den ganzen Tag nur in der Kutsche gesessen hatte, war Catharina erschöpft. Doch sie sah sich neugierig in dem niedrigen Raum um. An einem lang gestreckten Tisch saßen zwei Postkutscher, in einer Nische fünf oder sechs weitere Reisende. Der Kamin war kalt, doch Dampfschwaden waberten aus der Küche in den Gastraum.

»Lasst uns dort drüben sitzen«, sagte Frieder von der Leyen und fasste nach Catharinas Arm. Wie selbstverständlich führte er sie zu dem Tisch. Auch Gerald gesellte sich zu ihnen, während Heinrich noch die Pferde versorgte.

»Werden wir hier nächtigen?« Catharina fuhr mit der Hand über die schrundige Holzplatte des Tisches.

»Ja. Ich habe schon des Öfteren hier Halt gemacht.« Frieder lehnte sich zurück.

Die Wirtsfrau brachte ihnen Starkbier und Eintopf. Das Brot, das sie ebenfalls auf den Tisch legte, war nicht mehr frisch, aber Catharina schmeckte es dennoch.

»Braucht Ihr Zimmer?«, fragte die Wirtin.

»Ja. Zwei Zimmer und ein Bett für den Kutscher.« Frieder lächelte.

»Ihr könnt auch mit Eurer Gemahlin ein gemeinsames Zimmer haben. Das Stroh ist sauber, hier gibt es keine Wanzen oder Flöhe.« Sie zwinkerte ihm zu.

»Zwei Zimmer. Eins mit einem Lager für meinen Diener. Ich danke Euch.«

Was mochte die Wirtin wohl von ihr denken? fragte Catharina sich, als sie schließlich im Bett lag. Die Zimmer im oberen Stockwerk waren tatsächlich sauber, auch das Laken roch wie frisch gewaschen und ein wenig nach Lavendel.

Ob sie mich für die Mätresse hält? Catharina kicherte leise. Doch dann fielen ihr die Augen zu, sie hätte nie gedacht, das Stillsitzen so anstrengend sein konnte.

Das Krähen des Hahns weckte sie früh am nächsten Morgen. Noch war es dunkel, nur ein erstes, vorsichtiges Licht war über den Baumwipfeln zu sehen. Catharina öffnete das kleine Fenster weit, lehnte sich hinaus und holte tief Luft. Es roch nach Buchen und Waldmeister, ein leichter Duft von Bärlauch lag auch in der Luft.

Aus der Küche drangen die typischen Geräusche des Morgens. Das satte Klatschen, wenn der Sauerteig geschlagen wurde, das Quietschen des Brunnenschlegels, das Plätschern von Wasser und das Knistern des ersten Feuers im Ofen. Immer noch war es ungewohnt für Catharina, nicht in die Küche eilen zu müssen. Doch schon bald, sagte sie sich, wird sich das wieder ändern. In Potsdam habe ich den Haushalt zu erledigen, das Brot zu backen und die Kleidung in Ordnung zu halten.

Sie erschrak, als es an der Zimmertüre klopfte.

»Madame, ich bringe heißes Wasser«, sagte ein Stimmchen. Catharina öffnete die Tür. Eine Magd stand vor ihr, kaum konnte sie den Krug mit dem Wasser halten. Doch als Catharina ihr das Gefäß abnehmen wollte, schüttelte das Mädchen den Kopf. Sie ging ins Zimmer und füllte die Waschschüssel, dann nahm sie den Nachttopf.

»Ich brauche den Krug noch«, sagte sie entschuldigend. »Ich muss auch noch den anderen Gästen Wasser bringen.«

Heißes Wasser, welch ein Luxus! Catharina wusch sich ausgiebig, nutzte die Gelegenheit, um ihr Leibchen auszuwaschen. Ein zweites hatte ihre Mutter ihr mitgegeben. Auch die Strümpfe hätte sie gerne gewaschen, doch die meisten ihrer Sachen waren in der Reisetruhe verstaut.

Ich sollte morgen daran denken, sagte sie sich, und abends die Strümpfe auswaschen, dann können sie über Nacht trocknen.

Zum Frühmahl gab es Grütze mit Speck. Diesmal war das Brot ganz frisch und heiß, so dass die salzige Butter schmolz und verlief. Catharina leckte sich die Finger ab, sah dann den Blick von Frieder von der Leyen und senkte beschämt den Kopf.

»Euch scheint es zu schmecken«, sagte er belustigt.

»Es ist köstlich.«

»Köstlich ist wahrlich übertrieben.«

»Nun, vielleicht liegt es daran, dass ich für gewöhnlich das Brot backen muss. Es hingestellt zu bekommen macht es zu etwas Besonderem.«

Frieder schaute sie nachdenklich an. »Da ist etwas dran. Ist es schwer, Brot zu backen?«

»Schwer? Nein. Man braucht nur Sauerteig.«

»Nun, ich habe keine Ahnung von diesen Dingen. Das Essen hier ist gut und schmackhaft, aber nicht außergewöhnlich.«

»Richtig. Es ist schlichtes Essen. Und das ist gottfürchtig.«

»Meint Ihr das wirklich? Es gibt so köstliche Sachen, die man essen kann – sie sind jedoch nicht schlicht. Gefällt das Gott weniger?«

Catharina wischte sich die Hände an einem Tuch ab, trank einen Schluck verdünntes Bier und dachte nach. »Essen bedeutet Nahrung. Ohne Nahrung können wir nicht leben. Aber ich habe bei Euch gesehen, dass manchmal sehr aufwendige Dinge zubereitet werden. Quartelbrüste zum Beispiel. Von den winzigen Hühnern werden nur die zarten Brüstchen serviert. Der Rest wurde den Hunden gegeben. Ich weiß nicht, ob das gottgefällig ist.«

»Aber man kann von den Tieren doch sonst nichts essen, da ist doch nichts mehr dran. Und Quarteln sind köstlich, wenn sie richtig zubereitet werden.«

»Oh, eine Wachtel kann man auch im Ganzen zubereiten. Auch meine Mutter macht das gelegentlich. Man kann sie mit Kräutern füllen, dann bekommt sie einen wunderbaren Geschmack, und man kann tatsächlich die Knochen abnagen – auch an den Schenkeln ist Fleisch, wenn auch nicht viel. Wenn wir Quarteln oder Wachteln haben, dann wird alles verwertet, nichts den Hunden gegeben. Ich denke, Speise und Trank dienen auch dazu, Gott zu huldigen und zu danken. Man sollte es mit etwas Ehrfurcht tun.«

»So gläubig seid ihr also? Habt ihr jemals gebratenen Schwanenhals gegessen?«

»Nein, natürlich nicht. Ich bin gläubig, Ihr nicht?«

»Doch, schon. Ich bin getauft worden und habe den Segen der Gemeinde empfangen.« Frieder runzelte die Stirn. »Und doch kann ich Eure Argumente nicht wirklich nachvollziehen.«

»Es hat etwas mit Eitelkeit zu tun. Schwein und Rind hat Gott geschaffen, damit wir von ihnen leben können. Aber Speisen extravagant zuzubereiten bedeutet auch, einem gewissen Genuss zu frönen. Und dann geht es nicht mehr nur darum, Nahrung aufzunehmen, sondern das Gericht wird zu etwas, was eitel ist. Süßer, fruchtiger, geschmackvoller … das mag alles sehr lecker sein, aber es ist nicht gottfürchtig.«

»Ihr esst also lieber schlichte Grütze als einen guten Braten?« Er sah sie erstaunt an. »Ja, glaubt Ihr denn wirklich, dass Gott sich darum schert?«

»Ihr nicht?« Catharina riss die Augen auf.

»Nein, ich kann mir nicht vorstellen, dass er meine Speisen kontrolliert.« Frieder rutschte mit dem Stuhl zurück, ein unangenehmes Geräusch. Andere Gäste schauten sich zu ihnen um. Catharina war nicht aufgefallen, wie laut ihre Stimmen geworden waren. Beschämt senkte sie den Kopf.

»Ich hätte … nichts sagen sollen«, murmelte sie, nachdem von der Leyen aufgestanden und den Raum verlassen hatte.

»Unfug. Warum glaubt Ihr das?«, fragte Gerald.

»Ich habe Monsieur verärgert.«

»Nein, das habt Ihr nicht. Wenn er ärgerlich ist, ist er ganz anders. Das werdet Ihr dann merken.« Gerald lachte leise. »Er mag kontroverse Gespräche.«

»Glaubt er an Gott?«

Gerald zuckte mit den Schultern. »Er geht in die Kirche. Oft. Über seinen Glauben haben wir uns nicht unterhalten.«

»Es steht mir auch nicht zu, solche Gespräche mit ihm zu führen.« Wie eine heiße Welle schwappte das Blut durch ihre Adern. Sie schämte sich.

»Nun, Monsieur ist neugierig. Neugierig auf andere Meinungen, Erfahrungen. Am liebsten würde er das Wissen der Welt in sich aufsaugen. Aber er hat sich um die Geschäfte der Familie zu kümmern, was ihm sehr viel weniger Freude bereitet. Deshalb versucht er, diese Dinge miteinander zu kombinieren.«

Kombinieren, dachte Catharina, als sie eine Stunde später wieder in der Kutsche saßen. Der Morgen hatte sonnig begonnen, doch nun zogen Wolken auf, und der Wind nahm zu. Frieder hatte einige freundliche Worte an sie gerichtet, dann ein Buch hervorgeholt. Sie tat es ihm gleich und las. Hin und wieder betrachtete sie die Landschaft, die an ihnen vorbeizog.

Gegen Mittag nieselte es. Sie machten nur kurz Rast, damit die Pferde saufen konnten. Gerald setzte sich nach der kurzen Unterbrechung das erste Mal zu ihnen und nicht auf den Kutschbock.

Was ist mit Heinrich? fragte sich Catharina, traute sich aber nicht, es laut auszusprechen. Mit den beiden schweigenden Männern in dem engen Gefährt fühlte sie sich zuerst unwohl, doch dann versenkte sie sich wieder in die Aufzeichnungen von Hildegard von Bingen.

Auch ihre Mutter hatte im Hof einen kleinen Kräutergarten. Dort wuchsen die üblichen Gewürze und Kräuter, die man brauchte, um Speisen aromatischer zu machen. Es verblüffte Catharina, dass die meisten Kräuter auch Heilkräfte hatten. Am liebsten hätte sie sich Aufzeichnungen gemacht, aber weder besaß sie eine Feder noch Tinte. Das, so nahm sie sich vor, mache ich, sobald wir in Potsdam sind.

Am Abend erreichten sie einen kleinen Gasthof. Überall am Postweg gab es Rasthäuser, in denen die Postkutscher die Pferde versorgten oder auch tauschten, wo es Speisen und ein Quartier gab. Der Postweg gehörte zu den wichtigsten Wegen im Land, und dennoch waren manche Wege kaum oder nur schlecht zu befahren.

Das Rasthaus unterschied sich von dem der vorangegangenen Nacht. Es war klein und ein wenig schäbig.

»Wir müssen hier rasten.« Heinrich klang bedrückt. »Die Pferde schaffen es nicht weiter.«

Anders als bei den Postkutschen waren die Tiere aus dem Besitz der Familie von der Leyen. Sie würden sie nicht austauschen, sondern planten Ruhezeiten ein.

»Der Regen hat den Weg aufgeweicht, das macht es schwerer«, entschuldigte sich der Kutscher. »Ich weiß, dies ist eine Absteige, aber wir haben keine Wahl.«

Der Nieselregen war zu einem heftigen Schauer geworden. Catharina dauerte der Mann, der oben, gehüllt in einen Umhang aus Leder, auf dem Kutschbock sitzen musste. Sicherlich war er durchfroren und müde. Trotzdem kümmerte sich Heinrich zuerst um das Wohl der Tiere, spannte sie aus und brachte sie in den Stall.

»Kann ich helfen?«, fragte Catharina ihn.

»Kannst du mit Pferden umgehen?« Er reichte ihr den Strick des zweiten Pferdes und ging voran.

Im Stall roch es muffig. Heinrich seufzte.

»Du bist nicht wirklich glücklich über das Quartier?«, fragte Catharina.

»Nein, noch fünf Meilen weiter, und wir hätten eine bessere Gaststube erreicht. Aber das hätten die Pferde nicht mehr geschafft.« Er wies nach draußen. Heftig prasselte nun Regen nieder. »Wir werden das Beste daraus machen.«

Auch in der Gaststube roch es muffig nach saurer Milch und altem Kohl. Der Schankwirt hatte seinem Bier schon ordentlich zugesprochen, eine Wirtin schien es nicht zu geben.

»Ihr braucht Quartier?«, fragte er und verschliff die Silben lallend. »Meine Tochter wird sich darum kümmern.«

Das Essen war heiß, aber karg.

»Was ist das?«, fragte Frieder Catharina. »Ihr habt doch Ahnung vom Kochen.«

Sie lachte auf. »Das soll vermutlich eine Hühnersuppe sein – allerdings ist das Huhn wohl entkommen.«

»Ist das jetzt schlichtes Essen und Euch damit wohlgefällig?« Amüsiert sah er sie an.

»Nun ja, schlicht ist es auf jeden Fall. Aber gottgefällig ist es nicht, wenn jemand etwas verkauft, was gar nicht darin ist. Auch Täuschungen dieser Art sind nicht gottgewollt.«

»Chapeau, gut gekontert«, sagte Frieder anerkennend.

Die Zimmer waren verdreckt, das Wasser im Krug roch abgestanden. Ihre Strümpfe, so beschloss Catharina, müssten noch einen Tag warten. Vielleicht würde ja das nächste Quartier besser.

In dieser Nacht schlief sie kaum. Es raschelte und knarrte,

sie konnte das Trippeln kleiner Füße auf dem Boden hören und hoffte, dass es nur Mäuse und keine Ratten waren, die nach Futter suchten. Am Morgen gab es weder heißes Wasser noch frisches Brot, doch die Pferde waren ausgeruht. Es hatte sich eingeregnet, stetig fielen die Tropfen, der Weg war schlammig, und sie kamen nur langsam voran.

Wieder saß Gerald in der Kutsche. Der arme Heinrich hatte keine Wahl, er musste auf den Bock.

Auch die nächsten Tage verliefen trist und nass. Jeden Abend machten sie an einem Rasthof halt. Mal waren die Poststationen größer, mal waren es nur Absteigen. Nach einigen Tagen störte sich Catharina weder an den Wanzen noch an anderem Ungeziefer. Stoisch sah sie über starrenden Dreck und klamme Laken hinweg – sie hatte keine Wahl. Mit den Tagen verlor sie die Lust, die Landschaft zu betrachten. Meistens sah alles gleich aus. Einmal hörten sie von Räubern, die umherstreiften, aber sie hatten Glück und wurden nicht behelligt.

Nach zwei Wochen erreichten sie die Leine.

»Hier müssen wir die Fuhrt durchqueren«, erklärte Frieder. »Aber sorgt Euch nicht. Es ist nicht das erste Mal, dass Heinrich dies tut.«

Catharina schaute beklommen aus dem Fenster der Kutsche. War das wirklich sicher? Auch dieser Tag war eher grau und kühl, der Wind blies, und die Kutsche schwankte.

»Ist es sicher, in der Kutsche zu bleiben?«, fragte sie ängstlich.

»Ja!«

Doch sie blieb alleine in der Kutsche zurück. Gerald und auch Frieder halfen Heinrich, die Pferde dazu zu bewegen, das Wasser zu überqueren.

Kapitel 18

»Was ist das für ein Getöse?« Anna ter Meer setzte sich erschrocken im Bett auf. Der Morgen dämmerte gerade.

Abraham seufzte, drehte sich auf die Seite und stand auf. Er ging zum Fenster und zog den Vorhang beiseite. »Ich kann nichts sehen, aber es muss etwas vorgefallen sein.«

Laute Rufe und Gejohle kamen von der Straße. Schnell schlüpfte er in seine Sachen, eilte die Stiege hinunter.

»Mami?«, rief jammernd Marijke. »Was ist los?« Sie nuschelte verschlafen. Anna stand auf und ging in das Kinderzimmer, das dem Schlafzimmer gegenüber lag. Tröstend nahm sie die Dreijährige in die Arme.

»Das sind nur die Soldaten.«

»Kämpfen sie?« Marijke strich sich das Haar aus dem Gesicht. Sie zitterte.

»Nein, so hört sich das nicht an.« Anna konnte sich noch gut an die Schlacht erinnern, die in dem Jahr, als ihre Tochter geboren wurde, vor den Toren der Stadt ausgetragen worden war. An die bleierne Stille, bevor das Getümmel losging, an das Donnern der Kanonen und das Geschrei der Soldaten. Bis zum frühen Morgen schrien die verwundeten Kämpfer, die auf dem Schlachtfeld lagen. Es war grauenvoll gewesen.

»Aber was ist dann dort los?« Marijke steckte den Daumen in den Mund.

»Ich weiß es nicht. Magst du mit mir in die Küche kommen und schauen, ob Elise schon das Frühstück bereitet hat?«

Marijke nickte. Anna nahm die Bürste von der Truhe neben dem Bett und kämmte ihrer Tochter das strubbelige Haar. Dann zog sie das Kind an. Zusammen gingen sie in das Schlafzimmer der Eltern. Das Zimmer lag zur Straße hin, und hier waren das Geschrei und Gejohle noch deutlicher zu hören.

Was mag das nur sein? fragte Anna sich und legte die Hand auf den Bauch, der sich schmerzhaft zusammenzog. Ob der Krieg beendet ist? Sie lauschte für einen Augenblick, konnte aber keine Worte ausmachen. Es klang nicht so, als ob die Stadt jubelte.

Kaum hatte sie sich angezogen und war, zusammen mit ihrer verängstigten Tochter, in die Küche gegangen, kehrte auch schon Abraham zurück.

»Es ist das Regiment Aquitanien. Sie haben einen Kornett gepackt und, nur in Hemd gekleidet, in einen Sack gesteckt und auf eine Schubkarre gebunden. Jetzt fahren sie mit ihm durch die Straßen und verhöhnen ihn.« Abraham verzog angewidert das Gesicht. »Diese Unmenschen.«

»Was hat er denn angestellt?« Sie gab Marijke die Schale mit den Küchenabfällen und schickte sie zum Schuppen, wo das Schwein gemästet wurde.

»Er soll schlecht über das Regiment gesprochen haben.« Abraham nahm den Hut ab und setzte sich auf die Küchenbank, rieb sich über die Stirn. »Unglaublich, was die machen.«

Noch immer hörte man das Gejohle und Gefeixe von der Straße.

»Kann man nicht einen der Verantwortlichen hinzuziehen?«

»Der Herzog von Aquitanien, der Oberst des Regiments, ist selbst dabei. Er hat Quartier bei den von der Leyen genommen.«

»Und er tut nichts?« Anna schüttelte den Kopf. Dann legte sie die Hand auf ihren Bauch und verzog das Gesicht.

»Was ist mit dir?«, fragte Abraham erschrocken.

»Ich weiß nicht.«

»Soll ich die Hebamme rufen?«

»Es ist viel zu früh.« Anna stützte sich auf den Tisch. Sie stöhnte auf.

»Leg dich hin, ich hole meine Mutter.« Abraham vergaß sogar seinen Hut, als er aus der Küche stürmte.

»Lise!«, rief Anna die Magd. »Wo bleibst du bloß?«

Die Magd hatte sich, obwohl der Tag schon angebrochen war, noch nicht blicken lassen. Dadurch, dass die Familie immer mal wieder Soldaten im Quartier hatte, hatte Elise ihre Kammer räumen und in ein Zimmerchen hinter der Küche ziehen müssen. Eigentlich war dies auch bequemer für das Mädchen, konnte sie doch so schnell das Feuer im Herd entfachen und Wasser aufsetzen und musste keine Stiegen steigen. Doch die Magd wurde immer unzuverlässiger. Sie versalzte die Suppe, ließ Brot und Speisen anbrennen, vergaß das Feuer und andere Dinge mehr. Krank war sie nicht, und Anna war noch nicht dahinter gekommen, was mit dem Mädchen los war.

Doch jetzt trieb ihr Ärger und Sorge Tränen in die Augen. »Parbleu! Elise! Komm her.«

»Madame?« Elises Stimme klang verschlafen.

»Sieh zu, dass du in die Küche kommst!« Anna schaute durch das Fenster nach draußen. Marijke stand am Gehege der Hühner, schien mit ihnen zu plaudern. Das Mädchen hatte ein sonniges Gemüt, war freundlich zu jedermann. Männer in Uniformen machten ihr jedoch Angst. Immer noch konnte man das Gebrüll der Soldaten hören, doch anscheinend hatte das Kind seine Furcht verloren.

»Madame?« Elise band sich eilig die Schürze um. Ihre

Haare waren noch nicht gekämmt, auch trug sie keine Haube.

»Ich muss mich hinlegen.« Anna stützte sich am Tisch ab. Immer wieder fuhren Krämpfe durch ihren Körper. »Pass auf Marijke auf und bereite das Essen zu.« Sie wollte noch etwas anfügen, doch dann musste sie sich vor Schmerz auf die Lippe beißen.

Nur mit Mühe schaffte sie es, die Stiege nach oben zu gehen. Sie ließ sich auf das Bett fallen, versuchte ruhig und gleichmäßig zu atmen. Das Kind in ihrem Bauch bewegte sich heftig.

»Shshsh«, murmelte sie und streichelte den Bauch.

Bitte, lass alles gut gehen, flehte sie. Es ist viel zu früh für das Kind.

Nur eine halbe Stunde später stand ihre Schwiegermutter an Annas Bett.

»Sind es Wehen?«, fragte sie besorgt.

Anna nickte. »Ich fürchte schon. Seit ich liege, geht es jedoch ein wenig besser.« Sie hatte ihr Kleid geöffnet, die Schürze abgelegt.

Änne ter Meer legte ihr die Hände auf den Bauch. Sie schloss die Augen und schien ihr ganzes Fühlen auf die Fingerspitzen zu lenken.

»Ich möchte nachfühlen, ob die Geburt schon begonnen hat«, sagte sie dann ernst. Änne wusch sich die Hände, trocknete sie sorgfältig ab. Dann hob sie Annas Rock und tastete nach dem Muttermund.

»Du scheinst Glück zu haben, noch bewirken die Wehen nichts. Ich mache dir einen Aufguss aus Arnika und Beinwell, das wirkt entkrampfend. Du musst strikt liegen bleiben und dich nicht rühren.«

»Werde ich das Kind halten könne?« Anna sah sie voller Angst an.

»Ich hoffe es.«

Änne ging nach unten in die Küche. Anna konnte hören, wie sie mit der Magd schimpfte.

»Was ist das für ein Zustand? Deine Herrin trägt ein Kind, und du liegst auf der faulen Haut? Sieh zu, dass du Wasser reinholst und Brühe kochst. Hat das Kind schon etwas zu essen bekommen? Warum ist das Brot noch nicht gebacken? Ich weiß gar nicht, warum mein Sohn jemanden wie dich beschäftigt.«

Elise heulte auf, dann hörte man den Brunnenschlegel. Zufrieden legte sich Anna zurück. Immer noch wurde ihr Bauch ab und an hart, doch es schmerzte nicht mehr so.

Änne brachte ihr den Aufguss und wenig später etwas Brühe. Immer noch lärmten die Soldaten in den Straßen. Kopfschüttelnd setzte sie sich zu Anna ans Bett.

»Was ist nur mit dieser Welt los?«, sagte sie leise. »Da bekriegen sich die Völker, und dann gehen noch die Soldaten einer Armee aufeinander los.«

»Abraham sagte, dass sie einen Mann in einer Schubkarre durch die Stadt fahren?«

»Ja, es ist grauenvoll erniedrigend. Sie beschimpfen ihn und bewerfen ihn mit Dreck. Eine Schande! So sollten Menschen nicht miteinander umgehen.« Dann tätschelte sie Annas Hand. »Aber du solltest dir darüber jetzt keine Gedanken machen. Du musst dich ausruhen.«

»Wie geht es Katrina?«

»Ihr geht es gut. Du weißt doch, Schwangerschaften sind keine Last für sie.«

Anna stiegen die Tränen in die Augen. Sie wünschte sich

so manches Mal, dass sie es so leicht hätte wie ihre Cousine.

»Oh, du musst nicht betrübt sein«, versuchte Änne sie zu trösten. »Auch du wirst noch viele Kinder haben. Und die nächste Geburt wird bestimmt einfacher. Ich werde dir beistehen.«

»Das habe ich gehofft. Aber drei Monate muss das Kind noch in mir bleiben.«

»Und das wird es auch.« Wieder legte Änne die Hände auf den geschwollenen Leib ihrer Schwiegertochter. »Schon viel weicher. Trink noch einen Schluck von dem Aufguss.« Sie reichte ihr den Becher. »Was ist mit eurer Magd los? War sie schon immer so langsam?«

»Nein.« Anna schüttelte den Kopf. »Erst dachten wir, sie sei vielleicht krank, weil sie nichts mehr aß und so bleich war, doch das hat sich in der letzten Zeit wieder geändert. Ich fürchte, sie hat Liebeskummer.«

»Ach? Wer ist es denn?«

»Ganz genau weiß ich es nicht, nehme aber an, dass sie für den Docteur geschwärmt hat.«

»Den ihr so lange im Quartier hattet? Diesen unmöglichen Menschen?« Änne seufzte.

»Ja, de Lancet«, sagte Anna kichernd. »Ich habe sie ein paar Mal turtelnd im Hof erwischt. Doch vor sechs Wochen ist er endgültig abgereist.«

»Es ist ein Kreuz mit den Quartiergästen. Sie nehmen sich so einiges heraus. Bei Abraham haben sie einfach eine Wand durchbrochen, um einen Kamin einzubauen. Und bei te Kamps sind die Quartiergäste ihrer Nachbarn in den Hühnerstall eingebrochen.«

»Hast du etwas von Käthe gehört?«

»Sie ist immer noch auf Reisen mit dem jungen Monsieur. Ich als Mutter hätte das nicht zugelassen, aber Esther ist anders als ich.«

»Warum hättest du das nicht zugelassen?«, fragte Anna.

»Nun, ein junges Mädchen auf Reisen mit einem unverheirateten Mann – da würde ich mir schon Gedanken machen.«

»Aber Frieder von der Leyen ist ein Ehrenmann, und er hat sie als Kammerzofe eingestellt.«

»Sie reist mit ihm und seinem Burschen durch die Lande.« Änne schüttelte den Kopf. »Da mag wer weiß was passieren.«

»Ich bin damals mit der Postkutsche nach Krefeld gekommen. Und ich bin alleine gereist.« Anna stieg das Blut zu Kopf. »Hast du mich damals für ein leichtes Mädchen gehalten?«

»Dich?« Änne lachte. »Um Gottes willen, nein. Du warst ein Engel – das bist du auch geblieben, trotz der ganzen Unbill, die dir angetan wurde.«

»Meinst du, dass Käthe anders ist?«

Änne dachte nach. »Eigentlich nicht. Aber du hattest ein festes Ziel vor Augen, du wolltest nach Krefeld zu deinem Onkel. Die Fahrt dauert ja einige Tage, aber die Fahrt nach Potsdam dauert Wochen. Sie reisen in einer Kutsche, machen womöglich Halt in Gasthäusern. Da kann einiges passieren, was ich ihr natürlich nicht wünschen würde.«

»Käthe hatte große Angst vor der Reise.«

Änne nickte. »Das ist auch etwas, was ich nicht begreife. Esther wusste von ihrer Angst, hat es trotzdem befürwortet, dass sie mitreist.« Sie seufzte wieder. »Esther mag Hoffnungen haben, aber die werden sich nicht erfüllen.«

»Hoffnungen?«

»Nun, ja. Frieder von der Leyen betreffend.«

Anna sah ihre Schwiegermutter an. Für einen Moment war sie sprachlos. »Das ist ja fast so, als hätte sie das Kind verkauft«, sagte sie dann.

Änne nickte. »Aber Käthe ist nicht dumm. Sie wird sich schon zu helfen wissen.«

»Henrike leidet auch sehr unter der Situation.«

»Die Gemeindeältesten haben Esther jetzt – wo es ihr finanziell besser geht – nahegelegt, doch wieder eine Magd anzustellen. Ich denke, sie wird dem Rat folgen.«

»Wenn er von den Gemeindeältesten kam, wird er auch mit dem nötigen Ernst ausgesprochen worden sein«, sagte Anna und schmunzelte. »Esther wird wenige Möglichkeiten haben, dem nicht nachzugehen.«

»Wir wollen es hoffen.« Änne stand auf, strich ihrer Schwiegertochter über das Haar. »Aber jetzt ruhst du dich erst einmal aus. Ich werde in der Küche nach dem Rechten sehen.«

Die Sonne stand inzwischen hoch am Himmel, und endlich hatte das Gebrüll der Soldaten aufgehört. Anna legte sich zurück und versuchte sich von dunklen Gedanken freizumachen.

Änne blieb bis zum Abend. Sie ließ die Magd die Wäsche waschen, dann die Küche ausfegen und wischen. Überall fand sie Spinnenweben und in der Vorratskammer sogar Mäusenester. Sie wusste, Anna war durch die Schwangerschaft nicht belastbar und hatte die Zügel schleifen lassen. Dazu kam, dass Elise sich nicht wirklich anstrengte. Sie jammerte schon, bevor ihr der Schweiß auf der Stirn stand, und fand alles zu schwierig. Doch Änne war gnadenlos und kümmerte sich nicht um das Jammern.

Immer mal wieder hatte sie nach Anna geschaut. Gegen Abend hatten die Wehen gänzlich nachgelassen, und ihr ging es wieder besser.

»Trotzdem bleibst du im Bett«, sagte Änne streng. »Wir wollen kein Risiko eingehen. Ich komme morgen wieder und schaue nach dir. Marijke nehme ich mit zu mir, dann hast du mehr Ruhe.«

»Das musst du aber nicht.« Anna war verlegen ob der Mühe, die sie ihrer Schwiegermutter bereitete.

»Ich weiß, dass ich das nicht muss. Aber deine Tochter ist so ein liebreizendes und entzückendes Wesen, dass es mir einfach Freude bereitet, sie bei mir zu haben. Mach dir keine Sorgen, wir beide werden einen schönen Abend verbringen.«

Abraham kam von der Arbeit und sah voller Sorge nach seiner Frau. Zwar hatte er mit seiner Mutter ausgemacht, dass sie ihn benachrichtigte, sollte es Komplikationen geben oder sogar zum Schlimmsten kommen, doch er wusste, dass Frauen bei Dingen der Mutterschaft erst zuletzt an den Vater dachten.

Er stürmte die Treppe hoch, nachdem er nur die Magd in der Küche vorgefunden hatte.

»Anna? Liebes?«

»Ich liege zu Bett«, sagte sie lächelnd.

Mit unruhigem Blick versuchte er die Situation einzuschätzen, seufzte dann erleichtert auf. »Wo ist meine Mutter? Und wo ist Marijke?«

»Sie sind beide zusammen und sehr fröhlich in die Mühlenstraße gegangen. Du hast sie nur um kurze Zeit verpasst.«

»Und?« Er setzte sich neben sie, nahm ihre Hand.

Anna zeigte auf die deutliche Wölbung unter der Decke. »Noch ist alles gut. Ich muss nur viel von dem Aufguss trinken, den deine Mutter mir gekocht hat, und Ruhe halten.«

»Und das wirst du auch tun.« Man sah ihm die Erleichterung an, aber auch die Müdigkeit.

»Gibt es etwas Neues in der Stadt?«

Abraham schüttelte den Kopf. »Es sollen neue Reiter ankommen. Aber das mögen auch nur wieder Gerüchte sein. Wir müssen uns nicht darum scheren.«

Am nächsten Tag kam Änne und übernahm die Haushaltsführung. Auch danach kam sie regelmäßig.

»Elise ist dumm und faul obendrein. Außerdem isst sie mehr als ihr alle zusammen, fürchte ich. Sie nimmt immer mehr zu.« Änne seufzte. »Ihr solltet euch von der Magd trennen.«

Anna musste immer noch strikte Bettruhe halten, was ihr von Tag zu Tag schwerer fiel. Ende Mai beglückte sie das Wetter mit lauen Lüften und viel Sonne. Der Wallgarten musste bestellt, der Kräutergarten gepflegt werden. Auch wenn sie den Knecht jeden Tag auf das Grundstück vor die Stadt schickte und genaue Anweisungen gab, wollte sie am liebsten selbst dorthin und die Pflanzen kontrollieren.

»Wo sollen wir in Zeiten wie diesen denn eine vertrauenswürdige Magd herbekommen? Es ist schon so schwierig genug. Es wird sich schon wieder ändern mit Elise, am Anfang hat sie ja auch gut gearbeitet.«

»Dein Wort in Gottes Ohr«, sagte Änne. Sie hatte sich nicht, so wie sonst, an Annas Bett gesetzt. Jetzt drehte sie sich um und wollte das Zimmer verlassen.

»Mutter, was ist passiert?«, fragte Anna, die eine gewisse

Unruhe im Haus spürte, jedoch nicht wusste, ob etwas vorgefallen war.

Änne seufzte, sah ihre Schwiegertochter dann an. »Es kommt das Kavallerieregiment Bourgogne in die Stadt. Ihr müsst wieder jemanden in Quartier nehmen. Abraham hat versucht, das abzuwenden, er hat deine missliche Lage angeführt, doch der Quartiermeister war unerbittlich. Nun hat Elise aber die Leinentücher nicht gewaschen, und wir können die Betten noch nicht beziehen. Ich habe ihr kräftig Bescheid gesagt, jetzt steht sie jammernd am Bottich und schlägt die Wäsche.«

Anna schloss die Augen. Schon wieder jemand, der bei ihnen wohnen, essen, schlafen und sie belauschen würde. Die Einquartierungen waren nicht nur kostspielig, sie raubten auch Substanz.

Eine Woche später ging es Anna schon wieder besser. Zu den Mahlzeiten kam sie in die Küche, ansonsten saß sie entweder im Hof in der Sonne und beschäftigte sich mit Handarbeiten, oder sie lag in der Stube auf der Chaiselonge.

Änne hatte alles getan, um Elise zur Arbeit anzutreiben und ihre Bemühungen schienen gefruchtet zu haben. Es blitzte und blinkte auf einmal, die Wäsche wurde gewaschen, und selbst das Essen stand pünktlich auf dem Tisch.

Am 6. Juni, es war ein Samstag, stand Abraham schon vor dem Morgengrauen auf.

»Ist etwas passiert?« Anna fuhr erschrocken hoch.

»Nein, Liebes. Dreh dich um und schlaf weiter.«

»Und du?« Anna kannte ihren Mann, er stand nicht ohne Grund auf.

»Heute soll, nach den Berechnungen der Astronomen, Venus durch die Sonnescheibe treten. Ich möchte versuchen, das durch meinen Tubus zu beobachten.«

Vor einigen Jahren hatte sich Abraham mit speziell geschliffenen Linsen ein Fernrohr gebaut. Seitdem war das Betrachten der Himmelskörper eine seiner Leidenschaften.

»Die Venus tritt vor die Sonne? Und das hast du mir nicht gesagt?« Anna teilte inzwischen seine Begeisterung. So manche Nacht hatten sie in der Dachstube verbracht, wo er ein großes Fenster hatte einsetzen lassen, um auch bei kaltem Wetter den Himmel durch das Fernrohr betrachten zu können.

Anna schlug die Bettdecke zur Seite und stand auf. Rasch zog sie sich an und folgte ihrem Gatten in das Dachgeschoss.

Selig standen die beiden Hand in Hand in der Kammer und bewunderten das astronomische Schauspiel.

Kapitel 19

In Hannover stieg Frieder von der Leyen mit seinen Begleitern bei Verwandten ab. Als sie in die Stadt fuhren, staunte Catharina nicht schlecht. Schon vor der Stadt verwehrte eine Landwehr Eindringlingen den Weg, doch darauf folgten Wassergräben und eine Stadtmauer, die mit vielen Türmen bewehrt war. Diese Stadt, so befand sie, war wahrlich schwer einzunehmen.

Ein Fluss floss durch die Innenstadt, die mit den vielen Bäumen und Grünanlagen ein schönes Bild bot. Die Straßen waren alle gepflastert, die Häuser groß.

Das Haus des Cousins von Monsieur lag am Rande des

Marktplatzes. Sie bekamen einen Flügel, indem auch eine Küche und ein Speisezimmer vorhanden waren.

»Soll ich jetzt hier für Euch kochen?«, fragte Catharina verunsichert ihren Herrn.

Frieder lachte. »Um Gottes willen, nein. Wir sind hier zu Gast bei meinem Cousin. Ward ihr schon einmal bei einer Messe?«

»Einem katholischen Gottesdienst?«

Wieder lachte er. »Nein, einem Oratorium. Das ist eine gesungene Lobpreisung.«

»Das kann nicht gottfürchtig sein.« Catharina schaute ihn entrüstet an.

»Ich habe mir gedacht, dass Ihr so darüber denkt.« Er schmunzelte. »Und deshalb habe ich uns Karten besorgt. Ihr habt doch sicherlich ein feines Kleid dabei?«

Catharina stieg das Blut in die Wangen. »Feines Kleid? Ist das dann auch eine Zurschaustellung in der Öffentlichkeit?«

»Ich finde, Ihr müsst von Euren prüden Lebensansichten herunterkommen.«

»Prüde?« Catharina schnaubte. »Ich bin nicht prüde, sondern möchte gottgefällig leben.«

»Wir sprechen morgen noch mal darüber. Nun packt Eure Truhe aus und zieht Euch ein schönes Kleid an. Eure Reisekleidung könnt Ihr der Magd geben, sie wird sie säubern. Wir werden einige Tage hier verbringen.«

Der Magd? fragte sich Catharina verwundert. Bin ich nicht die Magd? Sie folgte dem Mädchen, welche sie durch den Flügelanbau des Hauses führte. Am Ende des Ganges öffnete das Mädchen die Tür zu einem Zimmer.

»Bitte schön, Mademoiselle.«

Voller Staunen trat Catharina ein. Dies war kein Bedienstetenzimmer. Ein großes Himmelbett mit schweren Vorhängen stand in dem Raum, die Böden waren mit Teppichen bedeckt. Das muss ein Irrtum sein, dachte sie, doch dann entdeckte sie ihre Reisetruhe am Fuße des Bettes.

»Soll ich Euch heißes Wasser bringen?«, fragte die Magd. »Und habt Ihr noch andere Wünsche? In einer halben Stunde wird ein kleiner Imbiss aufgetragen, so dass ihr Euch stärken könnt.«

»Heißes Wasser wäre wundervoll«, sagte Catharina leise. Sie kam sich vor wie in einem Traum und wartete darauf, endlich aufzuwachen.

»Mein Name ist Sofia«, sagte die Magd, als sie den Krug brachte. »Wenn Ihr noch Wünsche habt, ruft nach mir.«

Catharina hätte beinahe geknickst. Für einen Moment starrte sie auf die Tür, nachdem Sofie sie hinter sich geschlossen hatte. Dann goss sie das dampfende Wasser in die Waschschüssel und zog sich aus. Es tat gut, den Dreck der letzten Tage abzuwaschen. Sie war auch froh darüber, dass ihre Kleidung gereinigt werden würde, obwohl es ihr seltsam vorkam, dass jemand anderes das für sie machte.

In der Reisetruhe befanden sich zwei weitere Kleider. Beide waren aus gutem, festem Wollstoff, die Ärmel lang und eng geschnitten. Das eine Kleid war braun, das andere dunkelblau. Sie legte beide Kleider auf das Bett, betrachtete sie nachdenklich. Keines schien ihr geeignet zu sein. Schließlich zog sie das blaue Kleid an. Sie griff nach der Schürze, wollte sie umbinden – doch auch eine Schürze passte sicherlich nicht für den Besuch in einem Theater.

Catharina hatte von Opern und Theaterstücken gehört, prunkvolle Musik und leichte Unterhaltung. Dinge, die ihre Gemeinde nicht für gut hielt. Neugierig war sie schon, aber sie wusste nicht, ob sie das mit ihrem Glauben vereinbaren konnte. Frieder ist doch auch Mennonit, versuchte sie sich zu beruhigen.

Kaum war sie angezogen, klopfte es an ihrer Tür.

»Mademoiselle, das Essen wird aufgetragen.«

Sie folgte der Magd, die sie in den Salon führte. Dort war ein Tisch für vier gedeckt. Dunkelroter Wein funkelte in edlen Glaspokalen, Schüsseln und Platten standen bereit.

Frieder von der Leyen stand am Fenster. Er drehte sich zu ihr um, lächelte sie an, dann aber verzog sich sein Gesicht.

»Ist das Euer bestes Kleid?«, fragte er verwundert.

Catharina nickte stumm.

»Etwas anderes habt Ihr nicht?«

»Ich habe noch ein braunes Kleid«, murmelte sie.

»Hmm.«

Die Tür öffnete sich wieder.

»Darf ich vorstellen? Dies ist mein Cousin Herman von der Leyen und seine Frau. Meine Begleitung, Catharina te Kamp.«

Sie begrüßten sich förmlich, und Catharina wusste kaum, was sie sagen sollte. Doch als sie am Tisch saßen und aßen, legte sich ihre Aufregung. Die beiden Männer diskutierten die politische Entwicklung, Madame von der Leyen aß schweigend, und niemand schien zu erwarten, dass Catharina sich an dem Gespräch beteiligte.

Was mache ich hier eigentlich? frage sie sich. Und wo sind Gerald und Heinrich?

Nach dem Essen zogen sich die Männer an den Kamin zurück und stopften ihre Pfeifen. Madame genehmigte sich einen Sherry und verabschiedete sich. Das war für Catharina das Zeichen, dass auch sie die Runde verlassen konnte. Erleichtert schloss sie die Tür hinter sich, lehnte sich für einen kurzen Augenblick dagegen.

»Was hast du mit ihr vor?«, hörte sie Heinrich fragen. Er klang amüsiert.

»Es ist ein Experiment. Sie ist so rein und unverdorben, gleichzeitig aber nicht dumm. Sie hat eine rasche Auffassungsgabe und ist interessiert.«

»Was willst du denn herausfinden?«

»Ob man so eine Wildpflanze veredeln kann. Heute Abend nehme ich sie mit in das Oratorium von Händel. Sie hat noch nie Kirchenmusik dieser Art gehört. Danach will ich sie zu einer Oper mitnehmen und auch zu einem Schauspiel. Ich will sehen, wie sie darauf reagiert.«

Sie sprechen über mich, wurde Catharina klar. Schnell ging sie den Flur hinunter, ihre Wangen glühten. Eine Wildpflanze bin ich also in seinen Augen. Sie wusste nicht, ob sie das ärgern oder freuen sollte. Den tieferen Sinn hinter seiner Aussage, dass sie ein Experiment sei, verstand sie nicht, wollte aber auch nicht darüber nachdenken.

Plötzlich hörte sie Geralds Stimme. Sie kam aus der Küche, die zu dem Flügelanbau gehörte. Dort, so dachte Catharina, ist mein Platz und nicht im Salon.

Sie öffnete die Tür, schaute vorsichtig hinein.

»Oh, Mademoiselle!« Gerald verneigte sich leicht. »Können wir etwas für Euch tun?« Sein Tonfall klang bissig.

»Nun lass das Mädchen mal«, versuchte Heinrich ihn zu beruhigen.

Catharina schluckte, dann trat sie ein und schloss die Tür hinter sich. »Gerald, Ihr seid unwirsch, und ich fürchte, ich bin der Grund dafür.«

»Nun, es scheint, als seid Ihr zur Herrschaft aufgestiegen.«

»Nein, das bin ich nicht.«

»Aber Ihr habt mit Ihnen gespeist, bekommt ein Zimmer im oberen Trakt und schlaft nicht beim Gesinde wie wir. Weiß Eure Mutter das? Würde sie das gutheißen?«

Catharina zuckte zusammen, Tränen schossen ihr in die Augen. »Ich kann doch nichts dafür«, wisperte sie. »Monsieur …«

»Kindchen, nun setz dich mal«, sagte Heinrich gutmütig.

Zögernd kam Catharina näher. Die beiden Männer saßen an dem Küchentisch, hatten Brot und einen Krug Bier, etwas Grütze bekommen. Im Salon hatte es Wurst, Braten, Geflügel, gekochte Wurzeln, Brot, Butter, Schmalz und einiges andere gegeben. Der Vergleich zwischen den beiden Mahlzeiten trieb ihr die Schamesröte ins Gesicht.

»Ich gehöre hier hin, in diese Küche. Ich sollte auch beim Gesinde schlafen und nicht in diesem feinen Zimmer. Aber ich weiß nicht, was ich tun soll, damit der Monsieur das versteht.«

Gerald sah sie zerknirscht an. »Ich dachte, Ihr hättet Euch angebiedert. Jetzt verstehe ich, dass es nicht so ist. Es tut mir leid.«

Catharina rieb sich die Tränen aus dem Gesicht. Sie hörte Schritte auf dem Flur, dann kam Sofia in die Küche.

»Oh, hier seid Ihr, Mademoiselle. Ich habe Euch schon gesucht. Monsieur möchte fahren.«

»Fahren?« Sie hatte das Oratorium ganz vergessen.

»Soll ich Euren Mantel holen?«

Catharina biss sich auf die Innenseite der Wange, nickte dann.

Zehn Minuten später saß sie gemeinsam mit Frieder von der Leyen in dem Einspänner seines Cousins. Wieder beeindruckte sie die Pracht der Stadt. Die Fahrt war viel zu kurz, und Catharina wunderte sich, dass man die Kutsche genommen hatte und nicht gegangen war. Doch vor der großen Kirche standen die Fuhrwerke in einer langen Reihe. Nur schrittweise ging es vorwärts, und als sie vor dem Portal standen, stieg Frieder aus und reichte ihr die Hand. Sie folgte ihm in den riesigen Bau. Die Kirche war viel größer als die beiden Gotteshäuser in Krefeld. Die Mennoniten hatten nur ein kleines und schlichtes Gebäude hinter hohen Mauern.

»Das ist Prunk«, sagte sie leise.

»Das ist Pracht zu Ehren Gottes, genauso wie das Werk, was wir gleich hören werden. Vermögt Ihr die englische Sprache zu verstehen?«

»Englisch?« Catharina sah ihn erstaunt an. »Nein, nur wenige Worte.«

»Händel ist nach England gegangen, die Meisten seiner Texte sind englisch. Er hat auch einige italienische Opern geschrieben.«

»Oper.« Catharina hielt kurz die Luft an. »Ich dachte, dies wäre eine Art Liturgie.«

»Ist es auch.« Frieder grinste. »Aber eben auf Englisch. Es sind Bibeltexte, die ich Euch nennen und übersetzen kann.«

»Nun denn.« Ich bin ein Versuch, dachte Catharina bei sich. Ich weiß nicht, was er sich vorstellt, wie ich reagieren soll, aber daran werde ich mich nicht stören. Dies ist eine neue Erfahrung, und ich werde sie in mich aufnehmen und erst später bewerten.

Sie setzten sich auf die harten Kirchenbänke. Große Statuen standen an den Pfeilern, die Wände waren üppig bemalt.

Prunk, dachte Catharina, braucht man Prunk und Bilder, um zu glauben? Nein, das lenkt nur ab. Als die Musik zu spielen begann, vergaß sie aber diese Gedanken. Frieder nahm einen kleinen Block aus seiner Tasche und schrieb ihr die Verse auf, die gesungen wurden. Wie gebannt lauschte sie dem Gesang, wie Donner fuhr die Musik des Orchesters durch ihren Körper. Noch nie zuvor hatte sie eine solche Erfahrung gemacht.

Frieder führte sie aus der Kirche, sie mussten lange warten, bis ihre Kutsche wieder vorfuhr und sie einsteigen konnten.

Catharina war froh, dass er sie nicht mit Fragen behelligte, zu intensiv, zu persönlich war dies Erlebnis gewesen. Zuerst hatte sie sich erschrocken – laut und eindringlich war die Musik gewesen. Die Klänge, die die Musiker ihren Instrumenten entlockten, waren etwas völlig Fremdes für sie. Die Musik ging ihr durch Mark und Bein, berührte sie zutiefst. Zuerst wusste sie nicht, ob sie die lauten Klänge schön fand, sträubte sich dagegen, doch als die Sänger einsetzten, brach ein Bann. Sie ließ sich auf dieses neue Hörerlebnis ein, schloss die Augen und gab sich der Musik hin.

Im Hinterkopf ermahnte sie eine Stimme, dass dies zu prunkvoll sei und keineswegs gottesfürchtig, dass sie sich mit dem Genuss versündigte. Ein wenig Scham verspürte sie ob dieser Gedanken.

»Wollt Ihr noch ein Glas Wein?« Es war keine Frage, die Frieder stellte, als sie das Haus am Marktplatz erreicht hatten, es war eine Aufforderung. Catharina folgte ihm in den kleinen Salon. Er nahm ihr den Mantel ab, legte ihn über die Stuhllehne. Im Kamin flackerte ein lustiges Feuer, Kerzen erhellten den Raum. Auf dem Tisch standen eine Karaffe und Gläser. Er schenkte ihnen ein, reichte ihr ein Glas und wies dann auf die Sesselgruppe vor dem Kamin.

Zögernd nahm Catharina Platz, straffte dann die Schultern. Sie war für ihn nur ein Amüsement, das wusste sie nun, aber sie würde sich nicht blamieren.

»Wie hat es Euch gefallen?«

»Ich weiß es noch nicht«, sagte sie wahrheitsgemäß. »Es war ... gewaltig, das auf jeden Fall. Ich wusste nicht, dass Musik so sein kann.«

»Habt Ihr etwas verstehen können?«

»Von den Texten?« Catharina schüttelte den Kopf. »Kaum.«

Frieder holte ein Programm aus der Tasche und reichte es ihr. »Dort stehen die Verse, die er benutzt hat. Es sind alles Stellen aus der Bibel.« Dann stand er auf, ging zu einem der Regale und zog eine große und schwere Bibel hervor.

Gemeinsam suchten sie die Stellen heraus.

»Ist es nicht blasphemisch, Bibelstellen für eine Abendunterhaltung zu verwenden?«, fragte Catharina. »Die Bibel dient nicht Unterhaltungszwecken.«

Frieder lehnte sich zurück und nahm die Pfeife aus seiner Tasche. »Meint Ihr? War das profane Unterhaltung? Ist das nicht auch eine Art, Gott zu huldigen?«

»Mit einem solch gewaltigen Werk? Mit Pauken und Trompeten? Mit Sänger, einem Chor und vielerlei mehr? Wann wart Ihr das letzte Mal in einem unserer Gottesdienste?«

»Die Musik ist laut, zugegeben, aber sie ist auch prächtig, und sollte man Gott nicht auch prächtig danken und huldigen können? Die Texte werden ja nicht genommen, um zu verhöhnen.«

»Nein, aber es ist doch Unterhaltung und keine Andacht.«

»Meint Ihr nicht, dass es verschiedene Wege und Arten geben sollte, Andacht auszuüben?«

Darüber musste Catharina nachdenken. Sie leerte ihr Glas und bat Frieder dann, sie zu entschuldigen.

»Aber natürlich, der Tag war lang und anstrengend.« Frieder nickte. »Nur noch eine Sache – Ihr habt meiner Tante ein Kleid genäht. Könnt Ihr das noch mal nähen? Genauso?«

»Natürlich.«

»Mit weiten Ärmeln und einem Spitzenkragen?«

»Ja.« Verwundert sah sie ihn an.

»Vorzüglich. Dann werde ich Euch morgen Stoff bringen lassen.«

»Wollt Ihr Eurer Tante ein Kleid schenken?«

Frieder lachte laut los. »Nein. Ihr sollt es für Euch nähen. Wir werden in die Oper gehen – und das geht nicht, wenn Ihr so gekleidet seid.«

Catharina sah an sich herunter. Dann seufzte sie. »Muss es wirklich mit weiten Ärmeln und Spitze sein?«, fragte sie leise.

»Ja. Und nun begebt Euch zur Ruhe.«

»Darf ich die Bibel und das Programm mitnehmen?«

Frieder zog die linke Augenbraue hoch, nickte dann. »Nehmt diese hier – sie ist leichter und kleiner.« Er zog ein Buch aus dem Regal, reichte es ihr. »Bonne nuit!«

In ihrem Zimmer suchte Catharina die ersten beiden Verse heraus, doch dann drohten ihr die Augen zuzufallen. Sie löschte die Kerze und zog sich die Decke bis zum Kinn. Das Leinentuch verströmte einen süßlichen, aber nicht unangenehmen Duft, ähnlich der Seife, die auf dem Waschtisch lag. Wie Samen der Pusteblume im Wind flogen ihr viele verschiedene Gedanken durch den Kopf, doch sie bekam sie nicht zu fassen.

Am nächsten Morgen wachte Catharina früh wieder auf. Die ersten Geräusche des Haushalts waren zu hören, die

Magd schäkerte im Hof mit dem Knecht, welcher Wasser für die Pferde holte.

Catharina sprang aus dem Bett, doch dann wurde ihr klar, dass sie nicht gebraucht wurde und sich Zeit lassen konnte. Wieder fühlte es sich falsch und ungewohnt an. Sie wartete nicht darauf, dass die Magd warmes Wasser bringen würde, sondern wusch sich mit dem kalten, das noch im Krug war.

Dann zog sie sich an, setzte sich an das Tischchen am Fenster und schlug die Bibel auf. Immer noch hatte sie die Musik in den Ohren, wenn sie die Augen schloss, vermeinte sie sogar, noch die Stimmen der Sänger zu hören. Es hatte sie ergriffen und berührt. Doch war dies eitel? War dies sündig? Schlicht war die Musik keinesfalls gewesen und damit auch nicht gottfürchtig. Dennoch handelte sie von den Geschichten der Bibel, von den Prophezeiungen und Christi Geburt. Durfte man Gott lobpreisen und besingen? Auch in ihrer Gemeinde wurden Psalmen gesungen, jedoch auf die alte, ehrfürchtige Art. Mit Musik hatte das oft nichts zu tun. Die Töne wurden lang gezogen, es klang wie eine Klage und keine Anbetung. War die Art, Gott mit Instrumenten, mit Chorgesängen und mit einzelnen Stimmen zu preisen, nicht viel schöner?

Ganz sicher ist das schöner, sagte Catharina sich. Aber diese Art der Musik wird zum Selbstzweck und dient nicht der Ehrerbietung.

Seufzend setzte sie sich auf. Die Musik hatte sie beeindruckt, trotzdem entsprach sie nicht der Lebensweise der Mennoniten.

Eine Oper würde sicher auch wunderbare Musik beinhalten, doch sie war noch profaner. Und Monsieurs Wunsch, sie anders gekleidet dorthin mitzunehmen, zeigte, dass es um

Protz ging. Sich zu zeigen, gesehen zu werden und andere zu beobachten und zugleich seichte Unterhaltung zu genießen.

Den Gemeindeältesten würde das nicht gefallen, ganz und gar nicht.

Kapitel 20

In der nächsten Woche verbrachte Catharina viele Stunden damit, das Kleid zuzuschneiden und zu nähen. Frieder hatte ihr einen edlen Seidenstoff und viel Spitze bringen lassen. Für das Futter und das Unterkleid bekam sie raschelnden Taftstoff.

Das kann ich nie und nimmer in Krefeld anziehen, dachte sie seufzend. Der kühle, glatte Stoff fühlte sich ganz wunderbar an. Für gewöhnlich frühstückte sie zusammen mit Frieder. Manchmal kamen der Cousin und seine Frau hinzu, meistens blieben sie jedoch alleine. Nach dem Besuch des Oratoriums hatte Frieder mit ihr über die Texte diskutiert. Er zeigte sich erstaunt, dass sie sich die Texte herausgesucht hatte und was sie darüber dachte. Da sie sich interessiert an der englischen Sprache zeigte, gab er ihr Bibeltexte, anhand derer sie vergleichen und lernen konnte.

Das Frühstück unterschied sich gewaltig von dem, was sie gewöhnt war. Meistens gab es saure Nierchen, gebratene Wurst, Gemüse und Wurzeln, Grütze mit dicken Speckstücken, Geflügel, Fisch und Brot, oft auch frische Früchte. Schon nach wenigen Tagen meinte Catharina, dass sie aus allen Nähten platzte. Aber jeden Tag wurden neue, ihr fremde Dinge aufgetischt, und sie konnte nicht widerstehen und musste probieren. Sie beobachtete Frieder genau, und schon bald konnte sie das unterschiedliche Besteck genauso selbstverständlich gebrauchen wie er.

Gegen Mittag ritt er aus, und abends traf er sich mit Geschäftsleuten und führte wichtige Gespräche. Die Abendmahlzeit nahm sie mit Heinrich und Gerald in der kleinen Gesindeküche ein. Die Speisen waren einfach, aber reichhaltig. Es wurde mit Speck und Fleisch nicht gegeizt, Bier und Würzwein gab es hinlänglich. Catharina fühlte sich in der Gesindeküche wohler als im Salon, sie liebte es, die fette Grütze aus der irdenen Schüssel zu löffeln, den Wein aus Bechern zu trinken.

Gegen Mitternacht kehrte Frieder von der Leyen zurück und ließ Catharina auf ein Glas Wein zu sich kommen. Er hatte ihr diverse Bücher gegeben und wollte ihre Meinung zu den Texten hören. Zuerst war es ihr unangenehm, zumal sie meist nicht seine Meinung teilte, doch zunehmend fand sie Gefallen daran.

Nach einigen Tagen war das Kleid fertig. Es lag auf ihrem Bett, und Catharina stand davor und bewunderte das Kleidungsstück. Die Seide hatte ein dezentes Blumenmuster, schimmerte im Licht. Der Farbton lag zwischen Blau und Grau, war nicht zu protzig, aber trotzdem noch auffällig. Sie fuhr mit den Fingerspitzen über den Stoff, seufzte leise. Ihr war bewusst, dass das Kleid, auch wenn sie es für sich genäht hatte, nicht zu ihr passte. Trotzdem fand sie es wunderschön.

Da sie die vergangenen Tage mit den Näharbeiten gefüllt hatte, wusste Catharina für diesen Tag nichts mehr zu tun. Monsieur hatte schon am Morgen das Haus verlassen und war nach Braunschweig geritten. Er würde erst am nächsten Tag zurückkehren.

»Mögt Ihr mit auf den Markt kommen?«, fragte Sofia schüchtern. Auch die Magd wusste nicht so recht, wie sie Mademoiselle behandeln sollte.

Ich bin nicht Fisch, nicht Fleisch, dachte Catharina betrübt und freute sich deshalb umso mehr über Sofias Frage.

»Ja, gerne. Ich habe bisher kaum etwas von der Stadt gesehen.«

Die Straßen waren breiter, die Stadt war besser befestigt als Krefeld. Die Fachwerkhäuser waren mit aufwendigen Schnitzereien verziert und höher, als sie es kannte. Die Dächer hatten meist große Gaubenfenster, etwas, was Catharina nie zuvor gesehen hatte. Staunend ging sie durch die Straßen und über den Markt. Das Angebot war reichhaltig, sogar Fasane und Wildschwein wurden angeboten, dazu viel Fisch – Heringe in Fässern, aber auch Forellen und ganze Lachse, die in Eis gepackt, in Kisten lagen.

Manchmal musste Catharina fragen, welches Tier oder welches Gemüse angeboten wurde. Das Angebot war größer als in Krefeld, aber auch die Stadt war viel größer und prächtiger.

»Gibt es das nicht, da, wo Ihr herkommt?«, fragte Sofie neugierig und zeigte auf die Zitrusfrüchte.

Catharina schüttelte den Kopf. Sie hatte diese Früchte mit ihrer leuchtenden Schale bisher nur bei den von der Leyen gesehen und wusste von Mamsell Luise, dass sie von weit herkamen und sauer schmeckten.

»Die werden in Glashäusern angebaut – bei den hohen Herrschaften. Sie nehmen einiges zum eigenen Verbrauch, aber der Rest wird verkauft. Es wird auch einiges aus den Südländern hierher gebracht.« Sofie schüttelte den Kopf. »Kostet viel, schmeckt aber gar nicht.« Sie warf Catharina einen schüchternen Blick zu, so als wolle sie sich versichern, dass ihre Aussage nicht falsch verstanden wurde.

»Hast du das schon mal gekostet?«, fragte Catharina.

»Ja.«

»Und?«

»Ich weiß nicht.« Sofia kicherte. »Mir hat es nicht geschmeckt, aber mir schmecken die meisten Sachen nicht, die so begehrt sind. Wenn die Herrschaften eine Gesellschaft geben, bleibt immer etwas übrig und unsere Köchin verteilt das dann an das Gesinde. Was ich nicht schon alles probiert habe.« Wieder kicherte sie und hielt sich die Hand vor den Mund. Ihre Wangen färbten sich rot, und sie senkte verlegen den Kopf. »Aber Ihr gehört ja auch zur Herrschaft«, flüsterte sie.

»Nein.« Catharina schüttelte den Kopf. »Das tue ich nicht.«

»O doch. Ihr habt eins der Gästezimmer, esst mit der Herrschaft und werdet auch auf den Empfang gehen, den Monsieur nächste Woche gibt.«

»Empfang?« Panik machte sich in Catharina breit.

»Es sind dreißig geladene Gäste«, sagte Sofia und überprüfte die Wurzeln, die an einem Stand auslagen. »Und Ihr steht mit auf der Liste, hat Mamsell gesagt.«

»Ihr redet über mich.« Es war keine Frage, es war eine Feststellung, und die Erkenntnis war Catharina unangenehm.

»Wir wundern uns.« Sofia grinste verlegen. »Ihr seid mit Monsieur … liiert, nicht wahr?«

Catharina riss die Augen auf. »Nein!«, sagte sie empört. »Ich bin sein Kammermädchen.«

Jetzt kicherte Sofia noch lauter. »Ich habe Euch aber bisher nicht in seiner Kammer gesehen.«

Catharina wandte sich ab. Sie wusste, dass auch Gerald solche Gedanken hegte, und fühlte sich in ihrer Ehre verletzt. Bisher war Frieder freundlich mit ihr umgegangen, hatte aber nie schickliche Grenzen überschritten.

»Ich muss noch zum Geflügelmarkt.« Sofia merkte anscheinend, wie unangenehm Catharina die Situation war. »Der liegt am anderen Ende der Straße.« Fragend sah sie Catharina an.

Diese nickte und folgte ihr. Munter plauderte die Magd, erzählte, wer in den prachtvollen Bauten, die so anders aussahen als die Weberhäuser in Krefeld, wohnte, und teilte den einen oder anderen Tratsch mit ihr. Langsam fühlte sich Catharina wieder besser.

Auf dem Geflügelmarkt quakten die Enten, die Gänse schnatterten, und die Wachteln piepsten. Es gab körbeweise Hühner, Fasane hingen, an den Füßen zusammengebunden, von Gestellen. Der Lärm war ohrenbetäubend, und es stank nach Vogelkot.

»Du liebe Güte!«, sagte Catharina. »Werden die alle hier verkauft?«

»Ja. Dort hinten ist der Schlachter, und man kann die Hühner auch hier rupfen lassen.« Sofia zeigte auf eine Ecke des Platzes. »Geflügelmarkt ist nur einmal in der Woche, deshalb ist hier so viel los.«

»Haltet ihr keine Hühner?«

»Wo denn?« Sofia schüttelte den Kopf.

»Im Hof … im Garten?« Catharina kam sich dumm vor, als sie diese Frage stellte.

»Aber nein, das machen doch nur Arbeiter. Unser Garten ist sorgfältig angelegt und lädt zum Lustwandeln ein. Habt Ihr ihn Euch noch nicht angeschaut?«

Catharina verneinte. Plötzlich wurde ihr klar, wie anders das Leben hier war. Sie schaute sich um. »Es gibt Arbeiter und arme Leute in Hannover? Wo wohnen die denn? Alle Häuser sehen hier prunkvoll aus.«

»Sie wohnen auf der anderen Seite der Stadt.« Sofia rümpfte die Nase. »Dort ist es eng und dreckig.«

Nachdem sie vier Hühner, zehn Wachteln und zwei Enten ausgesucht hatte, ließ die Magd die Hühner schlachten. »Rupfen werden wir sie selbst. Mamsell meint, hier würde das nicht ordentlich gemacht.« Die Wachteln und Enten kamen in einen Deckelkorb.

»Was passiert mit ihnen?«, fragte Catharina neugierig.

»Wir brauchen sie erst in ein paar Tagen. Solange kommen sie in den Stall. So bleiben sie schön frisch.«

Gegen Abend ging sie in die Küche, doch Heinrich war nicht dort. Gerald war mit Monsieur unterwegs, doch der Kutscher hatte bleiben können. Am Morgen hatte Heinrich über Kopfschmerzen geklagt, fiel Catharina ein. Normalerweise kam er pünktlich zu den Mahlzeiten, genoss die anheimelnde Atmosphäre der kleinen Küche.

Catharina machte sich auf die Suche nach ihm. Bisher war sie noch nicht in den Gesinderäumen gewesen, hatte nur eine ungefähre Ahnung, wo diese überhaupt waren. Doch der Duft, der aus der großen Küche im Haupthaus drang, zeigte ihr den Weg.

Unschlüssig blieb sie an der Tür stehen, es herrschte hektische Betriebsamkeit in dem großen Raum.

»Mademoiselle?« Sofia hatte sie entdeckt und kam auf sie zu. »Fehlt Euch etwas?«

»Ich suche Heinrich, unseren Kutscher.«

Suchend sah die Magd sich um. »Hier scheint er nicht zu sein. Martin, hast du den Kutscher aus Krefeld gesehen?«

Die Dienerschaft saß um den riesigen Esstisch, gerade wurden die Schüsseln aufgetragen.

Martin nahm sich eine dicke Scheibe Brot, riss sie in zwei Stücke und tauchte eine Kante in die Grütze. »Nein«, sagte er und biss ab.

»Aber irgendwo muss er doch sein?« Catharina knetete unruhig die Hände.

Sofia zuckte mit den Achseln, ging zurück zu Tisch und setzte sich auf die Bank. Schnell griff sie zu dem Brot, nahm eine Scheibe und folgte Martins Beispiel. Keiner schien sich zu kümmern, was Catharina betrübte. »Wo ist denn seine Kammer?«, wollte sie wissen.

»Den Gang runter, dann raus auf den Hof. Die Knechte, Kutscher und Stallburschen schlafen über dem Stall, neben dem Heuschober.« Martin nahm sich seelenruhig eine weitere Scheibe Brot.

Catharina folgte seiner Beschreibung. Die Stiege zum Heuschober war noch steiler als die schmale Treppe in ihrem Elternhaus.

»Heinrich?«, rief sie zuerst zögerlich. Doch niemand antwortete, nur die Pferde schnaubten. »Heinrich?«, rief sie, diesmal lauter. Nachdem sie das dritte Mal gerufen hatte, ohne dass eine Antwort kam, nahm sie ihren ganzen Mut zusammen, raffte die Röcke und stieg die Stiege empor.

»Heinrich?« Es roch nach Heu und Staub, ein wenig auch nach dem Urin von Mäusen. Sie konnte in dem engen Gang kaum stehen, musste den Kopf einziehen. Links von ihr, über den Pferdeboxen, lagen die Kammern. Sie klopfte, öffnete eine Tür nach der anderen. Zwei schmale Pritschen mit

Strohmatratzen waren in jeder Kammer, auf jeder lag eine dicke Wolldecke, die kratzig aussah. Auch der Boden war mit Stroh bedeckt, doch nicht so wie bei ihnen zu Hause, mit Kräutern gegen das Ungeziefer vermischt. In der dritten Kammer lag Heinrich. Er atmete hektisch, sein Gesicht war rot, die Wangen wirkten so, als hätte er sie aufgeblasen.

»Heinrich?« Catharina trat zu ihm, doch er reagierte nicht. Sie legte ihm die Hand auf die Stirn, zog sie dann erschrocken zurück. Der Kutscher schien zu glühen. Sein Kopf war nach hinten gestreckt, die Augen waren geschlossen. Catharina sah, dass er die Beine angezogen hatte.

»Heinrich!« Sie war entsetzt. In der Kanne neben dem Bett war etwas Wasser. Sie fand einen Lappen, tauchte ihn hinein und legte ihn dem Kutscher auf die Stirn, das hatte ihre Mutter immer gemacht, wenn sie Fieber hatte. Wadenwickel, fiel ihr ein, halfen auch. Heinrich stöhnte leise, reagierte aber ansonsten nicht.

Ich brauche Hilfe, dachte Catharina. Vorsichtig stieg sie die Stiege hinunter, lief zurück zur Küche.

»Hilfe! Bitte helft mir. Heinrich ist krank!«

»Was hat er denn?«, fragte die Mamsell. »Er klagte heute Morgen über Kopfschmerzen, konnte das Sonnenlicht kaum ertragen.« Sie grinste. »Da hat er wohl gestern dem Bier zu sehr zugesprochen.«

Auch andere lachten nun. »Ja, er hat wohl ordentlich einen über den Durst getrunken.«

»Nein, er fiebert, und er hat den Kopf so seltsam verdreht. Er ist wirklich krank.« Doch niemand schien wirklich auf ihre Worte zu hören. »Bitte!«, flehte sie. »Helft mir!«

Ein hutzeliges Weiblein stand auf. Sie trug schwarze Kleidung, die Haube tief ins Gesicht gezogen, ihr Rücken war gebeugt, und sie musste den Kopf heben, um Catharina anzusehen.

»Nun beruhigt Euch, Mademoiselle. Männer trinken schon mal zu viel. Umgebracht hat das noch keinen hier.«

»Aber wenn ich es doch sage – er ist wirklich krank.«

»Nun gut.« Das Weiblein ging an ihr vorbei und hinaus zum Stall. Stöhnend erklomm sie die Stiege. »Wo ist er denn?«, fragte sie.

»In der dritten Kammer.« Catharina folgte ihr.

Die alte Frau öffnete die Tür, sie ging nur einen Schritt in die Kammer, blieb dann stehen. »Zum Teufel – er ist tatsächlich krank.«

Catharina zuckte zusammen, als sie den Fluch hörte, doch sie fasste sich schnell. »Was können wir tun? Bist du heilkundig?«

»Ich habe ein wenig Ahnung von Kräutern«, murmelte die alte Frau. Dann drehte sie sich um, schaute Catharina an. Ihre Haut war runzelig, doch ihre Augen blitzen wach und klar. »Mein Name ist Thea. Ich war früher die Köchin und bekomme nun das Gnadenbrot hier.« Sie öffnete den Mund zu einem breiten Lachen. Catharina sah, dass sie nur noch zwei Zähne hatte.

»Was können wir tun?«, fragte sie wieder.

»Mademoiselle, das ist nichts für Euch.« Thea trat an die Pritsche, berührte Heinrichs Wangen mit den Fingerspitzen. Der Kutscher stöhnte auf. »Er scheint Kieferbeklemmung zu haben.«

»Aber das ist eine Krankheit, die Kinder bekommen.«

»Ja, aber manchmal bekommt man sie auch später, und dann ist es schlimm.« Thea schüttelte den Kopf. »Ich glaube nicht, dass da viel zu machen ist.«

Catharina trat neben sie, fasste sie am Arm. »Wir müssen ihm doch helfen können. Bitte!«

»Ihr solltet auf Euer Zimmer gehen. Wenn Menschen sterben, ist das kein schöner Anblick.«

»Ich bin Käthe. Und ich habe schon Menschen sterben sehen. Spar dir das ›Mademoiselle‹. Ich will ihm helfen.«

»Oh.« Thea sah sie erstaunt an. Dann krempelte sie die Ärmel hoch. »Wenn das so ist – geh Wasser holen – kaltes Wasser. Das kann dir einer der Knechte hoch tragen. Sag, Thea hätte dich geschickt. Wir brauchen auch Leinen. Und eine Schüssel. Außerdem soll Mamsell einen kleinen Topf für einen Aufguss fertigmachen. Viel Hoffnung habe ich nicht«, sagte sie und zog die Wolldecke vom Bett. »Er hat die Starre – das ist selten, aber bei Menschen in seinem Alter kann das vorkommen. Das Gift der Krankheit ist in sein Gehirn gedrungen.«

Catharina ging zur Tür. Dann drehte sie sich noch einmal um. »Ist es gefährlich?«

»Für ihn? Ja. Ich denke nicht, dass er es schafft. Aber vielleicht können wir sein Leiden lindern. Für uns? Ich hatte Kieferbeklemmung als Kind. Meist bekommt man das nur einmal im Leben. Aber sicher ist nichts, Gott allein entscheidet.«

Catharina nickte. Als sie in der Gesindeküche Theas Wünsche mitteilte, wurde die laute Runde auf einmal ganz ruhig. Martin stand auf, nahm einen Eimer und ging zum Brunnen. Die Mamsell gab Catharina Leinenstreifen und Tücher, holte dann einen Korb aus dem Schrank.

»Das sind Theas Kräuter. Jedenfalls ein Teil davon. Ich setze Wasser auf und lass es Euch bringen. Braucht Ihr sonst noch etwas?«

»Ich weiß es nicht«, murmelte Catharina. Dankend nahm sie die Sachen entgegen.

Er wird sterben, dachte sie voller Entsetzen, als sie zurück zum Stall ging. Gestern hatten sie noch gescherzt, und jetzt war er dem Tod geweiht. Leben und Tod lagen nahe beieinander, das hatte sie immer wieder erfahren. Doch es kam zu überraschend und zu schnell, sie konnte es kaum fassen. Muss er leiden, fragte sie sich. Wird es schrecklich für ihn sein? Heinrich gehörte zu ihrer Gemeinde. Die Prediger versicherten immer wieder, dass man, so man ein gottesfürchtiges Leben gelebt hatte, wohlwollend im Reich Gottes aufgenommen wurde. Sie kannte Heinrich zwar nur ein paar Wochen, doch hatten sie diese Zeit intensiv miteinander verbracht, hatten gute und auch schlechte Tage erlebt. Nie war er misslaunig oder ärgerlich gewesen. Die meiste Unbill auf der Reise hatte er mit einem Lächeln quittiert. Nie war er laut geworden, den Pferden gegenüber hatte er viel Geduld gezeigt und auch Zuneigung. Er war so, wie sie sich einen Vater gewünscht hätte, auch wenn er von niedrigerem Stand war als sie.

Catharina wischte sich über die feuchten Augen. Sie wollte nicht, dass er starb.

Kapitel 21

»Wir machen noch einmal Wadenwickel«, beschloss Thea.

Es war tief in der Nacht, seit Stunden versuchten sie, Heinrich Linderung zu verschaffen. Aber nichts schien zu wirken. Sie hatten ihm unter Mühen Weidenrindentee eingeflößt, Wadenwickel gemacht, ihn kalt abgewaschen. Doch das Fieber sank nicht.

Catharina musste die Luft anhalten, als Thea ihn auszog und mit einem Lappen abwusch. Noch nie zuvor hatte sie einen nackten Mann gesehen und auch niemals so einen Gestank gerochen. Er hatte sich eingekotet, lag verkrampft, die Knie bis zum Brustbein gezogen, auf der Seite.

Thea schüttelte den Kopf. »Das wird nicht mehr. Der ist hin.«

»Er atmet noch, sein Herz schlägt. Vielleicht hört er uns, spürt uns. Solange er noch atmet, dürfen wir nicht aufgeben«, flehte Catharina.

Thea schaute sie müde an. »Du hast recht, einfacher wird es trotzdem nicht.«

»Für ihn?«

»Für uns alle.« Sie seufzte.

»Können wir nicht noch irgendetwas tun?«, fragte Catharina verzweifelt. »Es muss doch etwas geben, was das Fieber senkt und entkrampfend wirkt.«

»Außer Arnika wüsste ich nichts. Und Arnika hat er schon bekommen. Es scheint ebenso wenig zu wirken wie der Weidenrindentee.«

Catharina stand auf, strich sich das Stroh vom Kleid. »Ich komme gleich wieder.«

Sie eilte die Stiege hinunter. Außer dem Schnauben und Hufscharren der Pferde war kein Geräusch zu hören. Die Stallburschen und Knechte hatten ihre Kammern nicht bezogen, zu groß war die Angst vor Krankheit. Sie hatten sich ein Lager in der Gesindeküche gebaut und nächtigten dort.

Auch im Haus war es dunkel und ruhig. Unsicher suchte Catharina sich den Weg zurück zu ihrem Zimmer. Sie kam an der kleinen Küche vorbei und hörte von dort seltsame Geräusche. Doch nirgendwo brannte eine Kerze, so musste sie sich mit klopfendem Herzen an der Wand entlang tasten. Sie drückte den Rücken an die Wand, versuchte möglichst leise aufzutreten und huschte, so schnell es ging, an der Küchentür vorbei. Jemand schien dort, ganz im Dunkeln, zu schmatzen. Wer, zum Kuckuck, saß nachts im Dunkeln in der Küche und aß, fragte sie sich. Doch es blieb ihr keine Zeit, es herauszufinden. Sie öffnete die Tür zu ihrem Zimmer, fand Zunder und Kerze. Das warme, flackernde Licht beruhigte sie. Auf dem Tischchen am Fenster fand sie das Buch, was sie gesucht hatte. Sie schlug es auf, suchte die Seite. Erleichtert steckte sie das Büchlein in die Tasche ihres Kleides, nahm die Kerze und schützte die Flamme mit der Hand. Sie schlich sich in den Flur, ging langsam den Gang entlang. Das Licht der Kerze warf gespenstische Schatten an die Wände. Vorsichtig näherte sie sich der kleinen Küche. Immer noch waren die schmatzenden Geräusche zu hören.

Catharina zögerte einen Moment, doch dann trat sie in die Türöffnung, hielt die Kerze in den Raum und lachte laut auf. Auf dem Tisch stand der Topf mit der Grütze, davor saß eine getigerte Katze und genoss das Essen.

»Na, wenigstens du hast gleich einen vollen Magen«, sagte sie und stellte jetzt erst fest, wie hungrig sie war. Schnell stellte sie die Kerze ab, schlug den Laib Brot, der neben der Schüssel lag, in ein Tuch, packte etwas Käse und Schinken dazu. Dann nahm sie die Kerze wieder und setzte ihren Weg zum Stall fort. Es war zu beschwerlich mit der Kerze und dem Essen die Stiege zu bezwingen, also löschte sie die Flamme und tastete sich nach oben.

Thea wechselte gerade die Wadenwickel bei Heinrich, was sich schwierig gestaltete, da er die Beine immer noch an den Leib gezogen hatte.

»Ich habe etwas gefunden, was helfen könnte«, sagte Catharina. »Die Frage ist nur, ob du es hast.«

Thea sah erstaunt auf.

»Hast du Beinwellwurzel?«, fragte Catharina.

Thea wühlte in ihrem Korb, schüttelte dann den Kopf. »Nicht hier, aber in meiner Kammer.« Sie seufzte. »Beinwell hilft bei Verletzungen und blauen Flecken, bei Brüchen und Verstauchungen. Die Wurzel wird nur sehr selten verwendet, sie ist gefährlich.«

»Ja, ich weiß. Aber sie kann auch entkrampfend wirken. Und Lindenblüten auch – sie senken auch das Fieber, besser als es die Weide tut.«

»Ein Versuch ist es wert«, fand Thea und richtete sich auf. »Auch wenn ich nicht wirklich glaube, dass es etwas nutzt. Sei's drum. Wie verwendet man die Wurzel?«

Catharina zog das kleine Buch aus ihrer Rocktasche und hielt es Thea hin. »Seite achtundvierzig.«

Die alte Frau schüttelte den Kopf und lachte auf, so dass ihre beiden Zähne zu sehen waren. »Ich kann nicht lesen. Lies es mir vor.«

Catharina schlug die Seite auf und las.

»So so, die Wurzel reiben und einen Aufguss bereitet. Schaden wird's nicht.« Thea drängte sich an Catharina vorbei. »Dann wollen wir mal schauen, ob ich noch Beinwellwurzel habe.«

»Soll ich dich begleiten? Es ist stockduster.«

Wieder lachte Thea auf. »Ich lebe seit fünfzig Jahren in diesem Haushalt und würde mich blind zurechtfinden. Du bleibst schön hier und kümmerst dich um deinen Kutscher.«

Ganz wohl war es Catharina nicht, dass sie alleine bei dem

Kranken bleiben musste. Der Wind frischte auf, bald würde der Morgen dämmern. Sie fröstelte, war hungrig und müde.

Heinrich stöhnte leise, es war das erste Lebenszeichen, das er von sich gab. Catharina kniete neben der Pritsche, legte ihm die Hand auf die Stirn. Immer noch hatte er den Kopf seltsam nach hinten gebogen, die Augen waren halb geöffnet, nach oben verdreht, so dass man nur das Weiße sehen konnte.

»Heinrich?«, wisperte sie. Er zuckte zusammen, so als ob er sie endlich gehört hätte. Doch es kam keine weitere Regung.

Schweigend saß sie neben ihm, erneuerte immer wieder den feuchten Lappen auf seiner Stirn. Wadenwickel zu machen, traute sie sich nicht recht. Er stöhnte auf, sobald man ihn berührte, und sie hatte Angst, ihm Schmerzen zu bereiten. Sie schnitt sich ein Stück Brot und etwas Käse ab, doch obwohl sie Hunger hatte, schmeckte es ihr nicht. Es erschien ihr ungerecht, dass sie hier saß und etwas zu sich nahm, während Heinrich so sehr litt.

Es schien eine Ewigkeit zu dauern, bis Thea zurückkehrte. Sie brachte einen Krug mit, in dem ein bitter riechender Aufguss war. »Es muss noch etwas abkühlen«, sagte sie. »Riecht scheußlich, aber wenn es hilft …« Sie zog eine kleine Phiole aus ihrer Rocktasche.

»Was ist das?«, fragte Catharina.

»Lindenblütentinktur. Ich werde ihm davon alle halbe Stunde drei Tropfen auf die Zunge geben. Wenn das nicht hilft, das Fieber zu senken, hilft gar nichts. Aber lange übersteht er es sowieso nicht mehr.« Thea fühlte nach seinem Puls. »Das Herz rast, aber es wird schwächer.«

Gemeinsam flößten sie ihm den Trunk aus Beinwellwurzel ein, gaben ihm die Tropfen auf die Zunge. Sein Zustand veränderte sich nicht, das Fieber schien sogar noch zu steigen. Er bekam Schüttelfrost, obwohl ihm der Schweiß auf der Stirn stand. Catharina holte eine weitere Wolldecke aus einem der anderen Zimmer und deckte ihn zu.

Der Morgen graute, ein schwaches Licht zeigte sich am Himmel. Die Pferde wieherten erwartungsvoll, als eine Magd zum Brunnen ging und Wasser holte. Bald regte sich das Leben in Haus und Hof, der Duft frischen Brotes drang zu ihnen.

»Was hat es mit dem Buch auf sich?«, fragte Thea. »Es ist ein Kräuterbuch, nicht wahr?«

»Ja. Ich finde es sehr interessant. Es hat eine Nonne geschrieben, die sehr viel über Kräuter und Pflanzen und ihren Nutzen wusste. Wo hast du Heilkunde gelernt?«

»Von meiner Mutter und die von ihrer Mutter. Bei uns wurde das Wissen von Generation zu Generation weitergegeben. Doch ich habe keine Kinder, und mein Wissen wird mit mir sterben.« Plötzlich klang sie traurig. Dann schaute sie auf. »Ich kann mir nicht vorstellen, dass man Heilkunde durch ein Buch lernen kann.«

»Vermutlich nicht. Aber man kann sich ein wenig Wissen über Pflanzen aneignen. In dem Buch steht, dass Lindenblütentinktur Fieber senken kann, aber nicht, wie oft man es verabreichen soll.« Sie schaute zu Heinrich, er schien ruhiger und tiefer zu atmen.

»Nun, warum interessiert es dich? Willst du Heilfrau werden?«

Catharina dachte nach. »Wenn ich das wählen könnte, wäre es sicherlich etwas, was ich tun würde. Aber wirklich weiß ich nicht, ob ich dazu geeignet bin. Es gehören Dinge dazu, die ich noch nie erlebt oder gesehen habe. Es reicht ja nicht, Tinkturen, Salben und Aufgüsse zuzubereiten.« Sie schluckte. »Man muss auch kranke Menschen pflegen. Ob ich das könnte, weiß ich nicht.«

»Es gibt schöne Augenblicke, aber die schrecklichen überwiegen. Manchmal kann man nicht helfen, manchmal nur Schmerzen lindern. Das scheinen wir bei Heinrich zumindest erreicht zu haben.« Thea fühlte wieder seinen Puls, zog die Decke weg, um nach den Wadenwickeln zu schauen. Er hatte die Beine nicht mehr zu starr angewinkelt, auch der Kopf schien nicht mehr krampfhaft nach hinten gezogen zu sein. »Der Aufguss hilft.« Thea wirkte erstaunt. »Das hätte ich nicht gedacht.«

»Geht es ihm besser?« Catharina sah sie erwartungsvoll an, doch Thea schüttelte den Kopf.

»Das kann man so nicht sagen.« Sie legte Heinrich die Hand auf die Stirn, dann vorsichtig in den Nacken. »Das Fieber ist gesunken. Wir versuchen ihm noch mal etwas von dem Aufguss zu geben.«

Immer noch war Heinrich nicht bei Bewusstsein, es war schwierig, ihm etwas einzuflößen, denn er schluckte nicht, und so drohte die Gefahr, dass er erstickte. Thea zeigte Catharina, wie sie es machen musste.

»Heb vorsichtig den Kopf an, so dass sein Hals so gerade wie möglich ist. Du musst den Mund öffnen, nur ein wenig, nicht zu weit. Dann gießt du ein wenig auf die Zunge, immer nur ein paar Tropfen, und streichst den Hals hinunter – ruhig kräftig. Dadurch schluckt er die Flüssigkeit.«

Vorsichtig half Catharina der alten Frau.

»Gut machst du das«, lobte Thea.

»Wird er jetzt genesen?«

Thea hielt kurz die Luft an. »Nein«, sagte sie dann leise.

»Das glaube ich nicht. Wenn Fieber in den Kopf wandert, dann ist keine Heilung möglich. Selbst wenn er das Fieber überlebt, wird er nie wieder gesund sein. Ich habe nur zweimal erlebt, dass jemand das Hirnfieber überlebt hat, und beide Male wäre ein Tod gnädiger gewesen.«

Catharina stiegen die Tränen in die Augen. Sie musste sich setzen. »Aber … das ist nicht gerecht.«

»Nichts im Leben ist gerecht«, sagte Thea müde. »Nun wollen wir ihm aber die letzten Stunden so angenehm wie möglich machen.«

Die Knechte hatten inzwischen die Pferde versorgt. Das Leben im Haus ging seinen gewohnten Gang. Die Dienerschaft versammelte sich zum Frühstück, bereitete dann die Mahlzeit für ihre Herrschaft zu. Wäsche wurde gewaschen, Böden wurden geschrubbt.

»Thea?«, rief jemand vom Fuß der Stiege. Es war Sofia. »Mamsell schickt mich, ich soll euch Brühe und Brot bringen.«

»Das ist fein, Kind.« Thea stand ächzend auf. »Ich komme schon.«

»Warum kommt sie nicht hoch?«

Thea sah Catharina an, öffnete den Mund zu ihrem schiefen Lächeln. »Warum haben die Burschen nicht in ihren Kammern geschlafen? Krankheit macht Angst.«

Catharina schüttelte verständnislos den Kopf. »Du brauchst nicht zu gehen, ich werde die Suppe holen.« Sie bedauerte die alte Frau, für die die Stiege viel zu steil war.

Mit spitzen Fingern reichte Sofia ihr einen Korb. Es duftete köstlich nach kräftiger Fleischbrühe und warmen Brot. Auch einen Krug mit Würzwein fanden die beiden Frauen vor. Vorsichtig versuchten sie Heinrich ein paar Löffel der Brühe einzuflößen, doch schon bald gaben sie auf, da ihm die Suppe wieder aus den Mundwinkeln herauslief.

Trotzdem wirkte er entspannter und ruhiger, sein Atem ging gleichmäßiger, und auch der Puls flog nicht mehr so, stellte Thea fest.

»Wie seid ihr in diesen Haushalt gekommen?« Catharina wischte die Schüssel mit einem Kanten Brot aus und leckte sich zufrieden über die Lippen. Die warme Brühe hatte ihr gut getan. Auch Thea seufzte zufrieden, nahm sich einen weiteren Becher Würzwein.

»Meine Mutter hat schon für die Mutter des Hausherrn gekocht. Mein Vater ist damals im Krieg geblieben. Sie war froh, dass sie hier für uns beide ein Auskommen fand. Und ich bin dann einfach in ihre Fußstapfen getreten. Es fand sich kein Mann, den zu heiraten sich für mich gelohnt hätte.« Wieder grinste sie schief. »Also habe ich mein Lebtag hier gearbeitet. Aber nun wollen die Herrschaften lauter neue Gerichte mit neuen Zutaten, dazu bin ich zu alt. Es reicht noch, um Wurzeln zu schaben oder Erbsen zu verlesen, aber zu mehr nicht.«

»Doch du darfst bleiben?«

»Bisher werde ich geduldet, aber wer weiß, wie es ist, wenn ich noch nicht einmal kleine Arbeiten verrichten kann? Ich habe keine Kinder, keine Familie, die mich zu sich nehmen würde.«

»Sind die Herrschaften nicht gläubig?«

»Sie sind protestantisch geworden. Und gehen zur Kirche. Ein wenig aber scheinen sie ihre Gottesfurcht in den letzten Jahren verloren zu haben.« Thea schaute sie neugierig an. »Wie ist das mit der Herrschaft in Krefeld?«

»Oh, Madame ist sehr wohltätig. Die Familie unterstützt

das Waisen- und das Armenhaus, auch ihre Arbeiter, und derer sind viele, werden versorgt, wenn Krankheiten oder Unglück sie ereilen. Auch leben sie nicht ganz so pompös wie deine hier. Sie halten Hühner und lassen Schweine mästen.«

»Das haben wir auch lange gemacht, doch Monsieur meint, dass es sich nicht mehr lohnen würde. Die Ware auf den Märkten ist frisch, und man muss keinen Bauern überprüfen, ob er das Schwein auch ordentlich mästet.«

Mittags, als die Sonne hoch am Himmel stand, wurde es nahezu unerträglich stickig in der kleinen Dachkammer. Das Fenster ließ sich nicht öffnen. Der Staub des Strohs tanzte im Sonnenlicht. Catharina fühlte eine bleierne Müdigkeit, immer wieder fielen ihr die Augen zu. Auch Thea schien einzuschlafen. Beide Frauen schreckten hoch, als Heinrich leise aufschrie.

»Heinrich?« Catharina eilte an seine Seite. Er hatte die Augen geöffnet, sein Blick wanderte unruhig durch die Kammer. »Heinrich, kannst du mich hören? Geht es dir besser?«

Auch Thea war an die Pritsche getreten. Sie schob Catharina zur Seite, legte dem kranken Kutscher die Hand auf die Stirn, schüttelte dann den Kopf.

»Es geht ihm besser.« Die Hoffnung in Catharinas Stimme war deutlich zu erkennen. »Du hast dich getäuscht, er wird doch gesund.«

Heinrich stöhnte laut auf, dann verdrehte er die Augen, gelbliche Flüssigkeit lief aus seinem Mundwinkel, ein bestialischer Gestank verbreitete sich in der kleinen Kammer. Japsend hielt Catharina die Luft an.

Thea beugte sich über den Kutscher. Leise murmelnd schloss sie seine Augen. »Geh mit Gott!«

»Was … was?«, stammelte Catharina.

»Er ist von uns gegangen«, antwortete Thea leise.

»Nein, das kann nicht sein«, schrie Catharina auf. »Er hat mich gerade noch angeschaut, sein Blick war klar und wach!«

»Das ist oft so, das letzte Aufflackern vor dem Tod.« Thea drehte sich um und strich Catharina beruhigend über den Arm. »Es ist schnell gegangen, er hat nicht sehr leiden müssen. Für ihn ist es das Beste, glaube mir.«

»Er war wach. Das Fieber war gesunken.«

»Kind, schau ihn an. Seine Wangen sind angeschwollen, die Kieferbeklemmung ist schlimmer geworden, auch wenn der Aufguss und die Tinktur ihm Erleichterung verschafft haben mögen. Die Krämpfe im Kopf und in den Beinen hatten sich gelöst, und er mag weniger Schmerzen gehabt haben, und doch tobte die Krankheit weiterhin in seinem Körper. Wir haben alles getan, was wir tun konnten.«

»Nein!« Catharina schüttelte verzweifelt den Kopf. Die Tränen liefen ihr ungehemmt über die Wangen.

»Ach, Kindchen, glaub mir, für ihn ist es besser.«

»Was … warum stinkt es hier so? Ist das der Geruch des Todes?«, fragte Catharina, als sie sich ein wenig beruhigt hatte.

»So kann man es nennen.« Thea legte die Decken zusammen, wickelte die Leinenbinden von den nun schlaffen Beinen des toten Mannes. »Wenn der Tod kommt, entleert sich der Körper.«

»Es ist … oh.« Catharina schlug die Hand vor den Mund. Natürlich hatte sie schon Tote gesehen. Ihr Vater war zur Totenwache drei Tage in der Stube aufgebahrt worden. Aber damals war sie klein. Noch nie hatte sie jemanden sterben sehen. Doch die aufgebahrten Toten, die sie bisher gesehen hatte, hatten nicht derartig gestunken. Voller Entsetzen sah sie, dass Thea Heinrich entkleidete. Dann tauchte die alte Frau einen Leinenlappen in den Eimer, wrang ihn aus und begann den Toten sanft abzuwaschen.

»Geh«, sagte sie über die Schulter hinweg. »Das ist kein Anblick für ein Mädchen wie dich.«

»Nein.« Catharina nahm den zweiten Wickel und folgte Theas Beispiel. Gemeinsam wuschen sie den Leichnam. Immer wieder musste Catharina sich die Tränen von den Wangen wischen. Thea suchte saubere Sachen aus Heinrichs Truhe, und sie zogen sie ihm an, nachdem sie die beschmutzte Strohmatratze in den Hof geworfen hatten. Dann fegten sie die Kammer aus, brachten die Decken und Kleidung nach unten. Obwohl sie niemandem etwas gesagt hatten, schienen alle vom Tod des Kutschers zu wissen. Schnell wurden das Stroh, die Matratze und die Decken auf einen Haufen geschichtet. Heinrichs Kleidung und seine Truhe holte einer der Knechte aus der Kammer.

»Was macht ihr nur?«, fragte Catharina.

»Seine Sachen werden verbrannt.« Thea zog sie beiseite.

»Was? Alles? Auch seine Truhe? Vielleicht ist dort etwas, was seine Familie als Andenken haben möchte.«

Der Knecht sah sie mürrisch an. »Dann schaut nach, Mademoiselle. Falls dort etwas ist, könnt Ihr es an Euch nehmen. Solltet Ihr aber auch erkranken, werden wir es verbrennen, genau wie Eure Sachen auch. Hirnfieber ist selten, und keiner von uns möchte es bekommen, glaubt mir. Und wer weiß schon, woher Krankheiten kommen?«

Mit rotem Kopf öffnete Catharina die Truhe, doch es gab keine persönlichen Gegenstände, nur Kleidung. Seufzend gab sie dem Knecht ein Zeichen, dass er die Truhe auf den Scheiterhaufen werfen konnte.

»Bitte, zieht Euch aus. In Eurem Zimmer. Gebt der Magd die Kleidung – der Waschzuber wurde schon vorbereitet und heißes Wasser wird Euch gleich gebracht«, sagte die Mamsell und wich Catharinas Blick aus.

Ja, natürlich, dachte Catharina. Ihr Blick suchte Thea, doch diese war nicht mehr im Hof. Musste sie sich auch der Kleidung entledigen und baden? Sie wusste es nicht.

Das Klappern von Hufen riss sie aus ihren schwermütigen Gedanken. Frieder von der Leyen und Gerald ritten in den Hof, hielten ihre Tiere kurz vor dem Feuer an.

»Was ist hier los?« Frieders Stimme hallte über den Hof.

»Euer Kutscher ist verstorben.« Der Knecht nahm den Zügel des Pferdes.

»Was?« Frieder schaute sich um, sein Blick fiel auf Catharina. »Mademoiselle? Ihr seht krank aus. Was ist passiert?«

Catharina konnte förmlich spüren, wie die anderen Bediensteten von ihr zurückwichen. Sie atmete tief ein, schluckte, dann wurde ihr schwarz vor Augen.

Kapitel 22

»Ich glaube nicht mehr an einen Friedensvertrag. Jetzt nicht mehr.« Engelbert vom Bruck stopfte sich die Pfeife.

»Nicht?« Abraham sah besorgt zu seiner Frau. Anna saß im Sessel am Kamin und stopfte Wäsche. Sie schien kaum zuzuhören, doch er wusste, dass sie jede schlechte Nachricht mehr und mehr mitnahm. »Worauf stützt sich Eure Erkenntnis?«

»Der Gesandte des Großtürken hat mit dem König verhandelt, alles sah gut aus, doch dann hat der Gesandte das Lager verlassen, so schrieb die französische Zeitung von Köln letzten Monat. Die Armee der verbündeten Truppen des Königs ist vom Niederrhein abmarschiert, obwohl hier immer noch feindliche Bataillone stationiert und in Quartier sind.« Engelbert seufzte. »Die hannoversche Abteilung hat den Rhein im Juni überschritten und Magazine in Geldern, Xanten und Gennep zerstört, des Weiteren wurden zwei große Schiffe der Franzosen auf dem Rhein versenkt, die Heu geladen hatten. Der Franzose glaubt nicht, dass unser König tatsächlich Friedensabsichten hat.«

Abraham biss sich auf die Lippe. All diese Tatsachen waren ihm nicht unbekannt, doch hatte er versucht, sie von Anna fernzuhalten.

»Das heißt alles nichts. Mögt Ihr noch einen Wein?« Abraham stand auf. »Ich habe da einen Riesling aus der Pfalz, exzellenter Tropfen.«

»Gerne, gerne, mein Freund.«

»Ich weiß auch nicht, ob ich noch an den Frieden glaube«, sagte Anna nun leise. »Sie kämpfen ja immer noch ohne Unterlass.« Sie dachte an den zweiten Juli zurück. Vor drei Wochen war es heiß und stickig gewesen, der Himmel von einer seltsamen Farbe – ein wenig wie von Wasserdampf beschlagenes Glas. Als es nachmittags in der Ferne grollte, hoffte Anna auf ein reinigendes und erfrischendes Gewitter. Ihre Füße waren geschwollen, sie bekam kaum Luft. Doch das Grollen wurde lauter, ohne dass sich der Himmel bezog, und auf einmal wusste Anna, wann sie dieses Geräusch schon gehört hatte. Es war der Kanonendonner einer Schlacht. Bis in den Abend hörten sie die Kanonen und Geschütze, Schreie hörten sie diesmal nicht, die Kämpfe fanden zu weit weg statt.

Es kamen lauter schlechte Nachrichten, die Anna das Herz schwer machten. Die Kurfürstin von der Pfalz war mit einem kleinen Sohn niedergekommen, der jedoch schon eine Stunde nach der Geburt starb. Der jüngere Prinz von Braunschweig wurde bei einer Schlacht verwundet und erlag einige Tage später seinen Verletzungen. Während eines starken Gewitters plünderten Diebe einen der Flöthhöfe.

»Es sind alles schlechte Zeichen«, meinte Anna düster.

»Madame, Ihr dürft Euch davon nicht peinigen lassen«, versuchte Engelbert vom Bruck sie zu beruhigen. Doch Anna schüttelte nur den Kopf.

»Alles wird ein böses Ende nehmen«, meinte sie.

Die beiden Männer sprachen noch ein wenig über die politische Lage, wandten sich dann den Büchern zu, die sie gelesen hatten. Doch an diesem Abend wollte kein anregendes Gespräch aufkommen, und schon bald verabschiedete sich vom Bruck.

Voller Sorge beobachtete Abraham seine Frau, die unruhig durch die Stube wanderte.

»Geht es dir nicht gut?«, fragte er leise. Sie hatte ihre Zeit erreicht, das Kind konnte jeden Tag kommen.

»Noch geht es.« Anna presste die Fäuste in den Rücken. »Es wird nicht mehr lange dauern.«

»Soll ich meine Mutter rufen?«

Anna schüttelte den Kopf. »Nein, es ist noch zu früh. Ich glaube nicht, dass es heute schon so weit ist. Mir macht nur mein Rücken zu schaffen. Die Last, die ich trage, ist schwer.«

»Ach Anna, gibt es etwas, was ich für dich tun kann?« Abraham knetete seine Hände. Seine Frau reagierte nicht. Sie ging nach oben, schaute nach dem schlafenden Kind, kam wieder hinunter.

»Soll ich dir etwas Würzwein bereiten?« Er fühlte sich hilflos.

»Ja, vielleicht hilft mir der Wein, zur Ruhe zu kommen.« Anna seufzte. »Mir gehen so viele Gedanken durch den Kopf. All diese schlechten Zeichen – sie machen mir Angst.«

»Welche schlechten Zeichen?«

»Der Tod des kleinen Kurfürsten, der Tod des Prinzen von Braunschweig, das Erdbeben in Lissabon – es war schon das Zweite in diesem Jahr. All das sind schlechte Omen. Ich sorge mich um unser Kind.«

»Aber du fühlst es noch?«

»Leg die Hand hier her.« Zum ersten Mal an diesem Abend lächelte Anna. Sie nahm seine Hand, führte sie zur richtigen Stelle ihres geschwollenen Leibes. »Da, fühlst du das?«

Voller Verzückung spürte er die Bewegungen des noch ungeborenen Kindes. Es war ein großes Wunder für ihn, dass im Körper seiner Frau neues Leben heranwuchs. Aber auch er sorgte sich um seine Frau und das Kind. Sie hatte schwer an der Schwangerschaft getragen, oft war es ihr nicht gut gegangen, auch wenn das Kind zum Glück nicht zu früh gekommen war. Nun aber war es an der Zeit, dass es das Licht der Welt erblickte. Plötzlich spürte er, wie der Bauch hart wurde, als ob er sich verkrampfte und zusammenzog. Anna holte hörbar Luft.

»Was war?«, fragte Abraham besorgt.

Anna richtete sich auf. »Nichts, nichts«, murmelte sie, doch ihr Blick hatte sich verändert, so als wäre er plötzlich nach innen gerichtet, als würde sie auf etwas lauschen, was in ihr passierte.

Abraham ging in die Küche, wärmte den Würzwein auf. Elise hatte den Brotteig angesetzt und war schon zu Bett gegangen.

Er brachte seiner Frau einen Becher Wein, sie stand am Fenster und schaute in die Nacht.

»Schlechte Omen, glaubst du wirklich daran?«, fragte er sie.

»Ich weiß es nicht. Manchmal scheint es mir so, als würde es Zeichen geben. Aber das sind blasphemische Gedanken, nicht wahr?« Sie sah ihn nachdenklich an.

»Ja. Unser Leben ist von Gott bestimmt, er entscheidet.«

»Aber manchmal sind seine Entscheidungen nur schwer zu ertragen. Warum lässt er ein Kind sterben, dass nur eine Stunde gelebt hat? Warum lässt er einen jungen Mann sterben, der nur seine Pflicht fürs Vaterland tat?«

»Gottes Wege sind unergründlich. Du solltest nicht zweifeln.«

»Aber was, wenn ich bei der Geburt sterbe? Was wird dann aus den Kindern?« Anna verzog unglücklich das Gesicht. »Oder was, wenn das Kind stirbt? Wie kann Gott Kinder zu sich rufen, die noch gar nicht gelebt haben?«

Abraham seufzte unglücklich. Er hatte keine Antwort auf diese Fragen, die auch ihn beschäftigten.

Anna krümmte sich zusammen und stöhnte auf. Abraham griff nach ihrem Arm. »Liebes?«

»Es scheint, als ob unser Kind doch in dieser Nacht geboren wird.« Sie schnaufte.

»Soll ich meine Mutter holen?«

Anna nickte. »Schick Elise. Lass mich nicht alleine.«

»Du brauchst keine Angst zu haben.« Abraham spürte den Kloß in seinem Hals, aber er wollte keine Schwäche zeigen.

»Lieber Gott«, murmelte er, während er zur Küche und der dahinter liegenden Kammer eilte und die Magd weckte. »Bitte, lass alles gut gehen. Ich flehe dich an, lass meine Frau leben!«

Elise sah ihn verständnislos an. »Was soll ich tun? Mitten in der Nacht quer durch die Stadt laufen?« Sie schüttelte den Kopf, zog die Decke bis zum Kinn. »Das mache ich nicht, das ist mir zu gefährlich.«

»Elise!« Abraham zog an ihrem Arm. »Nun zier dich nicht. Los. Meine Frau ist in den Wehen, das Kind kommt.«

»Aber ich habe Angst, habe gehört, dass Soldaten nachts durch die Stadt schleichen und unschuldigen Mädchen Gewalt antun.« Elise versuchte, sich aus seinem Griff zu befreien.

»Unfug!« Sein Ton ließ keine Widerrede zu.

»Ja, Monsieur.« Verschüchtert sah die Magd ihn an. »Ich gehe ja schon.«

Erleichtert kehrte Abraham zu seiner Frau zurück. Anna stand immer noch in der Stube, an die Wand gelehnt und schaute auf die Straße. Sie war in sich gekehrt, schien aber keine Schmerzen zu haben.

»Willst du dich nicht hinlegen, mein Liebes?«

»Nein, noch nicht. Es wird noch dauern.«

Es war Annas dritte Geburt, Abraham wurde das erste Mal Vater, er vertraute ihrem Urteil, auch wenn die Sorgen um sie und das Kind blieben. Er wusste nicht, wie er sich verhalten, was er tun sollte, wartete darauf, dass Anna ihm Anweisungen gab, doch sie blieb stumm. Hin und wieder verzog sich ihr Gesicht, dann legte sie die Hände auf den Bauch oder stemmte die Fäuste in den Rücken. Abraham dauerte ihr Zustand.

»Was soll ich tun?«, fragte er schließlich ganz verzweifelt. »Kann ich dir etwas bringen?«

Anna schüttelte den Kopf. »Magst du mir etwas vorlesen?«

Verwirrt sah er sie an. »Vorlesen? Was denn?«

»Egal.« Wieder beugte sie ihren Körper vor und schnaufte.

»Möchtest du nicht lieber nach oben? Soll ich das Bett bereiten?«

»Lies. Bitte.«

Er nahm das Buch, das zuoberst auf dem Stapel lag, schlug es auf. Es waren Verse von Shakespeare. Langsam las er vor, immer wieder schaute er auf, doch Anna ging vor dem Fenster auf und ab, hin und wieder blieb sie stehen, atmete dann hörbar.

Abraham hatte die Tür schlagen hören, die Magd war also tatsächlich losgegangen. Es schien eine Ewigkeit zu dauern, bis sie zurückkehrte. Änne folgte ihr.

»Ist es soweit?«, fragte Abrahams Mutter Anna, ohne ihren Sohn zu begrüßen oder zu beachten.

Anna nickte. »Ich glaube schon. Noch kommen die Wehen in großen Abständen und sind gut zu ertragen. Willst du die Hebamme zu Hilfe holen?«

»Ich will erst einmal schauen, wie es aussieht. Komm, wir gehen nach oben.« Sie fasste Anna unter dem Arm, zog sie mit sich. Anna ließ sie gewähren.

Erleichtert ließ Abraham das Buch sinken, schenkte sich von dem Riesling ein, den er für Engelbert entkorkt hatte. Die Nacht drohte lang zu werden. Er trank das Glas leer, schenkte sich nach. Dann lauschte er. Von oben waren diffuse Geräusche zu hören. Seine Sorgen und die Angst wuchsen, doch er wusste, dass es nichts gab, was er machen konnte.

»Lass sie leben, oh, Gott«, sagte er leise und flehentlich. »Bitte, lass alles gut gehen.«

»Leg dich hin, ich helfe dir aus den Sachen«, sagte Änne ruhig.

»Das Kind kommt.« Anna stöhnte. »Es wird heute Nacht kommen.«

»Es ist an der Zeit, Anna. Hab keine Angst.«

»Ich werde sterben.« Annas Stimme klang ruhig.

Änne sah sie erstaunt an. »Da sei Gott vor. Wie kommst du auf diesen verqueren Gedanken?«

»Ich fühle es. Bitte kümmere dich um Marijke.«

»Unfug. Ich werde mich nicht kümmern müssen, das kannst du selbst tun. Und jetzt machen wir das, was gemacht werden muss. Kindchen, du hast zwei Geburten überlebt, du wirst es auch diesmal überstehen.«

»Aber eins meiner Kinder hat nicht überlebt.« Anna stöhnte auf, hielt den Atem an, als die Schmerzwelle sie überrollte.

»Weil es zu früh war. Und nun atme ein. Atme tief in den Bauch. Los! Nicht die Luft anhalten. Atmen.«

»Ich kann nicht«, presste Anna hervor, Tränen stiegen ihr in die Augen. War sie bis vorhin noch ruhig und voller Zuversicht gewesen, hatte sie nun die Angst gepackt und hielt sie wie mit Krallen fest.

»Natürlich kannst du. Atme«, forderte Änne ihre Schwiegertochter auf. »Es ist dein drittes Kind. Mein Enkelkind. Wir werden es gesund auf die Welt holen. Ihr werdet beide leben, das weiß ich. Aber dafür musst du etwas tun, atme!«

»Ich kann nicht.« Anna legte sich auf das Bett, krümmte sich zusammen.

»Doch, du kannst.« Änne zwang sie, sich auf den Rücken zu legen. Schlug das Kleid hoch und zog ihr die Unterkleidung aus. Sie tastete nach dem Muttermund, fühlte nasse Wärme. »Ist deine Fruchtblase schon geplatzt?«, fragte sie verblüfft.

»Nein.«

Ännes Hand war voller Blut. Sie holte tief Luft. Sollte ihre Schwiegertochter recht haben mit ihren Todesahnungen? Schnell schickte sie ein eindringliches Flehen gen Himmel, widmete sich dann wieder den weltlichen Anliegen.

»Wir müssen dir das Kleid ausziehen. Wo sind Leinentücher, die ich unterlegen kann? Du hast doch sicher alles schon vorbereitet?«

Anna wies auf die Truhe. Dann setzte sie sich auf, half ihrer Schwiegermutter beim Öffnen der Haken und Ösen.

»Ich gehe jetzt runter, es wäre gut, wenn die Hebamme käme«, murmelte Änne. »Vergiss das Atmen nicht.«

»Geh nicht!«

»Nun hab dich nicht so. Es dauert noch. Wir brauchen aber Wasser und Handtücher, einen Tee mit Kräutern, die es dir leichter machen werden.«

Änne eilte die Treppe hinab. Sie öffnete die Tür zur Küche, erwartete die Magd dort, doch Elise war wieder zu Bett gegangen.

»Was fällt dir ein?«, rief Änne, als sie in die Kammer trat. »Deine Herrin bekommt ein Kind, wir werden deine Hilfe brauchen.«

Elise setzte sich im Bett auf, rieb sich müde über die Augen. »Ich kann es ja nun mal nicht für sie bekommen.«

»Das kannst du nicht, das ist richtig.« Änne kniff die Augen zusammen. »Du trägst auch ein Kind unter dem Herzen«, sagte sie dann leise und zeigte auf Elises geschwollenen Bauch. »Deshalb die weite Kleidung, die Umschlagtücher. Wer ist der Vater?«

Elise schlug die Hände vor das Gesicht. »Das spielt keine Rolle.«

»Natürlich, es spielt immer eine Rolle«, sagte Änne streng. »Wer ist es also? Oder ist er verheiratet?«

Elise schüttelte den Kopf. »Nein«, schniefte sie. »Er ist Franzose«, fügte sie kaum hörbar hinzu.

Änne schnaubte ärgerlich auf. »Musste das sein? Aber die Frage stellt sich ja nun nicht mehr. Steh auf, weck den Knecht, er soll Wasser holen und dann schauen, ob die Hebamme kommen kann. Es ist Vollmond, und ich fürchte, dass einige Kinder geboren werden wollen. Wir brauchen einen kleinen Kessel mit kochendem Wasser für einen Kräuteraufguss, einen großen mit warmem Wasser. Schaut nach meinem Sohn, er sitzt in der Stube und bläst Trübsal. Sieh zu, dass er nicht zu viel Wein trinkt und schon gar keinen Branntwein. Zur Not musst du Wasser in die Flasche gießen. Mach dir keine Sorgen, er wird es nicht merken, egal, wie teuer der Wein war.«

»Änne! Änne!«, schrie Anna. Laut und quälend ging ihr Ruf in einen Schrei über.

»Ruhig, Kind, ganz ruhig!« Änne setzte sich neben sie. Sie tastete den Bauch der Frau ab, seufzte. Anna schwitzte stark, sie hatte die Arme angezogen, krümmte sich zusammen. »Entspann dich. Du musst den Schmerz zulassen. Atme in ihn hinein.«

»Nein. Kann ich nicht«, stöhnte Anna.

»Natürlich kannst du das. Dies ist mein Enkelkind, es ist Abrahams Kind. Ihr habt es in Liebe gezeugt, und du wirst es gesund zur Welt bringen. Denk daran. Es ist nicht Heinrichs Kind.«

Diese Worte brachten Anna zur Vernunft. Obwohl die

nächste Stunde langsam und quälend verstrich, bemühte sie sich, zu atmen und sich zu entspannen.

Als Elise an die Tür klopfte, war es weit nach Mitternacht.

»Die Hebamme ist bei einer Geburt. Sie vertraut ganz auf Euch, Madame ter Meer«, sagte sie leise.

Änne nickte. Inzwischen hatte sie das Gefühl, die Situation im Griff zu haben. »Ist gut. Hast du einen Kessel Wasser gekocht?«

»Ja. Und auch den Wein … nun, behandelt.« Elise grinste.

»Gut. Wir werden das schon schaffen. Bring mir eine Schüssel mit kaltem Wasser und einen Eimer.«

»Wird es noch lange dauern?« Mit vor Entsetzen geweiteten Augen sah die Magd zum Bett, in dem Anna sich wand.

»Es wird dauern, solange wie es braucht.«

»Muss ich hierbleiben?« Die Stimme der Magd klang ängstlich.

»Ich werde dich brauchen.« Änne warf ihr einen strengen Blick zu. »Du musst aber keine Angst haben. Die Geburt geht schnell voran.«

Anna ächzte. »Schnell?« Sie kniff die Augen zusammen, als sie eine weitere Wehe spürte.

»Nicht. Entspann dich. Atme in den Bauch«, sagte Änne eindringlich. »Ganz ruhig. Ich kann das Köpfchen schon spüren.«

Um Viertel nach vier krähte der Hahn im Hof, das erste Licht des Tages erschien am Horizont, und die Tochter von Abraham und Anna erblickte das Licht der Welt.

»Es ist ein Mädchen.« Änne blies dem Neugeborenen ins Gesicht, daraufhin schrie das Kind auf. Lächelnd legte Änne das Mädchen auf Annas Brust. »Sie ist perfekt und scheint ganz gesund zu sein.«

Die Geburt hatte die Mutter sehr mitgenommen. Erschöpft strich Anna über das noch weiche Köpfchen.

»Sie ist gesund?«, fragte sie schwach.

»So scheint es mir.« Änne strahlte. »Jetzt werden wir dich erst einmal sauber machen und das Mäuschen baden und anziehen. Elise – geh nach unten und sag meinem Sohn Bescheid.«

Abraham hatte die Schreie, die aus dem oberen Stockwerk zu ihm drangen, mit Qualen vernommen. Nach einiger Zeit kam Marijke in die Stube getapst. Sie hielt ihre Stoffpuppe eng an sich gedrückt.

»Mama ist krank«, wisperte sie. »Sie schreit.«

»Komm her.« Abraham klopfte auf seine Knie. »Komm zu mir. Mama bekommt ein Kind. Sie ist nicht krank.«

»Das tut weh.« Marijke nuckelte nachdenklich an ihrem Daumen, dann kletterte sie auf Abrahams Knie und kuschelte sich an ihn.

»Ja, das tut weh. Aber nicht lange.« Abraham nahm die Decke, die Anna auf ihrem Sessel liegen gelassen hatte, und breitete sie über das Kind.

So fand sie Elise vor, als sie in die Stube kam. Beide schliefen selig.

»Monsieur?« Elise war sich nicht sicher, ob sie ihn wecken sollte, doch Abraham hatte nur gedöst und schreckte hoch.

»Meine Frau?«

»Es geht ihr gut.«

»Und das Kind?« Abraham setzte sich auf, hielt dabei seine Stieftochter fest.

»Es ist ein Mädchen und augenscheinlich gesund.«

»Gelobt sei Gott.« Abraham schloss erleichtert die Augen.

Kapitel 23

»Was machen wir nun mit dir?«, fragte Änne Elise.

Die Magd senkte den Kopf in die Hände und schluchzte. Änne hatte ihre Sachen gepackt und war für die nächsten Tage zu ihrem Sohn gezogen.

»Weiß es Madame?«

»Nein, niemand weiß es.«

Änne maß das Mädchen mit einem kritischen Blick. »Lange wirst du es nicht mehr verbergen können. Wann ist es so weit?«

Elise zuckte mit den Schultern. »Im Dezember, denke ich.«

»Und was sagt der Vater des Kindes?«

»Er hat gelacht. Heiraten wird er mich nicht. Was soll ich denn nun tun?«

Änne biss sich auf die Unterlippe. »Wir werden mit meiner Schwiegertochter sprechen müssen.«

»O nein, bitte nicht. Sie wird mich auf die Straße setzen. Wo soll ich denn dann hin? Ins Armenhaus?«

»Wir könnten versuchen, dir eine Stellung auf einem der Gehöfte zu verschaffen. Das ist harte Arbeit, weit aus härter als hier, aber dort stört sich niemand an einem Bastard.«

»O bitte …« Wieder schluchzte Elise auf. »Ich möchte hierbleiben dürfen.«

»Wer ist denn nun der Vater?«

»Das möchte ich nicht sagen.«

»Dir ist nicht zu helfen, Kind.« Änne seufzte auf. »Und es ist auch nicht meine Entscheidung. Setz Wasser für eine kräftige Brühe auf, ich habe Rinderknochen besorgt, die kannst du auskochen. Das wird Anna wieder Kraft geben. Und danach lässt du dir vom Knecht Wasser in den großen Kessel füllen und kochst die blutigen Laken aus, die ich in kaltem Wasser eingeweicht habe.«

Änne rührte zwei Eigelb in lauwarmes Dünnbier, stieg die Treppe hoch zum Schlafbereich der Familie. Vorsichtig öffnete sie die Tür zum Schlafzimmer. Ihre Schwiegertochter lag im Bett, das Neugeborene im Arm.

»Du schläfst ja nicht.« Änne trat ein, setzte sich auf die Bettkante und reichte Anna den Becher. »Bier mit Eigelb, das gibt Kraft. Außerdem habe ich einen Aufguss mit Frauenmantelkraut angesetzt, das hilft deinem Körper nach der Geburt.«

»Ist sie nicht wunderschön?« Anna strahlte und strich dem Säugling mit den Fingerspitzen über den Kopf. »Und wie viele Haare sie hat. So weich – alles an ihr scheint weich zu sein.«

Änne lächelte. »Hatte ich dir nicht gesagt, dass alles ein gutes Ende nehmen wird?«

Anna seufzte. »Noch haben wir die kritischen Tage nicht überstanden, Mutter.« Sie nippte an dem Becher, verzog das Gesicht. »Das mag Kraft geben, aber es mundet ganz und gar nicht.«

Änne lachte. »Du bekommst gleich eine kräftige Fleischbrühe.« Aufmerksam schaute sie ihre Schwiegertochter an. Noch war Annas Gesicht bleich, Ringe lagen unter ihren Augen. »Wenn du das ausgetrunken hast, möchte ich deinen Bauch untersuchen, sehen, ob sich alles gut zurückbildet.«

Anna stöhnte auf. »Muss das wirklich sein?« Sie stellte den Becher auf die Truhe neben dem Bett, hob den Säugling hoch und schnupperte an dem Kopf. »Sie riechen immer so gut. Es ist ein ganz besonderer Duft.«

»Ja.« Änne nickte. »Ich habe ihn geliebt, bei all meinen Kindern und bei allen, denen ich auf die Welt geholfen habe. Was sagt Abraham?«

»Oh.« Anna lachte leise. »Er ist ganz verliebt in sie.«

»Habt ihr schon einen Namen?«

»Sie soll Annegrijt heißen. Nach meiner Mutter und dir.«

Änne spürte, dass sie rot wurde. »Das ist eine Ehre für mich. Ein schöner Name für ein schönes Kind.« Sie nahm Anna den Säugling aus den Armen, legte das Kind in die Wiege, die Abraham aufgestellt hatte. »Und nun lass mich schauen. Du hast viel Blut verloren.« Sie schob die Decke zurück und tastete vorsichtig Annas Bauch ab. »Du musst auf jeden Fall den Aufguss trinken. Elise bringt ihn dir gleich.«

Nachdenklich ging sie zurück in die Küche. Die Magd hatte die Knochen zusammen mit Gemüse aufgesetzt, es duftete schon köstlich nach Rinderbrühe. Auch buk ein Brot im Ofen. Abraham saß auf der Küchenbank, schaute in den Hof, wo Marijke mit dem alten Kater spielte. Er sah seine Mutter fragend an.

»Wie geht es den beiden?«, wollte er besorgt wissen.

»Gut soweit. Aber erst die Zeit wird es zeigen.« Änne verkniff sich ein Seufzen, doch Abraham bemerkte ihre Sorge.

»Es ist nicht alles gut? Bitte, lass mich nicht im Ungewissen.«

»Die Geburt war schnell, aber deine Frau hat sehr gelitten und viel Blut verloren. Sie ist ängstlich, und ihre Gemütslage ist nicht förderlich für ihre Genesung. Trost gibt ihr das Kind. Annegrijt wollt ihr es nennen? Ein schöner Name.«

»Sie hat sehr gelitten?« Abraham wischte sich mit der Hand über das Gesicht. »Gibt es etwas, was wir tun können?«

»Nein, sie braucht Ruhe und Zeit. Aber beten können wir.« Änne setzte sich neben ihren Sohn auf die Bank, faltete die Hände und senkte den Kopf im stillen Gebet, Abraham tat es ihr gleich.

»Darf ich mein Schwesterchen endlich sehen?« Marijke kam in die Küche gestürmt. »Ich möchte meine Schwester sehen.«

»Nein!«, sagte Abraham streng. »Deine Mutter braucht Ruhe.«

Marijke verzog betroffen das Gesicht. »Ich bin auch ganz leise«, wisperte sie.

»Natürlich darfst du deine Schwester begrüßen.« Änne stieß ihrem Sohn mit dem Ellenbogen in die Seite. »Ich nehme dich gleich mit hoch, wenn ich deiner Mutter einen Tee bringe.«

»Ich freue mich so, dass es eine Schwester ist.« Marijke trat von einem Fuß auf den anderen vor lauter Aufregung. »Tante Katrina bekommt auch bald wieder ein Kind.«

Änne verdrehte die Augen. »Ja, Katrina ist sehr fruchtbar«, sagte sie so leise, dass nur Abraham es hören konnte. »Nur gut, dass die Geschäfte trotz des Krieges einträglich sind, sonst hätte dein Bruder Schwierigkeiten.« Sie zwinkerte ihrem Sohn zu. Dann stand sie auf und prüfte den Krug mit dem Aufguss aus Frauenmantelkraut. »Nimm den Becher«, wies sie Marijke an. »Ich trage den Krug.«

Gemeinsam gingen sie nach oben. Vor der Tür zur Schlafkammer blieb Änne lauschend stehen. »Falls sie schläft, dürfen wir sie nicht wecken.«

Marijke nickte verstehend, so dass die Locken um ihren Kopf flogen. »Ich werde ganz leise und achtsam sein.«

Vorsichtig öffnete Änne die Tür. Anna lag im Bett und

schien zu schlafen, das Neugeborene wimmerte leise vor sich hin.

»Shshshs«, sagte Änne und nahm das kleine Mädchen hoch.

»Oh!« Marijke riss die Augen auf. »Wie klein sie ist. Hallo, Annegrijt, ich bin Marijke, deine große Schwester. Du darfst nicht weinen, Mutter braucht Ruhe!«

Änne biss sich auf die Lippen, um nicht laut loszulachen. Auch Anna rührte sich nun.

»Sie hat Hunger, Schätzchen«, sagte sie leise und steckte die Arme nach dem Neugeborenen aus. »Ich werde sie füttern.«

Voller Ehrfurcht schaute Marijke zu, wie ihre Schwester von der Mutter gestillt wurde.

»Sie ist so winzig«, wisperte sie dann.

»Ja, so ist das nun Mal, wenn Kinder auf die Welt kommen. Du warst auch nicht größer.« Änne schmunzelte.

»Woher weißt du das?«, fragte das kleine Mädchen erstaunt.

»Weil ich dabei war, als du geboren wurdest.«

»Sie will nicht richtig trinken«, sagte Anna. Unruhe lag in ihrer Stimme.

»Marijke, geh wieder nach unten und sag Elise, sie soll das Essen zubereiten. Ich werde noch eine Weile bei deiner Mutter bleiben.« Änne schob das Mädchen zur Tür. Dann kehrte sie zu ihrer Schwiegertochter zurück. »Lass mich schauen.« Sie half Anna, die sehr schwach wirkte, das Kind wieder anzulegen. Anna war nicht sehr geduldig, machte einen nervösen Eindruck.

»Es geht nicht!«

»Immer mit der Ruhe. Die Geburt ist noch keine zwölf

Stunden her, du hast noch keine Milch. Und ihr beide seid erschöpft. Hast du schon geschlafen?«

»Mir fallen immer mal wieder die Augen zu, doch dann schrecke ich hoch.«

»Du musst deine Angst ziehen lassen, sie ist kein guter Begleiter im Wochenbett. Es ist doch alles bisher gut gegangen.«

Anna nickte. »Ich weiß, aber ich kann es nicht ändern.« Eine Träne lief ihr über die Wange.

»Nun, nun, das ist normal. Hier, trink von dem Tee.« Sie schaute auf die Kommode neben dem Bett. »Die Brühe hast du auch nicht gegessen. Das musst du aber, damit du zu Kräften kommst und der Milchfluss einsetzt.«

»Ich habe gar keinen Hunger.« Plötzlich klang Anna sehr müde.

Nachdenklich nahm Änne ihr das Kind aus den Armen, brachte es zur Kommode und wickelte es.

»Das Kindspech ist abgegangen – ein gutes Zeichen«, sagte sie voller Freude. Doch Anna schien ihre Worte gar nicht wahrzunehmen. Änne wickelte ihr Enkelkind, packte es fest in die Pucktücher und legte es zurück in die Wiege. Immerhin hatte Anna den Tee getrunken, doch jetzt lag sie erschöpft in den Kissen, die Augen geschlossen.

»Versuch zu schlafen, mein Kind«, sagte Änne milde.

In der Küche duftete es nach Rinderbraten. Änne zog die Augenbrauen hoch.

»Ich habe Elise zum Schlachter geschickt, damit Anna etwas Nahrhaftes bekommt.« Abraham sah stolz auf. »Wie geht es meiner lieben Frau? Darf ich zu ihr?«

Änne runzelte die Stirn. »Einen Braten? Das ist viel zu

schwer für eine Frau im Wochenbett. Im Moment hat sie ohnehin keinen Hunger.«

»Oh, das wusste ich nicht.« Abrahams Wangen färbten sich rot. »Darf ich nach ihr sehen?«

Seine Mutter schüttelte den Kopf. »Mit etwas Glück schläft sie jetzt.« Änne runzelte die Stirn. »Seit wann ist Anna so abweisend eingestellt, so voller Ängste?«

»Ängste?« Abraham zuckte mit den Schultern. »Es nahm im Laufe der Zeit immer mehr zu – schien mit dem Bauch zu wachsen. Ich hatte gehofft, dass sie mit einer glücklichen Geburt auch wieder zuversichtlicher werden würde.«

»Das wird sie auch ganz bestimmt. Sie braucht nur Zeit.« Änne schnupperte. »Elise, lass bloß das teure Fleisch nicht anbraten!«

Die Magd zuckte zusammen und nahm den Topf vom Feuer, sie hatte Tränen in den Augen. »Madame, ich fürchte, es ist zu spät.«

»Unfug.« Änne nahm den Topf, stellte ihn zurück auf den Herd, schüttete eine halbe Flasche Wein hinzu und rührte den Bratensatz los. »Da ist nichts verdorben, aber aufpassen musst du.« Sie warf der Magd einen ärgerlichen Blick zu. »Nun schäl noch ein paar Zwiebeln, etwas Knoblauch, Wurzeln und Sellerie und gib es zum Braten. Vergiss nicht, wieder abzulöschen. Abraham, hast du noch schlichten Wein? Ich fürchte, ich habe die teure Flasche genommen.«

Abraham stand auf und holte einen Beutel Wein aus dem Keller. »Mutter?«, sagte er dann. »Auf ein Wort, bitte.« Er zog sie mit sich in den Hof.

»Aber nicht lange, eure Magd braucht Aufsicht.« Sie sah ihren Sohn sorgenvoll an. »Was möchtest du von mir?«

»Ich fürchte mich – wegen Anna. Deine Worte haben mich

nachdenklich gemacht. Ihr geht es schlechter, als du mich glauben lassen willst, nicht wahr?«

Für einen Moment überlegte Änne, dann nickte sie. »Es geht ihr nicht gut. Auch wenn sie die Geburt einigermaßen überstanden hat, war es doch eine große Anstrengung für ihren Leib. Aber es ist ihr Gemüt, um das ich mich sorge. Sie ist melancholisch und voller Furcht. Das ist nicht gut im Wochenbett.«

»Melancholisch ist sie schon lange.« Abraham senkte den Kopf.

»Kein Wunder, nach dem, was sie erlebt hat. Dennoch sollten wir voller Hoffnung die nächsten Tage abwarten.« Änne nickte ihm zu und machte Anstalten, wieder in die Küche zurückzukehren.

»Noch etwas«, sagte Abraham und hielt sie zurück.

Änne verdrehte die Augen, sie wusste wohl, wie ruhelos frischgebackene Väter waren.

»Braten war nicht recht, so habe ich das verstanden, aber was kann man ihr noch Gutes tun?«

Änne lachte schallend. »Du machst dir um die Mahlzeiten Gedanken? Sie braucht Sachen, die leicht und dennoch kräftigend sind. Geflügel, Brühe, Brot und gute Butter, Eier, so etwas.«

Abraham errötete. »Das lasse ich Elise besorgen.« Seine Miene verfinsterte sich. »Aber die Magd macht uns Kummer. Zuverlässig ist sie schon seit Wochen nicht mehr.«

Änne nickte. »Ich weiß. Aber auch das Problem wird sich mit der Zeit lösen. Glaube mir, ich weiß es.«

Am nächsten Tag ging es Anna schon besser. Trotzdem beschloss Änne, in der Kammer ihrer Schwiegertochter zu schlafen. Auch tagsüber kümmerte sie sich hingebungsvoll um Mutter und Kind. Am dritten Tag bekam Anna Fieber. Abraham sorgte sich sehr, aber Änne winkte ab.

»Endlich ist die Milch eingeschossen. Das ist oft mit Fieber verbunden. Schick Elise zum Winerzthof, sie soll Käsebruch holen, damit können wir Umschläge machen.«

»Umschläge?« Abraham knetete seine Hände. »Hilft das?«

»Nun hör einfach auf das, was ich dir sage, und schick die Magd.«

Das Fieber und Annas körperlicher Zustand machten Änne kaum Sorgen, wohl aber ihr immer noch getrübter Gemütszustand. Sie kannte dieses Erscheinungsbild von anderen Frauen, die im Wochenbett melancholisch wurden und viel weinten. Dagegen half oft ein Aufguss aus Frauenmantel und Johanniskraut. Doch Anna weinte nicht, ihre Stimmung war nicht traurig, sondern düster. Immer wieder redete sie über den Tod.

»Cherie, du hast gerade ein Kind zur Welt gebracht, du musst an das Leben und nicht an den Tod denken«, tadelte Änne sie.

»Abraham hat mir erzählt, dass wir wieder neue Quartiergäste bekommen«, sagte Anna leise.

»Die Vorhut des Regiments Dauphine ist durch die Stadt gezogen und hat berichtet, dass das ganze Regiment nach Krefeld kommt.« Änne seufzte. Seit zwei Wochen wohnte sie nun schon bei ihrem Sohn und seiner Frau. Adam und Katrina kümmerten sich um ihr Haus und ihre Geschäfte. Doch wenn jetzt ein neues Regiment in die Stadt einzog, musste sie zurück.

»Gib mir die Kleine.« Vorsichtig nahm sie Annegrijt aus Annas Armen. Das Kind wirkte blass und schwach. »Hat sie getrunken?«

»Nur wenig.«

Besorgt fühlte Änne den Nacken des Kindes, es schien zu fiebern. »Sie macht keinen guten Eindruck«, seufzte Änne und zog das Kind aus. Der Bauch des Säuglings war aufgedunsen. »Sie hat Koliken und Blähungen. Dagegen müssen wir etwas unternehmen. Ich werde einen Aufguss aus Gänsefingerkraut, Anis und Fenchel zubereiten. Außerdem werden wir ihr einen lauwarmen Wickel machen, um ihr Erleichterung zu verschaffen.«

Anna war an diesem Tage das erste Mal aufgestanden und in die Küche gekommen. Auch sie wirkte immer noch fiebrig, ihre Brüste waren geschwollen und voller Milch, so dass sie Schmerzen hatte.

»Du hast viel Milch, aber das Kind kann nicht alles trinken. Es ist besser, wenn du dich wieder hinlegst und ruhst. Ich werde auch für dich Wickel bereiten.«

Sorgenvoll lauschte Abraham den Worten seiner Mutter. Langsam stieg Anna die Treppe wieder empor. Das Kind hatte sie bei ihrer Schwiegermutter gelassen.

»Darf ich sie halten?«, fragte Marijke leise.

Änne lächelte. »Setz dich auf die Bank, dann gebe ich sie dir.«

Behutsam legte sie den Säugling in Marijkes Arme. »Nicht zu fest drücken, aber auch nicht zu locker. So machst du das gut«, lobte sie das Kind.

Fast alle Kräuter hatte sie noch in ihren Vorräten, nur das Gänsefingerkraut fehlte. Das war eine gute Gelegenheit nach dem Wallgarten zu schauen.

»Elise, wir gehen vor die Stadt. Nimm die Körbe mit.«

Die Magd seufzte leise. Sie hatte ihrer Herrschaft immer noch nicht gebeichtet, dass sie mit Kind war. Sie hatte kräftig zugenommen, aber auch im Gesicht und an den Armen, sodass der Bauch, den sie unter weiter Kleidung verbarg, nicht auffiel. Änne warf ihr einen strengen Blick zu.

»Darf ich mitkommen?«, fragte Marijke.

»Natürlich.« Änne nahm ihr den Säugling ab, brachte ihn hoch zu Anna. »Versuch, sie so oft wie möglich anzulegen. Je mehr sie trinkt, umso besser wird ihre Verdauung, und auch dir wird es besser gehen.«

Die Sonne schien, es war ein wunderbar warmer Tag. Auf den Straßen herrschte Betriebsamkeit, erst als sie durch das Obertor gegangen waren, wurde es ruhiger. Marijke hüpfte neben den Frauen her, hin und wieder pflückte sie einen Löwenzahn und pustete die Samen in den Wind.

In fast allen Gärten waren die Mägde, Knechte und ihre Herrschaft beschäftigt. Vieles an Obst war schon reif, und auch frisches Gemüse konnte geerntet werden. Die Städter nutzten diese Möglichkeit intensiv, da durch die Besatzung ständig höhere Kosten zu tragen waren.

Auch die Wallgärten der Familie ter Meer waren gut bestellt. Änne sammelte Kräuter und prüfte das Gemüse. Der Kohl wuchs gut, sie würden einige Vorräte für den Winter anlegen können.

»Ich habe den Knecht angewiesen, Fässer zu bringen. Bis er aber kommt, könnt ihr die letzten Johannisbeeren ernten, auch die Sauerkirschen und den Fenchel.«

»Was machen wir mit den Früchten? Die können wir doch nicht alle essen«, meinte Marijke.

Änne lachte. »Wir können sie in der Sonne oder im Ofen trocknen, in Branntwein einlegen, Mus kochen und daraus Obstleder machen. Ich werde es dir nachher zeigen.« Zu ihrer Zufriedenheit stellte sie fest, dass auch die Hülsenfrüchte frei waren und geerntet werden konnten.

Bald schon kam der Knecht mit dem Leiterwagen und brachte zwei Fässer. Er half, die ersten Äpfel zu ernten, die sorgfältig in den Fässern geschichtet wurden. Mit ein wenig Glück hielten sie so bis in den Spätherbst, wenn die lagerungsfähigen Äpfel reif wurden.

Müde machten sie sich gegen Abend auf den Heimweg. Es würde frisches Gemüse geben, für Anna eigens viel geschmorten Fenchel. Doch Änne machte sich zunehmend Sorgen um Mutter und Kind.

Kapitel 24

Catharina schlug die Augen auf, verwirrt schaute sie sich um. Sie lag in ihrem Zimmer in dem herrschaftlichen Haus in Hannover. Das Fenster war abgedunkelt. Wie war sie hierher gekommen? Sie konnte sich nicht erinnern. Was war nur geschehen? Ihr Kopf dröhnte, und ihre Zunge fühlte sich dick und pelzig an.

Jemand beugte sich über sie.

»Nun, endlich bist du aufgewacht.« Thea lächelte ihr schiefes Lächeln. »Du musst etwas trinken.« Sie hielt Catharina einen Becher vors Gesicht.

Erschrocken fuhr sich Catharina mit beiden Händen an die Wangen. Diese waren nicht angeschwollen, auch fühlte sie sich nicht fiebrig, trotzdem saß ihr der Schreck in den Gliedern. Sie nahm den Becher und trank den kühlen, erfrischenden Wein.

»Bin ich«, fragte sie dann zögernd, »bin ich auch erkrankt?«

Thea lachte auf. »Nein, Kindchen, du warst nur erschöpft. Zu wenig Schlaf, zu wenig Essen, zu viel Kummer.«

»Was ist passiert?« Catharina erinnerte sich plötzlich an Heinrichs Tod. »Oh, Heinrich.« Für einen Moment schloss sie die Augen.

»Er leidet nicht mehr, sondern ist bei Gott.«

»Wie bin ich hierhin gekommen? In dieses Zimmer?«

Wieder lachte Thea auf. »Der Kammerdiener deines Herrn hat dich getragen.«

Catharina sah an sich herab, sie trug ihr Nachtgewand. Blut schoss ihr in die Wangen.

»Keine Sorge, Kindchen – ich habe dich ausgezogen. Dein Herr war erbost und gleichzeitig besorgt. Hast du etwas mit ihm?«

»Nein!« Entrüstet schüttelte Catharina den Kopf.

»Nun, ich würde meine Hand dafür ins Feuer legen, dass er nicht abgeneigt wäre«, sagte Thea leise.

In diesem Moment klopfte es an die Tür.

»Mademoiselle?« Es war Gerald. »Darf ich eintreten?«

»Bitte.« Catharina zog sich die Decke bis zum Kinn.

»Monsieur fragt nach Eurem Befinden. Er sorgt sich.« Gerald kniff die Augen zusammen, es war dämmerig in dem Zimmer.

»Mir geht es besser, merci.«

»Es war nur eine kleine Schwäche. Sie muss etwas essen und noch ein wenig ruhen, dann ist sie schnell wieder auf den Beinen.«

»Wird es ihr morgen besser gehen?« Gerald sah Thea nachdenklich an.

»Oui. Naturellement!« Theas Augen blitzten.

»Gut.« Gerald drehte sich um, machte Anstalten, den Raum wieder zu verlassen. An der Tür drehte er sich um. »Was immer sie braucht, sagt Monsieur, soll sie bekommen.«

»Dann wäre eine kräftige Brühe und danach etwas Geflügel das Richtige für sie. Dazu ein Krug guter Rotwein und etwas Brot und Butter, vielleicht noch zwei Gänseeier.« Thea dachte nach. »Und vielleicht auch etwas Braten.«

»Gut, ich werde es bringen lassen.«

»Was ist mit Heinrich?«, fragte Catharina bedrückt.

»Aber er ist doch tot.« Thea schüttelte den Kopf. »Das weißt du doch.«

»Ja, aber was ist mit seiner Leiche?«

»Sie wurde schon begraben. Dein Monsieur hat dafür gesorgt, dass Heinrich ein anständiges Begräbnis bekommen hat. Er lässt sich nicht lumpen.«

»Oh.« Catharina senkte den Kopf. »So schnell?«

»Der Mann war krank, sehr krank. Einige des Gesindes hatten sogar verlangt, dass sein Körper verbrannt werden sollte, doch ich konnte sie davon abbringen.«

»Verbrannt?« Catharina stöhnte auf. »Das hat er nicht verdient, ebenso wenig wie ein Tod und ein Begräbnis fern von seiner Familie.«

»Das ist die Gefahr, die er auf sich nehmen musste. Wäre er Bauer gewesen, hätte er zu Hause sterben können, aber ein Kutscher kann sich das nicht aussuchen.« Thea lächelte. »Ich denke, er hat kaum gelitten. Es gibt schlimmere Arten zu sterben.«

»Hast du schon oft jemanden begleitet?« Catharina bis sich auf die Lippen. »In den Tod, meine ich.«

Thea wiegte den Kopf hin und her. »Was heißt oft? Natürlich habe ich einige Sterbende begleitet. Warum fragst du?«

»Du sagtest, Heinrich ist jetzt bei Gott. Woher nimmst du diese Sicherheit?«

Ehe Thea antworten konnte, klopfte es wieder an der Tür. Sofia brachte ein Tablett mit den gewünschten Speisen.

»Brühe und Eier – leider hatte die Mamsell keine Gänseeier mehr, deshalb hat sie vier Hühnereier gekocht. Ein wenig Huhn mit Reis und etwas Gemüse, Brot und Butter, ein wenig kalter Schweinebraten. Den Wein hat Euer Monsieur für Euch entkorkt, er stammt aus seinem Besitz.« Sie stellte das Tablett auf dem Tischchen am Fenster ab. »Kann ich Euch sonst noch etwas bringen?«

Catharina war es unangenehm so bedient zu werden, schüchtern schüttelte sie den Kopf.

»Falls Mademoiselle etwas braucht, werde ich danach fragen!«, sagte Thea mit einem breiten Grinsen. Kaum hatte die Magd die Tür hinter sich geschlossen, machte sich Thea über das Tablett her. Sie brachte Catharina eine Schüssel mit Brühe, etwas Brot und ein Ei. Sich selbst schnitt sie den Braten in kleine Stücke. »Ich kann nicht mehr so gut kauen«, sagte sie zufrieden mit vollem Mund. »Und das Fleisch, das es fürs Gesinde gibt, ist oft zäh. Dieser Braten aber war für die Herrschaft. Köstlich.«

Catharina lachte laut auf. »Deine Anweisung war also ganz uneigennützig?«

Thea zwinkerte ihr zu.

Nachdem Catharina getrunken und gegessen hatte, fühlte sie sich viel besser, aber immer noch erschöpft. Schon bald schlief sie ein.

Am nächsten Morgen weckte Sofia sie mit einem schüchternen Klopfen an der Tür. Thea, so stellte Catharina fest, hatte die Nacht in einem der Sessel verbracht, nur mit einer

Wolldecke zugedeckt. Doch die alte Frau schlug die Augen auf, als hätte sie lang und bequem geschlafen.

»Bonjour!«, sagte sie in ihrem seltsamen Akzent. Sie reckte und streckte sich.

»Darf ich eintreten?«, fragte die Magd. »Monsieur lässt fragen, ob Ihr gut geruht habt?«

»Danke.«

Sofia sah sie unsicher an. »Er möchte, dass ihr badet«, sagte sie dann leise. »Eure Kleidung habe ich schon gewaschen.«

»Baden?«

»Ja, mit sehr heißem Wasser. Und mit dieser Seife.« Sie gab Catharina das Stück. Es roch seltsam streng.

»Ach, der gute Mann hat Angst vor Krankheiten. Diese Seife ist aus Lichtnelke. Angeblich ist das Kraut wirksam gegen Ansteckung.« Thea klang skeptisch.

»Du glaubst nicht daran?«

»Es gibt viele Dinge zwischen Himmel und Erde, die ich nicht verstehe. Warum manche Krankheiten bekommen und andere nicht, gehört auch dazu. Aber ein heißes Bad kann nicht schaden. Also her mit dem Bottich und dem Wasser.«

Als sie angekommen waren, hatte Catharina ein Bad in der Waschküche nehmen dürfen. Dort stand ein Holzbottich, in dem man bequem sitzen konnte. Außerdem waren dort zwei Öfen, über denen große Kessel hingen.

Bei den von der Leyen gab es so eine Waschküche nicht. Dort wurde zweimal die Woche der Holzbottich in die Gemächer getragen, das heiße Wasser in Eimern nach oben geschleppt. Catharina fand die Idee der Wasch- und Badeküche gut.

»Ich kann doch auch im Waschraum baden«, sagte sie und machte Anstalten aufzustehen.

»Nein, Mademoiselle!«, rief Sofia aus. »Ihr mögt bitte heute hier in Euren Gemächern ein Bad nehmen und noch einen Tag ruhen.«

Thea kicherte. »Sie wollen sehen, ob du nicht doch die Krankheit in dir trägst, Kindchen. Das kommt davon, wenn man sich um Kranke kümmert.«

Catharina schaute sie ungläubig an. »Sich um Kranke zu kümmern ist aber gottfürchtig und gerecht.« Nachdenklich setzte sie sich auf. »Du hast gestern meine Frage nicht beantwortet. Woher nimmst du die Sicherheit, dass Gott die Toten bei sich aufnimmt?«

Thea stand auf, legte die Decke sorgfältig Kante auf Kante.

»Ich weiß es gar nicht, aber ich könnte es mir vorstellen. Ich bin nicht Mennonitin so wie du und deine Herrschaft. Ich weiß auch wenig über Glauben, umso mehr aber über das Leben.« Sie holte Luft, zögerte. Dann setzte sie sich an die Bettkante und sah Catharina an. »Das Leben ist hart und gefährlich. Oft schon habe ich gehungert und gefroren, viele schlechte Zeiten erlebt. Wenn es der Herrschaft nicht gut geht, weil die Geschäfte nicht laufen oder Kriege toben, dann hungert zuerst die Dienerschaft. Und dennoch ging es mir besser als anderen. Wir wurden immerhin versorgt, mussten nicht um Essen betteln, auch wenn die Rationen karg waren.«

»O ja, das kenne ich auch. Nachdem mein Vater gestorben war, hatte meine Mutter Mühe, uns durchzubringen.«

»Ja, das Leben als Witwe mit Kindern kann noch härter sein, wenn es kein Erbe gibt. Aber zu deiner Frage – ich bin nicht mennonitisch. Meine Eltern waren Protestanten. Unser Gott ist nicht so gnädig wie euer Gott, wenn ich das richtig verstanden habe. Doch ist es nicht ein und derselbe Gott? Und warum sollten die Katholiken sich ständig vor der Hölle fürchten, die Protestanten immer dann, wenn sie sich nicht wohlfällig verhalten haben und die Mennoniten, wenn sie nicht gottesfürchtig leben?«

Catharina holte tief Luft; das, was Thea sagte, klang blasphemisch.

Thea winkte ab. »Ich glaube nicht, dass Gott voller Vergeltung, Rache und Wut ist. Das Leben an sich ist schwer und oft ungerecht.«

»Und du glaubst nicht, dass Gott unser Leben lenkt?«

»Ich weiß es nicht. Aber ich glaube, dass jemand, der gottfürchtig und gerecht lebt, nicht wegen irgendwelcher Dinge in die Hölle kommt.« Thea runzelte die Stirn. »Du hast mich nach den Sterbenden gefragt – meistens hatten sie, egal wie schwer ihr Kampf war, ein friedliches Lächeln auf den Lippen, wenn der Tod sie holte. Auch wenn sie vorher sehr gelitten haben, schien ihnen der Übergang leichtzufallen.«

»Und das macht dir Hoffnung?«

Thea nickte. »Für mich ist es auch nicht mehr lang. Ich habe meine Lebenszeit gelebt, und bald werde ich sterben. Vielleicht schlafe ich ein und wache einfach nicht mehr auf, vielleicht wird mein Ende anders sein – ich weiß es nicht. Ich weiß nur ganz sicher, dass ich ihm nicht entgehen kann, dem Tod.«

»Und es macht dir keine Angst?«

»Manchmal. Alles Ungewisse macht dem Menschen doch Angst. Aber was will man tun?« Sie lachte ihr raues Lachen. »Ewig leben und immer älter werden, das ist auch nicht schön, glaub mir.«

Nachdenklich nickte Catharina.

Der Knecht brachte den Waschzuber, dann einen Eimer nach dem anderen mit heißem Wasser. Schließlich war die

Holzwanne gefüllt. Er hatte möglichst viel Abstand zu Catharina gehalten, die immer noch im Bett lag. Als er den letzten Eimer eingefüllt hatte, wies er auf den Zuber. »Ihr könnt nun baden, Mademoiselle.«

»Merci!«

Catharina genoss das heiße Wasser, obwohl die streng riechende Seife auf ihrer Haut brannte. Doch sie wusch ihre Haare und ihren Körper sorgfältig und ausgiebig.

»Du solltest deine Haare noch mal waschen«, sagte Thea belustigt. »Mit deiner Seife. Sonst stinken sie in der nächsten Zeit.« Sie reichte Catharina das Stück Seife vom Waschtisch. »Die andere hat nun ihre Wirkung getan, falls sie eine hat, du darfst also gesund duften.«

Erst skeptisch, dann freudig nahm Catharina die Seife und schäumte ihre Haare ein.

»Kannst du sie mir ausspülen?«, bat sie die alte Frau.

Thea goss langsam das Wasser aus dem Waschkrug über Catharinas Haare. Sie hatte den Kopf in den Nacken gelegt, das kalte Wasser aus dem Krug ließ sie zusammenzucken. Doch sie fühlte sich ganz rein und sauber, als sie aus dem Zuber stieg und dankend das Handtuch von Thea annahm.

»Wunderbar«, sagte die alte Frau und zog ihre Sachen aus.

»Was zum Kuckuck machst du?«, fragte Catharina verblüfft.

»Na, was du darfst, darf ich doch wohl auch. Das Wasser ist noch warm. Es wird gleich weggeschüttet, und das wäre doch schade, oder?«

Thea stieg wohlig seufzend in den Zuber, legte sich in das warme Wasser. »Welch ein Genuss!«, sagte sie.

Verschämt wandte Catharina den Kopf ab. Natürlich hatte sie mit ihren Schwestern zusammen gebadet, aber ihre Mutter oder eine andere erwachsene Frau hatte sie bisher noch nicht ohne Kleidung gesehen. Theas Körper war gebeugt und verschrumpelt wie ein Apfel nach einem langen Winter. Und doch wirkte die alte Frau agil und lebensfroh. Mit Genuss seifte sie sich ein und wusch sich die Haare.

»Du musst mir helfen«, sagte sie schließlich. »Alleine kann ich nicht aufstehen.«

Mit hochrotem Kopf trat Catharina an den Zuber. Unschlüssig, wie sie helfen sollte, stand sie da.

»Gib mir deine Hand«, wies Thea sie an. »Und guck nicht so verschüchtert, mein Körper ist genau wie deiner, nur viel älter.«

Catharina zog Thea aus der Wanne, reichte ihr dann das Handtuch. Sie konnte spüren, wie zufrieden die alte Frau war.

»Welch ein Hochgenuss! Erst das gute Essen und jetzt auch noch ein Bad. Wenn ich jetzt noch frische Wäsche hätte, wäre mein Glück vollkommen.«

Catharina warf ihr einen abmessenden Blick zu. »Ich kann dir etwas von meinen Sachen geben. Die sind vielleicht ein wenig zu groß, aber das haben wir schnell behoben.« Rasch nähte sie den Saum eines ihrer Unterkleider um und gab es Thea. Die alte Frau sah so zufrieden aus, wie eine Katze auf der Ofenbank.

Bevor der Knecht und zwei Mägde den Zuber leerten, wusch Thea schnell noch ihre Wäsche aus. Sie öffnete das Fenster und hängte die Wäsche über den Sims. »Man soll keine gute Gelegenheit ungenutzt vorbeiziehen lassen«, sagte sie lächelnd. »In deiner Gesellschaft gefällt es mir.«

»Zu schade, dass wir bald schon wieder abreisen.« Catharina seufzte. Der Gedanke an Potsdam machte sie unruhig.

Kaum war der Zuber hinausgebracht worden, kam Sofia und führte Catharina in den kleinen Salon. Dort wurde ein reichliches Frühstück aufgetragen. Suchend sah Catharina sich um, doch von Frieder war nichts zu sehen. Zögernd setzte sie sich an den Tisch, wusste nicht, ob sie schon zulangen durfte oder nicht.

»Bonjour!« Mit eiligem Schritt kam Frieder von der Leyen in den behaglichen Raum. »Wie geht es Euch?«

»Exzellent.« Catharina lächelte.

»Das freut mich zu hören.« Er setzte sich ihr gegenüber und runzelte die Stirn. »Ich muss Euch aber trotzdem schelten. Wie könnt Ihr bloß zu einem schwerkranken, sterbenden Mann gehen und Euch in seiner Kammer aufhalten? Ist Euch Euer Leben nichts wert?«

Catharina überlegte kurz, bevor sie antwortete. »Mein Leben ist soviel wert wie das anderer Menschen auch, findet Ihr nicht?«

»Deshalb müsst Ihr es nicht leichtsinnig aufs Spiel setzen.«

»Habe ich das? Nein, ich habe Euren Kutscher, der Euch lange und zuverlässig gedient hat, begleitet und versucht, ihm Pein zu ersparen. Ich denke, dies war eine gottgefällige Tat.«

Frieder nickte. »Chapeau, Mademoiselle. Dennoch wäre es mir lieber, wenn Ihr solche Taten in Zukunft denen überlasst, deren Aufgabe es ist.«

»Sind andere besser dazu geeignet, Trost zu schenken als ich? Da Ihr und Gerald nicht da wart, war ich der einzige Mensch, der ihm vertraut war. Wer sonst hätte die letzten Stunden mit ihm verbringen sollen?«

»Die alte Magd war doch da.«

»Aber er kannte sie kaum und sie ihn ebenso wenig. Auch

wenn er kaum mehr zu Bewusstsein gekommen ist, glaube ich doch, dass er meine Anwesenheit gespürt hat und ihm dies den Übergang leichter gemacht hat.«

Frieder goss ihnen beiden Wein ein, er drehte das Glas zwischen den Fingern. »Ich werde über Eure Worte nachsinnen. Doch nun kommen wir zu etwas Erfreulichem – heute Abend gehen wir in eine Oper von Piccinni. ›La buona figliuola‹ heißt sie – das bedeutet ›Das freundliche Mädchen‹. Sie wird auf Italienisch vorgetragen.«

»Oh.«

»Ich nehme an, Ihr versteht die Sprache nicht?«

Catharina schüttelte den Kopf. »Noch weniger als Englisch.«

»Das macht gar nichts, ich habe Euch eine kleine Zusammenfassung der Handlung geschrieben.« Frieder reichte ihr lächelnd ein paar Blätter. »Das Thema ist recht einfach – es geht um Liebe und den gesellschaftlichen Stand.« Er nippte an dem Wein, kostete vom kalten Braten. »Ist Euer Kleid fertig?«

»O ja.« Catharina strahlte. »Ich hoffe, ich habe es zu Eurer Zufriedenheit genäht.«

Frieder mochte nicht viel essen, aber er nötigte sie, kräftig zuzulangen, und füllte ihren Teller. Bevor sie aufgegessen hatte, verließ er den Salon.

Schnell nahm sich Catharina noch weiteren Braten und von dem köstlichen weißen Brot, brachte all das auf ihr Zimmer. Ihre Hoffnung, dass sich Thea noch dort aufhielt, wurde erfüllt.

Sie gab der alten Frau den Teller, lächelte. »Lass es dir schmecken, das Fleisch ist zart und köstlich, das Brot weich und süß.«

Kapitel 25

Nachdenklich saß Catharina in ihrem Zimmer und las die Handlung der Oper. Bisher hatte sie von diesen Singspielen nur gehört, und was sie gehört hatte, klang weder schlicht noch gottesfürchtig. Ich werde es mir ansehen, dachte sie und danach entscheiden. Ob unsere Gemeindeältesten, die diese Dinge als Teufelswerk verurteilen, überhaupt schon einmal einer Oper beigewohnt haben? Vermutlich nicht.

Dennoch konnte sie den Grundgedanken der Gemeindeältesten durchaus verstehen – es war ein Singspiel zur reinen Unterhaltung, Tand und Protz und nutzloser Zeitvertreib. Wahrscheinlich saß keine Frau im Theater und stopfte Strümpfe oder nahm ihr Flickzeug mit.

Sie konnte sich auch überhaupt nicht vorstellen, wie ein Theater aussah und wie ein Singspiel ablief. Wieder nahm sie die Blätter hoch und las.

»Der Marquis de Conchiglia hatte sich in die Magd Cecchina verliebt. Dies war aber eine gesellschaftliche Unmöglichkeit.«

Verwirrt senkte Catharina das Blatt.

Gegen Abend klopfte Sofia an Catharinas Zimmertür. »Ich soll Euch beim Ankleiden helfen, Mademoiselle.«

Das prächtige Kleid lag ausgebreitet auf dem Bett. Noch immer scheute sich Catharina davor, es anzuziehen, es schien so gar nicht zu ihr zu passen. Doch als die Ösen verschlossen, die Schleifen gebunden waren, drehte sie sich entzückt im Kreis. Weich und angenehm lag der blumige Seidenstoff auf ihrer Haut, es fühlte sich so ganz anders an als der kratzige Wollstoff, das harte Leinen ihrer anderen Kleider.

An der Wand hing ein großer Spiegel. Verzückt betrachtete sie sich.

»Es steht Euch ganz ausgezeichnet, Mademoiselle«, sagte Sofia leise. »Nur die Frisur nicht.«

»Wieso?« Catharina fuhr mit beiden Händen zu dem Haarknoten in ihrem Nacken. Wie immer hatte sie die Haare straff zurückgenommen, einen festen Zopf geflochten und diesen hochgesteckt. »So habe ich sie doch immer.«

»Möglich.« Sofia lachte. »Aber Ihr tragt ja auch sonst nicht dieses Kleid. Setzt Euch, ich werde Euch die Haare richten.«

Seit sie Kind gewesen war, hatte niemand mehr ihre Haare gebürstet, es fühlte sich seltsam an, als Sofia nun ihren Knoten löste. Ihre Haare fielen in leichten Wellen über ihren Rücken.

»Wunderschön seid Ihr«, meinte Sofia. »Ich habe noch nie so ein Blond gesehen. Behandelt Ihr das Haar mit etwas?«

Fragend hob Catharina den Kopf. »Behandeln?«

»Nun ja, Madame hat sich aus Amsterdam ein Pülverchen kommen lassen, das mit etwas Wasser anrührt und dann auf ihre Haare gibt. Angeblich werden die Haare dadurch schöner.«

»Aber sie pudert sie doch auch?«

Sofia schüttelte den Kopf. »Nein, sie trägt nur meistens eine gepuderte Perücke. Ihr habt keine Perücke, nicht wahr?«

»O nein, das wäre eitel.«

»Bei Eurem Haar habt Ihr dafür auch keine Verwendung.« Sofia kämmte die Haare, fasste sie dann zusammen und steckte sie hoch. Einige Strähnen ließ sie offen. Insgesamt wirkte die Frisur nun weicher und verspielter.

Catharina schaute in den Spiegel. Sofia hatte recht gehabt, es passte besser zu dem Kleid mit den weiten Ärmeln aus

Spitze und dem fließenden Kragen. Und dennoch hatte sie das Gefühl, eine Fremde würde ihr aus dem Spiegel entgegen blicken. »Das bin nicht ich«, flüsterte sie.

»Doch, für heute Abend seid Ihr es. Monsieur hat einige leichte Speisen im Salon auftragen lassen, eine kleine Stärkung. Nach Eurem Theaterbesuch werdet Ihr richtig speisen.«

Sofia knickste und verließ den Raum. Immer noch unschlüssig schaute Catharina sich im Spiegel an, doch schließlich zuckte sie mit den Schultern und begab sich in den Salon.

Frieder von der Leyen saß am Tisch. Obwohl die Speisen schon aufgetragen waren, schien er auf Catharina gewartet zu haben. Er öffnete den Mund, als sie eintrat, schloss ihn dann wieder und starrte Catharina an.

»Mademoiselle?«

»Bonsoir, Monsieur.« Catharina verbeugte sich lächelnd, drehte sich dann einmal im Kreis. Der Taft des Unterkleides knisterte, die Seide raschelte.

»Ihr seht …« Er stockte. »Ihr seht formidabel aus. Wunderschön.«

Catharina neigte kokett den Kopf, setzt sich dann an den Tisch. Es gab dampfende Suppe, Brot und kalten Braten, dazu gekochte Wachteleier und eingelegte Heringe und Käse. Beherzt griff Catharina zu. Frieder trank Wein und aß wieder nicht. Sie spürte seinen Blick auf sich, schaute verunsichert auf.

»Schmeckt Euch das Essen nicht?«

»O doch.« Er nahm sich ein Stück Käse. »Aber Euer Anblick ist so eine Wonne, dass ich mich nicht durch schnöde Speisen davon ablenken lassen will.«

»Ihr schmeichelt mir über Gebühr. Den Stoff habt Ihr ausgesucht, er ist exquisit und liebreizend.«

Frieder lächelte amüsiert, antwortete aber nicht.

Die Kutsche fuhr durch die Altstadt. Die engen Gassen öffneten sich zu einem Platz, der von Bäumen begrenzt wurde.

»Das Theater gehört zum Leineschloss«, erklärte Frieder. »Hier residieren die Kurfürsten von Hannover-Braunschweig.«

Der prächtige Bau raubte Catharina den Atem.

»Über tausend Leute finden Platz in dem Theater, das zu einem der besten in Europa zählt«, erklärte Frieder weiter.

Es war noch mehr Andrang vor dem Theater als vor der Kirche. Voller Staunen betrachtet Catharina die Besucher, einer prächtiger gekleidet als der andere. Gegen viele der Frauen sah sie tatsächlich noch schlicht aus, befand sie.

Frieder führte sie durch die große Eingangshalle die Treppe hoch in eine der Logen. Noch nie im Leben hatte Catharina so ein Gebäude gesehen. Es war einzig und allein zu dem Zweck gebaut, Unterhaltung Platz zu bieten, ging ihr auf.

Die Wände der Loge waren mit edlen Stoffen verkleidet, auf dem Boden lagen Teppiche, die Sessel waren gepolstert. Ein Diener brachte Schaumwein in hohen und schmalen Pokalen. Catharina schnupperte daran und musste niesen, als ihr die Bläschen in die Nase stiegen.

Frieder lachte auf. »Lehnt Euch zurück und genießt es.«

Genießen konnte Catharina den Abend vorerst nicht, zu vielschichtig und zu fremd waren die Eindrücke. Das Haus füllte sich mehr und mehr. Die Wand vor Kopf war mit einem großen Vorhang verhüllt. Davor, in einer Art Graben, saßen die Musiker. Alle trugen rote Jacken und gepuderte

Perücken. Sie saßen im Halbkreis und schienen auf etwas zu warten. Im Parkett waren Bankreihen halbmondförmig angeordnet. Die Logen begannen im ersten Stock. Balkon reihte sich an Balkon. Manch einer war noch prächtiger ausgestattet als der, in dem sie sich befanden. Es gab sechs Sessel, die bequem nebeneinander Platz fanden und zwei Tischchen links und rechts.

Das ist Verschwendung, dachte Catharina, wir beide hier alleine auf so großem Raum. Doch dann öffnete sich die Tür, und Frieders Cousin und seine Frau betraten die Loge und brachten noch einen Herrn mit, der Catharina nicht vorgestellt wurde. Überhaupt nickten ihr die von der Leyen nur zu, beachteten sie dann nicht weiter. Bevor Catharina sich Gedanken machen konnte, löschten Diener das Licht, nur wenige Kerzen brannten weiterhin.

Ein Mann betrat den Graben und verbeugte sich, wonach Applaus aufbrandete. Verwirrt verfolgte Catharina das Treiben. Sie schaute zu Frieder, doch der saß da und hatte die Augen geschlossen, ein leichtes Lächeln lag auf seinen Lippen. Im Vergleich zu seinem Cousin sah er sehr viel entspannter aus. Das Herzklopfen bei seinem Anblick hatte nachgelassen, doch nun spürte Catharina einen Stich in der Magengegend, als sie ihn so betrachtete. Sie kannte ihn durch die langen Tage der Reise und die Gespräche am späten Abend weitaus besser als zuvor. Vor ein paar Monaten hatte sie für ihn geschwärmt, eine Jungmädchen-Schwärmerei, der sie keine weitere Bedeutung zugemessen hatte. Doch ihre Gefühle für ihn hatten sich verändert, stellte sie fest. Sie sah ihn einerseits kritischer, andererseits hatte er mit seinem Verhalten deutliche Sympathien bei ihr entwickelt. Immer noch nicht ganz klar war ihr ihre Position. Was war sie für ihn? Was bedeutete sie ihm, und warum hatte er sie gerade in diese Oper geführt? War es Absicht oder Zufall? Vielleicht, dachte sie, wurde eben nur dieses Stück aufgeführt.

Plötzlich bemerkte sie, dass Frieder sie anschaute. Im Dämmerlicht konnte sie seine Gesichtszüge nicht deutlich erkennen und senkte verschämt den Kopf.

Die Musik setzte ein. Catharina schaute zum Graben, suchte die Sänger, aber dort waren keine. Die Streicher, Bläser und Trommler spielten eine flotte Melodie. So etwas hatte Catharina noch nie gehört. Es klang verstörend, eine seltsame Musik. War die gesungene Messe in der Kirche doch immer noch irgendwie eine Art der Kirchenmusik und erinnerte, wenn auch nur entfernt, an die gesungenen Psalmen, so waren diese Klänge ganz anders. Flott und eingängig kam die Musik daher. Dies, so war Catharina klar, war keineswegs gottgefällig, sondern eitle Unterhaltung. Plötzlich hörte das Stück auf, die Streicher setzten ein. Hüpfend, beschwingend spielten sie ihre Melodie. Immer noch konnte Catharina keinen Gesang vernehmen. Sie beugte sich vor, auch Sänger waren nirgendwo zu entdecken. Hatte sie etwas falsch verstanden? Sie wusste es nicht. Dann änderte sich die Melodie wieder, Bläser kamen hinzu, das Tempo stieg – es klang wie eine Art Einleitung, eine Begrüßung. Die Musik endete, und das Publikum klatschte. Fragend sah sie Frieder an, er lehnte sich zu ihr. »Das war die Ouvertüre!«

»Oh«, machte Catharina und fragte sich, was das wohl bedeuten mochte. Dann setzten die Streicher wieder ein, und nun öffnete sich der Vorhang. Dahinter war eine Art Raum verborgen gewesen. Erstaunt blickte Catharina auf die bemalten Wände, die, so glaubte sie, einen Garten anzeigten. Große Kübel mit Palmen standen dort, und eine Frau in prächtigen

Kleidern goss die Pflanzen. Dann trat sie an den Rand des Grabens, und Catharina befürchtete für einen Augenblick, dass sie dort hineinfallen würde. Doch die Frau hielt inne, schaute ins Publikum und begann zu singen. Ihre Stimme war hoch und rein. Catharina beugte sich vor. Etwas war komisch an der hochgewachsenen und kräftigen Frau. Doch sie konnte sich nicht erklären, was es war. Der Gesang war auf Italienisch, aber nach dem, was Frieder ihr zu lesen gegeben hatte, war dies Cecchina, die Magd, die für den Garten zuständig war. Die Mimik und Gestik der Sängerin wirkten übertrieben, aber Catharina wurde klar, auch ohne die Worte zu verstehen, dass sie das Leben lobte und für schön befand.

Dann änderte sich die Musik wieder. Nur ein Cembalo begleitete den Sprechgesang der Sängerin. Ein Mann trat auf, auch er trug nur vor, beide gingen durch den Raum, zeigten hierhin und dorthin, hüpften umeinander, hin und wieder lachte das Publikum auf. Catharina war immer noch verblüfft, aber der Gesang nahm sie mehr und mehr gefangen. Der eine Mann verschwand im Hintergrund, Catharina konnte nicht so recht entdecken, wie und wohin, ein anderer trat auf. Seine Stimme war deutlich tiefer. Dies musste der Marquis sein, ging ihr auf.

Sie versuchte der Handlung zu folgen, so gut sie es vermochte. Das Lachen des Publikums, als die zweite Magd die Bühne betrat, befremdete sie. Die Musik berührte ihr Herz, beschwingte ihre Seele – die Wehmut und die Freude, ausgedrückt durch Gesang und Instrumente, konnte sie nachvollziehen, mehr sogar, sie litt und freute sich mit. Ihr Herz pochte, ihre Wangen waren gerötet, voller Spannung saß sie in ihrem Sessel und verfolgte die Handlung, auch wenn sie die Sprache nicht verstand.

Nach dem ersten Akt schloss sich der Vorhang, das Publikum applaudierte frenetisch. Catharina sah zu Frieder, der ihren Arm berührte. Es kam ihr vor, als erwache sie aus einem Traum.

»Pause«, sagte er lächelnd und zeigte auf ihr Glas, das sie die ganze Zeit in den Händen gehalten hatte. Nach dem ersten Schluck hatte sie es vergessen, nun trank sie es hastig aus. Es schmeckte schal und schäumte auch nicht mehr.

»Wie gefällt es Euch?«, wollte Frieder wissen.

»Ich weiß es nicht«, antwortete Catharina ehrlich. »Es ist eine ganz neue Erfahrung für mich. Ich habe so etwas noch nie gesehen, nie gehört.«

»Das dachte ich mir. Schön.«

»Warum ist das schön?« Catharina runzelte die Stirn.

»Weil ich wissen wollte, wie so eine wunderbare Musik auf jemanden wirkt, der nie zuvor Kontakt dazu hatte.«

Catharina schluckte. »Ich möchte kein Versuchsobjekt sein, Monsieur. Ich schätze alles, was Ihr für mich tut, aber offenbar sind Eure Interessen seltsamer Natur.«

»Mademoiselle! Was denkt Ihr von mir.« Dann schluckte er, wandte den Blick ab. »So habe ich das nicht gemeint.«

»Sondern?« Catharina richtete sich auf. »Ihr seid von meinem Glauben, oder etwa nicht? Ihr geht in meine Kirche. Was denkt Ihr, wie die Gemeindeältesten diese Oper finden würden?«

»Es ist eine Opera buffa – eine lustige Oper. Etwas anderes wird hier gerade nicht gespielt.« Frieder klang, als würde er sich entschuldigen wollen.

»Das Erstbeste?« Catharina atmete auf. Der Inhalt des Singspiels hatte also keine persönliche Bedeutung.

»Ja, ich wollte, dass Ihr dieses Stück seht und hört. Ich

finde es grandios. Der Sänger der Cecchina ist genial, er wird überall bejubelt.«

»Der Sänger?« Catharina stockte der Atem. »Es ist ein … Mann? Aber sie trägt Frauenkleider, hat eine hohe Stimme …, die Haare … alles …«

Frieder lachte laut auf. »Thommaso Borghesi ist ein Kastrat.«

»Ein … was?« Catharina sah ihn entsetzt an. »Bitte sagt, dass es nicht das ist, was ich denke.«

»Was denkt Ihr denn?« Wieder setzte er sein amüsiertes Lächeln auf, doch es erschien ihr anders als noch vor ein paar Tagen, auch Besorgnis vermeinte sie in seinem Blick zu erkennen.

»Ochsen.« Mehr vermochte sie nicht zu sagen.

Frieder lachte tonlos. »Es gibt Knaben, die sind mit einer wundervollen Stimme gesegnet, einem klaren, reinen, hellen Ton. Es sind wahre Künstler. Doch dann werden sie älter, und naturgemäß werden ihre Stimmen tiefer, der Klang verliert seine Intensität. Das Alter nimmt ihnen ihre Gabe.«

Catharina vermied es, ihn anzusehen.

»Diese Knaben haben ein Geschenk, und manche möchten dieses Geschenk behalten«, fuhr Frieder leise fort. »Deshalb lassen sie sich zu Kastraten … machen.« Er räusperte sich. »Und haben danach weiterhin ihre wundervolle Stimme.«

»Knaben. Mit wundervollen Stimmen.« Sie blickte in ihr leeres Glas, Frieder schenkte ihr schnell nach. Hastig trank sie es aus, ließ sich noch mal nachschenken. Bevor ihr eine Antwort eingefallen war, kehrten die anderen Mitglieder der Familie von der Leyen in die Loge zurück, die während der Pause flanieren gegangen waren. Und dann wurde das Licht erneut gelöscht, die Musik setzte wieder ein.

Dem zweiten Teil konnte Catharina nicht mehr so unbeschwert folgen wie dem ersten. Das Publikum lachte über Paoluccia, litt mit Cecchina, verfluchte lauthals Armidoro, flehte für die Liebe des Marquis und schimpfte auf seine weinerliche Schwester. Die erlösende Nachricht von Tagliaferro, einem deutschen Soldaten, wurde mit Applaus und Fußgetrappel honoriert.

Wie in Trance verließ Catharina das Theater.

So war ein Singspiel also. Die Frauenfiguren hatte sie nicht mehr anschauen mögen, jetzt, wo sie wusste, dass es eigentlich Männer waren. Männer, die sich ihre Männlichkeit hatten nehmen lassen, damit sie weiterhin ein Publikum unterhalten konnten.

Die Geschichte an sich, so befand Catharina, war absurd. Ein Marquis verliebt sich in seine Magd. Die Schwester des Marquis, verlobt mit einem Adeligen, erfährt von der Liebschaft, genau wie ihr Verlobter. Diese Ehe ist nun in Gefahr – eine Verbindung in der Familie, die unter dem gesellschaftlichen Niveau ist, ist nicht akzeptabel. Glücklicherweise klärt der deutsche Soldat das Problem – die Magd ist keine Magd, sie hat adelige Eltern, und damit steht einer Ehe nichts im Weg.

Unfug, dachte Catharina, als sie sich die Handlung noch einmal durch den Kopf gehen ließ, die ganze Geschichte mit Liebe und Leidenschaft ist abwegig. Ehen werden aus gutem Grund von den Familien ausgehandelt, oder man verliebt sich und heiratet. Aber wie sollte man sich außerhalb seiner Gesellschaftsschicht verlieben? Sie warf Frieder einen schnellen Blick zu. Er saß mit geschlossenen Augen in der Droschke. Ein Lächeln lag auf seinen Lippen.

Sie beide waren aus Krefeld, gehörten der mennonitischen

Gemeinde an – doch die te Kamps konnten höchstens der gehobenen bürgerlichen Schicht zugeordnet werden, während die Kommerzienräte der von der Leyen schon fast einen adeligen Status hatten. Es war nicht nur das Geld, was sie trennte, es war die gesamte Lebensweise.

Frieder führte sie in den Salon, schenkte ihr Wein ein. »Habt Ihr Hunger?«, fragte er. »Das Essen wird gleich aufgetragen.«

»Hunger?« Catharina sah ihn ungläubig an. »Nein.«

»Schade. Es gibt Wild. Habt ihr schon einmal Reh gegessen?«

Catharina schüttelte den Kopf. »Hochwild ist dem Klerus und dem Adel vorbehalten.«

»Nun, es gibt Ausnahmen. Mein Cousin hat eine Jagd gekauft. Reh ist köstlich, glaubt mir. Ein Leckerbissen.«

Catharina nickte, sie glaubte ihm. Aber Appetit verspürte sie nicht. Ich komme in den Genuss von vielen Dingen, von denen ich bisher kaum gehört habe, dachte sie. Uns trennen Welten. Auch wenn Frieder im Moment die Grenzen verschiebt, gibt es nichts, was unsere Leben verbindet, noch in Zukunft verbinden könnte. Der Gedanke bekümmerte sie.

»Ich habe aber keinen Hunger«, murmelte sie.

»Der Hunger kommt mit dem Essen.« Seine Augen blitzten. »Jetzt aber zu der wichtigen Frage – wie hat es Euch gefallen?«

»Das kann ich noch nicht sagen. Ich muss darüber noch nachdenken.«

»Nachdenken? Nun kommt schon – äußert Eure Meinung, frisch und unverblümt. Mich interessiert Eurer erster Eindruck.«

»Diese Sänger – die Frauenrollen …«

»Ja? Waren sie nicht göttlich?«

»Göttlich?« Catharina schnaubte. »Wie könnt Ihr dieses Wort in diesem Zusammenhang aussprechen? Das ist beleidigend, blasphemisch.«

»Bitte?« Frieder sah sie erstaunt an.

»Es sind Kastraten. Diese Sänger sind Bestien, Monstren. Sie sind weder göttlich noch gottgewollt. Sie wurden als Knaben geboren und haben ihre Männlichkeit dem Prunk, Protz und der eitlen Unterhaltung geopfert. So etwas kann Gott nicht gutheißen oder gar wollen.« Catharinas Stimme war immer lauter geworden, sie ereiferte sich.

»Ich bitte Euch, Mademoiselle, betrachtet das doch nicht im engen Reglement der Gemeinde. Öffnet Euren wissbegierigen Geist und seht all das Schöne und Gute in dieser Welt. Nicht alles muss immer schlicht sein. Schaut Euch an, schaut dieses wunderbare Kleid an und was es aus Euch macht!« Er zeigte auf sie und lächelte.

»Das Kleid?« Catharina sah an sich herunter, hob den Rock ein Stück an. »Was macht das Kleid aus mir? Einen anderen Menschen? Nein, das tut es nicht. Es ist ein eitles Stück Stoff. Möglicherweise macht es mich in Euren Augen ein wenig ansehnlicher, aber mich selbst verändert es nicht. Es ist nur ein Fetzen Stoff, hübsch arrangiert und mit Spitze verziert.«

»Das ist nicht wahr, Mademoiselle, und Ihr wisst das genau wie ich. Dieses Kleid macht Euch zu einer Person mit gesellschaftlichem Rang. Es verändert Eure Stellung und darum auch Euch.« Frieder legte den Kopf schief. »Das werdet Ihr doch begreifen, oder?«, fragte er leise.

Catharina holte tief Luft, wollte ihm eine Erwiderung an den Kopf werfen, doch dann biss sie sich auf die Lippe. Er hatte recht, auf eine Art und Weise. Sie drehte sich um und verließ den Salon, ohne ihm eine gute Nacht gewünscht zu haben.

Kapitel 26

Kleidung macht viel aus, dachte Catharina, als sie das Seidenkleid über den Stuhl legte. Rasch zog sie sich ihr Nachtgewand über, nahm die Nadeln aus den Haaren. Sofia hatte ihr nur einen losen Zopf geflochten, die Strähnen lösten sich daraus. Schnell ordnete sie ihr Haar, schlüpfte unter die Decke und löschte das Licht. Immer noch hörte sie den Klang der Streicher, das Trommeln der Pauken und die Bläser. Die Musik hatte sie berührt, auch die Stimmen der Sänger.

Das Singspiel an sich empfand sie als eitlen Tand, nutzlose Unterhaltung. Warum dachte man sich so etwas aus, und wieso besuchten die Leute diese Vorstellungen? Das Opernhaus war voll gewesen. Noch nie hatte Catharina solch prächtige Kleidung gesehen, die Haut der Frauen weiß gepudert, die Frisuren zu filigranen Gebilden aufgetürmt. Es roch – nein, es hatte nach Parfum gestunken. Sie stellten sich genauso zur Schau wie die Sänger auf der Bühne.

Die Männer waren zwar weniger auffallend gekleidet gewesen, doch den einen oder anderen Pfau hatte sie auch gesehen.

Würde ich noch mal in eine Opera buffa gehen? fragte sie sich. Nein.

Sie war indes froh, hingegangen zu sein. Nun wusste sie, was ein Singspiel war, dass sie Musik zwar mochte, das Drumherum aber nicht. Ein Oratorium würde sie sich jedoch wieder anhören. Auch da hatte es hohe Stimmen gegeben, ob das auch Männer gewesen waren? Ach nein, nicht Männer, sondern Kastraten. Bei dem Gedanken daran errötete Catharina heftig. Darüber würde sie mit niemandem jemals reden können, höchstens mit Rike. Plötzlich überfiel sie heftiges Heimweh nach Krefeld und ihrer Familie. Sie vermisste die Nächte zusammen mit ihrer Schwester so sehr, dass es wehtat.

Die aufregenden und anstrengenden neuen Erfahrungen hatten bisher gereicht, um kein Heimweh aufkommen zu lassen, doch nun fühlte sie sich ganz und gar alleine. Das erste Mal auf dieser Reise weinte sie sich in den Schlaf.

Am nächsten Morgen schien die Sonne in ihr Zimmer. Das Seidenkleid lag über dem Sessel und schimmerte im Licht.

Catharina flocht sich einen festen Zopf, steckte ihn streng im Nacken zusammen. Sie zog das schlichteste Kleid an, das sie besaß, und ging in den Salon, aus dem schon das Klappern des Geschirrs zu hören war.

Vorsichtig öffnete sie die Tür.

»Bonjour, Mademoiselle.« Frieder strahlte sie an. »Seid Ihr mir noch böse?«

»Böse? Euch?« Verwirrt setzte sich Catharina.

»Weil ich Euch zu dieser gottlosen Vorstellung mitgenommen habe.«

»Es war eine durchaus interessante Erfahrung.« Catharina nahm sich Brot und kalte Entenbrust.

»Eine interessante Erfahrung? So, so.« Frieder zog die Augenbraue hoch. »Wollt Ihr mir Eure Eindrücke genauer erläutern?«

Catharina strich sich Butter auf das Brot, schüttete Dünnbier in ihren Becher.

»Es war eine völlig neue Erfahrung für mich. Ich muss gestehen, dass ich instrumentale Musik mag, das habe ich jetzt festgestellt.« Sie biss herzhaft in das Brot.

»Ist das so? Und der Gesang?«

»Ja, auch den mag ich, wobei mir das Oratorium besser gefallen hat.« Sie sah ihn an, senkte dann den Kopf. »Die Sängerinnen in der Kirche, waren das auch …«

Frieder runzelte die Stirn, dann begriff er und lachte. »Nein, das waren keine Kastraten.«

»Gut.«

»Euch verstört dieser Gedanke wirklich, nicht wahr?«

»Es ist gegen Gottes Willen«, sagte Catharina entschieden.

»Woher wollt Ihr das wissen?« Frieder stand auf, ging zu der kleinen Anrichte an der Seite und goss sich Rotwein in seinen Pokal.

»Es ist widernatürlich.«

»Wer entscheidet das? Ihr? Die Gemeindeältesten? Die Priester?«

Catharina schnaubte. »Wenn Gott gewollt hätte, dass sie Sängerinnen werden, hätte er sie als Mädchen zur Welt kommen lassen.«

»Die Stimmen, die die Kastraten singen, nennt man Sopran und Mezzosopran. Es sind hohe, aber auch klare und reine Töne. Früher haben diese Stimmen immer nur Knaben singen können. Mädchen oder Frauen, obschon mit hohen Stimmen gesegnet, schienen ob ihrer schwachen Konstitution und ihres zarten Wesens nicht geeignet, schwierige Stücke zu singen. Doch auch Knaben sind nur begrenzt belastbar.« Frieder setzte sich wieder ihr gegenüber. »Und es ist nicht einfach, diese Stücke auswendig zu lernen und perfekt zu beherrschen.«

Er nahm sich auch ein Stück Entenbrust, aß es voller Genuss. »Die Konstitution ist ein Grund, weshalb es Kastraten gibt, aber auch ihre Stimmen – sie klingen so viel klarer und reiner als die einer Frau.«

Catharina verzog das Gesicht. »Das konnte ich nicht so erkennen. Mir haben die Frauenstimmen des Oratoriums durchaus gefallen.«

»Inzwischen werden Sängerinnen mehr und mehr geschult, und vielleicht wird es irgendwann gar keine Kastraten mehr geben, was ich sehr schade fände.« Frieder nippte an seinem Weinglas und lächelte.

Catharina räusperte sich, nahm sich von der geräucherten Forelle. Noch einmal würde sie nicht indigniert den Raum verlassen, ohne die Unterhaltung beendet zu haben.

»Ihr findet also vertretbar, dass man kleine Jungen entstellt und ihnen ihr Leben als Mann raubt?«

»Entstellt? Fandet Ihr die Sänger gestern entstellt?«

Catharina hätte sich fast verschluckt. »Nun, ich habe sie ja nur mit Kleidung gesehen und kann es nicht wirklich beurteilen.«

Nun verschluckte sich Frieder und hustete. Catharina stand auf, ging zu ihm und klopfte ihm auf den Rücken.

Oh, sagte sie sich, ich habe anscheinend einen Punkt gemacht. Es kostete sie Mühe, ein Lächeln zu verkneifen.

»So habe ich das nicht gemeint«, seufzte Frieder, als er wieder Luft bekam. »Ich weiß auch nicht, ob man ihnen das Leben geraubt hat. Ich habe Thommaso schon einmal getroffen, er machte einen durchaus zufriedenen Eindruck mit sich und seinem Leben.«

Catharina nahm sich etwas Käse. »Aber er kennt es auch nur so«, gab sie dann zurück.

»Und damit schien er durchaus glücklich zu sein. Er ist einer der gefeierten Sänger Europas, bekannt, beliebt.«

»Ja, vermutlich entschädigt ihn das für alles andere.« Catharina nahm sich nun auch einen Schluck Wein, die Unterhaltung wurde ihr zu heikel, sie brauchte etwas, um ihr Gemüt zu kühlen. »Aber bekannt und beliebt zu sein ist nicht gottesfürchtig, es ist eitles Gebaren.«

»Gottesfürchtig!« Frieder schnaubte, stand auf und verschränkte die Hände hinter seinem Rücken. »Gottesfürchtig. Was heißt das schon? Ist es nicht auch eine Gabe Gottes, so singen zu können? Ist das nicht auch eine Art, die Schöpfung zu preisen?«

Catharina lachte auf. »Mein lieber Monsieur, wenn Ihr das vom Oratorium, einem Werk, das von Gottes Wort handelt, gesagt hättet, könnte ich Euch möglicherweise sogar noch zustimmen. Aber dieses Singspiel handelt von anderen Dingen als Gottes Werk, es ist pures Geplänkel gewesen, auch wenn die Melodien recht nett waren.«

»Geplänkel? Es handelte von Liebe! Liebe!«, ereiferte sich Frieder.

»O ja. Eine illustre Liebe zwischen Menschen unterschiedlichen Standes und mit einem sehr konstruierten Ende. Es ging glücklich aus, aber ich nehme an, dass tun diese Singspiele alle.«

»Ihr haltet nicht viel von Liebe?« Frieder sah sie überrascht an.

Catharina seufzte auf. »Ich verstehe nichts von Liebe. Warum auch?«

»Wollt Ihr nicht eines Tages heiraten?«

»Doch sicher wünsche ich mir eine Familie, Kinder, einen Mann. Aber ich denke, meine Mutter wird mir einen guten

Mann aussuchen. In ›meinem‹ Stand ist das üblich.« Lächelnd legte sie den Kopf schief, ihr Herz pochte so laut, sie meinte, es müsse bis zu ihm zu hören sein.

»Gibt es denn keine Liebesheirat in Eurem ›Stand‹?«

Catharina überlegte. Welche glückliche Ehe gab es in ihrem Umfeld? Ihr fielen Anna und Abraham ter Meer ein. Das war tatsächlich eine Liebesheirat gewesen, nach einem langen Weg des Leidens für Anna.

»Doch«, sagte sie leise.

»Und erscheint Euch das nicht erstrebenswert?«

Catharina biss sich auf die Lippe. Was sollte sie Frieder antworten? »Ich habe darüber noch nicht nachgedacht. Mein Weg im Moment ist doch ein anderer. Ich bin Eure Kammerzofe.« Welch ein Hohn – die Kammerzofe, die mit ihrem Herrn speist, ihn ins Theater begleitet. Frieder hat etwas ganz anderes mit mir im Sinn. Sie schluckte und sah ihn an, das Blut brachte ihre Wangen zum Glühen.

Frieder lachte auf. »Ja, wahrlich. Und als meine Zofe weise ich Euch an, Eure Sachen zu packen. Unsere Reise geht morgen weiter nach Potsdam. Lange genug haben wir uns hier aufgehalten.«

»Wer wird … also ich meine – Heinrichs Posten, wer übernimmt den?«, fragte Catharina unsicher.

»Gerald kann die Kutsche lenken, er kennt sich damit aus, auch wenn er nicht so geschickt ist, wie es Heinrich war. Ich habe übrigens beschlossen, auch die alte Vettel mitzunehmen, und dies schon mit meinem Cousin geklärt.«

»Vettel?«

»Nun ja, dieses verhunzte Weiblein, das Euch geholfen hat, Heinrich zu pflegen. Wie ihr wisst, brauchen wir eine Köchin in Potsdam.«

»Und ich dachte, das wäre auch meine Aufgabe?« Catharina hielt die Luft an.

»Wie soll das gehen? Ihr müsst mich auch in Potsdam begleiten. Dort gibt es viel zu sehen und zu hören. Und eigentlich, auch wenn Ihr Euch dem gestern Abend entzogen habt, isst man anschließend noch ein wohlschmeckendes Mahl, um den Abend zu vervollkommnen. Ich habe Euch etwas vom Reh aufheben lassen, es schmeckt auch kalt hervorragend.« Er zwinkerte ihr zu. »Warm ist es aber besser. Also lasst es Euch nicht noch einmal entgehen.«

Seinen letzten Worten folgte Catharina kaum. Thea kommt mit, dachte sie. Hatte man die alte Frau gefragt? Oder war über ihren Kopf hinweg entschieden worden? Natürlich freute Catharina sich, dass Thea sie begleiten würde, auch für ihre eigene Ehre war das gut. Dennoch sollte man alte Gehölze nicht mehr verpflanzen, und Thea hatte sich zufrieden gezeigt, ihren Lebensabend in dem Haushalt zu verbringen, dem sie so lange gedient hatte.

»Thea kommt mit?«

»Ist das ihr Name?« Frieder machte eine wegwerfende Handbewegung. »Sie ist die ausgediente Köchin. Für unsere Bedürfnisse wird es reichen. Ich fürchte, wir werden uns nicht allzu lange in Potsdam aufhalten können und müssen schon vor dem Herbst zurück nach Krefeld. Wir sollten zurück sein, bevor dieser Krieg endet. Mein Oheim hat wichtige Geschäfte, die mit dem Ausgang des Krieges steigen oder fallen, davon hängt viel ab.« Nachdenklich ging er zum Fenster und rieb sich das Kinn.

Diese Geste kannte Catharina inzwischen, er war in Gedanken, und man störte ihn besser nicht. Rasch packte sie wiederum ein paar Leckerbissen in eins der Mundtücher, steckte es in ihre Rocktasche. Sie knickste, obwohl sie wusste, dass Frieder sie gar nicht mehr wahrnahm, und verließ den Salon.

Nach Potsdam, dachte sie, während sie den Gang entlang eilte, was wird mich da erwarten? Und warum will er Thea dabei haben? Sie nahm sich vor, die alte Frau so schnell wie möglich in den Gesinderäumen zu suchen. Doch als sie ihr Zimmer betrat, saß Thea in dem Sessel am Fenster und lächelte sie an.

»Hast du es schon vernommen?« Thea kicherte. »Ich reise mit euch nach Potsdam.«

»Ja.« Catharina holte tief Luft. »Und?«, fragte sie dann leise.

»Und?«

»Ist das gut oder schlecht für dich?« Catharina nahm das Mundtuch aus der Tasche, reichte es Thea.

»Das ist Entenbrust! Und weißes Brot. Du musst ein Engel sein.«

»Nein. Ich fürchte, du kommst wegen mir mit.« Verlegen sah sie auf den Boden.

»Aber nun gräm dich nicht. Ich war noch nie in Potsdam. Um ehrlich zu sein, habe ich die Stadt noch nie verlassen. Hab auch nicht gedacht, dass ich das auf meine alten Tage noch tun würde.« Wieder lachte Thea leise.

»Doch betrübt dich das nicht? Du wolltest deine letzten Tage hier am Herd verbringen und warst zufrieden damit.«

»Ja. Aber ich hatte auch nur eine andere Möglichkeit, und das wäre das Armenhaus gewesen. Glaub mir, so großartig ist das Leben als alte Magd nicht. Um ehrlich zu sein, habe ich seit Jahren nichts so sehr genossen wie die Tage mit dir. Du bist so erfrischend. Ein Jungbrunnen.« Sie lachte abermals.

»Mag auch an dem guten Essen liegen, welches mir plötzlich vergönnt ist.« Sie riss das Entenfleisch in kleine Stücke, schob es in ihren fast zahnlosen Mund und seufzte dann voller Wonne auf.

»Aber … ich dachte … und in deinem Alter?«, stotterte Catharina.

»Was heißt schon ›in deinem Alter‹, Kindchen? Ich kann morgen tot hier umfallen oder dem Ende entgegensiechen, ich kann aber auch mit dir und deinem Herren morgen in die Kutsche steigen und nach Potsdam fahren, Neues sehen und erleben. Und dies ist meine letzte Gelegenheit, denn ich werde nicht ewig leben, und die Möglichkeit, dass ich tot umfalle, liegt zum Greifen nahe. Gräm dich nicht, du machst mir eine Freude.«

»Ja?«, fragte Catharina ungläubig.

»Als junge Frau hätte ich einmal mit auf Reisen gehen können, auch wenn es nur bis Braunschweig gewesen wäre. Aber es hat mir Angst gemacht, daher bin ich hiergeblieben. Das habe ich später immer bereut. Ich habe nichts vom Land gesehen, war nur bis vor die Stadtmauern, nicht weiter.« Sie seufzte. »Und jetzt, als alte Frau, komme ich dank dir nach Potsdam. Vielleicht sehen wir sogar den König.«

»Den König?« Catharina schüttelte den Kopf. »Aber der kämpft doch.«

»Ich habe da Gerüchte gehört, dass er sich in Potsdam aufhält.« Thea zwinkerte ihr zu. »Aber eigentlich zählt das gute Essen mehr als der König für mich.« Sie biss in die Scheibe weichen Weißbrots und verdrehte genüsslich die Augen.

Catharina ging zu der kleinen Kommode, auf der eine Karaffe mit Wein und zwei Gläser standen, schenkte ein, reichte Thea eines der Gläser.

»Also freust du dich?«, fragte sie ungläubig.

Thea nickte. »Was hätte ich hier gehabt, außer auf den Tod zu warten?«

»Aber du weißt doch gar nicht, was dich erwartet.«

»Nein.« Thea nahm einen großen Schluck Wein. Sie sah Catharina an, kniff die Augen zusammen. »Das ist deine Angst, nicht wahr? Du weißt gar nicht, was dich erwartet. Und noch schlimmer, du weißt gar nicht, was er von dir erwartet.«

Die Worte fielen in Catharinas Geist wie ein Stein in einen Brunnen, sie schluckte und wandte sich ab.

Thea hatte recht. Nicht die Reise an sich machte ihr Angst, sondern die Rolle, die Catharina einnehmen sollte. Sie war schon lange keine Kammerzofe mehr, war es eigentlich nie gewesen. Frieder hatte etwas ganz anderes mit ihr im Sinn, aber sie konnte immer noch nicht erkennen, was es war. Sie sollte ihn begleiten, er hatte Interesse an ihrer Meinung und befand es auch gut, wenn sie anders dachte als er. Wobei er dann immer noch versuchte, sie umzustimmen und von seiner Ansicht zu überzeugen. Doch sie war zwar empfänglich für seine Darlegungen, aber nahm sie nicht schlichtweg an, ebenso wenig wie sie sie kategorisch ablehnte. Was sie, nach einigem Nachdenken, für gut befand, konnte sie annehmen, andere Dinge eben nicht.

Wie sehr sich mein Denken verändert hatte, stellte Catharina verblüfft fest, meine ganze Einstellung. Allein dadurch, dass ich Dinge gesehen, Texte gelesen und Gespräche mit Frieder geführt habe.

Sie war nicht mehr der Mensch, der Krefeld verlassen hatte.

»Was glaubst du, was er von mir erwartet?« Catharina drehte sich wieder zu Thea um.

Die alte Frau lächelte nicht. Sie sah Catharina nachdenklich an, schaute dann aus dem Fenster, nahm noch einen Schluck Wein und ließ sich Zeit mit der Antwort.

»Ich glaube«, sagte sie schließlich leise, »dass es nicht an deine Befürchtungen heranreicht, aber auch deine Erwartungen nicht erfüllen wird.«

Catharina schüttelte den Kopf. »Was?«

»Denk einfach in Ruhe darüber nach, Kindchen.« Thea lächelte ihr schiefes Lächeln. Dann stand sie ächzend auf. »Ich werde jetzt meine wenigen Habseligkeiten packen. Das solltest du auch, schließlich hast du mehr als ich. Morgen in der Früh soll es losgehen.«

»Ja.« Catharina schaute der alten Frau hinterher. Als sich die Tür geschlossen hatte, setzte sie sich in den Sessel am Fenster. Er war noch warm, und das Polster schien sich an ihren Rücken zu schmiegen.

Was befürchte ich, was erwarte ich? fragte sich Catharina und dachte an Frieder. In ihrem Bauch rumorte es. Vor einigen Monaten, zu Anfang des Jahres, war sie das erste Mal bei den von der Leyen gewesen, hatte Frieder das erste Mal wirklich getroffen. Die Begegnungen in der Kirche, bei denen er sie nie gesehen oder wahrgenommen hatte, zählte sie nicht. Am Anfang hatte sie sein freundliches Gesicht und Wesen eingenommen, ohne dass sie ihn näher kannte. Später hatte er sie mit seinem Charme umgarnt, sicher ohne Absicht, er war so zu jedem, irgendwie.

Sie hatte sich in ihn verliebt. Schuld war gewiss nur der Roman, den sie sich zu der Zeit von Abraham ter Meer ausgeliehen hatte und in dem es um die Liebe ging. Sagte sie sich jetzt. Und es war auch nur Zuneigung, keine Liebe. Was auch immer wahre Liebe sein mochte. Catharina seufzte. Doch das Gefühl zu Frieder hatte sich verändert.

Heute hatte sie ihr Herz kaum in Schach halten können, ihr war heiß und kalt zugleich gewesen, ein wenig schwindelig. Und auch jetzt, wenn sie an ihn dachte, wurde ihr seltsam zumute. Sein Anblick berührte sie, und seine Stimme schien in ihr zu klingen, sein Duft machte sie trunken. Allein der Gedanke, dass sie morgen wieder in der Kutsche eng beieinandersitzen würden, war beängstigend und gleichzeitig betörend.

Was erwartet er von mir? Diese Frage konnte sie sich nicht beantworten.

Kapitel 27

»Die Friedensverhandlungen sind gescheitert, Frankreich und Spanien werden sich verbünden, und es gibt keine Nachrichten vom König.« Engelbert vom Bruck schüttelte den Kopf.

»Was glaubt Ihr, wird geschehen?«, fragte Abraham.

»Ich weiß es nicht. Vielleicht wird der König aufgeben.«

»Nie und nimmer!« Anna stand auf und legte ihre kleine Tochter in die Wiege. Der Herbst war mit bitterer Kälte, Sturm und Regen eingezogen.

»Wer weiß? Die Franzosen und die Preußen ziehen sich in ihre Winterquartiere zurück. Allein vor Bremen gibt es noch Kämpfe.«

»So man der französischen Zeitung von Köln Glauben schenken kann«, sagte Abraham leise. Mit Sorge betrachtete er seine Frau. Immer wieder hatte sie seit der Geburt gefiebert, manchmal nur einen Abend, manchmal mehrere Tage. Sie war blass und in sich gekehrt, lachte kaum noch. Nur wenn sie sich mit Marijke oder Annegrijt beschäftigte, wirkte sie ausgeglichen und fröhlich.

»Fährst du morgen zum Scheutenhof?«, wollte Anna von Abraham wissen. Sie schaute zum Fenster, gegen das der Regen peitschte.

»Werde ich müssen.« Abraham seufzte. »Ich soll das Buchweizenmehl aus der Mühle meiner Mutter dorthin bringen, außerdem brauchen wir eine neue Magd, und das so schnell wie möglich. Isaak Scheuten hat eine Tochter, die dringend eine Stellung in der Stadt sucht. Alle Bauern haben Angst um ihre Töchter.«

»Zu Recht – es wurde schon wieder von Ausschreitungen der Franzosen berichtet. In Ostfriesland sollen sie sogar Magazine zerstört haben.« Engelbert stopfte seine Pfeife, lehnte sich vor und nahm ein Kienspan zur Hand. »Was ist denn mit Eurer Magd? Sie war ein wenig langsam, nicht wahr?«

Anna seufzte. »Sie hat sich schwängern lassen.«

»Ach?« Engelbert zog die Augenbrauen hoch. »Und jetzt wird sie heiraten?«

»Nein«, sagte Abraham. »Es war der französische Arzt, den wir mehrfach im Quartier hatten. De Lancet, erinnert Ihr Euch?«

»Dieser unangenehme Mensch?« Engelbert zog ein entrüstetes Gesicht. »Diese Franzosen sind eine wahre Plage. Muss Eure Magd nun gehen?«

»Wir haben es überlegt, aber sie hat keine Familie mehr.« Anna schenkte sich und den Männern kräftigen Würzwein ein, dann zog sie schaudernd ihr Schultertuch enger zusammen. Der Wind heulte ums Haus. »Wir könnten sie auf einen der Höfe schicken, aber dort würde es ihr schlecht ergehen. Es wird wohl unsere christliche Pflicht sein, sie zu behalten.«

»Aber eine weitere Magd brauchen wir dennoch«, sagte Abraham nachdenklich.

»Ich habe gehört, dass in diesem Jahr eher geschlachtet werden soll, weil das Wetter so schlecht ist und vielerorts die Ernte verdorben ist. Das wird ein harter Winter werden.« Anna zog ihren Sessel näher an das Feuer.

»Ich denke auch, dass früher geschlachtet werden muss. Unser Mastschwein können wir sicher einen weiteren Monat halten und hoffen, dass es noch ordentlich an Gewicht zunimmt. Aber die Bauern haben meist zwanzig Schweine. Durch die Stürme sind die Eicheln und Bucheckern schon von den Bäumen gerissen worden, durch die Regenfälle ist alles durchweicht und fault nun.«

»Werden wir hungern müssen?«, fragte Anna besorgt.

Abraham schüttelte den Kopf. »Wir sicherlich nicht, Liebes, aber vielleicht die Arbeiter in der neuen Stadt. Wenn der Winter lang und streng wird, könnte es sein, dass eine Hungersnot ausbricht.«

»Zumal auch noch die Franzosen von unseren Vorräten zehren«, fügte Engelbert hinzu.

Annegrijt begann zu jammern, Anna stand auf, nahm den Säugling aus der Wiege. »Ich nehme sie mit nach oben«, sagte sie seufzend.

Die Männer blickten ihr schweigend nach. Erst als ihre Schritte auf der Treppe verklungen waren, sahen sie sich an.

»Ihr sorgt Euch um Eure Frau, nicht wahr?« Es war keine Frage, die Engelbert stellte.

»Ja, sie hat sich sehr verändert.«

»Das ist mir auch aufgefallen. Hängt es mit der Geburt zusammen? Das ist doch alles gut gegangen.«

Abraham neigte den Kopf, strich sich über den Bart. »Vielleicht hängt es mit der Geburt zusammen, vielleicht ist es aber auch eine Art Melancholie, die jetzt verstärkt zum Ausbruch kommt, ich kann es nicht sagen. Im Kindbett hat sie gelitten und auch danach des Öfteren gefiebert, körperlich ist sie angegriffen. So ganz erholt hat sie sich noch nicht. Und jetzt kommt der Winter.«

»Eure Mutter kümmert sich aber um Eure Gemahlin?«

»Ja, aber sie hat noch ihre Rossmühle, möchte auch das Haus nicht aufgeben. Sie kann nicht zwei Haushalte führen. Dazu kommt, dass meine Schwägerin ihr Kind verloren hat, und sie sich auch um Katrina kümmern muss.«

»Ach. Das wusste ich gar nicht. Die Frau von Adam?«

Abraham nickte. »Es kam überraschend. Katrina war immer gesund und kräftig, sie hatte keine Mühe in der Schwangerschaft, im Gegensatz zu Anna. Aber so ein Verlust ist nicht ungewöhnlich.«

»Das tut mir sehr leid. Vielleicht ist das auch etwas, was Eure Frau bedrückt?«

»Möglich. Anneken, unsere Kleine, ist kränklich. Wir wissen nicht, warum. Sie leidet unter Koliken.« Wieder seufzte Abraham schwer.

»Ich wünsche mir eine Familie«, sagte Engelbert leise, »aber ich sehe auch all das Leid, den Kummer und die Sorgen, die eine Familie mit sich bringt. Zudem kann ich noch keine Frau und keine Kinder ernähren.« Auch er seufzte.

»Aber Euer Geschäft läuft doch?«

»Schon, doch die Zeiten sind zu unsicher. Wer weiß was wird. Die Kommerzienräte von der Leyen haben das Monopol auf die Seidenweberei erhalten. Sie machen allen anderen Webern das Leben schwer. Den Zimmermännern wurde unter Strafe verboten, für andere Weber zu arbeiten. Wo soll das hinführen?«

»Ich weiß es nicht.« Nachdenklich zog Abraham an seiner Pfeife. »Die von der Leyen tun viel für ihre Arbeiter, sie haben eine Armutskasse eingeführt, bezahlen den neuen Schulmeister und wollen eine Orgel für die Gemeinde spenden – was die Gemeinde indes nicht möchte.« Er lachte rau.

»Warum nicht?« Engelbert sah ihn erstaunt an.

»Musik ist nicht gottgefällig.«

»Ist das so? Ich habe neulich wunderbare Kantaten von Bach gehört. Das hat mich sehr berührt und ergriffen.«

»Ich habe bisher nur wenige Stücke von Bach gehört, aber jedes Mal war ich zu Tränen gerührt. Es ist ganz wundervolle Musik. Ich teile die Meinung der Gemeindeältesten und des Predigers nicht, dass Musik per se schlecht und nicht gottgefällig ist.«

»Eure Gemeinde ist sehr streng. Manche Gedanken teile ich, es muss nicht immer alles prunkvoll sein. Aber viele Dinge scheinen mir übertrieben. Die Zeit schreitet voran und wir mir ihr.«

»Wir schreiten offenbar immer ein paar Schritte hinterher.« Abraham grinste. »Aber die von der Leyen eilen uns voraus. Nicht immer zu unserem, aber allemal zu ihrem Besten.«

»Sie haben guten Kontakt zum König, so sagt man.«

»Das ist wahr. Frieder von der Leyen hat sich sogar einen Wohnsitz in Potsdam zugelegt. Er hat den Sommer über dort residiert und seine Kontakte gepflegt. Doch was hilft das unserer Stadt?«

»Immerhin weiß der König, dass es Krefeld gibt. Das Monopol auf die Seidenweberei bringt den von der Leyen Geld, aber auch den einfachen Bürgern Arbeit. Man muss nur sehen, welche anderen Möglichkeiten es gibt. Leinenweberei ist noch erlaubt, und auch Eure Posamentenbänder dürft Ihr weben lassen.«

»Noch«, sagte Abraham düster.

Sie besprachen die Situation noch eine Weile, dann verabschiedete sich Engelbert vom Bruck.

Abraham bedeckte das Feuer im Kamin, schaute nach dem Ofen in der Küche. Anna hatte den Brotteig für den nächsten Tag angesetzt. Sie hatten lange darüber gesprochen, was mit Elise werden sollte, und beschlossen, das Mädchen zu behalten. Doch in den letzten Wochen ihrer Schwangerschaft wurde die Magd noch schwerfälliger und unzuverlässiger. Deshalb übernahm Anna wieder einen Teil des Haushalts. Ein Grund mehr, so befand Abraham, schnell eine weitere Magd einzustellen. Auch wenn sie keinen üppigen Verdienst hatten, ging es ihnen verhältnismäßig gut. Sie konnten sich eine Magd leisten und dennoch Elise behalten, die aber nur noch Kost und Logis bekam, so lange, bis sie wieder ihre Arbeit verrichten konnte. Doch das war für das Mädchen allemal besser als das Armenhaus.

Anna jedoch war überlastet mit dem Haushalt. Abraham spähte durch das Küchenfenster in den Hof. Noch immer heulte der Wind durch die Gassen, der Regen prasselte nieder.

Hoffentlich, so dachte er, lässt der Sturm morgen nach.

Müde schlich er die Treppe empor. Noch bevor er oben angekommen war, konnte er schon das leise Weinen seiner Tochter hören. Dies würde eine weitere unruhige Nacht werden, befürchtete er und beschloss, in der Stube zu schlafen.

Am nächsten Morgen schien die Sonne in die Stube, als er

aufwachte. Marijke stand vor ihm, trat von einem Bein auf das andere.

»Mir ist kalt«, wisperte das kleine Mädchen.

Abraham hob die Decke und zog das Kind zu sich. Dann schaute er sich um. Der Kamin war ausgegangen, auch roch es weder nach frischem Brot, noch waren Geräusche aus der Küche zu vernehmen.

»Warst du bei deiner Mutter?«, fragte er das Kind besorgt.

»Ich habe die Tür nur einen Spalt geöffnet, sie schläft noch«, flüsterte Marijke. »Und ich wollte sie nicht wecken, aber mir war so kalt.« Das Kind steckte den Daumen in den Mund und schloss wieder die Augen.

Abraham stand auf, wickelte das Kind in eine Decke, dann zog er sich rasch an. Es war tatsächlich kalt. Schnell ging er in die Küche, aber auch der Ofen war erloschen, nur ein kleiner Rest Glut befand sich am Boden des Herdes. Schnell entfachte Abraham das Feuer, trug Glut in die Stube und entzündete auch dort die Flammen. Er legte reichlich Holz nach, so dass sich die Räume rasch erwärmten. Dann klopfte er an die Kammer der Magd.

»Elise! Das Morgengrauen ist schon verstrichen, die Sonne steht am Himmel. Steh auf und bereite in Gottes Namen das Frühmahl.«

Die erste Mahlzeit des Tages war immer noch Elises Aufgabe, auch wenn sie ihr die Wäsche und andere Dinge abgenommen hatten, und Abraham spürte Wut in sich hochsteigen.

»So geht das nicht weiter«, sagte er sich. Der Sturm hatte sich zum Glück verzogen, dennoch würden die Wege durch die Heide voller Schlamm und Matsch sein, und die Fahrt zu den Gehöften vor der Stadt einige Zeit in Anspruch nehmen.

Doch er würde fahren müssen. Am besten so schnell wie möglich.

Hans, der Knecht, der in einer kleinen Kammer über den Stallungen im Hinterhof schlief, war zum Glück schon auf und hatte die Pferde versorgt.

»Spann den Wagen an, ich fahre hinaus zu den Flöthhöfen.«

»Ja, Herr.« Hans zögerte. »Soll ich Euch begleiten?«

Darüber hatte Abraham auch nachgedacht. Er wollte einige Fässer mit Wintergemüse, einige Lagen an Wurzeln und anderes mitbringen. »Nein«, sagte er dennoch. »Mir wäre es lieber, wenn du hierbliebest.«

»Ja.« Hans nickte. »Ich werde auf das Haus und die Frauen achten.«

»Guter Mann.« Abraham klopfte ihm auf die Schulter. »Elise ist heute spät dran, aber gleich wird es Grütze und Speck geben.«

»Kohl, Äpfel, Speckseiten, zwei oder drei Lagen Wurzeln, Zwiebeln«, zählte Anna auf. Unter ihren Augen lagen tiefe Ringe. Offenbar hatte ihr die Nacht keine Erholung gebracht. »Und was immer sie sonst haben. Heute ist Fischmarkt in Uerdingen. Wir könnten ein Fass Heringe gut gebrauchen. Kann Hans nicht fahren?« Sie warf dem Knecht einen fragenden Blick zu.

»Nein.« Abraham schüttelte den Kopf. »Hans soll hierbleiben. Ich werde sehen, was ich machen kann, damit wir auch Heringe bekommen.«

»Aber es wäre wichtig!«

»Anna, mach dir keine Gedanken«, versuchte Abraham seine Frau zu beruhigen. »Heringe gibt es auch noch nächste

Woche. Jetzt ist es erst einmal wichtig, eine neue Magd zu bekommen.« Immer noch war er über Elise verärgert.

»Eine neue Magd?«, fragte Elise ängstlich. »Hierher? Und was wird dann mit mir? Muss ich doch gehen?« Ihre letzten Worte waren kaum zu verstehen.

»Nein!« Anna stand auf und legte ihr die Hand auf die Schulter. »Wir lassen dich nicht fallen, auch wenn du in einer unglücklichen Lage bist.«

Abraham musste sich eine böse Antwort verkneifen. Er zwang sich dazu, milde zu lächeln. »Wir brauchen Hilfe, aber auch Vorräte für den Winter, deshalb fahre ich zu meinen Verwandten auf den Scheutenhof in die Heide, jenseits der Landwehr.«

»Darf ich mitkommen?« Marijke strahlte ihn an. »Bitte.«

Abraham warf seiner Frau einen fragenden Blick zu. Anna legte zweifelnd den Kopf zur Seite.

»Bitte, Mutter! Dort ist es immer so spannend«, flehte das kleine Mädchen.

Anna konnte sich gut an ihre Besuche auf dem Scheutenhof erinnern, als sie noch jünger gewesen war. Der große Vierkanthof, der vom Flöthbach umgeben war, barg jede Menge Abenteuer und aufregende Ecken, Tiere, eine Scheune voller Überraschungen. In den letzten Wochen, nachdem die Franzosen wieder in der Stadt Quartier bezogen hatten, gab es kaum noch Möglichkeiten für die Kinder, ungefährdet auf der Straße zu spielen. Überhaupt gab es wenig unbeschwerte Momente. »Ja« sagte Anna, »dort ist es immer spannend.« Sie sah ihren Mann an. »Meinetwegen darf sie mit, was meinst du, Abraham?«

Er hatte ähnliche Gedanken wie sie gehabt und nickte. »Natürlich kannst du mitkommen, Marijke. Zieh dich nur warm an. Auch wenn der Wind nachgelassen und es aufgehört hat zu regnen, ist es dennoch kalt.«

Das Mädchen sprang auf. »Komm!«, rief es und zog Elise am Arm. »Ich brauche meine dicken Strümpfe und den wollenen Unterrock. Die sind in meiner Truhe, und alleine bekomme ich den Deckel nicht auf!«

Die Magd ließ sich von dem Kind mit nach oben ziehen. Anna und Abraham tauschten ein Lächeln. Auf einmal war da wieder diese Unbeschwertheit, die ihre Beziehung zu Anfang gehabt, aber in den letzten Monaten verloren hatte.

Von dem Gefühl beflügelt, hätte Abraham am liebsten seine Frau und den Säugling eingepackt und mitgenommen, doch er wusste, dass dies nicht ging. So packte er seine Ziehtochter auf den Kutschbock, legte ihr die schwere Decke auf die Knie und gab ihr die lange Peitsche zu halten. Stolz und mit beiden Händen hielt das Mädchen die mit Leder umwickelte Rute fest. Ihre Wangen waren vor Aufregung gerötet, ihre Augen blitzten.

»Wird es warm genug sein für sie?«, fragte Anna, die neben die Kutsche getreten war. Ihre Stimme war nun wieder voller Zweifel und Besorgnis. »Nicht, dass sie sich verkühlt.«

»Ich werde auf sie achten, Anna. Versprochen.« Abraham stieg auf den Kutschbock, schnalzte. Schwerfällig setzten sich die beiden Kaltblüter in Bewegung.

Marijke kuschelte sich vertrauensvoll an ihn, sah dabei aber voller Spannung nach links und rechts. Von dieser Warte hatte sie die Straße noch nie gesehen.

Sie fuhren durch das Niedertor, an den Wallgärten entlang und dann in den Bruch hinein. Am Krüllshof lenkte Abraham in Richtung Heide.

Mittags kamen sie endlich zur Landwehr. Marijke war inzwischen müde geworden. Schon lange hatte sie die Peitsche an Abraham abgegeben.

»Sind wir bald da?«, fragte sie leise.

»Ein wenig werden wir noch brauchen. Wir müssen durch die May am Hückeshof hindurch und dann noch ein Stück durch die Heide, dann kommen wir zum Hof meiner Verwandtschaft.« Er legte seinen Arm um sie. »Ist dir kalt?«

»Nein, aber ich bin hungrig und ich … muss mal.« Beschämt senkte sie den Kopf.

Abraham lachte und zog die Zügel an. Die Pferde schnaubten, blieben stehen. Er hob das Kind vom Kutschbock.

»Da hinter den Büschen kannst du dich erleichtern. Ich habe einen Korb mit Brot, Speck und Eiern.« Er holte den Korb aus dem Leiterwagen. Nachdem Marijke ihre Notdurft verrichtet hatte, setzte er sie wieder auf den Wagen, gab ihr eine Scheibe Brot und ein gekochtes Ei. Sie strahlte ihn an.

»Das ist wie ein kleines Abenteuer«, sagte sie verzückt.

Nach einer Weile aber wurde ihre Miene nachdenklich. »Mutter geht es nicht gut, nicht wahr?«

Abraham schluckte. Was sollte er sagen? »Wie kommst du darauf?«

»Sie ist immerzu traurig. Vielleicht, weil Anneken so oft weint. Anneken ist auch oft traurig, sonst würde sie nicht so viel weinen.«

Abraham biss sich auf die Lippe. »Deine Schwester ist noch ein Säugling, sie kann nicht sprechen, nur weinen. Und das tut sie.«

»Das weiß ich doch!« Marijke verdrehte die Augen. »Ich bin ja nicht dumm. Doch sie weint mehr als andere Säuglinge. Der Sohn von Madame Lobach ist so alt wie unser Anneken und weint nicht halb so oft.«

Abraham seufzte. »Du bist nicht immerzu bei Lobachs und weißt gar nicht, wie oft das Kind dort weinen mag.«

Marijke legte den Kopf schief. »Da magst du recht haben«, sagte sie ernsthaft.

Wieder musste sich Abraham das Lachen verbeißen. »Du bist ein wahrer Engel«, sagte er und drückte sie. »Eine Freude für deine Mutter und mich.«

Schon bald erreichten sie den Scheutenhof. Freudig begrüßte sie der Hofherr und führte sie in die Halle. Dort loderte ein großes Feuer, der Tisch war reichlich gedeckt.

»Setzt Euch zu uns und erzählt, was vor sich geht. Können wir auf Frieden hoffen?«, fragte Isaak Scheuten und schenkte Abraham einen Becher Würzwein ein.

»Frieden?« Abraham nahm einen großen Schluck Wein. »Ich fürchte, nein.«

Kapitel 28

Catharina sah wie gebannt aus dem Fenster der Kutsche. Der Wagen schien gefährlich zu schwanken, als sie den Hügel hinunterfuhren. Immer wieder kamen sie an Bachläufen und kleinen Seen vorbei, fuhren durch Täler und über Höhen. Der Himmel schien kleiner zu sein als am flachen Niederrhein.

Frieder saß ihr gegenüber, das rechte Bein über das linke geschlagen, und strich sich über das glatt rasierte Kinn. Er ließ, so meinte Catharina, den Blick nicht von ihr. Das Gefühl, so betrachtet zu werden, empfand sie als unangenehm. Und doch löste es auch ein seltsames Kribbeln in ihr aus.

Bildete sie es sich ein, oder hatte sich sein Blick verändert?

Es schien nicht mehr nur Neugierde zu sein, sein Blick war weicher geworden, meinte sie.

»Es sieht so anders aus. Die Landschaft – so abwechselungsreich.«

»Gefällt Euch das besser als bei uns?«

»Für die Pferde scheint es beschwerlicher zu sein.« Catharina seufzte. »Und wie machen die Bauern das hier? Kann man Felder auf Hängen und Hügeln bestellen?«

Frieder lachte. »Wartet ab, bis ihr die Terrassengärten von Sanssouci gesehen habt.«

»Dort, wo der König residiert? Darf man dort hin?«

»Es ist ein großer Park. Ich denke, Potsdam wird Euch gefallen.«

»Ist die Stadt so prächtig wie Hannover?«

Frieder überlegte. »Sie ist auf eine andere Art und Weise prächtig.«

Wieder schwankte die Kutsche, und Catharina musste sich festhalten. »Ich bin froh, wenn wir endlich da sind. Meine ich es nur, oder lenkt Gerald die Kutsche nicht ganz so geschickt wie Heinrich?«

»Es liegt zum Teil an der Beschaffenheit des Weges, aber andererseits ist Gerald kein Kutscher, sondern mein Kammerdiener.« Auch Frieder musste sich nun festhalten. »Ich werde mich nach einem neuen Kutscher umhören müssen.«

Catharina senkte den Kopf, der Gedanke an Heinrichs Tod schmerzte sie noch immer. Wie es wohl Thea dort oben auf dem Kutschbock ergehen mochte? fragte sie sich. Gerald hatte der alten Frau wohl eine Lederdecke gegeben, doch dennoch war es dort sicherlich um einiges frischer und windiger als im Inneren der Kutsche.

Der Juni war zu feucht und kühl gewesen, jetzt hofften alle

auf einen warmen August. Doch bisher erfüllten sich diese Wünsche nicht. In der Früh, als sie losgefahren waren, hatte es genieselt. Der Himmel war bedeckt, die Sonne ließ sich nur erahnen. Es war grau und trüb, fast schon wie im Herbst.

Wieder änderte sich das Bild am Wegesrand. Die Wälder wichen zurück, Felder und Gärten waren zu sehen. Überall wurde gearbeitet. Die Menschen, so fand Catharina, sahen nicht anders aus als bei ihnen zu Hause. Sie musste über ihren Gedanken lachen. Warum sollten die Bauern auch anders aussehen?

Als sie durch das Tor in die Stadt einfuhren, konnte sich Catharina vor Staunen kaum halten. Frieder hatte nicht übertrieben, noch nie hatte sie so etwas gesehen. Die Straßen waren allesamt gepflastert, die Häuser höher und prächtiger als die Gebäude in Krefeld. Sie fuhren auf den Marktplatz, auf dem eine riesige Steinsäule stand.

»Das ist der Obelisk«, erklärte Frieder ihr.

»Wozu dient er?«

Frieder lachte. »Er soll den römischen Charakter des Platzes unterstreichen. Unser König ist fasziniert von anderen Kulturen und Ländern. Das Rathaus ähnelt dem Rathaus in Amsterdam. Seht Ihr die Kuppel? Die vergoldete Figur ist Atlas, er trägt die Weltkugel.«

Der Markt war größer als der Platz in Hannover, stellte Catharina fest. Sie konnte die Stadtwaage sehen. Langsam lenkte Gerald die Berline durch die Straßen. Es herrschte viel Betriebsamkeit, obwohl bald die Dämmerung einsetzen würde.

Immer wieder sah Catharina Soldaten, die durch die Straßen marschierten, doch französische Uniformen konnte sie zu ihrer Erleichterung nicht entdecken.

»Es gibt«, rutschte ihr heraus, »gar keine Franzosen hier.«

»Natürlich nicht! Das würde unser König nicht zulassen.« Frieder sah sie amüsiert an.

Sie spürte das Blut in ihre Wangen steigen, senkte verlegen den Kopf. »Es sind zu viele neue Eindrücke für mich. Verzeiht meine Dummheit. Natürlich gibt es hier keine Franzosen.«

»Ich kann mir vorstellen, dass die Eindrücke vielfältig und ungewöhnlich sind. Aber gleich haben wir unser Haus erreicht. Es liegt im Holländischen Viertel, zwei Straßen von hier.«

»Die Stadtmauer«, fragte Catharina zögerlich, weil sie nicht schon wieder etwas Dummes sagen wollte, »wirkt anders als in Krefeld oder auch Hannover. Niedriger.«

»Das stimmt.« Frieder nickte anerkennend. »Ich hätte nicht gedacht, dass es Euch auffällt. In Krefeld wurde die Stadtmauer errichtet, um die Stadt zu schützen, in Hannover ebenso. Aber Potsdam ist eine Garnisonsstadt, es wimmelt von Soldaten. Wall und Holzpalisaden wurden errichtet, um die Soldaten daran zu hindern zu desertieren. Später wurde eine Mauer aus demselben Grund errichtet.«

Catharina riss die Augen auf. Wieder lächelte Frieder wohlwollend.

Die Kutsche hielt mit einem Ruck an.

»Wir sind da.« Frieder riss die Tür auf, sprang heraus und hielt Catharina die Hand hin. Dankend ließ sie sich von ihm aus der Kutsche helfen.

»Hier wohnen wir.«

Erstaunt blickte Catharina die Straße entlang. Rote Backsteinhäuser, die sich glichen wie ein Ei dem anderen, standen dicht an dicht. Es gab keine Hofeinfahrten. Gab es Höfe und

Gärten hinter den Häusern? fragte Catharina sich. Eckige Giebel mit einem Fenster schlossen die Bauten ab.

Frieder öffnete die Tür. Es roch muffig in der Diele, und Catharina zog den Kopf ein, so niedrig erschien ihr das untere Geschoss.

»Hier stehen keine Webstühle, deshalb sind die Räume auch nicht so hoch, wie Ihr es gewohnt seid«, erklärte Frieder. »Rechts liegt die Stube. Oben sind die Schlafgemächer. Neben der Küche ist ein kleiner, aber komfortabler Salon.«

Das Treppenhaus, stellte Catharina fest, war breiter, und die Stufen waren nicht so steil wie bei ihr zu Hause. Das Geländer war geschnitzt, die Wände waren vertäfelt.

Die Küche war klein, aber ausreichend. Sie öffnete die Tür und kam in einen schmalen Hof, Backsteinmauern grenzten das Grundstück von den anderen ab. Der Garten war recht schmal, aber bot genügend Platz für Kräuterbeete und einen Schuppen. Sie überlegte, was sie hier anpflanzen und ziehen könnte, und entdeckte einen Apfelbaum hinter dem Schuppen.

Wo, dachte sie erstaunt, ist der Stall? Und wie kommen die Pferde dorthin? Sie können doch nicht durchs Haus geführt werden.

»Die meisten unserer Nachbarn halten Hühner«, sagte Frieder und zeigte auf den Schuppen. »Aber wir werden nicht dauerhaft hier wohnen.«

»Und die Pferde?«

»Die Pferde kommen in einen Mietstall am Rand der Stadt. Dort wird auch die Kutsche zu stehen kommen, sobald Gerald ausgeladen hat.«

Sie gingen zurück ins Haus. Thea hatte sofort Feuer im Ofen gemacht und trug nun etwas Glut in den Salon.

»Kalt ist es hier«, murmelte Catharina. »Das ganze Haus wird ausgekühlt sein.«

Frieder nickte zufrieden. »Kommt«, sagte er und nahm Catharinas Hand. »Ich zeige Euch die Schlafzimmer.«

Er führte sie nach oben. Eine Tür führte nach links, die andere nach rechts, auch vor Kopf gab es eine Tür und eine schmale Stiege, die unter das Dach zu führen schien.

Der rechte Raum war sehr groß, zwei Fenster wiesen zur Straße. An den Möbeln erkannte Catharina, dass dies sein Schlafgemach sein musste. Dann öffnete Frieder die linke Tür. Das Zimmer war kleiner und schmaler, aber behaglich eingerichtet mit zwei Sesseln, einem Tisch, einem Bett mit schweren Vorhängen, einer Truhe und einem Waschtisch.

»Und dort hinten sind die Gesindezimmer?«, fragte sie, nachdem sie einen Blick in den Raum geworfen hatte.

»Dort hinten ist ein Raum, den bisher die Magd bewohnt hat, dort kann Thea nächtigen. Gerald schläft im Speicher.«

»Werde ich mir mit Thea das Zimmer teilen?«

»Nein, Ihr schlaft hier, oder sagt Euch der Raum nicht zu?«

»Aber, Monsieur, ich bin Eurer Kammermädchen. Dieser Raum ist für die Herrschaft und nicht für jemanden wie mich.«

»Warum macht Ihr immer so ein Gehabe um Eure Stellung?« Plötzlich klang Frieder ärgerlich. »Die ist Euer Schlafgemach, Gerald wird Eure Truhe gleich bringen.« Er holte tief Luft, sprach dann leiser weiter. »Wir haben einige Vorräte mitgebracht. Meint Ihr, Thea kann daraus eine Mahlzeit bereiten?«

»Ich werde ihr helfen«, murmelte Catharina, raffte die Röcke und eilte hinunter in die Küche.

Gerald wuchtete die Körbe, Truhen, Kisten und Säcke in den Hausflur. Thea hatte Wasser aus dem Brunnen geholt und wusch die Töpfe und Pfannen aus. In der Küche war es inzwischen warm.

»Was soll ich tun?«, fragte Catharina und krempelte die Ärmel hoch.

»Geh in die Vorratskammer und wirf alles weg, was verdorben ist. Das Meiste scheinen die Mäuse gefressen zu haben. Dann müssen wir dort durchfegen und feucht aufwischen.« Thea stöhnte auf und drückte die Hände ins Kreuz.

Catharina folgte ihrer Anweisung. Im Vorratsraum und auch im Keller stank es entsetzlich. Das Haus wirkte, als sei es fluchtartig verlassen worden. Eine Stunde später wischte sie sich die Spinnenweben vom Kleid und rieb ihre staubigen Hände.

Gerald hatte die Kutsche und die Pferde weggebracht, betrachtete die beiden Frauen in der Küche nachdenklich.

»Das ergibt keinen Sinn«, murmelte er und ging in den inzwischen gemütlich warmen Salon, wo Frieder von der Leyen ein Glas Wein und eine Pfeife genoss.

»Monsieur, das Haus ist in einem erbärmlichen Zustand.«

»Ja.« Frieder seufzte. »Ich hatte nicht erwartet, dass Wilma tatsächlich ihre Sachen packt und weggeht. Ich hatte sie doch im Voraus bezahlt, damit sie das Haus hütet. Sie scheint auch einiges mitgenommen zu haben.«

»Mitgenommen?« Gerald klang erstaunt.

Die beiden Frauen in der Küche hatten ihre Tätigkeiten eingestellt und lauschten den Worten.

»Ja, zumindest fehlt aus meinem Schlafgemach Bettwäsche, und aus dem Keller sind einige Weinflaschen verschwunden.

Ob in der Küche oder in den anderen Räumen etwas fehlt, kann ich nicht sagen.«

»Monsieur, das Haus muss schon seit Wochen leer gestanden haben, die Mäuse haben die Vorratskammer geplündert, und alles ist verdorben. Wir haben zwar Lebensmittel mitgebracht, doch bevor die Frauen die Küche sauber haben, werden noch einige Stunden vergehen.«

»Oh.«

Gerald wartete eine Weile, aber Frieder sagte nichts weiter. Deshalb räusperte er sich. »Monsieur«, sagte er dann. »Vielleicht sollten wir in ein Gasthaus gehen, um eine warme Mahlzeit zu bekommen? Die Fahrt war lang, und die Frauen sind erschöpft.«

»Ins Gasthaus? Das ist eine gute Idee! Auf, auf!«

»Monsieur, trinkt Euren Wein noch in Ruhe aus, nehmt ein zweites Glas, die Frauen müssen sich erst noch ein wenig richten, fürchte ich.«

»Naturellement! Sie sollen sich so viel Zeit nehmen, wie sie brauchen!«

Thea sah Catharina an, ihre Augen blitzten. »Gasthaus. Ich war noch nie in meinem Leben in einem Gasthaus!«

»Die Garküchen, die wir auf dem Weg aufgesucht haben, hatten alle nur mittelmäßige Qualität. Aber es gab warmes und gehaltvolles Essen.« Erleichtert wischte sich Catharina über die Stirn. »Wer weiß, wann wir zum Kochen gekommen wären.«

Rasch setzte Thea Wasser auf. Mit zwei Krügen gingen sie kurze Zeit später nach oben. Catharina zeigte der alten Magd ihr Zimmer.

»Für mich?« Thea riss die Augen erstaunt auf. »Ganz alleine?«

»Nun ja, es sind ja zwei Betten vorhanden. Vielleicht stellt Monsieur noch eine zweite Magd ein. Aber vermutlich werden wir uns gar nicht so lange in Potsdam aufhalten.«

Erst jetzt fand sie Zeit, ihr Zimmer in Ruhe zu inspizieren. Während die Kammer der Mägde mit Stroh ausgelegt war, lag in Catharinas Zimmer ein dicker Teppich auf den Dielen. Sie stellte den Krug mit dem heißen Wasser auf den Frisiertisch zu der Waschschüssel. Gerald hatte ihre Truhe vorhin schon in die Kammer gebracht und an den Fuß des Bettes gestellt. Schnell öffnete sie die Truhe, nahm ein Leinentuch, frische Wäsche und ein Stück Seife heraus. Die Waschschüssel war staubig und musste ausgewischt werden. Überhaupt war alles staubig, und die Bettdecken rochen muffig. Sie schüttelte sie aus, öffnete das Fenster und hängte sie zum Lüften über den Sims. Auch die Laden der Truhe waren schmutzig, dort würde sie so schnell keine Kleidung einräumen. Catharina fand keine Bettwäsche und konnte das Bett daher nicht beziehen. Vielleicht ist ja unten Wäsche, überlegte sie.

Nachdem sie sich gewaschen und umgezogen hatte, ging sie hinunter. Frieder, Gerald und Thea warteten schon. Thea und Gerald auf der Ofenbank in der Küche, Frieder in der guten Stube.

Tatsächlich sahen alle Häuser in der Straße gleich aus. Catharina befürchtete, dass sie Mühe haben würde, das richtige Haus zu finden, auch Thea runzelte verwundert die Stirn.

»Ist den Bauherren die Fantasie ausgegangen?«, fragte sie, als sie um die Ecke bogen und feststellten, dass der nächste Straßenzug genauso aussah.

»Die Häuser sind in Karrees gebaut«, erklärte Frieder. »Es nennt sich das Holländische Viertel und ist den Häusern in den Niederlanden nachempfunden. Auch dort gibt es solch eckige Giebel.«

»Wozu ein Holländisches Viertel hier in Potsdam?«, wollte Catharina wissen.

»Es wurde im Zuge einer Stadterweiterung vor dreißig Jahren gebaut. Der König hoffte damals, niederländische Handwerker nach Potsdam zu locken. Das ist nur zum Teil gelungen, also wurden die Zinshäuser an Handwerker, Handelsvertreter und auch an Soldaten vermietet. Ich griff letztes Jahr zu, als sich die Chance bot. Schließlich muss ich öfter geschäftlich hierher.«

»Aber Euer Haus steht leer in der Zeit, in der Ihr nicht hier weilt?«, fragte Catharina unschuldig, so als hätte sie die Unterredung zwischen Gerald und Frieder nicht gehört.

Gerald räusperte sich. Frieder zog die linke Augenbraue hoch. »Nein«, sagte er dann mürrisch. »Zumindest sollte es das nicht. Aber offensichtlich ist mein Plan nicht aufgegangen.«

Catharina spürte seinen Unwillen und fragte nicht weiter nach. Sie erreichten die Garküche, aus der es verführerisch nach Spanferkel roch.

»Ich habe hier schon des Öfteren gespeist, es gibt einfache, aber herzhafte Mahlzeiten.« Frieder führte sie zu einem der derben Holztische.

Ihnen wurde ein großer Krug schäumendes Bier gebracht, frisches Brot, dampfendes Sauerkraut und duftendes Schweinefleisch. Beherzt langten sie zu, nur Thea hielt sich zurück. Sie zerriss eine Scheibe Brot in Fetzen und tunkte diese in die Fleischsoße.

Nachdenklich sah Frieder sie an, stand dann auf und ging zur Küche. Kurze Zeit später kehrte er mit einer Schüssel mit kleinen Fleischstückchen zurück.

»Eigentlich servieren sie die Reste nicht, sondern kochen daraus Sülze.« Er schob der alten Magd die Schüssel zu und lächelte.

Thea senkte den Kopf, langte aber ordentlich zu.

Nach der Mahlzeit führte Frieder sie durch das Viertel, das in vier Blöcke aufgeteilt war. Die meisten Häuser hatten hübsche Fensterläden und bemalte Haustüren.

»Und jedes Haus hat einen Garten?«, fragte Catharina. Sie sah, dass die Häuserreihen an den Kanten nicht aneinanderstießen und dass es dort Toreinfahren gab.

»Ja, die Gärten sind unterschiedlich groß. Aber auch die Eckhäuser haben zumindest einen kleinen Hof.« Er lächelte. »Potsdam ist genau wie Hannover eine Stadt. Vor den Toren haben etliche Bürger Gärten, doch hier leben Händler und Kaufleute, Leute, die nicht selbst Gemüse und Obst anbauen. Dafür haben sie gar keine Zeit.«

»Eure Familie hat einen Kräutergarten und auch einen großen Gemüsegarten.«

»Krefeld ist Provinz, meine Liebe.« Frieder nahm ihren Arm und führte sie weiter. »Ich bin gespannt, wie Euch das Leben in einer richtigen Stadt schmeckt.«

»Wenn es so schmeckt wie heute«, sagte Catharina und leckte sich über die Lippen, »will ich zufrieden sein.« Seine Hand auf ihrem Arm löste in ihr ein Kribbeln aus, so als liefen Ameisen über ihre Haut. Sie war sich nicht sicher, ob sie das befremdlich oder angenehm finden sollte.

Frieder lachte. »Ich hatte ein Mädchen eingestellt, das die einfachen und groben Arbeiten verrichtete. Sie sollte auch das Haus hüten. Offensichtlich hat sie das nicht getan, sondern sich aus dem Staub gemacht. Sie hatte wohl auch lange Finger und hat ein paar Dinge entwendet.«

»Oh.« Catharina sah ihn an. »Werdet Ihr sie verfolgen?«

Frieder seufzte. »Ich fürchte, sie ist schon über alle Berge. Trotzdem werde ich natürlich Erkundigungen einziehen.« Er schaute sie an. »Falls wichtige Gegenstände in der Küche und in der Hauswirtschaft fehlen, sagt mir Bescheid, damit ich sie ersetzen kann.«

Catharina zog die Stirn kraus. »In meinem Zimmer gibt es keine Bettwäsche, soweit ich feststellen konnte.«

»Was?« Frieder blieb stehen, sah sie entsetzt an. »Das ist nicht Euer Ernst!« Er schnaufte und zog sie energisch mit sich in Richtung Haus. »Diese Hundsfott! Hat die gesamte Wäsche gestohlen!« Wieder blieb er abrupt stehen, drehte sich um. »Gerald, du musst heute Abend noch Bettwäsche besorgen, anscheinend hat die kleine Diebin nicht nur meine Wäsche geklaut. Diese Tochter einer Ratte, möge der Aussatz sie treffen!«

»Heute Abend?« Gerald schüttelte den Kopf. »Wie stellt Ihr Euch das vor?« Doch dann erst schien er zu begreifen. »Sie hat sämtliche Bettwäsche mitgehen lassen?«

Frieder nickte. »Scheint so.«

»Sapperlot, die Schlampe. Unglaublich.« Er schüttelte den Kopf. »Ich werde schauen, ob uns das Gasthaus am Stall Bettwäsche borgt. Ihr werdet neue kaufen müssen.«

»In der Tat!« Frieder zog Catharina enger an sich. »Was für ein Auftakt in dieser Stadt. Dennoch bin ich überzeugt, dass Potsdam Euch gefallen wird.«

Catharina atmete den Duft seiner Haut ein, fühlte die Wärme seines Körpers und fand Gefallen an der ungewohnten Nähe.

Kapitel 29

Eine Woche später hatten sie sich eingerichtet, die gestohlenen Haushaltsgegenstände ersetzt und die Küche in Betrieb genommen. Catharina und Thea hatten das Haus geputzt, und nun blitzte und blinkte alles. Inzwischen wussten sie auch, wo es gute Händler gab und wann Markt war.

Die ersten Tage hatten die beiden Frauen tatsächlich Probleme, das Haus wiederzuerkennen, doch dann hatte Catharina einen auffälligen Krug in das Fenster der Stube gestellt.

Thea stand in der Früh auf und bereitete die erste Mahlzeit. Am ersten Morgen deckte Catharina den Tisch für Frieder in der guten Stube, doch er nahm seinen Teller und seinen Krug und setzte sich zu seinem Gesinde in die Küche.

»Alleine essen macht melancholisch«, sagte er mit einem Zwinkern.

Tagsüber war er meist unterwegs oder las. Auch hier gab es etliche Bücher, und fast täglich brachte Frieder neue. »Es ist unglaublich, was man in dieser Stadt für eine Auswahl hat. Ich wünschte, so etwas gäbe es auch in Krefeld«, sagte er nachdenklich.

»Monsieur ter Meer hat eine große Sammlung an Büchern und verleiht sie auch«, erzählte Catharina ihm.

»Ach?« Erstaunt zog Frieder die Augenbrauen hoch. »Wie ungewöhnlich. Und warum weiß ich davon nichts?«

Catharina zuckte mit den Schultern. »Vielleicht, weil es Euch bisher nicht interessiert hat. In der Gemeinde ist es wohlbekannt.«

»So, so, in der Gemeinde«, sagte er mit einem amüsierten Lächeln. »Fehlt sie Euch eigentlich?«

Catharina dachte nach. »Ja, schon. Mir fehlt die Zeit der Besinnung und auch manches Wort der Prediger.«

»Das wundert mich. Ich weiß zwar, dass Ihr gläubig seid, hätte aber nicht gedacht, dass Ihr Gefallen an den langatmigen Predigten habt.«

»So manches, was die Prediger ansprechen, klingt in mir nach. Hin und wieder grübele ich auch über den Sinn ihrer Worte, doch oft steckt etwas darin, was man mitnehmen kann in den Alltag. Geht es Euch nicht so? Immerhin besucht Ihr die Gottesdienste auch.«

»Ja, aber eher aus repräsentativen Gründen. Mein Oheim meint, wir wären dazu verpflichtet, der Gemeinde ein gutes Vorbild zu sein.«

»Und Ihr lauscht der Botschaft des Herren nicht?«

»Nun, doch. Meistens. Aber oft finde ich sie zu sittenstreng und zu tugendhaft.«

»Auch die Prediger müssen Vorbilder sein, sagte mir Monsieur ter Meer. Er meint, sie müssen deutliche Worte sagen und Bilder zeichnen, damit auch die schlichten Gemüter den Sinn verstehen.«

»Euer ter Meer scheint kein dummer Mensch zu sein. Vielleicht sollte ich mich einmal mit ihm unterhalten.«

»Das solltet Ihr. Er ist sehr gebildet.« Catharina nickte ernsthaft.

Frieder lachte. »Wir werden sehen.« Er hob das Glas und prostete ihr zu.

Morgens frühstückte er nun immer mit seinem Gesinde, abends nahm er die Mahlzeit in der Stube ein und bestand darauf, dass Catharina sich zu ihm setzte und mit ihm zusammen speiste. Zuerst fand sie es merkwürdig, doch schon bald gewöhnte sie sich daran. Auch an das gesellige Glas Wein, das er nachts noch mit ihr vor dem Kamin trank, wenn er abends aus gewesen war.

Er schaute sich nun um. »Ihr habt es in kürzester Zeit geschafft, das Haus in Ordnung zu bringen. Chapeau. Ich plane für nächste Woche eine kleine Gesellschaft.« Fragend zog er die linke Augenbraue hoch.

»Ja?«

»Das werdet Ihr doch bestimmt auch meistern.«

»Wie viele Leute wollt Ihr bewirten? Und was wollt Ihr speisen?«

»Das weiß ich noch nicht genau. Aber ich werde es Euch wissen lassen. Wie kommt Thea zurecht?«

»Sie ist ganz wunderbar.«

Catharina runzelte die Stirn. Natürlich war Thea nicht mehr flink und konnte auch schwere Arbeiten kaum verrichten, machte dies aber mit ihrer Lebenserfahrung mehr als wett.

»Wird sie Hilfe brauchen, wenn wir Gäste haben?«

Catharina wurde ganz seltsam zumute. Wenn wir Gäste haben, das klang so vertraut und dennoch so falsch. Überhaupt hatte sie das Gefühl, sie müsste sich spalten wie ein Kienspann. Sie gehörte zum Personal, bis es Abend wurde, dann machte sie eine ungewollte Wandlung durch, stieg eine Stufe empor, wurde bedient, statt zu bedienen, aß und trank mit Monsieur zusammen und führte anregende Gespräche. Sie ging in einem herrschaftlichen Zimmer zu Bett, stand als Magd wieder auf. Manchmal war ihr ganz schwindelig, weil sie nicht wusste, welche Rolle sie gerade zu erfüllen hatte. Außerdem fühlte sie, dass es nicht richtig war, nicht untadelig. Würde Frieder in Krefeld so mit ihr umgehen? So frei mit ihr sprechen? Nein, natürlich nicht.

»Thea hilft mir, ich werde das schon ordnen und bewerkstelligen, so dass Ihr zufrieden seid.«

»Nein, ich erwarte, dass Ihr mir an diesem Abend zur Seite steht.«

»Pardon?« Catharina schluckte.

»Nun, als eine Art Gastgeberin.« Er lächelte vergnügt.

»Das schickt sich nicht, Monsieur.« Catharina stand auf, knickste. »Ich wünsche Euch eine gute Nacht.« Dann drehte sie sich abrupt um und verließ die Stube.

Sie zog sich aus und legte sich ins Bett. Ihr Herz pochte, als sei es ein kleines Tier, das in einer engen Kiste gefangen gehalten wurde. Ihr war unerträglich heiß, obwohl das Fenster geöffnet war und eine leichte Brise durch die Straßen zog. Der Schlaf wollte nicht kommen, zu viele Gedanken gingen ihr durch den Kopf. Der Nachtwächter war schon zweimal durch die Gasse des Holländischen Viertels gelaufen, als sie Schritte auf der Treppe hörte. Frieder schien einen Moment vor ihrer Tür stehen zu bleiben. Catharina hielt die Luft an, obwohl sie wusste, dass es albern war, ihren Atem konnte er durch die Tür gar nicht hören. Die Tür zu seiner Kammer quietschte, er schloss sie behutsam, so als würde er sich Gedanken über die Schlafenden im Haus machen.

Frieder, so befand sie, war ein durch und durch beachtlicher Mensch, er erstaunte sie immer wieder. Nicht alles, was er sagte und tat, konnte sie für gut befinden. Doch immer wieder entdeckte sie neue Seiten an ihm. Er faszinierte, entsetzte, schockierte, forderte sie. Ihr Verhältnis zueinander veränderte sich, er sah sie anders an, berührte öfter ihren Arm, nahm ihre Hand. Es war noch schicklich, entschied sie, auch wenn sie wusste, dass die Prediger und Gemeindeältesten es anders sehen würden.

»Ich bringe Euch die bestellte Flöte!«

Der Mann stürmte an Catharina vorbei, schien sie gar nicht zu beachten. Es hatte heftig an der Haustür geklopft, das erste Mal überhaupt, wurde Catharina bewusst, sie war zur Tür gelaufen, um sie zu öffnen.

»Monsieur Quantz, welch eine Freude, Euch hier zu sehen!« Frieder war in die Diele getreten und begrüßte den Fremden überschwänglich.

Der ältere Mann war stark gepudert und stank nach Parfüm, er trug eine aufwendige Perücke, hatte eine große Schleife aus schwarzem Samt unter den Spitzenkragen gebunden. Seine Seidenjacke war tiefblau, die Gamaschen waren strahlend weiß.

Er sieht aus wie ein Geck, dachte Catharina und wunderte sich darüber, dass Frieder sich vor dem Mann verbeugte.

»Bitte, kommt in meine bescheidene Stube. Darf ich Euch etwas anbieten? Einen Rotwein?«

»Da sage ich nicht nein.« Das Männlein folgte Frieder.

»Catharina, bringt Wein und Gläser, etwas Brot und Käse!«, rief Frieder.

»Sofort, Monsieur.«

Sie holte den guten Wein, richtete eine Platte mit Käse und Brot an. Erstaunt hob sie den Kopf, als sie ein seltsames Pfeifen aus dem Salon hörte. Es klang, als ob der Wind durch ein rostiges Regenrohr pfeifen würde oder der Nachbarkater Liebeskummer hätte. Abrupt verstummte der Ton, nur um kurze Zeit später wieder einzusetzen.

Gerald kam vom Hof in die Küche gestürmt. »Ist hier der Kater von nebenan?«

Catharina musste laut lachen. »Nein. Das kommt aus dem kleinen Salon, klingt so, als würde eine Gießkanne malträtiert. Ein kleiner, älterer Mann kam gerade und hat Monsieur ein Paket gebracht.«

»Monsieur Quantz?«

»Ja, so lautet sein Name. Kennt Ihr ihn?«, fragte Catharina verblüfft.

»Er ist Musiker, Flötist, Hofmusikant und Flötenlehrer des Königs.« Gerald verdrehte die Augen. »Ein feiner Mensch, er lebt nur für die Musik und ist etwas weltfremd.« Gerald seufzte laut. »Monsieur war begeistert von seiner Flötenkreation – er hat eine neuartige Flöte gebaut, aber fragt mich bloß nicht, was daran neu oder anders ist. Monsieur hat es mir stundenlang erklärt, begriffen habe ich es nicht. Ich kann offensichtlich Flötenmusik noch nicht einmal von Katzenjammer unterscheiden.«

»Ach?« Catharina musste wieder lachen. »Aber was will Monsieur Quantz hier?«

»Monsieur hat ihn bei unserem letzten Besuch um ein Instrument gebeten, er will es wohl erlernen.«

»Er will Flöte spielen? Musik machen?« Catharina verschluckte sich fast.

»Ja.« Gerald grinste. »Nicht gerade gottesfürchtig«, sagte er leise.

»Nein.« Catharina stellte Gläser, Wein, Brot und Käse auf ein Tablett, ging durch die Diele und öffnete die Tür mit ihrem Ellenbogen. »S'il vous plaît!«

»Merci!« Frieder schenkte ihr ein freundliches Lächeln.

»Madame, merci!« Quantz verbeugte sich, griff nach ihrer Hand, beugte sich darüber und hauchte einen Kuss. Catharina fühlte sich unwohl damit.

»Ihr habt Euch vermählt?«, fragte Quantz und maß Catharina mit seinen Blicken. »Das wusste ich gar nicht. Darf Eure

Frau sich nicht angemessen kleiden? Oder ist das so üblich in Eurer Heimat?«

»Pardon?« Frieder runzelte die Stirn.

»Ich bin nur die Magd«, sagte Catharina frei heraus und blickte verstohlen zu Frieder. Wieder zog er die Stirn kraus und schüttelte den Kopf.

»Dies ist Mademoiselle te Kamp. Sie ist tatsächlich aus meiner Heimatstadt Krefeld, sie gehört auch meiner Gemeinde an.«

Quantz lächelte und neigte den Kopf. »So eine hübsche Mademoiselle begleitet Euch? Ihr seid ein Glückpilz.«

»Nein, nein«, beeilte sich Frieder zu erklären. »Das ist anders, als Ihr denkt. Catharina …« Er wies unmissverständlich zur Tür, sie hatte zu gehen. Catharina knickste und verließ den Raum. Im Flur blieb sie jedoch stehen und lauschte.

»Mademoiselle ist meine Kammerzofe.«

»Ach? Irgendwie wirkt sie anders – selbstbewusster. Eine außerordentlich hübsche Person übrigens. Auch wenn sie mehr aus sich machen könnte. Diese schlichte Kleidung …«

»Entspricht unserem Glauben, Monsieur«, unterbrach Frieder ihn. »Sie ist bescheiden, aber nicht ungebildet.« Er stockte, schien mit sich zu hadern. »Sie ist eine Art Versuch für mich. Das ist ungeschickt ausgedrückt. Bitte setzt Euch doch und nehmt ein Glas Wein und etwas Käse.«

»Ein Versuch?«

Catharina drückte ihr Ohr an die Tür.

»Nun ja, seht, die mennonitischen Frauen führen ihren Haushalt alleine, meist nur mit wenig Hilfe. Eine Magd, manchmal eine Köchin – aber den Haushalt führt die Dame des Hauses. Bisher. Je reicher die Familien werden – ich sehe das bei meinem Onkel, seiner Frau und einigen anderen wohlhabenden Bürgern unserer Stadt –, desto weniger sind die Damen des Hauses in die Haushaltsführung involviert. Sie haben andere Interessen.«

»Aber das ist doch gut so. Warum sollte sich so eine zarte Frau mit Arbeit kaputtmachen? Personal ist dazu da, die nötigen Arbeiten zu verrichten.«

»Monsieur Quantz, das ist sicherlich richtig. Dennoch finde ich gut, wenn die Dame des Hauses durchaus weiß, wie man Mahlzeiten, auch für eine Gesellschaft, zubereitet, wie man die Wäsche zu behandeln hat, wenn sie weiß, wie viel Mühe es macht, ein Kleid zu nähen.«

»Warum sollte sie das wissen, wenn es doch Personal dafür gibt?«, fragte Quantz verwundert. »Meine Frau kann sticken, aber sicherlich kein Kleid nähen.«

»Dann weiß sie nicht, wie viel Arbeit es macht, und kann das Kleid womöglich gar nicht so zu schätzen wissen.«

»Aber«, wandte Quantz ein, »jemand der näht, kann sich kaum mit schöngeistigen Dingen befassen. Auch eine Köchin oder Magd kann das nicht.«

»Ja, das ist die Frage, die ich mir stelle. Liegt es an der nicht vorhandenen Zeit?«

»Nein, Personal ist von schlichtem Gemüt, sie könnten mit Bildung und Musik wenig anfangen.«

»Ist das so, Monsieur?«, fragte Frieder und klang neugierig. »Oder meinen wir das nur? Seht, die Mädchen unserer Gemeinde haben eine gewisse rudimentäre Bildung. Sie können lesen und schreiben, etwas rechnen. Latein, kaum Englisch oder Italienisch, aber Niederländisch, Französisch und Deutsch. Musik und schöne Künste kennen sie fast gar nicht.«

»Keine Musik?« Quantz klang entsetzt.

»Musik ist nicht gottesfürchtig, sondern eitel. So sagt es unsere Gemeindeordnung und unser Glauben.«

»Ihr seid Mennonit und liebt Musik, Ihr wollt die Flöte spielen können – wie passt das zusammen?«

»Nun, ich gehöre zu der neuen Generation in der Gemeinde. Man wird sich verändern müssen. Und da kommt auch die Kammerzofe ins Spiel. Sie ist die Tochter einer guten, schlichten und leider verarmten Familie meiner Gemeinde. Der Vater verstarb früh, die Mutter musste Näharbeiten annehmen, um die Familie zu ernähren.«

»Es gibt so schlimme Schicksale.« Quantz klang bekümmert. Oder war das Ironie, und er war gar belustigt? Ohne die Gesichter zu sehen, konnte Catharina das nicht beurteilen und ärgerte sich darüber.

»Die Mutter ist durchaus geschickt mit Nadel und Faden, auch wenn sie ansonsten eher verhärmt wirkt. Die Töchter aber sind aufgeweckt und interessiert. Gerade Catharina, meine Zofe, ist wissbegierig, neugierig, offen für alles.«

»Auch für Musik?«

Frieder lachte laut und schallend. »Ja, ich glaube, Musik hat es ihr angetan. Auch wenn sie es nicht zugeben will. Ich war mit ihr im Oratorium von Händel.«

»Dem Messias?«

»Ja, wundervolle, ergreifende Musik. Aber unsere Gemeinde lehnt Kirchenmusik ab – bis auf die alten, getragenen Psalmen.«

»Ach herrje. Ich dachte, der Psalmenstreit sei vor zwanzig Jahren schon beigelegt worden.« Quantz holte hörbar Luft. Er schien sich noch ein weiters Glas Wein einzuschenken, Catharina hörte Glas auf Glas klirren.

»Nicht in den puritanischen Hochburgen. Auch in den

protestantischen Niederlanden hält man noch an den alten Sitten fest.«

»Unglaublich. Diese Menschen wissen nicht, was Koloraturen sind, und können sie nicht genießen.«

»Ja.« Frieder klang zufrieden. »Catharina aber, die Tochter einer treuen Gemeindeschwester, fand den Messias beeindruckend. Dann habe ich sie in eine Opera Buffa geführt.«

Catharina konnte hören, dass er grinste, und biss sich auf die Lippe.

»Opera Buffa? Um Himmels willen – Ihr habt wahrscheinlich damit alle Grenzen überschritten.« Quantz wirkte belustigt.

»Piccinni.«

»Auch das noch. Nicht etwa mit Kastraten?«

»Doch.«

»Nun, sie scheint es überlebt zu haben. Aber warum tut Ihr das? Ihr nehmt Eure Magd mit in die Opera, in Konzerte? Warum bloß?«

»Sie ist unverdorben und rein, kennt kaum Musik bis auf wenige Kirchenlieder. Sie hat einiges gelesen, aber keine Philosophen, keine Literatur und keine wahre Lyrik. All diese Welten öffne ich nun für sie und möchte ihre Reaktion sehen, ihre Eindrücke. Es ist bemerkenswert, wie sie urteilt. Sie ist unvoreingenommen, bewertet die Stimmen nicht nach den Namen der Sänger, weil sie diese noch nie gehört hat, sondern wirklich nach dem Gesang.«

»Ach.« Quantz klang nachdenklich. »Eine Art Orakel also. Ja, das hat etwas für sich. Aber, guter Freund, diese Frau ist bildschön, sie teilt doch sicherlich das Bett mit Euch?«

Catharina fühlte sich wie mit kochendem Wasser übergossen, als sie diese Frage hörte. Abrupt drehte sie sich um und ging in die Küche. Dort saß Gerald und stopfte sich seine alte Pfeife.

»Ich habe Kaninchen mitgebracht, schon abgezogen und ausgenommen.« Er deutete auf den Tisch. Dann schaute er sie an. »Habt Ihr einen Geist gesehen, oder ist Euch unwohl?«

Catharina konnte nur den Kopf schütteln und nichts sagen. Sie ging zur Anrichte, nahm den kleinen Krug mit dem Branntwein und schenkte sich ein Glas ein.

»Mademoiselle?« Gerald klang unsicher. »Kann ich etwas für Euch tun?«

»Nein.«

»Hat … ist … hat er Euch etwas angetan?«

Überrascht drehte sie sich um, sah Gerald an. »Wer?«

»Egal wer. Nun ja, Quantz ist dafür bekannt, dass er hübschen Frauen gerne an die Röcke geht. Seine Frau, so sagt man, lässt ihn schon seit Jahren auf Armeslänge verhungern.« Gerald lächelte. Es sah gequält aus.

Kapitel 30

»Na, Kindchen, welche Laus ist dir denn über die Leber gelaufen?«, fragte Thea und gab Catharina einen Becher Würzwein.

»Die Laus nennt sich Monsieur Quantz.« Catharina verzog das Gesicht.

»Ist er schon wieder da?« Thea seufzte. »Da lobe ich es mir, dass ich nicht mehr so gut höre. Gerald sagte, das Gepfeife klinge wie Katzenjammer.«

»Damit hat er recht.« Catharina lächelte und stellte die Tassen auf das Tablett. Dann legte sie die Petites Fours, die sie am Morgen gebacken hatte, auf einen Teller, stellte ein Kännchen mit Rahm dazu. Schließlich füllte sie die silberne Kanne mit frisch gebrühtem Kaffee.

»Thea, bitte klopfe für mich an der Tür«, bat sie die alte Magd. Krampfhaft hielt sie das schwere Tablett fest.

»Ja?« Frieder klang nicht freundlich, trotzdem drückte Catharina mit dem Ellenbogen vorsichtig die Klinke herunter und trat ein.

»Ich bringe Kaffee, Rahm und Kassonade. Außerdem ein paar kleine Küchlein.« Sie stellte da Tablett auf den Tisch und knickste.

»Ihr dürft uns einschenken«, sagte Quantz und wandte sich wieder an Frieder. »Versucht es noch einmal. Es ist eigentlich nicht schwer. Die beiden Klappen sind nur als eine Art Verlängerung der Finger gedacht. Ihr hebt nicht den Finger, um ein Loch freizugeben, sondern drückt auf die Klappe.«

»Das Prinzip habe ich wohl verstanden, Monsieur. Indes will mein Geist nicht begreifen, dass meine Finger sich einmal anheben müssen, damit ein Ton entsteht, und dann auf eine Klappe drücken müssen, damit ebenfalls ein Ton entsteht. Zwei entgegengesetzte Bewegungen für das gleiche Ergebnis.«

»Euer Geist sollte begreifen, dass es so einfacher ist.« Quantz seufzte. »Aber auch dem König ist es schwergefallen, diese neue Flöte zu erlernen.«

»Er kann es aber.« Frieder schnaufte.

»Inzwischen.« Quantz klang belustigt. »Es ist eine Sache der Übung«, sagte er beschwichtigend. »Macht Euch keine Gedanken, Ihr werdet es lernen.«

»Ich will es aber jetzt schon können.« Frieder lächelte. Er legte die silberne Flöte beiseite und ging zum Tisch. »Welch Köstlichkeiten. Merci, Mademoiselle.«

Catharina knickste und verließ den Raum. Schon bald setzte das Flötenspiel wieder ein.

»Es ist wirklich unerträglich«, murmelte Catharina.

»Ich muss zu den Stallungen und nach den Pferden sehen.« Gerald war in die Küche gekommen und steckte ein paar Kanten altes Brot in einen Beutel. »Wollt Ihr mich nicht begleiten?«

Catharina überlegte nicht lange. Sie nahm sich ihr Umschlagtuch und griff nach dem Korb. »Auf dem Weg kann ich gleich beim Metzger vorbeischauen, wir brauchen noch Braten und Speck.«

Die Sonne schien, es war ein schöner Sommertag, auch wenn bereits ein leichter Herbstduft in der Luft lag.

In den Straßen wimmelte es von Menschen, ratternd fuhren Kutschen und Karren am Marktplatz entlang. Ein Ruf scholl durch die Gassen, Hufgetrappel war zu hören.

Catharina sah sich neugierig um, doch Gerald zog sie zur Seite. Die Gasse war schmal.

»Das hört sich an, als wären Truppen auf dem Marsch«, sagte er.

»Truppen?« Immer noch war Catharina nicht mit dem Soldatenjargon vertraut, auch hatte sie sich nicht an das viele Militär der Garnisonstadt gewöhnt.

»Die Garde-Kürrassiere sind hier stationiert.«

In Zweierreihen ritten sie an ihnen vorbei, die silbernen Brust- und Rückenpanzer glänzten in der Sonne. Ein Trainplanwagen folgte ihnen, Catharina starrte den Kutscher an.

»Michel?«, rief sie, doch der Mann reagierte nicht.

»Habt Ihr jemanden erkannt?«, fragte Gerald erstaunt.

»Der Kutscher, er sah aus wie mein Bruder.«

»Euer Bruder ist bei den Truppen?«

Catharina nickte traurig. »Wir haben seit Jahren nichts von ihm gehört. Er hatte sich davon geschlichen und freiwillig gemeldet.«

»Ihr habt seitdem nichts mehr von ihm gehört?« Gerald schüttelte den Kopf.

»Nun ja, das Soldatenhandwerk entspricht nicht unserem Glauben.«

»Das ist richtig, aber dennoch sollte er seine Familien nicht im Ungewissen lassen, was sein Schicksal angeht. Eure Mutter grämt sich sicherlich.«

»Vielleicht schämt er sich?« Catharina seufzte.

»Seid Ihr Euch sicher, dass der Kutscher Euer Bruder ist? Schließlich konntet Ihr nur einen kurzen Blick auf ihn werfen.«

»Es ist mein Bruder«, sagte Catharina entrüstet. »Ich würde ihn immer erkennen, selbst in Uniform.«

»Man könnte beim Regiment nachfragen und herausfinden, ob er es wirklich ist und in welcher Eskadron er dient.« Gerald schien zu zweifeln. »Würde Euch das beruhigen?«

Catharina nickte eifrig. Den ganzen Weg über konnte sie an nichts anderes denken. Ob es eine Möglichkeit gab, mit Michel in Kontakt zu treten? Würde er sich sehr verändert haben? Immerhin lebte er noch, dachte sie und spürte, dass ihr Herz vor Aufregung schneller pochte.

Als sie zurückkamen, hatte Monsieur Quantz das Haus wieder verlassen, stellte sie erleichtert fest. Frieder saß in der Stube und las in einer Depesche. Sie brachte ihm etwas Würzwein. Frieder murmelte einen Dank, beachtete sie aber nicht weiter, deshalb traute sie sich nicht, ihn anzusprechen.

An diesem Abend legte Frieder seine gute Kleidung an und verließ das Haus, er kehrte erst in den frühen Morgenstunden zurück.

»Monsieur ruht noch.« Catharina seufzte. Sie war nun das dritte Mal zur Stiege gegangen und hatte nach oben gelauscht, doch noch war nichts zu hören.

»Er wird schon noch aufstehen«, sagte Thea beruhigend. »Du hast deinen Bruder jetzt seit Jahren nicht gesehen, da wird es auf ein paar Tage mehr oder weniger nicht ankommen.«

»Außerdem ist der Train ausgerückt, wer weiß, wo sie hin sind«, fügte Gerald hinzu. »Und wann sie zurückkommen.«

»Ihr habt ja recht. Dennoch möchte ich Monsieur fragen, ob er mir hilft, Kontakt zu Michel aufzunehmen.« Catharina setzte sich auf die Küchenbank.

»Mir scheint, als sei seine Neigung zu dir ein wenig abgekühlt in den letzten Tagen«, sagte Thea leise und legte den Kopf schief.

Catharina schoss das Blut in die Wangen. Seit sie die Unterredung zwischen Quantz und Frieder belauscht hatte, hatte sie kaum Zeit mit Frieder verbracht. Immer noch ärgerte sie sich darüber, nicht wenigstens auch noch seine Antwort abgewartet zu haben. Aber auch er schien ihr gegenüber distanzierter zu sein. Hatte ihn Quantz Frage nachdenklich gemacht? Sie wusste es nicht, wusste auch nicht, wie sie ihn einschätzen sollte. Er hatte noch nie versucht, sich ihr unschicklich zu nähern.

Vielleicht findet er mich gar nicht anziehend, fragte sie sich. Oder er sieht mich nur als Objekt und nicht als Frau.

Beide Gedanken schmerzten, auch wenn sie nicht in seinem Bett landen wollte. Was wollte sie überhaupt? Sie war weder Fisch noch Fleisch, keine reine Magd oder Zofe, aber auch keine Frau seines Standes.

»Monsieur ist beschäftigt. Ich habe gehört, dass die Friedensverhandlungen gescheitert sein sollen.« Gerald verzog das Gesicht, plötzlich wirkte er besorgt. »Ich denke, wir werden bald wieder aufbrechen und nach Krefeld zurückfahren.«

»Was hat der Krieg mit seiner Stimmung zu tun?«, wollte Catharina wissen.

»Nun, der König will den von der Leyen das Monopol auf das Seidenweben erteilen. Wenn aber Preußen den Krieg verliert, sind weder Titel noch Rechte weiterhin wirksam. Dann werden die Karten neu gemischt. Wer weiß, wie unser Leben in einem anderen Staat, unter anderen Herrschern wäre.«

»So weit wird es doch nicht kommen«, sagte Catharina erschrocken.

Gerald zuckte mit den Schultern. »Alle Hoffnungen lagen auf den Friedensverhandlungen. Es heißt, dass sich Frankreich und Spanien verbünden würden. Außerdem marschieren feindliche Truppen angeblich in den Norden, Richtung Bremen. Die Lage ist sehr unsicher und instabil.« Er stopfte seine Pfeife. »Aber auch das Jahr schreitet voran. Wir müssen vor dem Winter aufbrechen, ansonsten kommen wir nicht nach Krefeld. Nicht mit der Kutsche.«

»Es ist August, der Herbst ist noch fern«, meinte Thea.

»Manchmal geht das sehr schnell, und wir sind einige Wochen unterwegs. Es liegt schon der Geruch von gefallenem Laub in der Luft.«

»Was passiert, wenn wir nicht rechtzeitig aufbrechen?«, fragte Catharina leise.

»Dann müssen wir den Winter über hierbleiben.«

Catharina holte tief Luft. Obwohl sie sich gut mit Thea und Gerald verstand, sich inzwischen auch in Potsdam ein wenig auskannte, viel komfortabler lebte als zuvor, vermisste sie doch ihre Schwestern und ihre Mutter, die Freunde und Bekannten. In Potsdam gab es keine mennonitische Gemeinde, und zu den Nachbarn hatte sie bisher wenig Kontakt aufgebaut, glaubte sie doch, nur wenige Wochen in der Stadt verbleiben zu müssen.

Ihre Mutter, fiel ihr ein, sollte wissen, dass Michel noch lebte und es ihm offensichtlich gut ging. Falls es wirklich Michel war, das musste sie erst noch herausfinden, bevor sie es erwähnte. Catharina stand auf und ging in die Stube. Sie setzte sich an den Sekretär, nahm Papier, Feder und das Tintenfass und schrieb einen Brief an ihre Mutter. Danach nahm sie einen weiteren Bogen und schrieb an ihre Freundin Anna.

Anna müsste nun niedergekommen sein, dachte sie. Hoffentlich ist alles gut gegangen. Schmerzlich wurde ihr bewusst, wie weit sie von der Heimat entfernt war. Sie streute etwas Sand auf die Bögen, wartete, bis die Tinte getrocknet war, faltete sie dann zusammen und versiegelte sie. Die Postkutsche würde auch zwei Wochen brauchen, bis sie am Niederrhein war, wenn Anna oder ihre Mutter eine Antwort schrieben, wären sie vermutlich schon unterwegs in die Heimat. Trotzdem wollte sie ein Lebenszeichen schicken.

»Würdet Ihr diese Briefe aufgeben, bitte?«, fragte Catharina Gerald.

»Natürlich. Habt Ihr Eurer Mutter geschrieben, dass Ihr Euren Bruder gesehen habt?« Gerald zog die Augenbrauen fragend hoch.

Catharina schüttelte den Kopf. »Nein. Das mache ich

nicht, bevor ich nicht mit ihm gesprochen habe. Vielleicht«, fügte sie leise hinzu, »möchte er ja keinen Kontakt mehr zur Familie.«

»Ach Unsinn. Der Junge ist bestimmt nur unsicher«, sagte Thea und stellte den Topf mit dem Würzwein auf den Herd. »Er wird sich aber verändert haben.« Sie warf Catharina einen Blick über sie Schulter zu. »Das muss dir klar sein.«

»Ja.« Catharina biss sich auf die Lippen. »Das macht mir Sorge.«

Endlich hörte sie Rumoren aus der ersten Etage, Frieder war aufgestanden. Er kam nicht in die Küche, sondern ging sofort in den Salon. Catharina sah Thea überrascht an, doch die alte Magd winkte ab.

»Mach dir keine Gedanken, Kindchen. Er wird Kopfschmerzen und schlechte Laune haben. Lass mich das machen.« Sie ging in den Vorratsraum, nahm in Salzlake eingelegte Heringe aus dem Fass und richtete sie zusammen mit Zwiebeln, Brot, Gänseschmalz, Salz und einem Stück kalten Braten auf einer Platte an. »Grütze wird er nicht essen wollen«, sagte sie und lächelte wissend, so dass man ihre beiden Zähne sah. Nachdem sie einen kleinen Krug Branntwein und einen großen Krug mit Dünnbier gefüllt hatte, trug sie das Tablett in den Salon. Catharina hatte die Post und die beiden Zeitungen, die am Morgen gekommen waren, schon auf das Tischchen gelegt.

»Er scheint indisponiert zu sein.« Thea lachte leise. »Das kommt davon, wenn man zu spät zu Bett geht und zuviel trinkt. Ansprechen sollte man ihn nicht.« Sie schaute Catharina an und hob beide Hände. »Gib ihm Zeit.«

»Hat er sich nicht gewundert, dass du ihm das Frühstück gebracht hast und nicht ich?«

Thea schien einen Moment zu überlegen. »Nein, er hat die Zeitung gelesen und gar nicht aufgeschaut, als ich das Tablett hingestellt habe.«

Da sie keinen Garten bestellten, im Hof weder Kräuter noch Gemüse angebauten, keine Hühner hielten und auch die Pferde nicht versorgten, hatten sie die Hausarbeit schnell getan. Mittags gab es oft nichts mehr zu tun. Nur wenige Möbel waren abzustauben, nur wenig Wäsche zu waschen. Sie kochten das Essen aus Nahrungsmitteln, die sie kauften. Noch nie hatte Catharina ein so leichtes Leben geführt, noch nie hatte sie sich so gelangweilt. Sie las Bücher, und das erfüllte sie, doch müde machte sie es nicht.

Auch Gerald schien sich zu langweilen. Jeden Tag ging er durch die Stadt bis zu dem Zinsstall, nur um nach den Pferden zu sehen. Auch an diesem Tag machte er sich auf.

»Darf ich Euch begleiten?«, fragte Catharina.

»Aber natürlich.«

Schweigend und nachdenklich ging sie neben ihm her.

»Euer Bruder geht Euch nicht aus dem Kopf, nicht wahr?« Gerald lächelte.

»In der Tat. Ich muss ständig daran denken, wie er auf diesem großen Planwagen saß. Er sah so ernst aus.« Sie seufzte. »Ob ich ihn wohl ausfindig machen kann?«

»Das waren schwere Reiter, derer gibt es nicht so viele in des Königs Armee.«

»Schwere Reiter?« Catharina sah ihn fragend an.

»Ja, Kürassiere.«

Sie schüttelte verständnislos den Kopf.

»Panzerreiter!« Gerald schien zu bemerken, dass sie ihm nicht folgen konnte. »Vermutlich habt Ihr es nicht bemerkt, die Reiter trugen einen Brustpanzer, einen Kürass. Deshalb nennt man sie Kürassiere.«

Nun nickte sie verstehend.

»Es waren sogar ganz Besondere«, fuhr Gerald fort.

»Ja?«

»Auf den Schabracken war das königliche Wappen gestickt, die Reiter gehörten der Leibwache des Königs an.«

»Woher wisst Ihr das alles?«

»Ich bin jetzt zum dritten Mal mit Monsieur in Potsdam, und mir geht es hier wie Euch – ich habe wenig Aufgaben und Pflichten. Auf meinen Gängen durch die Stadt begegne ich oft des Königs Soldaten, auch den Garde-Kürassieren.«

»Wärt Ihr gerne bei der Armee?« Catharina sah ihn fragend an.

Gerald runzelte die Stirn. »Die Garde-Kürassiere sind in so mancher Schlacht zu Ruhm gelangt, haben auch manches Opfer bringen müssen.« Er seufzte. »Aber ich tauge nicht zum Soldaten.«

»Mich wundert es, dass mein Bruder dazu taugt.«

»Er muss ein guter Reiter sein.«

»Unser Vater hatte ein Pferd, er hat Michel das Reiten beigebracht.«

»Und Euch?«

Catharina schüttelte den Kopf. »Als unser Vater starb, hat Mutter das Pferd verkauft, sehr zu Michels Entsetzen. Vielleicht war das auch ein Grund, weshalb er zu den Truppen des Königs gegangen ist.«

Sie erreichten den Zinsstall. Wie immer waren die Pferde schon versorgt, die Ställe ausgemistet. Langsam ging Catharina durch den Stallgang, streichelte dort über weiche Nüstern, klopfte hin und wieder einem Tier den Hals. Am hinteren Ende des Gebäudes standen die Kutschen aufgereiht. Catharina hörte ein leises Winseln und Jammern. Suchend sah sie sich um. Unter einer Kutsche lag ein Hund und wimmerte. Vorsichtig ging Catharina in die Hocke.

»Na?«, murmelte sie. »Was hast du denn?«

Der Hund hob den Kopf, sah sie mit traurigen Augen an.

»Was macht Ihr an der Kutsche?«, rief plötzlich eine raue Stimme. Catharina fuhr erschrocken hoch. Der Stallknecht stand in der Tür und funkelte sie wütend an.

»Nichts.« Sie stand auf und hob die Hände. »Ich habe ein Geräusch gehört, ein Winseln und habe nachgeschaut. Unter der Kutsche liegt ein Hund.«

»Ist die Töle immer noch da? Alte Hundsfott, soll endlich verrecken, das Vieh!«

»Er sieht gar nicht so alt aus«, sagte Catharina verwundert.

»Ist er auch nicht. Nur einige Monate ist er alt, aber als Wachhund nicht zu gebrauchen. Überhaupt ist er nicht zu gebrauchen, er ist verkrüppelt.« Der Bursche spuckte verächtlich auf den Boden.

»Verkrüppelt?«

»Na, hab ihn halt getreten, weil er geschlafen hat, statt zu wachen. Muss ihm das Bein gebrochen haben. Jetzt hab ich ihn nicht mehr gefüttert, verrecken soll er!«

»Ihr habt was getan?«

»Es ist eine Töle, eine verdammte, verflohte Töle.« Er drehte sich um und ging.

»Du Armer.« Catharina hockte sich wieder zu dem Hund, streckte vorsichtig die Hand aus und ließ ihn schnuppern.

»Was macht Ihr da?« Gerald kam aus der Stallgasse. Catharina wies auf den Hund. Gerald kniete sich neben die Kutsche, ließ den Hund an seiner Hand riechen und zog ihn dann vorsichtig hervor. Das Tier winselte, leckte ihm aber auch die Hand.

»Der Stallbursche hat ihn getreten und ihm wohl das Bein gebrochen.« Catharina stiegen Tränen in die Augen.

»Das arme Tier«, murmelte Gerald und nahm den kleinen Hund vorsichtig hoch.

»Was machen wir denn nun mit ihm? Er soll verrecken, meinte der Bursche.«

»Wir nehmen ihn mit. Vielleicht kann Thea das Bein richten«, beschloss Gerald.

Vorsichtig trug er ihn nach Hause.

Kapitel 31

»Wo wart Ihr?« Frieder funkelte sie verärgert an. »Ich habe Euch überall gesucht.«

»Verzeiht, Monsieur. Ich dachte, Ihr wäret unterwegs.« Catharina senkte den Kopf.

»Monsieur, schaut mal.« Gerald ging an ihr vorbei in den Hausflur. »In den Stallungen lag dieser Hund zum Sterben. Er ist noch ziemlich jung, ihm wurde ein Bein gebrochen.«

»Parbleu! Wer tut denn so etwas?« Frieder beugte sich über den Hund. »Kann man ihm helfen?«

»Thea weiß bestimmt, was zu machen ist.« Gerald brachte das Tier in die Küche, wo Thea den Brotteig knetete.

»Was bringt ihr da?« Sie kniff die Augen zusammen und wischte sich die Hände ab. Catharina erzählte ihr, was sie im Stall erlebt hatte.

Eilig räumten sie den Tisch frei, breiteten eine Decke aus.

»Bei verletzten Tieren muss man vorsichtig sein«, murmelte Thea. »Wenn sie Schmerzen haben, beißen sie manchmal.«

»Einen Hund so zu treten, dass man ihn verletzt, mon dieu, welch eine Schandtat. Wenn der König davon erfahren würde, würde der Bursche seines Lebens nicht mehr froh. König Friedrich liebt Hunde.« Frieder schüttelte entsetzt den Kopf.

»Ihr müsst den Hund festhalten. Gerald, Ihr nehmt seinen Kopf und legt die Hände so um sein Maul, dann kann er nicht beißen.« Thea zeigte es ihm. »Monsieur, Ihr haltet die Hinterläufe.« Die alte Magd nickte ihm zu. »Käthe, du wirst mir helfen.«

Als Thea sicher war, dass der Hund gehalten wurde und nicht beißen konnte, strich sie zart über das verletzte Bein. »Es ist gebrochen«, stellte sie fest. »Aber es ist ein glatter Bruch. Ich werde den Knochen richten. Käthe, wir brauchen eine kleine Leiste und Leinenstreifen, damit wir den Lauf fixieren können.« Sie murmelte beruhigend. Der Hund wimmerte angstvoll, schien aber zu begreifen, dass man ihm nichts Böses wollte. »Nun, nun.« Thea strich über den gebrochenen Vorderlauf, fasste dann die Pfote und zog mit einem Ruck den Knochen wieder in die richtige Position. Dann nahm sie die Leiste, die Catharina ihr reichte, fixierte das Bein damit. Schließlich kraulte sie den Hund kurz hinter den Ohren, die er ängstlich angelegt hatte. »Ihr könnte ihn jetzt neben den Herd betten. Der arme Kerl ist ganz ausgehungert und braucht dringend Wasser.«

Tatsächlich schleckte der Hund den Napf Wasser gierig leer. Catharina füllte die Schüssel abermals und stellte sie ihm hin, während Thea etwas Fleisch in kleine Stücke schnitt und sie dann dem Hund gab. Die beiden Männer schauten zu, stolz wie Väter.

»Das habt Ihr gut gemacht, Gerald!«, lobte Frieder seinen Diener.

»Oh, Mademoiselle hat ihn gefunden, ich habe ihn nur hierher getragen. Werden wir ihn behalten?«

»Ich denke schon«, sagte Frieder nachdenklich. »Wenn er überlebt.«

»Das wird er ohne Zweifel.« Thea stemmte die Hände in die Hüften. »Aber möglicherweise wird er humpeln.«

Frieder machte eine wegwerfende Handbewegung. »Das macht nichts. Auch einer der Lieblingshunde des Königs humpelt. Solange er nicht beißt oder das Haus verwüstet, Schafe reißt oder ähnliche Dinge tut, kann er das Gnadenbrot bei uns bekommen.« Frieder räusperte sich. »Und ich hätte jetzt gerne bald meine Abendmahlzeit.« Er sah Catharina an. »Ihr kommt auf ein Wort mit mir.«

Er klang ernst, und Catharina sank das Herz. Sie folgte ihm in den Salon, fragte sich, ob er ihr es doch übelnahm, dass sie den Hund mitgebracht hatten, er es aber vor den anderen nicht sagen wollte.

»Setzt Euch, Mademoiselle.« Frieder schenkte beiden ein Glas Rotwein ein, setzte sich ihr gegenüber an den Kamin.

»War es ein Fehler?« Catharinas Stimme war fast tonlos.

»Pardon?« Frieder zog die linke Augenbraue hoch.

»Der Hund?«

»Nein, nein, macht Euch keine Gedanken. Ich trage schon lange den Gedanken, mir einen Hund zuzulegen.«

»Er taugt wohl nicht als Wachhund.«

»Das macht nichts. Wenn ich einen Wachhund wollte, hätte ich schon längst einen im Hof an der Kette.« Er lehnte sich zurück, holte tief Luft. »Ich habe Euch wegen einer anderen Sache zu mir gebeten.«

Catharinas Herz klopfte wild.

»Es geht um die Gesellschaft, die ich geben will. Die Ereignisse scheinen sich zu überstürzen. Es sollte einen Friedensvertrag geben, doch die Verhandlungen waren nicht erfolgreich. Die Lage wird schwieriger.« Er nippte an dem Wein. »Und dennoch ist es mein Wunsch, eine ungezwungene Gesellschaft zu geben.«

»Ja?« Catharina sah ihn fragend an.

»Die Ihr ausrichten müsst. Und bei der ich Euch gerne dabei hätte.«

»Wenn Ihr mir sagt, wann es stattfinden soll und wie viele Gäste kommen, wird das Ausrichten keine Schwierigkeiten bereiten, solange ihr mir auch die entsprechende Börse zur Verfügung stellt.« Sie lächelte.

»Ich dachte an Dienstag. Es kommen ...«, er überlegte, »zehn Gäste. Fünf Gänge sollten es sein.«

Catharina nickte. »Zehn Gäste und fünf Gänge. Das ist durchaus zu schaffen.« Dann wurde sie ernst. »Doch an dem Abend an Eurer Seite zu stehen, halte ich für keinen guten Einfall.«

»Es ist mein Wunsch.«

»Ich bin nicht darin geübt, höfliche Konversation zu betreiben.«

Frieder grinste. »Dann wird es Zeit, dass Ihr es lernt.«

»Warum?«

»Weil es mein Begehren ist.« Er nahm die Zeitung, die mit der Post gekommen war, brach das Siegel. Dies war ein deutliches Zeichen, dass sie entlassen war. Catharina stand auf, setzte sich dann wieder und räusperte sich.

»Es ist mein Wunsch, meine Liebe. Und ich möchte das nicht diskutieren.« Frieder faltete die Zeitung auseinander.

»Ich habe etwas anderes, was mir am Herzen liegt und wobei ich Eure Hilfe brauche.«

»Ja?« Frieder ließ die Zeitung sinken.

»Vor ein paar Tagen rückte ein … Tross Soldaten aus.« Sie biss sich auf die Lippe.

»Ja?« Frieder schüttelte verständnislos den Kopf.

»Nun, den Reitern folgte ein Wagen. Und der Kutscher war mein … Bruder.« Sie schluckte.

»Ja?«

»Zumindest glaube ich das. Michel hat sich vor einigen Jahren freiwillig gemeldet, und seitdem haben wir nichts mehr von ihm gehört. Ich wüsste gerne, ob er es wirklich ist und ob es eine Möglichkeit gibt, Kontakt zu ihm aufzunehmen.«

»Euer Bruder?« Frieder schüttelte verblüfft den Kopf. »Das ist ja ein Ding.«

»Gerald sagt, dass der Tross zu den Garde-Kürassieren gehört. Sie trugen das Wappen des Königs auf ihren Schabracken.«

»Die Leibwache des Königs? Ich kenne Oberst von Schätzel flüchtig. Er gehört dem Tabakkabinett an, dem ich hin und wieder beiwohnen durfte. Und just morgen bin ich dort eingeladen. Ich werde nach Eurem Bruder fragen.«

»Danke!« Catharina blinzelte die Tränen weg.

»Er liegt Euch wirklich am Herzen, nicht wahr?«, fragte Frieder verblüfft.

»Ja. Meine Mutter denkt, dass er gefallen ist, weil wir nie wieder von ihm gehört haben. Ich konnte es kaum fassen, als ich ihn sah. Aber ich bin mir sicher, dass er es ist.«

»Nun, falls Euer Bruder in Potsdam bei den Truppen weilt, werde ich es herausbekommen.«

Catharina schloss die Tür hinter sich, lehnte sich dagegen und atmete tief durch. Michel, dachte sie, Michel. Dann eilte sie in die Küche. Thea hatte schon begonnen, das Essen zu bereiten.

»Ich hatte noch eine Bauchseite und schmore sie mit Wurzeln und Zwiebeln.«

Catharina runzelte die Stirn. »Heute Abend müssen wir etwas Besonders kochen.«

»In Hannover hatten wir einen Eiskeller, aber das ist uns hier nicht vergönnt. Wir haben nicht mehr viele Vorräte.«

Catharina griff nach ihrem Umschlagtuch. »Ich gehe noch schnell zum Metzger.«

Zufrieden kehrte sie eine halbe Stunde später mit einem schönen Stück Braten zurück und hatte auch Fleischabfälle günstig erwerben können. Während Thea das Fleisch zubereitete, fütterte sie den Hund mit kleinen Häppchen.

»Er war ausgehungert, gib ihm nicht zu viel«, ermahnte Thea sie.

»Nur ein kleines Stückchen noch.« Catharina streichelte den kleinen Hund, der dankbar mit der Rute wedelte. »Wir brauchen einen Namen für ihn.«

»Es ist eigentlich eine Sie«, sagte Thea grinsend. »Ein Weibchen, kein Rüde. Und sie wird noch wachsen. Schau dir ihre Pfoten an, die sind groß und breit. Auch wenn sie eine Straßenmischung ist, steckt ein großer Hund in ihr.«

»Wie würdest du sie nennen?«

»Petite.« Thea lachte auf.

»Petite.« Catharina sah die Hündin an. »Petite?« Wieder

wedelte der Hund mit der Rute, leckte ihr über die Hand. »Ab jetzt heißt du Petite«, beschloss sie. »Nächste Woche wird Monsieur eine Gesellschaft für zehn Leute geben.« Catharina schaute zu Thea. »Am Dienstag. Er möchte, dass wir fünf Gänge servieren. Schaffen wir das?«

Thea holte tief Luft und drehte sich zu Catharina um. »Wirst du servieren oder den Abend an seiner Seite verbringen?«

Catharina seufzte. »Er möchte mich an seiner Seite haben«, sagte sie verlegen.

»Dann schaffen wir es nicht. Zumindest an dem Abend brauche ich zwei Mägde, die helfen. Und weder Geschirr noch Besteck ist ausreichend vorhanden.«

»Das werde ich abklären. So wie ich ihn verstanden habe, haben wir freie Hand, er wird großzügig sein.« Catharina wusch sich die Hände, nahm dann ein Messer zur Hand und begann, Zwiebeln zu schneiden. »Ich habe aber noch nie ein fünfgängiges Menü für Herrschaften geplant, geschweige denn gekocht.«

Thea kicherte. »Ich schon. Das ist gar nicht so schwer. Wir brauchen zwei Vorspeisen, einmal Fisch, einmal Geflügel. Dann zwei Hauptgänge. Einen Braten, Geflügel oder Wild. Als Zwischengang eine Suppe und natürlich eine Süßspeise und Kaffee.«

»Das hört sich so einfach an.«

»Käthe, wenn die Küche und der Haushalt darauf ausgerichtet sind, die Händler liefern, es genügend Personal gibt, dann ist das nicht schwer. Man muss es nur organisieren. Aber dies ist ein …«, sie stockte. »nun, Behelfshaushalt. Wir sind hier eigentlich nur stationiert, leben nicht hier. Für uns reicht das, aber für eine Gesellschaft nicht.«

»Wir brauchen Personal, Geschirr, Besteck, Speisen und …« Fragend sah sie Thea an.

»Taler. Wir müssen es bestellen und bezahlen.«

»Kannst du die Menüfolge aufschreiben, Thea?«, bat sie.

»Schreiben? Wo denkst du hin? Ich kann weder lesen noch schreiben.«

Catharina biss sich auf die Lippen.

»Aber ich werde es dir sagen, und du schreibst es auf.« Thea grinste breit. »Und dann gibst du die Listen Monsieur, er gibt dir die Börse, und wir kaufen ein.«

»Ja, natürlich.« Catharina beugte sich wieder zu der jungen Hündin.

»Sie hat getrunken und gefressen«, sagte Thea. »Jetzt muss sie sich erleichtern. Trag sie in den Hof.«

»Wird sie mich nicht beißen?« Catharina war unsicher.

»Nein, von dir hat sie kein Leid erfahren. Es ist eigentlich noch ein kleines Hundekind, kaum dem Säuglingsalter entwachsen. Seine Zähne sind noch nicht sehr hart und scharf. Außerdem ist es gutmütig«, sagte Thea. »Trag Petite in den Hof.«

»Und ihr Bein? Werde ich ihr nicht wehtun?«

»Möglicherweise. Sie muss trotzdem raus.«

Thea hatte recht. Kaum war die Hündin im Hof, erleichterte sie sich.

In den nächsten Tagen planten sie das Menü. Im Gasthaus am Ende der Straße konnten sie Geschirr, Besteck und Gläser mieten. In Windeseile nähte Catharina aus feinem Leinen Tischdecken und Servietten. Gerald half, die Stube und den Salon auszuräumen, so dass die beiden Frauen ordentlich wischen und schrubben konnten. Die Bücher wurden abgestaubt und wieder in die Regale geräumt, die Teppiche ausgeschlagen. Sie putzten die Fenster, reinigten den Kamin.

Petite war immer dabei und beobachtete alles neugierig. Zuerst hatte sie an dem Verband genagt, doch nachdem Catharina sie mehrfach scharf ermahnt hatte, fügte sie sich. Zwar humpelte sie, aber das hielt sie nicht davon ab, Catharina zu folgen.

»Wir werden nie fertig werden«, sagte Catharina und wischte sich mit dem Unterarm den Schweiß von der Stirn. »Heute ist schon Samstag, bis Dienstag soll nicht nur alles blitzen und blinken, auch das Essen soll bereitet sein.«

»Der Händler hat den Fisch geliefert.« Gerald zeigte auf ein Fässchen, welches im Hof in der prallen Sonne stand.

»Seid Ihr von allen guten Geistern verlassen?« Thea schlug die Hände zusammen und eilte in den Hof. »Wenn er dort stehen bleibt, wird er Morgen schon so stinken, dass die Nachbarschaft Pestfeuer anzünden wird.« Suchend schaute sie sich um. »Wir brauchen einen kühlen Platz und Eis.«

»Unter dem Schuppen ist ein Erdloch.« Gerald führte sie zu der Stelle. Tatsächlich war dort eine kleine Tür, und eine Treppe führte in einen Kellerraum. Es roch frisch und kühl.

»Warum sagt mir das keiner? Da hätte ich ja ganz anders planen können.« Thea seufzte. Sie ließ Gerald das Fass zu dem Erdkeller bringen und öffnete kurz den Deckel. »Wunderbar, die Aale leben ja noch. Dann brauchen sie nur frisches Wasser.«

»Sie leben noch?« Catharina schaute in das Fass, schüttelte sich dann. »Sie sehen aus wie große Würmer. Doch ich weiß, wie gut sie schmecken.«

»Es sollte auch noch Hecht geliefert werden.«

»Der kommt, so sagte mir der Händler, frisch am Montag.«

Thea nickte zufrieden. »Die Kapaune hängen, eingenäht in milchgetränkte Leinenbeutel in der Vorratskammer. Das Lamm für die Pastete liegt in Rotwein. Die Pomeranzen sind heute gekommen, und die Zuckerschoten liegen in der Vorratskammer. Was fehlt?«

»Die Kalbsnieren.«

»Aber sie sind bestellt, Käthe.« Thea grinste.

»Was müssen wir noch machen?«

»Wir müssen die Pomeranzen schälen und waschen, so lange, bis die Schale nicht mehr bitter schmeckt. Dann müssen sie in Honigwasser weich gekocht werden. Schälen und waschen müssen wir sie heute, gekocht werden sie erst am Montag.« Sie schaute sich um. »Gerald, du kannst noch mal die Teppiche ausklopfen, sie sind immer noch nicht richtig sauber.«

»Wie sieht es denn hier aus?« Frieder, der die letzten Tage in Berlin gewesen war, sah sich entsetzt um.

»Das sind die Vorbereitungen für Euer Diner.«

»Und wo soll ich heute Abend speisen?«

»In der Küche, Monsieur. Aber Morgen wird der Salon wieder eingerichtet sein. Gerald klopft just die Teppiche aus.« Catharina lächelte.

»Ich wollte nur eine kleine Gesellschaft geben, nicht das Haus auf den Kopf stellen.« Frieder runzelte die Stirn. »Musste das sein?«

»Eine Gesellschaft sollte in sauberen Räumen stattfinden, Monsieur. Oder wollt Ihr, dass Eure Gäste sich über Dreck und Staub beschweren?« Sie zog belustigt die Augenbrauen hoch.

»Nun, als dreckig habe ich es hier nicht empfunden.« Frieder ging in den leer geräumten Salon, schaute sich um. »Jetzt aber scheint alles zu blinken.« Er sah sie nachdenklich an. »Wer hat dieses Wunder vollbracht?«

»Es ist kein Wunder, Monsieur. Auch kein Hexenwerk. Thea, Gerald und ich haben uns ins Zeug gelegt. Und wir sind noch lange nicht fertig.«

»Ihr allein?« Frieder rieb sich über die Stirn. »Hätte ich das gewusst«, murmelte er, »wäre ich nicht nach Berlin geritten. So geht das auch nicht«, sagte er dann resolut.

»Nicht?« Catharina war belustigt. Er machte sich keine Gedanken, wusste auch nicht, wie schwer manchmal die Haushaltsführung sein konnte.

»Ihr braucht Hilfe.«

»In der Tat, Monsieur. Zumindest dann, wenn Ihr auf Eurem Wunsch besteht und ich Euch am Dienstag als Gastgeberin zur Seite stehen soll. Alleine wird Thea nicht kochen und servieren können, ich muss ihr helfen.«

»O nein.« Frieder lachte auf. »Wir werden für die nächsten Tage zusätzliches Personal einstellen. Ich kümmere mich auf der Stelle darum.« Er machte auf dem Absatz kehrt und verließ das Haus wieder, bevor Catharina noch etwas sagen konnte.

»Zwei Mägde kommen morgen bei Tagesanbruch. Ein guter Bekannter überlässt sie mir für diese Woche.« Frieder setzte sich auf die Küchenbank. Petite, die unter dem Tisch saß, schnupperte erst, leckte dann über seine Hand. Erschrocken fuhr er hoch. »Was zum Teufel …« Doch dann entdeckte er die Hündin. »Ach, er lebt noch. Ich hatte ihn ganz vergessen.«

»Er ist eine Sie«, sagte Catharina und pfiff leise. Sofort

humpelte der Hund zu ihr. Der Leinenwickel, der die Holzleiste an ihrem Vorderlauf fixierte, war inzwischen verschmutzt und eingerissen. Sie würden ihn bald erneuern müssen. Catharina hob das Tier hoch und kraulte es. »Und sie heißt Petite.«

»Die Kleine?« Frieder sah sie amüsiert an. »Ein guter Name. Es scheint, als würde sie Euch lieben.«

Catharina schmunzelte. »Es ist eher umgekehrt. Sie ist bezaubernd.« Dann runzelte sie die Stirn. »Habt Ihr schon etwas in Erfahrung bringen können?«

Frieder hob fragend die Hände.

»Wegen meines Bruders, Michel.«

»Oh. Nun, ich habe Oberst von Schätzel die Sachlage geschildert, er wollte sich der Angelegenheit annehmen.«

»Danke«, sagte Catharina leise. Die Enttäuschung war ihr anzuhören.

»Er wird sich kümmern. Ansonsten werde ich mich bei den Garde-Kürassieren erkundigen. Grämt Euch nicht, Mademoiselle.« Er nahm den Becher mit dem Bier, den sie ihm gab, und trank durstig. »Was werdet Ihr am Dienstag tragen?«

»Tragen?« Catharina schüttelte den Kopf.

»Anziehen, Mademoiselle, nicht herumtragen.«

»Darüber habe ich mir noch keine Gedanken gemacht«, sagte sie überrascht.

»Das solltet Ihr aber. Das Kleid, welches Ihr in Hannover getragen habt, ist nicht passend. Aber Eure anderen Kleider sind es auch nicht. Zu dumm, dass ich nicht vorher darüber nachgedacht habe. Eure Garderobe hat ja wenig Auswahl.«

»Ich dachte an mein gutes Wollkleid.«

»Nein.« Frieder schüttelte den Kopf. »Das ist unpassend.«

Er strich sich mit der Hand über das Kinn. »Ihr müsst das Kleid ändern, und zwar so schnell als möglich. Die Ärmel weiten und mit Spitze unterlegen, den Kragen auch … es muss leichter und beschwingter aussehen.«

»Bis übermorgen?« Catharina riss die Augen auf. »Unmöglich.«

»Dann macht es möglich.«

Kapitel 32

Thea hatte das Essen aufgetragen. Sie aßen schweigend. Frieder rauchte eine Pfeife in der Küche, verabschiedete sich dann und ging aus.

»Ich soll mein Kleid ändern«, schluchzte Catharina verzweifelt.

»Was ist daran schlimm?« Thea wischte den Tisch ab und wartete darauf, dass sich das Wasser im Topf erwärmte.

»Es ist mein gutes Kleid. Die beiden anderen könnte ich nie in der Kirche tragen. Und das Prunkkleid werde ich vermutlich nie wieder anziehen.«

»Ändere das Kleid und nähe dir ein neues schlichtes für die Kirche. Ich habe dich aber noch nie zum Gottesdienst gehen sehen, Kindchen.«

»Hier gibt es keine Mennoniten, Thea.«

»Ist Glaube nicht Glaube? Spielt es eine Rolle, wie die sich nennen?«

Catharina überlegte. »Glaube ist nicht gleich Glaube. Es ist der eine Gott, aber sowohl die Protestanten als auch die Katholen haben einen protzigen Götzendienst. Sie tanzen um ihr eigenes Goldenes Kalb, merken es nur nicht. Ich kann auch in meiner Kammer beten und mit Gott sprechen. Trotzdem fehlen mir die Predigten unserer Pfarrer. Aber hier gibt es sie nun einmal nicht. Ich hoffe, dass wir bald in Richtung Heimat aufbrechen.« Doch nicht, dachte sie dann, bevor ich nicht weiß, ob der Kutscher mein Bruder ist und ich zu ihm Kontakt aufgenommen habe. »Du meinst, ich solle mein Kleid ändern und mir ein neues nähen? Wirklich?«

Thea goss das heiße Wasser in die große Schüssel und spülte die Gläser und das Geschirr.

»Ja. So meine ich das.« Sie warf Catharina einen Blick über die Schulter zu. »Käthe, mach dich sofort an die Arbeit. Hol das Kleid herunter und lass die Ärmel aus. Sonst schaffst du das nicht mehr. Das Menü und auch die restliche Hausarbeit werden wir schon hinbekommen, zumal wir ja morgen Unterstützung erhalten.«

Catharina folgte ihrem Rat. Bis spät in die Nacht saß sie am abgeräumten und gescheuerten Küchentisch und änderte die Ärmel ihres guten Kleides. Zum Glück hatte sie die Spitzen- und Seidenreste des prunkvollen Kleides sorgfältig aufbewahrt und konnte sie jetzt verwenden. Sie trennte sorgfältig die Nähte auf, passte Seidenstücke ein und verzierte mit Spitze. Es war tiefe Nacht, als auch das Licht der beiden Öllampen nicht mehr ausreichte und ihr die Augen müde zufielen.

Bisher hatte Petite immer auf der Decke neben dem Herd geschlafen, aber in dieser Nacht fühlte sich Catharina so einsam, dass sie beschloss, das Tier mit nach oben zu nehmen. Die junge Hündin leckte ihre Hand und schmiegte sich vertrauensvoll an sie.

Soll sie auf dem Boden schlafen? fragte sich Catharina,

nahm das Tier dann aber mit in ihr Bett. Warm war die junge Hündin und anschmiegsam.

Was will Frieder von mir? dachte Catharina. Als sie ihn heute sah, hatte ihr Herz gepocht. Er hatte sie angelächelt, ihr einen flüchtigen Kuss auf die Wange gegeben. Sie hatte seine Lippen auf ihrer Haut gespürt, seinen Atem. Ihr war ganz flau geworden. Zu gerne hätte sie ihn an sich gedrückt, aber das war nicht schicklich, und außerdem wusste sie immer noch nicht, welche Position sie einzunehmen hatte.

Auch der nächste Tag war anstrengend. Teig wurde gerührt, Pasteten wurden gebacken, die Erbsen und Bohnen weichten sie anschließend ein. Die Zeit schien ihnen unter den Fingern davonzulaufen wie warme Butter. Am Vormittag kamen die beiden Mägde und bezogen die Kammer neben der Küche. Thea zögerte nicht und teilte sie zu verschiedenen Aufgaben ein. Gerald wies sie an, den großen Tisch wieder in die Stube zu stellen.

»Dort kann Käthe nähen. Dann stört sie uns nicht und wir sie nicht.«

Am Montagabend war das Haus gerichtet. Das Silber und die Gläser mussten noch poliert, das Essen musste gekocht werden, doch der Salon und die Stube waren wieder eingerichtet. Schaumwein lag auf Eis im Keller. Die Aale waren inzwischen getötet worden und lagen nun in einem Kräuterweinsud. Catharina nähte die letzten Stiche an ihrem Kleid, sie fühlte sich ausgehöhlt und schwach.

»Ich habe eine Fleischbrühe gekocht, davon isst du jetzt, Kindchen«, befahl ihr Thea. »Sonst kannst du den Abend weder genießen noch erleben.« Sie kicherte, sah aber besorgt aus. »Ist das Kleid fertig?«

»Nun.« Catharina seufzte. »Im Prinzip schon.«

»Im Prinzip?«

»Ich weiß nicht«, sagte Catharina leise, »ob es mir gefällt.«

»Zieh es an und zeig es mir.«

Langsam ging Catharina die Treppe nach oben. Gefiel ihr das Kleid? Sie war sich nicht sicher. Es war nicht mehr schlicht, sondern mit Spitze, Samt und Seide verziert, die Ärmel waren weit und wie ein Wasserfall in Rüschen fallend, der Kragen war ausgeschnitten und auch mit Seide und verspielter Spitze bestückt. Das Kleid war wunderschön, doch konnte sie es tragen? Sie zog es an, schloss die Haken und Ösen, drehte sich langsam vor dem Spiegel.

Kalt waren ihre Unterarme, da kein Ärmel eng anlag, nackt fühlte sich der Hals und Ausschnitt an. Es ist nur ungewohnt, sagte Catharina sich zweifelnd, hob den Rock und ging nach unten.

»Wie sehe ich aus?« Catharina trat in die Küche drehte sich im Kreis, so dass sich der Rock bauschte und schwang.

»Parbleu!« Frieder stand auf. »Ihr seid wunderschön.«

Catharina zuckte zusammen, sie hatte ihn nicht erwartet, in der letzten Zeit war er immer unterwegs, wirkte sorgenvoll und kam erst spät von seinen geschäftlichen Treffen zurück.

»Wo habt Ihr das Kleid erworben?«, fragte er und trat zu ihr.

»Erworben?« Catharina schüttelte den Kopf. »Wo sollte ich das denn erweben? Schaut her, es ist mein Kleid, ich habe es nur geändert.«

»In so kurzer Zeit?« Er strich zart über die Spitze an ihrem Kragen, sah sie dann an. »Ich bewundere Euch.« Seine Stimme klang rau und heiser.

Catharina wich ein wenig zurück und zwang sich zu lächeln. »Entspricht es Euren Erwartungen?«

»Voll und ganz, Ihr seid bezaubernd.«

»Käthe, du solltest das Kleid nun aber wieder weglegen, sonst wird es noch dreckig«, sagte Thea laut.

Frieder, der wohl ihre Anwesenheit vergessen hatte, zuckte zusammen. »Wird morgen alles bereit sein?«

»Oui, Monsieur. Nur um den Wein müsst Ihr Euch noch kümmern. Er wurde geliefert und lagert im Schuppen. Ihr müsst nur auswählen.«

Am nächsten Morgen standen sie noch vor dem Morgengrauen auf. Auch die beiden Mägde waren schon wach und fassten mit an. Die Grütze aßen sie eilig, es gab noch viel zu tun.

Am Nachmittag wies Thea Gerald an, den großen Kessel mit Wasser zu füllen.

»Du gehst jetzt auf dein Zimmer, Kindchen«, sagte Thea zu Catharina. »Gerald bringt dir den Badezuber, und dann nimmst du ein Bad. Anschließend ruhst du dich ein wenig aus.«

»Aber es ist doch noch so viel …«

»Kein aber«, unterbrach Thea sie. »Wir schaffen, was zu machen ist, auch ohne deine Hilfe. Du musst ausgeruht sein heute Abend.«

Catharina wusste, dass die alte Köchin recht hatte, und fügte sich. Wenig später genoss sie das heiße Wasser und die Ruhe ihres Zimmers. Petite war ihr gefolgt und lag vor dem Bett auf dem Teppich. Das Kleid hing an einem Haken. Catharina hatte es am Morgen über Wasserdampf gehalten und die Falten glatt gezogen.

Was wird heute Abend meine Aufgabe sein? fragte sie sich. Was werde ich tun müssen?

Sie hörte, dass Gerald auch für Frieder heißes Wasser brachte.

Jetzt liegt Monsieur nur ein paar Meter weiter, durch zwei Wände von mir getrennt, auch im heißen Wasser, dachte sie kichernd.

Am Abend zog Catharina sich an, versuchte ihre Haare so hochzustecken, wie Sofia es ihr gezeigt hatte. Sie war zwar nicht ganz zufrieden mit dem Ergebnis, doch ihr Spiegelbild gefiel ihr trotzdem. Das bin nicht ich, dachte sie zweifelnd, nur für einen Abend bin ich diese Person.

An Frieders Seite begrüßte sie die Gäste. Er stellte Catharina als Mademoiselle te Kamp vor und ging nicht weiter auf ihre Position im Haushalt ein. Zwei Herren waren ohne Begleitung gekommen, drei hatten ihre Gattinnen mitgebracht.

Das Essen wurde serviert und sehr gelobt. Anschließend setzten sich die Männer in den Salon, um zu rauchen, während die vier Damen in der Stube blieben. Catharina schenkte ihnen Likör ein.

»Ihr seid aus Krefeld?«, wurde sie gefragt. Catharina nickte stumm. Sie wusste nicht, was sie sagen sollte, wenn man sie nach ihrer Position fragte. Doch die drei schienen sich zu kennen, und schon bald entspann sich eine angeregte Unterhaltung zwischen ihnen. Catharina lehnte sich zurück, nippte an ihrem Likör und versuchte den Gesprächen zu folgen. Doch die Leute, über die sie sprachen, kannte sie nicht. Ebenso wenig wusste sie etwas mit den Namen von Theaterstücken oder Opern anzufangen, nur den einen oder anderen Buchtitel hatte sie schon gehört.

Es war tief in der Nacht, als die Gäste aufbrachen. Die

Mägde hatten, unter Theas strenger Aufsicht, schon das meiste Geschirr gespült, die Töpfe geschrubbt und die Essenreste weggeräumt.

»Wie war es?«, wisperte Thea Catharina zu.

»Köstlich. Alle waren begeistert!«

»Das meinte ich nicht.« Thea grinste, doch bevor sie weiter fragen konnte, rief Frieder Catharina zu sich. Er bat sie, im Sessel am Kamin Platz zu nehmen.

»Nun, Ihr habt Euch tapfer geschlagen. Wie fandet Ihr den Abend?«

Was sollte sie nur darauf antworten? »Es war ein schöner Abend. Ich weiß aber nicht, ob ich Euren Erwartungen wirklich gerecht geworden bin. Konversation dieser Art bin ich nicht gewöhnt.«

»Das weiß ich, und deshalb finde ich ja auch, dass Ihr Euch wacker gehalten habt. Es war Euch kaum anzumerken, wie unsicher Ihr wart. Ich denke, nur mir ist es aufgefallen.«

Catharina biss sich auf die Lippen.

»Ich habe aber das Gefühl, dass Ihr Euch schnell in diese Rolle einfinden werdet.«

»Rolle?«

»Es wird Euch nicht schwerfallen, eine Dame der Gesellschaft zu werden. Ihr seid hübsch und klug, Ihr könnt Euch anpassen und einbringen.«

»Aber wozu soll das gut sein?«

Frieder antwortete nicht, sondern lächelte nur.

»Ich habe übrigens«, sagte er dann, »Nachricht über Euren Bruder.«

Catharinas Herz schlug wild. »Michel – es ist tatsächlich Michel?«

»Der Kutscher ist ein Michel te Kamp aus Krefeld, so

wurde mir gesagt. Er war Garde-Kürassier, wurde aber in einer Schlacht verwundet. Der Oberst hat den Rittmeister der Eskadron angewiesen, Eurem Bruder in den nächsten Tagen ein paar Stunden Urlaub zu geben, so dass er hier vorsprechen kann.«

»Er wird hier vorsprechen?« Catharina sprang auf. »Oh, wie sehr ich mich freue. Ich danke Euch!« Sie schlang die Arme um seinen Nacken.

Frieder erwiderte die Umarmung und zog sie an sich auf seinen Schoß.

»Mademoiselle, Ihr seid nicht nur eine Augenweide, Ihr fühlt Euch auch berauschend gut an.«

Wie erstarrt blieb Catharina in seinen Armen, dann löste sie ihre Hände von seinem Nacken, versuchte von Frieder abzurücken.

»Nun bleibt doch noch, mein Täubchen«, murmelte er und küsste sie sanft auf den Hals.

»Monsieur … das ist nicht schicklich.«

»Es weiß doch keiner. Oder mögt Ihr mich nicht?«

»Doch.« Catharina hielt den Atem an. Es fühlte sich seltsam an, ihm so nahe zu sein, aber es war nicht unangenehm.

Er löste die Haarnadeln, strich durch ihre Locken. Dann küsste er ihren Hals, Catharina drehte sich zu ihm, und ihre Lippen trafen aufeinander. Es war ein warmer und zärtlicher Kuss. Schließlich löste sich Catharina von ihm und stand auf. Unterschiedliche und verwirrende Gefühle schienen durch sie zu fließen.

»Mein Bruder«, stammelte sie, »war verwundet?«

»Euer Bruder?« Frieder schüttelte den Kopf. »Ihr denkt jetzt an Euern Bruder?« Plötzlich klang er verärgert. »Ich habe Euch alles mitgeteilt, was ich an Informationen habe. Sicherlich wird er sich bald hier melden, und Ihr könnt ihn befragen.«

»Ich wollte Euch nicht verärgern …«

»Geht. Geht zu Bett, Catharina. Jedes weitere Wort würde es nur schlimmer machen. Dies war ein langer und aufregender Tag für Euch, und es scheint noch viele Dinge zu geben, die Ihr lernen müsst.«

Fluchtartig verließ Catharina den Raum. Sie stolperte mehr, als dass sie lief, die Treppe hoch. Vor der Tür zu ihrem Zimmer lag Petite und wedelte mit der Rute.

»Du kommst mir gerade recht«, murmelte Catharina, nahm den Hund hoch und drückte ihn an sich.

Kurze Zeit später lag sie im Bett und fragte sich verzweifelt, was sie falsch gemacht hatte und wie sie es besser hätte machen können. Frieder hatte erstmalig ernsthaftes Interesse an ihr gezeigt. Sie war ihm nicht gleichgültig, im Gegenteil. Aber dennoch wusste sie, dass es nicht so sein sollte, nicht so, wie er es tat. Irgendetwas an seinem Verhalten war falsch. Sie war sich aber nicht sicher, was es war. Nein, man küsste sich nicht, wenn man nicht verheiratet war, das entsprach nicht den Sitten und der Moral. Dennoch hatte sie oft schon Pärchen aus der Gemeinde küssend hinter dem Maulbeerbaum neben der Kirche gesehen, lange bevor diese Pärchen zu Ehepaaren wurden. Es gehörte, das wusste sie, irgendwie zur Anbahnung der Ehe dazu. Und es hatte ihr gefallen, auch wenn der Kuss, Lippe auf Lippe, Zungenspitzen, die kitzelnd über die weiche Haut fuhren, so ganz anders war als der Wangenkuss ihrer Mutter.

Immer noch verspürte sie das wohlige Kribbeln in ihrem Bauch, wenn sie sich das Gefühl seiner Lippen ins Gedächtnis rief. Sie konnte fast noch die Wärme seiner Hände auf ihrem Hals, in ihren Haaren spüren, hatte den Duft seiner Haut in der Nase.

Was aber störte sie nun? Sie hatte geküsst werden wollen, auch wenn sie ihm aus lauter Begeisterung darüber, dass er ihren Bruder ausfindig gemacht hatte, um den Hals gefallen war. Seine Hände an ihrem Körper hatten sie erregt, sie hatte seine Nähe, die Intimität, genossen. Aber trotzdem war ihre Stellung im Haus nicht geklärt. Eine Magd war sie nicht mehr, keine Kammerzofe und ebenso wenig aber eine Frau seines Standes. Würde er, fragte sie sich zweifelnd, die Ehe mit ihr eingehen, oder wollte er sie als Mätresse?

Das war es, was sie störte. Eine Mätresse, so angenehm ihr Leben in seinem Haushalt war, wollte sie nicht werden.

Petite drückte sich an sie, leckte ihr über die Hand. Catharina strich über das weiche Hundefell und schloss die Augen.

Wann würde Michel kommen, und was würde er zu berichten haben?

Kapitel 33

Jeden Tag wartete Catharina darauf, dass ihr Bruder vor der Tür stand. Jeden Tag wurde sie enttäuscht. Frieder war nach der Gesellschaft abgereist, sie hatte ihn nur flüchtig gesehen.

»Wir sind zur Jagd eingeladen«, hatte Gerald missmutig gesagt.

»Ihr auch?«

»Ich muss Monsieur begleiten. Wir werden einige Zeit unterwegs sein.«

Die beiden Mägde waren noch zwei Tage geblieben und hatten geholfen, aufzuräumen und sauber zu machen.

Das Haus war plötzlich seltsam leer. Catharina und Thea hatten nicht viel zu tun, die Gänge zum Stall fielen auch weg. Catharina nähte sich ein neues Kleid. Thea unterwies sie in Kräuter- und Heilkunde und brachte ihr einige Rezepte bei. Petite ging es mit jedem Tag besser. Die Hündin fühlte sich sichtlich wohl, sie wuchs und gedieh, auch ihr Humpeln ließ nach.

»Wir werden die Schiene bald weglassen können«, meinte Thea, als sie den Vorderlauf untersuchte. »Der Hund ist noch jung, seine Knochen heilen schnell. Er hat Glück gehabt.«

Nach zwei Wochen endlich kehrten Frieder und Gerald heim. Inzwischen war der Herbst eingezogen. Das Laub tauchte die Stadt in bunte Farben, der Geruch veränderte sich, und es wurde deutlich kühler.

Frieder brachte ein Wildschwein und zwei Rehe mit, die er hatte schießen dürfen.

»Was machen wir damit?«, fragte Catharina zweifelnd.

»Wir tun so, als wäre es Fleisch.« Thea lachte schallend. »Das Wild wird aus der Decke geschlagen und ausgenommen. Das Schwein wird zerteilt, gepökelt, eingelegt und geräuchert. Aus den Resten wird Wurst gemacht. Mit dem Reh kann man ähnlich verfahren, nur gepökelt schmeckt es nicht. Aber geräucherte Rehkeulen sind ein Genuss.«

Sie machten sich an die Arbeit. Nach den langen Tagen des Nichtstuns fiel es ihnen nicht leicht. Frieder kam in den Hof, erstaunt darüber, dass noch keine Mahlzeit bereitet war. Als er sah, dass Gerald die erjagten Tiere zerlegte, Thea und Catharina sie weiterverarbeiteten, krempelte er die Arme hoch.

»Was haben wir in den vergangenen Jahren mit dem Wild gemacht?«, fragte Frieder Gerald.

»Wir haben es abgegeben und nur die Filets behalten. Diese wurden gebraten und waren köstlich, wenn ich mich recht erinnere.« Gerald grinste.

»Man kann nahezu alles von den Tieren verwerten. Wusstet Ihr das nicht?« Thea grinste schief. »Die Rehschlegel und die Keulen vom Schwein hängen wir in den Rauch. Die Bauchseiten vom Schwein werden gepökelt. Wir werden Wurst machen, dafür wäscht Catharina gerade die Därme aus. Aus den Borsten macht man Pinsel und Bürsten, die Haut wird zum Gerber gegeben. Aus Knochen und Hufen werden Leim und Seife gekocht. Nichts wird verschwendet.«

»Nein, das wusste ich tatsächlich nicht.« Frieder packte mit an und half. Bis zum Abend hatten sie die beiden Rehe zerlegt und verarbeitet. Die Schlegel lagen in der Gewürzlake, später würden sie getrocknet und in den Rauch gehängt werden. Thea hatte Rosmarin- und Wachholderzweige in den Ofen gegeben, so dass es köstlich duftete. Sie briet die Filets, kochte Ragout aus den Resten. Kaum saßen sie erschöpft und hungrig am Tisch, klopfte es an der Haustür.

Nachdem Catharina zu Anfang jeden Tag gehofft und kaum das Haus verlassen hatte, um Michel keinesfalls zu verpassen, so hatte sie an diesem Tag keinen Gedanken an ihn verschwendet. Es war schlicht keine Zeit dafür gewesen. Frieder hatte beschlossen, dass er mit in der Küche aß, und hatte eine Flasche edlen Wein spendiert.

Gerald sprang auf, wischte sich den Mund ab, während Thea die Wurstsuppe kontrollierte.

»Wer stört denn um diese Zeit?«, knurrte der Kammerdiener und ging zur Haustür.

»Bonsoir. Ich bin Gefreiter Michel te Kamp. Meine Schwester, so wurde mir gesagt, wohnt zurzeit hier?«

»Kommt herein. Ihr werdet schon sehnsüchtig erwartet.«

»Michel!«

Die Stimme war viel dunkler, als Catharina sie in Erinnerung hatte, auch der Tonfall hatte sich verändert. und dennoch hatte sie ihren Bruder erkannt. Sie sprang auf, lief in den Flur und blieb vor dem breiten und kräftigen Mann stehen.

Die Geschwister musterten sich einen Augenblick, dann fiel Catharina ihrem Bruder um den Hals.

»Michel!«

»Woher wusstest du …?«

»Wie geht es dir?

»Komm mit in die Küche, setzt dich und iss etwas.« Entsetzt stellte sie fest, dass ihr Bruder hinkte. Er blieb an der Küchentür stehen und sah sich fragend um, so als wüsste er nicht, ob er willkommen sei. Den Dreispitz nahm er ab, klemmte ihn unter den linken Ellenbogen. Er trug eine weiße Jacke mit roten Ärmelaufschlägen und Ziernähten, die passende Hose und hohe, schwarze Lederstiefel. Fremd wirkte er, und doch waren ihr seine Stimme und das Gesicht vertraut.

Frieder war aufgestanden, um den Gast zu empfangen. »Gefreiter te Kamp, ich freue mich, Euch in meinem Haus begrüßen zu dürfen.«

»Ihr seid Monsieur von der Leyen, nicht wahr?«

Frieder nickte.

»Ich habe schon gehört, dass Ihr ab und an in der Stadt seid.« Die beiden Männer maßen einander mit den Blicken, dann lächelte Frieder. »Nehmt Platz. Thea, ein weiteres Gedeck für unseren Gast. Ich war zur Jagd eingeladen, und wir haben heute das Wild verarbeitet.«

»Es duftet köstlich.« Michel setzte sich.

»Ihr seid bei den Garde-Kürassieren, ein ehrenvolles Regiment«, sagte Frieder anerkennend.

»Habt Dank, Monsieur.«

»Euer Gang verrät, dass Ihr Euch schon habt bewähren müssen.«

»Ja, Monsieur. Zuletzt in Hochkirch. Dort empfing ich meine Wunde.«

»Hochkirch?«, fragte Catharina.

»Dort wurde eine wenig siegreiche Schlacht geschlagen«, erklärte Frieder.

»Dort bist du verletzt worden«, sagte Catharina fast tonlos.

»Verwundet, Käthe.« Er senkte den Kopf. »Ein Hieb gegen meinen Schenkel, und nun tauge ich nicht mehr zum Kürassier.« Michels Stimme klang traurig.

»Berichtet, Gefreiter, was ist Euch widerfahren?«, fragte Frieder.

»Nun, es war der frühe Morgen des 14. Oktober, im Jahr achtundfünfzig, unweit der Stadt Bautzen. Meine Eskadron machte sich fertig zum Abrücken, als unser Feldlager von den Feinden überrannt wurde«, begann Michel zu erzählen. »Sofort waren wir in den Sätteln und warfen uns den Österreichern entgegen. Seite an Seite ging es ins Gefecht, doch bald schon waren wir vom Feind umzingelt. Ich deckte die linke Flanke meines Rittmeisters, als ihm ein fürchterlicher Hieb hinterrücks die Schulter spaltete. Die Klinge des Pallaschs drang durch ihn hindurch und verletzte mich oberhalb des Knies. Nur wenigen Kameraden gelang der Ausbruch zurück zum Lager, wo der Feind schrecklich wütete. Des Königs Grenadiere deckten den Rückzug und wir wenigen Reiter deren Flanken. So manch feiner Kamerad fiel, bevor wir uns vom Feind lösen konnten. Später dann verband mir ein Feldscher meine Wunde, doch die entzündete sich und nun – Ihr seht ja selbst«, schloss Michel.

»Doch seid Ihr im Regiment verblieben«, stellte Frieder fest und reichte Michel ein Glas Wein. Michel nahm es dankend entgegen und trank einen großen Schluck.

»Von unserer Eskadron kehrten nur vier Mann aus Hochkirch zurück«, sagte Michel dann. »Als die Eskadron neu aufgestellt wurde, wollte man auf uns Veteranen nicht verzichten, und so wurde ich dem Gefechtstross zugeteilt. Dort ist mein Platz noch heute.«

Nach dem Essen überließ Frieder den beiden Geschwistern den Salon. Sie hatten sich viel zu erzählen.

»O Michel«, sagte Catharina. »Mutter wird sich freuen, zu hören, dass es dir gut geht.«

Ihr Bruder verzog das Gesicht und senkte den Kopf. »Ich hätte mich melden sollen. Trägt sie es mir noch nach, dass ich weggelaufen bin? Wie ist es euch ergangen? Was machen die Kleinen?«

»Nein, sie trägt es dir nicht mehr nach.« Catharina schüttelte den Kopf. »Am Anfang war sie erbost und enttäuscht, dann hat sie sich nur noch Sorgen gemacht, wir alle, weil wir nichts von dir hörten. Wir haben mit dem Schlimmsten gerechnet.« Sie holte Luft, blinzelte die Tränen weg. »Ich bin so froh, dass du am Leben bist und wir uns wiedergefunden haben.«

»Darf ich wieder vorsprechen?«, fragte Michel Frieder beim Abschied.

»Wenn Euch der Rittmeister freistellt, gerne!« Die beiden Männer schüttelten einander freundschaftlich die Hände.

In den nächsten Wochen schaffte es Michel hin und wieder, vorbeizuschauen. Meist kam er unangekündigt gegen Abend. Er durfte sich zu Catharina und Frieder in die Stube setzen und an den Mahlzeiten teilnehmen.

»So gut habe ich lange nicht mehr gegessen«, lobte er und wischte sich den Mund mit der Serviette ab.

»Das Leben als Soldat, so sagt man, ist hart und schlicht.« Frieder lächelte.

»Aber es ist anders schlicht, als unsere Gemeindeältesten es sehen.«

»Seid Ihr noch gläubig?«, fragte Frieder überrascht.

Michel zuckte mit den Schultern. »Ich habe auf den Schlachtfeldern und bei der Armee mehr Elend gesehen, als Gott zulassen sollte. Dennoch gab es immer wieder Momente, wo ich den Herrn angefleht habe.« Er schüttelte leicht den Kopf, strich sich über den Schnurrbart. »Ich verstehe nun einige Aussagen der Prediger besser. Doch in diesen Zeiten kann man nicht nur Gott dienen, sondern auch den weltlichen Belangen.«

Frieder nickte. »Die Zeiten ändern sich, das ist wahr.« Dann schaute er Catharina an. »Das Jahr ist weit fortgeschritten. Wir werden in Kürze zurück nach Krefeld reisen müssen, auch wenn ich noch nicht alle meine Anliegen zu meiner Befriedigung erledigen konnte.«

»Zurück?« Catharinas Herz machte einen Sprung. »Bald? Wann denn? Sollen wir schon packen?«

»Nun, ich hatte überlegt, ob ich nicht mit Gerald nach Krefeld reite, ohne schweres Gepäck.«

»Ich kann nicht reiten.« Catharina sah ihn entsetzt an.

»Das ist mir durchaus bewusst. Ihr und Thea solltet hier bleiben und das Haus hüten. Aber ganz wohl ist mir bei dem Gedanken nicht, Euch beide alleine zurückzulassen.«

Catharina sah Michel an. »Du bist ja doch in der Stadt.«

»Noch, das kann sich jederzeit ändern. Die feindlichen Truppen stehen vor Bremen. Vermutlich werden wir bald ausrücken.« Er verzog das Gesicht.

»Mir ist ein anderer Gedanke gekommen. Unser Kutscher ist auf der Hinreise verstorben. Gerald kann die Kutsche zwar lenken, ist aber zu ungeübt, um die lange Strecke zu meistern.« Er lehnte sich zurück. »Monsieur te Kamp, könntet Ihr Euch vorstellen, in meinen Dienst zu treten, wenn ich einen ehrenvollen Abschied aus dem Regiment für Euch erbitte?«

Michel holte tief Luft. »Das ist eine weittragende Entscheidung, Monsieur.«

»Auch das ist mir bewusst. Ich gebe Euch zwei Tage Zeit, um Euch darüber klar zu werden. Natürlich würde ich Euch nicht nur für die Fahrt in meinen Dienst nehmen.«

»Wie Ihr wohl wisst, bin ich versehrt und nicht mehr für grobe Stallarbeiten geeignet.«

»Für grobe Stallarbeiten haben wir in Krefeld Burschen und Knechte. Auf der Fahrt wird Euch Gerald zur Hand gehen können. Ich sehe da kein Problem. Ihr würdet, da bin ich mir sicher, Eure Mutter und Eure Schwestern sehr glücklich machen.«

»Das wäre in der Tat so.« Wieder strich sich Michel über den Schnurrbart. »Wenn man mich ehrenvoll entlässt, könnte ich mir das sehr gut vorstellen.«

Die beiden Männer gaben einander die Hand.

»Ich werde mich gleich morgen früh darum kümmern.«

Thea war noch in der Küche, als Michel sich verabschiedet hatte. Sie knetete den Brotteig, Catharina setzte sich dazu.

»Wir werden in Kürze nach Hause fahren.« Catharinas Augen glänzten, ihre Wangen leuchteten.

»Nach Hause, so, so.« Thea seufzte.

»Nach Krefeld.«

»Das ist eine lange Strecke, jetzt im Herbst.« Thea klang sorgenvoll.

»Ja, aber Monsieur wird meinen Bruder als Kutscher einstellen. Michel bringt uns sicherlich heil an den Niederrhein.«

»Dein Bruder? Das überrascht mich jetzt.« Thea wischte sich die Hände ab.

Verwirrt sah Catharina sie an. »Ja? Warum?«

»Weil ich kaum glauben kann, dass er deinen Bruder in deiner Nähe haben will. Aber vielleicht habe ich mich ja auch in Monsieur getäuscht. Vielleicht sind seine Absichten doch ehrbar.«

»Daran zweifele ich nicht.« Catharina pfiff leise. Sofort sprang Petite auf und folgte ihr in das obere Stockwerk.

Die nächsten Tage waren voller Betriebsamkeit. Kisten und Kästen wurden gepackt, der Haushalt wurde zusammengeräumt.

»Was passiert mit dem Haus?«, wollte Catharina wissen.

»Ich werde es der Garnison untervermieten. Dann ist gewährleistet, dass niemand plündert und dass es in Ordnung gehalten wird«, antwortete Frieder. Er hatte beim Kommandeur der Garde-Kürassiere vorgesprochen und um die Entlassung des Gefreiten gebeten. Seiner Bitte war entsprochen worden.

Kurz vor der Abfahrt, die meisten Kisten waren schon gepackt und das Haus, das ihnen in den letzten Monaten ein

Zuhause gewesen war, wirkte leer und kalt, brachte Gerald Catharina einen Brief. Er war von Anna ter Meer.

»Keinen weiteren?«, fragte Catharina leise und spürte den Stich der Enttäuschung, hatte sie doch auf Nachricht von ihrer Mutter gehofft. Sie ging in ihre Kammer, setzte sich ans Fenster, brach das Siegel des Briefes und faltete den Bogen auseinander.

»Liebe Käthe,

es hat mich gefreut, endlich von Euch zu hören. Zu lange seid Ihr schon fort, und wie ich aus Euren Zeilen lesen konnte, ist eine Rückkehr vorläufig nicht geplant. Eure Zeilen klangen nachdenklich, auch wenn Ihr voll des Lobes seid über das Leben in diesen großen Städten. Was ist da schon das kleine Krefeld gegen ein Hannover mit Schloss und Park, sogar einem Theater? Auch wenn ich nicht weiß, ob ich diese plumpe Unterhaltung gutheißen würde, so habe ich doch einige Theaterstücke gelesen und sie haben mich berührt.

Eine Oper kann und mag ich mir nicht vorstellen.«

Catharina lächelte. Sie hatte Anna nicht von den Kastraten geschrieben, wollte ihr aber davon erzählen.

»Das Leben in Krefeld nimmt seinen Lauf, auch ohne Musik und Künste. Der Sommer war heiß, doch nun ist der Herbst früh gekommen, mit viel Regen und reichlich Sturm, so dass die Bauern etliche Schäden zu beklagen hatten. Wir fürchten einen langen und harten Winter, in dem die Armen Hunger leiden. Doch noch ist es nicht so weit. Die Franzosen haben ihr Winterquartier wieder bezogen, es ist die alte Last.

Ihr äußert Euch sehr wohlwollend über Euren Dienstherrn, auch wenn ich nicht verstehe, warum er sein Personal zu Vergnügungen mitnimmt. Vielleicht mögt Ihr mir das erklären? Ist das so üblich in den großen Städten? Frieder von der Leyen hat, so wurde uns gesagt, beim König das Monopol für Seidenweberei erwirken können. Die über fünfhundert Familien, die für die Familie von der Leyen weben, freut dies außerordentlich, ist doch ihr Einkommen gesichert. Die anderen Weberfamilien indes fürchten nun um ihre Arbeit. Ich habe gehört, dass noch nicht einmal die Zimmerleute, die bei den von der Leyen arbeiten, für andere Weber tätig sein dürfen. Doch das ist Politik und interessiert Euch vermutlich nicht.

Am 30. August schenkte ich einer gesunden Tochter das Leben, dem Herrn sei Dank. Wir haben sie Annegrijt genannt, und sie ist unsere ganze Herzensfreude. Jedoch ist sie schwächlich und weint viel, was uns sehr betrübt. Auch ich habe mich von der Geburt noch nicht recht erholen können. Ich hoffe, bald wieder Nachricht von Euch zu bekommen. Man hört viel Übles von den Angriffen im Norden, doch in Potsdam seid ihr hoffentlich sicher.

Mit herzlichen Grüßen Eure Freundin

Anna ter Meer«

Bald, dachte Catharina beglückt, werden wir uns wiedersehen, liebe Anna. Die Gespräche mit ihrer Freundin fehlten ihr sehr. Auch der Austausch mit Abraham und Anna über Literatur fehlte ihr, selbst wenn Frieder oft ihre Meinung zu Büchern hören wollte. Meist traute sie sich nicht, sich kritisch zu äußern oder ihm Fragen zu stellen, um nicht dumm zu erscheinen. Dabei wusste sie, dass das ein Fehler war, denn Frieder wollte sie nicht bloßstellen, sondern sie fördern.

Petite drückte sich an ihre Beine. Catharina hob den Hund hoch, der nun fast schon zu groß zum Tragen war, und setzte ihn auf ihren Schoss. Die Hündin leckte ihre Hand.

»Wie wird das werden, Petite, wenn wir erst wieder in Krefeld sind?«

Catharina litt unter Heimweh, doch andererseits hatte sie sich an das Leben in Potsdam gewöhnt. Noch zweimal hatte Frieder sie abends geküsst, und obwohl sie wusste, dass er mehr von ihr erwartete, drängte er sie nicht.

Wie weit kann man, darf man gehen? fragte sie sich. Eine Frage, die ihr bestimmt Anna beantworten konnte. Wieder nahm sie den Brief zur Hand, las ihn abermals.

Anna klang bedrückt, dem Brief fehlte die Leichtigkeit, die sie ausmachte. Vielleicht liegt das am geschriebenen Wort, dachte Catharina. Möglicherweise hat sie sich aber auch verändert, durch die Schwangerschaft und die offenbar schwere Geburt, von der sie noch nicht erholt schien. Aber ich habe mich auch verändert, dachte Catharina dann. Doch sie zweifelte nicht daran, dass sie ihre alte Freundschaft würden aufleben lassen können.

Kapitel 34

Der Tag der Abreise war gekommen. Ein letztes Mal bereiteten Thea und Catharina ein Morgenmahl. Der Proviant war schon verpackt worden, lediglich frisches Brot kam noch dazu.

In den letzten Tagen hatten Michel und Frieder immer wieder die Reiseroute besprochen.

»Die Wege über Hannover sind besser, doch dort sind viele Truppenbewegungen«, sagte Frieder seufzend. Die Franzosen hatten in Ostfriesland gewütet, viel geplündert und überfallen. Nun waren sie in Richtung Osten unterwegs, und die Gefahr, auf Truppen zu stoßen, war groß. Deshalb beschlossen sie, südlicher zu reisen.

»Ich kenne den Weg«, beruhigte Michel seine Schwester. »Mach dir keine Sorgen, wir werden heil nach Hause kommen.«

»Doch es wird dauern«, murrte Thea. Sie hatte Catharina anvertraut, dass sie sich fürchtete, wieder auf dem Kutschbock sitzen zu müssen. Das Wetter war schlecht und eine Besserung nicht in Sicht.

»Nun denn«, sagte Frieder, als er das Hufgetrappel vor der Tür hörte. »Die Kutsche ist da. Wo wollt Ihr sitzen, meine Liebe?«, fragte er Catharina.

»Das überlasse ich Euch.«

»Wohlan, dann nehmt neben mir Platz. Thea darf uns gegenübersitzen.«

Vorsichtig und unsicher sprang Petite in die schaukelnde Kutsche. Auch Catharina brauchte wieder eine Weile, bevor sie sich an das Schwanken gewöhnt hatte. Sie fuhren durch die nun vertrauten Gassen des Holländischen Viertels, am Marktplatz vorbei und dann durch das Tor aus der Stadt hinaus.

Es war Ende Oktober, die Bäume hatten schon fast alles Laub verloren. Düster und trostlos sah es aus, ein Hauch von Frost lag in der Luft.

Wenn sie Glück hatten, so hatte Michel Catharina erklärt, würden sie Weihnachten Krefeld erreichen.

»Dies ist eine der ältesten Handelsstraßen, schon die Römer, so sagt man, sind auf ihr gereist«, erläuterte Frieder. »Der König plant, sie ausbauen zu lassen. Teilweise ist die Strecke schon gepflastert.«

»Nicht in diesem Teil«, sagte Catharina und biss sich auf die Lippen, da die Pferde Mühe hatten, eine Anhöhe zu bewältigen.

Frieder nahm ihre Hand und drückte sie beruhigend. »Euer Bruder ist ein erfahrener Kutscher.«

»Das weiß ich doch. Aber auch er kann den Zustand der Straße nicht verbessern.«

»Nun, es hat viel geregnet in den letzten Wochen. Die Wege sind aufgeweicht.« Frieder seufzte. »Wir hätten viel eher abreisen sollen«, murmelte er.

»Warum sind wir es nicht?«

»Meine Geschäfte ließen es nicht zu. Ich brauchte feste Zusagen und Verträge.«

Catharina überlegte, ob sie das ansprechen durfte, was Anna ihr geschrieben hatte. Schließlich gab sie sich einen Ruck. »Es geht um das Monopol, nicht wahr?«

Überrascht sah er sie an. »Woher wisst Ihr das?«

»Ich hatte davon gehört, auch wenn ich nicht verstehe, warum es so wichtig für Euch ist.«

»Wir hatten schon vor einiger Zeit mit dem König vereinbart, dass nur wir Seide weben dürfen. Endlich wurde das auch beurkundet. Das ist ein großer Gewinn für unsere Stadt.«

»Weshalb?«

»Weil nun sichergestellt ist, dass unsere Weber Arbeit haben. Der Adel und die Königshäuser beziehen ihre Seide jetzt ausschließlich aus Krefeld. Auch Seidenstrümpfe dürfen nur noch in Krefeld hergestellt werden. Das sichert uns unser Einkommen.«

»Euch Euer«, murmelte sie. »Damit ist die Familie von der Leyen gemeint.«

»Ja, natürlich. Aber von meiner Familie hängen fünfhundert Arbeiterfamilien ab, bisher. Und es werden immer mehr. Wir tun sehr viel für die Stadt und die Arbeiter.« Plötzlich klang er verärgert.

»Das bezweifele ich doch gar nicht«, versuchte Catharina zu erklären. »Ich weiß, dass Ihr viel für die Stadt und die Arbeiter tut. Doch ist es nicht so, dass die anderen Weberbetriebe nun keine Strümpfe mehr weben dürfen? Keine Seidenbänder mehr anfertigen können?«

»Es gibt außer unseren Betrieben nur wenige andere Familien, die sich mit Seide beschäftigen. Leinen und Posamenten dürfen jedoch frei verarbeitet werden. Wir unterstützen die Armen der Stadt, meine Tante kocht sogar einmal im Monat für die Armenküche, habe ich in einem der letzten Briefe erfahren. Wir kümmern uns um die Belange der Stadt, aber wir können nicht Rücksicht auf jeden und alles nehmen, Mademoiselle.«

»Das verstehe ich«, sagte Catharina leise.

»Es ist Politik und Geschäft. Diese Belange müssen Euch nicht interessieren.«

Tun sie aber, dachte Catharina und spürte plötzlich Ärger in sich aufsteigen. Frieder machte keine Anstalten, das Gespräch fortzusetzen, er nahm ein Buch aus seiner Tasche und begann zu lesen.

An der Handelsroute, die auch der Postweg war, lagen viele Gasthöfe. Dort verbrachten sie die Nächte. Catharina erinnerte sich noch an die Hinfahrt vor über einem halben Jahr. Damals war es ihr seltsam vorgekommen, in fremden Häusern zu essen und in fremden Betten zu schlafen. Ein Zimmer für sich alleine zu haben empfand sie damals als Luxus. Essen serviert zu bekommen auch, selbst wenn es nicht schmeckte. Doch inzwischen hatte sie sich an dieses Leben gewöhnt, und nun begutachtete sie argwöhnisch die fremden Laken. So manches Mal fanden sich Wanzen und Flöhe in den Betten.

Thea, die seltsam still und in sich gekehrt war, seit sie aufgebrochen waren, störte dies alles nicht. Catharina sorgte sich um die alte Frau.

»Dir geht es nicht gut?«, fragte sie nach der ersten Woche der Reise.

»Doch, doch«, sagte Thea und senkte den Kopf. »Aber ich weiß nicht, ob mir diese Reise gefällt.«

»Als Monsieur dich aus Hannover mitgenommen hat, warst du voller Freude noch einmal etwas Anderes und Neues zu sehen. Was ist passiert?«

»Oh, Potsdam war anders und neu und hat mir wirklich gefallen. Aber nun, diese elendig lange Kutschfahrt wird die Letzte meines Lebens sein. Das weiß ich sicher. Und, nun ja, es stimmt mich traurig.«

»Aber was ist daran so anders?«, wollte Catharina wissen.

Thea lächelte traurig. »Die letzten Jahre in Hannover waren unaufgeregt, aber einfach. Dich kennenzulernen war ein Erlebnis und mit dir zu reisen auch. Diese Zeit in Potsdam war wunderschön. Aber wie wird Krefeld werden? Monsieur hat dort keinen eigenen Haushalt. Was wird aus mir werden?«

»Das Haus seines Oheims ist groß, dort wird sich sicher ein Plätzchen für dich finden. Mach dir keine Gedanken, Thea.«

»Gibt es ein Armenhaus in Krefeld?«

Catharina biss sich auf die Innenseite der Wange, dann nickte sie. »Ja.«

»Nun denn, vermutlich werde ich dort enden.« Sie seufzte und fuhr sich über die Augen. »Aber ob dort oder in Hannover ist gleich.«

»Das glaube ich nicht, Thea.« Catharina umarmte die alte Köchin und erschrak, weil sie Theas Knochen unter dem Wollstoff fühlen konnte. »Du wirst nicht im Armenhaus enden. Wenn Monsieur nicht dafür sorgt, werde ich es tun.«

Thea sah sie lange an, nickte dann. »Ich glaube dir, Käthe.« Sie strich mit der Hand über Catharinas Wange. »Du bist ein gutes Kind, auch wenn Monsieur dir gerade den Kopf verdreht hat.«

»Was meinst du damit?«, wollte Catharina entrüstet wissen.

»Was meinst du denn, was er von dir will? Hat er schon um deine Hand angehalten?«

Catharina errötete und senkte den Kopf. »Nein.«

»Glaubst du, er wird es tun?«

»Das weiß ich nicht.« Catharina hob den Kopf, schaute Thea an. »Ich … nun, ich wünsche es mir. Sehr.«

»Und du glaubst, er hat dieses Interesse an dir?«

»Thea, ich weiß es nicht. Ich weiß gar nichts. Er … mag mich, das weiß ich sicher. Er begehrt mich. Soll es nicht so sein zwischen Eheleuten?«

»Doch, so sollte es wohl sein.« Thea seufzte. »Ach Kind, aber was ist mit dem Standesunterschied? Mich wundert, was er alles für dich tut. Der Mantel, den hat er dir geschenkt?«

Catharina schaute zu dem Pelzmantel, der neben ihr über dem Stuhl lag. Sie nickte. »Ja, für die Reise. Er brachte ihn einfach mit und gab ihn mir. Weil ich doch immer so friere.«

»Ich würde mir so wünschen, dass ich mich in ihm täusche«, sagte Thea düster.

Die Tage vergingen. Mühsam quälten sich die Pferde durch Matsch und Schlamm, kämpften gegen Wind und Wetter an. An manchen Tagen schafften sie nur einen Bruchteil der veranschlagten Strecke und erreichten in tiefer Dunkelheit endlich ein Gasthaus.

Nach drei Wochen waren alle erschöpft, sowohl die Tiere als auch die Reisenden.

»Wir müssen die Pferde austauschen«, beschwor Michel Frieder. »Lange halten sie nicht mehr durch. Der Fuchs lahmt schon.«

»Die Pferde gehören meinem Oheim«, sagte Frieder unwirsch. »Ich kann sie unmöglich in einem Zinsstall stehen lassen.«

»Ich kenne einen Bauern eine Tagesreise von hier. Er ist Mennonit. Er würde Eure Tiere sicher gegen Entgelt einstellen und gut versorgen. Vielleicht hat er auch ein oder zwei Pferde, die Ihr ihm abkaufen könnt, damit wir unsere Reise fortsetzen können. Ansonsten könnten wir die Frauen auch dort zurücklassen und nach Krefeld reiten. Ich würde sie dann holen, sobald das Frühjahr angebrochen ist oder wir eine beständige Frostlage haben. Aber in dem Matsch werden wir es kaum bis Jahresende mit der Kutsche nach Krefeld schaffen.«

»Ihr beliebt zu scherzen. Ich kann die Frauen doch nicht alleine im Nirgendwo zurücklassen.« Frieder lachte auf. Er klang nicht belustigt. »Zumal doch Eure Schwester eine der Frauen ist.«

»Ich sagte doch, ich kenne den Mann. Er ist unseres Glaubens, die Frauen wären gut aufgehoben bei ihm.«

Frieder strich sich über das Kinn. »Ich denke darüber nach und teile Euch morgen meine Entscheidung mit.« Er nickte Michel zu und entließ ihn somit.

Am nächsten Morgen verließen sie die Handelsroute. Die Fahrt war noch langsamer als zuvor, obwohl Frost eingesetzt hatte und die Wege gefroren waren und der Wagen nicht mehr im Matsch stecken blieb.

Besorgt sah Catharina nach draußen. »Wohin führt uns dieser Pfad?«

»Zu einem Bauern. Eins unserer Pferde lahmt«, sagte Frieder missmutig. »Euer Bruder hofft, dass wir dort Hilfe bekommen.«

»Pferde gibt es doch an den Poststationen, auch als Zinspferde.« Thea schüttelte den Kopf. »Deshalb müssen wir doch nicht die Straße verlassen.«

»Das lass meine Entscheidung sein«, brummte Frieder.

Nach einigen Stunden ruckeliger Fahrt erreichten sie das Gehöft, das von einem Wassergraben umgeben war.

»Wie unsere Flöth«, staunte Catharina.

Es war ein trutziger Vierkanthof, in der Mitte der Anlage stand ein Walnussbaum. Langsam lenkte Michel die Kutsche über die Brücke, dann durch das Tor, machte im Hof halt und sprang vom Kutschbock. Statt seinem Herrn die Tür zu öffnen und ihm aus dem Wagen zu helfen, klopfte er an der Tür zum Wohnhaus. Natürlich hatten die Bewohner die Ankömmlinge schon lange entdeckt.

»Michel te Kamp mit Gefolge«, rief Catharinas Bruder mit fester Stimme. »Wir ersuchen um Hilfe.«

»Hilfe sei Euch gewiss.« Ein älterer Mann öffnete die Tür und begrüßte Michel herzlich. Dieser führte ihn zu Frieder und den Frauen, die inzwischen den Wagen verlassen hatten.

»Was kann ich für Euch tun?« Dann schüttelte der Mann den Kopf. »Meine Tochter liegt seit zwei Tagen in den Wehen. Mein Schwiegersohn ist gestern losgeritten, die Hebamme zu holen, doch er ist bisher nicht zurückgekehrt. Ich fürchte, meine Tochter wird sterben. Kein guter Moment, um Gäste zu empfangen, doch natürlich seid ihr willkommen«, sagte er bekümmert.

»Wo ist Eure Tochter?«, fragte Thea ohne Umschweife. »Führt mich zu ihr. Ich bin in der Heilkunde bewandert, auch wenn ich keine Hebamme bin. Käthe, bring mir meinen Korb.«

»Es ist sicher zu spät.« Dem Mann standen die Tränen in den Augen. »Doch folgt mir, hier entlang.«

Er führte sie durch das Haupthaus und dann in den Wohntrakt. Schon von weitem konnten sie das Wimmern der Frau hören.

»Ist es ihr erstes Kind?«, fragte Thea.

Der Mann schüttelte den Kopf. »Das dritte. Die ersten Geburten waren leicht, auch wenn zwei Kinder an den Blattern verstorben sind. Doch nun, ich weiß nicht, warum sie nicht gebären kann.«

»Wir werden sehen«, murmelte Thea und öffnete die Tür zu dem Schlafgemach. Es roch nach Blut, Schweiß und Exkrementen. Catharina zuckte zurück, doch dann folgte sie Thea in den dusteren Raum. Das Bett stand in der Mitte des Raumes, dicke Vorhänge schützten es vor Zugluft. Thea zog den Vorhang zur Seite, in den blutigen und beschmutzten Laken wand sich eine junge Frau, die Hand fest um den geschwollenen Leib gekrallt.

»Ich sterbe, ich sterbe, ich sterbe«, jammerte sie.

»Wer so jammern kann, stirbt nicht«, sagte Thea resolut. »Ich bin Thea und heilkundig. Käthe, zieh die Laken ab und sorge für frische. Und öffne das Fenster für einen Moment.«

»Draußen friert es«, protestierte der alte Mann.

»Thea heiße ich, und wie spreche ich dich an?«, fragte die Alte und entblößte ihre beiden Zähne zu einem Grinsen.

»Simon. Ich heiße Simon. Und meine Tochter wird Miriam genannt.«

»Gut, Simon. Es friert, aber deine Tochter wird nicht erfrieren, da passe ich schon auf. Aber sie könnte ersticken, wenn die Luft hier so bleibt. Wir brauchen frische Laken und warmes Wasser. Kannst du dich darum kümmern? Etwas Würzwein täte uns auch gut nach der langen Fahrt.«

»Ja, ja, natürlich.« Verblüfft wich der Mann zurück, während Catharina die Fenster öffnete und die schneidend kalte, aber frische Luft in den Raum drang.

»Miriam, ich werde dich untersuchen.« Thea rieb ihre Hände ineinander, legte sie dann auf den Bauch der schwangeren Frau. Sie tastete und tastete. Dann ließ sie sich von Catharina ein Hörrohr aus Horn geben und hörte den Bauch ab.

»Es sind zwei Kinder, Miriam«, sagte sie ernst. »Und das führende Kind liegt mit dem Po nach unten.«

»Ich werde sterben«, jammerte die Frau.

Thea lachte leise. »Das glaube ich nicht. Du bist kräftig, und auch die Herzen deiner Kinder schlagen noch fest und im Takt. Doch sie müssen jetzt geboren werden.«

»Es geht nicht.«

»Doch. Käthe, schau in meinen Korb, da liegt ein kleines Messer. Bring es in die Küche und leg es für kurze Zeit in kochendes Wasser. Nimm es heraus und wickele es in ein ganz sauberes Tuch und bring es mir.«

»Ein Messer? Du willst mich aufschneiden?«, schrie die junge Frau.

»Nein, ich werde nur deinen Kindern helfen.«

Noch einmal untersuchte sie die Frau. »Es sind zwei, und

hier ist der Po des einen, ich kann ihn fühlen, ich kann ihn auch packen, aber das wird dir wehtun.«

»Es tut eh schon weh«, stieß Miriam mit zusammengepressten Zähnen hervor.

»Du darfst dich nicht verspannen.«

»Hast du schon einmal ein Kind bekommen? Und dich dabei entspannt. Herrgottzeiten, das geht nicht. Aaaaaaaaaah«, schrie sie.

»Ausatmen, tief Luft holen und in den Bauch atmen und die Luft anhalten.« Thea fasste in den Geburtskanal, griff zu und zog. Sie wusste, es fehlte nicht mehr viel. Und tatsächlich schob sich das Kind Stück für Stück nach draußen.

»Das machst du gut«, lobte Thea die schwangere Frau.

Catharina kam mit dem Messer wieder, blieb unsicher an der Tür stehen.

»Komm her und hilf mir.« Thea keuchte. »Gib mir ein sauberes Tuch und leg es unter sie.«

»Und das Messer?«, fragte Catharina unsicher.

»Leg es weg, das brauchen wir nicht mehr.«

Während der nächsten Wehe zog Thea den Po und die Beine des Kindes hervor. Kurz danach kamen Leib und Kopf. Catharina wickelte den Säugling in ein Tuch und reichte ihn der Magd, die verängstigt in der Ecke stand. Dann wechselten sie rasch die Laken.

Miriam schnaufte. »Ich danke euch beiden«, sagte sie erleichtert.

»Hol Luft und schöpfe Kraft. Gibt es hier gute Brühe? Ein Becher mit warmem Wein, in dem ein Ei verquirlt ist?«

Die Magd drückte Catharina das quäkende Neugeborene in den Arm. »Ich kümmere mich darum.« Sie schien erleichtert zu sein, den Raum verlassen zu können.

Thea wusch das Kind, wickelte es in saubere Tücher. »Euer Sohn ist gesund.«

»Dem Herrn sei Dank«, stöhnte Miriam. »Es geht wieder los.«

Das zweite Kind lag richtig. und es dauerte nur eine halbe Stunde, bis es geboren wurde.

»Eine Tochter«, verkündete Thea stolz. Sie versorgten Kinder und Mutter und bezogen das Bett.

Simon kam und konnte sein Glück kaum fassen. »Ich dachte, wir müssten eine Beerdigung ausrichten, doch nun wird es ein Freudenfest.«

»Eure Tochter hat sehr gelitten und ist noch nicht über den Berg«, sagte Thea nachdenklich. »Ich würde gerne die Nacht hier verbringen und über sie und die Kinder wachen.«

»Ich lasse dir ein Lager richten, Essen und Wein bringen. Ich danke Gott, dass er dich geschickt hat.«

»Gott hat damit wenig zu tun«, grummelte Thea müde. »Ich denke, der Kutscher war schuld.«

Catharina lachte laut auf, schlug dann verlegen die Hand vor den Mund.

»Euch soll ich zu Eurer Kammer führen, hat Monsieur gesagt.« Simon verbeugte sich vor ihr. »Danke, Mademoiselle, dass Ihr meiner Tochter geholfen habt.«

Was, dachte Catharina verärgert, hatte Frieder gesagt? Lieber wäre sie bei Thea geblieben, doch nun folgte sie dem Bauern den dunklen Gang entlang.

»Ich habe warmes Wasser bringen lassen und einen Zuber.« Er sah sie nachdenklich an. »Ihr werdet Eure Kleidung wechseln müssen – Ihr seid voller Blut.«

Catharina schaute an sich herunter, Simon hatte recht, ihr

Kleid war verschmutzt. »Meine Kleider sind in der Truhe auf dem Wagen.«

»Oh, natürlich.« Simon krauste die Stirn. »Ich könnte Euch Kleidung von meiner Tochter geben, wenn es Euch recht wäre«, sagte er unsicher. »Es ist nur einfache Kleidung, aber sauber.«

»Das ist wunderbar und völlig ausreichend.«

Kapitel 35

Es war die erste Geburt, der Catharina beigewohnt hatte. Natürlich hatte sie schon Frauen in den Wehen Schreien hören, sie hatte die blutigen Laken gesehen und war bei so mancher Beerdigung gewesen, wenn Mutter oder Kind im Kindbett gestorben war. Doch dabei war sie noch nie gewesen. Erst hatte es ihr Angst gemacht, Theas ruhige und sichere Stimme jedoch, die Art und Weise, wie sie handelte, hatten ihr die Furcht genommen. Sie hatte Theas Weisungen befolgt und gesehen, dass sie der werdenden Mutter helfen konnten.

Als sie schließlich die Säuglinge im Arm hielt, ihr leises Quäken hörte und den ureigenen Geruch der Neugeborenen roch, war Catharina voller Glück.

Berauscht wusch sie sich, zog die schlichte Kleidung über und suchte dann die Halle. Inzwischen war es Nachmittag geworden. In der Halle, vor einem großen, knisternden Feuer, saßen Michel, Frieder und Simon. Catharina roch Bratengeruch und den Duft von frischem Brot. Erst jetzt merkte sie, wie sehr ihr Magen knurrte.

»Das Essen wird gleich aufgetragen, Mademoiselle«, sagte

Simon und stellte ihr einen Stuhl vor den Kamin. Dann reichte er ihr einen Pokal mit Rotwein. »Habt Ihr Eure Kleidung der Magd gegeben?«

Catharina schüttelte den Kopf. »Ich habe sie erstmal in kaltes Wasser gelegt, damit das Blut sich lösen kann.«

»Dann werden wir das nasse Kleid mitnehmen müssen«, sagte Frieder.

Catharina sah ihn erstaunt an. »Wieso? Ich kann es gleich auswaschen, und wenn wir es vor den Kamin hängen, wird es bis morgen sicherlich getrocknet sein.«

»Wir werden nach dem Essen aufbrechen.«

»Was? Weiß Thea das schon? Sie wollte bei der jungen Mutter bleiben.«

»Das halte ich für eine gute Lösung«, sagte Frieder.

»Pardon?«, fragte Catharina verwirrt. »Wollt Ihr sie hier zurücklassen?«

»Der Bauer hätte nichts dagegen.«

»Sie wäre mir willkommen«, stimmte Simon zu.

»Das könnt Ihr nicht machen, Monsieur.« Sie schüttelte entsetzt den Kopf. »Thea ist eine Fremde hier. Sie würde todunglücklich sein.«

»Sie ist eine Magd und hat sich zu fügen. Wir können nicht noch mehr Zeit verlieren. Michel wird, sobald es die Wetterlage zulässt, zurückkehren, die Pferde und Thea abholen. Euch steht es frei, auch hierzubleiben.«

Catharina verschlug es die Sprache. Sie nippte an ihrem Wein, wusste nicht, was sie noch sagen sollte. Zum Glück wurde in diesem Moment das Essen aufgetragen. Es gab Gänsebraten, Rotkohl, geschmorte Äpfel und kandierte Pflaumen. Dazu Brot, Gänseschmalz und andere Köstlichkeiten.

Auch Thea kam zur Tafel und langte ordentlich zu. Catharina wunderte sich, dass die alte Magd kein bisschen unglücklich wirkte.

»Eurer Tochter«, berichtete Thea dem Bauern, »geht es gut. Sie sollte sich aber schonen, einfach war die Geburt nicht. Doch es scheint, als hätte sie auch genügend Milch für beide Kinder.«

»Das ist erfreulich!« Simon gab ihr ein weiteres Glas Wein, legte ihr die besonders zarten Stücke vor. »Du wirst es gut bei uns haben.«

»Bitte?« Thea sah Catharina an, dann Frieder.

»Wir werden direkt nach dem Essen aufbrechen«, sagte Frieder.

»Aber ich kann doch die Mutter nicht …«

»Das musst du auch nicht. Du bleibst hier, und Michel holt dich ab, sobald das Wetter es zulässt.«

Thea schien in sich zusammenzusinken. »Hierbleiben«, murmelte tonlos, Tränen liefen ihr über die Wangen.

»Was ist mit meiner Frau?« Ein junger Mann riss die Tür auf und stürmte herein. Seine Augen waren angstvoll geweitet. »Lebt sie noch?«

»Martin!« Simon stand auf und eilte seinem Schwiegersohn entgegen. »Es ist alles gut gegangen. Sie lebt, und ihr habt zwei Kinder.«

»Zwei? Sie lebt? Wie?« Martin wurde blass und wankte.

»Setz dich.« Simon zog den Mann zum Tisch und drückte ihn auf die Bank. »Und trink einen Schluck.«

»Hab ich recht gehört? Das Kind ist schon da? Dann braucht Ihr mich nicht mehr?« Eine Frau mit einem großen Weidenkorb war Martin in die Halle gefolgt.

»Madame Hueskes – kommt herein und setzt Euch. Wie

gut, Euch zu sehen. Wir hatten schon früher auf Euch gehofft.«

»Miriam ist nicht die einzige Frau, die dieser Tage ein Kind bekommt.« Seufzend setzte sich die Hebamme. »Immer wenn das Frühjahr warm war, kommen im Herbst die Kinder reihenweise.«

Simon lachte. Martin hatte sich einen Humpen Bier genommen. »Und Miriam lebt wirklich?«, fragte er zweifelnd.

»Das tut sie, und wir verdanken das unserem Besuch.« Simon zeigte auf Thea.

»Bist du auch Hebamme? Das war ja ein glücklicher Zufall«, sagte Madame Hueskes.

Thea schüttelte den Kopf. »Ich bin nur ein Kräuterweiblein. Dennoch habe ich im Laufe meines Lebens die eine oder andere Geburt begleitet. Es war Zufall, dass wir vorbeikamen und ich helfen konnte.« Wieder seufzte sie. »Es sind zwei Kinder, und das erste Kind kam mit dem Po zuerst. Es hatte sich ein wenig verkeilt. Noch eine weitere Stunde, und es hätte böse ausgehen können. Die Mutter hat viel Blut verloren. Du solltest gleich nach ihr schauen.«

»Zwei?« Die Hebamme stand auf. »Da hat Miriam ja Glück gehabt, dass Hilfe kam. Zwei sind nie leicht.«

»Ihr bleibt, Madame?«, fragte Simon.

»Ja, ich werde nach Eurer Tochter und den Kindern schauen. Es wird zu spät, um dann noch nach Hause zu fahren. Ich hätte aber gerne einen Becher Würzwein.«

»Diesen und Essen so viel, wie Ihr wollt, Madame.«

»Dann kannst du mit ruhigem Gewissen mitreisen«, flüsterte Catharina Thea zu und legte einen Arm um die Schulter der alten Frau. Thea nickte, doch sie schien nicht glücklich zu sein.

»Thea?«, fragte Catharina nach, doch die alte Magd schüttelte nur den Kopf, befreite sich aus der Umarmung und stand auf. »Ich begleite dich«, sagte Thea zu der Hebamme.

Nur eine halbe Stunde später drängte Frieder zum Aufbruch, sie hatten eben erst die Mahlzeit beendet.

»Ich habe mein Kleid noch nicht ausgewaschen«, bemerkte Catharina.

»Lasst es hier, die Mägde werden sich darum kümmern, und Euer Bruder bringt es mit, wenn er die Pferde zurückbringt.« Frieder zog eine Geldbörse aus der Tasche und reichte sie Simon. »Das sollte für die Unterbringung meiner Tiere und als Zins für Eure reichen«, sagte er.

Simon hob die Hände. »Monsieur, ich nehme kein Geld von Euch. Währet Ihr nicht gekommen, wären meine Tochter und die Kinder nun tot. Nehmt in Gottes Namen die Pferde und kommt gut nach Hause.«

»Guter Mann, das ist ein ehrenvolles Angebot, aber ich kann das nicht akzeptieren. Noch seid Ihr im Freudentaumel ob Eurer neugeborenen Enkelkinder – doch was ist, wenn Eure Tochter im Kindbett stirbt, die Kinder die nächsten Wochen nicht überleben?« Frieder schüttelte den Kopf. »Dann denkt Ihr anders darüber. Auch kann niemand garantieren, dass wir heil nach Krefeld kommen. Noch ist der Weg weit und gefährlich. Vielerlei kann uns zustoßen. Und selbst wenn wir gesund und munter in unserer Heimat ankommen, kann meinem Knecht auf dem Weg zurück einiges passieren. Nein, nein, nehmt das Geld.«

Simon dachte nach, er schien Frieders Worte abzuwägen. Schließlich nahm er die Börse an, zählte das Geld. Einen Teil der Taler tat er zurück in das Ledersäckchen, den anderen gab er Frieder. »Ihr habt nicht ganz unrecht, Monsieur, aber auch nicht ganz recht.« Simon grinste. »Behandelt mir die Pferde gut.«

»Keine Sorge«, sagte Michel, der von draußen hereinkam. »Eure Knechte haben die Tiere getauscht, es ist angespannt. Wir können aufbrechen.«

Catharina sah sich um. Thea war mit der Hebamme in den Wohntrakt verschwunden und nicht wieder aufgetaucht.

Frieder lässt sie hier, wenn ich sie nicht hole, dachte Catharina erschrocken und sprang auf. Tatsächlich fand sie die alte Frau zusammen mit der Hebamme bei der Mutter und ihren Kindern. Die beiden unterhielten sich angeregt.

»Thea, wir fahren!« Catharina packte sie am Ellenbogen.

»Ach?« Thea seufzte. »Dein Herr will mich nicht mitnehmen.«

»Du kannst nicht hierbleiben«, sagte Catharina entsetzt. »Du musst mit uns kommen.«

Thea legte den Kopf schief. »Ich bin nicht mehr willkommen.«

»Unsinn. Du kannst nicht hierbleiben, Thea«, sagte Catharina resoluter, als sie sich fühlte. Sie war froh, dass die alte Köchin ihr zögerlich folgte.

Die Nacht brach schnell herein, aber Michel lenkte die Pferde durch die Dunkelheit. Es war weit nach Mitternacht, als sie den nächsten Postkutschenhalt erreichten, ein kleines Gasthaus im Nirgendwo. Der Gasthausbetreiber öffnete ihnen unwirsch die Tür.

»Es gibt kein Essen mehr«, sagte er direkt. »Wie viel Zimmer braucht Ihr?«

»Habt Ihr wenigstens noch einen Schluck Würzwein?«,

fragte Frieder. »Wir haben eine lange Fahrt hinter uns und sind erschöpft.«

»Die Küche ist geschlossen, die Köchin schläft schon.«

»Aber Zimmer habt Ihr?«

»Kommt darauf an.« Der Wirt maß die Gesellschaft mit kritischen Blicken. »Könnt Ihr zahlen?«

Frieder lachte auf. »Wir brauchen nur zwei Zimmer – eins für mich und meine beiden Burschen und eines für die Frauen.«

»Nun gut. Zahlt im Voraus, und ich führe Euch zu den Kammern.« Der Wirt seufzte, nahm aber gierig die Taler entgegen. »Ich bringe Euch auch noch eine Kanne Würzwein.« Seine Augen leuchteten.

»Das gefällt mir nicht«, murmelte Frieder. »Er macht einen unlauteren Eindruck.« Er schaute Catharina an. »Mir wäre es lieber, wenn Michel bei Euch im Zimmer nächtigen würde.«

»Aber Thea schläft doch bei mir.«

»Weder Thea noch Ihr führt eine Waffe.« Frieder schüttelte den Kopf. »Michel ist Euer Bruder. Es ist nichts Unlauteres daran, wenn er in Eurem Zimmer nächtigt. Ich würde mich dann besser fühlen. Der Wirt macht keinen guten Eindruck.«

Die Zimmer waren schlicht und dreckig. Catharina rümpfte die Nase, aber sie war so müde, sie hätte auch auf Stroh genächtigt.

»Ich bin froh, dass dein Bruder bei uns nächtigt«, sagte Thea, als sie sich im Zimmer umgesehen hatte. »Dies ist eine Absteige.«

Thea hatte die Fahrt über geschwiegen. Sie saß in sich gekehrt auf ihrem Platz, den Kopf gesenkt und in Gedanken verloren. Auch Catharina hatte nicht viel Lust gehabt, Gespräche zu führen. Zu sehr hatten sie die Ereignisse des Tages noch beschäftigt. Die Geburt war ergreifend und beängstigend gewesen, aber das Ergebnis voller Glück und Freude. Frieder hatte sie heute entsetzt, und noch wusste sie nicht recht, was sie über sein Verhalten denken sollte. Hätte er Thea wirklich kaltherzig alleine bei fremden Leuten gelassen? Sie fürchtete es, und der Gedanke stimmte sie nicht froh. War Frieder tatsächlich so herzlos?

Die Betten waren nicht frisch bezogen, doch diesmal machte es Catharina nichts aus. Die Müdigkeit war in ihre Knochen gekrochen und machte sich dort breit. Sie wusch sich flüchtig, schlüpfte in das Bett und wartete darauf, dass ihr Bruder kam.

Auch Thea hatte sich bettfertig gemacht, stand nun im Raum und sah sich um. Es gab nur zwei Lager. Catharina hob die Decke an und rückte zur Wand. Thea schüttelte den Kopf.

»Zier dich nicht!« Catharina lachte. »Michel wird kaum ein weiteres Bettgestell bekommen, also musst du bei mir schlafen. Nun komm schon.«

Thea seufzte, fügte sich aber dann. Sie wirkte knochiger und kleiner als zuvor, als hätte ihr der Tag alle Kraft geraubt.

»Ich hatte es mir nicht so vorgestellt«, wisperte Catharina.

»Was?« Thea drehte sich zu ihr um.

»Kinder bekommen. Schreie, Blut und Schmerzen, ja, das wusste ich, aber nicht, wie es wirklich ist.«

»Wie es wirklich ist, weißt du erst, wenn du ein Kind geboren hast«

»Hast du?«, fragte Catharina leise.

»Ja«, hauchte Thea. »Es ist lange her, aber ich habe ein Kind geboren.«

»Was ist passiert?«

Thea schnaufte. »Ein hoher Herr hatte Gefallen an mir gefunden und mir den Kopf verdreht. Ich habe seinen dummen Versprechungen geglaubt und mich ihm hingegeben. Aber nichts von dem, was er mir versprochen hat, wurde wahr. Er heiratete eine andere, eine Frau seines Standes.« Sie atmete tief ein. »Ich habe ihn geliebt, aber er mich nicht.«

»Du hast ihn geliebt.« Catharina kaute auf ihrer Lippe. »Woher hast du gewusst, dass du ihn liebst?«

»Ich wusste es einfach. Es war ein Gefühl, so klar wie Quellwasser, so rein wie Schnee. Da gab es nichts zu deuteln. Nie zuvor und nie mehr danach habe ich wirklich geliebt. Es gab Tändeleien und Liebschaften, aber keine reine und wahre Liebe. Ich schlief mit dem Gedanken an ihn ein, wachte mit ihm auf. Es war einzigartig. Man weiß, wenn man jemanden liebt. Man würde alles für ihn tun. Alles.«

»Und du hast sein Kind bekommen?«, fragte Catharina leise.

»Ja. Ich habe es ausgetragen und dann …«, sie schluckte, »dann habe ich es ihm und seiner unfruchtbaren Frau gegeben. Dort wuchs er auf.« Thea schloss die Augen, dennoch drängten sich die Tränen unter ihren Lidern hervor und benetzten die faltige Haut.

»Liebe ich ihn?«, fragte sich Catharina. Sie merkte erst, dass sie ihren Gedanken laut ausgesprochen hatte, als Thea sich rührte.

»Von der Leyen? Ob du von der Leyen liebst? Das fragst du dich wirklich?« Theas Stimme klang verächtlich.

»Ja.«

»Nein, du liebst ihn nicht. Und er dich auch nicht.«

»Woher …?«, fragte Catharina, doch dann öffnete sich die Tür, und Catharina hielt erschrocken die Luft an.

»Käthe?«, fragte Michel leise und hielt die Kerze hoch. »Bist du hier?«

»Ja. Komm herein.«

»Der Wirt lauert auf dem Gang unten.« Michel schüttelte sich. Dann sah er Thea. »Ach, du schläfst auch hier?«

Thea zuckte wie getroffen zusammen.

»Gut so«, sagte Michel und schlug die Decke zu seinem Lager auf. »Dann brauche ich kein Ohr zum Gang und zum anderen Zimmer zu richten, sondern habe euch beide hier unter meinem Schutz.« Er legte sich nieder, zog die Decke bis zu den Ohren und schnarchte schon bald.

»Soldaten«, sagte Thea. »Die lernen es, überall zu schlafen.«

»Wir sollten auch versuchen, ein wenig Ruhe zu finden«, wisperte Catharina.

Doch die Erinnerung an die Erlebnisse des Tages ließen sie nicht los. Immer wieder hatte sie das Schlafgemach auf dem Vierkanthof vor Augen. Und dann die Gedanken an Frieder. Sein kühles Verhalten, die Entscheidung, Thea zurückzulassen, hatte sie entsetzt. Wie konnte er nur so herzlos agieren? Er war doch sonst immer ein warmherziger, freundlicher Mann gewesen, wohlwollend zu seiner Dienerschaft. War es nur die Sorge um die Fahrt, die ihn zu diesem harten Verhalten brachte, oder hatte sie sich so in ihm getäuscht?

Sie schlief seit Wochen mit dem Gedanken an ihn ein, wachte damit auf, er erfüllte ihre Gedanken. Ja, dachte sie, ich liebe ihn. Doch Thea zweifelte daran. Wieso? Wie konnte sich Thea so sicher sein, dass sie ihn nicht liebte und er sie auch nicht? Thea hatte Ähnliches erlebt und war enttäuscht worden. Vielleicht wollte sie Catharina nur vor so einer Erfahrung schützen. Doch Frieder würde sie nie derartig brüskieren und ausnützen. Er war nicht an ihrem Körper interessiert, jedenfalls nicht ausschließlich, dachte Catharina und lächelte. Er sucht das Gespräch mit ihr, war an ihrer Meinung interessiert und verbrachte gerne Zeit mit ihr. Er liebte sie auch, hoffte sie inständig, und es war nur eine Frage der Zeit, bis er um ihre Hand anhalten würde.

Sie kuschelte sich in die Decke, spürte die Wärme der alten Köchin neben sich und hörte das leise Schnarchen ihres Bruders.

Plötzlich knurrte Petite, die auf dem Boden vor dem Bett lag, leise. Catharina hob den Kopf. War da jemand an der Tür? Hatte Michel den Riegel nicht vorgeschoben? Sie konnte nichts hören oder sehen, aber die Härchen in ihrem Nacken stellten sich auf. Wieder knurrte der Hund.

Michel sprang mit einem Satz auf und öffnete die Tür mit einem Ruck.

»Wen haben wir denn da?«, rief er laut und packte den überraschten Wirt im Nacken.

»Oh … ich …«, stotterte dieser.

»Ihr habt Euch an unserer Tür zu schaffen gemacht. Parbleu. Wolltet Ihr uns meucheln oder nur ausrauben?«

»Nein, Monsieur, nichts dergleichen. Ich wollte nur sicherstellen, dass alle Türen ordentlich verschlossen sind.«

»Das glaubt noch nicht einmal der Teufel.« Michel stieß den Mann durch den Flur und führte ihn nach unten.

Kurze Zeit später kehrte er zurück. Frieder und Gerald hatten den Tumult gehört und traten aus ihrer Kammer.

»Was habt Ihr mit ihm gemacht?«, wollte Frieder wissen.

»Ich habe ihn gefesselt und in den Stall gesperrt.« Michel klang zufrieden. »Er wird uns nicht noch einmal die Nachtruhe stören.«

»Gut gemacht.«

Der Rest der Nacht verlief ohne weitere Zwischenfälle. Früh am nächsten Morgen machten sie sich auf die Weiterfahrt.

Kapitel 36

»Es ist bestätigt, dass Elisabeth, die Zarin aller Reussen, verstorben ist«, sagte Engelbert vom Bruck.

»Ja, und der Prinz von Holstein-Gottorp soll unter dem Namen Peter der Dritte auf den Thron kommen«, fügte Peter Lobach hinzu.

Das Jahr hatte mit bitterer Kälte begonnen. Inzwischen trafen sich die Herren fast jeden Mittwoch auf ein Glas Wein und eine Pfeife in der guten Stube von Abraham ter Meer. Das Feuer im Kamin brannte hell, doch die eisige Kälte drang durch die Ritzen und Spalten des Hauses. Anna hatte das wollene Umschlagtuch fest um ihre Schultern geschlungen. Sie brachte den Männern heißen Würzwein.

»Wollt Ihr Euch nicht zu uns setzen?«, fragte Engelbert sie.

Anna schüttelte bedauernd den Kopf. »Unsere Anneke kränkelt.«

»Euer Kind ist oft krank, nicht wahr?«, sagte Peter Lobach leise, nachdem Anna die Stube wieder verlassen hatte.

»Ja, und wir machen uns große Sorgen um das Kind.« Abraham strich sich über den Bart. »Auch die Gesundheit meiner Frau lässt zu wünschen übrig.«

»Sie ist wieder mit Kind?«

Abraham nickt. »Ja, ihre Milch ist versiegt durch die erneute Schwangerschaft. Zum Glück hat unsere Magd vor einigen Wochen entbunden und kann nun beide Kinder stillen.«

»Es ist eine gefährliche Zeit für gebärende Frauen. Es sterben ihrer viele«, sagte Lobach düster. »Gestern erst starb meine Nichte Sofia bei der Niederkunft ihrer zweiten Tochter.«

Die Männer nahmen ihre Becher und tranken schweigend.

»Wird es Hoffnung auf Frieden unter dem neuen Zaren geben?«, fragte Abraham in die Runde und stopfte seine Pfeife.

»Die französische Zeitung von Köln berichtete, dass schon im August Frankreich und Spanien einen Vertrag geschlossen haben. Ein Artikel des Vertrages schließt den gegenwärtigen Krieg in Bezug auf Hilfeleistungen aus.« Auch Engelbert griff zu seiner Pfeife.

»Es soll auch zu einem Bruch zwischen England und Spanien gekommen sein. In den Kolonien herrscht große Unruhe.«

»Dieser Krieg umfasst nun bald die ganze Welt. Aber ein Ende ist nicht abzusehen.« Abraham seufzte.

»Unser Quartiergast, ein Arzt des Infanterieregiments Comdé, berichtet, dass viele Soldaten und auch Zivilisten an einem schweren Katarrh erkrankt sind.«

»Ja, wir haben den Feldwebel Monsieur Villefranche im Quartier, er liegt seit Tagen zu Bette. Er leidet sehr«, sagte Abraham besorgt. »Ich hoffe, dass meine Familie von der Krankheit verschont bleibt.«

»Trotz Krankheit treiben es die Soldaten wieder wild in der Stadt. Auch wenn der Kommandeur versucht, sie im Zaun zu halten, so schlagen sie doch oftmals über die Stränge. Es fließt viel Alkohol«, meinte Peter bedächtig.

»In den letzten Tagen haben sie drei Dirnen Spießruten laufen lassen. Kein schöner Anblick.« Engelbert schüttelte den Kopf. »Und die Karnevalsfeierlichkeiten stehen wieder vor der Tür. Die von der Leyen planen ein rauschendes Fest.«

»Die von der Leyen.« Abraham rümpfte missmutig die Nase. »Sie tun so, als ob sie gottgefällig handeln würden, und verdecken ihren Protz und Pomp hinter wohltätigen Dingen wie der Armenküche und dem Waisenhaus.«

»Habt Ihr die Kleine te Kamp beim Gottesdienst gesehen? Sie trug einen Pelzmantel, der ein Vermögen gekostet haben muss.«

»Sie hat sich sehr verändert, berichtete meine Frau, die mit ihr freundschaftlich verbunden ist. Ich selbst habe noch nicht mit Käthe sprechen können, obwohl sie früher regelmäßig Bücher bei mir ausgeliehen hat. Es ist wohl auch nicht ganz klar, welche Stellung sie nun im Haus der von der Leyen innehat.« Abraham zog an seiner Pfeife. »Immerhin ist ihre Mutter überglücklich, dass sie den totgeglaubten Sohn wieder in die Arme schließen konnte.«

»Er ist nun Stallmeister bei den von der Leyen, habe ich gehört.«

Abraham nickte.

»Glaubst du den Gerüchten?«, fragte Anna ihren Mann einige Tage später. »Wird es Frieden zwischen Preußen und Russland geben?«

»In den Zeitungen steht, dass verhandelt wird. Aber ob man den Zeitungen glauben kann?« Abraham zuckte mit den Schultern. »Doch sollte sich der König mit dem Zaren versöhnen, wäre ein Ende dieses unleidigen Krieges in Sicht.«

»Ich wünsche es mir so sehr«, sagte Anna seufzend. »Auch

wenn unser Quartiergast diesmal ein angenehmer Mensch ist, hätte ich doch gerne unser Haus wieder für uns alleine.«

»Ja, ich auch«, brummte Abraham. »Wie geht es unserer Anneken?«

»Besser. Die Milch der Magd bekommt ihr gut, sie scheint weniger Koliken zu haben.« Anna strahlte, wie immer, wenn sie über ihre Kinder sprach. Langsam strich sie sich über den Bauch. »Und auch dieses Kind kann ich schon spüren. Zwar nur sehr zart, aber dennoch weiß ich, dass es lebt und wächst.«

Abraham küsste sie zärtlich.

Von draußen war lautes Getöse zu hören. Der feste Schritt von vielen Soldatenstiefeln auf dem Pflaster der Straße.

»Sie werden wohl die drei Soldaten zu Grabe tragen, die bei den Ausschreitungen ums Leben gekommen sind.« Abraham stand auf und ging zum Fenster.

»Jedes Jahr feiern sie Karneval wilder und ausschweifender. Es ist kaum zu verstehen.«

»Hat Madame te Kamp wieder Kostüme genäht?«, fragte Abraham.

Anna schüttelte den Kopf. »Nein, sie denkt darüber nach, ihre Tätigkeit ganz aufzugeben.«

»Und wovon wird sie dann leben?«, wollte Abraham überrascht wissen.

»Michel sowie Käthe geben ihr einen Teil ihres Lohns, auch Henrike unterstützt ihre Mutter, seit sie wieder bei den Flohs arbeitet. Es war eine gute Entscheidung von Esther, das Mädchen endlich ziehen zu lassen, seitdem ist die Kleine förmlich aufgeblüht.«

»Das ist gut zu hören.« Er zögerte einen Moment, setzte sich dann wieder zu seiner Frau. »Und wie geht es Käthe?«

Anna schüttelte den Kopf. »Ich glaube, sie leidet.«

»Sie leidet? In der Kirche wirkte sie aber nicht so.«

»Nun, nach außen hin trägt man nicht immer jeden Kummer, wie du sehr wohl weißt.« Anna senkte den Kopf. In dieser Schwangerschaft ging es ihr noch schlechter als in der vorherigen. Oft hatte sie das Gefühl, kaum Luft zu bekommen. Ängste quälten sie bei Nacht und hielten sie vom Schlafen ab.

Abraham nahm ihre Hand und drückte sie. »Es wird dir wieder besser gehen, wenn du das Kind erst geboren hast.«

»Bis dahin ist es noch lang, mein Lieber.« Anna zwang sich zu lächeln.

»Und was quält Käthe?«

»In Potsdam hat sie Frieder von der Leyen den Haushalt geführt, hat sie mir anvertraut. Es war nur ein kleines Haus und somit keine schwere Arbeit. Auch hat sie komfortabel gelebt. Nun muss sie sich als Kammermädchen in dem großen Haushalt der von der Leyen einfügen, und dies fällt ihr wohl schwer.«

»Sie kleidet sich anders als früher, das ist nicht nur mir aufgefallen.«

»Auf Wunsch ihres Herren.« Anna hob die Hände. »Auch mögen die Verhältnisse in den großen Städten anders sein, sich die Dienstboten dort anders geben.«

Abraham schüttelte den Kopf. »Die von der Leyen geben vor, unserem Glauben anzugehören, doch sie entfernen sich mehr und mehr vom gottesfürchtigen Lebenswandel, das hat auch unser Prediger festgestellt. Die Gemeindeältesten sind empört.«

»Wir alle werden uns verändern müssen, Abraham. Das

hatte schon mein seliger Onkel festgestellt. Wir können nicht in den alten Sitten und Gebräuchen verharren, auch wenn wir das wollen.«

»Aber, Anna, würdest du dich so kleiden wie Käthe? Oder wie Madame von der Leyen? Würdest du prunkvoll und verschwenderisch leben wollen?«

Anna schüttelte den Kopf. »Nein, das wohl nicht. Doch dieser Krieg wird die ganze Welt verändern. Werte, die einst Bestand hatten, scheinen zu verschwinden, und andere Dinge werden wichtig. Vielleicht, weil ein Krieg so dreckig und blutig ist, so viel Kummer und Leid mit sich bringt, vielleicht sind die Menschen deshalb nun darauf bedacht, sich zu schmücken und zu präsentieren. Man hört die wunderlichsten Dinge von den Adelshäusern.«

»Ja, durchaus.« Nachdenklich strich Abraham über seinen Bart. »Wir wollen nur hoffen, dass diese Äußerlichkeiten nicht zu wichtig werden.«

Der Prinz von Comdé, der Kommandeur der Truppen am Niederrhein, befahl Anfang April, dass sich die Regimenter marschbereit machen sollten. Doch Ostern kam, und noch immer gab es keine Wende.

»Mich haben private Briefe erreicht«, sagte Engelbert vom Bruck eines Mittwochabends Ende April, »dass der Frieden zwischen Preußen und Russland als gesichert gilt.«

»Man spricht von einer Bewegung der verbündeten Truppen Preußens.« Peter Lobach stopfte seine Pfeife.

»Gestern Morgen gegen drei haben die Franzosen zum Generalmarsch geschlagen. Sie haben im Laufe des Tages den Rhein bei Düsseldorf überquert. Auch unser Gast Monsieur Villefranche ist aufgebrochen«, sagte Abraham und schenkte seien Freunden Wein ein. »Ein edler Tropfen aus der Pfalz«, erklärte er.

»Zwei Bataillone des Regiments sollen schon marschiert sein«, fügte Peter hinzu und nahm das Glas entgegen. »Hoffentlich sind sie alle bald weg.«

Doch die Hoffnung hielt nicht lange an. Nur eine Woche später kehrten die französischen Truppen an den Niederrhein zurück.

»Schweden soll einen Waffenstillstand mit Preußen geschlossen habe«, sagte Catharina und schnitt das Brot auf. Sie besuchte ihre Freundin Anna.

»Wisst Ihr das sicher?«, fragte Anna. »Abraham sagte nichts davon.«

»Monsieur von der Leyen hat es heute Morgen berichtet, er hat zuverlässige Quellen.« Catharina lächelte.

Sie schien Anna wieder zuversichtlicher und ausgeglichener zu sein.

»Vielleicht haben wir bald einen Frieden.«

»Sagt das Monsieur?«, fragte Anna nachdenklich. »Immer wieder wird berichtet, dass der Frieden nicht weit sei, doch dann kommt es wieder zu neuen Kämpfen.«

»Wir reden nicht oft über Politik.«

Anna schaute sie überrascht an. »Aber Ihr unterhaltet Euch mit Eurem Herrn?«

»O ja, wir reden über Bücher und Musik. Erst letzte Woche hat er mich mit nach Düsseldorf genommen, da wurde eine Messe von Bach aufgeführt. Ganz wunderbare Musik.«

»Er nimmt Euch mit?« Anna schüttelte den Kopf.

»Durchaus.«

»Und welche Pflichten habt Ihr ansonsten?«

»Ich kümmere mich um seine Kleidung, helfe Mamsell hin

und wieder.« Catharina senkte den Kopf. Sie schien nicht über ihre Arbeit reden zu wollen.

»Was macht die kleine Annegrijt?«, fragte Catharina.

»Elise entwöhnt sie jetzt. Sie wächst, aber nicht zu unserer Zufriedenheit.« Anna runzelte die Stirn. »Auch fiebert sie oft.«

»Ja, das Fieber geht um in der Stadt. Auch Moers und Duisburg sollen betroffen sein, habe ich gehört. Viele Menschen sind gestorben.«

»Dies Frühjahr ist zu warm und zu trocken. Der Buchweizen wächst schlecht, und das Getreide droht zu verdorren.« Anna seufzte. »Durch die schwüle Hitze scheinen sich die Krankheiten zu verbreiten. Unser Quartiergast liegt gleichfalls wieder danieder. Dabei muss er nächste Woche dem Gericht vorstehen.«

»Ich habe davon munkeln gehört, es sollen viele Soldaten verurteilt werden.« Catharina bis sich auf die Lippe. »Wisst Ihr mehr darüber?«

»Monsieur Villefranche berichtete, dass es etwa achtzig Fahnenflüchtige in den letzten Wochen gab. Vier von ihnen wurden gefasst. Nun wird Gericht über sie gehalten, stellvertretend für alle, die desertiert sind.«

»Werden alle vier mit dem Tode bestraft?«, fragte Catharina leise.

»Nein, soviel ich weiß, nicht. Einer wird hingerichtet werden, das Los soll entscheiden. Die anderen werden ihr ganzes Leben zu den Galeeren verurteilt.« Anna schüttelte wieder den Kopf. »Da weiß man nicht, was schlimmer ist. Ein schneller Tod oder ein langes, qualvolles Leiden.« Sie sah ihre Freundin an. »Missversteht mich nicht, meine Liebe. Ich weiß, unser Leben ist ein Geschenk Gottes, und wir sollten es in Ehre und sorgsam führen, voller Dankbarkeit, auch wenn es hart ist. Aber diese jungen Männer werden viele Qualen erleiden.«

»Ich versteh, was Ihr meint, Anna«, sagte Catharina und legte der Freundin die Hand auf den Arm. »Es scheint Euch sehr zu beschäftigen?«

»Ja.« Anna nickte. Sie klang plötzlich traurig. »Auch wenn mein Anneken schwächlicher Natur ist, so ist sie doch ein liebes Kind, und ich habe viel Freude an ihr. Marijke ist auch ein Quell des Glücks für uns, und dieses Kind«, sie legte die Hand auf den gewölbten Bauch, »scheint auch sehr munter zu sein.« Ein Lächeln huschte über ihr Gesicht, doch dann wurde sie wieder ernst. »Aber mich quälen Ängste immerzu.«

»Ängste?«

»Ja, ich habe Angst zu sterben, die Kinder zurückzulassen. Ich habe Angst vor Schmerzen und Qual.«

»Aber Ihr habt die Geburten doch gut überstanden?«

»Ich fürchte den Gedanken an Krankheit und Siechtum.« Anna lächelte verlegen. »Auch wenn ich gar keinen Anlass dazu habe.«

Sie bemerkte Catharinas sorgenvolle Miene und zwang sich zu lächeln. »Aber das ist sicher bald besser, wenn erstmal dieses Kind auf der Welt ist.«

Annegrijt, die in der Wiege lag, begann zu weinen. Anna nahm sie hoch und beruhigte das Kind.

»Darf ich sie halten?«, fragte Catharina schüchtern.

»Natürlich.« Anna gab ihr das Kind. »Sollen wir in den Hof gehen? Die Sonne scheint so wunderbar.«

Im Hof saß Marijke im Staub und streichelte Petite, die sich wohlig räkelte.

Anna lachte leise. »Sie hat einen Narren an dem Hund gefressen. Es ist aber auch ein ganz besonders liebes Tier.«

»Ja, ich hänge sehr an ihr«, sagte Catharina und schnupperte verzückt am Kopf der kleinen Annegrijt. »Kinder riechen so gut.«

Anna kicherte. »Nicht, wenn sie gewickelt werden müssen.«

»Ich hatte immer große Angst vor der Geburt, doch seit dem Herbst habe ich die Angst verloren.«

»Ja, Ihr erzähltet von dem Erlebnis. Aber jede Geburt ist anders, und ich fürchte mich vor den schweren Stunden.« Anna setzte sich auf die Bank, die an der Hauswand stand. »Wie geht es eigentlich der alten Magd, die Euch begleitet hat? Ist sie immer noch so krank?«

Catharina nickte traurig und ließ sich neben Anna nieder. »Ja, seit der Fahrt hat sie diesen Husten. Ich hatte gehofft, dass die Wärme des Frühlings ihn vertreiben würde, doch es wird immer schlimmer. Thea ist nur noch Haut und Knochen. Wir befürchten, dass sie bald von uns gehen wird.«

»Das ist bitter. Hat sie noch Familie?«

Catharina schüttelte den Kopf. Schon bald gab sie das Kind der Mutter zurück, stand auf, verabschiedete sich und ging.

Marijke sah ihr und Petite enttäuscht nach. »Maman«, sagte sie dann, »darf ich auch einen Hund haben? So einen, wie Petite?«

Anna legte den Kopf schräg. »Da wirst du Vater fragen müssen.«

»Ich möchte so gerne«, sagte das kleine Mädchen, setzte sich auf die Bank, kuschelte sich an seine Mutter und steckte den Daumen in den Mund. »Es wird ja noch dauern, bis Anneken mit mir spielen kann«, nuschelte sie. »Sie wächst arg langsam.«

Anna musste lachen.

Wenig später kehrte Abraham von seinen Geschäften zurück. »Es duftet köstlich in der Küche«, sagte er, küsste seine Frau sacht auf die Wange und strich Annegrijt und Marijke über den Kopf. »Was kocht unsere Elise denn?«

»Sie kocht Rindfleisch aus und schmort es dann.«

»Rindfleisch.« Abraham legte die Stirn in Falten. »Wo hast du es gekauft?«

»Hans hat es vom Scheutenhof mitgebracht. War das nicht recht?«

»Doch. Bauer Scheuten vertraue ich.«

»Und wem nicht?«, fragte Anna verwundert.

»Es heißt, es gebe ein großes Rindersterben, und niemand weiß, wieso. Die Tiere fallen einfach tot um. Vielleicht ist ihr Fleisch verdorben.«

»Davon habe ich ja noch nichts gehört«, sagte Anna erschrocken.

»Ich habe es auch erst heute von meiner Mutter erfahren. Es soll im Umkreis von Moers vor ein paar Wochen das erste Mal aufgetreten sein, nun sind aber auch schon andere Höfe in der Nähe der Stadt betroffen. Der Winertzhof auch, so sagte sie mir.« Er setzte sich neben Anna und nahm Marijke auf den Schoß.

»Vater?«, fragte das Mädchen. »Darf ich einen Hund haben? So einen, wie Mademoiselle Käthe?«

»Käthe war heute hier?«, fragte Abraham überrascht.

»Ja, ich soll dir herzliche Grüße ausrichten. Sie fragte nach einem Buch von Shakespeare. Ich habe es allerdings nicht finden können.« Anna seufzte. »Wenn du weiter so die Bücher anhäufst, müssen wir anbauen.«

»Das ist eine hervorragende Idee«, sagte Abraham schmunzelnd. »Welches Buch wollte sie denn?«

»Romeo und Julia. Oder eines von Ovid. Ich habe nicht ganz verstanden, wieso.«

»Die unglückliche Liebesgeschichte zweier Kinder verfeindeter Familien? Interessant. Ich werde ihr die Bücher heraussuchen. Und wie geht es ihr?«

»Sie gefällt mir viel besser als noch vor wenigen Wochen. Sie schien frischer und fröhlicher. In einigen Tagen, so erzählte sie, wird sie mit Monsieur nach Köln reisen.«

»Nach Köln? Hatte sie Neuigkeiten?«

»Ach, wir haben wenig über Politik gesprochen. Sie sagte nur, dass Monsieur sicher berichtet hat, dass Schweden und Preußen einen Waffenstillstand beschlossen haben.«

»Das wäre in der Tat eine gute Neuigkeit«, sagte Abraham. »Hoffentlich bewahrheitet es sich. Aber es freut mich zu hören, dass es ihr besser geht. Ich mag Käthe, sie hat ein so erfrischendes Wesen.«

Getroffen senkte Anna den Kopf. Sie wusste, dass alle unter ihrer Melancholie zu leiden hatten, besonders Abraham, wenn sie nachts darauf bestand, dass er Kerzen im Schlafgemach aufstellte und die düsteren Schatten vertrieb.

Kapitel 37

»Mir gefällt der Gedanke nicht, nach Köln zu reisen und dich hier zurückzulassen«, gestand Catharina Thea.

Für Catharina war es eine große Umstellung gewesen, nach Krefeld zurückzukehren und sich wieder in den Haushalt einzufügen. Trude, die junge Magd, mit der sie sich damals angefreundet und das Zimmer geteilt hatte, hatte Catharina überschwänglich begrüßt. Doch die naive Einfachheit der Magd störte Catharina nun. Zu ihrem Entsetzen sollte sie wieder in die kleine Dienstbotenkammer zu Trude ziehen. Doch Frieder beschloss kurzerhand, dass Thea und Catharina sich ein Zimmer in seinem Flügel teilten. Auch das war ungewohnt für Catharina, hatte sie doch den großzügigen Platz und das gut ausgestattete Zimmer in Potsdam genossen. Doch schon nach kurzer Zeit wurde Thea so krank, dass sie kaum noch aufstehen konnte. Ihr heiserer und trockener Husten störte die Familie von der Leyen, daher bekam sie eine Kammer hinter der Küche zugewiesen.

Catharina besuchte die alte Magd jeden Tag, brachte ihr Brühe und weiches Brot, half ihr, sich zu waschen und leerte den Nachttopf.

Mamsell Luise kümmerte sich auch rührend um die alte Frau. Was Catharina ihr hoch anrechnete. Sie kochte Eier für sie, schnitt zartes Fleisch in kleine Häppchen. Thea aß indes immer weniger und weniger.

Mamsell schüttelte besorgt den Kopf. »Ich hatte gehofft, dass sie wieder auf die Beine kommt, doch sie scheint sich förmlich aufzulösen.«

Etwas anderes gab es, worüber Catharina und Mamsell regelmäßig in Streit gerieten – Petite. Die Hündin folgte Catharina auf Schritt und Tritt, ließ sie kaum aus den Augen.

»Ein Hund«, wettere Mamsell Luise, »hat im Haus nichts verloren. Er gehört in den Hof an die Kette.«

Catharina lachte. »Gut, dass Euch der König nicht hört. Seine Hunde sitzen sogar mit bei ihm am Tisch, er hat ein eigenes Zimmer für sie eingerichtet.«

»Pah!« Mamsell verzog das Gesicht. »Wir sind hier nicht am Hofe, auch wenn der junge Monsieur immer extravaganter wird. Ein Hund gehört in den Hof und nicht ins Haus.«

»Es ist aber nicht irgendein Hund, es ist mein Hund. Und Monsieur hat mir erlaubt, dass ich ihn halten darf. Im Haus«, sagte Catharina trotzig.

»Darüber ist das letzte Wort noch nicht gesprochen.« Mamsell zog einen Flunsch. »Und überhaupt, warum müsst Ihr jetzt mit ihm nach Köln reisen? Er will doch nur ein paar Tage bleiben, da braucht er doch kein Kammermädchen, Gerald begleitet ihn doch.«

»Es ist sein Wunsch.« Catharina drehte sich lächelnd um und ging. Sie wusste, dass sich das Personal Gedanken über ihre Stellung machte und auch so manches gemunkelt wurde.

Frieder beachtete sie kaum, etwas, was sie sehr schmerzte. Er hat viel zu tun, beruhigte sie sich. Auf der Fahrt nach dem Besuch der Messe von Bach hatte er sie geküsst und ihr versichert, dass er ihr immer noch sehr zugetan sei.

Zugetan, dachte sie, was das wohl heißen soll? Doch dann plante er die Fahrt nach Köln und teilte ihr mit, dass sie ihr prachtvolles Seidenkleid einpacken soll. Ob wir wieder eine Oper besuchen, hoffte Catharina, die Gefallen an Musik gefunden hatte, auch wenn sie immer noch nicht wusste, ob ihr die prunkvollen Aufführungen behagten.

»Petite wird auf dich aufpassen«, sagte Catharina zu Thea. »Und du musst auf sie aufpassen, sonst kettet Mamsell sie im Hof an.«

»Ich werde mich bemühen«, antwortete Thea schwach. »Aber ich fürchte, dieser Abschied wird für immer sein.«

»Sag das nicht, liebe Thea.« Catharina versuchte, die Tränen zurückzudrängen. »Du darfst so etwas nicht sagen.«

»Ich spüre, wie die Kraft aus mir herausrinnt, wie Sand aus einer kaputten Sanduhr.«

»Du musst nur mehr essen, dann wirst du auch wieder kräftiger.« Sie zeigte auf den Teller. »Gänseleberpastete hat Mamsell dir gebracht. Und Rotwein mit Ei. Du hast es noch nicht einmal angerührt.«

»Später.« Thea winkte ab. »Ich habe keinen Hunger.«

»Du musst dich zwingen«, bat Catharina. »Bitte!« Sie küsste die faltige Wange ihrer Wegbegleiterin des vergangenen Jahres. Ist es wirklich erst ein Jahr her, dachte sie verwundert, dass wir aufgebrochen und nach Hannover gefahren sind? Sie konnte es kaum glauben.

Und nun würden sie nach Köln fahren, einer weiteren großen Stadt. Dort, da war sich Catharina sicher, würde Frieder sich endlich erklären. Bei dem Gedanken daran wurde ihr ganz warm ums Herz, und es kribbelte wohlig in ihrem Bauch.

Als sie in die Küche ging, stürmte ihr Frieder entgegen.

»Michel!«, rief er. »Habt Ihr die Kutsche angespannt?«

»Kutsche? Ich dachte, wir fahren erst morgen früh?«, fragte Catharina entsetzt.

»In der Tat. Aber jetzt gleich wird Kriegsgericht gehalten vor der Stadt. Das wird sicher ein großes Spektakel. Mögt Ihr mitkommen und es anschauen?« Er wartete nicht auf ihre Antwort, sondern griff nach ihrer Hand und zog sie mit sich.

»Das ist eine Hinrichtung.« Bestürzung machte sich auf ihren Gesichtszügen breit.

»Ja, einer der Fahnenflüchtigen wird hingerichtet. Welcher es ist, entscheidet das Los. Es ist eine Art Lotterie auf Leben und Tod.« Frieders Wangen waren gerötet, seine Augen glänzten vor Aufregung.

Die kleine Kutsche stand schon im Hof, Michel sah seinem Herren missmutig entgegen.

»Soll ich Euch fahren?«, fragte er brummig.

»Naturellement!« Frieder zog Catharina mit in die Kutsche.

»Ihr wollt meine Schwester mitnehmen?« Michel schüttelte den Kopf. »Das ist nichts für sie.«

»Es ist vielleicht die einzige Gelegenheit, einem Kriegsgericht beizuwohnen. Und nun schwingt Euch auf den Kutschbock, nicht dass wir es noch verpassen.«

»Oui, Monsieur.« Michel warf Catharina einen scharfen Blick zu, doch sie konnte nur mit den Schultern zucken.

Sie fuhren aus der Stadt heraus, an den Wallgärten vorbei in Richtung Münkershof. Dort hatten sich das Regiment und etliche Schaulustige versammelt. Catharina sah sich um, sie konnte niemanden von der Gemeinde entdecken und schämte sich plötzlich entsetzlich, hier zu sein.

Die vier jungen Fahnenflüchtigen standen in einer Reihe; die Anklage und die Namen aller achtzig Deserteure wurden verlesen. Monsieur Villefranche zog mit zitternden Fingern das Los. Der junge Mann, dessen Name nun vorgelesen wurde, stieß einen spitzen Schrei aus und sackte dann in sich zusammen. Auch die anderen drei senkten den Kopf. Catharina war sich sicher, dass Tränen flossen.

Der junge Mann wurde hochgehoben und an einen Pfahl gebunden, denn man eigens zu diesem Zweck auf der Wiese aufgestellt hatte. Man verhüllte seine Augen mit einem Tuch. Dann stellten sich fünf Soldaten in einer Reihe auf und hoben ihre Musketen. Zwei Trommler stellten sich auf, schlugen ihre Instrumenten, dann hörten sie abrupt auf.

Michel war vom Kutschbock gesprungen und zog Catharina, die wie erstarrt dem Geschehen folgte, aus der Kutsche.

»Das ist nichts für dich, Mädchen«, schimpfte er. »Warum, zum Teufel, bis du mitgekommen?«

Die Schüsse knallten, es roch nach Pulver. Catharina rannte zu einem Busch und erbrach sich.

»Er hat mich einfach mitgezogen, ich hatte keine Wahl.« Dankend nahm sie das Tuch, das ihr Bruder ihr reichte, und wischte sich über den Mund.

»Du kannst immer nein sagen.« Er sah sie eindringlich an. »Und das solltest du auch tun.«

Catharina spürte die Hitze, die in ihre Wangen stieg, sie senkte beschämt den Kopf.

»Auch nach Köln solltest du nicht mitreisen. Es wird schon über dich geredet.«

Nun hob sie trotzig das Kinn. »Und wenn schon«, sagte sie schnippisch.

»Auch wenn es dir egal ist, mir, Mutter und deinen Schwestern nicht. Hinter ihrem Rücken wird auch getuschelt. Denk mal darüber nach!« Er stapfte zurück zur Kutsche und stieg auf, ohne weiter auf sie zu achten.

Als sie zurück in die Stadt kamen, stand Abraham ter Meer am Straßenrand. Er schaute Catharina überrascht an und schüttelte dann den Kopf. Diesmal spürte sie die Pein der Verlegenheit fast körperlich. Was mag er nun über mich denken? fragte sie sich beschämt.

Am nächsten Morgen brachen sie früh auf. Catharina schaute noch einmal nach Thea, doch diese schien so fest zu schlafen, dass sie sie nicht wecken wollte.

Diesmal stand nicht die offene Kutsche im Hof, sondern die Berline. Auch die Reisetruhen waren schon aufgeladen worden. Fast wie vor einem Jahr, dachte Catharina und stieg ein. Auch wenn die Fahrt diesmal nicht so lang werden wird.

»Auf ein Wort, Neffe!«, rief Monsieur von der Leyen, gerade als Frieder in die Kutsche steigen wollte. »Hier sind noch zwei Briefe. Einer an den Kurfürsten, der andere an Monsieur Herstatt. Ich möchte, dass du die Familie so schnell wie möglich aufsuchst.«

»Ach, Oheim, haben wir diese Diskussion nicht schon ausführlich genug geführt? Seine Tochter mag eine Schönheit sein, aber ich …«

»Junge, es geht um Politik. Immer. Auch ich bin aus monetären und taktischen Gründen die Ehe eingegangen, genau wie mein Bruder. Ich habe Glück gehabt und führe eine harmonische Beziehung. Dieses Glück war meinem Bruder nicht beschert, aber vielleicht hätte er seine Gattin auch früher zur Räson rufen müssen.«

»Oheim, ich habe mich zu dem Thema schon ausreichend geäußert. Du weißt, wie ich darüber denke.«

»Herstatt hat ausgezeichnete Kontakte zum Kurfürsten und zum Königshaus. Er ist ein wichtiger Mann. Es wäre gut, ihn in der Familie zu haben.«

»Das mag ja sein, aber …«

»Ich weiß, du verfolgst andere Pläne. Doch denk mal darüber nach. Sie ist ein schlichtes Mädchen, schön, aber einfach. Sie kommt aus einer einfachen Familie und wird uns nicht gerecht. Du hast meine Wünsche in dieser Hinsicht zu beachten. Halt sie dir als Mätresse. Ich bin bereit, dafür zu zahlen. Mehr aber nicht. Und denke daran, ich bin dein Vormund.«

Frieder seufzte. »Ja, Oheim.«

»Bon Voyage!«

Frieder stieg in die Kutsche, setzte sich und starrte aus dem Fenster. War ihm bewusst, dass Catharina die Unterhaltung mit angehört hatte? Sie biss sich auf die Lippe und fragte sich, ob es noch die Möglichkeit gab, auszusteigen. Sollte sie wirklich unter diesen Vorzeichen mit ihm reisen? Auf der anderen Seite wäre sie ihm am liebsten um den Hals gefallen, denn hatte er nicht gesagt, dass seine Absichten ihr gegenüber nur ehrbarer Natur waren? Er wollte sie ehelichen, da war sie sich nun sicher.

Am liebsten hätte sie ihm gesagt: Lass es uns tun, lass uns unser Leben führen, lass uns glücklich werden miteinander. Das viele Geld war nicht soviel wert wie ein glückliches Leben. Natürlich würden sie auf einiges verzichten müssen, aber das mussten andere auch.

Frieder war während der Fahrt sehr schweigsam, und Catharina traute sich nicht, die Stille zu unterbrechen. Sie nächtigten bei Verwandten der Familie von der Leyen in Neuss. Ein wenig schmerzte es Catharina, dass sie mit den Bediensteten essen musste und auch nur eine einfache Kammer zugewiesen bekam.

Als sie am nächsten Tag in die Kutsche stiegen, wirkte Frieder wie ausgewechselt.

»Habt Ihr das Buch gelesen, das ich Euch empfohlen habe?«, fragte er Catharina.

»O ja, und nicht nur das. Auch das Werk von Shakespeare, das Monsieur ter Meer in einer wunderbaren Übersetzung hatte.«

»Ich dachte, Ihr hättet an Eurem Englisch gearbeitet?«

»Das habe ich auch.« Catharina zog einen Schmollmund. »Ter Meer hatte beide Ausgaben – und ich habe die Übersetzung nur gelesen, um sicherzugehen, dass ich es auch verstehe.«

»Ihr seid eine bemerkenswert kluge Dame.« Frieder lächelte. »Das Thema kommt schon bei Ovid vor.«

Wieder nickte Catharina eifrig. »Auch diesen Text habe ich mir besorgt, weiß aber immer noch nicht, weshalb es Euch so wichtig war.«

»Schaut, der Kurfürst zu Köln, der verstorbene Kurfürst Clemens August war ein Liebhaber der schönen Künste. In seinem Schloss gibt es ein kleines, aber gut ausgestattetes Hoftheater, in dem immer wieder hervorragende Aufführungen zu sehen sind. Sein Nachfolger Maximilian Friedrich scheint diese Tradition zu meinem Entzücken fortzuführen. Und justament in diesem Monat gibt es dort eine Aufführung von Hasses Oper Piramo e Tisbe. Die Oper hat die uralte Geschichte zum Thema, die auch Ovid und Shakespeare erzählt haben. Von Hasse habe ich zwei Opern gesehen und war begeistert.«

»Ich werde Euch in die Oper begleiten?« Catharina strahlte vor Glück.

»Ja, meine Liebe.« Frieder nahm ihre Hand und küsste sie. »Freut Ihr Euch?«

Sie biss sich auf die Lippen. »Werden dort, ich meine, gibt es wieder – die weiblichen Rollen, werden die …«, stotterte sie verlegen.

Frieder lachte laut auf. »Kastraten? Nein, ich denke nicht. Obwohl diese Sänger wirklich sehr talentiert sind. Aber ich verstehe, dass Euch der Gedanke unnatürlich erscheint.«

Catharina atmete erleichtert auf.

Die zweite Nacht verbrachten sie in einem Gasthaus, und am Abend des dritten Tages erreichten sie Köln, gerade bevor die Tore geschlossen wurden.

»Wir wohnen bei einem Cousin meiner Tante«, sagte Frieder.

Michel, der noch nie in der Stadt gewesen war, hatte erst Mühe, die Behausung zu finden, doch schließlich fuhr er auf einen Hof und hielt an.

»Hier müsste es ein, Monsieur.«

Frieder stieg aus und streckte sich. »Ja, das ist das Haus.«

In dem Moment öffnete sich die Tür, und ein älterer Mann blinzelte ihnen entgegen. »Frieder, bist du es?«

»Ja, Oheim Heinrich. Ich soll Euch herzliche Grüße meiner Muhme und meines Oheims ausrichten.«

»Kommt rein! Ich habe dich schon erwartet. Wie geht es der guten Margaretha denn? Auch wenn sie mir regelmäßig schreibt, ist den Postverbindungen ja nicht zu trauen. Unser Knecht wird die Pferde ausspannen und versorgen. Auch um das Gepäck wird sich jemand kümmern. Die Reise war ja sicher anstrengend. Seid ihr Truppen begegnet? Man hört so allerlei von Schlachten.«

Catharina und Michel sahen einander unsicher an, folgten dann jedoch Frieder und seinem Großcousin.

Diesmal musste Catharina in der Küche mit der Gefolgschaft essen, während die Herrschaft im Salon Platz nahm. Doch das Essen war ausnehmend gut, und auch das Zimmer, welches ihr zugewiesen wurde, lag nicht im Dienstbotentrakt. Ihr wurde heißes Wasser gebracht, und erleichtert wusch sie sich den Reisestaub von der Haut.

Am nächsten und übernächsten Tag bekam sie Frieder nicht zu Gesicht und auch niemanden sonst von der Familie. Sie vertrieb sich mit Michel die Zeit, besichtigte den Dom und wanderte, langsam, ob Michels versehrtem Bein, durch die Straßen der Stadt.

Endlich aber klopfte Frieder am Vormittag des dritten Tages an ihre Tür.

»Mademoiselle?«

Catharina öffnete die Tür und sah ihn fragend an.

»Heute Abend wird die Oper aufgeführt. Gegen elf werden wir losfahren. Wir übernachten dort. Packt nur das Nötigste ein, aber zieht das wundervolle Seidenkleid an. Eine Zofe wird Euch die Haare richten.« Er lächelte.

Wart Ihr schon bei Herstatt, wollte sie ihn fragen, habt Ihr schon seine Tochter begutachtet? Was bin ich für Euch? Liebt Ihr mich? Doch sie knickste nur und stellte keine dieser Fragen.

Das Kleid hatte sie nur einmal getragen, aber es passte immer noch wie angegossen.

»Ihr seid wunderschön«, wisperte die Zofe bewundernd und steckte ihr die Haare locker und luftig hoch.

»Wie weit ist es bis zum Schloss des Kurfürsten?«, fragte Catharina, die sich wunderte, dass sie über Nacht blieben.

»Oh, der Kurfürst residiert in seinem Schloss in Bonn. Dorthin ist man gut einen halben Tag unterwegs.«

»Aber er ist doch der Kurfürst von Köln«, wunderte sich Catharina. »Oder ist das Theater in einem anderen Schloss?«

»Theater? Davon verstehe ich nichts«, sagte das Mädchen.

Tatsächlich lag das Theater im Schloss des Kurfürsten in Bonn. Es dämmerte schon, als sie vorfuhren. Die Eingangshalle war mit mannigfaltigen Kerzen bestückt.

»Kommt.« Frieder nahm sie an die Hand und führte sie an den hineinströmenden Besuchern vorbei zu einer Treppe, die in einen weiteren Saal führte. Ein Diener stand dort an der Tür. Frieder reichte ihm ein Billett, und sie durften eintreten.

Die Wände waren mit Spiegeln verkleidet, die Gewölbedecken mit bunten Fresken ausgemalt. An den Seiten standen

Tische, die mit Tellern, Platten und Schüsseln bedeckt waren. Nur wenige Leute hielten sich in dem Saal auf und aßen. Erstaunt sah sich Catharina um.

»Ein Büffet für geladene Gäste. Langt zu, es ist ganz sicher köstlich, der Kurfürst hat einen guten Geschmack.«

Ein Diener reichte ihnen Schaumwein in hohen Gläsern.

Catharina ging an den Tischen vorbei und konnte sich kaum entscheiden.

»Nachher dürfen wir noch einmal zugreifen.« Frieder zwinkerte ihr zu. »Aber scheut Euch nicht.« Er hatte seinen Teller hoch beladen.

»Mein lieber Monsieur von der Leyen!«, rief ein älterer Herr mit einer protzigen, gepuderten Perücke. Sein Spitzenkragen ging ihm bis zum Gürtel der engen Hose aus Samt, er trug Schuhe mit hohen Absätzen. »Ich freue mich so, Euch hier zu sehen!«

»Monsieur Herstatt, die Freude ist ganz meinerseits«, antwortete Frieder und klang gequält.

»Isabella!«, rief dieser. »Isabella, schau mal, wer hier ist.«

Eine junge Frau in einem weiten, schwingenden Kleid aus Atlasseide trat an die Seite des kleinen Mannes. Ihre Haare waren hoch aufgetürmt und genauso gepudert wie ihr Gesicht. Ein Schönheitsfleck zierte ihre Wange. Die Lippen erschienen Catharina unnatürlich rot in dem bleichen Gesicht. Sie lächelte und reichte Frieder die Hand.

»Bonsoir, Monsieur«, sagte sie und lächelte.

»Enchanté, Mademoiselle«, sagte Frieder und beugte sich über ihre Hand. Dann richtete er sich wieder auf. »Ich hatte schon lange gehofft, Euch vorgestellt zu werden, hatte Euch aber heute Abend hier nicht erwartet.«

»Oh, ich liebe die Stücke von Hasse und bin förmlich gespannt darauf, wie seine neue Oper sein wird.« Sie hakte sich bei Frieder ein. Er reichte, ohne sie anzuschauen, Catharina seinen Teller und ging mit Isabella einige Schritte.

Catharina hätte in den Boden versinken wollen. Das war also Isabella Herstatt, die Tochter aus gutem Hause, das gute Verbindungen zu anderen hochgestellten Familien hatte. War Isabella wirklich schön? Catharina sah sich um. Auch die anderen Frauen in dem Saal trugen extravagante Kleider und hatten außergewöhnliche Frisuren. Doch Isabella schien aus ihnen allen hervorzustechen. Das lag nicht wirklich an ihrem Aussehen, sondern an der Art, wie sich gab.

So, dachte sich Catharina und versuchte mit aller Macht die hervordrängenden Tränen zu unterdrücken, so werde ich mich niemals geben können. So selbstsicher, so vertraut mit all der Etikette der Herrschaft und des Adels. Ich gehöre nicht hierher, wurde ihr klar. Sie stellte den Teller achtlos auf den nächsten Tisch und suchte nach einem Ausweg. Ein hohes und schmales Fenster, das bis zum Boden reichte, war geöffnet und führte auf einen schmalen Balkon. Draußen lehnte sie sich an die Wand, schloss die Augen und holte tief Luft. Schließlich öffnete sie die Augen wieder.

Frieder liebt mich, dachte sie, und er wird erkennen, dass Geld und Macht nicht alles sind. Sie stieß sich von der Wand ab und kehrte in den Saal zurück. Frieder war immer noch mit Isabella ins Gespräch vertieft. Catharina holte tief Luft, setzte ein Lächeln auf und ging zu ihm.

»Bonsoir«, sagte sie, so freundlich sie es vermochte. »Mein Lieber, sollten wir nicht zu unseren Plätzen gehen?«

»Oh.« Frieder sah sie überrascht an. »Naturellement.«

»Wollt Ihr uns nicht vorstellen?« Isabella zog die Augenbrauen hoch und lächelte süffisant.

»Mademoiselle Herstatt, dies ist Mademoiselle te Kamp.« Frieder räusperte sich. »Wir sehen uns sicher später.«

Er führte sie in den Zuschauerraum, sah sich immer wieder um und fand schließlich das, was er offensichtlich suchte. Familie Herstatt saß nur wenige Reihen vor ihnen.

Die Musik und die Handlung rauschten an Catharina vorbei. Immer wieder sah sie Frieder an, doch er schien ganz in die Musik zu versinken. Der letzte, tragische Akt wurde aufgeführt. Piramo starb, und kurz darauf setzte Tisbe ihrem Leben ein Ende. Der Vater, der die beiden fand, brach weinend zusammen.

Das, so dachte Catharina, war also wahre Liebe in der Oper. Hatte Frieder sie zufällig zu diesem Stück mitgenommen? Sie musste an die Opera Buffa in Hannover denken. Da war der Held in die Dienstmagd verliebt gewesen. Zum Schluss stellte sich heraus, dass die Dienstmagd von hoher Geburt war, und die beiden konnten ein Paar werden.

Es waren Geschichten, Geschichten, die offensichtlich immer wieder erzählt wurden. Wurden sie das, weil es sie wirklich gab, oder war dies reine Unterhaltung? Catharina hatte keine Antwort auf diese Fragen.

Nach dem Ende brachte Frieder sie schnell in das Gasthaus, wo sie sich einquartiert hatten. Er selbst kehrte noch einmal zum Schloss zurück.

Wütend, müde und enttäuscht, außerdem hungrig, ging Catharina zu Bett. Sie liebte ihn. Aber sie war nicht von seinem Stand. Liebte er sie? Sie wusste es nicht.

Kapitel 38

Am nächsten Morgen frühstückten sie, dann machten sie sich auf den Rückweg.

»Hat es Euch gefallen?«, wollte Frieder wissen.

Catharina überlegte, nickte dann. »Ja, es war eine schöne Aufführung. Die Musik hatte eine wunderbare Leichtigkeit trotz des ernsten Themas. Auch fand ich die Kostüme und die Bühne nicht so überladen wie damals in Hannover.«

»Das habt Ihr gut erkannt. Ich habe schon einiges von Hasse gesehen und gehört, es gefällt mir gut.« Er lächelte. »Auch Ihr habt mir ausnehmend gut gefallen.«

»Danke.« Catharina wusste nicht, was sie darauf sagen sollte.

»Die Geschichte, so einfach und simpel sie auch sein mag, zeigt doch, dass wahre Gefühle allem anderen trotzen können.«

»Meint Ihr wirklich, Monsieur? Piramo und Tisbe lieben sich, sie lieben sich so sehr, dass sie ihre Familien verlassen wollen. Und doch geht es nicht gut aus. Beide setzen ihrem Leben ein Ende. Das ist gotteslästerlich, denn das Leben, das uns geschenkt wurde, dürfen wir nicht wegwerfen.«

»Aber das ist doch nur eine Metapher dafür, dass Liebe stärker ist als der Tod, findet Ihr nicht? Im Tod sind sie vereint.«

»Was haben sie aber davon?«, wollte Catharina wissen.

Frieder lachte laut auf. »Ihr seid so herrlich pragmatisch. Das schätze ich an Euch.« Dann schwieg er für einen Moment. »Was würdet Ihr für die Liebe tun?«

»Wie meint Ihr das? Umbringen würde ich mich wohl nicht.«

»Nein, nein. Aber die beiden Liebenden verlassen ihre Familien, sie lassen alles hinter sich zurück. Wäre nicht diese unheilvolle Verwechselung gewesen, wären sie miteinander geflohen?«

»Ja, und vermutlich glücklich geworden. Nun«, sagte Catharina nachdenklich. »Man sagt, Blut sei dicker als Wasser und man solle Vater und Mutter ehren, sein Leben lang. Aber ist es nicht richtiger und wichtiger, das eigene Leben so zu gestalten, dass man glücklich ist?«

»Ja. Nun ist das ein müßiges Thema, eine Geschichte, die man weiter spinnen kann.«

Nicht mehr, dachte Catharina enttäuscht. Ist es nicht auch ein wenig unsere Geschichte? fragte sie sich.

»Aber diese wundervolle Musik versüßt einem vieles, nicht wahr?« Dann verdüsterte sich Frieders Gesicht. »In den nächsten Tagen werde ich wenig Zeit für Unternehmungen und Unterhaltung haben.«

»Glaubt Ihr, dass sich die politische Lage verbessern wird?«

»Noch ist nicht bestätigt, dass es wirklich zum Frieden mit Schweden kommt, obwohl die Verhandlungen abgeschlossen sein sollen.« Er runzelte die Stirn. »Unsere Truppen stehen bei Elberfeld. Angeblich sollen sie ins Rheinland ziehen.«

»Dann wird es wieder zu einer Schlacht kommen?«, fragte Catharina besorgt.

Frieder zuckte mit den Schultern. »Die Stadt leidet sehr unter dem Regiment Comdé. Alle hoffen, dass sie bald und vollständig abgezogen werden.«

Sie blieben nur wenige Tage in Köln, fuhren dann zurück nach Krefeld. Da sie schon am frühen Morgen aufgebrochen waren und Michel die Pferde ordentlich antrieb, mussten sie nur einmal in einem Gasthof absteigen. Frieder war so höflich und zuvorkommend zu Catharina wie seit langen nicht mehr. Auf der Fahrt setzte er sich neben sie, umarmte und küsste sie leidenschaftlich.

»Ich verehre Euch so sehr, meine Liebe«, sagte er leise.

Catharina wartete sehnsüchtig darauf, dass er sich erklärte, doch er tat es nicht. Vielleicht, so dachte sie, will er noch einmal das Gespräch mit seinem Oheim suchen.

Petite lag in der Küche vor dem Ofen. Die Hündin sprang auf und begrüßte Catharina stürmisch.

»Ihr habt sie in die Küche gelassen?«, stellte Catharina überrascht fest. Mamsell Luise nickte stumm, da begriff Catharina. Sie lief an ihr vorbei zu der kleinen Kammer. Das Bett war leer, die Kammer ausgeräumt. Catharina weinte bitterlich.

»Thea hatte den Zenit ihres Lebens lange überschritten«, versuchte Mamsell sie zu trösten. »Und sie hatte einen friedlichen Tod, ist einfach eingeschlafen und nicht mehr aufgewacht. So hat sie sich das gewünscht.«

»Ich weiß«, schluchzte Catharina. »Und dennoch … sie war mir eine treue Gefährtin. Und nun ist sie in der Fremde gestorben, alleine.«

»Sie hat Euch auf ihre Art und Weise geliebt, Kindchen. Das hat sie mir einmal anvertraut. Und sie fühlte sich hier wohl.«

Catharina nickte. »Aber die Reise hat sie das Leben gekostet. Wir hätten auch den Winter über in Potsdam bleiben können, doch das wollte ich nicht.«

Mamsell Luise schüttelte den Kopf. »Das wisst Ihr nicht. Thea war sehr alt, auch in Potsdam hätte sie erkranken können. Es war auch nicht der Husten, an dem sie gestorben ist –

ihr Körper wurde einfach immer schwächer und schwächer. Das ist der Lauf der Dinge.«

Die Worte trösteten Catharina nur wenig, auch wenn sie wusste, dass Mamsell die Wahrheit gesagt hatte. Sie vermisste die Gespräche mit der alten Köchin, hätte sie gerne um Rat gefragt. Schließlich beschloss sie, sich Anna anzuvertrauen.

Es hatte wochenlang nicht geregnet, die Böden waren trocken und staubig. Kurz vor Christi Himmelfahrt sank die Temperatur, und es fror.

»Das ist ein schlechtes Omen«, sagte Anna düster. Erschrocken bemerkte Catharina, wie schlecht ihre Freundin aussah. Sie hatte dunkle Ringe unter den Augen, ihre Wangen waren eingefallen, die Hände knochig. Umso monströser wirkte der geschwollene Leib der werdenden Mutter.

»Unserer Annegrijt geht es nicht gut«, sagte Abraham leise zu Catharina. »Wir fürchten um ihr Leben. Für Anna ist das kaum zu ertragen.« Er schüttelte seufzend den Kopf.

Anna hatte die Stube verlassen und war in das Kinderzimmer gegangen, um nach dem Kind zu sehen.

»Der Arzt war hier und auch der Docteur des Regiments, sie konnten uns kaum Hoffnung machen.« Er wischte sich über die Augen. »Es ist kaum zu verstehen, diese kleine, süße Unschuld soll von uns gehen?«

»Das tut mir im Herzen weh.« Catharina schluckte. »Kann ich Euch helfen? Euch zur Seite stehen?«

Abraham sah sie nachdenklich an. »Würdet Ihr das tun?«

»Aber natürlich! Wieso zweifelt Ihr?«

»Ihr, nun«, sagte er zögerlich, »die von der Leyen und Euer Leben in dieser Familie scheint Euch verändert zu haben. Ihr geht zu einfältiger Unterhaltung, habe ich gehört, kleidet Euch prunkvoll und wart sogar beim Kriegsgericht zugegen.«

Er seufzte. »Ich laste Euch das nicht an, doch gottgefällig ist es nicht.«

Catharina senkte beschämt den Kopf. Was sollte sie darauf erwidern?

Abraham schien ihre Scham zu bemerken. Er legte ihr die Hand auf den Arm. »Euer Angebot nehme ich jedoch gerne an. Wir wechseln uns ab bei der Wache am Bett unseres Kindes, doch meine liebe Frau ist sehr geschwächt. Ich mache mir große Sorgen um sie. Es würde ihr sicher gut tun, Euch an ihrer Seite zu haben.«

»Was ist mit Anna?«, fragte Catharina leise.

Abraham seufzte. »Ängste quälen sie, mitunter sieht sie Tiere, die nur in ihren Gedanken entspringen. Sie fürchtet sich. Auch schläft sie kaum noch. Sie meint, wenn sie die Augen schließt, werde sie sie nicht mehr öffnen.«

»Ist es das Kind, das sie trägt?«

»Ich weiß es nicht, und auch kein Arzt konnte mir die Frage beantworten. Es fing vor einer Weile an und wird immer schlimmer. Ich fürchte um sie, genau wie um unser Kind.«

»Ich werde meinen Herren bitten, mich freizustellen, damit ich Euch zur Seite stehen kann.«

»Das ist sehr mildtätig und freundlich von Euch.« Abraham klang erleichtert.

»Natürlich«, sagte Frieder, »sollt Ihr Eurer Freundin in dieser schweren Zeit beistehen. Vielleicht kann ich beim Regiment vorsprechen und um eine Konsultation des Docteurs bitten.«

»Monsieur ter Meer hat schon darum gebeten, doch auch der Docteur weiß sich keinen Rat. Niemand weiß, was das Kind hat – es wird nur immer schwächer.«

Als Catharina in das Kinderzimmer gekommen war, traute sie ihren Augen kaum. Das vormals zarte Kind war nunmehr nur noch Haut und Knochen. Die großen Augen starrten abwesend aus dem faltigen Gesicht, das sie zu ihrem Schrecken an Thea erinnerte. So als hätte das Kind die ganzen Jahre des Lebens übersprungen und wäre lange vor der Zeit gealtert.

»Manchmal«, sagte Anna traurig, »sieht sie mich an und lacht. Dann erkenne ich mein Kind wieder, meine kleine Unschuld. Sie war oft so fröhlich, so aufgeweckt, doch das ist alles vergangen.« Tränen standen ihr in den Augen. »Meist erkennt sie weder mich noch ihren Vater, reagiert nicht, auch wenn sie die Augen geöffnet hat. Und dann wieder verdreht sie die Augen, so dass nur noch das Weiße zu sehen ist. Ein grauenvoller Anblick, bei dem ich das Schlimmste erwarte.«

»Eure Schwiegermutter ist erfahren in Kräuterkunde, weiß sie keinen Rat?«

Anna schüttelte den Kopf. »Nein, zudem leidet Änne unter Gichtanfällen. Der Arzt hat sie geschröpft, es geht ihr besser, doch sie ist noch schwach.«

Catharina verstaute ihre wenigen Habseligkeiten in der Truhe der kleinen Kammer, die sie beziehen durfte. Tag und Nacht wachten sie am Bett der Kleinen, Anna verließ kaum noch den Raum. Sie hatte sich den Sessel nach oben tragen lassen und schlief, wenn sie überhaupt mal die Augen schloss, im Sitzen.

»Mögt Ihr Euch nicht hinlegen«, bat Catharina sie. »Auch Euer Körper braucht Ruhe und Kraft, schon für das Kind, das ihr unter dem Herzen tragt.«

Doch Anna weigerte sich. »Sobald ich meinen Kopf auf das Kissen bette, kommen die schlimmen Gedanken, und ein schrecklicher Ekel überfällt mich, so dass ich kaum noch Luft holen kann.«

Tage- und nächtelang saßen sie abwechselnd am Bett des kleinen Mädchens, das kaum noch etwas zu sich nehmen konnte. Ihre wachen Momente wurden immer weniger, und die Hoffnung, dass sich das Kind erholte, schwand mit jeder Stunde. Marijke hatten sie in diesen schweren Stunden zu Katrina und Adam gebracht. Das Kind litt sehr unter der Situation.

Am Sonntag begleitete Catharina Abraham zum Gottesdienst. Anna war zu schwach, um mitzukommen, auch wollte sie ihr Kind nicht alleine lassen.

Es überraschte Catharina, dass Frieder nicht anwesend war. Michel teilte ihr mit, dass er wieder nach Köln geritten war. Nun denn, dachte Catharina sich, wahrscheinlich hat er dort geschäftlich zu tun. Doch der Stachel des Zweifels und der Eifersucht bohrte sich in ihre Gedärme.

In der Nacht von Montag auf Dienstag, er war der 13 Juli, beschloss Catharina, in ihrer Kammer zu schlafen. Aus der Ferne klang das dumpfe Grollen von Donner. Blitze zuckten über den Himmel. Die schwüle Luft bewegte sich kaum, kein Windhauch brachte Erleichterung.

Mitten in der Nacht wurde Catharina von einem schrillen Schrei geweckt und eilte in das Kinderzimmer. Dort stand Anna, ihr Kind im Arm, und weinte bitterlich. Abraham sah Catharina hilflos und verzweifelt an.

»Der allweise Gott«, sagte er leise, »hat Annegrijt die Gnade erwiesen, ihre Leiden zu tilgen und so die kleine Rolle zu beenden, die sie hienieden gespielt hat. Sie ist nun, wie ich hoffe, an einem vollkommeneren und besseren Ort.«

Am nächsten Tag beerdigten sie das kleine Mädchen.

Catharina und Abraham mussten Anna stützen, sie weinte ohne Unterlass.

Catharina fürchtete das Schlimmste für ihre Freundin, als in der folgenden Nacht die Wehen einsetzten.

»Ich fürchte sehr um das Leben meiner lieben Frau«, vertraute Abraham Catharina an. »Sie ist schwach, zu schwach, um eine Geburt zu überstehen.«

Catharina teilte seine Gedanken, wollte dies aber nicht aussprechen. Sie schickten die Magd, um die Hebamme zu holen.

Madame Laer kam bald. »Es ist zu früh für die Wehen, nicht wahr?«, sagte sie besorgt.

»Um einen Monat.« Abraham verzog gequält das Gesicht.

»Ein Monat ist noch zu tolerieren. Ich dachte, sie hätte noch länger zu tragen.«

»Sie ist sehr schwach. Unsere Tochter ist vorgestern verstorben, es war ein arges Leiden bis zu ihrem Tod.«

»Ich hörte davon«, sagte die Hebamme voller Mitgefühl. »Nun will ich sehen, wie ich Eurer Frau helfen kann.«

»Sie hat seit Wochen Zustände, die sich nicht bessern wollen.«

»Zustände?« Madame Laer hob fragend die Augenbrauen.

»Sie sieht Dinge, die nur aus ihrem Kopf entspringen, empfindet einen Ekel, ohne sagen zu können, wovor. Es steht schlimm um sie.«

»Nun denn.« Die Hebamme eilte nach oben. Das Wimmern und die Schreie von Anna hallten durch das Haus. Und obwohl es ihr Angst machte, bot Catharina der Hebamme ihre Hilfe an.

»Ich habe schon einmal einer schweren Geburt beigewohnt«, sagte sie leise.

Madame Laer schien einen Moment zu überlegen, doch dann schüttelte sie den Kopf. »Bleibt bei Monsieur. Er wird Eure Hilfe brauchen. Betet mit ihm.«

»Wird sie sterben?«, wisperte Catharina fast tonlos. Angst schnürte ihr die Kehle zu.

»Das weiß ich jetzt noch nicht zu sagen.«

Abraham saß in der Stube, knetete seine Hände. Hin und wieder stand er auf, ging zum Fenster und kehrte zurück zum Kamin. Das Gewitter vor zwei Tagen hatte keine Abkühlung gebracht, es war heiß und stickig, auch wenn sie die Fenster geöffnet hatten.

Catharina dauerte der Mann ihrer Freundin, doch sie wusste, sie konnte ihm keinen Trost spenden.

Qualvoll zogen sich die Stunden dahin. In länger werdenden Abständen hörten sie die verzweifelten Schreie aus der oberen Etage.

»O Gott«, sagte Abraham, »bitte erweise meiner Frau die Gnade einer leichten Geburt. Bitte, lass sie bei uns bleiben, ich brauche sie so sehr.«

»Gott ist gütig«, murmelte Catharina. »Er wird sie verschonen. Das glaube ich ganz fest.«

»Doch das Leben ist für sie zur Qual geworden.« Abraham setzte sich wieder ihr gegenüber, verschränkte die Hände. »So, wie es ihr in den letzten Wochen erging, war es kaum noch lebenswert.«

»Aber das ist doch kein Wunder. Sie musste um ihr Kind bangen, so wie Ihr auch.«

Abraham nickte. »Sie fürchtet sich sehr vor dem Tod, auch wenn sie weiß, dass Gott sie aufnehmen wird. Sie hat in gutem Glauben und ehrfürchtig gelebt.«

Tue ich das auch? fragte sich Catharina. Oder habe ich die Ehrfurcht verloren, in Schlichtheit Gott zu dienen? Sind Musik und Unterhaltung wirklich sündig? Sie dachte an die Kastraten und empfand plötzlich Widerwillen.

Ich werde mein Leben ändern, schwor sie sich.

Im frühen Morgengrauen kam die Hebamme die Stiege herunter. Sie trug ein kleines Bündel.

»Ihr habt einen Sohn, Monsieur ter Meer«, sagte sie mit einem müden Lächeln. »Er ist schwach, aber er lebt.«

»Und meine Frau?«

»Auch sie ist sehr schwach. Es war eine schwierige Geburt, da sie sich dagegen sträubte, dem Kind das Leben zu schenken.« Sorgenvoll runzelte die Hebamme die Stirn. »Wir können nur beten, dass sie ihren Lebensmut zurück erlangt.«

Vorsichtig nahm Abraham seinen kleinen Sohn entgegen und bestaunte das winzige Wesen. »Du sollst Johannes heißen«, sagte er und kämpfte vergeblich gegen die Tränen der Erleichterung.

Die Hebamme behielt Recht, Anna hatte den Lebensmut verloren. Catharina half, so gut sie konnte, im Haushalt mit. Auch holten sie Marijke wieder zu sich.

»Wenn sie ihre Tochter sieht, die so munter und gesund ist, wird sie vielleicht wieder Hoffnung schöpfen«, glaubte Abraham.

Doch Anna wollte Marijke nicht sehen, auch ihren kleinen Sohn konnte sie kaum versorgen.

»Sie hat wohl Milch«, sagte die Hebamme. »Aber sie verspürt eine Abneigung gegen das Kind. Manchmal ist das so bei Müttern, die schwer im Kindbett leiden. Ihr solltet Euch eine Amme suchen.«

Abraham nickte. »Darüber habe ich auch schon nachgedacht.«

»Ich habe ihr einen Auszug aus Johanniskraut und Melisse gemacht. Die Tropfen sollte sie alle paar Stunden direkt auf die Zunge nehmen und mit einem Tee aus Baldrian nachspülen.«

»Mutterkraut könnte ihr auch helfen«, meinte Catharina, und die Hebamme nickte.

Eine junge Frau aus dem Armenviertel hatte vor kurzem ein Kind geboren und erklärte sich bereit, bei ter Meers den Ammendienst zu verrichten. Obwohl dies Anna erleichterte, verbesserte sich ihr Zustand nur allmählich.

Kapitel 39

»Noch nie waren so wenig Truppen hier am Niederrhein«, sagte Peter Lobach.

»Aber die Nachrichten aus Russland sind immer noch verwirrend«, meinte Johann von Beckerath und stopfte sich die Pfeife.

»Ich habe private Nachricht erhalten, dass die Zarin Elisabeth an dem Friedensvertrag mit unserem König festhalten will.«

Auch Abraham nahm die Pfeife aus der Tasche. »Sie hat ihren Mann, so sagt man, gestürzt, damit es nicht zu einer Revolution kommt.«

»Offiziell ist der Zar eines natürlichen Todes gestorben«, fügte Engelbert vom Bruck hinzu.

»Man darf nicht allen Berichten glauben.«

»Aber die Friedensvorhersagen werden immer zahlreicher. Auch die holländische Zeitung sagt, dass England und Frankreich erfolgreich verhandeln.«

Catharina, die immer noch bei ter Meers wohnte und dem Haushalt vorstand, nahm das Flickzeug zur Hand.

Frieden, dachte sie, darüber wird schon seit zwei Jahren immer wieder gesprochen.

»Es sieht alles erfolgversprechend aus«, meinte Abraham. »Dazu kommt, dass die Ernte so gut war, dass der Preis für das Getreide sich halbiert hat. Wir können wieder Hoffnung schöpfen.« Abraham hatte stark abgenommen, tiefe Falten hatten sich in sein Gesicht gegraben. Doch seine Augen blitzten so lebhaft wie zuvor.

»Nicht alles«, seufzte Johann von Beckerath. »Die von der Leyen haben mir und meinem Bruder gerichtlich untersagt, unsere mit der Mühle betriebene Bandfabrik weiterzubetreiben. Die Strafe soll tausend Taler betragen.«

»Parbleu!«

»Merde!«

»Ja, und Bartholomäus Rahr ist auch von ihnen verboten worden, Band zu machen. Seine Mühlen wurden sogar beschlagnahmt.«

»Die von der Leyen greifen nun hart durch. Was wird aus uns werden?«

»Das Edikt gibt es ja schon seit einiger Zeit, aber ich hatte nicht gedacht, dass sie es so streng verfolgen. Doch die Familie hat sich nun mit der Familie Herstatt aus Köln verbunden und betreibt umso deutlicher ihre Interessen.«

Catharina horchte auf. »Sie haben sich mit Herstatts verbunden?«

»Habt Ihr das nicht vernommen, Mademoiselle te Kamp?

Frieder von der Leyen hat letzte Woche Isabella Herstatt geehelicht.«

»Pardon?« Catharina wurde ganz flau.

»Angeblich soll das Brautpaar nächste Woche nach Krefeld kommen. Die Arbeiter der von der Leyen wollen ihnen eine Parade bieten zur Begrüßung.« Engelbert vom Bruck rümpfte die Nase. »Und sicherlich wird es ein prunkvolles Fest geben.«

In dieser Nacht tat Catharina kaum ein Auge zu. Sollte diese Nachricht tatsächlich stimmen? Hatte Frieder sich doch dem Wunsch seines Onkels gebeugt? Was war mit ihr? Mit seinen Gefühlen für sie?

Natürlich, dachte sie, war ich nun längere Zeit nicht mehr im Haus der von der Leyen, aber er wird mich doch nicht so schnell vergessen haben? Es ist doch eine Tat der Nächstenliebe, Anna und Abraham zu helfen, dafür hatte er Verständnis gezeigt.

»Geht es Euch nicht gut?«, fragte Abraham Catharina am nächsten Morgen besorgt. »Ihr seht so blass und müde aus.«

Catharina winkte ab. »Ich habe nur unruhig geschlafen. Macht Euch keine Gedanken«, fügte sie schnell hinzu.

»Es ist heute ein wunderbarer Herbsttag. Ich dachte, ich spanne die Kutsche an und fahre mit Anna ein wenig aufs Land. Wollt Ihr uns begleiten?«

Catharina schüttelte den Kopf. »Ich bleibe mit Marijke und Johannes hier. Ist Anna denn stark genug?«

Abraham verzog das Gesicht. »Ich hoffe es. Seit zwei Monaten liegt sie nun im Schlafgemach, steht kaum auf. Ein wenig frische Luft und andere Ausblicke werden sie vielleicht beleben.«

»Das wäre zu wünschen«, sagte Catharina leise. Annas Zustand war besorgniserregend. Sie fantasierte viel, hatte hysterische Anfälle, dann wieder zog sie sich ganz zurück und sprach kaum.

»Doktor Pempelfort hat mir versprochen, in der nächsten Woche noch einmal vorbeizuschauen und nach ihr zu sehen.« Abraham holte tief Luft. »Doch jetzt machen wir erstmal eine Ausfahrt.«

Anna hatte sich tatsächlich angezogen. Langsam und unsicher kam sie die Treppe herunter. Sie lächelte Catharina zaghaft an.

»Danke«, sagte sie leise und strich Johannes, den Catharina auf dem Arm trug, flüchtig über den Kopf. »Ihr seid uns eine große Hilfe.«

»Ich helfe gern«, sagte Catharina ehrlich. Es überraschte sie, wie sehr sie das Leben in dieser kleinen Familie mit ihren Alltäglichkeiten genoss. Sich um die Kinder zu kümmern, die Magd zu beaufsichtigen, Essen zu planen und den Wallgarten zu bearbeiten war nicht aufregend, aber es gab ihr das Gefühl, gebraucht zu werden. So etwas, wurde ihr klar, möchte ich auch. Ein schlichtes Leben, einfach, aber auch verlockend, auf eine gewisse Art und Weise. Durch die vielen Bücher, Abrahams Liebe zur Literatur, blieb auch ihr Geist rege. So manchen Abend verbrachten sie gemeinsam lesend in der Stube, diskutierten Aufsätze oder Bücher. Anders als bei Frieder hatte Catharina bei Abraham nicht das Gefühl, eine Prüfung bestehen zu müssen. Er wollte nicht ihr wachsendes Wissen abfragen und den Stand ihres Intellekts prüfen, sondern sich mit ihr austauschen. Sie genoss es sehr. Dennoch wusste sie, dass ihre Zeit in diesem Haushalt dem Ende zuging. Sie konnte nicht für immer die Haushälterin sein, Anna musste ihre Pflichten bald wieder übernehmen.

Was mache ich dann? fragte Catharina sich verzweifelt und schnupperte an Johannes Kopf, der immer noch wie ein Neugeborenes zu riechen schien. Kehre ich zurück zu den von der Leyen als Kammermädchen für ihn und seine Frau? Das würde sie nicht können, das spürte sie genau. Doch welche Möglichkeiten hatte sie noch? Sie konnte zurückkehren in ihr Elternhaus. Aber das würde sie nur als allerletzte Möglichkeit in Betracht ziehen. Esther und sie hatten sich zu weit voneinander entfernt, es gab gar keine Herzlichkeit mehr zwischen ihnen.

Ich könnte mich bei einer anderen Familie als Magd oder Kammermädchen verdingen, dachte sie. Vielleicht bei Familie Floh, dort, wo ihre Schwester nun arbeitete und sehr zufrieden war.

Catharina ging in den Hof, denn der späte Oktober schenkte ihnen noch einmal sonnige und überraschend warme Tage, auch wenn man den kommenden Frost schon riechen konnte.

Marijke spielte glücklich mit Petite. Sie sah auf, als Catharina sich mit dem Säugling im Arm auf die Bank in die Sonne setzte.

»Es ist so schön, dass du nun bei uns wohnst«, sagte das Kind.

»Ja?«

»Ich habe mir so sehr einen Hund wie Petite gewünscht, aber jetzt habe ich sie selbst bekommen. Oder fast.« Marijke biss sich auf die Lippe. »Natürlich ist es immer noch dein Hund.«

»Ich werde nicht für immer hier wohnen, Marijke, das weißt du doch.«

»Schon. Aber warum eigentlich nicht? Maman ist krank und kann viele Dinge nicht mehr tun.«

»Deine Mutter wird wieder genesen. Schon bald. Und dann braucht ihr meine Hilfe nicht mehr.«

Marijke krauste die Nase. »Aber wenn der Johannes stirbt, wird Maman wieder krank.«

Bestürzt sah Catharina das kleine Mädchen an. »Warum sollte er sterben?« Johannes war schmächtig und zart, aber ein liebes Kind, das sie jetzt schon sehr in ihr Herz geschlossen hatte.

»Annegrijt ist auch gestorben. Und Maman ist dann krank geworden.« Marijke wendete sich ab, warf einen Stock in den Hof. Petite sprang begeistert hinterher und brachte den Stock zurück.

Es tat Catharina weh, wenn sie daran dachte, was das Kind bisher durchgemacht hatte. Sie sah, wie sehr die Kleine an der Hündin hing. Vielleicht, dachte sie schweren Herzens, sollte ich Abraham fragen, ob Petite hierbleiben kann, wenn ich gehe.

Seufzend stand sie auf, brachte Johannes zu seiner Amme und schaute nach dem Essen, das die Magd bereitete.

Wenig später kamen Abraham und Anna zurück. Das erste Mal seit Monaten setzte sich Anna zu ihnen in die Küche. Sie aß wenig, wirkte aber erfrischt.

»Das Wechselspiel der Farben im Laub ist so unglaublich schön«, sagte sie leise. »Gottes Schöpfung ist prachtvoll.«

Abraham sah sie an und lächelte glückselig.

Es ist Zeit für mich zu gehen, dachte Catharina traurig.

Doch in der Nacht wachte Catharina auf, als sie die entsetzten Schreie Annas hörte.

»Nein, nein, nein«, schrie sie. »Da sind Ratten. In den Ecken sind Ratten. Dort, im Zimmer. Ich muss hier raus, Abraham. Sofort!«

»Liebes, dort ist nichts«, sagte er verzweifelt.

Wenig später hörte Catharina, wie er die Matratze nach unten schleppte.

Beim Morgengrauen traute Catharina sich kaum aus ihrem Zimmer heraus, doch die Tür zur Stube war verschlossen. Elise hatte das Brot schon gebacken und Grütze mit viel Speck und Bohnen angesetzt. Die Magd schaute verängstigt drein. »Madame geht es wohl nicht gut?«, fragte sie leise.

Catharina schüttelte den Kopf. »Dabei schien es besser zu werden.«

»Es macht mir Angst«, wisperte Elise. »Es wird schwer für mich werden, mit dem Kind eine neue Stellung zu bekommen, aber in diesem Haushalt möchte ich nicht mehr verbleiben.«

»Madame ist krank. Sie wird wieder genesen!« Catharina zweifelte indes an ihren eigenen Worten.

Anna bestand darauf, dass die Bettstatt in die Stube geräumt wurde. Sie könne, so sagte sie klagend, nicht mehr im oberen Stock schlafen, weil dort allerlei Getier ihr Unwesen treibe.

Catharina verdrehte die Augen, half aber, in der Stube das Schlafgemach einzurichten. Anna verkroch sich in das Bett, weigerte sich, aufzustehen.

»Nun denn«, sagte Abraham traurig. »Dann werden wir uns eben in die Küche setzen müssen.«

»Was wird aus Eurer Mittwochsrunde?«, fragte Catharina vorsichtig.

»Darüber habe ich noch gar nicht nachgedacht«, sagte Abraham und wirkte erschrocken. Er strich sich über den Bart. »Bei all dem Leid, das meine liebe Frau zu ertragen hat, möchte ich nicht auf diesen Kreis verzichten. Meint Ihr denn, wir könnten uns auch in der Küche zusammensetzen?« Er sah Catharina mit großen Augen an.

»O ja.« Sie lachte leise. »Eure Freunde würden es Euch keinesfalls übel nehmen. Und ich denke, die Runde ist wichtig, gerade wo die Politik sich so rasant verändert.«

Abraham lächelte gequält, aber dankbar. »Was würde ich nur ohne Euch tun?«

»Der Magistrat wurde angewiesen, wieder knapp siebentausend Futterrationen in die Stadt liefern zu lassen«, berichtete Johann von Beckerath bedrückt. »Angeblich wird das Regiment Comdé ins Winterquartier einrücken.«

»Dies Regiment?« Abraham schüttelte den Kopf. »Sie waren schlimmer als alles andere bisher.«

»Dabei sieht es doch nun wirklich nach Frieden aus«, sagte Engelbert vom Bruck nachdenklich. »Schweidnitz hat sich nach neun Wochen Belagerung den Preußen ergeben, Kassel hat kapituliert. Die Kaiserin von Russland hält an den Friedensverträgen Peters fest, und in Paris soll zwischen den Höfen von London, Versailles und Lissabon der Frieden unterzeichnet worden sein.«

»Alles Gerüchte, mein lieber Freund«, sagte Abraham nachdenklich. »Noch gibt es keine offizielle Verlautbarung.«

»Und dagegen steht die Herrschaft und Macht, die nun die von der Leyen über uns ausüben«, sagte Johann von Beckerath bitter. »Für Bartholomäus und Gerhard Rahr, Isaak op den Graeff, den Tischler, der ihre Mühlen gebaut, und dem Schlosser van Velbert, der die Eisenteile dazu geschmiedet hat, ist heute das Urteil gekommen, dass sie für einige Tage im Gefängnis zu sitzen haben. Nur weil sie Bandmühlen errichtet und betrieben haben, gegen den Willen der von der Leyen.«

»Ja.« Engelbert vom Bruck nickte ernst. »Auch andere Familien haben Verfügungen erhalten, nach welchen es ihnen verboten ist, den Arbeitern von Friedrich und Heinrich von der Leyen Arbeit zu geben, wenn diese keinen unterschriebenen Entlassungsschein haben. Für die Arbeiter ist das hart, denn fügen sie sich den von der Leyen nicht, können sie auch unter Strafe keine andere Arbeit annehmen, wenn sie keinen solchen Schein haben, den sie natürlich nicht bekommen.«

»Die von der Leyen«, sagte Peter Lobach bedrückt, »haben allen Wind in den Segeln, nun, da Preußen in den Frieden zu gehen scheint und sie sich gut mit dem König stehen. Sie werden ihre Macht gnadenlos ausüben. Sie tun es schon, auf unsere Kosten.«

»Die ganzen Jahre des Krieges«, fügte Abraham hinzu und schenkte seinen Freunden noch einmal nach, »haben wir, die Weberfamilien mit kleinen Fabriken und Geschäften, uns an allen Kosten beteiligt, gleichberechtigt mit der Familie der Kommerzienräte von der Leyen. Doch nun schließen sie die Türen und Tore, lassen uns ohne eine Möglichkeit des Erwerbs außen vor. Ich habe das befürchtet, aber nicht geglaubt, dass sie so hart durchgreifen.«

»Der junge Monsieur und seine angetraute Frau sollen nun endlich nächste Woche nach Krefeld kommen.« Engelbert vom Bruck schüttelte den Kopf. »Und es soll kräftig gefeiert werden.« Er hob sein Glas. Der Rotwein schimmerte im Schein des Kaminfeuers. »Mögen sie sieben Kinder haben, die sich als die sieben Plagen erweisen und sich um das Erbe streiten.« Er sah in die Runde und senkte dann wieder sein Glas. »Darauf könnt ihr, meine mennonitischen Freunde natürlich nicht anstoßen. Sei's drum, lasst uns auf den Frieden trinken.«

In der nächsten Woche, die Herbststürme hatten sich gelegt und es war ein strenger Frost eingetreten, kamen Frieder von der Leyen und seine Frau Isabella, geborene Herstatt, nach Krefeld.

Die Mehrzahl der Weber, der von der Leyschen Fabriken gingen ihm entgegen, etliche zu Pferd. Beim Eintritt in die Stadt gaben sie Gewehrsalven ab. Am nächsten Tag wurde im Haus der von der Leyen ein großes Festmahl gefeiert, bis spät in die Nacht waren die Fenster erleuchtet, Musik war bis in die Morgenstunden zu hören.

Die beiden Wirtshäuser in der Stadt gaben Wein, Bier, Brot und Käse an die Arbeiter der Familie aus, welche diesen reichlich zusprachen.

Catharina hatte den Einzug des Ehepaares vom Straßenrand verfolgt. Doch das Gedränge war so dicht, dass sie kaum einen Blick auf die Kutsche erhaschen konnte. Nachts schlich sie sich aus dem Haus und ging zum Anwesen der von der Leyen. Sie lauschte der Musik und dem Gelächter und wusste, wie es war, mittendrin zu sein. In ihrem Herz spürte sie einen wehen Schmerz. War es nicht ihr Platz, dort an seiner Seite? Aber würde sie das wirklich wollen?

Catharina wusste es nicht.

Die Friedensverhandlungen schritten fort, und so manches Mal wurde der Frieden schon voreilig verkündet, doch im Haus ter Meer herrschten andere Sorgen. Anna ging es zunehmend schlechter. Wahnvorstellungen quälten sie, oftmals schrie sie des Nachts auf und konnte kaum beruhigt werden. Dann wieder versank sie in eine unheilvolle Apathie, aß und trank nicht. Sie magerte immer mehr ab.

»Sie wird mir sterben.« Abraham vergrub sein Gesicht in die Hände, schluchzte. Catharina setzte sich neben ihn, legte ihren Arm um seine Schultern und zog ihn an sich.

»Sie leidet, Abraham. Sie leidet sehr. Aber Ihr seid bei Ihr und steht Ihr bei. Was mehr kann eine Frau erhoffen als solch einen liebenden Ehemann?«

»Nein, Catharina, Ihr täuscht Euch. Ich hätte sie nie ehelichen dürfen. Es war egoistisch von mir und selbstgerecht – ich wollte sie so sehr zur Frau, weil ich sie so verehrte und liebte. Das tue ich immer noch. Doch ohne unsere Ehe ginge es ihr besser.«

»Weshalb«, sagte Catharina fast tonlos, »glaubt Ihr das?«

»Ist es nicht offensichtlich? Sie wurde krank, als sie sich mit mir verband. Schleichend erst, aber dann habe ich sie geschwängert, und es trat zutage.«

»Ich glaube, ihre Krankheit hat andere Wurzeln, die weiter zurückliegen und nichts mit Euch zu tun haben.« Abraham dauerte sie so sehr, dass es körperlich schmerzte. Doch sie wusste, es gab nichts, was sie tun konnte, um ihm seine Pein zu nehmen.

Drei Tage dauerte der Kampf, den Anna führte.

»Geh weg! Du Teufel!«, schrie sie Abraham heiser an. Er und Catharina wechselten sich an ihrem Bett ab, kühlten ihre Stirn, auch wenn sie kein Fieber hatte. Dann wurde sie schwächer und schwächer.

Es ist wie bei Annegrijt, dachte Catharina entsetzt. Wie schrecklich musste dies für Abraham sein? Sein Leid, dachte sie, geht ins Unermessliche.

Schließlich verlor Anna den Kampf und schloss für immer die Augen.

»Gott hat es gewollt«, flüsterte Abraham, der die letzten Stunden an ihrem Bett verbracht hatte. »Ich muss schweigen. Es ist unmöglich, unglaublich und nicht vorstellbar, dass sie nicht gleich wieder ihre schönen Augen öffnet und mich ansieht. O Gott, warum hast du sie zu dir gerufen und mich zurückgelassen?« Seine Schultern bebten.

Leise verließ Catharina den Raum, damit er seiner Trauer Laut geben konnte.

Der Boden war gefroren, und der Totengräber musste viel Reisig anzünden, um die Grabstatt ausheben zu können.

Wieder kniete Abraham voller Pein am Grab seiner Frau nieder und weinte bitter.

Catharina wusste nicht, was sie tun, wie sie sich verhalten sollte. In den nächsten Wochen verließ Abraham kaum das Schlafgemach. Die Stube war geräumt und gesäubert worden, die Sessel waren wieder aufgestellt. Doch niemand wagte, das Zimmer zu betreten. Es schien, als ob Annas Geist immer noch über allem schwebte und den Raum beherrschte. Marijke hatte den Tod ihrer Mutter schweigend ertragen.

»Sie ist jetzt bei Annegrijt«, sagte sie irgendwann leise zu Catharina. »Und du bist bei mir.« Dann drückte sie sich an sie. »Verlass mich nicht, und bitte bekomme keine Kinder.«

Wie anders Kinder doch denken, dachte Catharina verwirrt. Lag es wirklich an den Schwangerschaften, oder hatte etwas anderes Anna krank gemacht? Auf diese Frage gab es keine Antwort.

Ich kann nicht ewig hier wohnen, sagte Catharina sich und spürte, dass ihr Herz schwer wurde.

Kapitel 40

Anfang des Jahres fror der Rhein zu. Erst stockte das Wasser, strömte dann wieder dahin, doch schließlich kam das dicke Eis wieder zum Stehen, so dass man in Uerdingen den Rhein trockenen Fußes überqueren konnte. Viele Leute trieb es ans Ufer, um das Spektakel zu sehen.

Die bittere Kälte zog durch die Stadt, über der eine Wolke aus Rauch zu liegen schien. Um die Häuser wenigstens einigermaßen zu erwärmen, wurde alles verbrannt, dem man habhaft werden konnte – Holz, Kohle, Torf und Abfälle.

Es war zwei Uhr nachts Mitte Januar, als Catharina vom Ruf des Nachtwächters aus dem Schlaf gerissen wurde.

»Feuer! Feuer! Bringt Eimer und Fässer mit Wasser! Helft, ihr Leut. Es brennt!«

Sie sprang aus dem Bett, eilte nach unten. Hans, der Knecht, stand schon in der Küche und füllte zwei Fässer mit Wasser.

»Der Brunnen ist zugefroren«, brummte er. »Doch die Eisschicht wird noch nicht zu dick sein.«

»Wo brennt es denn?« Catharina bemerkte, dass sie weder Socken noch ein Schultertuch trug, dass ihre Haare lose um ihre Schultern hingen.

»Am Quartelnmarkt.«

Catharina holte scharf Luft. Dort wohnte ihre Mutter mit den Schwestern.

»Mademoiselle, ohne Euch zu nahe treten zu wollen, geht und zieht Euch etwas über, sonst holt Ihr Euch den Tod. Und noch eine Tote können wir hier nicht gebrauchen«, sagte Hans.

»Er hat recht.« Abrahams Stimme klang seltsam rau.

Catharina hatte ihn nicht kommen hören und zuckte erschrocken zusammen.

»Ein Feuer ist Männersache. Bleibt hier und achtet auf meine Kinder.« Er nickte ihr zu und half Hans, die Fässer auf den Handkarren zu laden.

Catharina eilte nach oben und zog sich an. Sie versicherte sich, dass Johannes friedlich bei der Amme schlief und Marijke selig schlummerte. Petite hatte es sich angewöhnt, vor dem Bett der Kleinen zu ruhen. Zuerst hatte es Catharina gefuchst, dann aber wurde ihr klar, dass das Mädchen den Trost des treuen Hundes dringender brauchte als sie.

Elise hatte sich auch Kleidung übergeworfen und stand mit verquollenen Augen in der Küche. »Was müssen wir tun?«, fragte sie müde.

»Der Brunnen ist angefroren. Hans sprach davon, dass wir die Eisschicht aufstoßen sollten.«

»Ja.« Die Magd ging in den Hof, holte einen langen Stab aus dem Schuppen und stieß ihn wieder und wieder in den Brunnenschacht. Schließlich brach die Eisschicht splitternd. Das Mädchen zog einen vollen Eimer nach oben und füllte ihn in den Bottich.

»Was können wir jetzt noch tun?«, fragte sich Catharina, die am liebsten losgelaufen wäre, um nachzuschauen, wie es ihrer Familie ging.

»Warten, Mademoiselle. Wir können ein gutes Essen bereiten, denn wenn die Männer nach Hause kommen, werden sie müde und hungrig sein.«

»Das ist richtig. Haben wir noch Speck und Eier? Sie sollten eine gehaltvolle Mahlzeit bekommen.«

Erst in den frühen Morgenstunden kehrten die Männer zurück. Catharina sah ihnen angstvoll entgegen. In den tiefen Stunden der dunklen Nacht hatte sie sich schreckliche Schicksale für ihre Mutter und die Schwestern ausgemalt.

»Es geht ihnen gut«, sagte Abraham leise und nahm Catharina in den Arm, um sie an sich zu drücken. Er roch nach Rauch und Schweiß. »Eurer Familie ist nichts passiert, wohl aber anderen.«

»Schrecklich war es.« Hans setzte sich auf die Küchenbank und nahm dankend den großen Humpen Bier, den Elise ihm reichte. »Viele Häuser sind abgebrannt, einige Familien sind zu Tode gekommen.«

»Ja.« Abraham nickte. »Andere haben überlebt, sind aber nun ohne Heim und Bleibe.«

»Was wird aus ihnen?«, fragte Catharina entsetzt.

»Für heute Nacht finden sie Unterschlupf in den Kirchen. Morgen muss man weitersehen. Ich hoffe, es wird genügend Spenden geben. Aber durch die lange Besatzung sind die Bürger am Ende ihrer Kräfte.« Er dachte nach. »Annas …«, seine Stimme brach. »Ihre Sachen«, sagte er dann fast tonlos. »Ich brauche sie nicht mehr.« Er schaute Catharina an. »Mögt Ihr etwas davon haben?«

Fassungslos schüttelte Catharina den Kopf. »Nein!«

»Dann können wir die Truhe mit ihren Sachen doch spenden. Ihr wäre es sicher recht, und sie würde sich darüber freuen.« Er verschränkte die Arme auf den Tisch und legte seinen Kopf darauf. Catharina hörte, wie er leise schluchzte.

Sie zögerte kurz, setzte sich dann neben ihn und legte den Arm um seine Schulter.

Am nächsten Morgen trug Abraham tatsächlich Annas Truhe nach unten.

»Ich habe darüber nachgedacht«, sagte Catharina leise.

»Ihr wollt etwas von ihren Sachen? Fühlt Euch frei.« Er trat einen Schritt zurück.

Catharina schüttelte den Kopf. »Wo denkt Ihr hin? Aber … ihre Kinder möchten vielleicht ein Andenken an die Mutter.«

Abraham sah sie mit großen Augen an. »Daran habe ich gar nicht gedacht. Doch was … ich kann das nicht«, flüsterte er. »Ich kann diese Truhe nicht öffnen, nicht ihre Sachen durchgehen. Würdet Ihr das für mich machen?«

Catharina nickte still. Auch ihr fiel es schwer, die persönlichen Dinge ihrer Freundin durchzusehen. Außer den Kleidern fand sie einen Perlenring und eine Kette, einige Briefe, die in Tuch gehüllt waren, und eine Bibel. Dies legte sie zur Seite, dann schloss sie die Truhe wieder.

Am Sonntag wurde für die Verstorbenen und Versehrten in der Kirche gebetet, auch wurde um Spenden gebeten.

Es war das erste Mal, dass Frieder von der Leyen mit seiner Frau zum Gottesdienst kam. Da die Familie wie gewöhnlich in der ersten Reihe saß, konnte Catharina sie beobachten. Immer noch gab ihr sein Anblick einen Stich, doch sie war sich nicht sicher, ob es nicht nur verletzte Eitelkeit war, die da schmerzte. Nach dem Gottesdienst zog Esther sie zur Seite.

»Was wirst du nun tun?«, fragte sie ihre Tochter.

»Mutter?«

»Nun, immer noch zahlt mir Monsieur von der Leyen deinen Lohn. Doch du lebst bei Monsieur ter Meer. Willst du wirklich von einem Bett zum anderen wandern wie eine Hure?«

»Mutter!«, stieß Catharina entsetzt aus. »Ich bin keine Hure. Was denkst du von mir?«

»Nichts anderes als alle anderen der Gemeinde. Du lebst seit Wochen bei einem Witwer.«

»Ich führe ihm den Haushalt.«

»Zahlt er dir dafür?«

Catharina schnappte nach Luft. »Nein.«

Esther hob die Hände. »Nun denn. Es wirkt seltsam. Denk darüber nach. Du kannst jederzeit zu uns zurückkommen, solltest du immer noch ehrbar sein.«

»Ich danke dir«, sagte Catharina leise nach einem Moment des Überlegens. »Ich werde wohl auf dein Angebot zurückkommen. Mutter.«

Am Abend saßen sie bei einem Glas Wein zusammen. Abraham war immer noch sehr melancholisch, und Catharina wusste nicht so recht, wie sie das Thema zur Sprache bringen sollte.

»Ich habe Euch im Gespräch mit Eurer Mutter gesehen«, sagte er plötzlich. »Geht es Eurer Familie gut?«

»Ja, sie haben die Feuersbrunst unbeschadet überstanden.« Catharina schluckte. »Doch machen sie sich Gedanken um mich.«

»Um Euch?« Abraham hob überrascht die Augenbrauen.

»Ja. Um meine Stellung …«

»Ach.«

»Ich bin … nun, eigentlich bin ich ja immer noch bei von der Leyen angestellt«, sagte sie leise.

»Ihr wollt zurückkehren?«

»Nein. Nein, das möchte ich nicht. Das Leben dort ist nichts für mich, habe ich festgestellt. Ich kann bei ihnen nicht mehr dienen.«

»Ihr ward …« Er zögerte, schüttelte dann den Kopf. »Ihr seid mir eine große Hilfe, Marijke hängt sehr an Euch.«

»Und ich an ihr. Aber, seht … ich kann nicht für immer hierbleiben und Euren Haushalt führen.«

»Natürlich. Ich verstehe«, sagte er düster. »Es ist eine eintönige Aufgabe, nicht so schillernd und aufregend wie das, was Ihr bisher erlebt habt.« Er stand auf und stürzte den Rest des Weines hinunter. »Nun denn. Würdet Ihr noch einige Wochen bleiben, bis ich eine geeignete Hilfe gefunden habe? Elise ist dem ganzen Haushalt nicht gewachsen.«

»Ja.«

»In der französischen Zeitung von Köln steht ein vorzüglicher Artikel!«, rief Engelbert vom Bruck und stürmte in die Stube. Inzwischen benutzte Abraham den Raum wieder, auch wenn er dort oft von melancholischen Gedanken heimgesucht wurde. Ein Monat war vergangen, der Februar neigte sich seinem Ende zu. Nach dem bitteren Frost, der den Rhein hatte zufrieren lassen, setzte endlich Tauwetter ein. Abraham und Catharina gingen seltsam distanziert miteinander um, doch immer noch hatte er noch keine Haushälterin eingestellt.

»Ist der Frieden endlich bestätigt?«, fragte Abraham hoffnungsfroh.

»Lest selbst«, sagte Engelbert, hielt aber dann den Bogen fest in beiden Händen, statt ihn seinem Freund zu reichen, und deklamierte: »Europa sieht den Tag leuchten, den die göttliche Vorsehung bestimmt hat für die Wiederherstellung seiner Ruhe und vorzüglich der Deutschlands. Ein allgemeiner Frieden folgt dem langen und blutigen Kriege, der sich zwischen so vielen Kronen und Höfen erhoben hatte. Gott in seiner Barmherzigkeit hat allen diesen Mächten den Weg zu erkennen gegeben, durch den er wollte, dass sie sich versöhnen und den Völkern, die er ihrer Herrschaft unterworfen hat, die Ruhe wieder brächten!«

»Lasst es mich selbst lesen.« Abraham nahm seinem Freund den Bogen aus der Hand und vertiefte sich in die Worte. »Gott sei es gedankt«, murmelte er immer wieder.

Die Nachricht verbreitete sich wie Lauffeuer durch die Stadt. Man hörte Jubel und Musketenfeuer.

Auch Abraham nahm seinen Mantel. »Catharina!«, rief er. »Kommt, kommt! Der Krieg ist beendet! Kommt!«

Überrascht eilte sie aus der Küche.

»Wo ist Euer Mantel? Kommt!« Er zog sie an sich und küsste sie. »Frieden. Endlich!«

Catharina lachte auch, nahm den Mantel, ihr Tuch und setzte eilig die Haube auf, dann folgte sie den beiden Männern auf die Straße.

»Es lebe der König von Preußen!«, jubelten alle. Sie liefen zum Rathaus, wo ein großer Umzug stattfand. Das Wappen des Königs wurde an der Wand befestigt und bejubelt. Von Glück beseelt taumelten die Menschen durch die Straßen. Abraham hielt Catharina fest umschlungen, denn das Gedränge war groß. Die Wirtshäuser öffneten ihre Türen, es gab Branntwein und Bier.

Erst spät in der Nacht legte sich der Freudentaumel. Catharina drängte es nach Hause zu den Kindern. Marijke hat sicher den Tumult gehört und sorgt sich vielleicht, dachte sie.

Sie löste sich aus Abrahams Griff. Er war stehen geblieben, um mit einem Freund zu sprechen.

»Ich gehe schon mal vor«, sagte sie, war sich aber nicht sicher, ob er sie gehört hatte.

»Ich komme gleich«, rief er ihr zu ihrer Erleichterung hinterher. Sie ging die Oberstraßen entlang, überall wimmelte es noch vor Menschen im Glückstaumel.

»Catharina!«

Jemand hielt sie am Arm fest. Sie drehte sich um, Frieder stand vor ihr. »Catharina!«

»Frieder.« Es war nur ein Hauch, ihr versagte die Stimme.

»So lange haben wir uns nicht mehr gesehen.«

Sie schnaufte, er hatte schließlich gewusst, wo sie weilte.

»Ich habe Euch noch gar nicht zu Eurer Eheschließung gratulieren können. Meinen herzlichen Glückwunsch.«

»Danke.« Er senkte den Kopf. »Ihr wisst«, sagte er dann leise, »dass es der Wunsch meines Oheims und meiner Muhme war.«

»In der Tat?«

»Ja.«

»Und Ihr hättet Euch anders entschieden?«

»Catharina, Ihr wisst, was ich für Euch empfinde. Mein Begehren für Euch hat sich nicht geändert.«

»Begehren?«

»Ja, ich begehre Euch. Ich schätze Euch über alles. Ihr seid eine besondere Frau.«

»Danke.« Sie zwang sich zu lächeln.

»Ich wollte Euch schon die ganze Zeit aufsuchen, um Euch ein Angebot zu machen.«

»Ist das nicht ein wenig spät? Und was würde Eure Gattin dazu sagen?« Catharina schüttelte den Kopf.

»Nun, sie wird es nicht erfahren. Unsere Ehe hat gewisse Hintergründe, die mit unseren Familien zusammenhängt.«

»Ich verstehe.«

»Aber ich könnte Euch … könnte dir, meine liebe Catharina, ein Haus anmieten und dir einen Haushalt bezahlen.«

Catharina stockte der Atem. »Pardon?«

»Wir könnten uns sehen, unsere Verbindung fortführen und pflegen …«

»Was für ein reizvolles Angebot, Monsieur.«

Er strahlte sie an. »Ja?«

»Für eine Kurtisane.«

Frieder räusperte sich. »Nein. Und es ist gang und gäbe in meinen Kreisen …«

»Ich verkehre jedoch nicht in Euren Kreisen, Monsieur!« Catharina löste sich aus seinem Griff. »Nicht mehr und nie wirklich. Bonsoir.«

»Catharina? Käthe?« Atemlos erschien Abraham neben ihr. Er bemerkte Frieder und nickte ihm zu. »Bonsoir, Monsieur von der Leyen.« Sein Tonfall wurde kalt.

»Ah, ter Meer! Es ist Frieden. Wunderbar, nicht wahr?«

»In der Tat, in der Tat. Wir müssen nun aber gehen, nicht wahr, Liebes?« Er packte Catharina fest am Ellenbogen und zog sie mit sich. »Dieser schmierige Kerl«, murmelte er. »Hat er Euch belästigt?«

Catharina blieb stehen. »Nein«, sagte sie leise. »Noch ist er mein Herr. Er zahlt meiner Mutter immer noch Lohn.«

Abraham biss sich auf die Lippe. »Das wusste ich nicht. Darüber habe ich überhaupt nicht nachgedacht. Sollt Ihr in seine Dienste zurückkommen?«

»Abraham …« Catharina wusste nicht, was sie sagen sollte. »Ich möchte nicht mehr in seine Dienste zurückkehren.«

»Hat er Euch …?«

»Lasst uns nach Hause gehen und in Ruhe darüber sprechen.«

Die Kinder schliefen, trotz des Aufruhrs in den Straßen, tief und fest.

Abraham stellte eine Flasche Branntwein auf den Küchentisch und schenkte ihnen beiden ein. »Das können wir wohl brauchen.«

Catharina trank einen Schluck, schüttelte sich dann.

»Ich hatte eine innige Beziehung zu Monsieur von der Leyen«, sagte sie dann leise. »Er hat mir viel beigebracht.«

»Ist das so?« Abraham senkte den Blick. »Ich habe von den Gerüchten gehört, ihnen aber keinen Wert beigemessen.«

»Nein, nein.« Catharina lachte beschämt. »So innig war die Beziehung nicht. Noch nicht«, fügte sie dann leise hinzu. »Ich dachte zuletzt, er würde sich erklären, aber das tat er nicht.«

Abraham nickte, strich sich über den Bart.

»Ich dachte auch, ich würde ihn lieben, aber das tat ich nicht. Das ist mir in den letzten Monaten und Wochen schmerzlich bewusst geworden.«

»Ja?«

»Ja. Ich habe viel von Frieder gelernt – über Kunst, Musik und Literatur. Ich habe viele Dinge kennengelernt, die ich sonst nie erlebt hätte. Ich habe Gerichte gekostet, die extravagant und köstlich waren. Aber all diese Dinge machen nicht das wahre Leben aus. Das habe ich in den wenigen Wochen gemerkt, die ich hier verbracht habe, bei Euch und Eurer Familie.« Nun senkte sie den Kopf. »Und noch nie habe ich mich so wohl gefühlt, auch wenn Euch und Eurer Familie so Schreckliches widerfahren ist.«

»Ihr liebt ihn nicht?«

Catharina schüttelte den Kopf. »Nein.«

»Seid Ihr Euch da sicher?«

Sie sah ihn an, sah das Flehen in seinen Augen und konnte es kaum glauben.

»Ja.« Catharina schluckte. »Thea, die alte Köchin, die mich begleitet hat, sagte mir einmal, ich würde wissen, wenn ich jemanden wahrhaftig liebe. Und sie hatte recht. Frieder war es nicht.«

Zögernd nahm Abraham ihre Hand. Dann zog er sie zu sich, sah sie an und küsste sie. Ihre Lippen trafen aufeinander, warm und weich und viel inniger, als die Küsse mit Frieder gewesen waren.

»Es ist nicht wegen der Kinder? Ich weiß, sie sind dir ans Herz gewachsen«, fragte er.

»Das sind sie, aber … nein, es ist nicht ihretwegen.«

»Ich liebe dich«, sagte er leise.

»Und du bist dir da auch sicher? Deine Frau … sie ist …«

»Ja. Ich habe Anna geliebt, liebe sie noch. Ich würde sonst etwas dafür geben, wäre sie wieder am Leben. Aber nicht so, wie sie im letzten Jahr gewesen ist. Das Leben war eine Qual für sie und der Tod die Erlösung.« Abraham schluckte und wischte sich über die Augen. »Und schon in der Zeit ihres langen und qualvollen Sterbens habe ich meine tiefe Zuneigung zu dir gespürt und mich dafür gehasst. Wie kann ich den einen Menschen lieben, den ich gehen lassen muss? Und gleichzeitig den anderen, den ich aber nur lieben darf, wenn die andere Person geht? Es war schlimm. Aber schließlich habe ich eingesehen, dass Gott mir ein Geschenk macht. Gäbe es dich nicht, wäre ich an Annas Tod zerbrochen. Ich hoffe, du verstehst das.«

Catharina nahm sein Gesicht in die Hände und küsste ihn. »Ja.«

Am Morgen des 10. Juni 1763 versammelten sich vierzig berittene Kaufleute in blauen Röcken und schwarzen Westen mit schwarz-weißen Kokarden auf den Hüten auf dem Neumarkt in Krefeld. Sie ordneten sich und ritten dann, den Degen in der Hand, durch das Obertor dem König von Preußen, Friedrich dem Zweiten, entgegen.

Die Bürger der Stadt bildeten in doppelter Reihe ein Spalier vom Obertor bis zum Haus der Familie von der Leyen, um so den König zu erwarten. Die Fahnen der Bürgerschaft wurden feierlich entfaltet. Gegen acht Uhr morgens kam der Prinz von Preußen, und zwei Stunden später fuhr der Wagen des Königs durch das Tor. Der König und Prinz Ferdinand von Braunschweig, der 1758 die siegreiche Schlacht vor den Toren Krefelds geschlagen hatten, stiegen aus und bestiegen sogleich zwei Pferde, um zum Fischelner Tor zu reiten und somit die Stadt einmal im Ganzen zu durchqueren. Sie ritten durch das Tor und bis zum Schlachtfeld an der Hückelsmay, kehrten zurück und besichtigten die Stadt, um dann zum Mittagsmahl bei den von der Leyen einzukehren.

»Du könntest jetzt dabei sein, bei den von der Leyen, und den König treffen«, sagte Abraham zu seiner Frau Catharina. Sie hatten im Monat zuvor in aller Stille geheiratet. »Bereust du es nicht?«

»Nein!« Lachend küsste sie ihren Mann. »Denn ich liebe dich. Lass uns nach Hause gehen, die Kinder warten sicher schon.«

Nachwort

Liebe Leserin, lieber Leser,

falls Sie – wie manche das eben so tun – das Nachwort zuerst lesen wollen, möchte ich Sie bitten, dies nicht zu tun. Buch zumachen und vorne wieder aufschlagen. Danke!

Dieses Buch ist eine fiktive Geschichte, eine Geschichte, die ich mir ausgedacht habe. Dennoch gab es die meisten Personen, die in diesem Buch vorkommen.

Viele Informationen und Grundlagen des Buches habe ich – wie auch bei meinem Roman »Der Frau des Seidenwebers« dem Tagebuch des Abraham ter Meer entnommen. (Zelt Verlag, Krefeld, 1936)

Abraham ter Meer wurde am 9. August 1729 geboren und starb am 26. Januar 1804. Er heiratete Anna te Kloot, geboren Februar 1728, gestorben am 25 Juni 1767, am 26. Oktober 1760. Anna hatte eine Tochter aus erster Ehe – Mareijke, geboren 1758, gestorben am 13. Dezember 1768.

Anna und Abraham hatten drei gemeinsame Kinder – Anna, geboren am 30. August 1761, gestorben am 13. 7. 1762, Anna, geboren am 23. Juli 1763, gestorben am 20. Mai 1765, und Johannes, geboren am 1. April 1767, gestorben am 23. Mai 1767.

Der Tod der ersten Tochter wurde in seinem Tagebuch so beschrieben, wie ich es geschildert habe, und auch Annas Tod hat sich so ereignet.

Wie der geneigte Leser aber erkennt, habe ich bei den Zeiten ein wenig gemogelt und den Zeitraffer eingesetzt. Auch lasse ich Anna te Kloot nicht den Tod ihrer anderen Kinder erleben.

Abraham ter Meer heiratete am 13. Dezember 1772 Catharina te Kamp. Auch dieses Ereignis habe ich vorgezogen.

Catharina te Kamp war wahrscheinlich weder die Magd noch die Mätresse von Friedrich von der Leyen.

Doch auch Friedrich von der Leyen hat es tatsächlich gegeben, er reiste nach Potsdam und Köln, hatte Kontakt zum König und zum Kurfürsten. Er heiratete Isabella Herstatt und wurde von den Arbeitern der Familie so begrüßt, wie ich es schildere.

Die meisten Frauen der mennonitischen Familie hießen Anna oder Catharina – was es etwas schwierig macht, sie auseinanderzuhalten, deshalb habe ich auch da etwas gemogelt. Die meisten Männer der Familie von der Leyen hießen Friedrich oder Heinrich. Tatsächlich hat der ältere Friedrich von der Leyen seinen Neffen des gleichen Namens (im Buch Frieder) an Kindesstatt angenommen.

Die Geschichte der Seidenbarone ist sehr vielschichtig und facettenreich. Ich hätte noch viel mehr und ausführlicher schreiben können, leider hätte das den Rahmen des Buches gesprengt.

Die Ereignisse des Krieges, die Besatzung Krefelds durch die französischen Truppen, die Einquartierung in den Krefelder Haushalten entspricht den Tatsachen. Viele Dinge, die ich schildere – zum Beispiel die Hinrichtung des Soldaten –, haben sich so ereignet.

Die Geschichte Catharinas ist jedoch Fiktion, außer dass sie tatsächlich Abraham ter Meers zweite Frau wurde. Die beiden bekamen Kinder, welche auch überlebten, und sollen sehr glücklich miteinander gewesen sein.

König Friedrich der Große besuchte tatsächlich Krefeld kurz nach dem Ende des Krieges, der heute als der Siebenjährige bekannt ist. Er stieg bei der Familie von der Leyen ab.

Ich hätte dieses Buch nicht ohne Hilfe schreiben können und schulde einigen Leuten großen Dank.

Christoph Wiebe von der Mennonitischen Gemeinde Krefeld hat mir viel über die Geschichte der Mennoniten erzählt und mir wertvolle Sekundärliteratur überlassen.

Helmut Schroers, Leiter der Mediothek Krefeld, spendierte mir so manchen Kaffee im Cafe Breuers und gab mir etliche Tipps, Kopien und ließ mich Bücher einsehen, die nicht in der Ausleihe sind.

Thomas Schüren begleitete mich wiederum als Betaleser durch dieses Buch. Er fand grobe Fehler, kleine Ungereimtheiten und einiges mehr. Zudem half er mir penibel bei allen militärischen Ausdrücken und Schilderungen, schickte mir Bilder zu Uniformen und Waffen.

Sehr hilfreich war auch das Buch »Krefeld, Die Geschichte einer Stadt, Band 2«, herausgegeben von Reinhard Feinendegen und Hans Vogt.

Inge Luett, Horst-Dieter Radke und Stefanie Jerz halfen mir, die musikalische Untermalung zu gestalten. Die Opern, die in diesem Buch vorkommen, wurden tatsächlich erst einige Jahre später aufgeführt, aber sie passten so herrlich. Ob Friedrich von der Leyen bei Johann Joachim Quantz das Flötenspiel erlernte, ist nicht überliefert. Von Friedrich dem Großen weiß man es sicher.

Danken möchte ich auch meinen Kollegen von den 42er Autoren, die immer dann Mut machen, wenn man es braucht,

Tipps für alle Lebenslagen haben und die sich mitfreuen, wenn ein Buch fertig wird. Silke – ich liebe deine Postkarten!

Viele Leute haben mir geholfen, dieses Buch zu schreiben. Alle Fehler habe ich aber selbst gemacht.

Auch meinen Freunden gilt wie immer mein Dank, meiner besten Küchenschabe Bettina – für das gemeinsame Kochen, Andrea – die immer ein Ohr hat, und Claudia – die da ist, wenn man sie braucht! Heike und Michael, Kirsten und Klaus, Carmen und Maik und allen anderen, die ich nicht namentlich aufgeführt habe – Danke, dass ihr immer wieder da seid.

Zum Schluss möchte ich meiner Familie danken, die mich, wie immer, unterstützt hat, Verständnis hatte, mir Zeit gab und mir zuhörte, wenn ich reden musste. Ich liebe euch!

Und C. – ich sag es mit Musik – Oh to feel the warmth of a smile, when he said »I'm happy to have you home.«
Ooh I'm happy to have ya home. (Ben Howard)

Ulrike Renk
Die Australierin
Roman
544 Seiten. Broschur
ISBN 978-3-7466-3602-3
Auch als E-Book erhältlich

Von Hamburg nach Sydney

Als Tochter eines Werftbesitzers wächst Emilia in Hamburg auf. Sie soll eine gute Partie heiraten, aber nicht den Mann, in den sie sich verliebt hat. Carl Gotthold Lessing ist der Großneffe des berühmten Dichters. Er hat ein Kapitänspatent erworben und sich Geld geliehen, um ein Schiff zu bauen. Er will Emilia heiraten, doch ihre Familie ist strikt gegen diese Verbindung. Die beiden beginnen, nachdem Lessing von seiner ersten großen Fahrt zurückgekehrt ist, eine Affäre. Als ein Hausmädchen sie verrät, kommt es zum Bruch. Emilia beschließt, mit ihm zu reisen. In Südamerika kommt ihr erstes Kind zur Welt, in Hamburg das zweite. Doch sie haben ein anderes Ziel: Australien.

Die spannende Geschichte einer Auswanderung, die auf wahren Begebenheiten beruht.

Regelmäßige Informationen erhalten Sie über unseren Newsletter. Jetzt anmelden unter: www.aufbau-verlag.de/newsletter

atb aufbau taschenbuch

Ulrike Renk
Die australischen Schwestern
Roman
504 Seiten. Broschur
ISBN 978-3-7466-3601-6
Auch als E-Book erhältlich

Die Wege der Liebe

Australien, 1891. Das Leben von Carola, Mina und Elsa verändert sich schlagartig, als ihre Mutter kurz nach der Geburt des jüngsten Kindes stirbt. Während Carola, die Älteste, ins ferne Deutschland geschickt wird, bleiben Mina und Elsa in Australien. So unterschiedlich sich die Lebenswege der drei jungen Frauen auch entwickeln, eines haben sie jedoch gemeinsam: Sie geben nicht auf, wenn es darum geht, für ihre Träume zu kämpfen.

Eine hochemotionale Saga um das Leben dreier außergewöhnlicher Schwestern – nach einer wahren Geschichte.

Regelmäßige Informationen erhalten Sie über unseren Newsletter. Jetzt anmelden unter: www.aufbau-verlag.de/newsletter

atb aufbau taschenbuch

LESEPROBE

1842–1844

Emilia

1. Kapitel

Der Tag, an dem Julius zur Welt kam, hatte sich für immer in Emilias Gedächtnis eingebrannt. Schon in der Nacht auf den 5. Mai wanderte ihre Mutter unruhig durch die Stube des Hauses in Othmarschen. Der Vater sah ihr verängstigt zu und wies das Mädchen an, Emilia früh zu Bett zu bringen.

Die Luft war lau, von der Elbe wehte der salzige Wind das Kreischen der Möwen ans Ufer.

»Es ist viel zu früh«, beschwerte Emilia sich. »Warum muss ich schon zu Bett gehen?«

»Deiner Mutter geht es nicht gut«, sagte Inken, die Dienstmagd. »Also füg dich.«

»Ich habe noch Hunger«, quengelte die Sechsjährige.

»Dann bringe ich dir eine Schale mit Dickmilch. Aber danach huschst du ins Bett.«

Ihre Mutter, das wusste Emilia, würde ein Kind zur Welt bringen. Sie würde schreien und weinen, und ihr Vater würde durch das Haus laufen und die Hände ringen. Es war nicht das erste Mal, dass dies geschah. Auf dem Friedhof gab es eine Reihe kleiner Gräber, und jedes Mal, wenn ihre Mutter ein Kind gebar, kam ein weiteres Grab hinzu. Diesmal hatte die Mutter das Kind länger getragen als sonst, und alle hofften auf ein gutes Ende.

Inken brachte die Dickmilch und strich dem Kind über den Kopf. »Du musst heute und morgen ganz brav sein, Emma.«

»Das weiß ich doch.« Emilia biss sich auf die Lippe, sie versuchte immer, ganz brav zu sein. Manchmal lächelte ihre Mutter, doch die Falten um ihren Mund wurden tiefer und ihre Augen blieben traurig, selbst wenn sie lachte.

Emilia öffnete das Fenster ihrer kleinen Kammer und schaute über die Bäume hinweg. Dort war die Elbe, und die floss ins Meer. Auf der anderen Seite des Meeres lagen fremde Länder. Über diese Länder sprachen ihr Vater und ihr Onkel, wenn die beiden zusammensaßen. Und das taten sie oft, auch wenn Onkel Hinrich in Hamburg wohnte.

Manchmal nahm der Vater Emilia mit an das sandige Ufer des großen Stroms und zeigte auf ein Segelschiff, das gerade den Hafen verließ.

»Das haben wir gebaut«, erklärte er stolz. »Unsere Familie baut Schiffe, die über die Weltmeere segeln.«

Es war noch hell, als Emilia sich ins Bett legte. Von unten waren leise Stimmen zu hören, aber noch keine Schreie und kein Weinen. Vielleicht würde es diesmal anders werden. Sie schloss die Augen und betete, so, wie ihre Mutter es ihr beigebracht hatte.

Es war immer noch hell, als sie wieder wach wurde. Lautes Jammern drang aus dem Erdgeschoss nach oben und Emilia kniff die Augen zusammen und presste die Hände auf die Ohren. Es roch seltsam, wunderte sie sich und öffnete die Augen. Rotes, flackerndes Licht fiel durch das Fenster in die Stube. Es roch wie im Herbst, dachte Emilia, wenn die Felder abgebrannt wurden. Vorsichtig nahm sie die Hände herunter und lauschte. Inken war es, die jammerte, nicht die Mutter. Was war nur passiert? War das Kind schon da und tot? Sie traute sich nicht, die Tür zu öffnen und nach unten zu gehen. Der Lichtschein war so seltsam, dass sie ans Fenster trat. Über der Elbe war der Himmel dunkel, doch in Richtung Stadt leuchtete es hell. Es brennt, dachte sie erschrocken. Es brennt in der Nachbarschaft. Dort wohnte der Lotse Jörgensen mit seiner Familie. Sie lief oft hinüber, um mit den Kindern zu spielen. In deren Haus war es immer laut und fröhlich, so ganz anders als bei ihnen.

Sie hörte Schreie von draußen und das Klappern von Hufen auf dem Kopfsteinpflaster der Straße. Und dann sah sie die Flammen, die wie Zungen über den Nachthimmel leckten.

Voller Angst öffnete sie die Tür, raffte ihr Nachthemd zusammen und stapfte die Treppe hinunter. Die Tür zur Stube war geschlossen, doch sie konnte Stimmengemurmel hören. Inkens Weinen kam aus der Küche.

»Inken, der Lichtschein da draußen …« Emilia blieb unsicher an der Tür stehen. Die Magd hatte das Gesicht mit den Händen bedeckt, sie schluchzte laut.

»Ich weiß, mein Mäuschen«, sagte sie und wischte sich mit dem Schürzensaum die Tränen ab. »Hamburg brennt.«

»Es brennt nicht bei Jörgensens?«

»Nein. Komm her.« Sie breitete die Arme aus. Emilia kletterte auf Inkens Schoß und drückte sich an die Magd. Inken roch immer nach frischem Brot und Lavendel. Ein tröstlicher Geruch.

»Hamburg ist weit weg.« Emilia nickte, kuschelte sich aber noch enger an Inken. »Warum bist du so traurig?«

»Ich habe Angst um meine Familie. Das Feuer ist gewaltig, man kann es bis hierher sehen«, flüsterte sie.

Onkel Hinrich und Tante Minna wohnten auch in Hamburg, dachte Emilia und steckte sich den Daumen in den Mund.

»Ole soll anspannen.« Ihr Vater kam atemlos in die Küche. Emilia machte sich ganz klein, doch er schien sie gar nicht zu bemerken. »Wir fahren in die Stadt.«

»Jetzt?« Inken riss erschrocken den Mund auf. Sie setzte Emilia auf die Küchenbank am Herd. »Und Eure Frau?«

»Sie ist in Gottes Händen. Ich habe Mats nach der Hebamme geschickt. Jörgensen und Olufson kommen mit in die Stadt. Sie werden dort jede Hand, die einen Eimer halten kann, brauchen.«

Inken lief in die Gesinderäume, sie musste den Knecht nicht wecken. Wohl kaum einer schlief in dieser Nacht. Die Sorge, die sich in das Gesicht der Magd eingrub, wurde immer deutlicher. Emilia rollte sich auf der Küchenbank zusammen. Manchmal fielen ihr die Augen zu, doch dann kam jemand in die Küche und sie wurde wieder wach.

Inken kochte Suppe und Tee, sie buk Brot und holte einen Schinken aus dem Keller. »Wenn sie wiederkommen, brauchen sie etwas

Kräftiges zu essen«, murmelte sie. Zwischendurch ging sie in die Stube. Durch den Türspalt konnte Emilia die Mutter sehen, die sich an die Lehne des Ohrensessels klammerte und stöhnte. Ihre Haare hingen ihr wirr und schwitzig ins Gesicht. Sie trug ein Nachtgewand und sah so fremd aus, dass es Emilia Angst machte. Dennoch konnte das Kind den Blick nicht abwenden, sobald sich die Tür öffnete.

»Was machst du hier?«, fragte die Hebamme verblüfft, als sie in die Küche kam.

Emilia hockte auf der Bank, hatte die Beine angezogen und den Saum des Nachthemdes unter die Füße gestopft.

Inken schaute sich um. »Sie ist heute Nacht wach geworden und hat dann auf der Bank geschlafen. Ich habe es nicht übers Herz gebracht, sie nach oben zu schicken.«

Die Hebamme, eine runzelige Alte, die nach Kampfer und anderen scharfen Kräutern roch, schüttelte den Kopf. »Sie sollte nicht hier unten sein. Heute ist Christi Himmelfahrt, sie sollte in die Kirche gehen und für uns alle beten.«

Inken schlug sich mit der Hand vor die Stirn. »Das habe ich ganz vergessen. Lauf, Emma, zieh deine guten Sachen an und kämm dir die Haare. Sicher nimmt Frau Jörgensen dich mit. Du musst dich sputen.«

Emilia stand zögernd auf.

»Nun geh schon, Kind«, sagte die Hebamme. »Und koch du mir einen Kaffee, Inken. Das wird sicher noch ein langer Tag werden.«

»Wie geht es ihr denn?«, fragte Inken. Emilia blieb hinter der Tür stehen und lauschte.

»Es geht. Sie verkrampft sich, das ist nicht gut. Ich werde ihr einen Aufguss machen.«

»Hat das Kind eine Chance?«

»Das weiß man doch nie. Aber mehr als die anderen vorher«, sagte die Hebamme.

Emilia schlich die Treppe nach oben. Obwohl der Tag schon angebrochen war, sah es düster draußen aus. Seit Wochen hatte es nicht geregnet, alles war ausgedörrt, das Gras vor dem Haus gelb und welk.

Sie ging ans Fenster, öffnete es. Hatte Inken sich in der Zeit vertan? Bis zum Kirchgang war es sicherlich noch lange hin. Doch dann sah Emilia, dass dicke, schwarze Wolken die Sonne verdunkelten. Wind war aufgekommen, die Bäume rauschten wie das Meer bei Sturm. Emilia zog die Schultern hoch, in ihrem Magen grummelte es. Der rote Lichtschein des Feuers, der unter dem Qualm hervorleckte, wirkte angsteinflößend. Wie feuerspuckende Drachen, von denen ihr Onkel Hinrich manchmal erzählte. Doch Drachen gab es nur im Märchen, und dies war kein Märchen. Es roch beißend nach Rauch, Emilia musste husten und schloss schnell das Fenster, als könne sie so alle Gefahren aussperren.

Das gute Kleid sollte sie anziehen. Und waschen sollte sie sich. Schnell schlüpfte sie aus dem Nachthemd und tauchte den Lappen in das Wasser der Waschschüssel. Jeden Morgen brachte Inken ihr warmes Wasser, meist half sie ihr beim Ankleiden und mit den Haaren, aber heute war Inken beschäftigt. Sie hatte wichtige Dinge zu tun. Wenn ich alles ganz richtig mache, dachte Emilia, dann wird auch alles gut. Das Kind in Mamas Bauch wird am Leben bleiben. Es wird in der Wiege liegen und nicht auf dem Friedhof. Wenn ich alles richtig mache, dann hört das Feuer auf zu brennen. Das Feuer bedeutete etwas Schreckliches, das hatte sie in den Gesichtern der Erwachsenen gesehen. Feuer war beides – schrecklich, aber auch gut. Ohne Feuer hätten sie kein warmes Wasser. Der nasse Lappen war kalt und glitschig, sie fuhr sich über das Gesicht und die Arme, erschauerte. Reichte das? Die Hände, die müssen sauber sein, und der Hals. Das war wichtig, darauf achten die Leute. Sie rubbelte sich trocken, bis die Haut brannte, nahm dann ein sauberes Unterkleid aus der Truhe, eine Wäschehose mit Rüschen, die für Feiertage vorbehalten war. Ob sie es allein schaffte, die Hose an das Unterkleid zu knöpfen? Es musste gelingen. Dann nahm sie das gute Leinenkleid und zog es sich über den Kopf. Wer sollte die Knöpfe schließen? Wer würde die Schnüre schnüren, die Schleifen binden? Wie sie sich auch drehte und wendete, ihr gelang es nicht. Doch es musste, es war ihre Aufgabe, alles richtig zu machen.